全国计算机技术与软件专业技术资格（水平）考试教学用书

信息处理
技术员教程

XINXI CHULI JISHUYUAN JIAOCHENG

全国计算机技术与软件专业技术资格（水平）考试办公室　组编

⊙ 张友生　何玉云　主编

高等教育出版社·北京
HIGHER EDUCATION PRESS　BEIJING

内容简介

本书由全国计算机技术与软件专业技术资格（水平）考试办公室组织编写，参照人力资源和社会保障部、工业和信息化部制订的 2009 版《信息处理技术员考试大纲与培训指南》的内容，围绕信息处理技术员的工作职责和任务对信息处理技术员所必须掌握的理论基础和应用技术做了详细的介绍，重点介绍信息处理技术员所必须具备的专业技能和方法。

本书内容既是对信息处理技术员考试的总体纲领性的要求，也是信息处理技术员职业生涯所必需的知识与技能，准备参加考试的人员可通过阅读本书掌握考试大纲规定的知识，把握考试的重点和难点。

本书可作为信息处理技术员考试的教学用书，也可供计算机及相关专业参考使用。

图书在版编目（CIP）数据

信息处理技术员教程/张友生，何玉云主编；全国计算机技术与软件专业技术资格（水平）考试办公室组编. —北京：高等教育出版社，2010.3

ISBN 978-7-04-028472-0

Ⅰ.①信…　Ⅱ.①张…　②何…　③全…　Ⅲ.①信息处理-工程技术人员-资格考核-教材　Ⅳ.①G202-41

中国版本图书馆 CIP 数据核字（2010）第 011625 号

策划编辑	倪文慧	**责任编辑**	俞丽莎	**封面设计**	张志奇	**责任绘图** 尹 莉
版式设计	马敬茹	**责任校对**	殷 然	**责任印制**	尤 静	

出版发行	高等教育出版社	**购书热线**	010-58581118
社　　址	北京市西城区德外大街 4 号	**咨询电话**	400-810-0598
邮政编码	100120	**网　　址**	http://www.hep.edu.cn
总　　机	010-58581000		http://www.hep.com.cn
		网上订购	http://www.landraco.com
经　　销	蓝色畅想图书发行有限公司		http://www.landraco.com.cn
印　　刷	北京四季青印刷厂	**畅想教育**	http://www.widedu.com
开　　本	787×1092　1/16	**版　　次**	2010 年 3 月第 1 版
印　　张	26	**印　　次**	2010 年 3 月第 1 次印刷
字　　数	630 000	**定　　价**	43.00 元

本书如有缺页、倒页、脱页等质量问题，请到所购图书销售部门联系调换。

序　　言

　　软件产业是信息产业的核心之一,是经济社会发展的基础性、先导性和战略性产业。随着我国工业和信息化的融合、产业结构的升级、发展方式的转变,计算机软件技术已经广泛渗入各行各业,极大地促进了我国经济的发展。同时,良好的发展形势也对软件人才的素质、技能和综合知识等方面提出了更高的要求。而科学地评估软件人才,加快培育软件人才队伍,对促进软件产业健康发展具有重要意义。

　　全国计算机技术与软件专业技术资格(水平)考试(以下简称"计算机资格考试")作为国家资格考试,体现了国家对软件类职业岗位的要求。根据国家有关政策,计算机资格考试已经成为计算机软件、计算机网络、计算机应用、信息系统和信息服务领域高级工程师、工程师、助理工程师以及技术员职称资格考试,并已纳入国家职业资格证书制度统一规划。

　　计算机资格考试按照行业岗位要求制定考试大纲,包括岗位所需的知识要求和能力要求。它不同于学历考试,不按照学术理论体系进行考核,其应用性、实用性很强。即使是基础知识的试题,也常常是结合实际应用所需的知识。而应用能力试题常常是实际工作中的案例,需要考生具有一定的实际工作经验。

　　现在,计算机资格考试中的软件设计师、程序员、网络工程师、数据库系统工程师、系统分析师考试标准已经实现了中国与日本互认,程序员和软件设计师已经实现了中国和韩国互认。计算机资格考试作为我国著名的 IT 考试品牌,其证书的高含金量得到了社会的公认。根据信息技术人才年轻化的特点和要求,报考计算机资格考试不限学历与资历条件,以不拘一格选拔人才。目前计算机资格考试每年的报考规模已经达到 25 万人。

　　同时,教育部等九部委联合发文(《关于加快软件人才培养和队伍建设的若干意见》,教高[2003]10 号),鼓励全社会符合条件的软件人才和软件企业员工、高等学校和中等职业技术学校计算机及相关专业、示范性软件学院和示范性软件职业技术学院的各类学生参加对应级别的国家软件专业技术人员和软件技能人员职业资格证书考试。将职业岗位的要求融入高等学校的教学,使学生既能系统地掌握专业知识,又能具备一定的工作能力,在取得学历证书的同时,也取得职业资格证书,对推动培养复合型、应用型、工程型人才是行之有效的措施之一,也十分有利于高等学校按照行业的需要培养适用人才,有利于引导学生就业。

　　为此,全国计算机资格考试办公室组织专家编写了全国计算机资格考试用教材,供高等学校相关专业采用。这套教材既可以供学校基础理论课程后的总结复习用,也可以作为实训课程的教材,还可以作为考生复习应考的参考书籍。我们相信,以"人才资源是第一资源"和"人才强业"为理念,不断探索产业与教学的结合,对于培养和选拔行业所需人才,对于推动行业科学发展,具有非常重要的意义。希望这套丛书能够起到应有的作用。

全国计算机技术与软件专业技术资格(水平)考试办公室

2010 年 1 月

前　　言

全国计算机技术与软件专业技术资格(水平)考试自实施以来,已广泛调动了专业技术人员工作和学习的积极性,为选拔一批高素质的专业技术人员起到了积极的促进和推动作用。信息处理技术员考试不但要求考生具有扎实的理论知识,还要具有一定的信息处理经验。

为了培养更多的信息处理专业人才,帮助广大考生顺利通过信息处理技术员考试,全国计算机专业技术资格考试办公室组织有关专家,在高等教育出版社的大力支持下,编写和出版了本书,作为信息处理技术员考试的教学用书。

本书围绕信息处理技术员的工作职责和任务而展开,对信息处理技术员所必须掌握的理论基础和应用技术做了详细的介绍,重在培养信息处理技术员所必须具备的专业技能和方法。本书内容既是对信息处理技术员考试的总体纲领性的要求,也是信息处理技术员职业生涯所必需的知识与技能体系。准备参加考试的人员可通过阅读本书掌握考试大纲规定的知识,把握考试重点和难点。

本书由张友生和何玉云主编。全书共分为13章,第1、6章由王功明编写,第2、8章由黄建新编写,第3章由尹增明编写,第4、5章由张敏波编写,第7章由彭雪阳编写,第9章由刘建兵编写,第10、11、12章由何玉云编写,第13章由桂阳编写,附录B由张友生编写。参加组织和审核工作的还有施游、胡钊源和王勇。

为便于读者阅读和使用,本书引用了部分考试真题,同时还参考和引用了许多高水平的资料和书籍(详见参考文献),在此,特向全国计算机技术与软件专业技术资格(水平)考试办公室的命题专家和参考文献的作者表示真诚的感谢。

由于编者水平有限,且本书涉及的知识点较多,书中难免存在不妥和疏漏之处。诚望各位专家和读者不吝指教。

编者
2010 年 1 月

目　　录

第1章
计算机硬件基础

计算机硬件基础知识历来都是信息处理技术员考试的一个重点。从历年考题分数的分布来看,每次考试的分值都在 10 分左右。主要涉及数据表示、数据运算、主板的结构、CPU 的组成、存储器以及常用 I/O 设备等。考试大纲中涉及本章的考点如下:

(1) 数据运算。理解常用进制之间互相转换,掌握常用的逻辑运算,掌握补码表示法及其加减运算。

(2) 数据表示。了解数据在计算机内的表示法,理解浮点数的表示方法,理解常用的二-十进制编码,理解 ASCII 码表示原理,掌握汉字编码原理,了解图像、音频和视频的输入方式。

(3) 主板的结构。了解主板上的主要电子组件、插座和接口的名称、类型、位置和基本特性。

(4) CPU 的组成。了解冯·诺依曼计算机的特点,掌握 CPU 的基本构成及各部分的功能,理解指令在 CPU 中的执行过程。

(5) 存储器。了解存储器的分类方法,理解"Cache-主存-辅存"三级存储系统的原理,了解主存储器基本构成,掌握存储器主要指标的计算,了解常用 RAID 系统的功能。

(6) 常用 I/O 设备。了解常用的 I/O 设备分类,重点掌握显示器、打印机、硬盘、鼠标的原理、构成、分类、性能指标等。

1.1 计算机概述

计算机是一种能自动、高速、正确地完成数值计算、数据处理和实施控制等功能的电子设备。它能接收输入的数字信息,按照内部存储的指令序列进行处理,并将产生的结果输出。1946 年 2 月,世界上第一台计算机 ENIAC 诞生在美国,经过 60 多年的发展,计算机的运算能力、外形结构及应用领域等都发生了极大的变化。计算机是 20 世纪人类最重要的科学技术发明之一,它的诞生、发展和应用彻底改变了人类社会的生产、生活学习和娱乐方式。

1.1.1 计算机的组成部件

一个完整的计算机系统由硬件系统和软件系统组成,如图 1-1 所示。

1. 冯·诺依曼计算机的特点

60 多年来,尽管计算机性能发生了翻天覆地的变化,但是其基本体系结构和工作原理并没有太大的改变,仍然遵循冯·诺依曼提出的设计思路。主要内容如下。

(1) 计算机(指硬件)由运算器、存储器、控制器、输入设备和输出设备五大基本部件组成。

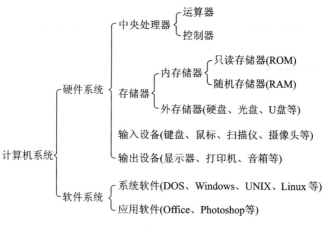

图 1-1 计算机系统组成

（2）计算机内部采用二进制数来表示程序和数据。

（3）将编写好的程序和原始数据预先存入存储器中,然后再启动计算机工作,使计算机在不需要人工干预的情况下,自动、高速地从存储器中提取指令并执行,这就是"存储程序"的原理。

按照上述思路设计的计算机称为冯·诺依曼计算机。随着计算机技术的不断发展,也暴露出这种计算机的缺点,目前已出现了一些突破冯·诺依曼结构的计算机,统称为非冯·诺依曼结构计算机,如数据驱动的数据流计算机、需求驱动的归约计算机和模式匹配驱动的智能计算机等。

2. 计算机的硬件系统

组成计算机的基本部件有运算器、控制器、存储器、输入设备和输出设备,它们通过总线互连,就构成了计算机的硬件系统,如图 1-2 所示。

中央处理器（CPU）是运算器和控制器的合称,它是硬件系统的核心。存储器包括主存储器和辅助存储器。其中,主存储器与 CPU 称为主机,辅助存储器、输入设备和输出设备称为外部设备。外部设备种类繁多,它们通过适配器（转换器）与主机相连接。

（1）CPU。主要工作是执行指令,按照指令的要求对数据进行运算和处理,这部分工作由运算器和控制器分工合作完成。

运算器由算术逻辑部件（ALU）、寄存器组以及一些控制电路组成。其中 ALU 是主要部件,它的核心是加法器,任何运算都可以转换为加法运算,寄存器组保存参与运算的数据及结果。

控制器负责对指令进行译码,产生一系列控制信号,指挥和协调计算机的各个部件有序工作。它一般包括下述部件。

① 指令寄存器（IR）。存放正在执行的指令,以便在整个指令执行过程中,实现一条指令的全部功能控制。

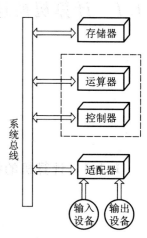

图 1-2 计算机硬件系统

② 指令译码器（ID）。又称操作码译码器,它对指令寄存器（IR）中的指令进行分析,确定指令类型、指令所要完成的操作以及寻址方式等,并产生相应的控制信号提供给微操作信号发

生器。

③ 程序计数器(PC)。又称指令计数器或指令指针(IP),在某些类型的计算机中用来存放正在执行的指令地址。在大多数机器中则存放将要执行的下一条指令的地址。

④ 微操作信号发生器。它根据指令译码器(ID)产生的操作信号、时序电路产生的时序信号以及各个功能部件反馈的状态信号等,产生执行指令所需的全部微操作控制信号,形成特定的微操作序列,从而实现对指令的执行控制。

(2) 主存储器。简称主存,用于存放当前执行的程序和需要使用的数据,存取速度快,CPU可直接访问。其基本结构如图 1-3 所示,主要包括下述基本部件。

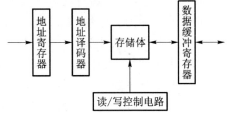

① 存储体。是指存放信息的实体,由若干存储单元组成,每个存储单元存放一串二进制数。存储单元的编号称为存储地址,简称地址。

② 地址寄存器。接收并保存 CPU 发送的内存地址。

图 1-3　主存储器结构示意图

③ 地址译码器。将地址寄存器中的地址转换为使对应单元被选中的信号。

④ 数据缓冲寄存器。位于 CPU 和存储器之间,暂存存储器中准备读写的数据。

⑤ 读/写控制电路。接收 CPU 送来的读/写命令,并把这些命令转换为控制整个存储器协调工作的时序信号。

(3) 外存储器。也称辅助存储器,其特点是存储容量大、成本低,可脱机保存信息,但 CPU 不可以直接访问。常见的外存储器包括软盘存储器、硬盘存储器、光盘存储器、移动硬盘以及 U 盘等。

(4) 高速缓冲存储器。简称 Cache,它是位于 CPU 和主存储器之间,容量较小但存取速度很高的存储器,用于保存主存储器中一部分内容的副本。当主机读/写数据时,首先访问 Cache,只有在 Cache 中不含所需数据时,CPU 才会访问主存,从而很好地解决了 CPU 和主存之间的速度不匹配问题。

(5) 外部设备。也称外围设备,简称外设,主要包括输入设备和输出设备。常用外部设备包括键盘、鼠标、显示器、打印机、绘图仪及扫描仪等。

外部设备与 CPU、主存等设备不同,有其自身特点种类繁多,数据传输速率远低于 CPU,数据形式多种多样,所以不能和主机直接相连。连接时除其本身的控制驱动电路外,还需要接口电路(适配器)。

(6) 总线。是连接计算机中各部件的数据通路,实现各部件之间的信息交流,其主要特征是共享传输介质。如图 1-4 所示,总线通常包括数据总线、地址总线和控制总线,不同总线的根数各不相同,每根线能够传送一位二进制数。

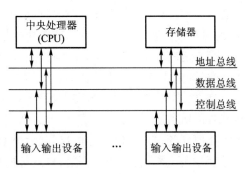

图 1-4　总线结构图

数据总线是系统中各模块传输数据的通道,典型的数据总线包含 8、16、32、64 根线。线的根数称为数据总线的宽度,它反映了处理器的数据吞吐量。

地址总线用于指明数据传输的源地址和目的地址,其宽度决定了系统能够拥有的最大主存空间。除了访问主存,地址线也访问 I/O 端口。

控制总线用于控制数据传输的方式、方向以及定时或应答等,其线的数目取决于总线的类型及具体的机器配置。

3. 计算机的软件系统

软件系统包括 PC 运行所需要的各种程序、数据及其有关的文档资料。程序是完成某一任务的指令或语句的有序集合。数据是程序处理的对象及结果。文档是描述程序操作及使用的相关资料。计算机的软件系统主要包括下述两大类。

(1)系统软件。是使用和管理计算机系统的各种程序,包括操作系统、各种服务程序、语言处理程序和数据库管理系统等。

(2)应用软件。是计算机用户为了解决各种实际应用问题而编制的程序,如,自动控制程序、科学计算程序和管理信息系统等。

目前,一般将系统软件与通用的办公软件等称为基础软件。

1.1.2 计算机的应用

计算机虽然只有仅仅 60 多年的历史,但已被广泛地应用于工业、农业、国防、科研、教育、商业、医疗及日常生活的各个领域。其应用可简要归纳为以下几个方面。

(1)科学计算。是计算机应用最早的一个领域,也是应用很广的一个领域。在这些领域中,问题往往极其复杂,计算量相当庞大,时间要求又很高。如果没有计算机的快速和精确计算能力,解决这些问题几乎不可能。

(2)自动控制。主要应用于国防、工业、农业以及人们日常生活的各个领域,据统计,目前国内外大约 20% 的计算机用于该领域。

(3)信息处理。主要指处理大量文字、图像、声音等信息,其处理范围随着计算机的发展也逐渐扩大。计算机在这方面的应用,不仅节省了大量的人力物力,在某些方面还为科学决策提供了准确的依据。

(4)计算机辅助设计/辅助制造。简称为 CAD/CAM,它是借助计算机进行自动化或半自动化设计/制造的一项实用技术,它可以大大缩短设计/制造周期,加速产品更新换代,降低生产成本,而且对于保证产品的质量具有重要的作用。

(5)辅助教学和医疗。计算机广泛应用于教育,被称为"教育史上的第四次革命"。计算机辅助教学(CAI)软件可以把以前学生难以理解的知识,通过图像、动画和声音的配合,给学生更直观、更生动的形象,大大提高学习效率。网络自主学习不受时空限制,可以按照自身情况制订学习的计划和进度,可以实现终身学习。在医疗卫生方面,借助计算机的各种医疗设备,如 CT 图像处理设备,心、脑电图分析仪等,为早期疾病诊断提供了强有力的手段。

(6)人工智能。指的是计算机具有模仿人的高级思维活动(如感知、思维、推理、学习、理解等)的能力,这类计算机主要应用于专家系统、模式识别、问题求解、定理证明、机器翻译及自然语言理解等。

计算机在社会经济与发展中的作用已在 60 多年的历史中得到了充分的肯定。计算机应用的不断扩展推动着计算机技术快速发展,计算机技术的不断进步,又大大推动着计算机应用的迅猛发展。

1.1.3 计算机的分类

目前计算机种类非常多,按照用途可以分为通用计算机和专用计算机。按照运算速度可分为巨型机、大型机、小型机、工作站和微型计算机。按照所处理的数据类型可分为模拟计算机、数字计算机和混合型计算机等。

（1）巨型机。运算速度超高,存储容量超大。其结构复杂,价格昂贵,研制这类巨型机是现代科学技术,尤其是国防尖端技术发展的需要。

（2）大型机。运算速度高,主存容量大。具有比较完善的指令系统、丰富的外部设备和功能齐全的软件系统,其特点是通用性好,有极强的综合处理能力,主要应用于银行、政府部门和大型制造厂家等。

（3）小型机。小型机规模小、结构简单,所以研制周期短,便于及时采用先进工艺,生产量大,硬件成本低。同时,由于小型机软件比大型机简单,所以软件成本也低。小型机打开了在控制领域应用计算机的局面,适用于数据的采集、整理、分析和计算等方面。

（4）微型机。微型机采用微处理器、半导体存储器和输入输出接口等芯片组装而成,使得微型机具有设计先进、软件丰富、功能齐全、价格便宜、可靠性高和使用方便等特点。

（5）工作站。20 世纪 80 年代兴起的面向工程技术人员的计算机系统,其性能介于小型计算机和微型计算机之间。一般具有高分辨率的显示器、交互式的用户界面和功能齐全的图形软件等。

（6）网络计算机。应用于网络上的计算机,这种计算机简化了普通个人计算机中支持计算机独立工作的外部存储器等部件,设计目标是依赖网络服务器提供的各种能力支持,以尽可能地降低制造成本。这类计算机简称为"NC"。

1.2 数据运算

二进制是计算机功能得以实现的数字基础,任何计算机应用中的数据在机器内部都表示为"0"和"1"组成的二进制代码串,数据处理最终都将转换为二进制基本运算。

1.2.1 数制及其转换

1. 进位记数制

因数符的个数有限,为了表示较大的数,一般采用进位记数制（简称数制）,当数据达到当前长度可以表示的最大值后,如果数据继续增大,那么把当前数据长度增加一位,同时修改每位上的数值,这样就可以表示更大的数。进位记数制的核心是基数与权。

一般而言,在每种记数制中,若采用 R 个基本符号$(0,1,2,\cdots,R-1)$表示各位上的数字,则称为基 R 数制,或称 R 进制记数制。R 被称为该记数制的基数,运算时的原则是"逢 R 进一",对于

每一个数位 i，其该位上的权为 R^i。

对于一个用 R 进制表示的数 N，可以按权展开为：

$$N = K_n \times R^n + K_{n-1} \times R^{n-1} + \cdots + K_0 \times R^0 + K_{-1} \times R^{-1} + \cdots + K_{-m} \times R^{-m}$$

$$= \sum_{i=-m}^{n} K_i \times R^i$$

计算机中常用的记数制有二进制、八进制、十进制和十六进制。表 1-1 列出了这 4 种常用数制的基本规则。

表 1-1 计算机中常用的记数制

进 制	规 则	基 数	数 符	权	符号表示
二进制	逢二进一	2	0,1	2^i	B
八进制	逢八进一	8	$0,1,\cdots,7$	8^i	O 或 Q
十进制	逢十进一	10	$0,1,\cdots,9$	10^i	D
十六进制	逢十六进一	16	$0,1,\cdots,9,A,\cdots,F$	16^i	H

2. 不同数制之间的转换

（1）R 进制数转换为十进制数。任何一个 R 进制数转换成为十进制数时，只要"按权展开"即可。例如，把二进制数 10101.01 转换成相应的十进制数：

$$(10101.01)_2 = 1 \times 2^4 + 0 \times 2^3 + 1 \times 2^2 + 0 \times 2^1 + 1 \times 2^0 + 0 \times 2^{-1} + 1 \times 2^{-2} = (21.25)_{10}$$

（2）十进制数转换为 R 进制数。任何一个十进制数转换成为 R 进制数时，要将整数和小数部分分别进行转换。

① 整数部分的转换。转换方法是"除基取余，上右下左"。用要转换的十进制整数去除以基数 R，将得到的余数作为结果数据中各位的数字，直到余数为 0 为止。上面的余数作为低位数位，下面的余数作为高位数位。如图 1-5 所示，把十进制整数 835 转换为二进制数。

$$(835)_{10} = (1101000011)_2$$

② 小数部分的转换。转换方法是"乘积取整，上左下右"。用要转换的十进制小数去乘以基数 R，将乘积的整数部分作为结果数据中各位的数字，小数部分继续与基数 R 相乘。以此类推，直到某一步乘积的小数部分为 0 或者已达到希望的精度为止。最后，将上面的整数部分作为高位数位，下面的整数部分作为低位数位。在进行转换的过程中，可能乘积的小数部分总得不到 0，在这种情况下得到的是近似值。如图 1-6 所示，把十进制小数 0.687 5 转换为二进制数。

$$(0.687\ 5)_{10} = (0.101\ 1)_2$$

③ 含整数、小数部分的数的转换。只要将整数、小数部分分别进行转换，得到转换后的整数和小数部分，然后再把这两部分组合起来就得到一个完整的数。例如，十进制数 835.687 5 转换为二级制数为：

$$(835.687\ 5)_{10} = (1\ 101\ 000\ 011.101\ 1)_2$$

图 1-5 十进制整数转换为二进制

（3）二进制、八进制与十六进制数的相互转换。

① 二进制与八进制相互转换。

从小数点起，把二进制数每三位分成一组，然后写出每一组的等值八进制数，顺序排列起来就得到所要求的八进制数。同理，将一位八进制数用三位二进制数表示，就可直接将八进制数转换成二进制数。例如，把八进制数 13.724 转换为二进制数。

$$(13.724)_8 = (001\ 011.111\ 010\ 100)_2 = (1\ 011.111\ 010\ 1)_2$$

② 二进制与十六进制相互转换。

从小数点起，把二进制数每四位分成一组，然后写出每一组的等值十六进制数，顺序排列起来就得到所要求的十六进制数。同理，将一位十六进制数用四位二进制数表示，就可直接将十六进制数转换成二进制数。例如，把十六进制数 2B.5E 转换为二进制数。

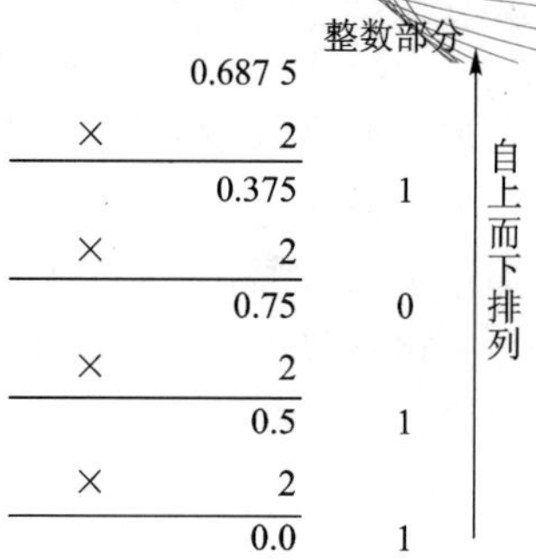

$$(2B.5E)_{16} = (0010\ 1011.0101\ 1110)_2 = (101\ 011.010\ 111\ 1)_2$$

③ 八进制与十六进制相互转换。通常采用二进制作为中间媒介，即先把八进制转换为二进制，然后再把二进制转换成为对应的十六进制。把十六进制转换为八进制与此相似。

		整数部分
	0.687 5	
$\times$	2	
	0.375	1
$\times$	2	
	0.75	0
$\times$	2	
	0.5	1
$\times$	2	
	0.0	1

自上而下排列

图 1-6　十进制小数转换为二进制

1.2.2　数据的表示

在计算机中表示实际数据时，有两个问题需要解决，一是数值的正负，二是小数点位置。一般用最高位标识数的正负，0 表示正数，1 表示负数，该位称为符号位，这种形式表示的数通常称为机器数。对于小数点问题，可分为小数点位置固定（定点数）和位置不固定（浮点数）两种情况，分别予以处理。

1. 常用编码方式

（1）原码。最高位是符号位，0 代表正数，1 代表负数，其余各位是数的绝对值的二进制代码。通常用$[X]_原$表示数 X 的原码。例如，设机器字长为 8 位，则有下列结果。

$$[+1]_原 = 00000001 \qquad [-1]_原 = 10000001$$
$$[+0]_原 = 00000000 \qquad [-0]_原 = 10000000$$

按照原码编码规则，零有两种表示形式。

原码表示方法简明易懂，与其真值转换方便，比较容易进行乘除运算，但是在进行加减运算时，原码运算不方便，主要是因为符号位不能参加运算，需要增加很多判断条件。

（2）反码。最高位是符号位，对正数而言，最高位为 0，其余各位是数的绝对值二进制代码；对负数而言，最高位为 1，其余各位是数的绝对值二进制代码各位取反。通常用$[X]_反$表示数 X 的反码。例如，设机器字长为 8 位，则有下列结果。

$$[+1]_反 = 00000001 \qquad [-1]_反 = 11111110$$
$$[+0]_反 = 00000000 \qquad [-0]_反 = 11111111$$

按照反码编码规则，零也有两种表示形式，所以反码同样不方便运算。

（3）补码。补码源于模和同余的概念，是为了方便计算机进行加减运算而引入的。最高位是符号位，正数的补码等于其原码，负数的补码等于其反码最后一位加上 1。通常用$[X]_补$表示数 X 的补码。例如，设机器字长为 8 位，则有下列结果。

$$[+1]_{补}=00000001 \qquad [-1]_{补}=11111111$$
$$[+0]_{补}=00000000 \qquad [-0]_{补}=00000000$$

按照补码编码规则,零有唯一的表示形式。

采用补码进行加减运算十分方便,可以允许符号位一起参与运算,而且可以把减法运算转化为加法运算,提高了运算速度。

采用补码进行加减运算时,若运算结果不超出机器所表示范围,则有如下关系。

$$[X+Y]_{补}=[X]_{补}+[Y]_{补}$$
$$[X-Y]_{补}=[X]_{补}+[-Y]_{补}$$

(4)移码。又称为增码、余码或偏码,常用于表示浮点数中的阶码。通常用$[X]_{移}$表示数X的移码,设机器字长为n,取 1 位符号位,真值X所对应的移码如下。

$$[X]_{移}=2^{n-1}+X \quad (-2^{n-1} \leqslant X < 2^{n-1})$$

实际应用中,不用上面关系式计算移码。机器数补码与移码的符号位互补,其余位完全相同,所以二者转换时只需把符号位取反。

2. 定点数与浮点数

定点数是指小数点位置固定的数。一般将定点数分成定点整数和定点小数两种。定点整数的小数点固定在数据数值部分的最右边,$n+1$ 位定点整数表示范围:$-2^n \sim 2^n-1$。定点小数的小数点固定在符号位的右边,数值位的左边,它一定是纯小数,$n+1$ 位定点小数表示范围:$-1 \sim 1-2^{-n}$。

定点数运算时,所有数据都必须保证处于有效数值范围内。如遇到绝对值小于最小正数的数,则被当作机器数 0 来处理,称为"下溢"。而大于最大正数和小于绝对值最大负数的数,则称为"溢出",此时计算机暂停当前工作,而转去进行溢出处理。

与定点数不同,浮点数小数点位置能根据需要浮动。一个 R 进制数 N 通常表示为如下形式。

$$N=R^E \times F$$

其中 R 称为基数,E 称为阶码,F 称为尾数。在计算机中,基数 R 一般都是 2,阶码 E 采用定点整数的形式,尾数 F 采用定点小数的形式,E 和 F 决定浮点数的表示精度,E 和 R 决定浮点数的表示范围。在计算机中,一般按照图 1-7 所示形式构成浮点数。

阶符	阶码	尾符	尾数

图 1-7 浮点数形式

在这种表示法中,阶码一般是原码、补码或移码,尾数一般是原码或补码。

浮点数表示有一定范围,超出后就会溢出。设浮点数阶码和尾数均用补码表示,阶码为 $m+1$ 位(其中 1 位是符号位),尾数为 $n+1$ 位(其中 1 位是符号位),则浮点数的典型范围值如表 1-2 所示。

表 1-2 浮点数的典型范围值

典型值	浮点数代码	真 值
绝对值最大负数	$01 \cdots 1, 10 \cdots 0$	$2^{2^{m-1}}(-1)$
绝对值最小负数	$10 \cdots 0, 110 \cdots 0$	$2^{-2^m}(-2^{-1})$

典型值	浮点数代码	真 值
非零最小正数	$10\cdots0,010\cdots0$	$2^{-2^m}(2^{-1})$
最大正数	$01\cdots1,01\cdots1$	$2^{2^m-1}(1-2^{-n})$

为便于软件移植,浮点数表示格式应该有统一标准。1985 年 IEEE 提出了 IEEE 754 标准,该标准规定基数 R 为 2,阶码 E 用移码表示,尾数 F 用原码表示。该标准规定了 3 种不同浮点数的表示规则,如表 1-3 所示。

表 1-3   IEEE 754 规定的三种不同浮点数

类型	数符	阶码	尾数	总位数
短实数	1	8	23	32
长实数	1	11	52	64
临时实数	1	15	64	80

3. 二-十进制编码

十进制有 10 个不同的数符,4 位二进制可组成 16 种不同的代码,从中选出 10 个代码来表示十进制的 10 个数符,会有很多种方案,这些方案统称为 BCD 码。

根据二进制代码中不同位置是否有确定的权值,BCD 码分成有权码和无权码。

常用有权码包括 8421 码、2421 码、5211 码等。它们的权值从高到低分别为 8、4、2、1(8421码),2、4、2、1(2421码),5、2、1、1(5211码)。

常用无权码包括余 3 码和格雷码。余 3 码是在 8421 码基础上把每个代码加 3(0011)后得到的代码。格雷码也称为循环码,这 10 个代码中任何相邻两个代码中只有 1 位二进制位的值不同,其余 3 位的值都必须相同。

上述几种码制与十进制数符的对应关系如表 1-4 所示。

表 1-4   常见 BCD 码与十进制数符的对应关系

十进制数	8421 码	2421 码	余 3 码	格雷码
0	0000	0000	0011	0000
1	0001	0001	0100	0001
2	0010	0010	0101	0011
3	0011	0011	0110	0010
4	0100	0100	0111	0110
5	0101	1011	1000	1110
6	0110	1100	1001	1010
7	0111	1101	1010	1000
8	1000	1110	1011	1100
9	1001	1111	1100	0100

注意,对 BCD 码进行运算时,如果结果在 10～15 之间,那么结果须加 6 修正。如果相加之和有进位,那么也必须加 6 修正。

1.2.3 算术运算

1. 定点加减运算

从原理上说,原码、反码、补码都能进行加减运算,但由于补码运算比较方便,所以大多数情况下都是采用补码进行加减运算。

补码加法公式如下。

$$[X+Y]_{补} = [X]_{补} + [Y]_{补}$$

补码减法可以看作负数加法,这样可以使减法与加法使用同一个加法器,简化计算机设计,公式如下。

$$[X-Y]_{补} = [X]_{补} - [Y]_{补} = [X]_{补} + [-Y]_{补}$$

由 $[X]_{补}$ 求 $[-X]_{补}$ 的方法是: $[X]_{补}$ 的各位取反(包括符号位),末尾加 1。补码运算时,符号位和码值一起参与运算,符号位相加后如果有进位,该进位应当被舍去。

例如,设二进制整数 $X = +1001$, $Y = +0101$,求 $X+Y$、$X-Y$ 的值。$[X]_{补} = 01001$, $[Y]_{补} = 00101$, $[-Y]_{补} = 11011$,符号位参与运算,过程如图 1-8 所示。

$$
\begin{array}{r}
01001 \\
+\quad 00101 \\
\hline
01110
\end{array}
\qquad\qquad
\begin{array}{r}
01001 \\
+\quad 11011 \\
\hline
\boxed{1}\ \ 00110
\end{array}
$$

(a) $[X]_{补} + [Y]_{补}$ 　　　　　(b) $[X]_{补} + [-Y]_{补}$

图 1-8　运算过程

其中,虚线内的 1 是进位,需要舍去。

在计算机中,数的表示范围是有限的,若运算结果超出该范围,就称为溢出,此时计算机要停止运算,进行中断处理。判断是否溢出,常用下述方法。

① 单符号位判别法。设 $[X]_{补} = X_s.\,X_1 X_2 \cdots X_n$,$[Y]_{补} = Y_s.\,Y_1 Y_2 \cdots Y_n$,二者的和(差)为 $[S]_{补} = S_s.\,S_1 S_2 \cdots S_n$。当 X_s 和 Y_s 不相等时,结果不会溢出。当 $X_s = Y_s = 0$,$S_s = 1$ 时,产生上溢。当 $X_s = Y_s = 1$,$S_s = 0$ 时,产生下溢。

② 进位判别法。设两数运算时,各位产生的进位为:$C_s.\,C_1 C_2 \cdots C_n$。其中,C_s 为符号位产生的进位,C_1 为最高数值位产生的进位。

两个正数相加,当最高有效位产生进位($C_1 = 1$),而符号位不产生进位($C_s = 0$)时,发生上溢;两个负数相加,当最高有效位不产生进位($C_1 = 0$),而符号位产生进位($C_s = 1$)时,发生下溢。

③ 双符号位判别法。将符号位扩充到两位:S_1 和 S_2,用 $S_1 S_2 = 00$ 表示正数,$S_1 S_2 = 11$ 表示负数。运算结束后,$S_1 S_2$ 有四种不同的取值,含义分别如下。

$S_1 S_2 = 00$:结果为正数,无溢出　　　　$S_1 S_2 = 01$:结果正溢

$S_1 S_2 = 10$:结果负溢　　　　　　　　　$S_1 S_2 = 11$:结果为负数,无溢出

2. 浮点加减运算

一个浮点数的表示形式通常不唯一,常采用浮点数规格化形式,即规定尾数的最高数位必须是一个有效数,即其尾数 F 的绝对值必须满足:

当基数 $R = 2$ 时,$0.5 \leqslant |F| < 1$

当尾数 F 用原码表示时,规格化后尾数最高位总是 1。当尾数 F 用补码表示时,规格化后尾数最高位与符号位不同,即当 $0.5 \leqslant F < 1$ 时,应是 $0.1 \times \times \cdots \times$ 的形式。而当 $-1 \leqslant F < 0.5$ 时,应是 $1.0 \times \times \cdots \times$ 的形式。

设有两个浮点数 X 和 Y,它们分别是 $X = 2^{E_x} \times F_x$,$Y = 2^{E_y} \times F_y$。它们进行加减运算的规则是:

$$X \pm Y = 2^{E_x} \times F_x \pm 2^{E_y} \times F_y = \begin{cases} (F_x \pm F_y \times 2^{E_y - E_x}) \times 2^{E_x}, & E_x \geqslant E_y \\ (F_x \times 2^{E_x - E_y} \pm F_y) \times 2^{E_y}, & E_x \leqslant E_y \end{cases}$$

完成上述加减运算,需要包括下述步骤。

(1)零操作数检查。如果两个操作数 X 和 Y 中有一个数为 0,那么就可得知运算结果而不再进行后继的操作。

(2)"对阶"操作。首先求出阶码之差 $\Delta E = E_x - E_y$,若 $\Delta E = 0$,说明 X 和 Y 阶码相同,可以直接进行尾数加减运算。若 $\Delta E \neq 0$,则需要移动尾数来改变 E_x 和 E_y,使之相等。一般采用"小阶向大阶看齐"的原则,通过向右移动小阶数据的尾数 $|\Delta E|$ 位,使得 X 和 Y 的阶码相同。

(3)尾数相加减。无论加法还是减法运算,都按加法进行操作,其方法与定点加减法运算相同。

(4)尾数规格化。按照定点加减法的判断准则,若尾数溢出,则应使尾数结果右移一位,阶码加 1,称为右规格化。若尾数没有溢出,但数值部分的最高位与符号位相同,表明不满足规格化,此时应使尾数结果左移一位,阶码减 1,重复执行直到数值部分最高位与符号位不同为止,称为左规格化。

(5)舍入处理。在对阶或向右规格化时,尾数向右移动,这样被右移尾数的最低位部分就会丢掉,从而造成一定误差,此时需要舍入处理。一般采用下述舍入方法。

"0 舍 1 入法"。如果右移时被丢掉数位的最高位是 0,则舍去,否则将尾数的末位加"1"。

"恒置 1 法"。只要有数位被移出,就在尾数的末尾恒置"1"。

3. 浮点乘除运算

设有两个浮点数 X 和 Y,它们分别是:

$$X = 2^{E_x} \times F_x \qquad\qquad Y = 2^{E_y} \times F_y$$

浮点乘法运算规则是:$X \times Y = 2^{(E_x + E_y)} \times (F_x \times F_y)$,即乘积的尾数是二者尾数之积,乘积的阶码是二者阶码之和。

浮点除法运算规则是:$X \div Y = 2^{(E_x - E_y)} \times (F_x \div F_y)$,即商的尾数是二者尾数之商,商的阶码是二者阶码之差。

与浮点数加减运算相同,浮点数乘除运算也大体分为 5 个步骤:零操作数检查、阶码加或减操作、尾数乘或除操作、结果规格化和舍入处理。

1.2.4 逻辑运算

逻辑数是指不带符号的二进制数,对这些数可以进行逻辑运算,在非数值应用的广大领域中,非常有用。计算机中的逻辑运算,主要是指逻辑非、逻辑或、逻辑与、逻辑异或这 4 种基本运算。

1. 逻辑非运算

又称求反,对某数进行逻辑非运算,就是按位求它的反,常用变量上方加一横线来表示。设一个数 x 表示成 $x = x_0 x_1 x_2 \cdots x_n$。

对 x 求逻辑非,则有:

$$\overline{x} = z_0 z_1 z_2 \cdots z_n$$

其中,$z_i = \overline{x_i}$,$i = 0, 1, 2, \cdots, n$。

2. 逻辑或运算

又称逻辑加,对两个数进行逻辑加,就是按位求它们的"或",常用记号"+"来表示。

设有两个数 x 和 y,它们表示为 $x = x_0 x_1 x_2 \cdots x_n$,$y = y_0 y_1 y_2 \cdots y_n$。

若 $x + y = z = z_0 z_1 z_2 \cdots z_n$,则

$$z_i = x_i + y_i, i = 0, 1, 2, \cdots, n。$$

3. 逻辑与运算

又称逻辑乘,对两个数进行逻辑乘,就是按位求它们的"与",常用记号"·"来表示。

设有两个数 x 和 y,它们表示为 $x = x_0 x_1 x_2 \cdots x_n$,$y = y_0 y_1 y_2 \cdots y_n$。

若 $x \cdot y = z = z_0 z_1 z_2 \cdots z_n$,则

$$z_i = x \cdot y_i, i = 0, 1, 2, \cdots, n。$$

4. 逻辑异或运算

又称按位加,对两个数进行逻辑异或,就是按位求它们的模 2 和,常用记号"$\oplus$"来表示。

设有两个数 x 和 y,它们表示为 $x = x_0 x_1 x_2 \cdots x_n$,$y = y_0 y_1 y_2 \cdots y_n$。

若 $x \oplus y = z = z_0 z_1 z_2 \cdots z_n$,则

$$z_i = x_i \oplus y_i, i = 0, 1, 2, \cdots, n。$$

1.2.5 字符编码

1. 字符的表示

常用美国标准信息交换码(ASCII)表示字符。常见的 ASCII 码为 7 位二进制代码,可以表示 128 种不同字符符号,它包括 10 个十进制数字、52 个英文大小写字母、34 个专用符号和 32 个控制符号,这 128 个符号中有 96 个是可打印的字符。

对于 ASCII 码来说,字节最左边的一位可以作为奇偶校验位,也可以直接设置为 0,作为西文字符和汉字的区分标识。在某些应用中,需要使用 ASCII 码的高位信息,这种被扩充的编码方式称为扩展 ASCII 码,它采用 8 位二进制数表示一个字符,一共可以表示 256 个不同的字符。

2. 汉字的表示

汉字字数繁多、字形复杂、读音多变,要想在计算机中表示汉字,最方便的方法是对汉字进行编码,汉字编码要与西文字符及其他字符有明显的区别。

(1)国标码。又称为汉字交换码,主要用于汉字信息处理系统之间或者通信系统之间的信息交换。1981 年国家标准总局公布了 GB 2312—80,即《信息交换用汉字编码字符集基本集》,简称国标码(GB 码)。该标准共收集常用汉字6 763个,其中一级汉字3 755个,按拼音排序。二

级汉字3 008个,按部首排序。另外还有各种图形符号682个,共计7 445个。

（2）区位码。将国标码中的6 763个汉字分为94个区,每个区中包含94个汉字(位)。每个汉字都对应一个区号和位号,二者组合在一起就构成了区位码。汉字区位码定长4位,前两位表示区号,后两位表示位号,二者都用十进制表示,范围都是01～94。

在区位码表中,第1～15区包含西文字母、数字和图形符号以及用户自定义的专用符号(统称非汉字图形字符)。第16～55区为一级汉字。第56～87区为二级汉字。87区以上为空白区,可供造新字使用。

区位码与国标码不同,二者关系为:国标码＝区位码(十六进制)+2020H。

（3）机内码。汉字处理系统要保证中西文兼容,以字节为单位时,ASCII码和国标码的最高位都是"0",其他7位有时候会相同,所以会产生二义性。汉字在计算机内部的唯一编码称为机内码,机内码编码时要避免该二义性。

机内码与国标码相同,长度都是二字节,它在相应国标码的每个字节最高位加"1",即:机内码＝国标码+8080H。

1.3 指令系统

指令是指示计算机执行某种操作的命令,一台计算机所有指令的集合构成该机器的指令系统。指令系统决定了计算机硬件的主要性能和基本功能,它应根据计算机的使用要求来设计,不仅与计算机的硬件结构有关,也直接影响到系统软件和应用软件,是计算机系统软、硬件的界面,是了解或设计一台计算机系统的基本出发点。

1.3.1　计算机指令

每条指令都包含两个基本部分:操作码,表示指令执行什么功能;地址码,表示参与操作的数据的地址。

指令的基本格式如图1-9所示。

指令字长指一个指令字中包含的二进制代码位数;机器字长指计算机能直接处理的二进制数据位数。根据二者的关系,可以把指令分为半字长指令、单字长指令、多字长指令。多字长

操作码	地址码

图1-9　指令的基本格式

指令可以提供足够多的地址位来解决内存单元的寻址问题,但取出一整条指令需要多次访问内存,降低了CPU运算速度,同时又占用了更多的存储空间。

寻址技术是根据地址码寻找到所需要操作数的技术,通常包括编址方式和寻址方式。

编址方式是对寄存器、主存储器及输入输出设备等进行编址的方式。主要包括字编址方式、字节编址方式和位编址方式等。在主存容量相同的条件下,不同编址方式对应的地址码位数不同。例如,如果采用字节编址方式,那么地址码位数就长,但是可以对每个字符进行处理。如果采用字编址方式,那么地址码位数就短些,但对字符操作就比较困难。

确定本条指令的数据地址以及下一条要执行的指令地址的方法称为寻址方式,包括指令寻址方式和操作数寻址方式两种。指令寻址方式有顺序寻址方式和跳跃寻址方式两种。操作数寻

址方式主要有：立即寻址方式、直接寻址方式、间接寻址方式、变址寻址方式、基址寻址方式、相对寻址方式和寄存器寻址方式等。

在实际应用中，应该根据不同编址和寻址方式的特点，结合具体问题来分析，选择合适的编址和寻址方式。

1.3.2 指令执行控制

在 CPU 中，一条指令的运行包括取指、分析和执行 3 个步骤。

（1）取指。把程序计数器（PC）的内容（指令地址）装入存储器地址寄存器（MAR），送给地址总线，然后由地址总线选中该地址所在的主存单元，取出该指令的代码，经数据总线输入 CPU 中的指令寄存器（IR）。

（2）分析（指令译码）。指令的操作码经指令译码器译码后，给 CPU 的相应的寄存器和其他部件发出一系列控制信号。在指令译码的同时，程序计数器（PC）的内容加 1，产生下一条指令地址。

（3）执行。CPU 的各个部件根据不同的控制信号序列，执行相应的操作。

常用的指令执行方式包括下述 3 种。

（1）顺序执行方式。CPU 的控制部件对当前指令进行取指、分析和执行。当前指令执行结束后，再对下一条指令进行取指、分析和执行，如此循环执行下去，直到程序执行完毕。顺序执行方式具有下述特点：

① 指令与指令之间是顺序地串行执行。

② 一条指令的三个执行步骤（取指、译码、执行）也是顺序地串行执行。

③ 优点是控制简单，硬件容易实现，缺点是执行速度比较慢。

（2）超前执行方式。前一条指令执行过程尚未结束，就提前处理下一条指令，即指两条指令的某些操作同时进行。该方式通常有超前取指、超前指令译码、超前寻址和取操作数等操作。超前执行方式具有下述特点：

① 每条指令内部的各个操作仍是顺序地串行执行。

② 相邻两条指令的某些操作可以同时进行。

③ 优点是提高指令的控制速度，缺点是技术较复杂，实现起来难度比较大。

（3）流水线方式。把指令的执行过程分解为若干个子过程，分别由不同的硬件去执行。例如，通常把指令的执行过程分为取指、译码、取操作数和执行 4 个子过程，分别由取指、译码、取操作数和执行 4 个装置来执行，这 4 个装置彼此可以并发执行，如表 1-5 所示。

表 1-5 流水线执行方式

指令 1	取指	译码	取操作数	执行	
指令 2		取指	译码	取操作数	执行
指令 3			取指	译码	取操作数
指令 4				取指	译码
指令 5					取指

流水线方式具有下述特点：

① 每条指令内部的各个子过程仍是顺序地串行执行。

② 每条子过程执行完毕，由于该装置已空闲，即可接收下一条指令中同样的子过程来执行。

③ 优点是明显提高了程序的执行速度，缺点是硬件结构比较复杂。

1.4 存储体系

存储介质是指用来制作存储信息的物质。存储器按存储介质分类可分为半导体存储器、磁存储器和光存储器。半导体存储器速度快，但容量不是很大，且成本较高。磁存储器和光存储器成本低，容量很大，但存取速度低，与 CPU 高速处理能力不匹配。我们所需要的理想存储器，其存取速度要和半导体存储器相当，容量要和磁存储器、光存储器相当。单从改进存储技术的途径来提高存储器性能，很难满足上述要求。所以，必须从存储系统结构方面采取措施，即采用多种不同类型的存储器组成存储系统。常用的是 3 级存储系统，如图 1-10 所示。

该存储系统存在下述两个存储层次。

（1）Cache-主存存储层次。由 Cache 和主存构成，它缓解了主存和 CPU 存取速度的矛盾。从整体上看，该层次接近于 Cache 的速度、主存的容量和主存的平均位价格。该层次工作时完全由辅助硬件来实现，对所有程序员都是透明的。

（2）主存-辅存存储层次。由主存和辅存

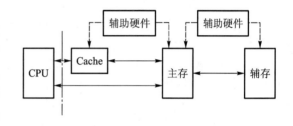

图 1-10　三级存储系统

构成，它缓解了存储器大容量与低成本之间的矛盾。从整体上看，该层次接近于主存的速度、辅存的容量和辅存的平均位价格。该层次工作时由辅助的软硬件来实现，对所有程序员都是透明的。

1.4.1 主存储器

1. 主存记忆元件

主存储器按照存取限制可以分为 RAM（随机存储器）和 ROM（只读存储器）两种。前者既可以在线存（写）又可以在线取（读），后者只能在线取（读）。

（1）RAM 记忆元件。RAM 要求元件具有如下记忆特性：有两种稳定状态；在外部信号的激励下，两种稳定状态能进行无限次相互转换；在外部信号的激励下，能读出两种稳定状态；可靠地存储。

半导体 RAM 元件可分为静态 RAM（SRAM）和动态 RAM（DRAM）两大类。二者的区别，是 SRAM 利用开关特性进行记忆，只要电源有电，它总能保持两个稳定状态中的一个状态。DRAM 则除了要电源有电外，还必须动态地每隔一定的时间间隔进行一次刷新，否则信息会丢失。

（2）ROM 记忆元件。ROM 是一种非易失性器件，它所存储的信息用特殊方式写入，主要存储经常要用的一些固定信息。根据其物理特性可把 ROM 分为以下几类：

① ROM。又称为 MROM（掩模型只读存储器），它采用二次光刻掩模工艺一次制成，制成后其内容不可改变。

② PROM。即可编程的 ROM，其元件有多种形式，最常用的是熔丝型的，它在出厂时各处熔丝都是完好的，均表示"1"。当用户需要将其中某位置"0"时，把对应处的熔丝烧断即可。PROM 一经写好，存有"0"的位置就不可再改为"1"。

③ EPROM。即电可擦除可编程 ROM，是一种可改写的 ROM，目前用得较多的是浮动雪崩注入型 MOS 管。按照擦除方法的不同，可分为 UVEPROM 和 E^2PROM 两种。

2. 主存储器组成

主存储器主要由存储体、地址译码驱动电路、读/写电路和时序控制电路等组成。

存储体是主存的核心，它由许多位集成在一个芯片上构成，再由一些芯片进行扩展，就构成容量更大的存储体阵列。常用扩展方式包括字扩展方式、位扩展方式和段扩展方式等。

一个地址码唯一地对应一个地址，将一个地址码变换成为驱动字线电位的逻辑电路，称为地址译码器。由于每条地址线上都挂有许多存储元电路，为能对它们进行有效驱动，在译码器输出端每条字线上都要加一个驱动器。

一个信号从发出到稳定，有一个过程，为了能进行有效读/写，必须考虑这些信号之间的时间配合关系，即所谓的时序关系。管理这些时序关系的电路就称为时序电路。

3. 主存工作模式

（1）SDRAM。即同步动态随机存储器，是早期内存工作模式 EDO 的改进，该方式将 CPU 与 RAM 通过一个相同的时钟锁在一起，使得 RAM 与 CPU 共享一个时钟，以相同的速度同步工作。

（2）DDR SDRAM。即双数据速率同步动态内存，它使用了延时锁定电路，在时钟脉冲的上升沿和下降沿都能读出数据，速度在同样的时钟频率条件下是 SDRAM 的两倍。

（3）RDRAM。即存储器总线式动态随机存储器，采用了超高时钟频率，还采用了串行模块结构——各个芯片用一条总线串接起来，前面芯片写满后，后面芯片才开始读入数据。

（4）XDR DRAM。即极度数率动态随机存储器，是 RDRAM 的改进，主要采用了改进的串行模块架构、8 倍数据传输率和 FlexPhase 技术等新技术。

4. 主存储器的主要性能指标

主存储器的性能，通常可以从以下几方面描述。

（1）每位成本。折合到每一位的存储器的造价，是存储器的主要经济指标。

（2）容量。通常用有多少个存储单元、每个单元用多少位来表示，也可用能存储多少字节来表示。

（3）存取速率。主存最重要的技术指标，一般包括下述内容。

① 访问时间 T_a。从启动一次访问操作到完成该操作所用的时间。

② 存取周期 T_m。两次连续地访问主存操作之间所需要的最短时间。

③ 主存带宽 B_m。又称为数据传输率，指的是每秒钟访问的二进制位数目。

（4）信息的可靠保存性、非易失性和可更换性。

（5）可靠性。通常用平均无故障时间（MTBF）来衡量。

1.4.2　辅助存储器

辅助存储器用以存放当前暂时不用的程序和数据，是主存储器的主要后援存储设备。对辅存的基本要求是容量大、成本低、可以脱机保存信息。读写方式主要有磁读/写和光读/写两种。

1. 磁表面存储器

磁盘、磁带都是磁表面存储器,其信息存储于涂覆在载体表面,厚度为 0.024 ~ 5 μm 左右的磁层中。其存储元记录了磁头写线圈中电流的方向,当载磁体朝一个方向运动时,若写线圈中通过脉冲电流,就把其中的信息存储在磁层中,从而完成写操作。若写线圈中没有脉冲电流,那么存储元中的剩磁由于电磁感应原理,可以在读线圈中感应出脉冲电流,从而完成读操作。

磁记录格式规定了一连串的二进制数字数据与磁层存储元的相应磁化翻转形式互相转换的规则,常用的有下面几种:

(1) 归零制(RZ)。用写电流的正脉冲表示 1,负脉冲表示 0,磁层在记录 1 时由无磁性状态转变为某个方向上的磁化状态,记录 0 时从未磁化状态转变为另一方向的磁化状态。在两个信号之间,磁头线圈的写电流要回到零。这种方式记录密度低,抗干扰能力差。

(2) 不归零制(NRZ)。在记录信息时,磁头线圈中总是有电流,不是正向电流,就是反向电流,不需要磁化电流回到无电流的状态。这种方式抗干扰能力强,但它没有自同步能力。

(3) 调相制(PE 或 PM)。又称为曼彻斯特码。写每个 1 时,写电流由正向负跳变一次。写每个 0 时,写电流由负向正跳变一次。当记录连续的 0 或 1 时,信号交界处也要翻转一次。这种方式具有自同步能力,其抗干扰能力强,但是频带较窄。

(4) 调频制(FM 或 FD)。在两个信号的交界处写电流都要改变方向,并且利用中间有无跳变来记录 1 或 0。这种方式具有自同步能力。

磁盘是一些圆片形的磁表面介质存储器,其基体可以是聚酯薄膜,也可以是铝合金。前者较软,称为软盘,目前已经淘汰不用。后者较硬,称为硬盘。一个硬磁盘存储器中有一个或多个盘片,这些盘片被固定在柱轴上,柱轴可以有多个,用台号来标识。在每个盘片上,磁介质均匀地分布在一些同心圆上,形成一个盘面的磁道。多个盘面中同一半径的磁道形成一个圆柱面,圆柱面总数等于一个盘面的磁道数。磁道还可以分成若干个扇区,每个扇区存放一定的数据块。所以硬盘中的数据地址由台号、柱面(磁道)号、盘面号及扇区号来表示。

评价硬盘性能好坏,主要参照下述指标。

(1) 记录密度。记录密度分为道密度和位密度,道密度是径向单位长度的磁道数,在数值上等于磁道距的倒数。位密度也称为线密度,是单位长度磁道所能记录的二进制信息位数,对不同磁道而言,越向外其位密度越低。

(2) 硬盘容量。硬盘所能存储的字节的总量,存储容量分为格式化容量和非格式化容量,前者是以能够与实际可以使用的存储容量,比后者要小,一般是后者的80%左右。

(3) 主轴转速。用平均寻区时间来表示,指的是硬盘旋转半周所用的时间。主轴转速快,磁头达到目的扇区的速度就快。

(4) 寻道时间。又称为查找时间,指的是磁头找到目的磁道需要的时间,它由磁盘存储器的性能来决定,一般都在 10 ms 以下。

(5) 平均存取时间。近似等于平均寻区时间和寻道时间之和。

(6) 缓冲存储区大小。在硬盘内部读写电路与接口之间设置一个缓冲存储区,可以解决二者速度不匹配的问题,从整体上提高硬盘读写速度。缓冲存储区越大越好。

(7) 数据传输率。分为内部数据传输率和外部数据传输率两种。内部数据传输率主要由主轴的转速来决定。外部数据传输率是系统总线与硬盘缓冲区之间的数据传输率,它与接口类型和缓存大小有关。

(8) 误码率。从辅存读出数据时,出错信息与读出的总信息位数之比。为了减少出错率,需要采用校验码。校验码有多种,磁表面存储器一般采用循环冗余码来发现并纠正错误。

硬盘接口是硬盘与主机系统间的连接部件,用于硬盘缓存和主机内存之间的数据传输。在整个系统中,硬盘接口的优劣直接影响着程序运行的快慢和系统性能的好坏。常用的硬盘接口分为 IDE、SCSI、光纤通道和 SATA 四种。其中,IDE 和 SATA 是专用于硬盘的接口,SATA 比 IDE 性能要好,有逐渐取代 IDE 的趋势。SCSI 是广泛应用于小型机上的高速接口,光纤通道是专门为网络系统设计的接口,二者都不是专门为硬盘设计的接口。SCSI 主要用于中、高端服务器和高档工作站中,光纤通道价格最昂贵,只用在高端服务器上。

硬盘出厂后必须经过格式化才能使用,由于硬盘容量大,可以分成若干个区,供不同操作系统使用,所以硬盘格式化比软盘格式化要复杂得多,硬盘格式化需要经过 3 个步骤,低级格式化(物理格式化)、硬盘的分区和逻辑格式化(如执行 DOS 的 Format 命令)。

2. 磁盘阵列 RAID

RAID 把多台小型的磁盘存储器(或光盘存储器)按一定的条件组织成同步化的阵列,利用类似于存储器中的多体交叉技术,将数据展开存储在多个磁盘上,提高了数据传输的带宽,并用冗余技术提高了可靠性。其核心是采用分条、分块和交叉存取等方式对存储在多个盘中的数据和校验数据进行组合处理,来满足存储系统的性能要求。

常用的 RAID 系统包括下述几种。

(1) RAID0。数据按条分布于多个磁盘,它不提供冗余,但传输数据最快,适合于处理大文件。缺点是当阵列中的一个驱动器出现故障,整个系统也瘫痪。

(2) RAID1。每个工作盘都有一个对应的镜像盘,写数据时必须同时写入工作盘和镜像盘,正常工作时只访问工作盘。一旦工作盘出错,镜像盘就投入使用,并用其恢复工作盘。

(3) RAID2 ~ RAID4。都有固定的校验盘,区别在于所采用的纠错技术和校验盘的设置方式不同。

① RAID2。采用海明校验码纠错、位交叉技术。

② RAID3。采用位交叉技术,使用一个校验盘。

③ RAID4。采用块交叉技术,使用一个校验盘,并且可独立传输。

(4) RAID5。与 RAID4 相似,也是采用块交叉技术的可独立传输的磁盘阵列,但它不单独设置校验盘,而是按某种规则把校验数据分布在组成阵列的磁盘上。一个磁盘上既有数据,又有校验信息,从而解决了多盘争用校验盘的问题。

(5) RAID6。采用双磁盘驱动器容错的块交叉技术磁盘阵列。有两个磁盘驱动器存放检、纠错码,大大提高了数据的有效性和可靠性。

(6) RAID7。除采用分块技术外,还采用了多数据通道技术和 Cache 技术,进一步提高了存取速度和可靠性。

3. 光盘存储器

相对硬盘而言,光盘存储技术有下述特点:

(1) 记录密度高、存储容量大。

（2）采用非接触方式读/写,没有磨损,可靠性高。

（3）可长期(60~100年)保存信息。

（4）成本低廉,易于大量复制。

（5）存储密度高,体积小,能自由更换盘片。

（6）误码率,在 10^{-10} ~ 10^{-17} 以下。

（7）存取时间为 100~500 ms,数据存取速率比磁盘略低,基本速率(单倍速)为 150 MBps。

光盘存储器可分为固定型、只写一次型和可擦写型。固定型和只写一次型读写原理相同,都是采用存储介质状态不可逆的性质,区别是前者由厂家写入,后者可以由用户写入。可擦写型主要是采用状态可逆的存储介质,分为磁光型和相变型两种。磁光型光盘比相变型访问速度慢,但可擦洗次数达 100 万次以上,相变光盘只有 1 000 次左右。

数字光盘诞生以来,出现了多种厂商标准和国际标准,主要的规范及格式,包括 CD-DA、CD-ROM、CD-I、CD-R、VCD、DVD、蓝光光盘和 HD-DVD 等。

1.4.3 高速缓冲存储器

CPU 访问存储器时,无论是取指令还是取数据,所访问的存储单元都趋于聚集在一个较小的连续区域中。这种对局部范围的存储器地址频繁访问,而对此范围之外的地址单元则访问甚少的现象就称为程序访问的局部性原理。这种局部性既表现在时间上,也表现在空间上。时间局部性是指如果一个信息项正在被访问,那么在近期它很可能还会被再次访问。空间局部性是指最近的将来将用到的信息很可能与现在正在使用的信息在空间地址上是临近的。

根据程序访问的局部性原理,可以在主存和 CPU 之间设置一个高速的、容量相对较小的存储器,如果当前正在执行的程序和数据存放在这个存储器中,当程序运行时,不必从主存中取指令和数据,只需访问这个高速存储器,以提高程序运行速度。这个存储器称为高速缓冲存储器(Cache)。

Cache 和主存构成一个"Cache-主存"存储体系,整个存储器的容量及单位成本能够与主存相当,而存取速度可以与 Cache 的读/写速度相当,这就很好地解决了存储器系统的容量、存取速度及单位成本三个方面性能之间的矛盾。

管理"Cache—主存"存储体系的部件称为 Cache 控制器,如图 1-11 所示。CPU 与主存之间的数据传输必须通过 Cache 控制器进行。

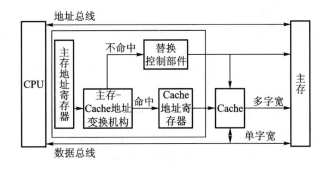

图 1-11 Cache 存储系统基本结构

当 CPU 发出读请求时,Cache 控制器将来自 CPU 的数据读写请求转向 Cache,将主存地址的 m 位与 Cache 块中的标记在地址变换机构中相比较,根据其比较结果是否相等而分成两种情况。当比较结果相等时,说明需要的数据已在 Cache 中,称为"命中",那么直接访问 Cache 就行了。当比较结果不相等时,说明需要的数据尚未调入 Cache,称为"未命中"。则 CPU 需要对主存操作,那么就要把该数据所在的整个字块从主存一次调入 Cache 中。

Cache 容量很小,它所保存的仅是主存内容的一个子集,为了把主存块放到 Cache 中,必须把主存地址与 Cache 的地址对应起来,这一过程称为地址映射,全由硬件来实现。这样当 CPU 访问内存时,它所给出的一个字的内存地址就会自动转换成 Cache 的地址。常用下述地址映射方式。

(1)直接映射方式。主存中的每一个块只能被放置到 Cache 中唯一的一个指定位置,若这个位置已有内容,则产生块冲突,原来的块将无条件地被替换出去。这种方式块冲突概率最高,空间利用率最低。

(2)全相联映射方式。允许主存中任意一个块映射到 Cache 的任何一个字块位置上,也允许从已被占满的 Cache 中替换出任何一个旧块,当访问一个块中的数据时,块地址要与 Cache 块表中的所有地址标记进行比较以确定是否命中,调入数据块时,替换策略也比较复杂。这种方式优点是灵活,Cache 的块冲突概率小,空间利用率高,但是地址变换速度慢,而且成本高,仅是一个理想方案,实际上很少使用。

(3)组相联映射方式。将主存空间按 Cache 大小等分成区后,再将 Cache 空间和主存空间中的每一区都等分成大小相同的组。让主存各区某组中的任何一块,均可直接映射到 Cache 中对应组的任何一块位置上,即组间采取直接映射,而组内采取全相联映射。这种方式实际是全相联映射和直接映射的折中方案,也可以说是上述两种方式的一般形式,所以其优缺点介于它们的优缺点之间。

每一次访问 Cache 都有"命中"或"未命中"两种可能。如果"未命中",必须采用适当的替换策略,用新块替换 Cache 中的旧块。在直接映射方式中,可以被置换的旧块只有一个,即只有唯一的选择。全相联映射和组相联映射则存在多中选一的情况,常用下述替换策略。

① 先进先出(FIFO)策略。把一组中最先调入 Cache 中的字块替换出去,实现容易,开销小,缺点是此策略效果不佳。

② 使用次数最少(LFU)策略。将迄今为止使用次数最少的字块作为被替换的旧块,需要较多硬件资源,效果比 FIFO 略好。

③ 近期最少使用(LRU)策略。把一组中近期最少使用的字块替换出去,需要较多的硬件资源,记录的信息量也比较多,平均命中率比 FIFO 和 LFU 要高。

CPU 对 Cache 的写入更改了 Cache 内容,有多种写操作方式可以保证与主存内容一致,统称为 Cache 的更新策略,主要有如下方式。

(1)写直达法。CPU 执行写操作时,必须把数据同时写入主存和缓存,这种方式保证主存与缓存数据一致性,但增加了访问主存的次数,降低了存取速度。

(2)写回法。CPU 执行写操作时,只把数据写入 Cache 而不写入主存,一直到此块被换出时才把内容写入主存,实现时需要借助标志位信息。这种方式减少了主存访问次数,还可以保证数据一致性,使用范围比较广。

（3）写一次法。基于写回法又结合了写直达法，写命中和未命中时处理与写回法基本相同，只是第一次写命中时还需要同时写入主存，这种策略主要用于某些处理器的片内 Cache。

1.5 常用 I/O 接口与设备

在计算机系统中，接口是指中央处理器（CPU）与内存和外部设备之间、两种外部设备间或两种机器之间连接的逻辑部件。接口部件在它所连接的两部件之间起着"转换器"的作用，以便实现彼此之间的信息传送。

外部设备有自己的设备控制器，它一方面通过接口接收 CPU 传送的信息，并把这些信息传送到设备；另一方面从设备读出信息传送给接口，然后由接口送给 CPU。由于外部设备种类繁多并且传输速率不同，所以每种设备都有适应它自己工作特点的设备控制器。为了使所有的外部设备能够兼容，并能在一起工作，通常在总线和每个外部设备的设备控制器之间使用一个适配器（接口）电路，从而保证外部设备用计算机系统特性所要求的形式发送和接收信息。接口逻辑通常做成标准化，对应不同的输入输出控制方式，有不同的标准接口。

1.5.1 I/O 接口管理

1. 接口的功能

CPU 与 I/O 设备进行数据交换时往往存在速度、时序、信息格式和信息类型的不匹配，接口的作用是弥补这些不匹配，所以必须具备下述功能。

（1）数据转换。不同类型的数据必须经过转换过程才能被对方识别和接收。

（2）数据缓冲与时序配合。在接口电路中，一般设置几个数据缓冲寄存器，从而使接口具备一定的缓冲存储能力，以补偿各种设备在速度上与 CPU 的差异。

（3）提供外部设备和接口的状态。在接口线路中设置设备和接口状态寄存器，CPU 可以通过读取其内容了解外部设备和接口线路的工作状态，调整对外部设备及数据接口的指令。状态信息包括"准备就绪"、"忙"及"错误"等，供 CPU 询问外部设备进行分析。

（4）实现主机与外部设备之间的通信联络控制。包括设备选择、操作时序的控制与协调、中断的请求与批准、主机命令与 I/O 设备状态的交换与传递。因此每个接口电路都有一个专门的设备选择电路和中断控制线路。

（5）电平匹配和负载匹配。总线信号电平通常是与 TTL 兼容的，而外设的 I/O 信号有 TTL 电平和其他规格电平。当电平不同时，需经过接口电路进行电平转换。在信号电平相同的情况下，若总线负载能力不足，需经过接口电路增强总线的驱动能力达到负载匹配，系统才能正常工作。

（6）程序中断。主要包括向处理器申请中断，向处理器发出中断类型号，中断优先权的管理等。

2. 接口的组成

不同外设对应的接口是不同的，但不论哪种接口，都必须具有以下基本部件。

（1）数据缓冲寄存器。用来暂时存放外部设备输入的数据或 CPU 输出的数据，包括数据输入缓冲寄存器和数据输出缓冲寄存器两种。利用这种寄存器,可以在高速工作的 CPU 和慢速工作的外设之间起协调、缓冲和控制作用。

（2）控制寄存器。用于存放处理器发过来的控制命令和其他信息,以确定接口电路的工作方式和功能。控制寄存器是写寄存器,其内容只能由处理器写入,而不能读出。

（3）状态寄存器。用于保存外设或接口本身的当前工作状态信息,每一种状态通常在状态寄存器中占一位,该寄存器的内容一般只能被 CPU 读出。

（4）内部定时与控制逻辑。用来产生内部工作所需的定时信号,并根据 CPU 的命令产生控制外设实现具体操作的控制信号。

图 1-12 是接口电路的基本结构框图。由于接口电路位于 CPU 和外设之间,它既要面对 CPU 又要面对外设。因此,在逻辑结构上分为两部分,一部分与 CPU 相连接,这部分面向主机的逻辑是标准的逻辑,不同的接口差异不是很大。另一部分与外设相连接,这部分是非标准的,随所连接的外设不同而差异较大。

此外,为了支持接口逻辑,系统要设置总线收发器增加总线驱动能力。接口芯片工作时需要先选中芯片,所以系统还应设置地址译码电路,将系统提供的地址翻译成对接口的片选信号。

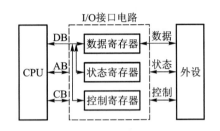

图 1-12　I/O 接口的基本组成

3. 接口的分类

接口的类型取决于 I/O 设备的类型、I/O 设备对接口的要求和 CPU 与 I/O 接口之间信息交换的方式等因素。

（1）按照数据传输宽度分类。

① 并行接口。各位数据都是并行传送,它以字节(字)为单位与 I/O 设备或被控对象进行信息交换。一般当 I/O 设备本身是按照并行方式工作,并且主机与外部设备之间距离较近时,选用并行接口。

② 串行接口。在接口与 I/O 设备之间按照每次传送一位的方式进行数据传递,该接口必须设置具有移位功能的数据缓冲器,以便实现数据格式的并/串转换。一般的低速 I/O 设备、计算机网络的远程终端设备以及通信系统的终端采用串行接口。

（2）按操作的节拍分类。

① 同步接口。CPU 与接口之间,接口与外设之间的数据交换都由 CPU 控制节拍的协调,与 CPU 的节拍同步。这种接口控制简单,但其操作时间必须与 CPU 时钟同步。

② 异步接口。CPU 与 I/O 设备之间采用应答形式交换信息。连接在总线上的任何两个设备均可交换信息,其中,负责控制和支配总线控制权的设备叫主设备,和主设备交换信息的设备叫从设备。在信息交换时,主设备发出交换信息的“请求”信号,从设备完成操作后向主设备发出“应答”信号。通过这种一问一答的方式逐步完成信息的交换,其中从“请求”到“应答”之间的时间由完成操作所需的实际时间来决定,与 CPU 的时钟节拍无关。

（3）按信息传送的控制方式分类。可以分为程序控制 I/O 接口、程序中断 I/O 接口和直接存储器存取(DMA)接口。

1.5.2　输入设备

输入设备用于从外界将数据、程序输入到计算机内存,供计算机处理。主要包括键盘、鼠标、笔输入设备、扫描仪、数码相机、声音输入设备及视频输入设备等。

(1) 键盘。通过键盘可以将字母、数字等信息输入到计算机中,控制计算机执行相关的操作。PC 键盘可以分为外壳、按键和电路板 3 部分。按键的结构可分为触点式(机械式)和无触点式(电容式)两大类,早期键盘都属于机械式,手感差、手指易疲劳、键盘磨损快、故障率高,现已不多见。目前常用键盘都属于电容式,手感好、击键声音小、无接触、寿命较长。

(2) 鼠标。一种指示设备,能方便地控制屏幕上的鼠标指针准确地定位在指定的位置处,并通过按钮完成各种操作。鼠标的主要技术指标是分辨率,用 DPI(Dot Per Inch) 表示,它指鼠标每移动一英寸时光标在屏幕上所通过的像素数目,分辨率越高,性能就越好。常用鼠标器按照结构可分为机械式鼠标、光电式鼠标和光机式鼠标 3 类,它们的价格逐渐提升,但性能、精度逐渐提高。

(3) 笔输入设备。俗称"手写笔",一般由两部分组成,一部分是与主机相连接的基板,上面有连接线,接在主机的串行接口(或 PS/2 接口、USB 接口)。另一部分是在基板上写字的"笔"。用户用笔在基板上写字、画画,可以完成信息的输入工作,用笔在基板上控制鼠标箭头,则可以完成相关的命令操作。手写笔可以分为电阻式手写笔、电磁感应式手写笔和电容触控式手写笔 3 大类。电阻式分辨率低、稳定性差。电磁感应式真实感强,但容易受周围电器设备干扰。电容触控式使用手指和笔都能操作,使用方便,性能稳定。

(4) 扫描仪。一种将原稿(图片、照片、底片及书稿) 输入计算机的设备。扫描仪种类繁多,按照不同的准则,可分为不同的类型。按扫描仪处理对象分,有反射式和投射式两种。按扫描仪结构来分,有手持式、平板式、胶片专用和滚筒式等。扫描仪的性能指标,包括分辨率、色彩位数、感光器件、扫描幅面和与主机的接口等。

(5) 数码相机。又称数字相机,是一种介于传统相机和扫描仪之间的产品,它不需要胶卷和暗房,就能直接将二维或三维景物进行数字化。数码相机的结构与传统相机有很多相似之处,不同之处在于它不使用光敏卤化银胶片成像,而是直接在成像芯片上成像。成像芯片是数码相机的核心,常用的成像芯片有 CCD 和 CMOS 两种。数码相机的存储器都是用闪存做成,称为闪存卡或存储卡,包括 SM 卡、CF 卡、MMC 卡、SD 卡和 XD 卡等,它们一般不能互相通用。

(6) 声音输入设备。包括前端设备和后端设备两部分,前端设备包括麦克风和 MIDI 输入设备等,用于采集声音信号,后端设备包括声音卡等,它对声音信号进行采样和量化,转换成为二进制的数字形式。

(7) 视频输入设备。包括前端设备和后端设备两部分,前端设备包括数字摄像头(机),用于采集视频信号,后端设备包括视频卡等,它对视频信号进行采样和量化,转换成为二进制的数字形式。

1.5.3　输出设备

输出设备用以将计算机处理后的结果信息,转换成外界能够识别和使用的数字、文字、图形、图像、声音及电压等信息形式。主要包括显示器、打印机、绘图仪、声音输出设备和视频输出设备等。

（1）显示器。其功能是将数字信号转化为光信号，最终将文字与图形显示出来。PC 显示器由监视器和显示控制卡两部分组成。显示器的发展经历了 3 个阶段。球面 CRT 显示器、纯平 CRT 显示器和液晶显示器。显示器的主要性能参数，包括像素与点距、显示屏的尺寸、显示器的分辨率、扫描方式和刷新频率、视频带宽、像素的颜色范围、辐射和环保、调节与控制等。

（2）打印机。它能把主机输出的程序、数据、字符及图形打印在纸上。常用的打印机包括针式打印机、喷墨打印机和激光打印机 3 种，其价格逐渐增加，但打印质量也逐渐增强。打印机的性能指标主要包括打印精度（分辨率）、打印速度、色彩和打印成本等。

（3）绘图仪。可以绘制出复杂、精确的图形，广泛应用于产品设计和建筑工程等领域的计算机辅助设计和辅助制造。绘图仪一般采用“增量法”绘制图形。为了使画笔移动步距所组成的折线尽量逼近欲绘制的直线或曲线，通常使用“插补算法”。绘图仪按其结构形式可分为滚筒式和平台式两种，滚筒式速度慢、精度不高。平台式速度快、精度高，应用广泛。

（4）声音输出设备。主要包括 MIDI 音乐合成器、三维环绕声生成器及音箱。其中 MIDI 音乐合成器把 MIDI 文件转换成为波形信号，MIDI 合成器包括数字调频合成器（FM）和波形合成器（PCM）两种。三维环绕声生成器可以利用双声道立体声系统重现实际三维声场的空间宽度、深度、层次及临场感，具有很强的感染力。三维环绕声技术有多种，包括 SRS、Space 均衡器技术、Q-Sound 和 Spatializer 等，其中最为流行的是 SRS。音箱处于声音输出设备的最前端，可以将电信号还原成为声音信号，音箱分为无源音箱和有源音箱两大类，目前 PC 使用的主要是有源音箱。

（5）视频输出设备。视频投影仪也称为多媒体投影仪，它是一种重要的视频输出设备。投影仪主要通过 3 种技术来实现，它们分别是 CRT 投影技术、LCD 投影技术以及 DLP 投影技术。主要性能指标包括亮度、分辨率、光能量、灯泡寿命、水平扫描频率、垂直扫描频率及梯形校正等。

1.6　系统性能指标

本节主要介绍系统性能评价的有关参数。

1.6.1　可靠性相关概念

可靠性用平均无故障时间（MTTF）来度量，即计算机系统平均能够正常运行多长时间，才发生一次故障。系统可靠性越高，平均无故障时间就越长。可维护性用平均维修时间（MTTR）来度量，即系统发生故障后维修和重新恢复正常运行平均花费的时间，系统的可维护性越好，平均维修时间越短。计算机系统可用性是系统保持正常运行时间的百分比，定义为：MTTF/（MTTF+MTTR）×100%。

用户容易对可靠性和可用性产生混淆，二者的重要区别是系统是可维修的还是不可维修的。可靠性通常低于可用性，因为可靠性要求系统在整个时间段内都必须正常运行。而对于可用性的要求就没有那么高，系统可以发生故障，然后在该时间段内修复。

1.6.2 可靠性计算

计算机是一个复杂系统,而且影响其可靠性的因素很多,所以很难直接进行可靠性分析,一般都是把系统简化,然后抽象成一些常用模型的组合。常见的可靠性模型包括以下3种。

（1）串联系统。在该系统中,任一组成单元失效就会导致整个系统失效,其框图如图1-13所示,假定各单元统计独立,则其可靠性数学模型为:

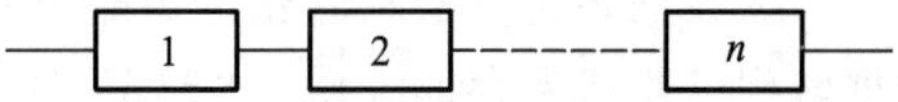

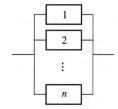

图1-13 串联系统

$$R_a = \prod_{i=1}^{n} R_i, (i = 1, 2, \cdots, n)$$

式中:R_a 表示系统的可靠度,R_i 表示第 i 单元可靠度。

（2）并联系统。在该系统中,所有组成单元都失效时系统才失效,其框图如图1-14所示,假定各单元统计独立,则其可靠性数学模型为:

$$R_a = 1 - \prod_{i=1}^{n} F_i = 1 - \prod_{i=1}^{n} (1 - R_i), (i = 1, 2, \cdots, n)$$

式中:R_a 表示系统的可靠度,F_i 表示第 i 单元不可靠度。R_i 表示第 i 单元可靠度。相对串联系统,并联系统的可靠性比较高。

（3）混联系统。混联系统的两个典型情况为串并联系统（如图1-15所示）和并串联系统（如图1-16所示）。

图1-14 并联系统

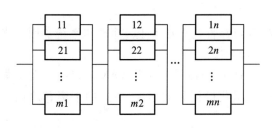

图1-15 串并联系统

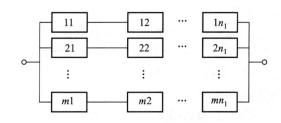

图1-16 并串联系统

并串联系统的数学模型为 $R_s = \prod_{j=1}^{n} \left[1 - \prod_{i=1}^{m_j} (1 - R_{ij}) \right]$,若各单元可靠度都相等,即 $R_{ij} = R$,且 $m_1 = m_2 = \cdots = m_n = m$,则 $R_s = [1 - (1-R)^m]^n$。

并串联系统的数学模型为 $R_s = 1 - \prod_{i=1}^{m} \left(1 - \prod_{j=1}^{n_j} R_{ij} \right)$,若各单元可靠度都相等,即 $R_{ij} = R$,且 $n_1 = n_2 = \cdots = n_m = n$,则 $R_s = 1 - (1-R^n)^m$。

一般而言,对于单元相同的情况,并串联系统的可靠度高于串并联系统的可靠度。

1.6.3 容错

所谓容错是指在故障存在的情况下计算机系统不失效,仍然能够正常工作的特性,确切地说是容故障，而不是容错误。在一定程度上容忍故障的技术称为容错技术，也称为故障掩盖技术，采用容错技术的系统称为容错系统。

容错主要依靠冗余设计来实现，以增加资源换取可靠性。由于资源的不同，冗余技术分为硬件冗余、软件冗余、时间冗余和信息冗余。

1. 硬件冗余

包括数据备份、双 CPU 容错系统、双机热备份、三机表决系统和集群系统等。

（1）数据备份。数据容错的策略就是数据备份，指的是将计算机系统中硬磁盘上的一部分数据转到可脱机保存的介质（如磁带、软磁盘和光盘）上。备份的策略有完全备份、增量备份和差分备份 3 种。

（2）双 CPU 容错系统。当一个 CPU 出现故障时，另一个 CPU 保持继续运行。这个过程对用户是透明的，系统没有受到丝毫影响，更不会引起数据的丢失，充分保证数据的一致性和完整性。

（3）双机热备份。设置两台服务器，它们都处于运行状态，如果一台服务器坏了，另一台服务器可以将所有的业务接管过来，它一般采用下述两种工作方式。

① 联机方式。两台服务器都在工作，分别担负不同的任务，可以很好地均衡负载，但是成本大，管理难。

② 独立方式。备份机不工作，只是监测作业机的工作状况，成本比较低，但是服务器之间切换时间较长。

（4）三机表决系统。三台主机同时运行，由表决器（Voter）根据三台机器的运行结果进行表决，如果有两台以上的机器运行结果相同，则认定该结果正确。通常可靠性比双机系统要高，但是成本高。

注意，当一台机器出现故障后表决已失去意义，其可靠性甚至比不上一个双机系统。因此当三机中坏掉一台后就当做双机备份系统来用，不再进行表决。

（5）集群系统。指均衡负载的双机或多机系统。DEC 公司最早在其 VAX 系统上实现了集群技术，多服务器集群系统的主要目的是使用户的应用获得更高的速度、更好的平衡和通信能力，而不仅仅是数据可靠性很好的备份系统。

2. 软件冗余

目的是提供足够的冗余信息和程序，使得能及时发现编程错误，采取补救措施，提高可靠性。通常采用下述方法。

（1）增加程序，一个程序分别用几种途径编写，按一定方式执行，分段或多种表决。

（2）程序由不同的人独立设计，使用不同的方法，不同的设计语言，不同的开发环境和工具来实现。

3. 时间冗余

常用的是检查点（Check-Point）技术。机器运行的某一时刻称为检查点，此时检查系统运行的状态被存储起来。一旦发现运行故障，就返回到最近一次正确的检查点重新运行。

4. 信息冗余

为检测或纠正信息在运算或传输中的错误而外加的一部分信息。在通信和计算机系统中，信息常以编码的形式出现，采用奇偶校验码、循环码等冗余码就可检错和纠错。

1.7 例题分析

1. 计算机系统是由_____组成的。

A. 硬件和应用软件系统　　　　　　B. 硬件和操作系统软件

C. 应用软件和操作系统软件　　　　D. 硬件和软件系统

分析:

本题考查计算机系统的组成。一个完整的计算机系统由硬件系统和软件系统组成。

答案:D。

2. 计算机硬件能够直接识别和执行的语言是_____。

A. 高级语言　　　B. BASIC 语言　　　C. 汇编语言　　　D. 机器语言

分析:

本题考查计算机语言基础知识。计算机语言种类很多,可以分为机器语言、汇编语言、高级语言和第四代语言等多种。计算机能识别的语言只能是机器语言,即 0 和 1 构成的代码。

答案:D。

3. 计算机采用_____来处理数据。

A. 二进制　　　B. 八进制　　　C. 十进制　　　D. 十六进制

分析:

本题考查二进制。二进制是计算机功能得以实现的基础,任何计算机应用中的数据在机器内部都表示为"0"和"1"组成的二进制代码串,数据处理最终都可以转换为二进制基本运算。

答案:A。

4. 在下面的说法中,正确的是_____。

A. 一个完整的计算机系统由硬件系统和输入、输出系统组成

B. 计算机区别于其他计算工具最主要的特点是能存储和运行程序

C. 计算机可以直接对磁盘中的数据进行加工处理

D. 16 位字长的计算机能处理的最大数是 16 位十进制数

分析:

完整的计算机系统由硬件系统和软件系统组成。计算机采用了冯·诺依曼原理,将一组计算命令形成程序,预先存储在计算机中,启动后便能自动执行。计算机不能直接对磁盘中的数据进行加工处理,程序运行时,首先将磁盘中的数据文件读到内存,再根据指令的要求,将指定数据送到运算器中进行加工处理。16 位计算机的字长为 16 个二进制位,这是运算器一次能够处理的数据单位。

答案:B。

5. 下列关于主板的叙述中,不正确的是_____。

A. 主板性能的好坏会影响到整个系统的速度、稳定性和兼容性

B. 安装在主板上的 CPU 不能进行更换

C. 不同型号的主板需要与之相应的 CPU 进行搭配

D. 一体化主板将声卡、显卡、网卡等功能集成在主板上

分析：

CPU 安装在主板的 CPU 插座上，具有可拆卸性，类型相同的 CPU，均可安装在该插座上，当 CPU 出现故障或不满足当前要求时，可以拔出，把同类型的 CPU 插入即可。

答案：B。

6. 下列叙述中，不正确的是_____。

A. 运算器主要完成各种算术运算和逻辑运算

B. 控制器可以读取各种指令，并对指令进行分析执行

C. CPU 中的累加器可以直接参与运算并存放运算的结果

D. 运算器可以从键盘读入数据，并进行运算

分析：

运算器的输入数据来自数据总线或累加器，不可以直接从键盘得到。

答案：D。

7. CPU 的主要功能是_____。

A. 存储程序　　　　B. 传送数据　　　　C. 执行 I/O　　　　D. 执行程序

分析：

中央处理器（CPU）是运算器和控制器的合称，它是硬件系统的核心。主要工作是执行指令，按照指令的要求对数据进行运算和处理。

答案：D。

8. 下列关于 CPU 的叙述中，不正确的是_____。

A. CPU 的主频越高，处理数据速度越快

B. 地址总线宽度决定 CPU 可以访问的主存储器的物理空间

C. 数据总线宽度决定 CPU 与内存设备间一次数据传输的信息量

D. CPU 的工作电压一般为 220 V

分析：

工作电压是指 CPU 正常工作时所需的电压，早期 CPU 的工作电压为 5 V。从 Pentium 开始，CPU 工作电压分内核电压和 I/O 电压两种。内核电压由 CPU 生产工艺决定，I/O 电压通常在 1.6 ~ 3 V。

答案：D。

9. 总线的_____包括总线的功能层次、资源类型、信息传递类型、信息传递方式和控制方式。

A. 物理特性　　　　B. 功能特性　　　　C. 电气特性　　　　D. 时间特性

分析：

总线的物理特性包括物理连接方式、连接的类型和数量；总线的电气特性包括每一条信号线的信号传递方向、信号的时序特征和电平特征；总线的时间特征规定了每根线的有效时间；而总线的功能特性包括总线的功能层次、资源类型、信息传递类型、信息传递方式和控制方式等。在计算机系统中根据功能的划分可以有多个层次的总线：芯片级的、板级的和系统级的。

答案：B。

10. 衡量计算机硬盘技术的指标很多,但不包括_____。

A. 主轴转速　　　　B. 平均寻道时间　　　　C. 数据传输速率　　　D. 地址总线宽度

分析:

硬盘的技术指标包括平均寻道时间、主轴转速、数据传输速率、高速缓存、数据保护及硬盘厂商自行开发的保护技术等。地址总线宽度是决定 CPU 访问主存储器物理空间的指标。

答案:D。

11. 下列选项中,属于输出设备的是_____。

A. 打印机　　　　　B. 键盘　　　　　　C. 扫描仪　　　　　　D. 鼠标

分析:

输出设备用以将计算机处理后的结果信息,转换成外界能够识别和使用的数字、文字、图形、图像、声音、电压等信息形式。主要包括显示器、打印机、绘图仪、声音输出设备、视频输出设备等。

答案:A。

12. 下列选项中,既可以作为输入设备,又可以作为输出设备的是_____。

A. 打印机　　　　　B. 键盘　　　　　　C. 扫描仪　　　　　　D. 移动硬盘

分析:

移动硬盘可以储存外部数据信息,所以是输入设备,同时也可以把自身储存的信息转换为外界能够识别和使用的形式,所以是输出设备,简称为输入/输出设备。

答案:D。

13. 衡量液晶显示器显示画面是否流畅的主要指标是_____。

A. 液晶面板尺寸　　B. 可视角度　　　　C. 信号响应时间　　D. 对比度

分析:

信号响应时间是指 LCD 在接受显卡传来的显示信号后,将画面完整显示出来所需要的时间,它的长短决定了画面是否可流畅地显示。

答案:C。

14. 衡量显示器显示图像清晰度的主要指标是_____。

A. 亮度　　　　　　B. 点距　　　　　　C. 对角线长度　　　D. 对比度

分析:

屏幕上相邻两个同色点(例如两个红色点)的距离称为点距,常见点距规格有 0.31 mm、0.28 mm、0.25 mm 等,目前彩显的主流点距为 0.28 mm。显示器点距越小,在高分辨率下越容易取得清晰的显示效果。

答案:B。

15. 下列关于打印机的叙述中,不正确的是_____。

A. 喷墨打印机属于非击打式打印机

B. 激光打印机属于击打式打印机

C. 将打印机与计算机连接后,必须要安装有相应的驱动程序才可以使用

D. 可以在安装系统时安装多种型号的打印机驱动程序,使用时根据所连接的打印机型号进行设置

分析:

按照打印的工作原理,打印机可分为击打式和非击打式两大类。击打式打印机是利用机械作用使印字机构与色带和纸相撞击而打印字符,针式打印机是使用最广泛的击打式打印机;非击打式打印机是采用电、磁、光、喷墨等物理或化学方法印刷文字和图形,主要包括喷墨打印机、激光打印机等。

答案:B。

16. 下列表达式中,正确的是_____。

A. 1 MB = 1 024×1 024 KB   B. 1 KB = 1 024 MB

C. 1 KB = 1 024×1 024 B   D. 1 MB = 1 024 KB

分析:

1 TB = 1 024 GB,1 GB = 1 024 MB,1 MB = 1 024 KB,1 KB = 1 024 B。

答案:D。

17. 国际标准书号由"ISBN"和10个数字组成,其格式为:ISBN 组号-出版者号-书名号-校验码(如校验码为"10"则用符号"X"表示)。如果这10个数字自左至右依次乘以10、9、8、…、2、1,再求和后所得的结果能被11整除,则说明该书号校验正确。《信息处理技术员教程》的书号为:ISBN 7-302-116-01-校验码,则校验码应是_____。

A. 4   B. 5   C. 6   D. 7

分析:

该书号的校验和是:

10×7+9×3+8×0+7×2+6×1+5×1+4×6+3×0+2×1+1×校验码 = 148+校验码

为使该数能被11整除,校验码应是Ⅵ。

答案:C。

18. 下列软件中,属于应用软件的是_____。

A. DOS   B. Linux   C. Windows NT   D. Internet Explorer

分析:

应用软件是为特定领域的计算机应用而开发的专用软件。应用软件由各种应用系统、软件包和用户程序构成。DOS、Linux、Windows NT 都是系统软件,Internet Explorer 是应用软件。

答案:D。

19. 下列存储设备中,存取速率最快的是_____。

A. 内存   B. 硬盘   C. 光盘   D. 软盘

分析:

计算机存储器按其作用可分为内存和外存,内存和 CPU 速率比较近,其存取速率比外存要快,硬盘、光盘、软盘都属于外存,其存取速率要比内存慢。

答案:A。

20. 下列关于静态随机存储器(SRAM)和动态随机存储器(DRAM)的叙述中,不正确的是_____。

A. DRAM 比 SRAM 速度快、价格高   B. DRAM 就是通常说的内存

C. DRAM 比 SRAM 集成度高、功耗低   D. SRAM 只要不断电,数据就能永久保存

分析:

静态随机存储器(SRAM)速度快、价格高、只要不断电,数据就一直存在,主要用来做高速缓存。动态存储器(DRAM)就是通常所说的内存,它是靠 MOS 电路中的栅极电容来保存信息,由于电路漏电;因此需要设置刷新电路,每隔一段时间对 DRAM 进行刷新,以确保信息不丢失。DRAM 比 SRAM 集成度高、功耗低、价格低。

答案:A。

21. "位"(bit)是计算机的最小信息单位,一般把连续的_____称为一个字节(Byte)。

A. 4 位　　　　　　　B. 8 位　　　　　　　C. 10 位　　　　　　　D. 16 位

分析:

字节是计算机中存储数据的基本单位,8 个二进制位编为一组称为一个字节。

答案:B。

1.8 同步训练

1. 在计算机硬件系统中,核心的部件是_____。

A. 输入设备　　　　　B. 中央处理器　　　　C. 存储设备　　　　　D. 输出设备

2. 微型计算机的更新与发展,主要基于_____变革。

A. 软件　　　　　　　B. 微处理器　　　　　C. 输入输出设备　　　D. 硬盘的容量

3. 下列叙述中,正确的是_____。

A. CPU 既能直接访问内存中的数据,也能直接访问外存中的数据

B. CPU 不能直接访问内存中的数据,但能直接访问外存中的数据

C. CPU 只能直接访问内存中的数据,不能直接访问外存中的数据

D. CPU 既不能直接访问内存中的数据,也不能直接访问外存中的数据

4. 在下面对 USB 接口特点的描述中,_____是 USB 接口的特点。

A. 支持即插即用

B. 不支持热插拔

C. 提供电源容量为 12 V×1 000 mA

D. 由 6 条信号线组成,其中 2 条用于传送数据,2 条传送控制信号,另外 2 条提供电源

5. _____是固化在主板 ROM 内的程序,为计算机提供最底层、最直接的硬件访问和控制。

A. BIOS　　　　　　　B. BASIC　　　　　　　C. DOS　　　　　　　D. FAT

6. 下列关于随机存储器(RAM)特点的描述中,正确的是_____。

A. 从存储器读取数据后,原有的数据就清零了

B. RAM 可以作为计算机数据处理的长期存储器

C. RAM 中的信息不会随计算机的断电而消失

D. 只有向存储器写入新数据时,存储器中的内容才会被更新

7. 一条内存不常见的容量是_____。

A. 256 MB　　　　　　B. 512 MB　　　　　　C. 768 MB　　　　　　D. 1 GB

8. ＿＿＿＿决定了计算机系统可访问的物理内存范围。

　　A. CPU 的工作频率　　　　　　　　　　B. 数据总线的位数

　　C. 地址总线的位数　　　　　　　　　　D. 指令的长度

9. 内存用于存放计算机运行时的指令、程序、需处理的数据和运行结果。但是,存储在＿＿＿＿＿＿中的内容是不能用指令修改的。

　　A. DRAM　　　　　　B. SRAM　　　　　　C. RAM　　　　　　D. ROM

10. 下列叙述中,不正确的是＿＿＿＿＿＿。

　　A. 将数据从内存传输到硬盘的过程称为写盘

　　B. 将源程序转化为目标程序的过程称为编译

　　C. 总线是连接计算机电源与外部电源的通道

　　D. 输入设备接收外界的数据、程序输入,保存到内存,供计算机处理

11. 与 3.5 英寸软盘相比,U 盘的优点是＿＿＿＿＿＿。

　　A. 体积小、容量小、速度快　　　　　　B. 体积大、容量小、速度慢

　　C. 体积小、容量大、速度慢　　　　　　D. 体积小、容量大、速度快

12. 下列等式中,正确的是＿＿＿＿＿＿。

　　A. 1 KB = 1 024×1 024 B　　　　　　　B. 1 MB = 1 024 B

　　C. 1 KB = 1 024 MB　　　　　　　　　　D. 1 MB = 1 024×1 024 B

13. 关于组装微型计算机的叙述,不正确的是＿＿＿＿＿＿。

　　A. 中央处理器应安装在计算机主板的 Socket 插座上

　　B. 显示卡应安装在计算机主板的扩展槽中

　　C. 独立的声卡应安装在 AGP 插槽中

　　D. 硬盘数据线应连接在计算机主板的 IDE/SCSI 接口上

14. 下列＿＿＿＿＿＿组设备依次为输入设备、输出设备和存储设备。

　　A. CRT、CPU、ROM　　　　　　　　　　B. 鼠标、手写板、光盘

　　C. 键盘、显示器、磁盘　　　　　　　　D. 声卡、扫描仪、U 盘

15. LCD 显示器的响应时间为＿＿＿＿＿＿时,显示的效果更好。

　　A. 30 ms　　　　　B. 25 ms　　　　　C. 20 ms　　　　　D. 16 ms

16. 具有＿＿＿＿＿＿mm 规格像素点距的显示器是较好的。

　　A. 0.39　　　　　　B. 0.33　　　　　　C. 0.31　　　　　　D. 0.28

17. 显示器刚打开时,屏幕上的字迹比较模糊,然后逐渐地变清楚,可能的原因是＿＿＿＿＿＿。

　　A. 刷新频率过低　　　　　　　　　　　B. 显示器内的阴极射线管老化

　　C. 显示器电源设置不正确　　　　　　　D. 显示器工作的环境温度过高

18. 下列设备中,既能向主机输入数据又能接收主机输出数据的是＿＿＿＿＿＿。

　　A. 显示器　　　　　B. 绘图仪　　　　　C. 声卡　　　　　D. 音箱

19. 下列选项中,既是输入设备又是输出设备的是＿＿＿＿＿＿。

　　A. 扫描仪　　　　　B. 显卡　　　　　　C. 投影仪　　　　　D. 软盘

第2章
计算机软件基础

根据信息处理技术员考试大纲的要求,计算机软件基础主要包括操作系统、文件系统、应用软件基础知识和应用系统开发的基本常识等。要求考生能熟练掌握操作系统和文件管理的基本概念和基本操作。本章内容属于考试科目一《信息处理基础知识》的考试内容,试题形式为上午题中的选择题。本章将在紧扣大纲、理论知识讲解与案例相结合、分析历年信息处理技术员考试试题的基础上,进行同步强化训练,强调针对性和可操作性。

2.1 系统软件

计算机软件按其功能分为系统软件和应用软件两大类,其中系统软件主要功能是对整个计算机系统进行调度、管理、监视及服务等,包括操作系统、各种服务程序、语言处理程序和数据库管理系统等。应用软件是用户利用计算机及其提供的系统软件为解决各种实际问题而编制的计算机程序,由各种应用软件包和面向问题的各种应用程序组成。本节主要以操作系统为例讲述系统软件。

2.1.1 操作系统基本概念

操作系统(Operating System,OS)是控制其他程序运行,管理系统资源并为用户提供操作界面的系统软件的集合,是管理计算机硬件与软件资源的程序,控制程序运行、改善人机界面、为其他应用软件提供支持等,使计算机系统所有资源最大限度地发挥作用,为用户提供方便、有效及友善的服务界面,是计算机系统的内核与基石。

操作系统包括5个方面的管理功能,分别是进程与处理器管理、作业管理、存储管理、设备管理和文件管理。实现管理与配置内存,决定系统资源供需的优先次序,控制输入与输出设备,操作网络与管理文件系统等基本事务。目前计算机上常见的操作系统有 OS/2、UNIX、XENIX、Linux、Windows、NetWare 等。

2.1.2 文件系统基本概念

文件系统(File System)是一个操作系统的重要组成部分,是磁盘及基于存储文件的方法和数据结构,即操作系统在计算机硬盘存储和检索数据的逻辑方法。

从系统角度来看,文件系统是对文件存储器的存储空间进行组织、分配和回收、负责文件的存储、检索、共享和保护等。从用户角度来看,文件系统主要是实现"按名取存",文件系统的用户只要知道所需文件的文件名,就可存取文件中的信息,而无需知道这些文件究竟存放在什么地方。

2.1.3 文件的管理与操作

1. 文件管理

文件管理用来管理用户自己的信息,主要采用目录(文件夹)方式管理,记录每个文件的大小和类型等信息。每个文件都有设置访问权限、保护个人隐私与其他重要数据、设置共享、便于网络传送等扩展功能。文件主要包括文件的结构、组织和文件目录。其中文件的结构和组织包括文件的逻辑结构和物理结构。文件目录包括文件控制块和目录结构等。

文件的逻辑结构是指文件的外部组织形式,是从用户角度看到的文件组织形式。文件的逻辑结构可分为两类,有结构的文件和无结构文件。文件的物理结构即文件的存储结构,是指文件在外存上的存储组织形式,是与存储介质的存储性能有关,包括连续结构、链接结构、索引结构、哈希(Hash)文件等。

文件系统是按名存取,文件控制块(File Control Block,FCB)是系统为管理文件而设置的数据结构。文件控制块是文件存在的标志,包含系统管理文件所需要的全部信息。文件控制块包含基本信息类、存取控制信息类和使用信息类等。

文件目录的组织与管理是文件管理中的一个重要方面,常见的目录结构有单级目录结构、二级目录结构和多级目录结构等。大多数操作系统都采用多级目录结构,又称树状目录结构。这种目录结构像一棵倒置的树,树根向上,每一个结点是一个目录,最末一个结点是文件。在多级目录中要访问一个文件时,必须指出文件所在的路径名,路径名从根目录开始到该文件的通路上所有各级目录名拼起来得到,各目录名之间与文件名之间可用分隔符隔开,这也称为文件全名。在多级目录中存取一个文件需要用文件全名,这样就可以在目录中使用与其他文件相同的文件名。由于目录不同,虽然使用了相同的文件名,但它们的文件全名仍不相同,这就解决了重名问题。

文件目录项一般包括以下内容:

① 文件名,文件的标识符。

② 文件的逻辑结构。

③ 文件在辅存上的物理位置。

④ 文件建立修改日期及时间。

⑤ 文件的类型。

⑥ 存取控制信息,指明用户对文件的存取权限等。

文件的存取方法是指读/写文件存储器上的一个物理块的方法,有顺序存取和随机存取等方法。文件存储空间的管理主要是对外存空间的管理,保证多用户共享外存和快速地实现文件的按名存取。

2. 文件操作

文件的操作可分为对文件自身的操作和对文件中记录的操作两类。

(1) 对文件的操作,包括创建文件、删除文件、打开文件、读文件、写文件和关闭文件等。

① 创建文件。系统为文件分配一个目录项及存放新文件的外存空间,并在目录项中记录文件的有关信息,这样就可以创建一个文件。

② 删除文件。系统根据用户给出的路径名,找到对应的文件,并回收该文件占用的全部资

源,且将其目录项置空。

③ 打开文件。打开文件时,向系统提出打开文件的请求,给出文件的路径名、操作类型等信息,系统将相应目录信息复制到内存中。

④ 读文件。系统根据指定的路径名,将文件读入到内存指定的地址中。

⑤ 写文件。系统根据指定的路径名,将内存中的数据信息写入到相应文件中。

⑥ 关闭文件。系统收到将指定的文件关闭申请后,将其相应内存目录信息删除。

(2) 对文件中记录的操作。

① 读操作。将文件中的一条或多条记录读入到进程中。

② 写操作。进程将其输出的数据项写入到文件的一条记录或多条记录中。

③ 查找。检索文件,在其中查找一条或多条满足条件的记录。

④ 修改。检索文件,在其中找到一条满足条件的记录后,对其中的一个或多个数据项进行修改,修改完毕后再将记录写回到文件中。

⑤ 插入。将一个新记录插入到文件的某记录之前或之后。

⑥ 删除。从文件中删除一个满足条件的记录。

2.2 应用软件

本节主要介绍应用软件的基础知识和应用系统开发的基本常识。

2.2.1 应用软件基础知识

应用软件是用各种程序设计语言编制的应用程序的集合,分为通用应用软件和专用应用软件。通用应用软件是利用计算机解决某类问题而设计的程序的集合,供广大用户使用。专用应用软件是为满足特定用户需要而开发的应用软件。应用软件是为满足用户不同领域、不同问题的应用需求而提供的那部分软件,它可以扩展计算机系统的应用领域和硬件的功能。应用软件根据用途可以分为图像处理、媒体播放器、图像浏览工具、截图工具、图像/动画编辑工具、通信工具、编程/程序开发软件、防火墙和杀毒软件、输入法软件、下载软件、互联网软件、多媒体软件及数据库软件等。其中图像处理软件有 Photoshop 等。媒体播放器有 PowerDVD XP、RealPlayer、Windows Media Player、暴风影音(MyMPC)和千千静听等。图像浏览工具有 ACDSee 等。截图工具有 EpSnap、HyperSnap 等。图像/动画编辑工具有 Flash、Adobe Photoshop CS2、GIF Movie Gear(动态图片处理工具)、Picasa 和光影魔术手等。通信工具有 QQ 和 MSN,还有电子政务系统、电子商务系统、ERP 及数据库系统等。下面重点介绍电子政务系统、电子商务系统、ERP 及数据库系统。

电子政务(E-Government)系统。政府各部门的各种应用软件是政府在其管理和服务职能中运用现代信息和通信技术,实现政府组织结构和工作流程的重组与优化,超越时间、空间和部门分割的制约,全方位地向社会提供优质、规范和透明的服务,是政府管理手段的变革。电子政务软件主要包括 3 类:一类是政府部门内部的电子化和网络化办公,如办公自动化系统;二类是政府部门之间通过计算机网络而进行的信息共享和实时通信,如数据共享平台和公文交换系统;三类是政府部门通过网络与民众之间进行的双向的信息交流,如政府门户网站。电子政务软件主要实现 3 个层次的功能对外公开信息、内外沟通的业务和机关内部流程。具体包括政府信息门户系统、办公自动化系统、一站式审批系统、数据中心及政府公文交换系统等。电子政务软件系统还可能有更多的应用,如网上虚拟政府、政府客户关系管理系统、电话与网站相结合的呼叫中心系统、知识管理、社区信息化工程、电子采购系统、多媒体网络会议系统、人事管理系统及财务管理系统等。

电子商务系统是指支持交易各方以电子交易方式开展商务活动的系统。电子商务系统是一种多技术的集合体,包括交换数据、获得数据以及自动捕获数据等。基础电子商务系统包括 Internet 信息系统,电子商务服务商,企业、组织与消费者,实物配送和支付结算 5 个方面。电子商务业务包括信息交换、售前售后服务、销售、电子支付、组建虚拟企业、公司和贸易伙伴可以共同拥有和运营共享的商业方式等。电子商务业务活动包括货物电子贸易和服务、在线数据传递、电子资金划拨、电子证券交易、电子货运单证、商业拍卖、合作设计和工程、在线资料、公共产品获得,以及产品和服务、传统活动和新型活动等。

ERP(Enterprise Resource Planning,企业资源计划)是指建立在信息技术基础上,以系统化的管理思想,对企业的所有资源(物流、资金流、信息流、人力资源)进行整合集成管理,采用信息化手段实现企业供销链管理,从而达到对供应链上的每一环节实现科学管理,为企业决策层及员工提供决策运行手段的管理平台。在企业中,一般的管理主要包括 3 方面的内容,生产控制(计划、制造)、物流管理(分销、采购、库存管理)和财务管理(会计核算、财务管理)。由三大系统集成一体和人力资源系统一起构成了 ERP 系统的基本模块。ERP 通过运用最佳业务实践(Business Practice)以及集成企业关键业务流程(Business Processes)来提高企业利润,市场需求反应速度和企业。

数据库系统(Data Base System,DBS)是存储介质、处理对象和管理系统的集合体,为存储、维护和应用系统提供数据的软件系统,是一组能完成描述、管理和维护数据库的程序系统,包括软件、数据库和数据库管理员等。其中软件包括操作系统、各种宿主语言、实用程序以及数据库管理系统。数据库由数据库管理系统统一管理,数据的插入、修改和检索均要通过数据库管理系统进行。数据库管理员负责创建、监控和维护整个数据库,使数据能被任何有权使用的人有效使用。

2.2.2   应用系统开发的基本常识

应用系统开发需要了解的基本知识包括系统架构、开发方法、开发过程、开发工具、建模工具、版本管理工具、测试工具、质量评价及软件标准等方面的内容。

1. 开发平台

目前主流的系统架构有.NET 框架、J2EE 架构、PHP 架构、SOA 架构及 AJAX 架构等,下面分别说明。

(1).NET 框架是微软公司提出的支持生成并且运行下一代应用程序和 XML Web 服务的内部 Windows 组件,.NET 框架是 Windows 的一部分,对运行在 Windows 操作系统下的程序都可以提供支持。.NET=新平台+标准协议+统一开发工具。.NET 框架实现的目标如下。

① 提供一个一致的面向对象的编程环境,即支持对象代码可以在本地存储并执行,还可以

分布在 Internet 上但在本地执行,或者在远程执行。

② 提供一个将软件部署和版本控制冲突最小化的代码执行环境。

③ 提供一个可提高代码执行安全性的代码执行环境。

④ 提供一个可消除脚本环境或解释环境的性能问题的代码执行环境。

⑤ 使开发人员的经验在面对类型不相同的应用程序时保持一致。

⑥ 按照工业标准生成所有通信,使基于 .NET 框架的代码能与任何其他代码集成。

.NET 框架具有公共语言运行库和 .NET 框架类库两个主要组件。公共语言运行库是 .NET 框架的基础,负责一个在执行时管理代码的代理,提供的服务包括内存管理、线程管理和远程处理,强制实施了严格的类型安全以及可提高安全性和可靠性的其他形式的代码准确性,代码管理的概念是运行库的基本原则。.NET 框架类库是一个综合性的面向对象的可重用类型集合。使用它可以开发多种应用程序,包括传统的命令行或图形用户界面(GUI)应用程序,基于 ASP. NET 所提供的最新创新的应用程序。.NET 框架如图 2-1 所示。

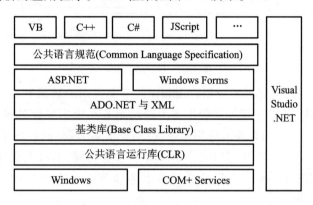

图 2-1 .NET 框架图

(2) J2EE(Java Platform Enterprise Edition)是企业级软件开发平台。它提供了大量开发企业应用程序的技术,包括 EJB、JSP、Servlet 等。具体结构如图 2-2 所示。

J2EE 是将一个完整企业级应用的不同部分装入不同的容器(Container),每个容器中包含若干组件,各种组件都能使用各种 J2EE Service/API。J2EE 容器包括如下组件。

① Web 容器。是服务器端容器,包括 JSP 和 Servlet 两种组件,Web 容器中的组件可使用 EJB 容器中的组件完成复杂的商务逻辑。

② EJB 容器。是服务器端容器,包括 EJB(Enterprise JavaBeans)组件,它是 J2EE 的核心之一,主要用于服务器端的商业逻辑的实现,EJB 规范定义了一个开发和部署分布式商业逻辑的框架。

③ Applet 容器。是客户端容器,包括 Applet 组件。Applet 是嵌在浏览器中的一种轻量级客户端,是一种替代 Web 页面的手段,Applet 无法使用 J2EE 的各种服务和 API。

④ Application Client 容器。是客户端容器,包括 ApplicationClient 组件。Application-Client 相对 Applet 而言是一种较重量级的客户端,它能够使用 J2EE 的大多数服务和 API。

通过这 4 个容器,J2EE 能够灵活地实现前面描述的企业级应用的架构。

在 View 部分,J2EE 提供了 3 种方法,Web 容器中的 JSP(或 Servlet)、Applet 和 Application

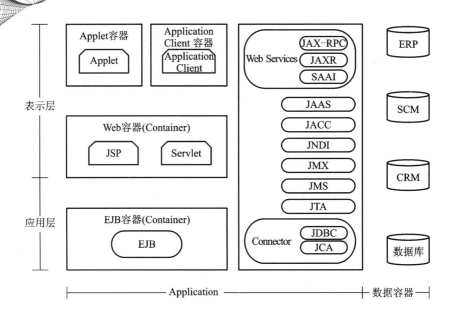

图 2-2 J2EE 架构图

Client。分别能够实现面向浏览器的数据表现和面向桌面应用的数据表现。Web 容器中的 Serv-let 是实现 Controller 部分业务流程控制的主要手段。而 EJB 则主要针对 Model 部分的业务逻辑实现。至于与各种企业资源和企业级应用相连接,则是依靠 J2EE 的各种服务和 API。

在 J2EE 的各种服务和 API 中,JDBC 和 JCA 用于企业资源(各种企业信息系统和数据库等)的连接,JAX-RPC、JAXR 和 SAAJ 则是实现 Web 服务和 Web 服务连接的基本支持。J2EE 的各种组件、服务和 API 如下。

J2EE 应用一般分成 3 个主要层(Tier):用户接口(UI)层、中间层和企业信息系统(Enterprise Information System,EIS)层。这种分层与客户/服务器方式相比具有更多的优点。根据各层功能在不同 JVM 的分布产生 4 种类型的 J2EE 架构。

① 业务组件接口的 Web 应用。应用 Web 层和中间层运行在同一个 JVM 上,这种应用的关键在于区分开 UI 组件和业务逻辑组件的职责。业务接口层将由普通 Java 类实现的 Java 接口组成。

② 可访问本地 EJBs 的 Web 应用。

③ 访问远程 EJB 的分布式应用。比较经典 J2EE 架构,从物理上和逻辑上把 EJB 和 Web 组件区分开,分别运行在不同的 JVM 上,它是复杂的结构,并且性能相当好。

④ 使用 Web 服务接口的 Web 应用。Web 服务标准使 J2EE 应用不再要求使用 RMI 和 EJB 支持远程客户,它能够支持非 J2EE 客户如微软应用。

(3) PHP 是流行的 Web 应用脚本语言,包括许多开发框架,包括 CakePHP、Symfony、Zend Framework 和 Codeigniter 等。

CakePHP 从 ActiveRecord 模式到视图的布局管理都和 RoR 非常相似,但 PHP 语言和 Ruby 语言存在巨大区别,因此 RoR 中的许多设计即便能够在 PHP 中实现,但也缺乏实用价值的,CakePHP 将一个庞大的数据库操作对象作为所有业务对象的基础,利于快速开发,但对业务逻辑对象的测试非常困难,适合较小型的项目。

Symfony 是一个非常成熟的框架,大量利用了已有的开源项目。Symfony 使用 Mojavi 的核心代码实现了框架的 MVC 模式,利用 Propel 作为数据库抽象层。Symfony 不仅功能强大,而且对 AJAX 有全面的支持。但 Symfony 最大的问题也在于使用了太多风格迥异的开源项目来组合成框架。由于 Mojavi 和 Propel 本身都相当复杂,因此 Symfony 的结构非常复杂。

Zend Framework 是一个开放源代码的 PHP5 开发框架,可用于来开发 Web 程序和服务。Zend Framework 完全用 PHP5 面向对象代码实现。大量应用了 PHP5 中面向对象的新特征,接口、异常、抽象类和 SPL 等。Zend Framework 具有高度的模块化和灵活性,严格遵循"针对接口编程"和"单一对象职责"等原则,让 Zend Framework 很有希望成为一个出色的企业应用开发框架。在使用 Zend Framework 开发时,框架对应用程序自身最重要的领域逻辑分离没有提供任何帮助。如果希望开发出真正健壮的企业应用,仍然需要开发者做出相当的努力,并且在 Zend Framework 之上建造自己的基础设施。对于简单和小型的项目来说,Zend Framework 不但不能提高开发效率,反而因为在框架中应用了大量面向对象设计和 PHP5 的新特征,对开发者提出了更高的要求,间接增加了项目的开发成本。而对于较大的项目和企业应用,Zend Framework 倒是一个不错的基础。

CodeIgniter 推崇"简单就是美"这一原则,没有花哨的设计模式,没有华丽的对象结构,一切都是那么简单。几行代码就能开始运行,再加几行代码就可以进行输出。大部分日常开发中用到的东西都可以立即找到,并且可以很容易地使用。CodeIgniter 可谓是"大道至简"的典范。但 CodeIgniter 本身的实现不太理想。内部结构过于混乱,虽然简单易用,但缺乏扩展能力。

（4）SOA 是一种全新的架构模型,通过网络对松散耦合的粗粒度应用组件进行分布式部署、组合和使用。服务层是 SOA 的基础,可以直接被应用调用,有效控制系统与软件代理交互的依赖,提高系统的扩展能力。

SOA 关键特性有粗粒度和松耦合服务架构,服务之间通过简单、精确定义接口进行通信,不涉及底层编程接口和通信模型。SOA 不是一种现成的技术,而是一种架构和组织 IT 基础结构及业务功能的方法。SOA 是一种在计算环境中设计、开发、部署和管理离散逻辑单元（服务）的模型。SOA 要求开发人员将应用设计为服务的集合,跳出应用本身进行思考,考虑现有服务的重用,服务如何能够被其他项目重用等。

一个 SOA 应用系统大体上可以分为 5 个部分,如图 2-3 所示。

① 表示（Presentation）层。图 2-3 中 5 区,通过 Portal 等技术进行表示,方便用户在这个界面上提出服务请求。

② 业务流程建模（Business Process Modeling）。图 2-3 中的 4 区,SOA 元模型从 MDA 中继承了平台无关模型来对业务流程建模。这部分独立于服务设计和部署层。SOA 通过添加敏捷方法（AM）来应对需求变更的情况。

③ 服务（Services）层。图 2-3 中的 3 区,是整个 SOA 的核心层,它承上启下,对上响应业务流程模型,对下调用相关组件群完成业务需求,体现了"业务驱动服务,服务驱动技术"的 SOA 事务处理模式。服务可以根据粒度分层。虽然细粒度提供了更多的灵活性,同时交互的模式可能更为复杂。粗粒度降低了交互复杂性,但敏捷性却下降。

④ 企业组件（Enterprise Components）层。图 2-3 中的 2 区,这些组件是平台相关的,在这层

里,许多底层软硬件平台的特性已经不再透明。

③ 系统软件(Operational System)层。图 2-3 中的 1 区,这一层包括操作系统、数据库管理系统、CRM、ERP 和 BI 等异构系统,是一个集成的平台。

图 2-3 中 6、7 区为 SOA 结构实现提供支撑和管理。

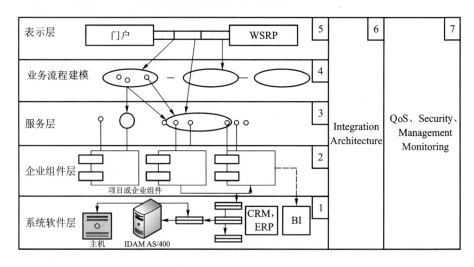

图 2-3　SOA 应用系统的框架结构

(5) AJAX 是异步的 JavaScript 和 XML。现在几乎已经没人手工与 XMLHttp 对象打交道,大多数的开发者都使用 Buffalo、DWR 和 Prototype 等辅助库及框架进行开发。AJAX 框架分为偏重展现、偏重传输和工具型 3 个部分。偏重展现的有 YUI、Qooxdoo、Dojo 和 YUI,是目前设计比较完整、美观、全面的界面工具库。Qooxdoo 是开源的另一种选择。Dojo 库结构比较完善,界面控件丰富。偏重传输有 Buffalo 和 DWR。工具型的有 Prototype、JQuery 和 Dojo。

2. 系统结构

应用系统结构主要有 C/S 和 B/S 两种。C/S 是 Client/Server 的简称。服务器通常采用高性能的 PC、工作站或小型机,并采用大型数据库系统,如 Oracle、Sybase、Informix 或 SQL Server。客户端需要安装专用的客户端软件。B/S 是 Brower/Server 的简称,客户机上只需安装一个浏览器(Browser),如 Netscape Navigator 或 Internet Explorer,服务器安装 Oracle、Sybase、Informix 或 SQL Server 等数据库。在这种结构下,用户界面完全通过 Web 浏览器实现,一部分业务逻辑在前端实现,但是主要业务逻辑在服务器端实现。浏览器通过 Web Server 同数据库进行数据交互。C/S 与 B/S 区别主要体现在硬件环境不同、对安全要求不同、对程序架构不同、软件重用不同及系统维护不同等。

① 硬件环境不同。C/S 建立在专用的网络上,通过专门服务器提供连接和数据交换服务。B/S 建立在广域网之上,不需要专门网络硬件环境,通过操作系统和浏览器就可使用。

② 对安全要求不同。C/S 面向相对固定的用户群,对信息安全的控制能力很强。B/S 建立在广域网之上,对安全的控制能力相对弱。

③ 对程序架构不同。C/S 程序更加注重流程,可以对权限多层次校验。B/S 对安全以及访问速度的多重考虑,建立在需要更加优化的基础之上。

④ 软件重用不同。C/S 构件的重用性不如在 B/S 要求下的构件的重用性好。B/S 对多重结构要求构件具有相对独立的功能。

⑤ 系统维护不同。C/S 程序由于整体性，处理出现的问题和系统升级比较困难。B/S 能实现系统的无缝升级。

3. 开发方法

应用系统开发方法在 20 世纪 60 年代开始到 70 年代采用生命周期(Life Cycle)法,20 世纪 80 年代初一些开发环境逐渐成熟,如第四代语言(4GL),开始使用原型法(Prototyping)。原型法和生命周期法是两种思路完全不同的方法。生命周期法在系统开发前,完全定义好需求,经过分析、设计、编程和实施,一次性完成系统目标。原型法则相反,先实现局部,然后不断修改,最终实现全面满足要求。它们的实现途径是完全不同的。前者是一次性的,后者是多重循环的。原型法按照对原型结果的处理方式分为试验原型法和演进原型法。试验原型法只把原型当成试验工具,试了以后就抛掉,根据试验的结论做出新的系统。演进原型法则把试验好的结果保留,成为最终系统的一部分。

另外,根据分析要素,开发方法分为 3 类。一类是面向处理方法(Processing Oriented,PO),先确定系统功能,按功能明确系统需求,再按功能划分子系统;一类是面向数据方法(Data Oriented,DO),先分析系统需求,再建立全局的数据库;一类是面向对象的方法(Object Oriented,OO),先分析系统的对象,描述对象的数据和操作,共享的数据和操作构成对象类。

基于自顶向下、结构化和生命周期思想的开发方法有结构化分析设计技术、约当结构化系统开发方法、中国的映射模型设计法、詹姆斯·马丁的战略数据规划法、企业系统规划法、杰克逊的结构化程序和设计 JSP、JSD 等。

4. 开发过程

一般应用软件开发过程包括开发前的准备、软件开发过程和软件开发后的工作等。

开发前的准备包括开发前的任务书和需求分析报告。

任务书主要规定软件的开发目标、主要任务、功能、性能指标及研制人员和经费、进度等安排。作为系统设计开发和检验的基本依据。

需求分析报告是软件项目的细节分析,必要时还要进行实地调研,说明系统实现的可行性和必要性。分析原系统(工作环境)现状,描述待开发系统的详细需求,提供用户和开发人员之间沟通的基础,提供项目设计的基本信息。

软件开发过程包括系统总体方案、系统设计说明和软件开发等。

系统总体方案是在系统开发单位和用户充分交互和理解的基础上,提出系统的技术构架,对系统功能和性能等主要指标作描述,对实现方法和要求作规定,是系统进行详细设计的依据。

系统设计说明依据系统总体方案提出的系统构架、功能、性能及数据要求,确定系统的物理结构,说明系统主要技术方面的设计和采用的技术方法以及系统的标准化约束等,是系统实施的基本依据。

软件开发根据设计进行代码编写。

系统测试主要测试开发出的软件的功能和性能是否达到预定要求。包括软件设计人员的测试和用户的测试。软件设计人员的测试包括功能测试和性能测试。用户测试由用户在实际使用过程中进行测试,并给出应用证明。

5. 开发工具

开发工具分为大而全和小而专两种类型。Microsoft 的 Visual Studio 系列和 IBM 的 Visual Age 系列应该属于前者。其他很多工具,像 Delphi、C++Builder、JBuilder、Kylix、PowerBuilder、PowerJ,还有大量的各种 SDK 等都具有各自的特点,属于小而专的类型。

大而全的工具一般都提供从前端到后台,从设计到编码测试的完整工具,但在一些特定的功能上,它们不如小而专的工具。

Visual Studio. NET 的 UML 开发工具(Visual Modeler/Visio)一般只能和 Rational Suite 中 Rational Rose 的 Logical View 相比,它不可能有完整的 Rational Unified Process 流程。其可视化的 Visual Basic 在速度和功能上无法与 Delphi、C++Builder 相比。虽然 Visual Studio. NET 的各个部分都有不足,但其 Visio 工具能够更快、更方便地和编程语言整合在一起。Visual Basic 在和Office 等工具整合时遇到的问题(如数据类型转化等)比 Delphi、C++Builder 要少得多。所以,工具类型和具体的情况决定了特定条件下软件开发工具最优的选择。

6. 建模工具

建模工具主要采用 UML 语言,主要有 Sparx Systems 的 Enterprise Architect(EA)和 IBM Rational 的 Rational Rose。UML 建模工具为项目相关人员(如项目经理、分析员、设计者、构架师及开发者等)提供了许多帮助。应用规范的面向对象分析和设计的方法与理论,不用编码,能够进行系统的构建和设计。通过用例模型,业务/系统分析可以捕获到业务/系统需求,设计师/架构师所作的设计模型能在不同层次的同一层内清晰地表达对象或子系统之间的交互。开发人员能快速地将模型转变为一个可运行的应用程序,寻找类和方法的子集,以及理解它们如何交互。模型是构建系统的最终手册,建模也就是一种从高层并以适当的形式来考虑一个设计的表述和理解它怎样运行的能力。UML 标准由 3 部分组成,即构造块(如对象、类和消息)、构造块间的关系(如关联和泛化)和图(如活动图)。UML 配置文件使用 UML 可扩展性机制扩展标准 UML 符号,包括构造型、标注值和约束。

EA 专业版和 Rational Rose 都支持 UML 1.4 九种图中的 8 种标准 UML 图:用例图、类图、序列图、协作图、活动图、状态图、实现(组件)图、部署图和几种 UML 配置文件图等。对象图可以使用协作图来创建,不同点在于创建 UML 图和扩展 UML 配置文件时所支持的一些特性。Enterprise Architect 有一个通用的 UML 配置文件机制用来加载和运行不同的配置文件。Enterprise Architect 为 UML 配置文件指定一个特定格式的 XML 文件。而在 Rational Rose 中却需要生成一个附加项。EA 和 Rose 在 UML 建模能力上有相似的功能。EA 和 Rational Rose 都支持 UML 9 种图中的 8 种,EA 在用户友好性和灵活性中比 Rose 更胜一筹,特别是序列图。在双向工程中,Rose 比 EA 支持更多的语言,除 C#和 VB. NET 外。

7. 版本管理工具

版本管理工具目前主要有微软的 Visual SourceSafe、开源 CVS、Rational 公司的 ClearCase 及跨平台的 SVN。

(1) Visual SourceSafe(VSS)是 Microsoft 公司推出的配置管理工具,是 Visual Studio 套件之一。VSS 是国内最流行的配置管理工具,VSS 的优点是"简单易用,一学就会"。VSS 通过"共享目录"方式存储文件,VSS 只能在 Windows 下运行,不能在 UNIX、Linux 下运行,不支持异构环境下的配置管理。只能用于局域网,不能用于 Internet。

（2）CVS 是 Concurrent Version System（并行版本系统）的简称，它是著名的开放源代码的配置管理工具。CVS 官方网站是 http://www.cvshome.org/。官方提供 CVS 服务器和命令行程序，但是并不提供交互式的客户端软件。许多软件机构根据 CVS 官方提供的编程接口开发了各种 CVS 客户端软件，最有名的是 Windows 环境的 CVS 客户端软件——WinCVS。WinCVS 是免费的，但是并不开放源代码。与 VSS 相比，CVS 的优点是 VSS 有的功能 CVS 全有，CVS 支持并发的版本管理，VSS 没有并发功能。CVS 服务器的功能和性能都比 VSS 好，CVS 服务器是用 Java 编写的，可以在任何操作系统和网络环境下运行。CVS 服务器有自己专用的数据库，文件存储并不采用 VSS 的"共享目录"方式，所以不受限于局域网，信息安全性好。CVS 的主要缺点在于客户端软件很多也很乱。UNIX 和 Linux 的软件高手可以直接使用 CVS 命令行程序，而 Windows 用户通常使用 WinCVS。安装和使用 WinCVS 比 VSS 麻烦。

（3）ClearCase 是 Rational 公司开发的，是软件行业公认的功能最强大的配置管理软件。ClearCase 主要应用于复杂产品的并行开发、发布和维护。其功能划分为 4 个范畴：版本控制、工作空间管理（Workspace Management）、编译管理（Build Management）和过程控制（Process Control）。ClearCase 通过 TCP/IP 协议来连接客户端和服务器，浮动许可可以跨越 UNIX 和 Windows NT 平台被共享。ClearCase 的功能比 CVS、SourceSafe 强大得多，但是其用户量却远不如 CVS、VSS 的多。主要原因是 ClearCase 价格昂贵。

（4）SVN 全称为 Subversion。Subversion 是一个跨平台的软件，支持大多数常见的操作系统，其官方网站是 http://subversion.tigris.org。Subversion 是一个开放源代码的版本控制系统。Subversion 的目标是将其设计为 CVS 的替代产品。事实上 Subversion 具有 CVS 的大部分功能特性，并且与 CVS 保持有足够的相似性，CVS 用户可以容易地转移到 Subversion 上。Subversion 改良了 CVS 的一些显著缺陷，提供了很多 CVS 所没有的优秀功能。

8. 测试工具

测试工具一般包括白盒测试、黑盒测试、性能测试以及测试管理等工具。功能测试工具有 WinRunner、IBM Rational Robot、Borland SilkTest 2006 和 JMeter。单元测试工具有 xUnit。白盒测试工具有 Jtest。性能测试工具有 LoadRunner、Microsoft Web Application Stress Tool、JMeter 和 Webload。测试管理工具有 TestDirector 等，其中 JMeter 可以进行功能测试和性能测试。

在功能测试工具中，WinRunner 是 Mercury Interactive 公司的一种企业级的功能测试工具，用于检测应用程序是否能够达到预期的功能及正常运行。通过自动录制、检测和回放用户的应用操作，能帮助测试人员对复杂的企业级应用的不同发布版进行测试，提高测试质量，确保跨平台的、复杂的企业级应用无故障发布及长期稳定运行。IBM Rational Robot 是最顶尖的功能测试工具，可以在测试人员学习高级脚本技术之前帮助其进行成功的测试，集成在测试人员的桌面 IBM Rational TestManager 上，测试人员可以计划、组织、执行、管理及报告所有测试活动，包括手动测试报告。Borland SilkTest 2006 属于软件功能测试工具，是 Borland 公司所提出软件质量管理解决方案的套件之一，采用精灵设定与自动化执行测试，能快速建立功能测试，并分析功能错误。

在单元测试工具中，xUnit 是目前最流行的单元测试工具，根据语言不同分为 JUnit（Java）、CppUnit（C++）、DUnit（Delphi）、NUnit（.NET）和 PhpUnit（PHP）等。该测试工具的第一个应用是开放源代码的 JUnit。

在白盒测试工具中，Jtest 是 Parasoft 公司推出的一款针对 Java 语言的自动化白盒测试工具，通过自动实现 Java 的单元测试和代码标准校验提高代码的可靠性,Parasoft 同时出品的还有 C++ test,是一款 C/C++白盒测试工具。

在性能测试工具中,LoadRunner 是一种预测系统行为和性能的负载测试工具,通过以模拟上千万用户实施并发负载及实时性能监测的方式来确认和查找问题,LoadRunner 能够对整个企业架构进行测试。Microsoft Web Application Stress Tool 是专门用来进行实际网站压力测试的一套工具,可以使用少量的客户计算机仿真大量用户上线对网站服务所可能造成的影响。Web-Load 是 Rad View 公司的性能测试和分析工具,通过模拟真实用户的操作,生成压力负载来测试 Web 的性能,自动执行压力测试。

测试管理工具中,TestDirector 是业界第一个基于 Web 的测试管理系统,可以进行全球范围内的测试管理。通过在一个整体的应用系统中集成了测试管理的各个部分,包括需求管理、测试计划、测试执行以及错误跟踪等功能,TestDirector 极大地加速了测试过程。

JMeter 是 Apache 组织的开放源代码项目,它是功能和性能测试的工具,100% 的用 Java 实现。

9. 软件质量评价

软件质量,ANSI/IEEE Std 729–1983 将其定义为"与软件产品满足规定的和隐含的需求能力有关的特征或特性的全体"。M. J. Fisher 将其定义为"描述计算机软件优秀程度的所有特性的组合"。影响较大的软件质量模型,主要有 McCall 质量模型、ISO 的软件质量评价模型和上海软件中心(SSC)的软件质量度量模型。美国的 B. W. Boehm 和 R. Brown 先后提出了 3 层次的评价度量模型,即软件质量要素、准则和度量。3 层次的评价度量模型第一层是软件质量要素。软件质量可分解成 6 个要素,这 6 个要素是软件的基本特征,包括功能性、可靠性、易使用性、效率性、可维修性及可移植性。第二层是评价准则,可分成 22 条,包括精确性、健壮性、安全性、通信有效性、处理有效性、设备有效性、可操作性、培训性、完备性、一致性、可追踪性、可见性、硬件系统无关性、软件系统无关性、可扩充性、公用性、模块性、清晰性、自描述性、简单性、结构性及产品文件完备性。第 3 层是度量,根据软件的需求分析、概要设计、详细设计、实现、组装测试、确认测试和维护与使用 7 个阶段,制定了针对每一个阶段的问卷表,以此实现软件开发过程的质量控制。对于企业来说,不管是定制,还是外购软件后的二次开发,了解和监控软件开发过程每一个环节的进展情况和产品水平都是至关重要的。因为软件质量的高低,很大程度上取决于用户的参与程度。

软件质量特性度量有两种方法即预测度量和验收度量。预测度量是利用定量或者定性的方法,对软件质量的评价值进行估计,获得软件质量比较精确的估算值,主要应用于软件开发过程中。验收度量是在软件开发各阶段的检查点,对软件的要求质量进行确认性检查的具体价值,可以看成是预测度量的一种确认,对开发过程中的预测进行评价。要对软件质量进行定量地评价,一般采取由若干(6~10)位有实际经验的软件专家进行打分评价,然后进行加权平均。

10. 软件标准

软件工程标准化可以提高软件的可靠性、可维护性和可移植性,提高软件生产率,提高软件人员之间的通信效率,减少差错和误解。有利于软件管理,有利于降低软件的运行维护成本,缩短软件开发周期。软件标准包括基础标准、开发标准、文档标准、管理标准及质量标准等。基础标准有《信息技术软件工程术语》(GB/T 11457—2006)等。开发标准有软件开发规范 GB

8566—88 等。文档标准有计算机软件产品开发文件编制指南 GB 8567—88 等。管理标准有计算机软件配置管理计划规范 GB/T 12505—90 等。质量标准有规定与质量有关的术语 ISO 8402 等。

2.3 例题分析

1. 操作系统是一种 _____。

A. 系统软件   B. 应用软件   C. 工具软件   D. 杀毒软件

分析：

本题主要考查操作系统是属于什么类型的软件,操作系统是系统软件,不是应用软件,也不是工具软件,更不是杀毒软件,因此本题答案为 A。

答案：A。

2. 下列关于操作系统的主要功能的描述中,不正确的是 _____。

A. 处理器管理   B. 作业管理   C. 文件管理   D. 信息管理

分析：

本题主要考查操作系统的主要功能,操作系统的 5 大主要管理功能是处理器管理、作业管理、存储器管理、设备管理和文件管理。因此本题的参考答案为 D。

答案：D。

3. 下列关于系统软件的叙述中,正确的是 _____。

A. 系统软件并不针对具体应用领域

B. 系统软件主要是指各个部门的管理信息系统

C. 系统软件建立在应用软件的基础之上

D. 系统软件无需提供人机界面

分析：

本题主要考查系统软件的概念,系统软件主要功能是对整个计算机系统进行调度、管理、监视及服务等,包括操作系统,编辑、编译程序,故障诊断,监控程序,数据库、各类接口软件和工具组等。因此系统软件不是指各个部门的管理信息系统,不是建立在应用软件的基础之上,也不是无需提供人机界面,本题的参考答案为 A。

答案：A。

4. 下列 4 种软件中属于应用软件的是 _____。

A. BASIC 解释程序   B. UCDOS 系统

C. 财务管理系统   D. Pascal 编译程序

分析：

本题主要考查系统软件和应用软件的概念与区别,软件系统可分成系统软件和应用软件。前者又分为操作系统和语言处理程序,A,B,D 三项应归在此类中。本题的答案为 C。

答案：C。

5. 文件保密是指防止文件被 _____。

A. 篡改　　　　　　　B. 破坏　　　　　　　C. 窃取　　　　　　　D. 删除

分析：

本题主要考查文件管理的相关问题,文件保密并不能保证文件不被破坏、窃取和删除,但是能够防止篡改。

答案:A。

2.4　同步训练

1. 下列关于操作系统的叙述中,正确的是_____。

A. 操作系统是各种应用软件之间的接口

B. 操作系统是外设和主机之间的接口

C. 操作系统是用户、应用软件与计算机硬件之间的接口

D. 操作系统是源程序和目标程序之间的接口

2. 下列关于操作系统的叙述中,_____是不正确的。

A. 管理资源的程序　　　　　　　　B. 管理用户程序执行的程序

C. 能使系统资源提高效率的程序　　D. 能方便用户编程的程序

3. 操作系统是一种_____。

A. 系统软件　　　B. 系统硬件　　　C. 应用软件　　　D. 支援软件

4. 在文件系统中,为实现文件保护一般不会采用下面_____方法。

A. 口令　　　　　　　　　　　　　B. 密码

C. 访问控制　　　　　　　　　　　D. 在读写文件之前使用 OPEN 系统调用

5. 下面不属于软件开发过程的有_____。

A. 系统总体方案　　　　　　　　　B. 系统设计说明

C. 软件开发　　　　　　　　　　　D. 系统维护

第 3 章
多媒体基础知识

多媒体基础知识不是信息处理技术员考试的重点,从历年试题来看,其分值在 3～4 分左右,主要涉及媒体的分类,声音、图像的数字化处理,媒体设备的特点以及媒体文件的格式等。考试大纲中涉及本章的考点有两个,分别是多媒体数据格式和多媒体创作工具及应用。

3.1 多媒体相关基本概念

"媒体"是一个很常见的词。随着计算机技术的发展,20 世纪末期很流行的"多媒体"和"多媒体计算机"等概念,已经逐渐退出前台而进入了幕后,虽然现在的人们几乎不再提及多媒体这个概念,但多媒体却时刻影响着人们的生活。

3.1.1 媒体的概念和分类

在人们的日常生活中,每天都充斥着媒体的概念。通常意义上,对媒体的定义有两种,一种指信息的物理载体,即存储和传播信息的物理介质。另一种指信息的表现形式或传播形式,如文字、声音和图像等。国际电报电话委员会(Consultative Committee on International Telephone and Telegraph,CCITT)把媒体分为以下 5 类。

(1)感觉媒体(Perception Medium)。感觉媒体主要作用于人的感觉器官,使人产生感觉。如图像使人产生视觉反应,声音使人产生听觉反应,气味使人产生嗅觉反应等。

(2)表示媒体(Representation Medium)。表示媒体是传输感觉媒体的中介,在计算机中表现为用于数据交换的编码。如文字编码中的 UTF-8、GB 2312,图像编码中的 JPEG、PNG,声音编码中的 WAV 和 WMA 等。

(3)表现媒体(Presentation Medium)。表现媒体用来输入和输出信息。常见的输入媒体有键盘、鼠标、触摸板、摄像头、扫描仪、麦克风、手写板、游戏方向盘和游戏手柄等;常见的输出媒体有显示器、打印机、音箱和耳机等。

(4)存储媒体(Storage Medium)。存储媒体用来存储表示媒体。常见的存储媒体有硬盘、U盘、光盘、ROM 和 RAM 等。

(5)传输媒体(Transmission Medium)。传输媒体用于传输表示媒体。常见的传输媒体有光缆、电缆和无线电波等。

"多媒体"一词来源于英文的"Multimedia",该词由"Multiple"和"Media"两个词复合而成。多媒体是以下两种或者两种以上的媒体组合而成的结合体:图形、图像、动画、声音、文字动态视频。

3.1.2　多媒体计算机系统

多媒体系统由多媒体硬件系统和多媒体软件系统组成。通常把具有多媒体信息处理能力的计算机称为多媒体计算机。传统的计算机处理对象单一,仅限于处理文字和数字,交互方式只能通过键盘和显示器。多媒体计算机可以处理声音、文本、图形、图像和视频等多媒体信息,而且处理速度和普通计算机处理文字和数字一样快捷。多媒体计算机还提供了丰富的人机交互方式,如麦克风、手写板、触摸板、游戏手柄、音箱、摄像头和数码相机等。人们把多媒体和通信功能集成到 CPU 芯片中,形成了多媒体微处理器,如 Intel 公司的 Pentium MMX 处理器;并且把多媒体专用芯片和板块集成到计算机中,使计算机变成了多媒体计算机。目前计算机的多媒体功能大多通过附加插件和设备实现。下面具体介绍多媒体计算机硬件系统和软件系统。

1. 多媒体计算机硬件系统

多媒体硬件系统通过在 PC 上进行硬件扩充,实现人们对多媒体信息处理功能的需求。多媒体计算机的硬件系统除了常规的 PC 硬件,如主机、软盘驱动器、硬盘驱动器、显示器、打印机、键盘和鼠标外,还需要音频处理硬件、视频处理硬件和光盘驱动器等。一台多媒体计算机通常包括以下硬件。

(1) 声卡(Sound Card)。声卡用于处理音频信息。它可以把麦克风、电子乐器和录音机等输入的声音进行模数转换(A/D)和压缩等处理。也可以把经过数字化的声音还原(解压)和数模转换(D/A)后用多媒体音箱或耳机播放出来。

目前,市场上常见的声卡有新加坡创新(Creative)公司的 Sound Blaster 声卡和 Realtek AC97 集成声卡等。这些声卡已经可以支持 7.1 声道、5.1 声道等多声道环绕立体声输出,能为用户提供身临其境的音响效果。

(2) 视频卡(Video Card)。视频卡也称显示卡,通常简称为显卡,是一种多媒体视频信号的处理平台,用来支持视频信号的输入和输出。它可以采集各种视频源信息,经过编辑和特技处理生成漂亮、精美、细腻的画面,输出到显示器或者电视和投影仪中。视频卡可细分为视频采集卡、视频处理卡、视频播放卡及 TV 编码器等专用卡,用来连接不同的输出设备。

(3) 光盘驱动器。光盘驱动器可分为只读驱动器(CD-ROM 和 DVD-ROM)和可读/写光盘驱动器(CD-R、CD-RW、DVD-R、DVD+R 和 DVD-RW)。可读写的光盘驱动器通常称为刻录机。目前 CD-ROM 已经逐渐退出市场,取而代之的是 DVD-ROM。CD-ROM 只能提供 650 MB 的存储容量,而 DVD-ROM 可以提供 4.7 GB 的存储容量,并且可以分为单面单层(DVD-5,4.7 GB)、单面双层(DVD-9,8.5 GB)、双面单层(DVD-10,9.4 GB)和双面双层(DVD-18,17 GB)等不同规格,最大可以存储 17 GB 的内容。而蓝光(Blue-ray)光盘,单面单层的容量可达 25 GB,单面双层的容量可高达 50 GB,并且价格越来越低。除了蓝光光盘外,还有 HD-DVD,可提供单层 15 GB、双层 30 GB 的高容量。光盘驱动器为用户提供了可移动、可分享和易保存的存储方案,节省硬盘的存储空间。

(4) 扫描仪。扫描仪可以把摄影作品、绘画作品或其他印刷体上的文字和图像输入到计算机中。扫描仪是一种获取图像的简单方法。扫描仪的种类很多,常用的有手持式扫描仪、滚筒式扫描仪和平板式扫描仪等。

手持式扫描仪重量轻,体积小,但扫描的图像容易失真。滚筒式扫描仪可进行连续扫描(自动进纸）。平板式扫描仪扫描精度高,速度快,但价格较高。

（5）数码摄像头。数码摄像头是一种常见数字视频输入设备。它可以实时捕捉视频信息,利用光电技术采集影像,通过内部电路把"点电流"转化为数字信号。如在操作系统中安装人脸识别软件后,可以用来识别操作者的身份,提供自动登录和输入密码的功能,数码摄像头也经常应用在网络的视频聊天中。

（6）指纹识别器（Fingerprint Reader）。指纹识别器利用人体指纹的不变性、唯一性和方便性,通过对指纹的图像获取、处理、特征识别和对比,把人体指纹输入到计算机中,用来验证操作者身份,对文件进行加/解密等。

（7）光学字符阅读器。光学字符阅读器是一种文字自动输入设备。它通过扫描或摄像等光学输入方法从纸上获得文字的图像信息,通过识别算法分析文字特征,判断文字编码,并按设定的存储格式把识别结果保存在文本文件中。

（8）触摸屏。触摸屏通过手指按在屏幕上时产生触摸信号,把这个信号通过变换转换为计算机的操作命令,实现人机交互,是一种常见的输入设备。

（9）数字化仪。数字化仪是一种图形输入设备,主要用于输入气象图和地图等线型图。

（10）游戏操纵杆。游戏操纵杆是一种提供位置信息和按键命令信息的输入设备。把输入位置和按键信息提供给应用程序,通常作为计算机游戏或电视游戏的输入设备。常见的游戏操纵杆,有游戏手柄、进行飞行模拟类游戏的飞行摇杆、进行汽车模拟类游戏的方向盘和进行街机游戏的游戏杆等。游戏操纵杆可以让游戏玩家在玩游戏时获得更好的游戏体验,部分游戏操纵杆加入了力反馈技术,此时游戏操纵杆又成为输出设备,但此类设备价格较为昂贵。较为专业的游戏厂商都会为自己的游戏提供对游戏操纵杆的支持。

（11）U盘、移动硬盘和读卡器。U盘是一种可移动的存储设备,通过USB接口连接到计算机,可提供1 GB、2 GB、4 GB、8 GB和16 GB等不同的存储容量,根据读取速度可分为高速U盘和普通U盘。移动硬盘也是一种常见的可移动存储设备,能提供比U盘更大的存储容量,通常有80 GB、120 GB、300 GB等容量。读卡器是用来读取一些常见的存储卡的设备,如SD（SDHC）卡、MMC卡、Memory Stick和Memory Stick PRO等存储卡。读卡器使用方便,用户可以携带多张存储卡,达到移动存储的目的。

（12）投影仪、激光视盘播放机和绘图仪。投影仪是一种把视频信号投影到银幕上的设备。激光视盘播放机（影碟机）是一种视频播放设备。绘图仪是一种图形输出设备。

2. 多媒体计算机软件系统

多媒体计算机软件系统包括多媒体操作系统、多媒体应用软件的开发工具和多媒体应用软件。

（1）多媒体操作系统。多媒体操作系统负责对多媒体环境下多个任务进行调度和管理,为多媒体应用软件的运行提供支持,对多媒体声像及其他多媒体信息进行实时处理和控制,为多媒体的输入输出提供相应的软件接口,为多媒体数据和多媒体设备提供图形化的管理和控制。它能像普通操作系统处理文字和文件那样处理音频、视频、图像和文字等多媒体信息,并能对光盘驱动器、MIDI设备、数码相机和扫描仪等多种多媒体设备进行管理和控制。

（2）多媒体创作工具软件。多媒体创作工具软件运行于多媒体操作系统上,它提供了建立多媒体节目的构件和框架,可实现媒体之间的组接和跳转,能帮助开发人员提高多媒体软件的开发效率。多媒体创作工具软件按照组织方式和数据管理方式大致可分为如下几类。

① 页面模式的创作工具,如 PowerPoint、ToolBook 等。

② 时序模式的创作工具,如 Director、Flash 等。

③ 图标模式的创作工具,如 Authorware 等。

④ 窗口模式的创作工具,如 Visual Studio 系列(Visual C#、Visual C++ 和 Visual Basic)、Delphi 等编程工具和语言都提供了对窗口及其对象的图形创作方式。

在多媒体应用中,多媒体素材是必不可少的。多媒体素材编辑软件可用于采集、编辑和处理各种多媒体数据。这类软件有基于文本的工具如 Word、Notebook(记事本)、Writer(写字板)、WPS 和 OCR(光学字符识别)等。基于图像图形的工具如 Photoshop、Illustrator、Fireworks、Page-Maker、PhotoDeluxe、AutoCAD、3ds max、FreeHand、CorelDRAW 和 Screen Thief 等。基于动画的工具如 GIF Construction Set、Xara3D 等。基于视频的工具如 Media Studio Pro 和 Premiere 等。基于音频的工具如 Cool Edit Pro、GoldWave 和 Cake Walk Pro Audio 等。用于播放的工具 Media Player (媒体播放器)和 ACDSee 等。

(3)多媒体应用软件。多媒体应用软件是具体的应用程序及演示软件。它是直接面向用户或信息接收和发送的软件。这类软件直接与用户交互,只需要简单的命令和简单的操作就能使用这类软件。常用的多媒体应用软件有多媒体 CAI(计算机辅助教学)软件、各种游戏软件、多媒体监控系统软件、光盘播放软件和语音/传真/数据传输调制管理软件。除了面向终端用户外,还有面向特定领域用户的应用软件系统,如多媒体会议系统和视频点播(VOD)系统等。

3.2　音频

声音是人的听觉器官所能感觉到的振动,使用计算机处理声音信号是多媒体计算机常见的功能,下面将介绍这方面的知识。

3.2.1　音频基础知识

声音是由物体振动产生,并通过空气进行传播的连续的波,称为声波。声波在时间和幅度上是连续的信号,通常称为声音(音频)信号。对于声音的感觉,可以通过 3 个指标来衡量。响度(音量)用来表示声音的强弱,即振幅的大小。音调用来表示声音的高低,即频率的高低。音色用来表示不同的声音效果,音色由混入基音(基波)的泛音(谐波)所决定,每种声音有其固定的频率和不同音强的泛音,使得它们具有不同的音色。

声音信号的两个基本参数是幅度和频率,幅度指声波的振幅,单位为分贝(dB),频率指每秒钟声波变化的次数,单位为赫兹(Hz)。

通过对声音信号进行分析,发现声音信号由许多频率不同的信号组成,人们通过带宽来描述组成声音的信号的频率范围。通常按频率把声音信号进行分类。小于 20 Hz 的称为亚音信号(也称次音信号),20 Hz ～ 20 kHz 的称为音频信号,高于 20 kHz 的称为超音频信号(也称超声波)。计算机所处理的音频信号主要为人耳所能听得到的音频(Audio)信号,频率为 20 Hz ～ 20 kHz。

3.2.2 数字化音频和音频的相关计算

声音信号是一种模拟信号,计算机不能对模拟信号进行处理,只有把模拟信号进行数字化,才能在计算机中对其进行处理。最常见的把声音信号进行数字化的方法为取样。取样需要经过3个步骤:采样、量化和编码。

采样是指把时间连续的模拟信号转换为时间离散的,而幅度连续的信号。即在某些特定时刻获取声音信号的幅值,一般间隔相等的一小段时间获取一次,这个时间称为采样周期。采样周期的倒数称为采样频率。为了避免失真,采样频率必须不低于声音信号最高频率的2倍。所以,语音信号的采样频率一般为8 kHz,音乐信号的采样频率一般在40 kHz以上,采样频率越高,声音的保真度越好。

量化是指把幅度上连续的值的样本转换为离散值。可以看出,量化是一个模/数转换(A/D)过程。量化后的样本用二进制数来表示,这个数的位数的多少称为量化精度,也称量化分辨率或量化位数,它反映了度量声音波形幅度的精度。一般有8位(1字节)和16位(2字节)等,量化精度越高,声音的质量越好,需要的存储空间也越大。

编码是指把经过采样和量化以后的数字信号进行数据压缩和编码,以减少数据存储时占用的空间,并用规定的格式组织成文件。

模拟声音信号经过数字化后变成了数字化的音频信号,可以使用计算机进行处理。其主要参数有采样频率、量化位数、声道数目、数据率和压缩比等。除了上文中提到的采样频率和量化位数外,再对其他几个参数进行介绍。

声道一般分为单声道和双声道。单声道一次产生一组声音波形数据。双声道一次同时产生两组波形数据。

数据率表示每秒钟的数据量,以 kbps 为单位。

压缩比是同一段时间间隔内的音频数据压缩前和压缩后的数量比。

以上介绍的几个参数非常重要,对以上几个参数的设定,可以通过计算得到数字化后音频文件的大小。

未经压缩的数字音频数据量计算公式如下:

数字化音频数据量=数据传输率×持续时间/8(B)

数据传输率=采样频率×量化位数×声道数

下面通过例题具体说明计算方法。

【例3-1】 语音信号的带宽为300~3 400 Hz,采样频率为8 kHz,若量化精度为8位,双声道输出,那么每秒钟的数据量和每小时的数据量各是多少?

分析:根据题意,可知采样频率为8 kHz,量化精度为8位,声道数目为2。根据音频数据量计算公式可得:

数据传输率=8 kHz×8 b×2=128 kbps

每秒钟数字化音频数据量=128×1 000×1/8 B=16 000 B=15.625 KB

每小时数字化音频数据量=128×1 000×3 600/8 B=57 600 000 B=54.93 MB

约为55 MB。

【例3-2】 CD光盘上存储立体声数字音乐带宽为20 Hz~20 kHz,采样频率为44.1 kHz,量化精度为16位,双声道,请计算1小时的数据量。若改为单声道采样,数据量是多少?

分析:根据题意,可得到各个参数的取值。采样频率为44.1 kHz,量化精度为16位,声道数目为2。根据计算公式可得。

数据传输率=44.1 kHz×16 bit×2=1 411.2 kbps

每小时的数字化音频数据量=1 411.2 kbps×3 600 s/8=635 040 kB=605.62 MB

换成单声道后,声道数目为1。根据计算公式有:

数据传输率=44.1 kHz×16 bit×1=705.6 kbps

每小时的数字化音频数据量=705.6 kbps×3 600 s/8=317 520 kB=302.81 MB

3.2.3　音频的压缩及文件格式

在计算机中,数字声音有波形声音和合成声音两种表示方法。波形声音通过对现实声音的数字化而获得,能高保真地表示现实世界中的真实声音。合成声音使用符号对声音进行描述,通过合成的方法生成声音。合成声音和波形声音相比,数据存储占用的空间小,编辑处理方便,但没有波形声音真实。

从前面的计算可以看出,未经压缩的数字化音频数据量很大,若要对其进行存储,将占用大量的存储空间,经过压缩和编码后,占用的存储空间将大大减小,更适合于存储和传输。

数字声音的压缩方法有很多,从原理上可分为3类。

(1)波形编码。波形编码是直接对采样、量化后的波形进行压缩处理。常见的波形编码有脉码调制(PCM)、自适应差分脉码调制(ADPCM)和子带编码(SBC)等。这类编码可获得高质量的语音,但压缩比较低。

(2)参数编码(模型编码)。参数编码是基于声音生成模型的压缩方法,它从语音波形信号中提取生成的话音参数,使用这些参数通过话音模型重构出话音。这类编码可获得很高的压缩比,但音质不理想。

(3)混合编码。混合编码是以上两种编码方法的混合,可获得较高的压缩比,也能保证一定的质量。

按压缩的可逆性,可分为无损压缩和有损压缩两类。无损压缩经过还原后,能提供和 CD 音质同样效果的音质,但压缩比较低。而有损压缩以损失音质为代价,可获得很高的压缩比。常见的无损压缩后的音频格式有 APE、FLAC、WMALossless 和 AppleLossless 等,常见的有损压缩后的音频格式有 MP3、WMA 和 AAC 等。

在了解音频的压缩方法后,下面将介绍常见的音频文件格式。

(1)WaVE。WaVE 是 Microsoft 公司的音频文件格式,后缀名为.wav,其来源于对声音模拟波形的采样。该格式记录的声音文件基本和原声一致,质量非常高,但文件数据量大,需要占用很大的存储空间。

(2)APE。APE 是 Monkey's Audio 定义的一种无损音频数据压缩格式,后缀名为.ape,有时也用.mac 的后缀名。该格式具有很高的质量,压缩后的文件比 WaVE 要小很多。

(3)FLAC。FLAC 是 Free Lossless Audio Codec 的缩写,也是一种音乐格式,该格式后缀名为.flac,采用无损数据压缩算法,可以获得与原声基本一致的质量,压缩比和 APE 差不多。

(4)MP3。MP3 是目前最流行的声音文件格式,具有极大的压缩比,但音质不能让人满意。

（5）WMA 和 WMALossless。WMA 的全称是 Windows Media Audio，是 Microsoft 公司推出的新的音频文件格式，后缀名为.wma。前期的 WMA 是有损压缩，在 Windows Media Player 9.0 以后，推出了无损压缩的 WMALossless，它们的扩展名都是.wma，但 WMALossless 文件要比有损的大得多，几乎和 APE 文件差不多。

（6）RealAudio。RealAudio 具有.ra 的后缀名，具有极大的压缩比和极小的失真。

（7）AAC。AAC 是 Advanced Audio Coding 的缩写，后缀名为.aac，可以获得极高的压缩比，并且音质损失很小。

（8）MIDI。MIDI 是比较成熟的音乐格式，能指挥各种音乐设备运转，能模仿原始乐器的各种演奏技巧，并且文件的长度非常小。通常有.mid 和.rmi 两种后缀名，RMI 可以包括图片标记和文本。

（9）Voice。Voice 是 Creative 公司波形音频文件格式。

（10）Audio。Audio 是 Sun Microsystem 公司推出的经过压缩的数字音频文件格式。

（11）AIFF 和 Apple Lossless。AIFF 是 Apple 计算机的音频文件格式。Apple Lossless 是 Apple 公司开发的无损音频编码方案，是一种高质量的音频格式。

（12）CMF。CMF 是 Creative 公司的专用音乐格式，专用于 FM 声卡，与 MIDI 差不多，但兼容性差。

3.3 图形和图像

眼睛是心灵的窗口，人眼对图像的反应非常敏感，和枯燥的文字、数字相比，人们更希望在计算机上看到图形和图像。

3.3.1 图形和图像基础知识

图形和图像是目前计算机上最常见到的显示效果，为了把图形和图像引入到计算机中，人们做了很多研究，在经过不断的努力之后，计算机终于具有处理图形图像的能力。下面介绍和图形、图像相关的基础知识。

1. 彩色的基本概念

彩色是创建图像的基础，人眼通过光来感知色彩，彩色光作用于人眼后，在人眼产生了彩色视觉。通常用饱和度、亮度和色调来衡量色彩，这 3 个物理量称为色彩 3 要素。

（1）亮度。亮度指彩色明暗深浅的程度。对于发光物体，彩色光辐射的功率越大，亮度越高。对于不发光物体，亮度取决于该物体吸收或反射光功率的大小。

（2）色调。色调指颜色的类别，如红色、蓝色、绿色等不同的颜色就是指色调。物体的色调取决于其辐射光谱成分或其反射光谱成分对人眼刺激的视觉反应。

（3）饱和度。饱和度指某一颜色的深浅程度。对于同一色调的颜色来说，饱和度越高、颜色越深。饱和度越低，颜色越浅。如蓝色中的深蓝、浅蓝等就是饱和度的不同而形成的。

2. 三基色原理

在理论上，任何一种颜色都可以用 3 种基本颜色按不同的比例混合而成，即所有的颜色都可通过红(Red)、绿(Green)和蓝(Blue)3 种颜色混合得到。

3. 彩色空间

彩色图像所使用的颜色描述方法,称为彩色空间,也称彩色模型。常见的彩色空间如 RGB 彩色空间、CMY 彩色空间和 YUV 彩色空间等。不同的彩色空间对应不同的应用场合。任何一种色彩都可以用任意一种彩色空间进行精确描述。

(1) RGB 彩色空间。RGB 彩色空间用 R、G、B 分量表示,即红色分量、绿色分量、蓝色分量。通过 3 个分量的不同比例,可以在显示器中合成任意需要的颜色。

(2) CMY 彩色空间。CMY 彩色空间用 Cyan、Magenta 和 Yellow 分量表示,即青、品红、黄等 3 个分量。通过 3 种颜色按照不同比例混合,可以获得任何一种油墨或颜料所表示的颜色。该彩色空间通常用在打印机中。

(3) YUV 彩色空间。YUV 彩色空间使用亮度信号 Y,色差信号 U 和 V 表示,它是 R、G 和 B 三基色通过矩阵变换得到的。一般用于电视机中,由于亮度和色度分离,解决了彩色和黑白显示系统的兼容问题,即如要表示黑白图像,那么只需要亮度信号 Y 分量就可以了,不需要色差信号 U 和 V。

在学习色彩的基础知识后,下面将学习图形和图像在计算机中的表示形式。在计算机中,图形通常有两种表示形式。一种是矢量图形(也称几何图形),另一种是位图图像(也称点阵图像)。

矢量图形是用一系列的计算机指令描述和记录一幅图的内容,如通过指令描述一条直线、曲线、圆弧和圆等。也可以用更为复杂的方式描述图中的曲面、材质和光照等效果。矢量图形可任意放大而不会失真。

位图图像是用像素点来描述一幅图。位图由一组二进制位组成,这些位定义了每个像素点的颜色和亮度。显示位图图像时,屏幕上的一个点(像素)对应于图像中的一个像素点。位图可直接在屏幕上显示出来,颜色逼真细腻、色彩丰富,但占用的存储空间较大,需要进行数据压缩。

和音频的数字化一样,图像的数字化也需要经过采样、量化和编码 3 个步骤。

图像的采样和音频的采样类似,在 (x, y) 坐标上对图像进行采样。采样中需要一个确定的采样间隔,这个采样间隔称为分辨率。形象地说,就是把一个图分割为一个 $M \times N$ 的网格,每一个网格是一个取样点,记录下每一个取样点的亮度后,一个图像就转换为一个矩阵。

图像的量化通过对采样后的取样点进行 A/D 转换。量化的等级参数称为图像深度。

图像的编码把像素矩阵按一定的方式编为二进制组,并按某种格式记录在图像文件中。

3.3.2 图像的相关计算

为了描述数字化后的图像,需要几个主要参数:分辨率、像素深度、真/伪彩色、图像的表示方法和种类等。

分辨率有显示分辨率和图像分辨率两种。显示分辨率是显示屏上能够显示出的像素数目。显示设备的分辨率越高,能够显示的像素越多,显示图像的质量也就越高。图像分辨率是组成一组图像的像素密度,用每英寸多少点表示(DPI)。图像的分辨率越高,图像就越逼真和清晰。假设一幅图的大小为 2×2.5 英寸,如果用 200 DPI 来扫描,将得到一幅 400×500 像素点的图像。当图像分辨率大于显示分辨率时,在屏幕上只能显示部分图像。当图像分辨率小于显示分辨率时,图像在显示屏幕中只占一部分,不能完全覆盖屏幕。

像素深度(也称图像深度)是指存储每个像素所用的位数,用来度量色彩分辨率。它确定了每个像素可能有的颜色数。对于灰度图像,确定了每个像素可能有的灰度级数。像素深度越大,能表达的颜色数目越多。

真彩色是指在一幅彩色图像的每个像素中有 R、G 和 B 三个基色分量,每个基色分量直接决定显示设备的基色,这样产生的彩色称为真彩色。通常把 RGB 8∶8∶8 方式(即每一个色彩分量都用 8 位二进制描述)表示的彩色称为真彩色或全彩色。伪彩色不用 R、G 和 B 基色分量直接表达,而是把像素值作为地址索引,在彩色查找表中查找这个像素的实际 R、G 和 B 分量。

如果图像按照像素点及其深度映射的位数采样,则可计算图像的数据量。计算公式如下。

图像数据量=图像的总像素×图像深度/8(转换为 Byte)

图像的总像素=水平方向的像素数×垂直方向的像素数

【例 3-3】 若有一幅 640×480 像素的 256 色的图,它占用的数据量是多少?

分析:根据题意,265 色的图像深度为 8,可以使用公式对其数据量进行计算。

图像的数据量=640×480×8/8 B=307 200 B=300 KB

【例 3-4】 若有一幅 2×3 英寸的图像,现在对它进行数字化,选用的分辨率为 300 DPI,图像深度为 16 位,那么这幅图像的数据量是多大?

分析:根据题意,需要先计算总像素数,再根据公式进行计算。

图像的总像素=(2×300)×(3×300)=600×900

图像的数据量=600×900×16/8 B=1 080 000 B≈1.03 MB

3.3.3 图像的压缩及文件格式

从上面的计算可以看出,一幅图像在未经压缩前,将占用很大的存储空间,这对于传输、处理和存储都不太适合。需要经过数据压缩和编码,以减少占用的存储空间。

图像的数据压缩分为两类:无损压缩和有损压缩。无损压缩可以保证在压缩和还原过程中,图像的信息没有损耗,经过还原后可以和原始图像完全相同。有损压缩利用了人眼对图像中的某些频率成分不敏感的特性,采用高效的失真数据压缩算法,在压缩过程中将损失一些图像信息,以获得很高的压缩比。常见的无损压缩有行程长度编码(RLE)、增量调制编码(DM)、哈夫曼编码(Huffman)和 LZW 编码等。目前广泛使用的有损压缩有 JPEG、MPEG 和 H. 261。

行程长度编码利用图像中常常有许多颜色相同的图块的特点,对图像进行压缩。许多连续的行都有相同的颜色,而有时相同的行上也有许多连续的像素具有相同的颜色,此时不需要存储每一个像素的颜色值,只需要存储一个像素值以及具有相同颜色的像素数目。如果图像中相同颜色的图块很多,使用 RLE 编码可以获得很高的压缩比。

增量调制编码利用在较大的范围内,图像的颜色往往变化不大的特点对图像进行压缩。在图像颜色变化不大的区域内,相邻像素的值具有很大的相关性,此时同样不需要存储每一个像素的颜色值,只需要存储一个像素的实际值,然后存储其后的每一个像素值与该像素值之差(增量值)。

哈夫曼编码利用图像中常常包含单色的大面积图块,并且某些颜色出现的频率很高这个特点对图像进行压缩。通过对图像数据的扫描,计算出各种像素的出现概率,然后按照概率指定不同长度的唯一码字,生成哈夫曼码表。编码后图像记录每个像素的码字,并通过附在图像文件中的码表获得对应关系。

JPEG(Joint Photographic Experts Group)是 ISO 和 IEC 两个组织的专家组制定的静态和数字图像编码压缩标准。JPEG 标准中包含了两种算法,一种是以离散余弦变换为基础的有损压缩算法。一种是以预测技术为基础的无损压缩算法。经常使用的是有损压缩算法,可以获得很高的压缩比。在 25:1 的压缩比下,人们很难区分压缩图像和原始图像的差别。

MPEG(Moving Pictures Experts Group)是 ISO 和 IEC 两个组织的专家组制定的活动图像压缩标准。MPEG-1 针对传输率为 1~1.5 Mbps 的普通电视质量的视频信号进行压缩。MPEG-2 针对每秒 30 帧的 720×572 像素的视频信号进行压缩,在扩展模式下可以对 1440×1152 像素的视频信号进行压缩。MPEG-4 增加了多媒体系统的交互性和灵活性,对传输率要求较低。MPEG-7 是一种用来描述多媒体内容的标准。

H.261 是国际电报电话咨询委员会提出的电话会议/电视标准,该标准又称为 P×64K 标准,是一种基于 DCT 变换编码和运动预测差分脉冲编码调制(DPCM)的预测编码的混合方案。

压缩后的图像数据将以文件的方式存储在计算机中。下面是一些常见的图像文件格式。

(1) BMP 文件。BMP 图像文件是 Windows 操作系统采用的图像文件格式,它采用位映射储格式,除了可以选择图像深度外,一般不采用其他压缩,需要占用较大的存储空间。

(2) GIF 文件。GIF 是 CompuServe 公司开发的图像文件格式,可以在一个文件中存放多幅彩色图像,显示成简单的动画效果,但最多只支持 256 色。主要运用于网络上。

(3) PNG 文件。PNG 是作为 GIF 的替代品而开发的,它在继承了 GIF 文件的许多特征后,增加了一些 GIF 文件没有的特性,避免了使用 GIF 文件时遇到的问题。PNG 用来存储灰度图像时,灰度图像深度最高可达 16 位。用来存储彩色图像时,彩色图像的深度可达 48 位。PNG 压缩图像时,采用了 LZ77 算法派生出来的无损压缩算法。

(4) TIFF 文件。TIFF 是 Aldus 和 Microsoft 公司为扫描仪和桌面出版系统开发的图像文件格式,后缀名为.tif。它包含 4 类不同的格式,TIFF-B 适用于二值图像。TIFF-G 适用于黑白灰度图像。TIFF-P 适用于带调色板的彩色图像。TIFF-R 适用于 RGB 真彩图像。

(5) PCX 文件。PCX 是 PC Paintbrush 的图像文件格式,最高支持 256 色,不支持真彩色,采用 RLE 行程编码。

(6) JPEG 文件。JPEG 采用有损算法,可以获得很高的压缩比,支持灰度图像、RGB 真彩色图像和 CMYK 真彩色图像。适用于需要大量处理图像的场合。

(7) TARGE 文件。Targe 文件后缀名为.tga,用于存储彩色图像,可以支持任意大小的图像,最高彩色为 32 位。

(8) WMF 文件。WMF 将图像保存为一系列的 GDI(图形设备接口)函数调用,只能在 Windows 中使用。

(9) EPS 文件。EPS 文件是用 PostScript 语言描述的 ASCII 图形文件,在 PostScript 图形打印机上能打印出高品质的图形。

(10) DIF 文件。DIF 文件是 AutoCAD 中的图形,以 ASCII 方式存储图像,可以很精确地表现图形的尺寸大小。

3.4 动画和视频

在计算机具有处理图像的能力后,人们不再满足于只看到静止的图片,而希望体验到动态的、更加生动的视觉效果,动画和视频使人们可以在计算机中看到运动的物体和场景。

3.4.1 动画和视频基础知识

动画是将静态的图像、图形等信息按一定时间顺序显示而形成的连续的动态画面。传统动画在连续多格的胶片上拍摄一系列的画片,然后将胶片以一定的速度放映,形成动画效果。电影的放映标准是每秒 24 帧。计算机动画是在传统动画的基础上发展起来的新技术,采用连续播放静止图像的方法产生运动效果。计算机动画可以记录在磁带、磁盘和光盘等各种存储设备上。

根据运动的控制方式,可以把计算机动画分为两类,即实时动画和逐帧动画。实时动画使用算法来实现物体的运动。逐帧动画通过一帧一帧的显示动画的图像序列来实现运动效果。根据视觉空间的不同,计算机动画又可以分为二维动画和三维动画。三维动画最终需要生成一幅幅的二维画面并记录下来。

视频是活动的、连续的图像序列。分为模拟视频和数字视频。

电视信号是模拟信号,记录了连续的图像以及声音信号。电视信号通过光栅扫描的方法显示在屏幕上。扫描从屏幕的顶端开始,一行一行向下扫描至屏幕底部,然后又从顶端开始重复扫描动作。这个过程组成了电视图像中的一幅图像,称为一帧。连续不断的图像形成了有序的图像序列,产生动态视频效果。水平扫描线能分辨的点的数量称为水平分辨率,一帧中垂直扫描的行数称为垂直分辨率。每秒钟扫描的帧数称为帧频。在每秒 25 帧时,人眼不会感觉到闪烁。

电视信号有不同的标准,称为电视的制式。制式区分了不同的帧频、不同的分辨率、信号的带宽及载频。现在流行的制式有 NTSCM 制(简称 N 制)、PAL 制(简称 P 制)和 SECAM 值。中国、中国香港、德国、英国、新西兰等国家或地区采用 PAL 制式。中国台湾、美国、加拿大、韩国、菲律宾、日本等国家或地区采用 NTSCM 制式。法国、东欧和中东一带采用 SECAM 制式。

数字视频是基于数字技术的图像显示标准,模拟视频信号经过数字化后,转换为数字视频。电视、摄像机等都能提供模拟信号。

视频信息的数字化过程比声音的数字化复杂很多。常用的数字化方式有分量数字化方式和复合数字化方式。分量数字化方式首先通过 A/D 转换器把模拟信号数字化,然后在数字领域中对数字化的结果进行分离,获得 YUV、YIQ 或 RGB 分量信号。复合数字化方式首先将模拟信号分离成 YUV、YIQ 或 RGB 彩色空间,然后用 3 个 A/D 转换器对其进行数字化。

3.4.2 视频的相关计算

数字化视频信息的数据量的计算和数据图像的数据量计算类似。公式如下。

视频数据量=每帧图像数据量×帧频×持续时间

每帧图像数据量=图像总像素×图像深度/8

【例 3-5】 若有一数字化视频信息每帧像素为 352×240,16 位深度取样,帧频为 30 帧/秒,那么一分钟的数据量是多少?

分析:根据题意,可以直接使用公式计算出数据量。

每帧图像数据量 = 352×240×16/8 B = 168 960 B

视频数据量 = 168 960×30×60 B = 304 128 000 B = 290.04 MB

3.4.3　视频的压缩和文件格式

从前面的计算可以看出,数字化后的视频数据量很大,不利于传输和存储,所以数据压缩对于视频数字化更为重要。由于视频是一系列数字化图片的有序组合,可以借鉴图像压缩的方法来对视频进行压缩,而视频还具有各个图像画面有很强的相关性和相邻画面具有连贯性的特征,结合人眼的视觉特性,利用这些特点,可以对视频进行很高压缩比的压缩。

视频压缩方法很多,大致可分为无损压缩和有损压缩、帧内压缩和帧间压缩、对称编码和不对称编码等。

无损压缩的概念和图像无损压缩类似,指压缩前的数据和解压缩后的数据完全一致,通常用行程长度编码(RLE)算法。有损压缩指压缩后的数据解压缩后和原始数据不一致,通过丢弃了人眼不敏感的数据来获得更高的压缩比。

帧内压缩也称为空间压缩,利用了采样点之间存在的相关性这一特点对一个帧内的图像数据进行压缩,不考虑相邻帧的相关性。帧间压缩也称为时间压缩,利用视频数据中前后两帧具有很大的相关性这一特点进行压缩,帧差值算法是一种常见的帧间压缩算法,它通过比较相邻两帧的差异记录差值,可以大大减少数据量。

对称编码指压缩和解压缩占用的时间和计算机处理能力相同,通常用于视频会议。不对称编码压缩和解压缩占用的时间和计算机处理能力不同,通常压缩一段视频的时间远远大于解压缩(回放)时间。不对称编码大多用在电子出版物和其他多媒体应用中。

视频的压缩编码标准有 MPEG-1、MPEG-2、MPEG-4 和 H.261。在前文中已经介绍过,这里不再重复叙述。

视频经过压缩编码后,将以文件的形式进行存储。下面是常见的视频文件格式。

(1) AVI 文件。AVI 是 Microsoft 公司开发的符合 RIFF 规范的数字音频与视频文件格式,该格式允许视频和音频同步播放。AVI 并不限定压缩标准,不同的压缩算法生成的 AVI 文件必须使用相同的解压缩算法才能播放。

(2) Real Video 文件。Real Video 文件是 Real Networks 公司开发的流式视频文件格式,后缀名为.rm 或.rmvb,主要用来在低速率的网上传输活动视频影像,可以根据不同的网络传输率采用不同的压缩比,并且可以边传输边播放。

(3) WMV 文件。WMV 是 Microsoft 公司推出的流媒体格式,具有很高的压缩比,并且允许视频和音频同步播放。

(4) QuickTime 文件。QuickTime 是 Apple 公司开发的音频、视频文件格式,用来保存音频和视频信息,后缀名为.mov 或.qt。

(5) MPEG 文件。MPEG 是活动图像压缩算法的国际标准,针对活动图像设计,平均压缩比为 50∶1,最高可达 200∶1,图像和音响质量很高。

(6) GIF 文件。GIF 是 CompuServe 公司推出的高压缩比彩色图像文件格式,可以显示简单的动画,GIF 增加了渐显方式,随着传输过程的继续,用户可以先看到图像的轮廓,然后逐渐看到图像的细节部分。大多用在网络上。

（7）Flic 文件。Flic 文件是 Autodesk 公司在其动画制作软件中采用的动画文件格式,后缀名为.flc 或.fli,Flic 采用了 RLE 算法和 Delta 算法进行无损压缩,具有较高的压缩比。

3.5 例题分析

本节将对历年信息处理技术员考试的试题进行分析,以达到巩固和运用知识点的目的。

1. 在获取与处理音频信号的过程中,正确的处理顺序是_____。

A. 采样、量化、编码、存储、解码、D/A 变换

B. 量化、采样、编码、存储、解码、A/D 变换

C. 编码、采样、量化、存储、解码、A/D 变换

D. 采样、编码、存储、解码、量化、D/A 变换

分析:

在音频的数字化中,需要先对模拟信号进行采样、量化、编码和存储,要对编码后的音频进行处理,需要经过解码和 D/A 变换后把数字信号转化为模拟信号播放处理。

答案:A。

2. _____不是图像输入设备。

A. 彩色摄像机　　　B. 游戏操作杆　　　C. 彩色扫描仪　　　D. 数码照相机

分析:

本题考查多媒体设备的用途和特点。使用排除法可以获得本题的正确答案,彩色摄像机可以拍摄动态视频图像并输入到计算机,彩色扫描仪可以把印刷体或出版物的图像输入到计算机,数码相机可以拍摄静态的景物并输入到计算机,它们都是图像输入设备。

答案:B。

3. _____不属于多媒体输入设备。

A. 麦克风　　　　　B. 摄像头　　　　　C. 扫描仪　　　　　D. SCSI 硬盘

分析:

本题考查多媒体的输入设备的知识。多媒体输入设备主要用来把声音、视频、照片等多媒体信息输入到计算机中,按照功能的不同,有不同的输入设备,常见的声音输入设备是麦克风;常见的视频输入设备为数码摄像头和摄像机;常见的照片输入设备为数码相机和能把纸质照片输入到计算机中的扫描仪。SCSI 硬盘为存储设备,不是输入设备。

答案:D。

4. 下面的各种设备中,___(1)___既是输入设备,又是输出设备。___(2)___组设备依次为输出设备、存储设备、输入设备。___(3)___用于把摄影作品、绘画作品输入到计算机中,进而对这些图像信息进行加工处理、管理、使用、存储和输出。不属于输入设备的是___(4)___。

（1）A. 扫描仪　　　B. 打印机　　　　　C. 键盘　　　　　　D. U 盘

（2）A. CRT、CPU、ROM　　　　　　　　B. 绘图仪、键盘、光盘

    C. 绘图仪、光盘、鼠标　　　　　　D. 磁带、打印机、激光打印机

（3）A. 扫描仪　　　　B. 投影仪　　　　C. 彩色喷墨打印机　　D. 绘图仪

（4）A. 显示器　　　　B. 扫描仪　　　　C. 键盘　　　　D. 话筒

分析：

本题是一道有多个子选项的题，也是软考中常见的题型，根据题意，在子选项中选择正确的答案填入即可，答题时注意不要把顺序弄错。

在（1）中扫描仪是输入设备，虽然现在有很多扫描仪、打印机和传真机都集成为一体了，但扫描仪仍然只是输入设备，打印机是输出设备，键盘是输入设备，U 盘是一种可移动的存储设备，存储在 U 盘中的文件可以在 U 盘插入计算机中时输入到计算机中，此时 U 盘是输入设备，同样也可以把计算机中的文件发送到 U 盘中，此时 U 盘又成为输出设备。

在（2）中可以使用排除法，只要找出第二项不是存储设备的选项进行排除，这样可以很快得到正确答案。

在（3）中只有扫描仪是输入设备，其他选项都是输出设备。

在（4）中只有显示器不是输入设备。

答案：（1）D，（2）C，（3）A，（4）A。

5. 具有_____mm 规格像素点距的显示器是较好的。

    A. 0.39　　　　　　B. 0.33　　　　　　C. 0.31　　　　　　D. 0.28

分析：

点距是衡量显示器的一个参数，点距越小，显示的效果越好。

答案：D。

6. 依据_____，声卡可以分为 8 位、16 位、32 位等。

    A. 采样频率　　　　B. 量化位数　　　　C. 量化误差　　　　D. 接口总路线

分析：

量化位数描述取样样品的存储精度。一般有 8 位、16 位、32 位等不同的量化位数。量化位数越高，声音就越逼真。

答案：B。

7. 在选择多媒体数据压缩算法时需要综合考虑_____。

    A. 数据质量和存储要求　　　　　　B. 数据的用途和计算要求

    C. 数据质量、数据量和计算的复杂度　　D. 数据质量和计算要求

分析：

多媒体数据压缩算法决定了存储所需的空间和质量。不同的压缩算法，可以得到不同的存储文件大小，对于有损压缩，各种压缩算法会得到不同的质量。所以在选择压缩算法的时候，需要考虑数据质量和存储要求。

答案：A。

8. 多媒体计算机与电视机的主要区别是多媒体计算机可以_____。

    A. 调节声音和图像　　　　　　　　B. 进行人机交互

    C. 使音响效果更好　　　　　　　　D. 使颜色更丰富

分析：

多媒体计算机可以进行人机交互,这是它和电视机最主要的区别。

答案:B。

9. 下列选项中,属于输出设备的是_____。

A. 打印机　　　　　B. 键盘　　　　　C. 扫描仪　　　　　D. 鼠标

分析:

鼠标和键盘是最常见的输入设备,扫描仪是图像输入设备,打印机是输出设备。

答案:A。

10. 显示器分辨率具有_____像素时,其清晰度较高,显示的效果较好。

A. 600×800　　　B. 1 024×768　　　C. 1 280×1 024　　　D. 1 600×1 200

分析:

显示器分辨率是显示器上能显示的像素点的数量,这个数量越多,显示的效果最好。

答案:D。

11. 动态图像压缩的标准是_____。

A. JPEG　　　　　B. MHEG　　　　　C. MPEG　　　　　D. MPC

分析:

MPEG 是一种动态图像压缩标准,由于具有极高的压缩比和较小的失真,被广泛应用于音频压缩中。

答案:C。

12. 下列参数中,_____是音频信息数字化的参数。

A. 主频　　　　　B. 采样频率　　　　　C. 压缩比　　　　　D. 分辨率

分析:

采样频率、量化位数、声道数目是音频数字化的主要参数,压缩比由压缩算法决定。

答案:B。

13. 扩展名默认为.wav 的文件属于_____文件。

A. 声音　　　　　B. 压缩　　　　　C. 图像　　　　　D. 文本

分析:

WAV 是微软公司的音频文件格式。

答案:A。

14. 计算机在存储波形声音之前,必须进行_____。

A. 压缩处理　　　B. 解压缩处理　　　C. 模拟化处理　　　D. 数字化处理

分析:

计算机不能直接存储模拟信号,如声波和图像等,只有经过数字化处理,把模拟信号转化为数字信号,才能被计算机所存储。

答案:D。

15. LCD 显示器的响应时间为_____时,显示效果更好。

A. 30 ms　　　　　B. 25 ms　　　　　C. 20 ms　　　　　D. 16 ms

分析:

LCD 显示器即液晶显示器,其响应时间越小,显示效果越流畅和平滑。

答案:D。

3.6 同步训练

1. 扫描仪是一种_____。

A. 存储媒体　　　　　B. 表示媒体　　　　　C. 表现媒体　　　　　D. 传输媒体

2. 单面双层的 DVD 光盘属于_____,它可以提供 8.5 GB 的存储空间。

A. DVD-5　　　　　　B. DVD-9　　　　　　C. DVD-10　　　　　D. DVD-18

3. _____是多媒体图标模式的创作工具。

A. Authorware　　　　B. Delphi　　　　　　C. Director　　　　　D. PowerPoint

4. 响度、_____、音调是声音的 3 个衡量指标。

A. 频率　　　　　　　B. 幅度　　　　　　　C. 音色　　　　　　　D. 赫兹

5. 若要在一张 1 GB 的 SD 卡上存储数字化音乐,采样频率为 44.1 kHz,量化精度为 16 位,双声道采样,则可以存储_____分钟的未经压缩过的音乐。

A. 82　　　　　　　　B. 101　　　　　　　C. 132　　　　　　　D. 120

6. _____不是音乐文件格式。

A. APE(.ape)　　　　B. AAC(.aac)　　　　C. MP3(.mp3)　　　D. MPEG(.mpg)

7. 红、_____、蓝被称为 3 基色,所有的颜色都可以通过这 3 种颜色混合得到。

A. 黄　　　　　　　　B. 绿　　　　　　　　C. 紫　　　　　　　　D. 青

8. 索尼数码相机配置了 4 GB 的记忆棒,若拍摄像素为 1920×1080、图像深度为 24 位的未经压缩的照片,最多可以存储_____张。

A. 690　　　　　　　B. 86　　　　　　　　C. 230　　　　　　　D. 388

9. _____存储一个像素的实际值,然后存储其后每一个像素值与该像素值之差。

A. 哈夫曼编码　　　　B. 行程长度编码　　　C. 增量调制编码　　　D. JPEG 编码

10. _____文件格式既可以是图像文件,又可以是视频文件。

A. .gif　　　　　　　B. .bmp　　　　　　　C. .wmv　　　　　　　D. .rmvb

11. 下列关于无损压缩的叙述中,正确的是_____。

A. 无损压缩可以将原来文件中的信息完全保留,解压后数据可以完全复原

B. 无损压缩可以将原来文件中的信息完全保留,解压后数据不能完全复原

C. 无损压缩不能将原来文件中的信息完全保留,解压后数据可以完全复原

D. 无损压缩不能将原来文件中的信息完全保留,解压后数据不能完全复原

12. 目前广泛使用的触摸屏技术属于计算机技术中的_____。

A. 工程技术　　　　　B. 输出技术　　　　　C. 传输技术　　　　　D. 多媒体技术

13. 下列选项中,既可以作为输入设备,又可以作为输出设备的是_____。

A. 打印机　　　　　　B. 键盘　　　　　　　C. 扫描仪　　　　　　D. 移动硬盘

14. 衡量显示器显示图像清晰程度的主要指标是_____。

A. 亮度　　　　　　　B. 点距　　　　　　　C. 对角线长度　　　　D. 对比度

15. 下列关于输入声音时的采样频率和信息储存量的叙述中,正确的是_____。

A. 采样频率与信息储存量没有关系　　　B. 采样频率越高,信息储存量越小

C. 采样频率越高,信息储存量越大　　　D. 采样频率越低,信息储存量越大

16. 下列关于无损压缩的叙述中,不正确的是_____。

A. 无损压缩是一种可逆压缩

B. 无损压缩的压缩比高

C. 无损压缩可以保留源文件中的全部信息

D. 常用的无损压缩格式有 BMP、PCX 等

17. 下列_____组设备依次为输入设备、输出设备和存储设备。

A. CRT、CPU、ROM　　　B. 鼠标、手写板、光盘

C. 键盘、显示器、磁盘　　　D. 声卡、扫描仪、U 盘

18. 图像数据压缩的主要目的是_____。

A. 提高图像的清晰度　　　B. 提高图像的对比度

C. 提高图像的亮度　　　D. 减少存储空间

19. 根据文件的扩展名判断,下列文件中属于声音文件的是_____。

A. a. txt　　　B. a. mp3　　　C. a. doc　　　D. a. bmp

第4章

网络基础知识

本章主要考查计算机网络应用基础知识,考试大纲要求考生熟练掌握 Internet 和常用软件的基本操作。计算机网络应用基础知识包括局域网基本概念、Internet 基本概念、TCP/IP 协议及其主要应用、常用网络通信设备的类别和特征、常用的上网连接方法、电子邮件的收发与管理方法、网上信息的浏览、搜索和下载方法等。

从近三年的试题来看,本章考核内容占卷面分数的 2% ~ 12%,属于必须考查的内容。但是,近几年的考试题型和分值都不固定,复习时需要全面掌握计算机网络应用基础知识,其主要内容有如下 6 个方面:

(1) 网络的基本概念。主要考查网络的概念和功能、网络分类、网络传输介质和网络的拓扑结构等。

(2) IP 地址与子网掩码。主要考查 IP 地址的定义、分类,子网掩码的计算及一般应用。

(3) OSI 参考模型。主要考查物理层、数据链路层、网络层、传输层和应用层的基本概念及应用,工作在不同层次模型的网络互连设备(如网卡、中继器、集线器、网桥、交换机、路由器和网关等)的功能及应用。

(4) TCP/IP 协议簇。主要考查 TCP/IP 协议分层模型、各层的功能及主要协议,例如,IP、TCP、UDP、ICMP、ARP 和 RARP 等协议的功能与应用,网络协议的配置。

(5) Internet 基础知识。主要考查 Internet 的高层协议,例如,域名服务(DNS)、远程登录(Telnet)服务、电子邮件(E-mail)服务、WWW 服务和文件传输(FTP)服务等;Internet 网络连接方式及连接设备,例如,Modem、DDN、ISDN、FR 和 ADSL 等;IE 浏览器的设置与使用;网页 HTML 文档;HTTP 协议及超链接的使用。

(6) 局域网组网基础。主要考查局域网参考模型,以太网标准及技术发展,令牌环网、FDDI、ATM 网络的基本概念,局域网网络操作系统基本概念。

4.1　网络概述

目前,计算机网络对人类社会已经产生了巨大的影响,计算机技术已朝着网络的方向发展。要使用网络,首先要了解网络的相关知识。本节简要介绍网络的概念及功能、ISO 参考模型、网络的分类、网络拓扑结构、IP 地址和子网掩码等内容。

4.1.1　网络的概念及功能

计算机网络是现代通信技术与计算机技术相结合的产物。计算机网络就是一种将处于不同地理位置的相互独立的计算机,通过通信设备和线路按一定的通信协议连接起来,从而达到资源共享和信息交流目的的计算机互连系统。

1. 计算机网络的组成

计算机网络系统由通信子网和资源子网组成的。计算机网络首先是一个通信网络,各计算机之间通过传输介质、传输设备进行数据通信。其次,在此基础上各计算机可以通过网络软件共享其他计算机上的硬件资源、软件资源和数据资源。通信子网中的结点计算机和高速通信线路组成独立的数据系统,承担全网的数据传输、交换、加工和变换等通信处理工作,即将一台计算机的输出信息传送给另一台计算机。资源子网包括计算机、终端、通信子网接口设备、外部设备(如打印机、磁带机、绘图机等)和软件资源等,它负责全网的数据处理和向网络用户提供网络资源及网络服务。计算机网络系统构成如图4-1所示。

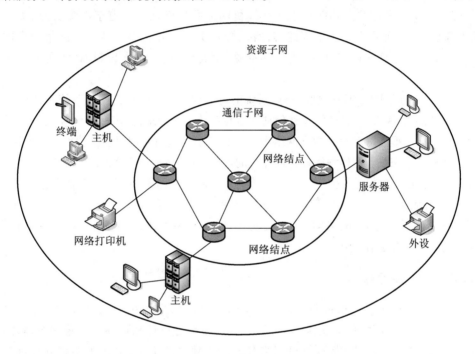

图 4-1 计算机网络的组成

网络软件系统和网络硬件系统是计算机网络系统赖以存在的基础。在网络系统中,硬件对网络性能起着决定性的作用,是网络运行的载体;而网络软件则是支持网络运行、提高效益和开发网络资源的工具。

(1)网络硬件。网络硬件是计算机网络系统的物质基础,负责数据的处理和转发,它为数据的传输提供了一条可靠的传输通道。网络硬件包括计算机系统、通信线路和通信设备。随着计算机技术和网络技术的发展,网络硬件日趋多样化,且功能更强,结构更复杂。常见的网络硬件有服务器、工作站、网卡、通信介质,以及各种网络互连设备如交换机(Switch)和路由器(Router)等。

(2)网络软件。组建一个完整的计算机网络,除需要一些硬件设备外,网络软件也是必不可少的工具。如果没有网络软件,就不可能构成一个真正意义上的计算机网络。网络软件是实现网络功能所不可缺少的软环境。正因为网络软件能够提供丰富的应用,才使得网络应用如此广泛。通常的网络软件有网络协议和协议软件、网络通信软件、网络操作系统、网络管理和网络应用软件等。

2. 计算机网络的功能

从计算机网络的发展历史或是从目前乃至将来的应用来看,计算机网络的主要功能都是一样的,可以概括为如下几个方面。

(1) 数据通信。数据通信是计算机网络最基本的功能之一。该功能使地理位置分散的企业单位和业务部门可通过计算机网络连接在一起,进行集中控制和管理。也可以通过计算机网络收发电子邮件、发布新闻和进行电子数据交换,极大地提高工作效率。

(2) 资源共享。资源共享功能是组建计算机网络的目标之一。由于许多资源(如大型数据库、专用服务器等)单个用户无法全部拥有,所以必须实行资源共享。计算机网络的资源包括硬件资源(CPU、磁盘、光盘和打印机等)和软件资源(语言编辑器、文本编辑器、各种软件工具和应用程序等)。

(3) 提高系统的可靠性和可用性。提高系统的可靠性是指在计算机网络系统中,应通过结构化和模块化分析和加工,将大的、复杂的任务分别交给几台计算机处理,使用多台计算机提供冗余,以使其可靠性大大提高。提高可用性是指当网络中某台计算机负载过重时,网络可将新的任务转交给网络中空闲的计算机来完成。这样均衡各台计算机的负载,以提高每台计算机的工作效率。

(4) 综合信息服务功能。在现代信息社会里,大到一个国家,小到一个企业或一个部门,每时每刻都产生着大量的信息。计算机网络支持文字、图像、声音及视频信息的采集、存储和处理。视频点播(VOD)、网络游戏、网络学校、网上购物、网上电视直播、网上医院和电子商务等正在走进大众的生活、学习和工作当中。

4.1.2　OSI 参考模型

ISO(International Organization for Standardization,国际标准化组织)于 1978 年提出 OSI(Open System Interconnection,开放系统互连)参考模型。该模型是设计和描述网络通信的基本框架,应用最多的是描述网络环境。它将计算机网络分成互相独立的 7 层,描述了网络硬件和软件如何以层的方式协同工作进行网络通信。生产厂商则根据 OSI 参考模型的标准设计自己的产品。

1. OSI 参考模型

OSI 参考模型共分 7 层,从下到上分别为物理层(Physical Layer)、数据链路层(Data Link Layer)、网络层(Network Layer)、传输层(Transport Layer)、会话层(Session Layer)、表示层(Presentation Layer)和应用层(Application Layer)。每层都为上一层提供服务,如图 4-2 所示。

OSI 参考模型的低 3 层可看做是传输控制层,负责有关通信子网的工作,解决网络中的通信问题。高 3 层为应用控制层,负责有关资源子网的工作,解决应用进程的通信问题。传输层为通信子网和资源子网的接口,起到连接传输控制层和应用控制层的作用。OSI 模型的最高层为应用层,面向用户提供应用服务。最底层为物理层,连接通信媒体实现数据传输。层与层之间的联系是通过各层之间的接口来实现。上层通过接口向下层提出服务请求,而下层通过接口向上层提供服务。各层的功能如下所述。

(1) 物理层。OSI 模型的最底层,也是 OSI 模型分层体系结构中最重要和最基础的一层。

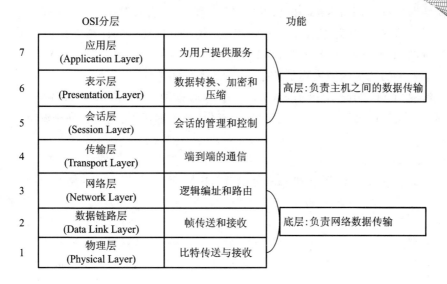

图 4-2 OSI 参考模型

该层建立在传输介质基础之上,实现设备之间的物理接口。物理层为执行、维护和终止物理链路,定义了电子性能、机械规程、过程及功能。

(2)数据链路层。该层负责数据封装,接收端将来自物理层的比特流打包为数据帧,然后将数据帧从物理层向网络层发送。数据帧是存放有组织的数据的逻辑结构。

(3)网络层。该层提供路由选择及其相关的功能。这些功能使得多个数据链路被合并到某一链路上,主要是通过设备的逻辑编址(相对应的是物理编址)完成的。网络层为高层协议提供面向连接的服务和无连接服务。

(4)传输层。该层主要为两台主机上的应用程序提供端到端的通信。传输层的功能一般包括流量控制、多路传输、虚电路管理及差错校验和恢复。

(5)会话层。又称为会晤层,是利用传输层提供的端到端的服务向表示层或会话层用户提供会话服务。会话层的主要功能是提供一个面向用户的连接服务,并为会话活动提供有效的组织和同步所必需的手段,为数据传送提供控制和管理。

(6)表示层。该层确定计算机之间交换数据的格式,可以称其为网络转换器。它负责把网络上传输的数据从一种陈述类型转换为另一种类型。

(7)应用层。该层是 OSI 的最高层。为用户提供最直接的服务,即网络与用户应用软件之间的接口服务。如文件传输、电子邮件、WWW 服务和多媒体传输等都属于应用层的范畴。

4.1.3 网络的分类

计算机网络从不同的角度,例如按地域范围、拓扑结构、介质访问方式、交换方式和数据传输率等,可以分为不同的类型。但这些分类标准都只能给出网络某一方面的特征,并不能反映网络技术的本质。常见的分类方法有以下几种。

1. 按网络覆盖的地理范围分类

按网络覆盖的地理范围进行分类,计算机网络可以分为局域网、城域网和广域网三类。

（1）局域网（Local Area Network，LAN）。局域网的作用范围通常为几米到几千米。最主要的特征是数据传输率高、误码率低和传输距离短。例如一栋楼房的计算机网络为典型的 LAN。

（2）城域网（Metropolitan Area Network，MAN）。城域网的作用范围在 WAN 与 LAN 之间，其目的是在一个较大的地理区域内提供数据、声音和图像的传输。

（3）广域网（Wide Area Network，WAN）。也称远程网，因特网（Internet）是广域网的特例。其作用范围通常比较广，可以是一座城市、一个省份、一个国家等，它是一种跨城市或国家地域而组成的计算机通信网络。

2. 按交换方式分类

按网络的交换方式分类，计算机网络可以分为电路交换网、报文交换网和分组交换网三类。

（1）电路交换（Circuit Switching）方式类似于传统的电话交换方式。用户在开始通信之前，必须申请建立一条从发送端到接收端的物理信道，并且在双方通信期间始终占用该信道。

（2）报文交换（Message Switching）方式的数据单元是一个完整报文，其长度不受限制。报文交换采用存储转发方式，每个报文中含有目的地址，每个用户结点要为途经的报文选择适当的路径，使其能最终达到目的端。

（3）分组交换（Packet Switching）方式也称包交换方式。采用分组交换方式通信前，发送端先将数据划分为一个个等长的单位（即分组），这些分组逐个由各中间结点采用存储转发方式进行传输，最终达到目的端。

3. 按网络的服务方式分类

按网络的服务方式分类，计算机网络可分为客户机/服务器模式、浏览器/服务器模式和对等网三类。

（1）客户机/服务器（Client/Server，C/S）模式。在 C/S 模式中，通过充分利用两端硬件环境的优势，将任务合理分配到客户端（Client）和服务器端（Server）来实现，降低系统的通信开销。早期的 C/S 模式被设计成两层模式，显示逻辑和事务处理逻辑均被放在客户端，数据处理逻辑和数据库放在服务器端，从而使客户端变得很"胖"，成为"胖客户"，相对服务器端的任务较轻，成为"瘦服务器"。为了解决两层结构中存在的问题，在客户端和服务器端之间引入应用层的概念，形成三层结构的 C/S 模式。三层 C/S 模式实际上是一种"瘦客户机"、"胖服务器"的网络计算模式。目前，流行的趋势是使客户端更"瘦"，服务器端更"胖"。

（2）浏览器/服务器（Browser/Server，B/S）模式。浏览器/服务器模式是随着因特网技术的发展而兴起的，对 C/S 模式的一种改进的结构。在这种结构下，用户工作界面是通过 WWW 浏览器来展现，极少部分事务逻辑在前端（Browser）实现。但是主要事务逻辑在服务器端（Server）实现，形成所谓三层 C/S 结构。这种模式最主要的特点是与软硬件平台的无关性，把应用逻辑和业务处理规则放在服务器一侧。

（3）对等网（Peer to Peer）。对等网是指系统内每台计算机的"地位"是平等的，允许每台计算机共享其他计算机内部的信息资源和硬件资源。对等网的计算机一般类型相同，甚至操作系统也相同。

4. 其他的网络分类方法

按照不同的分类原则，可得到各种不同类型的计算机网络，除上述介绍的计算机网络分类方法外，还有一些分类方法。例如，按通信速率可分为高速网、中速网和低速网；按通信传播方式可分为广播式和点到点式;按网络拓扑结构可分为星状网、环状网、树状网和总线型网;按通信介质可分为有线网和无线网;按使用范围可分为公用网和专用网;按传输的带宽可分为基带网和宽带网;按不同的用户分为科研网、教育网、商业网和企业网等。

4.1.4 网络拓扑结构

网络拓扑是由网络结点设备和传输介质构成的网络结构图。网络拓扑结构对网络采用的技术、网络可靠性、可维护性和实施费用都有重大的影响。常用的网络拓扑结构一般可以分为:总线型、星状、环状、树状和分布式结构等。其中星状拓扑结构是目前组建局域网时通常使用的一种结构。

1. 总线型拓扑结构

总线型拓扑结构采用单根数据传输线作为传输介质,所有的站点都通过相应的硬件接口直接连接到该传输介质上,而且数据能被网络上其他的站点接收。总线型拓扑结构如图 4-3(a)所示。

(1)总线型拓扑结构的优点。总线型拓扑结构的主要优点是布线容易和电缆用量小,总线型网络中的结点都连接在一个公共的通信线路上,所以需要的电缆长度短,减少了安装费用,易于布线和维护;可靠性高:总线结构简单,从硬件观点来看,十分可靠,易于扩充,在总线型网络中,如果要增加长度,可通过中继器加上一个附加段的方式实现。如果需要增加新结点,只需要在总线的任何点将其接入即可;易于安装:总线型网络的安装比较简单,对技术要求不是很高。在局域网中得到了广泛的应用。

(2)总线型拓扑结构的缺点。由于总线型结构中所有计算机共用一条信道传输数据,并且一次仅能一个用户传送数据,这就导致了它在故障诊断、数据传输量等方面存在缺陷。其缺点还有总线的传输距离有限、通信范围受到限制、隔离困难等。

2. 星状拓扑结构

星状拓扑结构由中央结点和通过点到点链路连接到中央结点的各结点组成。利用星状拓扑结构的交换方式有电路交换和报文交换,尤以电路交换更为普遍。一旦建立了连接,可以没有延迟地在连通的两个结点之间传送数据。工作站到中央结点的线路是专用的,不会出现拥挤的瓶颈现象。星状拓扑结构如图 4-3(b)所示。

(1)星状拓扑结构的优点。

① 可靠性高。在星状拓扑的结构中,每条通信线路只与一台设备相连。因此,单个连接的故障只影响一台设备,不会影响全网。

② 方便服务。中央结点和中间接线都有一批集中点,可方便地提供服务和进行网络重新配置。

③ 故障诊断容易。如果网络中的结点或者传输介质出现问题,只会影响到该结点或者传输介质相连的结点,不会涉及整个网络,从而比较容易判断故障的位置。

(2)星状拓扑结构的缺点。缺点是扩展困难和安装费用高,增加网络新结点时,无论有多远,都需要与中央结点直接连接,布线困难且费用高。对中央结点的依赖性强:星状拓扑结构网络中的外部结点对中央结点的依赖性强,如果中央结点出现故障,则全部网络不能正常工作。

3. 环状拓扑结构

环状拓扑结构是一个像环一样的闭合链路,在链路上有许多中继器和通过中继器连接到链路上的结点。也就是说,环状拓扑结构网络是由一些中继器和连接到中继器的点到点链路组成的一个闭合环。在环状网中,所有的通信共享一条物理通道,即共享连接网中所有结点的点到点链路。环状拓扑结构如图 4-3(c)所示。

(1)环状拓扑结构的优点。优点是电缆长度短,环状拓扑结构所需的电缆长度与总线型相当,但比星状要短;适用于光纤组网:光纤传输速度高,环状拓扑网络是单向传输,十分适用于光纤传输介质;无差错传输:由于采用点到点通信链路,被传输的信号在每一结点上再生,因此,传输信息误码率可减到最少。

(2)环状拓扑结构的缺点。缺点是可靠性差。在环上传输数据是通过接在环上的每个中继器完成的,任何两个结点间的电缆或者中继器故障都会导致全网故障,所以故障诊断困难。而要调整网络中的配置,例如扩大或缩小,都是比较困难的。

4. 树状拓扑结构

树状拓扑是从星状拓扑扩充而来的,形状像一棵倒置的树,顶端是树根,树根以下带分支,每个分支还可再带子分支。树状拓扑结构如图 4-3(d)所示。

(1)树状拓扑的优点。优点是易于扩展,这种结构可以延伸很多分支和子分支,因此新的结点和新的分支易于加入网内。故障隔离较容易,如果某一分支的结点或线路发生故障,很容易将这个分支和其子分支与整个系统隔离开。

(2)树状拓扑的缺点。缺点是各个结点对根的依赖性太大。如果作为根的交换机发生了故障,那么整个网络将不能正常工作,但是在分支中同一个交换机下的计算机还能进行通信。

5. 分布式拓扑结构

分布式结构无严格的布点规定,各结点之间有多条线路相连,如图 4-3(e)所示。

(1)分布式拓扑结构的优点。优点是分布式网络有较高的可靠性,当一条线路有故障时,不会影响整个系统工作。资源共享方便,网络响应时间短。

(2)分布式拓扑结构的缺点。缺点是由于每个结点与多个结点连接,故结点的路由选择和流量控制难度大,管理软件复杂,硬件成本高。

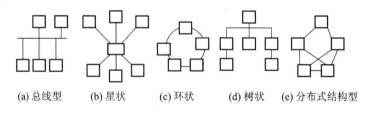

(a)总线型   (b)星状   (c)环状   (d)树状   (e)分布式结构型

图 4-3   常用的网络拓扑结构

广域网与局域网所使用的网络拓扑结构有所不同。广域网多用分布式或树状结构,而局域网常用总线型、环状、星状或树状结构。

4.1.5   IP 地址和子网掩码

人们都知道自己的居住地址,网络设备也需要一个能标识自己的地址。网络地址具有以下几个特性:首先地址必须唯一。其次,必须能按照一定的方法找到这个地址。为了达到这些目的,Internet 的地址必须有清楚的结构。

1. IP 地址的基本概念

物理地址也就是网卡(网络适配器)的地址。而网卡的地址不是统一的格式,随着网络类型的不同而不同。网络互连必须保证异网互通,而不能改动物理地址,在 Internet 上利用上层软件来完成这个统一,也就是在 IP 协议层提供一种统一的地址格式。在统一管理下进行分配,保证每一个地址对应于一台网上主机(即网上计算机或设备),这个地址就是 IP 地址。IP 地址是 TCP/IP 网络及 Internet 中用于区分不同计算机的数字标识。IP 地址作为统一的地址格式,由 32 位二进制组成并分成 4 组,每组 8 位,包括网络地址和主机地址两部分。目前 IP 协议的版本号是 4(简称为 IPv4),它的下一个版本是 IPv6。IP 地址的结构如图 4-4 所示。

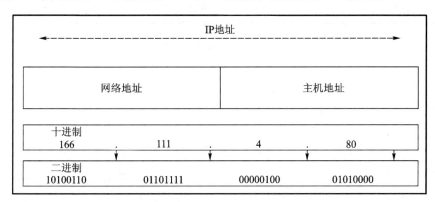

图 4-4 IP 地址的结构示意图

其中网络地址(或称网络号)用于区分不同的网络,主机地址(或称主机号)用于在一个网络中区分不同的主机。32 位的 IP 地址由于用二进制表示,不便于记忆,也可采用称为点分十进制的方法表示。如二进制表示的 IP 地址:10100110011011110000010001010000 转换成十进制表示的 IP 地址为:166.111.4.80。即把每组用相应的十进制数表示,中间用"."隔开,值介于 0~255 之间,例如 192.168.0.1 和 202.182.13.1 都是合法 IP 地址。

2. IP 地址的分类

为了给划分不同规模的网络提供必要的灵活性,TCP/IP 协议规定,将 IP 地址空间划分为 A、B、C、D、E 五类,各类 IP 地址结构如图 4-5 所示。

由图 4-5 可以看出,常用的 A、B、C 3 类地址用于网络 IP 地址分配,即用于分配给网络上具体设备的 IP 地址。D 类地址为组播地址,用于支持多点传输技术。E 类地址保留作为将来使用。A、B、C 三类 IP 地址的规模和应用如下。

(1) A 类地址。A 类 IP 地址的网络号长度为 7 位,主机号长度为 24 位。A 类 IP 地址范围是:1.0.0.0~126.255.255.255,适用于有大量主机的大型网络。

(2) B 类地址。B 类 IP 地址的网络号长度为 14 位,主机号长度为 16 位。B 类 IP 地址范围是:128.0.0.0~191.255.255.255,适用于一些国际性大公司与政府机构等中等大小的组织使用。

(3) C 类地址。C 类 IP 地址的网络号长度为 21 位,主机号长度为 8 位。C 类 IP 地址范围

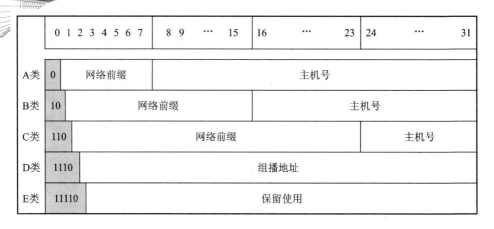

图 4-5　各类 IP 地址结构

是:192.0.0.0 ~ 223.255.255.255,适用于一些小公司与普通的研究机构。

3. TCP/IP 协议对 IP 地址的一些特殊规定

(1)只有 A、B、C 三类 IP 地址可以分配给计算机或网络设备。

(2)主机地址全"0"和全"1"的地址是专用的,不能分配。主机地址全"1",称为广播地址。例如一个报文送到地址 128.124.255.255,它的意思就是把这个报文送到头部为 128.124 网络上的所有主机。主机地址全"0",代表是本网络或本主机,例如,28.0.0.0 表示本网络的网络号为 28。

(3)本地广播地址 255.255.255.255 只用于目的地址,只在本网络上进行广播,各路由器均不转发。

(4)127.x.x.x 称为回送地址,用于网络软件测试和本地进程间通信。TCP/IP 协议规定:含网络号为 127 的分组不能出现在任何网络上,主机和路由器不能为该地址广播任何寻址信息。例如,测试本机网卡是否正常,可采用 ping 127.0.0.1。

(5)本机地址为全 0,即 0.0.0.0 只用于源地址。0.0.0.0 常用于代表默认网络,在路由器表中用于构造默认路径。

(6)私有地址不能分配到公用网络上,私有地址只能在内部网络中使用。在 IP 地址中专门保留了 3 个区域作为私有地址。其地址范围为:A 类 10.0.0.0 ~ 10.255.255.255,B 类 172.16.0.0 ~ 172.31.255.255,C 类 192.168.0.0 ~ 192.168.255.255。

(7)只有在同一个网络中的主机才能直接通信,不同网络号的计算机必须通过路由才能通信。

4. 子网掩码

TCP/IP 协议应用于因特网中,它能发展到今天的规模是当初的设计者们始料未及的。网络规模的迅速发展对 IP 地址模式的威胁并不是它不能保证主机地址的唯一性,而是另外两方面的负担:第一,巨大的网络地址管理开销,使 IP 地址资源严重不足;第二,网络路由表急剧膨胀。其中第二点尤为突出,路由表的膨胀不仅会降低路由寻址效率,更重要的是将增加内外部路径刷新时的开销,从而加重网络负担。因此,迫切需要寻求新的技术,以应付网络规模增长带来的问题。

其解决方法是划分子网。即将一个大的网络划分成几个较小的网络,而每一个网络都有自己的子网地址,子网中的各个主机的网络地址部分是相同的。

多个物理网络(子网)共享一个 IP 网络地址空间,其划分方法就是 IP 地址主机部分拿出一些位作为子网号。在原来二层层次结构的 IP 地址基础上增加一层地址结构,变为三层层次结构:"网络号+子网号+主机号",如图 4-6 所示。划分子网后只有本地路由器知道子网的存在,本地路由器通过子网掩码来截取子网号。同一个子网中所有的主机须使用相同的子网号,子网的概念可应用在 A、B、C 3 类 IP 地址中。

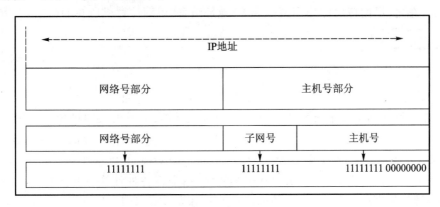

图 4-6　子网掩码技术示意图

IP 协议标准规定:每一个使用子网的结点都选择一个 32 位的位模式,若位模式中的某位置 1,则对应 IP 地址中的某位为网络地址(包括子网部分和网络号)中的一位;若位模式中的某位置 0,则对应 IP 地址中的某位为主机地址中的一位。例如,位模式:11111111 11111111 11111111 00000000 中,前 3 个字节全 1,代表对应 IP 地址中最高的 3 个字节为网络地址;后一个字节全 0,代表对应 IP 地址中最后的一个字节为主机地址。这种位模式称为子网掩码。为了使用的方便,常使用"点分十进制法"来表示一个 IP 地址的子网掩码。例如,C 类地址默认子网掩码为:255.255.255.0(11111111 11111111 11111111 00000000)。子网掩码与 IP 地址结合使用,可以区分出一个网络地址的网络号和主机号。例如,有一个 C 类地址为:202.194.36.38,其默认的子网掩码为:255.255.255.0,则它的网络号和主机号可按如下方法得到:

(1) 将 IP 地址 202.194.36.38 转换为二进制 11001010 11000010 00100100 00100110。

(2) 将子网掩码 255.255.255.0 转换为二进制 11111111 11111111 11111111 00000000。

(3) 将两个二进制数逻辑与(AND)运算后得出的结果即为网络号 202.194.36.0。

IP 地址:　11001010　11000010　00100100　00100110

AND

子网掩码:11111111　11111111　11111111　00000000

网络地址:11001010　11000010　00100100　00000000

结果为:202.194.36.0

(4) 将子网掩码取反再与 IP 地址逻辑与(AND)后得到的结果即为主机号 38。

IP 地址:　11001010　11000010　00100100　00100110

AND

子网掩码取反：00000000　00000000　00000000　11111111
主机地址：　　00000000　00000000　00000000　00100110
结果为：0. 0. 0. 38

例如，129.47.16.254、129.47.17.01、129.47.32.254 和 129.47.33.01，这 4 个 B 类 IP 地址如果在默认子网掩码的情况下是属于同一个子网，但如果子网掩码是 255.255.240.0，则 129.47.16.254 和 129.47.17.01 是属于同一个子网，而 129.47.32.254 和 129.47.33.01 则属于另一个子网。总之，子网掩码的作用就是和 IP 地址结合，识别计算机所在的网络。

4.2　TCP/IP 协议簇

网络互连是目前网络技术研究的热点之一，并且已经取得了很大的进展。在诸多网络互连协议中，TCP/IP 协议（传输控制协议/网际协议）是一个使用非常普遍的网络互连标准协议。TCP/IP 协议簇是美国国防部高级计划研究局（Advanced Research Projects Agency，ARPA）为实现 ARPANET 网络互连而开发的，包括了 100 多个协议，用来将各种计算机和数据通信设备组成实际的 TCP/IP 计算机网络。目前，众多的网络产品厂家都支持 TCP/IP 协议，TCP/IP 成为一个事实上的工业标准。

TCP/IP 协议和开放系统互连参考模型一样，是一个抽象的分层模型。TCP/IP 协议是一个 4 层协议系统，包括应用层（Application Layer）、传输层（Transport Layer）、网际层（Internet Layer）和网络接口层（Network Interface Layer），如图 4-7 所示。

OSI分层	TCP/IP分层	协议
5~7	应用层 (Application Layer)	FTP, SMTP, Telnet, DNS, SNMP,HTTP
4	传输层 (Transport Layer)	TCP, UDP
3	网际层 (Internet Layer)	IP, ICMP, RIP,OSPF,ARP,RARP
1, 2	网络接口层 (Network Interface Layer)	Ethernet, Token-Bus, Token-Ring, FDDI, ATM, WLAN等

图 4-7　TCP/IP 协议分层模型

TCP/IP 协议具有如下 4 个特点：
（1）开放的协议标准，可以免费使用，并且独立于特定的计算机硬件与操作系统。
（2）独立于特定的网络硬件，可以运行在局域网、广域网和因特网中。

（3）统一的网络地址分配方案,使得网络中的每台主机在网络中都具有唯一的地址。

（4）标准化的高层协议（FTP、HTTP 和 SMTP 等）,可以提供多种可靠的用户服务。

4.2.1　应用层

应用层为用户提供网络应用,并为这些应用提供网络支撑服务,把用户的数据发送到低层,为应用程序提供网络接口,应用程序和传输层协议相配合,完成发送或接收数据。应用层协议包括 Finger、DNS、FTP（文件传输协议）、Gopher、HTTP（超文本传输协议）、Telnet（远程登录协议）、SMTP（简单邮件传输协议）、IRC（因特网中继会话）和 NNTP（网络新闻传输协议）等。其中 FTP、Telnet、SMTP、DNS 是在各种不同机型上广泛实现的协议,详细情况在后面介绍。

4.2.2　传输层

传输层是整个 TCP/IP 协议的控制部分,负责应用进程之间端到端的通信。传输层既要系统地管理数据信息的流动,还要提供可靠的传输服务,以确保数据准确有序地到达目的地。为达到这个目的,传输层协议软件需要进行协商,让接收方发送确认信息及让发送方重发丢失的分组。在传输层与网际层之间传递的对象是传输层分组。传输层的主要协议有 TCP（传输控制协议）和 UDP（用户数据协议）。

1. TCP 协议

TCP（Transmission Control Protocol,传输控制协议）是整个 TCP/IP 协议簇中最重要的协议之一。它在 IP 协议提供的不可靠数据服务的基础上,为应用程序提供了一个可靠的、面向连接的、全双工的数据传输服务。

TCP 采用重发技术来实现数据传输的可靠性。如果 IP 数据包中有已经封装好的 TCP 数据包,那么 IP 将把它们向上传送到 TCP 层。TCP 将包排序并进行错误检查,同时实现虚电路间的连接。TCP 数据包中包括序号和确认,所以未按照顺序收到的包可以被排序,而损坏的包可以被重传。

TCP 将信息送到更高层的应用程序,例如 Telnet 的服务程序和客户程序。同时应用程序轮流将信息送回 TCP 层,TCP 层便将它们向下传送到 IP 层、设备驱动程序和物理介质,最后到接收方。

面向连接的服务（如 Telnet、FTP、rlogin、X Windows 和 SMTP 等）需要高度的可靠性,所以都使用了 TCP。

2. UDP 协议

UDP（User Datagram Protocol,用户数据协议）是一种不可靠的、无连接的协议,但可以保证应用程序进程间的通信。UDP 与 TCP 位于同一层,而 UDP 是一种无连接的协议,它的错误检测功能比 TCP 要弱得多。UDP 不用于那些使用虚电路的面向连接的服务,UDP 主要用于那些面向查询、应答的服务,例如 NFS。

4.2.3　网际层

网际层又称 IP 层,主要负责相邻计算机之间的通信。其功能包括数据的封装、寻址和路由,同时还提供网络的诊断信息。网际层是整个 TCP/IP 协议簇的重点,含有多个重要协议。主要协议有 4 个：网际协议（IP）、因特网控制报文协议（ICMP）、地址解析协议（ARP）和反向地址解析协议（RARP）。

1. IP 协议

IP（Internet Protocol，网际协议）是 TCP/IP 的核心，也是网际层中最重要的协议之一。IP 层接收由网络接口层发来的数据包，并把该数据包发送到传输层；相反，IP 层也把从传输层接收来的数据包传送到网络接口层。

2. RAP 和 RARP 协议

ARP（Address Resolution Protocol，地址解析协议）主要用来将逻辑地址解析成物理地址。开始主机不知道这个 IP 对应的是哪个主机的哪个接口。当主机要发送一个 IP 数据包时，会首先查一下自己的 ARP 高速缓存，如果 IP-MAC 对不存在，那么主机就向网络发送一个 ARP 协议广播包。这个广播包里面就有待查询的 IP 地址，而收到这份广播包的所有主机都会查询自己的 IP 地址。如果收到广播包的某一个主机发现自己符合条件，那么就准备好一个包含自己的 MAC 地址的 ARP 包传送给发送 ARP 广播包的主机，而广播主机收到 ARP 包后会更新自己的 ARP 缓存。

RARP（Reverse Address Resolution Protocol，反向地址解析协议）是通过 RARP 将物理地址（MAC 地址）解析成对应的逻辑地址（IP 地址）。例如，在无盘工作站启动的时候，因为无法从操作系统获得自己的 IP 地址配置信息。这时，无盘工作站可发送广播，请求获得自己的 IP 地址信息，而 RARP 服务器则响应 IP 请求消息为无盘工作站分配一个未用的 IP 地址（通过发送 RARP 应答包）。RARP 在很大程度上已被 BOOTP、DHCP 所替代，后面这两种协议对 RARP 的改进是可以提供除了 IP 地址外的其他更多的信息，如默认网关、DNS 服务器的 IP 地址等信息。

3. ICMP 协议

ICMP（Internet Control Message Protocol，因特网控制报文协议）是一个非常重要的协议，主要提供网络控制和报文传递功能，它对于网络安全具有极其重要的意义。控制报文是指网络通不通、主机是否可达、路由是否可用等网络本身的消息。这些控制报文虽然并不传输用户数据，但是对于用户数据的传递起着重要的作用。当遇到 IP 数据无法访问目标、IP 路由器无法按当前的传输速率转发数据包等情况时，会自动发送 ICMP 报文。用户可以通过 Ping 命令发送 ICMP 回应请求报文并记录收到 ICMP 应答报文，通过这些报文来对网络或主机的故障提供参考依据。

4.2.4　网络接口层

网络接口层是 TCP/IP 模型的最底层，负责网络层与硬件设备间的联系，是 TCP/IP 赖以存在的各种通信网和 TCP/IP 之间的接口。这些通信网包括多种广域网如 ARPANET、MILNET 和 X.25 公用数据网，以及各种局域网如 Ethernet、IEEE 的各种标准局域网等。IP 层提供了专门的功能，解决与各种网络物理地址的转换。

一般情况下，各物理网络可以使用自己的数据链路层协议和物理层协议，不需要在数据链路层上设置专门的 TCP/IP 协议。但是，当使用串行线路连接主机与网络或连接网络与网络时，例如用户使用电话线和 Modem 接入或两个相距较远的网络通过数据专线互连时，则需要在数据链路层运行专门的 SLIP 协议或 PPP 协议。

4.2.5 端口

在 TCP/IP 协议中,TCP/UDP 协议通过通信端口区分 Internet 各应用服务。通信端口是通过端口号来标记的。端口号是整数,范围是 0～65 535。端口号按端口可分为三大类:

(1)常用端口:从 0～1 023,它们紧密绑定于一些服务。通常这些端口的通信明确表明了某种服务的协议。常见的公认通信端口与其对应的 Internet 服务如表 4-1 所示。

表 4-1 常见的公认通信端口与其对应的 Internet 服务

通信端口	服务	协议	说明
7	echo	TCP/UDP	回显服务
20	ftp-data	TCP	FTP 数据
21	ftp	TCP	文件传输协议
23	telnet	TCP	远程登录服务
25	smtp	TCP	简单邮件传输协议
53	domain	TCP/UDP	域名服务器
70	gopher	TCP	gopher 服务
80	http	TCP	超文本传输协议
161	snmp	TCP	简单网络管理协议
443	https	TCP/UDP	HTTP over SSL
513	login	TCP	远程登录

(2)注册端口:从 1 024～49 151。它们松散地绑定于一些服务。也就是说有许多服务绑定于这些端口,这些端口同样还可以用于许多其他目的。例如许多系统处理动态端口从 1 024 左右开始。

(3)动态和/或私有端口:49 152～65 535。理论上,不应为服务分配这些端口。实际上,计算机通常从 1 024 起分配动态端口。但也有例外:Sun 的 RPC 端口从 32 768 开始。

4.3 传输介质与网络设备

组建一个计算机网络,硬件是必不可少的,软件只有在硬件的支持下才能工作。传输介质和网络设备都是网络互连的重要硬件设备。网络的传输性能不但与数据传输方式有关,而且与传输介质有关。传输介质的选择必须根据设计要求将连网需求和传输介质特性进行匹配。

4.3.1 传输介质

传输介质又称通信介质或传输媒体,是连接收发双方的物理通道,也是通信中实际传送信息的载体。传输介质决定了网络的数据传输速率、网段的最大长度及传输的可靠性。目前计算机数据通信的传输介质包括有线介质(如双绞线、同轴电缆、光纤)和无线介质(如无线电波、红外线和微波)两种,下面简要介绍数据通信的传输介质。

1. 同轴电缆

同轴电缆在 20 世纪 80 年代初的局域网中使用最为广泛。同轴电缆是由 4 层组成:最里层是一根铜或铝的导体,该导体是同轴电缆的核心部分;导体外有一层起绝缘作用的塑性材料,用于防止导体与第三层短路;第三层是紧紧缠绕在绝缘体上的金属网,用以屏蔽外界的电磁干扰;最外一层是起保护作用的塑性外套,如图 4-8 所示。

同轴电缆可以分为粗缆(RG-11)和细缆(RG-58)两种类型。同轴电缆的特点是价格便宜,安装简单。

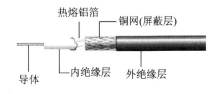

图 4-8　同轴电缆结构图

只需要将接头连接好,使得电缆内部的传输形成回流即可。在网络中,同轴电缆适合传输速率为 10 Mbps 的数字信号,具有比双绞线更高的传输带宽。同轴电缆的带宽取决于电缆长度,1 km 的电缆可以达到 1～2 Gbps 的数据传输速率。还可以使用更长的电缆,但是传输率要降低或使用中继器。目前,同轴电缆大量被光纤取代,但仍广泛应用于有线电视网络和某些局域网。

2. 双绞线

双绞线也就是常说的网线,它是局域网网络中最常用的传输介质。双绞线一般由两根 22～26 号绝缘铜导线相互缠绕而成,把两根外包绝缘物质的铜导线按一定密度互相绞在一起,可降低信号干扰的程度,每一根导线在传输中辐射的电磁波会被另一根线上发出的电磁波抵消。每根铜导线的绝缘层上分别涂有不同的颜色,以示区别。与其他传输介质相比,双绞线在传输距离、信道宽度和数据传输速率等方面均受到一定限制,但价格较为低廉。双绞线根据是否具有屏蔽性能可分为屏蔽双绞线(STP)和非屏蔽双绞线(UTP)两大类,普通用户多选择非屏蔽双绞线。屏蔽双绞线电缆的外面由一层金属材料包裹,以减小辐射,防止信息被窃听,同时具有较高的数据传输速率。但屏蔽双绞线的价格相对较高,安装时要比非屏蔽双绞线困难,必须使用特殊的连接器,技术要求也比非屏蔽双绞线高。根据传输速率和用途的不同,非屏蔽双绞线又分为 3 类、4 类、5 类、超 5 类、6 类和 7 类,常用的是 5 类和超 5 类 UTP,而 6 类、7 类主要用于高速以太网。

3. 光纤

光纤即光导纤维,是一种细小、柔韧并能传输光信号的介质。一根光缆中包含有多条光纤。20 世纪 80 年代初期,光缆开始进入网络布线。与铜质介质相比,光纤具有一些明显的优势。因为光纤不会向外界辐射电子信号,所以使用光纤介质的网络无论是在安全性、可靠性,还是在网络性能方面都有了很大的提高。光缆的结构和同轴电缆相似,只是没有网状屏蔽层。光缆中心是光传播的玻璃芯。芯外面包围着一层折射率比内芯低的玻璃封套,以使光纤保持在芯内。再外面的是一层薄的塑料外套,用来保护封套。光纤通常被扎成束,外面有外壳保护。纤芯通常是由石英玻璃制成的横截面积很小的双层同心圆柱体,它质地脆,易断裂,因此需要外加保护层。光纤分为单模光纤和多模光纤两种。单模光纤采用激光二极管(LD)作为光源,而多模光纤采用发光二极管(LED)为光源。在多模光纤中,芯的直径是 15～50 μm,大致与人的头发粗细相当。而单模光纤芯的直径为 8～10 μm。多模光纤的芯线粗,传输速率低、距离短,整体的传输性能差,但成本低,一般用于建筑物内或地理位置相邻的环境中。单模光纤的纤芯相应较细,传输频带宽、容量大、传输距离长，但需激光源，成本较高，通常在建筑物之间或地域分散的环境中使用。

4. 无线传输介质

除了上述三种有线传输媒体之外，还可以通过无线的方式进行通信。无线传输介质是利用电磁波或红外线传输信号。信号的发送和接收是通过天线完成的。无线传输主要有微波通信、红外线通信、无线通信和卫星通信等。其中红外线的基本速率为 1～2 Mbps，仅适用于近距离的无线传输，而且有很强的方向性，对于这样的系统非常难以窃听、插入数据和进行干扰。而无线电波的覆盖范围较广，是常用的无线传输媒体。我国一般使用 2.4～2.483 5 GHz 频段的无线电波进行无线通信。

4.3.2 网络设备

无论是组建局域网还是共享接入 Internet，都需要一些常用的网络设备。例如网卡、中断器、集线器、交换机和路由器等网络设备。

1. 网卡

网卡又称网络适配器或网络接口卡（Network Interface Card，NIC），是将计算机接入一个网络系统中不可缺少的硬件设备之一，是计算机与传输介质的接口。在网络中，网卡的作用是双重的，即接收和处理网络上传来的数据包，再将其传输给本地计算机。打包本地计算机上的数据，再将数据包通过传输介质送入网络。图 4-9 所示为一块常见的网卡。

2. 中继器

中继器（Repeater）工作在物理层，在网络数据传输中起到放大信号的作用。数据经过中继器，不需要进行数据包的转换。中继器连接的两个网络在逻辑上是同一个网络，如图 4-10 所示。

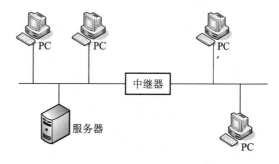

图 4-9　RJ-45 接头网卡　　　　　　　　图 4-10　中继器连接示意图

3. 集线器

集线器（Hub）是一种特殊的中继器，工作在物理层，可以连接多台计算机。集线器是网络管理中最小的单元，是局域网的物理星状连接点。就像树的主干一样，集线器是各分支的汇集点，如图 4-11 所示。

使用 Hub 组网灵活，它处于网络的一个星状结点，对结点相连接的工作站进行集中管理，不让出问题的工作站影响整个网络的正常运行，并且用户的加入和退出很方便。但是，基于集线器的网络仍然是一个共享介质的局域网，这里的"共享"其实就是集线器内部总线，当上行通道与

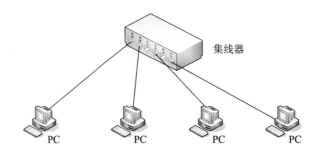

图 4-11　集线器连接网络结构示意图

下行通道同时发送数据时会存在信号碰撞现象。正因为集线器的这一不足之处,所以它不能单独应用于较大网络中(通常是与交换机等设备一起分担小部分的网络通信负载)。

4. 交换机

交换机(Switch)是一个具有简化、低价、高性能和高端口密集特点的交换产品。主要用于连接局域网中的网络设备与主机,使局域网的直径得以扩展,提高局域网性能。但是交换机结构比网桥要复杂得多,功能更为强大。目前,局域网交换机也实现了 OSI 参考模型的第三层协议,将第二层转发与第三层路由选择功能相结合,形成了第三层交换机,已成为现代局域网的核心设备。相对于第三层交换机,把第二层交换机又称为普通交换机。交换机设备如图 4-12 所示。

图 4-12　模块化交换机

5. 路由器

路由器(Router)是一种连接多个网络的网络设备。路由器能将不同网络或网段之间的数据信息进行"翻译",以使它们能够相互"读"懂对方的数据信息,从而构成一个更大的网络。路由器具有判断网络地址和选择路径的功能,能在多个网络互连环境中,建立灵活的连接。路由器可用完全不同的数据分组和介质访问方法连接各种子网。路由器只接受源站或其他路由器的信息,属网络层的一种互连设备。它不关心各子网使用的硬件设备,但要求运行与网络层协议相一致的软件。一般来说,异种网络互连与多个子网互连都应采用路由器来完成,如图 4-13 所示。

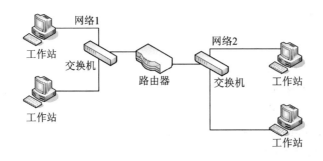

图 4-13　路由器连接网络结构示意图

6. 网关

网关(Gateway)又称网间连接器、协议转换器。网关在传输层上用来实现网络互连,是最复杂的网络互连设备,仅用于两个高层协议不同的网络互连。网关的结构和路由器类似,不同的是互联功能。网关既可以用于广域网互联,也可以用于局域网互联。常见的网关如下。

(1)电子邮件网关。通过这种网关可以从一种类型的系统向另一种类型的系统传输数据。例如,电子邮件网关允许使用 A 电子邮件的人与使用 B 电子邮件的人相互通信。

(2)IBM 主机网关。通过这种网关可以在一台个人计算机与 IBM 大型机之间建立和管理通信。

(3)因特网网关。这种网关允许并管理局域网和因特网网间的接入。因特网网关可以限制某些局域网用户访问因特网,反之亦然。

(4)局域网网关。通过这种网关运行不同协议或运行于 OSI 模型不同层上的局域网网段间可以相互通信。路由器甚至只用一台服务器都可以充当局域网网关。局域网网关也包括远程访问服务器,它允许远程用户通过拨号方式接入局域网。

4.4　局域网组网基础

局域网是一种在较小地理范围内组建的计算机网络系统。局域网技术是网络技术发展最快的领域之一,也是应用最为广泛的网络技术。在实际应用中,局域网可以分为多种类型。如果按网络应用范围的不同将局域网进行分类,则一般分为令牌环网和以太网两种类型。以太网是目前应用最广泛的一类局域网,从早期标准以太网 10 Mbps 的速率发展到现在 100 Mbps、1 000 Mbps 和 10 Gbps 的速率,为以太网的应用开辟了更为广阔的前景。

1. IEEE 802 标准

1980 年 2 月,电气和电子工程师协会(Institute of Electrical and Electronics Engineers,IEEE)成立了 IEEE 802 委员会。IEEE 802 委员会负责起草局域网草案,并送交美国国家标准协会(ANSI)批准和在美国国内实行标准化。IEEE 还把草案送交国际标准化组织(ISO)。ISO 把这个 802 规范称为 ISO 8802 标准。因此,许多 IEEE 标准也是 ISO 标准。例如,IEEE 802.3 标准就是ISO 8802.3标准。局域网的标准化工作,能使不同生产厂家的局域网产品之间有更好的兼容性,以适应各种不同型号计算机的组网需求,并有利于产品成本的降低。局域网是一个通信网,只涉及相当于 OSI 参考模型通信子网的功能。由于内部大多采用共享信道的技术,所以局域网通常不单独设立网络层。局域网的高层功能由具体的局域网操作系统来实现。IEEE 802 委员会为局域网制定了一系列的标准,称做 IEEE 802 标准。目前,由 IEEE 802 委员会制定的标准当前已近 20 个,各标准之间的关系如图 4-14 所示。

这些标准主要包括下列内容。

IEEE 802.1A:体系结构。

IEEE 802.1B:寻址、网络互连和网络管理。

IEEE 802.2:逻辑链路控制(LLC)子层。

IEEE 802.3:CSMA/CD 访问控制与物理层规范。

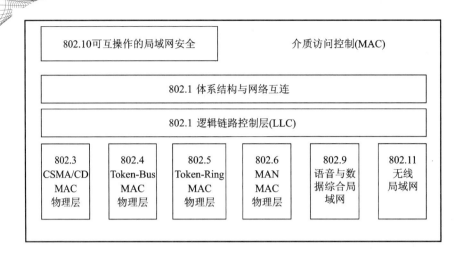

图 4-14 IEEE 802 标准体系之间的关系

IEEE 802.4:令牌总线访问控制与物理层技术规范。

IEEE 802.5:令牌环访问控制与物理层技术规范。

IEEE 802.6:城域网访问控制与物理层技术规范。

IEEE 802.7:宽带局域网技术标准。

IEEE 802.8:光纤网络技术标准(FDDI)。

IEEE 802.9:集成化语音/数据综合局域网 IEEE。

IEEE 802.10:可互操作的局域网安全标准。

IEEE 802.11:无线局域网(WLAN)。

IEEE 802.12:按需优先 100VG—AnyLAN。

IEEE 802.13:100BASE-X 以太网。

IEEE 802.14:交互式电视网(包括 Cable Modem)。

IEEE 802.15:无线个人网络(WPAN)。

IEEE 802.16:宽带无线网络。

2. 局域网参考模型

IEEE 802 标准包括局域网参考模型与各层协议。局域网参考模型只对应 OSI 参考模型的物理层和数据链路层,它将数据链路层划分为逻辑链路控制(LLC)子层和介质访问控制(MAC)子层。IEEE 802 标准所描述的参考模型与 OSI 参考模型关系如图 4-15 所示。

(1)物理层。物理层包括物理介质、物理介质连接设备(PMA)、连接单元(AUI)和物理收发信号格式(PS)。物理层的主要功能是提供编码、解码、时钟提取与同步、发送、接收和载波检测等,为数据链路层提供服务。

(2)数据链路层。数据链路层包括逻辑链路控制(LLC)子层和介质访问控制(MAC)子层。LLC 子层的主要功能是控制对传输介质的访问。目前,常用 LLC 协议有:CSMA/CD、Token-Bus、Token-Ring 和 FDDI。MAC 子层的主要功能是提供连接服务类型。其中,面向连接的服务能提供可靠的通信。

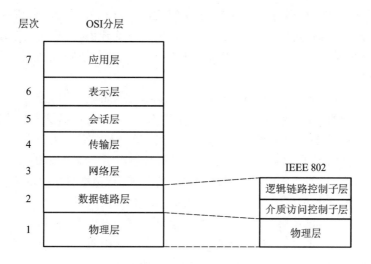

图 4-15 局域网参考模型与 OSI/RM 的对应关系

3. FDDI

FDDI(Fiber Destributed Data Interface,光纤分布式数据接口)是具有统一标准的高速网络,传输速率为 100 Mbps,采用 4B/5B 编码,并使用光纤作为传输介质构成双环局域网。1990 年由美国国家标准协会(ANSI)的 X3T9.5 委员会正式颁布。光纤由于其众多的优越性,在数据通信中得到了日益广泛的应用。FDDI 的逻辑拓扑结构是一个环,即逻辑计数循环环,它的物理拓扑结构可以是环状、带树状或带星状的环。FDDI 网最大支持 1 000 个站点的连接,环状物理距离可达 200 km。随着 FDDI-Ⅱ 技术规范的制定,FDDI 网络技术可以提供更好的服务质量。

4. 局域网网络操作系统

操作系统(OS)是计算机系统中用来管理各种软硬件资源,提供人机交互使用的系统软件。网络操作系统(NOS)是为了使用计算机网络而专门设计的系统软件,它除了具有一般操作系统的全面功能外,还应该满足用户使用网络的需求,尤其要提供数据在网上的安全传输,管理网络中的共享资源,实现用户通信以及方便用户使用网络等功能。因而网络操作系统是作为网络用户与网络系统之间的接口。目前应用较为广泛的网络操作系统有:Microsoft 公司的 Windows Server 系列,Novell 公司的 NetWare、UNIX 和 Linux 等。

网络操作系统作为网络用户和计算机网络之间的接口,一个典型的网络操作系统一般具有以下共同特性。

(1)客户/服务器模式。客户/服务器(Client/Server)模式是近年来流行的应用模式,它把应用划分为客户端和服务器端,客户端把服务请求提交给服务器,服务器负责处理请求,并把处理的结果返回至客户端。

(2)硬件无关性。网络操作系统可以在不同的硬件平台上运行,如 UNIX 类(UNIX、Linux、Solaris、AIX 等)可运行在各种大、中、小及微型计算机上。Windows NT/2000/XP/2003/Vista 可以运行在 Intel x86 处理器和 Compaq Alpha 处理器的微型计算机上。NetWare 可以运行在 Intel x86 处理器或 Compaq Alpha 处理器的微型计算机上。

（3）多用户、多任务。在多进程系统中,为了避免两个进程并行处理所带来的问题,可以采用多线程的处理方式。线程相对于进程而言需要较少的系统开销,其管理比进程易于进行。

（4）支持多文件系统。有些网络操作系统还支持多文件系统,以实现对系统升级的平滑过度和良好的兼容性。

（5）高可靠性。网络操作系统是运行在网络核心设备(如服务器)上的指挥管理网络的软件,它必须具有高可靠性,保证系统可以每天 24 小时不间断工作,并提供完整的服务。

（6）安全性。为了保证系统资源的安全性、可用性,网络操作系统往往集成用户权限管理、资源管理等功能。定义每个用户对某个资源的存取权限,且使用用户标识(SID)来唯一区别用户。

（7）容错性。网络操作系统应能提供多级系统容错能力,包括日志式的容错特征列表、可恢复文件系统磁盘镜像、磁盘扇区备用以及对不间断电源(UPS)的支持。

（8）目录服务。使用目录服务的网络具有目录和目录服务两个组件。目录是存储各种网络对象(如用户账户、网络上的计算机、服务器、打印机、容器和组等)及其属性的全局数据库。目录服务是提供一种存储、更新、定位和保护目录中信息的方法。

4.5   Internet 基础知识

Internet 是世界上规模最大、覆盖面最广且最具有影响力的计算机互联网络。它将分布在世界各地的计算机利用开放系统协议连接在一起,用来进行数据传输、信息交换和资源共享。

1. Internet 概述

Internet(因特网)也称为互联网或国际互联网。它是全球最大的、开放的、由众多网络互联而成的一个大型计算机网络。它允许各种各样的计算机通过多种方式接入,并以 TCP/IP 协议进行数据通信。由于越来越多人的参与,接入的计算机越来越多,Internet 的规模也越来越大,从而网络上的资源变得越来越丰富。

1969 年 Internet 的前身 ARPANET 为军事目的而建立,开始时只连接了 4 台主机。1984 年 ARPANET 分解为 ARPANET 民用科研网和 MILNET 军用计算机网。1986 年美国国家科学基金会(NSF)围绕其 6 个大型计算机中心建设计算机网络。1986 年 NSF 建立了 NSFNET,分为主干网、地区网和校园网三级网络。NSFNET 后来接管了 ARPANET,并将网络更名为 Internet。CERN(欧洲核子研究中心)开发的 WWW(万维网)服务被广泛应用于 Internet,大大方便了非网络专业人员对网络的使用,成为 Internet 指数级增长的主要动力。Internet 是继报纸、杂志、广播及电视四大媒体之后新兴起的一种信息媒体。与传统媒体相比,Internet 具有很多优势,主要体现在交互性好、信息量大、自由参与、形式多样及规模庞大等方面。

2. Internet 提供的服务

Internet 为全球的网络用户提供了极其丰富的信息资源和最先进的信息交流手段,网络上的各种内容均可由 Internet 服务来提供。网络用户可以获得分布在 Internet 上的各种资源,包括社会科学、自然科学、技术科学、医学、教育、军事和气象等各个领域。同时也可以通过 Internet 提供的服务发布自己的信息。

（1）电子邮件(E-mail)。E-mail 是 Internet 上使用人数最多的一项服务。电子邮件是一种通过计算机之间的联网与其他用户进行联系的一种快速、简便、高效和廉价的现代化通信手段。通过在一些特定的通讯结点计算机上运行相应的软件使其充当"邮局"的角色,用户可以在这台计算机上租用一个电子邮箱。当需要给网上的某一用户发送信件时,发信人只需将要发送的内容与收信人的电子邮箱地址送入自己租用的电子邮箱中即可。当信件送到目的地后,便存放在收信人的电子邮箱内,用户打开自己的电子邮箱,便可以读取自己的邮件。电子邮件地址的一般格式为:用户名@ 主机名,例如 csai@ 126. com。E-mail 系统是基于客户机/服务器模式,整个系统由 E-mail 客户软件、E-mail 服务器和通信协议等 3 部分组成。在 TCP/IP 网络上的大多数邮件管理程序使用 SMTP 协议来发信,并采用 POP 协议(常用的是 POP3)来管理用户未能及时取走的邮件。简单邮件传输协议(SMTP)和用于接收邮件的 POP3 协议均利用 TCP 端口。SMTP 所用的端口号是 25,POP3 所用的端口号是 110。

(2)万维网服务。万维网(World Wide Web,WWW)是目前 Internet 上最受欢迎的一种信息服务形式。WWW 浏览程序为用户提供基于超文本传输协议(HyperText Transfer Protocol,HTTP)的页面,WWW 服务器的数据文件由超文本标记语言(HyperText Mark-up Language,HTML)描述,HTML 利用统一资源定位符(URL)指向其他网络资源。URL 可看做是计算机文件系统在网络上的扩展,它定义文件在 Internet 上的位置,无论其位于哪台主机的哪个子目录,只要给出文件的URL 地址,就能在 Internet 信息海洋中准确无误地定位该文件,就像是一个全球定位器。URL 的一般语法格式为:protocol://<主机>:[<端口>/<路径>],其中 protocol 是属于 TCP/IP 的具体协议,可用 HTTP、FTP、Telnet、Gopher、WAIS 等,[ ]内为可选项. http://表示用 HTTP(HyperText Transfer Protocol)协议连通 WWW 服务器。ftp://表示用 FTP(File Transfer Protocol)协议来连通FTP 服务器。telnet://表示远程登录到一个 UNIX 服务器。gopher://表示请求一个 Gopher 服务器给予响应。wais://表示请求一个 WAIS 服务器给予响应。例如下列几个合法表示:

http://www. cctv. com/ 、ftp://ftp. net. edu. cn、telnet://166.111.1.11。

(3)域名服务(DNS)。Internet 中域名地址与 IP 地址是等价的,它们之间是通过域名服务器(Domain Name Server,DNS)来完成映射变换的。DNS 是按地理和机构类别来分层,通常由主机名称、地理名称和机构名称组成,每部分称之为域,域与域之间用圆点"."隔开,最末的一组叫根域,前面的叫子域。例如北京数据通信局的域名为:bta. net. cn。其中,最高域名为 cn(表示中国),次高域名为 net(表示网络机构),主机名为 bta。根域表示提供 Internet 服务的组织机构类型,常用的根域名的代码具体含义见表 4-2 所示。

表 4-2　机构的类别缩写

类别缩写	代表含义	类别缩写	代表含义
com	商业机构	edu	教育机构
gov	政府机构	int	国际机构
mil	军事机构	net	网络机构
org	非营利组织	arts	娱乐机构
firm	工业机构	info	信息机构
nom	个人和个体	rec	消遣机构
store	商业销售机构	web	与 www 有关的机构

随着 Internet 的不断发展壮大,国际域名管理机构又增加了国家与地区代码这一新根域名.采用国家(地区)的英文名称的缩写作为根域名中的国家代码,例如,cn 表示中国,uk 表示英国,jp 表示日本。我国又按行政区域划分了 34 个行政区代码,采用各行政区域名称拼音的第一个字母组合,例如 bj 表示北京。域名地址的广泛使用是因为它便于记忆,在 Internet 中真正寻找"被叫"时还要用 IP 地址。因此域名服务器的工作就是专门从事域名和 IP 地址之间的转换翻译。DNS 所用的是 UDP 端口,端口号为 53。域名系统采用的是客户机/服务器模式,整个系统由解析器和域名服务器组成。解析器是客户方,它负责查询域名服务器、解释从服务器返回来的应答及将信息返回给请求方等工作。域名服务器是服务器方,它通常保存着一部分域名空间的全部信息,这部分域名空间称为区。一个域名服务器可以管理一个或多个区。域名服务器可以分为主服务器、Caching Only 服务器和转发服务器。

(4)远程登录(Telnet)。Telnet 就是用户通过 Internet 注册到网络上的一台远程计算机上,使本地计算机相当于一个终端,分享该主机提供的资源和服务,感觉就像在该主机操作一样。Telnet 使用的是 TCP 端口,其端口号一般为 23。

Telnet 是基于客户机/服务器模式的服务系统,它由客户软件、服务器软件以及 Telnet 通信协议 3 部分组成。远程计算机又称为 Telnet 主机或服务器,本地计算机作为 Telnet 客户机来使用,起到远程主机的一台虚拟终端的作用,通过它用户可以与主机上其他用户一样共同使用该主机提供的服务和资源。当用户使用 Telnet 登录远程主机时,该用户必须拥有在这个远程主机上合法的账号和相应的密码,否则远程主机将会拒绝登录。

(5)文件传输服务(FTP)。文件传输协议(FTP)允许 Internet 上的用户将一台计算机上的文件传送到另一台计算机上。这与远程登录有些相类似,它是一种实时的联机服务,在进行工作时首先要登录到对方的计算机上。与远程登录不同的是,用户在登录后仅能进行与文件搜索和文件传送有关的操作。如改变当前工作目录、列文件目录、设置传输参数、传送文件等。通常,一个用户需要在 FTP 服务器中进行注册,即建立用户账号,在拥有合法的登录用户名和密码后,才有可能进行有效的 FTP 连接和登录。FTP 在客户端与服务器的内部建立两条 TCP 连接:一条是控制连接,主要用于传输命令和参数(端口号为 21);另一条是数据连接,主要用于传送文件(端口号为 20)。

(6)新闻组(Usenet)。Usenet 是为用户在网上交流和发布信息提供的一种服务。存放新闻的服务器叫做新闻服务器,服务器上的信息是按目录分类,用户可以很方便地阅读。

(7)电子公告牌(BBS)。BBS 是与新闻组类似的一种服务,用户通过它可以发布通知和消息,进行各种交流。国内的 BBS 比较热门,现在已发展成各大网站的论坛。

(8)娱乐和会话。Internet 不仅可以让你同世界上所有的 Internet 用户进行实时通话,而且还可以参与各种游戏,或同远在数千里以外你不认识的人对话,或者参加联网大战等。

除了上述服务外,Internet 还有很多其他服务,例如远程医疗、网上教学、IP 电话和电子商务等。总之,Internet 为用户提供了各种各样的服务,丰富了人类文化生活。

4.6   接入 Internet 的方法

计算机网络发展至今,无论其形式还是技术都是复杂多样的,很难用一句话概括出它的特点。从不同观察角度网络就有不同的分类方法,最简单的分类就是把网络分为局域网和广域网两大类。Internet 是现今世界上最大的广域网。Internet 的接入技术很多,这是由于在网络技术的发展过程中,新旧技术共存、网络运营商不同、上网用户的需求不同以及接入网络的基础条件不同等原因造成的。

4.6.1 接入 Internet 方法概述

随着技术的不断发展,各种 Internet 接入方式应运而生,每个 Internet 服务提供商(ISP)都在强调自己的 Internet 接入方式的优点。目前,常见的 Internet 接入方式有拨号、ADSL、专线、无线和有线电视网等接入方式。一般来说,接入 Internet 需要做 4 件事情。

(1) 安装硬件。无论哪种 Internet 接入方式,都必须使用特定的网络接入设备和信号传输介质,正确地选择和安装是基本前提。

(2) 安装硬件驱动程序。无论是用 Modem 还是网卡,都要安装必要的设备驱动程序,这一点对于其他硬件设备也是适用的。

(3) 创建相应的连接方式。使用虚拟拨号程序时连接方式需要手动创建,如普通拨号、ADSL 都是如此,对于纯以太网方式和 FTTx 中光纤桌面方式则不需此过程。

(4) TCP/IP 属性设置。对于 TCP/IP 属性设置则情况比较复杂,属性设置与否取决于 ISP。

4.6.2 拨号接入

拨号接入就是利用调制解调器(Modem)将计算机通过电话线与 Internet 主机相连。当需要上网时,拨打一个特殊的电话号码(即上网账号),即可将计算机与 Internet 主机连接起来,如图 4-16 所示。

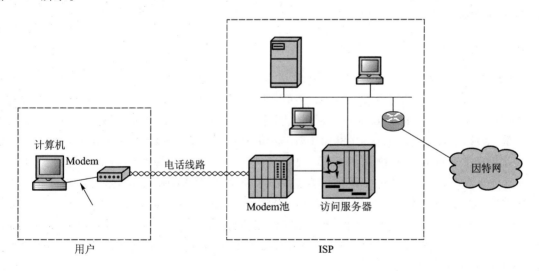

图 4-16 PSTN 上网结构示意图

拨号接入的特点是操作简单、使用方便和灵活性强,只要有电话线和 Modem 即可上网。但是上网速度慢,最高为 56 kbps,连接有时不稳定,容易出现掉线等现象。

4.6.3 局域网连接

所谓局域网连接是指用户的计算机通过局域网接入 Internet。这种方式的前提是局域网已经以某种方式连入 Internet。局域网的规划设计工作应由专门的网络设计人员负责完成，并由网络管理员完成 IP 地址、子网掩码及网关的分配等网络运行管理工作。目前新建住宅小区和商务楼流行局域网接入方式，这种接入方式在出口处使用的技术种类很多，如 FTTx+LAN 是一种较新的大楼或小区接入技术。根据光纤入户的程度，可将光纤接入网分为 FTTC（光纤到路边）、FTTZ（光纤到小区）、FTTB（光纤到大楼）、FTTO（光纤到办公室）和 FTTH（光纤到户），它们统称为 FTTx。

4.6.4 ISDN 拨号接入

综合业务数字网（ISDN），俗称一线通，采用数字传输和数字交换技术，将电话、传真、数据、图像等多种业务综合在一个统一的数字网络中进行传输和处理。ISDN 起源于 1967 年，CCITT（现 ITU-T）对 ISDN 是这样定义的：ISDN 是以综合数字电话（IDN）为基础发展演变而成的通信网，能够提供端到端的数字连接，用来支持包括话音在内的多种电信业务，用户能够通过有限的一组标准化的多用途用户网络接口接入网内。利用一条 ISDN 用户线路，就可以在上网的同时拨打电话、收发传真，就像两条电话线一样。ISDN 可分为两类，一类是 N-ISDN，即窄带 ISDN，它主要提供 64～128 Kbps 的接入能力，目前推向用户的 ISDN 业务是基本速率接口，即 2B+D，每个 B 通道为 64 Kbps，D 通道为 16 Kbps，采用电路交换，利用现有的电话交换系统，需要拨号连接过程。另一类是 B-ISDN，即宽带综合业务数字网，它是在 ISDN 基础上发展起来的，可以支持各种不同类型、不同速率的业务类型。采用分组交换、基于异步传输模式（ATM），最高速率可达 622 Mbps 或更高。

4.6.5 ADSL 接入

ADSL 是 xDSL 大家庭中的一员，其技术比较成熟，具有相关技术标准，发展较快。xDSL 是目前通信领域发展最快的宽带接入技术。xDSL 按照上下行传送数据的速率是否对称，可以分成对称的 DSL 技术和非对称的 DSL 技术两类。其中非对称 DSL 技术包括 ADSL、RADSL、UDSL 和 VDSL 等，对称的 DSL 技术包括 CDSL、HDSL 和 SHDSL 等，在我国家庭中应用的主要是 ADSL。ADSL 是一种非对称的 DSL 技术，所谓非对称是指用户线的上行速率与下行速率不同，上行速率低，下行速率高，特别适合传输多媒体信息业务，如视频点播（VOD）、多媒体信息检索和其他交互式业务。ADSL 在一对铜线上支持的上行速率为 512 Kbps～1 Mbps，下行速率为 1～8 Mbps，有效传输距离在 3～5 km 范围以内。目前，ADSL 上网方式主要有 ADSL 虚拟拨号接入和 ADSL 专线接入两种方式。除了计算机外，使用 ADSL 接入 Internet 需要的设备有 1 台 ADSL 分离器、1 台 ADSL Modem 和 1 条电话线。

4.6.6 有线电视网接入

目前，全球范围内存在两种最具影响力的宽带接入技术：基于铜质电话网络的 ADSL 和基于有线电视的 Cable Modem（线缆调制解调器）。Cable Modem 接入是指利用 Cable Modem 将计算机接入有线电视网络,实现网络操作,包括因特网接入。现今提供 Cable Modem 接入的是广电系统,由于 Cable Modem 是利用有线电视网来实现上网功能的,而传统的有线电视系统的信息传输都是单向的,它需要将单向 CATV 有线电视网络改造成双向 HFC(光纤同轴混合)网后才能工作。所以目前 Cable Modem 接入还只能在部分已经进行了双向改造的地区实现。HFC 采用光纤作传输干线,同轴电缆作分配传输网,即在有线电视前端将 CATV 信号转换成光信号后用光纤传输到服务小区(光结点)的光接收机,由光接收机将其转换成电信号后再用同轴电缆传到用户家中。有线电视网主要由光发射机、光接收机、光纤干线以及同轴电缆网组成。

4.6.7　无线电话拨号接入

无线接入和有线接入的一个重要区别在于可以向用户提供移动接入业务,适用于各种移动交通工具、移动办公和临时住所等各种不便铺设线路的地方使用,为广大企业和家庭电话用户提供一种方便快捷的通信服务。无线接入 Internet 分两种情况。

(1) 无线局域网接入,就是使用笔记本计算机带的那种网卡,利用无线基站(例如无线路由器)进行上网的方式,这种上网的方法台式机也可以用,只要有无线的基站,另外再配备一个无线网卡就可以了。

(2) 无线电话拨号接入,条件是购买联通 CDMA 上网卡或者移动的 GPRS 无线网卡,这种无线上网的方法多用于笔记本计算机。

4.7　收发电子邮件

随着网络技术的飞速发展,电子邮件(E-mail)已是 Internet 上使用最为方便也是应用最为广泛的一种通信工具。利用电子邮件工具进行邮件的处理(如写信、发信、收信等)已成为人们每天必做的事情。目前,收发电子邮件的方式有两种:一种是使用邮件客户端程序,如 Internet Mail、Foxmail、Eudora 和 Outlook Express 等;另一种是直接登录的邮件服务器的主机上去收发电子邮件。

1. 在网页上收发电子邮件

Internet 上提供了大量的电子邮件服务,这些邮件服通常借助于 Web 形式来实现。用户只要通过浏览器访问电子邮件网站并拥有自己的个人电子邮箱,就可以收发电子邮件了。

2. 使用客户端软件收发电子邮件

在网页中收发电子邮件是一种常用方式,但它需要登录到网站主页中去操作,而且还要面对如果编写邮件时间超过系统允许的时限就需要被迫重新登录的麻烦。使用客户端软件收发电子邮件则可以避免这些问题,其实现在绝大多数用户都会使用 Outlook Express、Fox-mail 或者其他的各种专用邮件收发工具来收发邮件。使用这些客户端软件,不仅操作直观、简便,而且也比较稳定。不同的邮件客户端软件收发邮件的具体过程不完全一样,但是收发邮件的基本步骤还是相同的。

(1) 设置邮件账号。在邮件客户端软件的主操作界面中,选择与账号设置对应的命令,如在 Outlook Express 中选择"账户"命令,随后就可以看到一个账户设置对话框。在这个对话框中可以单击"添加"按钮来添加一个账户,添加每一个账户都需要设定用户的电子邮件地址,发送邮件服务器的 IP 地址或计算机名称,接受邮件服务器的 IP 地址或计算机名称。

(2)发送邮件。在需要发送新邮件时,必须先在邮件客户端软件的主操作界面中单击"新邮件"来打开邮件编辑窗口,然后在"收件人"文本框中输入邮件接收人的电子邮件地址,在"主题"文本框中输入邮件主要内容,最后在邮件编辑窗口的正文部分编辑好邮件的内容,如果还需要插入附件的话,选择邮件发送界面中的"插入"→"文件附件"命令就可以了。编辑好邮件的所有相关内容后,选择菜单栏中的"文件"→"发送邮件"命令或者直接单击工具栏中的"发送"按钮就能将电子邮件发送出去了。

(3)接收邮件。现在不少邮件客户端软件都具有自动接收新邮件的功能,因此平时只要把邮件客户端软件打开就行了,一旦有新邮件达到,邮件程序就会提醒用户。如果用户所选择的邮件客户端软件没有邮件自动提示功能的话,只要在邮件软件的主界面中单击"接收新邮件"之类的命令,软件就能连接指定的 POP3 邮件服务器中接收并下载新邮件了。一旦接收到新邮件后,可以直接用鼠标打开"收件箱"之类的文件夹,并用鼠标双击其中的新邮件标题,就能看到新邮件的具体内容了。

4.8 网上信息的浏览与搜索

网页浏览器是用来浏览 Web 上的网络资源的,它有许多种类。例如 Kansas 大学的 Lynx、Illinois 大学的 Mosaic、Netscape、Microsoft 公司的 Internet Explorer 浏览器等。虽然其种类及数量很多,但都支持标准的 HTML 语言。区别之处在基于的操作系统平台不同,对扩展功能,语言的支持程度不同及使用上的便捷程度不同等方面。网页由于其图文并茂而备受大家的欢迎,近年来随着各种新技术的出现和发展,音频、图像、动画等也加入到了网页效果中,使网页的应用领域变得越来越广泛。在商务应用中,目前流行浏览器/服务器(Browser/Server,B/S)模式,这样使用浏览器变得尤其重要。

1. 浏览网上信息

浏览网页都是通过使用浏览器连接 Web 站点,从中获取网页文件的方法实现的。Internet Explorer 简称 IE,是 Windows 操作系统自带的浏览器,使用方便,是目前常用的浏览器之一。IE 浏览器的主窗口由菜单栏、工具栏、地址栏等组成。菜单栏有"文件"、"编辑"、"查看"、"收藏"、"工具"和"帮助"。标准工具栏主要提供常用的操作和遍历网页所需的工具按钮,如"后退"、"前进"、"停止"、"刷新"、"主页"、"搜索"、"收藏夹"等。地址栏主要显示当前文档或网页的地址,并允许输入新的文件名或网页地址、查找其他文件、网址历史记录打印等。

(1)浏览网站。打开浏览器,在地址栏中输入想访问的主页地址,然后按回车键。如输入希赛网的主页地址 http://www.csai.cn,按回车键,这时浏览器将自动访问并下载相关页面内容,当网页文档下载完毕后,在浏览器窗口中将立即显示出该页,如图 4-17 所示。

网页是用超文本标记语言(HTML)编写的文本文件,代码中可能嵌有各种扩展组件以实现动态效果和完成各种应用。使用超链接可进入下一个页面。超链接的载体多种多样,可以是文字,也可以是图片和按钮等。当用户将鼠标指针移动到超链接上时,指针就会变成一只手的形

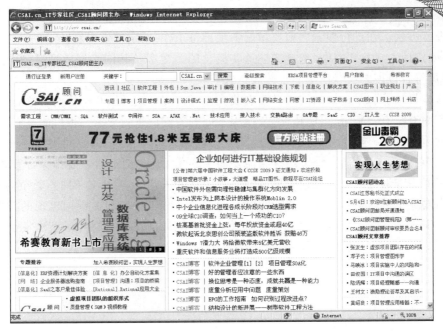

图 4-17　希赛网主页

状,同时目标链接所对应的 URL 也会显示在状态栏中,单击鼠标就可以跳转到该目标链接。对于文本超链接,一般使用与普通文本不同的颜色或带下画线来显示,已单击过的链接也用不同的颜色来区分。

(2)设置和访问默认网页。如果用户有一个经常访问的网页,例如新闻栏目,那么可以将该页设为默认主页,这样每次上网打开浏览器时都会自动打开该页,不需每次输入网址。操作步骤为将需要设置为默认主页的网页打开后,选择"工具"→"选项"→的"Internet 选项"命令,在打开的对话框中单击"使用当前页"按钮。

(3)管理和使用收藏夹。浏览器的收藏夹或书签可以帮助用户有效地管理网址,用户可以在该文件夹下建立子文件夹,用于分类存储收藏的网页地址。

(4)浏览器的高级设置。在"Internet 选项"对话框的"高级"选项卡中,列出了超文本传输协议 HTTP、安全和多媒体等方面的设置。在"高级"选项卡中还提供了多媒体选项。对多媒体选项进行相应设置,可加快浏览或下载网页的速度。例如,只选中"显示图片"复选框而不选中播放动画、播放声音、播放视频,甚至连"显示图片"复选框都不选中,这样可以大大加快网页下载浏览的速度。清除"显示图片"复选框后,如果当前页上的图片仍然可见,可选择"查看"→"刷新",以隐藏此图片。另外,即使清除了"显示图片"或者"播放网页中的视频"复选框,也可以通过鼠标右键单击相应图标,然后单击"显示图片",在 Web 页上显示单幅图片或动画。

2. 信息检索

在目前庞大的 Internet 中,搜索引擎作为一类网站,主要任务是在 Internet 中搜索其他 Web 站点中的信息并对其进行自动索引,将索引内容存储在可供查询的大型数据库中。目前常见的中文搜索引擎有中文雅虎、Google、百度、搜狐和新浪等。在搜索引擎中可以搜索的内容包括网页、MP3、图片、动画、新闻和软件等诸多信息。

（1）搜索方法。在进行搜索之前要做好 3 项准备工作：选定搜索引擎，了解所选搜索引擎的搜索方法；确定搜索概念或意图，选择描述这些概念的关键字及其同义词或近义词等；建立搜索表达式，使用符合该搜索引擎语法的正确表达式。

（2）搜索技巧。如果返回的结果是没有找到匹配的网页或返回 0 个页面。这时通常要检查一下关键字中有没有错别字、语法错误，或换用不同的关键词重新搜索。也可能是有的搜索表达式所设定的范围太窄，建议将原关键词拆成几个关键词来搜索，词与词之间用空格隔开，如果返回的结果极多，成千上万，而且许多结果与需要的主题无关。这时通常需要排除含有某些词语的资料以利于缩小查询范围。如果希望更准确地利用百度进行搜索，却又不熟悉繁杂的搜索语法，在高级搜索功能中可以自己定义要搜索的网页的时间、地区、语言和关键词出现的位置，以及关键词之间的逻辑关系等。高级搜索功能使百度搜索引擎的功能更完善，信息检索也更加准确、快捷。

4.9 例题分析

1．URL：ftp：//my：abc@ 214.13.2.45 中，ftp 是＿＿＿＿＿＿＿＿。

  A．超文本链接   B．超文本标记语言

  C．文件传输协议   D．超文本传输协议

分析：

本题考查 Internet 服务知识。统一资源定位地址（URL）是在 Web 中标识某一特定信息资源所在位置的字符串，是一个具有指针作用的地址标准。在 Web 上查询信息，必不可少的一项操作是在浏览器中输入查询目标的地址，这个地址就是 URL，也称为 Web 地址，俗称网址。一个 URL 指定一个远程服务域名和一个 Web 页。URL 的一般语法格式为：protocol：//＜主机＞：［＜端口＞／＜路径＞］，其中 protocol 是属于 TCP/IP 的具体协议，可用 http、ftp、telnet、gopher、wais 等，［ ］内为可选项。http：//表示用 HTTP（超文本传输协议）连通 WWW 服务器。ftp：//表示用 FTP（文件传输协议）来连通 FTP 服务器。telnet：//表示远程登录到一个 UNIX 服务器。gopher：//表示请求一个 Gopher 服务器给予响应。wais：//表示请求一个 WAIS 服务器给予响应。

答案：C。

2．计算机网络有多种分类方法，下列叙述中不正确的是＿＿＿＿＿＿＿＿。

  A．按地理范围可分为局域网、广域网、城域网

  B．按通信介质可分为有线网络和无线网络

  C．按通信子网的方式可分为报文交换网和分组交换网等

  D．按网络的拓扑结构可分为星状网、环状网和圆状网等

分析：

本题考查计算机网络的类型。计算机网络的分类标准很多，按网络覆盖的地理范围进行分类，计算机网络可以分为局域网、城域网和广域网 3 类；按网络的交换方式分类，计算机网络可以分为电路交换网、报文交换网和分组交换网 3 类；按网络的服务方式分类，计算机网络可分为客

户机/服务器模式、浏览器/服务器模式和对等网3类;按通信速率可分为高速网、中速网和低速网;按通信传播方式可分为广播式和点到点式;按网络拓扑结构可分为星状网、环状网、树状网分布式结构型网和总线型网;按通信介质可分为有线网和无线网;按使用范围可分为公用网和专用网;按传输的带宽可分为基带网和宽带网;按不同用户分为科研网、教育网、商业网和企业网等。

答案:D。

3. 下列 IP 地址属于 C 类地址的是_____。

A. 192.168.3.56　　　　B. 10.0.0.2　　　　C. 128.0.0.8　　　　D. 255.255.0.0

分析:

本题考查 IP 地址知识。为了给不同规模的网络提供必要的灵活性,TCP/IP 协议规定,将 IP 地址空间划分为 A、B、C、D、E 五个不同的地址类别。A 类 IP 地址是从:1.0.0.0 ~ 126.255.255.255;B 类 IP 地址是从:128.0.0.0 ~ 191.255.255.255;C 类 IP 地址是从:192.0.0.0 ~ 223.255.255.255。

答案:A。

4. 当个人计算机以拨号方式接入 Internet 时,必须使用的设备是_____。

A. 路由器　　　　　B. 调制解调器　　　C. 电话机　　　　D. 交换机

分析:

本题考查 Internet 接入方式。电话拨号上网其实就是电路交换,有拨号连接过程,连接后独占信道,可传输模拟信息,也可传输数字信息,用户环路传输模拟信息。数据通信时需要使用调制解调器(Modem),设备简单,大多数计算机中已集成。收发双方传输速率必须相同,最高为56 kbps。无差错控制能力,成本低,设备便宜、通信费用低。通过电话拨号接入因特网,用户需要 Modem 和拨号软件,拨通后即可启动浏览器上网。

答案:B。

5. 计算机与网络传输介质连接,必须具有的设备是_____。

A. 网卡　　　　　　B. 集线器　　　　　C. 交换机　　　　　D. 路由器

分析:

本题考查网络设备知识。在计算机网络中,有各种各样的网络设备,包括网卡、集线器、交换机、路由器、网关等。通常来说,网卡、集线器、交换机主要用于构建局域网,而路由器、网关则不仅可以用于局域网,更多的是用于广域网中。网卡是将计算机接入一个网络的不可缺少的硬件设备之一,是计算机与传输介质的接口。集线器是一种特殊的中继器,工作在物理层,可以连接多台计算机,是局域网的物理星状连接点。交换机是一个具有简化、低价、高性能和高端口密集特点的交换产品,主要用于连接局域网中的网络设备,使局域网的直径得以扩展,提高局域网性能。路由器是一种连接多个网络的硬件设备,它能将不同网络或网段之间的数据信息进行路由和寻址,从而构成一个更大的网络。

答案:A。

6. 以太网是目前应用最为广泛、技术最为成熟的网络类型,根据执行标准和传输速率的不同,可以分为标准以太网、快速以太网、_____和万兆以太网。

A. 千兆以太网　　　　B. 百兆以太网　　　C. 十兆以太网　　　D. 一兆以太网

分析:

本题考查局域网基础知识。局域网技术是网络技术发展最快的领域之一,也是应用最为广泛的网络技术。以太网是目前应用最广泛的一类局域网,从早期 10 Mbps 的速率发展到现在 100 Mbps(也称为快速以太网),1 000 Mbps,10 Gbps 的速率,为以太网的应用开辟了更为广阔的前景。

答案:A。

7. 在 IE 浏览器中查看近期访问过的各个网页,应该单击浏览器工作窗口上工具栏中的_____按钮。

A. 主页   B. 搜索   C. 收藏夹   D. 历史

分析:

本题考查网上信息的浏览、搜索的知识。浏览器是一种用于搜索、查找、查看和管理网络上信息的带交互式图形界面的应用软件,专用于 Web 系统的信息浏览。IE 浏览器窗口主要由菜单栏、工具栏、地址栏、链接栏等组成。工具栏的"主页"按钮可以显示浏览器启动的主页面,也就是打开浏览器后,第一次出现的网页;"搜索"按钮可以打开包括 Internet 搜索工具的那一页;"收藏夹"按钮可以进入收藏夹管理窗口,可以将本页加入到收藏夹中,也可以在该页面更新时随时更新窗口;"历史"按钮可以查询在某一天以前访问的主页面记录,也可以查询当天所访问过的所有网页。

答案:D。

8. Internet 上电子邮件服务使用的协议是_____。

A. SMTP   B. SNMP   C. IGMP   D. RUP

分析:

本题考查 Internet 高层服务协议。如域名服务(DNS)、远程登录服务(Telnet)、E-mail 电子邮件服务(使用 SMTP 协议和 POP3 协议等)、Web 服务(使用 HTTP 协议)、FTP 文件传输服务(使用 FTP 协议)。

答案:A。

9. 下列选项中,属于网络操作系统的是_____。

A. DOS   B. Windows 98

C. Windows XP   D. Windows Server 2003

分析:

本题考查网络操作系统的知识。操作系统(OS)是计算机系统中用来管理各种软硬件资源,提供人机交互使用的系统软件。网络操作系统(NOS)是为了使用计算机网络而专门设计的系统软件,它除了具有一般操作系统的全面功能外,还应该满足用户使用网络的需求,尤其要提供数据在网上的安全传输,管理网络中的共享资源,实现用户通信以及方便用户使用网络等,因而网络操作系统是作为网络用户与网络系统之间的接口。目前应用较为广泛的网络操作系统有:Microsoft 公司的 Windows Server 系列,Novell 公司的 NetWare、UNIX 和 Linux 等。

答案:D。

4.10   同步训练

1. 下列选项中,不属于搜索引擎的是_____。

A. http://www.google.com B. http://www.ciif-expo.com
C. http://www.baidu.com D. http://www.sohu.com

2. 局域网交换机的某一端口工作于半双工方式时带宽为 100 Mbps，那么它工作于全双工方式时带宽为_____。

A. 50 Mbps B. 100 Mbps C. 200 Mbps D. 400 Mbps

3. 校园网与城域网互连，应该选用的设备是_____。

A. 交换机 B. 网桥 C. 路由器 D. 集线器

4. 用户的电子邮件信箱是_____。

A. 用户计算机内存中的一块区域 B. 邮件服务器硬盘上的一块区域
C. 邮件服务器内存中的一块区域 D. 用户计算机硬盘上的一块区域

5. 如果电子邮件发送后，接收者的计算机没有开机，那么电子邮件将_____。

A. 返回到发信人的邮箱里 B. 保存在 ISP 的主机上
C. 保存在 POP3 服务器上 D. 保存在 SMTP 服务器上

6. 下列选项中，具有连接范围窄、用户数少、配置容易、连接速率高等特点的网络是_____。

A. 局域网 B. 城域网 C. 广域网 D. 互联网

7. 网址 http://www.csai.com 中，http 的含义是_____。

A. 超文本链接 B. 超文本标记语言
C. 文件传输协议 D. 超文本传输协议

8. 下列关于 ADSL 的叙述中，正确的是_____。

A. ADSL 的上传速度比下载速度快
B. ADSL 支持的频带宽度是普通电话用户频带宽度的 10 倍
C. ADSL 只支持语音业务、视频业务、VPN 虚拟专网业务
D. ADSL 可用于家庭上网、远程办公、远程教育、视频会议等

9. 在转发电子邮件时，下列叙述中正确的是_____。

A. 只能转发给一个收件人 B. 转发时不需要填写收信人的地址
C. 转发邮件就是回复邮件 D. 邮件及其附件一起被转发

10. 在浏览网页时，当鼠标指针移至某些文字或某些图片时，会出现手形状，通常是由于网页在这个地方做了_____。

A. 动画 B. 快捷方式 C. 超链接 D. 多媒体文件

11. WWW 服务使用的协议是_____。

A. FTP B. HTTP C. SMTP D. POP3

12. 下列关于浏览器的叙述中，正确的是_____。

A. 浏览器是用来访问 Internet 网络资源的工具软件
B. 浏览器和服务器之间通过 E-mail 上传与下载信息
C. 浏览器支持 HTML，但不支持多媒体（如动画、视频等）
D. IE 6.0 浏览器不能打开 Word 文档

13. 下列设备中，可以将不同的网络连接起来，实现不同网络中计算机的互相通信和资源共

享的是_____。

A. 网卡 B. 路由器 C. 工作站 D. 网络服务器

14. 下列关于 Internet Explorer 网页保存的叙述中,不正确的是_____。

A. 可以保存网页中的声音

B. 可以将网页全部信息保存后脱机查看

C. 可以将网页保存为文本文件

D. 保存的网页文件只能存放在计算机桌面

15. 下列选项中,用于接收和发送电子邮件的专业软件是_____。

A. Microsoft FrontPage B. Adobe Reader

C. Microsoft Outlook D. Windows Movie Maker

第 5 章
信息安全基础

本章主要考查信息安全基础知识,从近三年的试题来看,本章考核内容约占卷面分数的 3% ~ 5% ,属于一般考查内容。考试大纲要求信息处理技术员具备信息安全的基本知识,其中主要考点有:

(1) 信息安全基础知识。主要考查计算机安装、连接及使用中的安全基础知识,以及信息安全基本要素等。

(2) 计算机病毒防治。属于常考查内容,主要考查计算机病毒的概念,病毒的类型和特点,以及计算机病毒的防治技术等。

(3) 信息安全保障的常用方法。主要考查文件存取控制方法、数据加密与解密技术、防火墙技术、网络攻击及防御技术、备份与恢复和数字签名等网络安全技术的基本概念及应用。

5.1 计算机安全基础知识

计算机安全是一个涵盖面非常广泛的课题,既包括硬件、软件技术,也包括安全规划、安全管理和安全监督。计算机安全涉及安全管理、通信与网络安全、密码学、安全体系及模型、容错与容灾、有关安全的应用程序及系统开发、法律、犯罪及道德等领域。计算机系统安全性是指为计算机系统建立和采取各种安全保护措施,以保护计算机系统中的硬件、软件和数据,防止系统遭到偶然或恶意破坏,防止数据遭到更改或泄漏等。计算机系统是信息系统的重要组成部分。信息系统安全的 5 个基本需求为机密性、完整性、可用性、可控性和可审计性。常用的网络信息安全技术有密码技术、防火墙与防病毒技术、入侵检测技术、虚拟专用网技术和信息伪装技术等。

5.1.1 计算机安装安全基础知识

计算机系统面临的威胁按对象、性质可以分为 3 类:一类是对硬件实体设施;二类是对软件、数据和文档资料设施。第三类是兼对前两者的攻击破坏。而计算机犯罪是指一切借助计算机技术构成的不法行为。

计算机系统安装包括硬件和软件的安装。在安装计算机设备前要认真检查电源开关、连接电缆是否处于正常位置,电源电压、硬件设备是否符合配置要求。严格按操作规程安装,不准连续开关计算机电源,防止造成计算机设备的意外损坏。在计算机硬件安装中机器发生异常现象或故障时,应迅速关闭电源,并及时处理。软件安装也需要注意一些问题。例如,安装 Windows XP 的安全要点如下:

(1) 解压数据包、复制临时文件。安装程序主要是在 C 盘先建立一个临时目录,把安装程序中某些压缩包内的文件释放到该目录里,为安装做好准备。Windows XP 的压缩安装文件已经达到了数百兆,复制到临时目录里的也有二三百兆。

(2)检查分区情况和原来的 Windows 版本。从 Windows 2000 开始,微软的安装程序已经带有检测用户硬盘及分区的能力。如果你的分区还没格式化,安装程序还提供格式化分区的功能,可以将之格式为 FAT、FAT32、NTFS 等格式,微软推荐的格式是 NTFS,而且在列表中会出现将安装的分区格式为 NTFS 的选项。注意如果选择格式化为 NTFS,万一安装程序在转化格式的时候中途死机,很可能也会破坏分区表。NTFS 不能用 DOS 的启动盘启动,新手很有可能会不知所措,从而强行用 FDISK 重新分区而损失所有数据。建议还是用 FAT32 格式。

(3)复制、解压文件并检测即插即用设备。进入 Windows XP 的安装图形界面后,安装程序开始继续复制文件,主要是向安装 Windows XP 的正式目录生成应用程序组和菜单等。待 Windows XP 的安装已经进入后期,它将非常严格地检测用户的硬件配置,以便为即插即用的硬件设备安装正确的驱动程序,很多兼容性不好的机器会在此步骤蓝屏,或是自动跳出或是死机,如果用户系统超频或用了假冒的名牌鼠标,出问题的几率很大。

5.1.2　计算机连接安全基础知识

Windows 桌面上的"网上邻居"是局域网内共享文件的有力武器。如果几台计算机同处一个局域网子网内,则相互之间交流文件就不必再通过软盘、优盘或 E-mail 等方式了。Windows 各版本设置共享文件夹的方法基本相同,但 Windows XP 对处于 NTFS 分区格式中的文件夹和文件则额外提供了安全属性,使系统对访问共享资源的控制更加细致。

1. 设置共享文件夹

设置共享文件夹是实现资源共享的常用方式,共享的前提是正确地安装了网卡和 TCP/IP 协议,并且计算机有 IP 地址。在 Windows XP 中,设置共享文件夹的操作步骤如下:

(1)双击"我的电脑"图标,打开"我的电脑"窗口。

(2)选择要设置共享的文件夹,在左边的"文件和文件夹任务"窗格中单击"共享此文件夹"超链接,或右击要设置共享的文件夹,在弹出的快捷菜单中选择"共享和安全"命令。

(3)打开"文件夹属性"对话框中的"共享"选项卡,如图 5-1 所示。

(4)在"网络共享和安全"选项区域选择"在网络上共享这个文件夹"复选框,这时"共享名"文本框和"允许网络用户更改我的文件"复选框均变为可用状态。

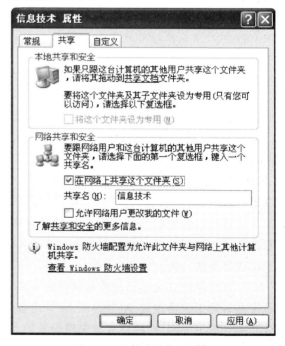

图 5-1　文件夹共享对话框

(5)在"共享名"文本框中输入该共享文件夹在网络上显示的共享名称,用户也可以使用其原来的文件夹名称。

（6）若选择"允许网络用户更改我的文件"复选框，则该共享文件夹为完全控制属性，任何访问该文件夹的用户都可以对该文件夹进行编辑修改；若清除该复选框，则该共享文件夹为只读属性，用户只可访问该共享文件夹，而无法对其进行编辑修改。

（7）设置共享文件夹后，在该文件夹的图标中将出现一个托起的小手，表示该文件夹为共享文件夹。

2. 访问共享文件夹

访问共享文件夹是通过网上邻居来实现的。在网上邻居中，每台计算机都用计算机名来标识。访问共享资源的第一步是要找到此计算机。在 Windows XP 中，双击桌面上的"网上邻居"图标，打开"网上邻居"窗口，单击左侧的"网络任务"窗格中"查看工作组计算机"超链接，将看到同一工作组中的计算机。如果想查看相同子网内其他工作组中的计算机，可以双击"网上邻居"窗口中的"整个网络"来选择其他工作组。第二步选择欲访问的计算机名，双击其图标，可看到此计算机上的所有共享资源。第三步双击共享名就可访问此共享资源。

除上述方法外，还有一个快速访问方法，如果已知要访问的计算机名，在"Windows 资源管理器"或 IE 浏览器的"地址"栏中输入如下语句，可立刻看到该计算机资源：

\\<计算机名>

注意上面的"\\"为半角符。例如，要访问计算机 csai 上的共享资源，则可以在地址栏中输入：\\csai，字母不区分大小写。

5.1.3　计算机使用安全基础知识

随着计算机技术的迅速发展，特别是微电子技术的进步，使得计算机的应用日趋深入和普及。正确的操作和维护计算机，不仅能延长计算机设备的使用寿命，还能保障系统的正常运行，提高工作效率。用户在使用过程中要注意以下几点。

（1）开/关机。由于系统在开机的瞬间会有较大的电流冲击，因此开机时应先打开外部设备的电源，然后再开主机电源。关机时，则应先关主机，然后关外部设备。不要频繁开/关电源，使用过程中若出现"死机"，应尽量使用热启动，若要冷启动，也要在关机一分钟后再开机。另外，在通电情况下，机器的各种设备不要随意搬动，也不要拔插各种接口卡。外部设备和主机的信号电缆也只能在断电的情况下进行拆装。

（2）主机板的使用。主机板是计算机系统的核心部件，使用中应防止因瞬时高电压对主板的损害。瞬时断电又突然来电，往往会产生一个瞬时高电压，可能引起很强的电流而烧坏主板，所以要避免频繁地开/关电源。关机后必须等一分钟以后再开机。在主机和外部设备相连的情况下，开机时先开外设，后开主机。关机时，先关主机后关外设，以防开/关外设时的瞬间电压对主板的冲击。

（3）显示器。对于显示器，应保持清洁，做到定期除尘。对显示器除尘时，必须先拔下电源线和信号线。用沾有少许计算机专用清洁剂的软布从屏幕中心螺旋式的向外擦拭屏幕上的灰尘。注意，不要用含酒精的溶液作为清洁剂。在使用和清洁过程中，切勿使任何物体进入显示器内，以免引起故障。较长时间无操作时，应设置屏幕保护程序，以免显示屏老化。

（4）硬盘。硬盘驱动器的结构比较精密，要特别注意保护，一旦空气中的灰尘进入驱动器内部，就会损伤磁盘表面。轻则硬盘出现坏道，重则硬盘无法工作。另外，硬盘驱动器最怕震动，在移动机器时一定要先关闭计算机电源。

计算机系统的安全使用必须遵守《计算机信息系统国际联网保密管理规定》、《中华人民共和国计算机信息系统安全保护条例》等法律法规要求，计算机的安全使用应具备如下 6 点基本常识：

（1）良好的上网习惯和安全意识。不该上的网站不要上，一般只在知名网站上浏览和下载文件。下载的任何文件要先杀毒再使用。别人的 U 盘使用前一定要先杀毒。不要乱安装软件和插件，不用的软件不安装。上网时网站提示须安装插件的，不能确定是否安全的不安装。

（2）使用正版杀毒软件和防火墙。杀毒软件和防火墙要及时升级，更新病毒库。可设置每周定时杀毒。

（3）使用安全助手。安全助手用于处理流氓软件、恶意插件、保护 IE 和诊断系统等方面。常用的安全助手有 360 安全卫士、Windows 清理大师、瑞星卡卡助手等。

（4）及时升级系统。Windows 操作系统一定要定期升级，更新系统补丁。

（5）计算机账号要设密码。尤其是 Administator 账号，坚决杜绝计算机账户无密码行为。密码须设置 8 位以上，由数字、字母和字符混合组成。没有密码相当于给病毒开了绿色通道。

（6）计算机中的重要文件要异地备份。

5.2　计算机的使用环境

计算机使用环境是指计算机对其工作的物理环境方面的要求。一般的微型计算机对工作环境没有特殊的要求，通常在办公室条件下就能使用。一些基本的要求如下：

（1）环境温度。微型计算机在室温 15～35 ℃之间一般都能正常工作。若低于 15 ℃，则软盘驱动器对软盘的读/写容易出错。若高于 35 ℃，则由于机器散热不好，会影响机器内各部件的正常工作。在条件允许的情况下，最好将计算机放置在有空调的房间内。

（2）环境湿度。放置计算机房间的相对湿度最高不能超过 80%，否则会由于结露使计算机内的元器件受潮变质，甚至会发生短路而损坏机器。但是相对湿度也不能低于 20%，否则会由于过分干燥而产生静电干扰，引起计算机的错误动作。

（3）洁净要求。通常应保持计算机房的清洁。如果机房内灰尘过多，灰尘落在磁盘或磁头上，不仅会造成磁盘读/写错误，也会缩短计算机的寿命。因此，在机房内一般应备有防尘设备，并要经常打扫卫生。

（4）电源要求。计算机对电源有两个基本要求：一是电压要稳定；二是机器工作期间不能断电。电源电压不稳定会造成计算机不工作或是影响显示器和打印机的工作寿命。为避免因为停电而造成数据丢失，在电源电压不稳定的农村或山区可以安装交流稳压电源，也可以安装不间断供电电源（UPS）。

（5）防止干扰。计算机附近应避免磁场干扰，计算机工作时应避免附近存在强电设备的开/关动作。因此，在机房内应尽量避免使用电磁炉、电视或其他强电设备等。

5.3　计算机病毒的防治

　　计算机技术的迅速发展、应用领域的不断扩大,使计算机在现代社会中占据越来越重要的地位。与此同时,计算机应用的社会化与计算机系统本身的开放性,也带来了一系列新问题。计算机病毒的出现使计算机的安全性遇到了严重挑战。

　　计算机病毒最早是由美国计算机病毒研究专家 F. Cohen 博士提出的。计算机病毒有多种定义,国外最流行的定义是:计算机病毒,是一段附着在其他程序上的可以实现自我繁殖的程序代码。在国内,专家和研究者对计算机病毒也做过不尽相同的定义,但一直没有公认的明确定义。直至 1994 年 2 月 18 日,我国正式颁布实施了《中华人民共和国计算机信息系统安全保护条例》,该条例第二十八条中明确指出:"计算机病毒,是指编制或者在计算机程序中插入的破坏计算机功能或者毁坏数据,影响计算机使用,并能自我复制的一组计算机指令或者程序代码。"

　　由于计算机网络是一个开放的环境,因此网上用户受到恶意程序的威胁要比普通用户大一些,其中主要的是病毒和木马程序。

1. 计算机病毒的类型

　　计算机病毒的种类很多,目前大约有 10 000 多种。对计算机病毒进行分类的方法也不尽相同,这里只介绍几种常见的分类方法。

　　(1) 按其侵害的对象可分为引导型病毒、文件型病毒和混合型病毒 3 种。引导型病毒只感染磁盘的引导扇区,使引导扇区中的内容转移到别处,以病毒引导程序取而代之。如"GENP"病毒、"小球"病毒。文件型病毒通过感染可执行文件,将病毒程序嵌入可执行文件中并取得执行权。如"DIR-2"病毒。混合型病毒既可以感染引导区,又可以感染可执行文件。如"新世纪"病毒。

　　(2) 按病毒破坏能力分类。根据病毒破坏的能力可划分为良性计算机病毒、恶性计算机病毒和极恶性计算机病毒 3 种。

　　良性计算机病毒是指其不包含有立即对计算机系统产生直接破坏作用的代码。这类病毒为了表现其存在,只是不停地进行扩散,从一台计算机传染到另一台,并不破坏计算机内的数据。其实良性、恶性都是相对而言的。良性病毒取得系统控制权后,会导致整个系统运行效率降低,系统可用内存总数减少,使某些应用程序不能运行。它还与操作系统和应用程序争抢 CPU 的控制权,给正常操作带来麻烦。有时系统内还会出现几种病毒交叉感染的现象,一个文件反复被几种病毒所感染。例如,原来只有 10 KB 的文件变成约 90 KB,就是因为被几种病毒反复感染了数十次。这不仅消耗掉大量宝贵的磁盘存储空间,而且整个计算机系统也由于多种病毒寄生于其中而无法正常工作。

　　恶性病毒就是指在其代码中包含有损伤和破坏计算机系统的操作,在其传染或发作时会对系统产生直接的破坏作用。这类病毒是很多的,如米开朗基罗病毒,该病毒发作时,硬盘的前 17 个扇区将被彻底破坏,使整个硬盘上的数据无法恢复,造成无法挽回的损失。

　　极恶性计算机病毒会删除程序、破坏数据、清除系统内存区和删除操作系统中重要的信息。这类病毒对系统造成的危害,并不是本身的算法中存在危险的调用,而是当它们传染时会引起无法预料的灾难性的破坏。由病毒引起其他的程序产生错误也会破坏文件和扇区,这些病毒也按照它们引起的破坏能力划分。一些现在无害型病毒也可能会对新版的 DOS、Windows 和其他操作系统造成破坏。

(3) 按病毒入侵的方式分类。按病毒入侵方式分为源代码嵌入攻击型、代码取代攻击型、系统修改型和外壳附加型 4 种。

源代码嵌入攻击型病毒入侵的主要是高级语言的源程序,病毒在源程序编译之前插入病毒代码,最后随源程序一起被编译成可执行文件,这样刚生成的文件就是带病毒的文件。当然这类文件是极少数,因为这些病毒开发者不可能轻易得到那些软件开发公司编译前的源程序,况且这种入侵的方式难度较大,需要病毒开发者达到非常专业的编程水平。

代码取代攻击型病毒主要是用自身的病毒代码取代某个入侵程序的整个或部分模块。这类病毒也少见,它主要是攻击特定的程序,针对性较强,且不易被发现,清除起来也较困难。

系统修改型病毒主要是用自身程序覆盖或修改系统中的某些文件来达到调用或替代操作系统中的部分功能。由于是直接感染系统,危害较大,也是最为常见的一种病毒类型,多为文件型病毒。

外壳附加型病毒通常是将其代码附加在正常程序的头部或尾部,相当于给程序添加了一个外壳,在被感染的程序执行时,病毒代码先被执行,然后才将正常程序调入内存。目前大多数文件型的病毒属于这一类。

(4) 按传播媒介分类。按照计算机病毒的传播媒介来分类,可分为单机病毒和网络病毒两种。单机病毒的载体是磁盘,常见的是病毒从移动磁盘传入硬盘,感染系统,然后再传染其他移动磁盘,又传染其他系统。而网络病毒的传播媒介不是移动式载体,而是网络通道,这种病毒的传染能力更强,破坏力更大。

总之,计算机病毒的分类方法有很多,说法也各不相同,同一种病毒也可从不同角度进行分类。

2. 计算机病毒的主要特点

计算机病毒不同于一般的程序,具有如下一些主要特点。

(1) 传染性。传染性是计算机病毒的重要特征,是衡量一个程序是否为病毒的首要条件。传染是指病毒从一个程序体进入另一个程序体的过程,其功能是由病毒的传染模块实现的。病毒程序一旦加到当前运行的程序体上,就开始搜索能进行传染的其他程序,从而使病毒很快扩散到整个计算机系统中凡是可以驻留程序和存储数据的地方。

(2) 潜伏性。计算机病毒的潜伏性是指计算机病毒进入系统后,其破坏作用一般不是立即产生,但在此期间却一直进行传染扩散,并且这个过程不易被用户察觉。计算机病毒一般会依附于某种介质,有的病毒可以在几周或几个月内进行传染和再生而不被发现。计算机病毒的潜伏性与传染性相辅相成,潜伏性越好,其在系统中生存的时间就会越长,病毒传染的范围也就会越大。

(3) 破坏性。计算机病毒的主要目的就是破坏计算机系统,使系统资源受到损失,数据遭到破坏,计算机运行受到干扰。以前的计算机病毒只是破坏计算机的软件系统,而现在的计算机病毒不但破坏计算机的软件系统,还破坏计算机的硬件系统。

(4) 可激发性。计算机病毒的可激发性是指计算机病毒发作的条件控制,其实质是一种

"逻辑炸弹"。即一般情况下病毒只是进行传染,而只有当激发条件得到满足时才进行破坏活动。激发条件可以是日期、时间、文件名等。

(5)非授权可执行性。由于计算机病毒具有正常程序的一切特性,如可存储性、可执行性。它隐藏在合法的程序或数据中,当用户运行程序时,病毒伺机窃取系统的控制权,得以抢先运行,然而此时用户还认为在执行正常程序。

3. 计算机感染病毒后的异常现象

计算机病毒的破坏性表现为病毒的杀伤能力。病毒破坏行为的激烈程度取决于病毒制作者的主观愿望和他的技术能力。计算机感染病毒后的异常现象主要表现如下:

(1)攻击系统数据区。攻击部位包括:硬盘主引导扇区、Boot 扇区、FAT 表和文件目录。一般来说,攻击系统数据区的病毒是恶性病毒,受损的数据不易恢复。

(2)攻击文件。病毒对文件的攻击方式种类很多,如删除、改名和替换内容等。

(3)修改系统启动项,使某些恶意软件可以随着系统启动,常被流氓软件和病毒采用。

(4)劫持 IE 浏览器,首页被更改,一些默认项目被修改(如默认搜索)。

(5)显示器上经常出现一些莫明其妙或显示异常的信息。如计算机屏幕上出现跳动的亮点,这种亮点有规律或随机地在屏幕上跳动。屏幕上出现满屏的雪花滚动或静止的雪花亮点。

(6)添加驱动保护,使用户无法删除某些软件。

(7)在用户计算机上开置后门,黑客可以通过此后门远程控制中毒机器,组成"僵尸"网络,通过对外发动攻击、发送垃圾邮件和点击网络广告等牟利。

(8)采用映像劫持技术,使多种杀毒软件和安全工具无法使用。

(9)记录用户的键盘、鼠标操作,从而可以窃取银行卡、网游密码等各种信息。

(10)记录用户的摄像头操作,可以从远程窥探隐私。

(11)使用户的机器运行变慢,大量消耗系统资源。

4. 计算机病毒传播的防范

计算机病毒防范是指通过建立合理的计算机病毒防范体系和制度,及时发现计算机病毒侵入,并采取有效的手段阻止计算机病毒的传播和破坏,恢复受影响的计算机系统和数据。因此,不仅要预防计算机病毒,而且应当主动发现病毒并及时清除。计算机病毒防范方法如下。

(1)切断传播途径,对被感染的硬盘和机器进行彻底的杀毒处理,不使用来历不明的软盘、U 盘和程序,定期检查机器的存储介质,不随意下载网络广告、邮件等。

(2)安装正版防病毒软件或防病毒卡。防病毒软件在查毒和杀毒方面起着十分重要的作用。

(3)建立安全的管理制度,提高包括系统管理员和用户在内的人员的技术素质和职业道德修养。对重要部门的重要信息,严格做好开机查毒,及时备份数据。

(4)提高网络反病毒能力。例如,通过安装病毒防火墙,进行实时过滤。对网络服务器中的文件进行频繁地扫描和检测。在工作站安装防病毒卡,加强网络目录和文件访问权限的设置。

计算机病毒的防范是一项长期的工作,需要技术手段和管理手段的密切配合。

5.4 信息安全保障的常用方法

网络安全历来是人们讨论的话题之一,要全面实现信息安全,就应该从有可能出现风险的各个层面来考虑问题。除了采用一定的安全技术之外,还要有完善的安全策略和良好的内部管理。解决网络安全问题的技术主要可分为主动防御保护技术和被动防御保护技术两类。主动防御保护技术一般采用数据加密、身份认证、访问控制、权限设置、虚拟专用网络划分、物理保护及安全管理等技术。被动防御保护技术主要有防火墙技术、入侵检测技术、安全扫描技术及审计跟踪技术等。

5.4.1 文件存取控制

访问控制是策略和机制的集合,它允许对限定资源的授权访问。从而可保护资源,防止那些无权访问资源的用户恶意访问或偶然访问。但无法阻止被授权组织的故意破坏。访问控制是信息安全保障机制的核心内容,是实现数据保密性和完整性机制的主要手段之一,是对信息系统资源进行保护的重要措施,也是计算机系统中最重要和最基础的安全机制。组织内的每一台计算机应该规定基于身份的访问权限控制,限制合法用户进行超出其权限范围的访问。目前的大多数操作系统都具备这种能力,例如 Windows XP 和 Linux 等。

5.4.2 数据加密与解密

密码是通信安全和数据安全最重要的机制,它能保护传输中的或存储在介质中的信息和数据。加密技术是一种重要的安全保密措施,是最常用的安全保密手段。近年来密码学得到了前所未有的重视并迅速普及,同时其应用领域也广为拓展,它不仅服务于信息的加密和解密,还用于身份认证、访问控制和数字签名等多种安全机制中。

加密技术包括算法和密钥两个要素。算法是将消息(普通的文本或者可以理解的信息)与秘密数字(密钥)结合,产生不可理解的密文的变换步骤。密钥用来对数据进行编码和解码。然而,无论是否为合法用户,只要能够出示同样的密钥就可获得原文,因此它本身不提供安全措施,必须控制和保护密钥的产生和使用途径。在安全保密中,可通过适当的密钥加密技术和管理机制来保证网络的通信安全。密钥加密技术的密码体制可分为对称密钥体制和非对称密钥体制两种。相应地,对数据加密的技术分为两类,即对称加密和非对称加密。

1. 对称加密

对称加密技术就是采用对称加密算法(Synmetric Algorithm),也称为传统密码算法,发送方加密用的密钥与接收方解密用的密钥为同一密钥。这种加解密过程的安全性取决于是否有未经授权的人获得了对称密钥。其加密、解密过程如图 5-2 所示。

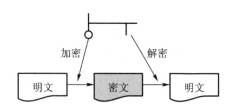

图 5-2 对称加密技术传输示意图

对称加密技术是从传统的简单换位、代替等密码技术发展而来的。自 1977 年美国颁布 DES 密码算法作为美国数据加密标准以来,对称加密技术得到了迅猛发展,在世界各国得到了关注和使用。DES 主要采用替换和移位的方法加密。它用 56 位密钥对 64 位二进制数据块进行加密,每次加密可对 64 位的输入数据进行 16 轮编码,经一系列替换和移位后,输入的 64 位原始数据转换成完全不同的 64 位输出数据。DES 算法仅使用最大为 64 位的标准算术和逻辑运算,运算速度快,密钥产生容易,适合于在当前大多数计算机上用软件方法实现,同时也适合于在专用芯片上实现。对称加密算法分为两类,一类称为序列密码算法(Stream Cipher),另一类称为分组密码算法(Block Cipher)。

对称加密算法具有加解密处理速度快、保密度高等优点,但存在如下缺点。

(1)密钥是保密通信安全的关键,发信方必须安全、妥善地把密钥送到收信方,不能泄露其内容。如何才能把密钥安全地送到收信方,是对称密码算法极为突出的问题。对称密码算法的密钥分发过程十分复杂,所花代价高。

(2)多人通信时密钥组合的数量会出现爆炸性膨胀,使密钥分发更加复杂化。N 个人进行两两通信,总共需要的密钥数为 $N(N+1)/2$ 个。

(3)通信双方必须统一密钥,才能发送保密的信息。如果发信者与收信人素不相识,就无法向对方发送秘密信息。

(4)除了密钥管理与分发问题,对称密码算法还存在数字签名困难的问题(通信双方拥有同样的消息,接收方可以伪造签名,发送方也可以否认发送过某消息)。

2. 非对称加密

非对称加密技术也称为公开密钥密码算法(Asynmetric Algorithm)。公开密钥加解密使用两个不同的密钥。一个用来加密信息,称为加密密钥或私有密钥,简称私钥。另一个用来解密信息,称为解密密钥。这两个密钥在数学上是相关的,但是又不能根据公钥反推出私钥。公钥加密的信息私钥可以解密,同样私钥加密的信息公钥可以解密。在应用中,公钥主要用于加密,私钥用于签名。非对称加密的加解密过程如图 5-3 示。每一个公钥是公开的,而相应的私钥则是秘密的。用某用户的加密密钥加密后所得的数据,只能用该用户的解密密钥才能解密。

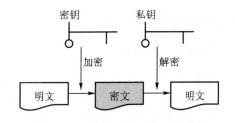

图 5-3 对称加密技术传输示意图

从图 5-3 可知,用户可以自由地分发公钥,但是只有自己才唯一地拥有对应此公钥的私钥,由此得到用公钥加密数据。一般情况下,如果需要发送加密数据给其他人,用户可以用对方的公钥加密数据,接收方得到密文后,就用对应的私钥解密,即可得到原文。

非对称加密技术的产生主要基于以下两个原因。一是为了解决常规密钥密码体制的密钥管理与分配的问题。二是为了满足对数字签名的需求。因此,公开密钥密码技术在消息的保密性、密钥分配和认证领域有着重要的意义。

目前比较流行的公开密钥密码技术主要有两类:一类是基于大整数因子分解问题的,其中最典型的代表是 RSA 体制;另一类是基于离散对数问题的,如 ElGamal 公钥密码体制和影响比较大的椭圆曲线公钥密码体制。

RSA 公钥密码是 1977 年 Ron Rivest、Adi Shamirh 和 LenAdleman 在 MIT(美国麻省理工学院)开发的,并于 1978 年首次公布[RIVE78]。它是目前最有影响的公钥加密算法,能够抵抗到目前为止已知的所有密码攻击,已被 ISO 推荐为公钥数据加密标准。RSA 算法基于一个十分简单的数论事实:将两个大素数相乘十分容易,但是想分解它们的乘积却极其困难,因此可以将乘积公开作为加密密钥。

5.4.3 数字签名

所谓数字签名就是通过某种密码运算生成一系列符号及代码组成电子密码进行签名来代替书写或印章。数字签名是建立在公钥加密基础上的,在签名和核实签名的处理过程中,采用哈希算法(Hash Algorithm)或 MD5(Message Digest,MD)算法。哈希算法对原始报文进行运算,得到一个固定长度的数字串,称为报文摘要(Message Digest)。不同的报文所得到的报文摘要各异,但对相同的报文它的报文摘要却是唯一的,因此报文摘要也称为数字指纹。用签名算法对报文摘要加密所得到的结果就是数字签名。数字签名的基本原理是发送方生成报文的报文摘要,用自己的私钥对报文摘要进行加密来形成发送方的数字签名。然后,这个数字签名将作为报文的附件和报文一起发送给接收方。接收方首先把接收到的原始报文用同样的算法计算出新的报文摘要,再用发送方的公钥对报文附件的数字签名进行解密,比较两个报文摘要,如果值相同,接收方就能确认该数字签名是发送方的。数字签名是目前电子商务、电子政务中应用最普遍、技术最成熟、可操作性最强的一种电子签名方法,确保了传输的电子文件的完整性、真实性和不可抵赖性。

实现数字签名的方法很多,目前数字签名采用较多的是公钥加密技术。如基于 RSA Date Security 公司的 PKCS(Public Key Cryptography Standards)、Digital Signature Algorithm、X.509、PGP(Pretty Good Privacy)等。

5.4.4 防火墙

防病毒软件主要用来防治恶意程序的攻击,但在网络中还有另一种攻击形式——人工攻击。这种攻击最难防范,因为难以归纳和描述每一种攻击的行为特征和执行顺序。但却可以制定网络上的访问控制规则,以此来最大限度地抵御一般性攻击。

防火墙(Firewall)是指隔离本地网络与外界网络的一道防御系统,是这一类防范措施的总称。在互联网上防火墙是一种非常有效的网络安全模型,通过它可以隔离风险区域(即 Internet 中有一定风险的网络)与安全区域(内部局域网)的连接,同时不会妨碍人们对风险区域的访问,如图 5-4 所示。在逻辑上,防火墙是一个分离器、一个限制器,也是一个分析器,可有效地监控内部网和 Internet 之间的任何活动,保证了内部网络的安全。简言之,防火墙是在内部网与外部网之间实施安全防范的系统,其目的是保护网络不被可疑人侵扰。

1. 防火墙分类

防火墙的种类多种多样,在不同的发展阶段,由于采用的技术各不相同,因此产生了不同类型的防火墙。

(1)从防火墙产品形态分类,防火墙可以分为软件防火墙、硬件防火墙和芯片级防火墙。

(2)从防火墙所采用的技术不同,可以将防火墙分为包过滤型防火墙、代理型防火墙和监测型防火墙。

(3)从网络体系结构来分类,可以将防火墙分为网络级防火墙、应用级网关防火墙、电路级

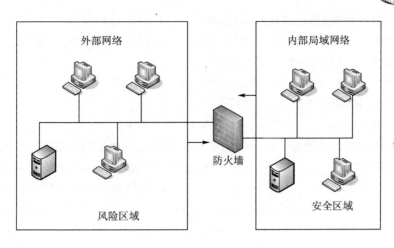

图 5-4　防火墙示意图

网关防火墙和规则检查防火墙。

（4）从防火墙的应用部署位置来分,可将防火墙分为边界防火墙、个人防火墙和混合式防火墙。个人防火墙是一种安装在个人计算机中的软件,它依据已知的规则库过滤通过这台计算机的网络数据包,并且对网络上的各种协议及每个通信端口制定严格的策略,防止未授权的连接,关闭不用的网络通信资源,以保护个人信息。如果每台计算机上都安装了这种软件,可很大程度上降低被黑客或特洛伊木马攻击的危险。

2. 防火墙技术

通常,防火墙所采用的技术主要有:

（1）包过滤技术。包过滤技术是在网络中的适当位置对数据包实施有选择通过的技术。采用这种技术的防火墙产品,通过在网络中的适当位置对数据包进行过滤,根据所检查数据流中每个数据包的源地址、目的地址、所有的 TCP 端口号和 TCP 链路状态等要素,然后依据一组预定义的规则,以允许合乎逻辑的数据包通过防火墙进入到内部网络,而将不合乎逻辑的数据包加以删除。包过滤路由器只检查包头信息,一般不查看数据部分,而且某些核心部分是由专用硬件实现的,故其转发速度快、效率较高,通常作为网络安全的第一道防线。

（2）应用代理技术。应用代理技术也称为应用层网关技术,它是在应用层实现防火墙的功能,针对每一个特定应用进行检验。代理服务不允许直接与真正的服务通信,而是只与代理服务器通信(用户的默认网关指向代理服务器)。各个应用代理在用户和服务之间处理所有的通信。因为代理技术是一种软件技术,所以它比包过滤路由器容易配置,配置界面十分友好。如果代理实现得好,则对配置协议要求较低,从而避免了配置错误。

3. 防火墙的优缺点

防火墙之所以得到企业用户的如此肯定和青睐,得益于防火墙本身具有非常明显的、无可替代的安全防御功能。综合起来表现在如下几个方面。

（1）防火墙能强化安全策略。

（2）保护易受攻击的服务。防火墙可以大大提高企业网络的安全性,并通过过滤不安全的服务来降低子网上主系统的安全风险。

（3）防火墙能有效地记录因特网上的活动。

（4）增强保密性。防火墙能够隔开网络中的一个网段与另一个网段，从而能够防止影响一个网段的问题通过整个网络传播。

（5）防火墙是一个安全策略的检查站。所有进出的信息都必须通过防火墙，防火墙便成为安全问题的检查站，使可疑的访问被拒绝门外。

虽然防火墙有许多优点，但它也有一些缺点，主要表现在：

（1）防外不防内的策略限制。防火墙能够禁止系统用户通过网络连接发送专有信息，但用户可以将数据复制到磁盘、磁带上，并将数据信息带出。如果入侵者已经在防火墙内部，防火墙是无能为力的。入侵内部的用户在不接近防火墙的同时偷窃数据，破坏硬件和软件，并且巧妙地修改程序。对于来自知情者的威胁则只能要求加强内部管理，如主机安全和用户教育等。

（2）不能防范 IP 地址欺骗。防火墙能够有效地防止非法 IP 地址信息的传输，但是伪装成合法 IP 地址的信息照样能通过防火墙。

（3）无法检测加密的 Web 流量。

（4）防火墙不能防范病毒。防火墙不能防范从网络上传染的病毒，也不能消除计算机中已存在的病毒。无论防火墙多么安全，用户都需要一套防毒软件来防范病毒。

5.5 网络攻击与防御技术

在计算机网络系统建设时必须根据具体的网络系统和环境，考察、分析、评估、检测和确定系统存在的安全漏洞和安全威胁。分析网络中可能存在的薄弱环节，以及这些环节可能造成的危害，这些危害可能产生的后果和损失。其中网络攻击是最严重的安全威胁。

1. 黑客

黑客（Hacker）在当前的网络世界中有褒贬两重含义。从褒义方面讲，黑客指一些特别优秀的程序员或技术专家。从贬义方面讲，黑客是指对计算机某一领域有着深入地理解，并且十分热衷于潜入他人计算机、窃取非公开信息的人。目前，黑客已成为一个特殊的社会群体，在欧美等国有不少合法的黑客组织，黑客们经常召开黑客技术交流会。另一方面，黑客组织在因特网上利用自己的网站介绍黑客攻击手段，免费提供各种黑客工具软件、出版网上黑客杂志，这使得普通人下载并学会一些简单的黑客手段或工具对网络进行攻击，进一步恶化了网络的安全环境。

2. 常见的网络攻击方法

网络中存在各种威胁，这些威胁的直接表现形式也是黑客攻击常采取的形式。常见的网络攻击形式主要有以下几类：

（1）口令破解与获取。口令是黑客侵入网络的关键因素，黑客有很多方法可以破解口令。

（2）暗中捕获。黑客常使用一些驻留内存的程序暗中捕获用户的口令。

（3）暴力破密。如果黑客实在无法得到入侵网络的口令，则会采用一些工具软件，如通过删除密码数据、绕过密码检测、更改密码结果等，强行进入网络系统。

（4）利用操作系统的漏洞。操作系统是一个复杂、庞大的软件，有时因为程序员的疏忽或软件设计上的失误，可能会留下一些漏洞，从而成为黑客进入网络的"后门"。

（5）即时信息轰炸。黑客一经确定当前在网上操作的某个用户为袭击目标，便会采用一些程序，以极快的速度向该用户发送无限制的信息，实施"轰炸"，直到用户的计算机因内存空间耗尽或硬盘空间耗尽而死机。

（6）利用匿名 E-mail 转递系统。黑客有时会以 E-mail 的形式向用户寄发轰炸信息。

（7）黑客袭击网络的其他方法。黑客袭击网络的其他方法，主要有使用逻辑炸弹、特洛伊木马和电子邮件炸弹等袭击用户的 E-mail 信箱，袭击 Web 页面，袭击网络防火墙，以及制造与传播网络病毒等。

3. 入侵检测系统和入侵防御系统

计算机网络中存在着可以被攻击者所利用的安全弱点、漏洞及不安全的配置，主要表现在操作系统、网络服务、TCP/IP 协议、应用程序（如数据库、浏览器等）和网络设备等几个方面。正是这些弱点、漏洞和不安全设置给攻击者以可乘之机。另外，由于大部分网络缺少预警防护机制，即使攻击者已经侵入到网络内部，或侵入到关键的主机，并从事非法的操作，网络管理人员也很难察觉到。这样，攻击者就有足够的时间来破坏计算机网络系统。入侵检测系统的出现，解决了网络系统遭受攻击和入侵的问题。设置硬件防火墙，可以提高网络的通过能力并阻挡一般性的攻击行为。而采用 IDS（入侵检测系统），则可以对越过防火墙的攻击行为以及来自网络内部的违规操作进行监测和响应。

入侵检测系统（Intrusion Detective System，IDS）是从计算机网络系统的若干关键点收集信息，并分析这些信息，检查网络中是否有违反安全策略的行为和遭到袭击的迹象。入侵检测的软件与硬件组合便是入侵检测系统。与其他安全产品不同的是，入侵检测系统需要更多的智能，它必须对得到的数据进行分析，并得出有用的结果。一个合格的入侵检测系统能大大地简化管理员的工作，保证网络安全的运行。其实，入侵检测系统是一个典型的"窥探设备"。它不跨接多个物理网段（通常只有一个监听端口），无须转发任何流量，而只需要在网络上被动地、无声息地收集它所关心的报文即可。因此，入侵检测系统被认为是防火墙之后的第二道安全闸门。

入侵防御系统（Intrusion Prevention System，IPS）是一种智能化的入侵检测和防御产品，它不但能检测入侵的发生，而且能通过一定的响应方式实时地中止入侵行为的发生，保护信息系统不受实质性的攻击。IPS 使得 IDS 和防火墙走向统一。可简单地理解为 IPS 就是防火墙加上入侵检测系统。但并不是说，IPS 可以代替防火墙或入侵检测系统。防火墙是粒度比较粗的访问控制产品，它在基于 TCP/IP 协议的过滤方面表现出色，而且在大多数情况下，可以提供网络地址转换、服务代理和流量统计等功能，甚至有的防火墙还能提供 VPN 功能。和防火墙比较起来，IPS 的功能比较单一，它只能串联在网络上（类似于通常所说的网桥式防火墙），对防火墙所不能过滤的攻击进行过滤。这样一个两级的过滤模式，可以最大限度地保证系统的安全。一般来说，企业用户关注的是自己的网络能否避免被攻击，对于能检测到多少攻击并不是很关心。但这并不是说入侵检测系统就没有用处，在一些专业的机构或对网络安全要求比较高的地方，入侵检测系统和其他审计跟踪产品结合，可以提供针对企业信息资源更全面的审计能力，对于攻击还原、入侵取证、异常事件识别和网络故障排除等都有很重要的作用。

4. 入侵检测系统的主要检测技术

入侵检测系统的核心就是数据分析技术，包括对原始数据的同步、整理、组织和分类，以及各种类型数据的细致分析，提取其中所包含的系统活动特征或模式，用于对正常或异常行为的判断。采用哪种数据分析技术,将直接决定系统的检测能力和效果。数据分析技术主要分为两大类,即异常检测(Anomaly Detection)和误用检测(Misuse Detection)。

(1)基于异常的入侵检测技术。也称为基于行为的检测技术,又被称为特征检测,是目前入侵检测系统的主要研究方向之一。异常检测技术是指根据用户的行为和系统资源的使用状况判断是否存在网络入侵。首先假设网络攻击行为是不常见的或是异常的,区别于所有的正常行为。如果能够为用户和系统的所有正常行为总结活动规律并建立行为模型,那么入侵检测系统可以将当前捕获到的网络行为与行为模型相对比,若入侵行为偏离了正常的行为轨迹,就可以被检测出来。异常检测技术的典型代表有统计分析异常检测技术、神经网络异常检测技术等。异常检测技术能够检测出新的网络入侵方法的攻击,较少依赖于特定的主机操作系统,对于内部合法用户的越权违法行为的检测能力较强。异常检测技术也有以下不足:误报率高,行为模型建立困难,难以对入侵行为进行分类和命名。

(2)基于误用的入侵检测技术。也称为基于知识的检测技术或者模式匹配检测技术。它的前提是假设所有的网络攻击行为和方法都具有一定的模式或特征。如果把以往发现的所有网络攻击的特征总结出来并建立一个入侵信息库,那么入侵检测系统可以将当前捕获到的网络行为特征与入侵信息库中的特征信息相比较,如果匹配,则当前行为就被认定为入侵行为。误用检测技术的典型代表是特征分析误用检测技术、协议分析误用检测技术、专家系统误用检测技术和状态协议分析技术等。误用检测技术的检测准确度高,技术相对成熟,便于进行系统防护。但不能检测出新的入侵行为,完全依赖于入侵特征的有效性,且维护特征库的工作量巨大,难以检测来自内部用户的攻击。

5．入侵检测系统的分类

入侵检测系统从不同的角度有不同的分类方法,常用的分类方法是按照检测对象划分,可以分为基于主机的入侵检测系统、基于网络的入侵检测系统和混合型入侵检测系统3大类。

5.6 例题分析

1. 下列选项中,不属于计算机病毒特征的是_____。

A. 针对性　　　　　　B. 稳定性　　　　　　C. 衍生性　　　　　　D. 传染性

分析:

本题考查计算机病毒知识。计算机病毒不同于一般的程序,具有如下一些主要特征:非授权可执行性、传染性、潜伏性、表现性或破坏性、可触发性等。

答案:B。

2. 下列选项中,不能查杀计算机病毒的是_____。

A. 卡巴斯基　　　　　B. 金山毒霸　　　　　C. 江民 2008　　　　　D. 天网防火墙

分析:

本题考查计算机病毒防治技术。目前流行的防病毒软件有很多,国外的有美国 Symantec 的 Norton Antivius 和俄罗斯的卡巴斯基 AVP、McAfee 等。国内有冠群金辰的 KILL、KV 3000、金山毒霸等。大部分产品都支持网络版和单机版。

答案:D。

3. 下列选项中,不属于信息安全基本要素的是_____。

A. 保密性   B. 可用性   C. 交互性   D. 完整性

分析:

本题考查信息安全的基本要素。网络安全的最终目标就是通过各种技术与管理手段实现网络信息系统的可用性、保密性、完整性、可鉴别性和不可否认性。网络安全的最终目标也是网络安全的基本要素。可用性是所有信息系统正常运行的基本前提,通常指信息系统能够在规定的条件与时间内完成规定功能的特性;保密性是指信息系统防止信息非法泄露的特性,信息只限于授权用户使用,保密性主要通过信息加密、身份认证、访问控制、安全通信协议等技术实现,信息加密是防止信息非法泄露的最基本手段;完整性是指信息未经授权不能改变的特性,完整性与保密性强调的侧重点不同,保密性强调信息不能非法泄露,而完整性强调信息在存储和传输过程中不能被偶然或蓄意修改、删除、伪造、添加、破坏或丢失,信息完整性表明了信息的可靠性、正确性、有效性和一致性,只有完整的信息才是可信任的信息;可鉴别性是指信息系统对信息的内容和传输具有鉴别能力的特性;不可否认性也称为不可抵赖性或拒绝否认性,拒绝否认性是指通信双方不能抵赖或否认已完成的操作和承诺,利用数字签名能够防止通信双方否认曾经发送和接收信息的事实。在多数情况下,网络安全更侧重强调网络信息的保密性、完整性和有效性。

答案:C。

4. 下列选项中,并不构成计算机犯罪的是_____。

A. 网上盗取他人银行账号与密码,并进行存款转存

B. 在课程练习中使用来历不明的软件

C. 在论坛中造谣侮辱他人

D. 充当黑客,篡改学校网站的数据库

分析:

本题考查计算机犯罪知识。所谓计算机犯罪,是指利用各种计算机程序及其他装置进行犯罪或者将计算机信息作为直接侵害目标的总称。计算机犯罪行为往往具有隐蔽性、智能性和严重的社会危害性。在计算机系统中装入欺骗性数据、篡改或窃取信息或文件、未经批准使用计算机信息资源、盗窃或诈骗系统管理的钱财和破坏计算机资产等都是计算机犯罪行为。

答案:B。

5. 下列关于防火墙的叙述中,不正确的是_____。

A. 防火墙本身是不可被侵入的

B. 防火墙可以阻止未授权的连接,有效保护个人信息

C. 防火墙可以用来防止恶意程序的攻击

D. 防火墙的作用是防止不希望的、未经授权的通信进出内部网络

分析:

本题考查防火墙知识。防火墙本身具有非常明显的、无可替代的安全防御功能和性能。综合起来表现在如下几个方面:防火墙能强化安全策略;保护易受攻击的服务;防火墙能有效地记录因特网上的活动;增强保密性;防火墙是一个安全策略的检查站,所有进出的信息都必须通过防火墙,防火墙便成为安全问题的检查站,使可疑的访问被拒绝门外。但它也有一些缺点,主要

表现在:防外不防内的策略限制;不能防范 IP 地址欺骗;无法检测加密的 Web 流量;防火墙不能防范病毒。

答案:A。

6. 在计算机网络的数据通信中,广泛使用的校验方式是_____。

A. 纵横校验 　　　　　B. 海明校验 　　　　　C. 定比码校验 　　　　　D. 循环冗余校验

分析:

本题考查信息安全保障的常用方法。数据通信时经常发生干扰,导致信息传输过程中某些信息位发生变化。检测与纠正错误的常用方法是采用循环冗余校验(CRC)。定长码位可以用系数为 0 或 1 的多项式来表示。对所有的码,它对应的多项式除以(用模 2 除法)特定的生成多项式后所得到的余数,可以用来生成发送的循环冗余码。正确的循环冗余码除以该生成多项式后其余数为 0,受干扰后的码除以该生成多项式后余数不是 0。通过余数就能检测错误,也能纠正某些错误码。余数不为 0 时,继续做除法,余数会循环出现,所以取名为循环冗余校验。循环冗余校验也常用于辅存信息校验。纵横校验常在磁带上使用(纵横两个方向进行奇偶校验)。海明校验常在主存储器上使用(码位上增加多个校验位,分别对不同的几位进行奇偶校验),它有很强的检测与纠错能力。定比码是无线电通信中常用的校验。

答案:D。

7. 下列上网行为中,不会影响系统和个人信息安全的是_____。

A. 浏览有病毒的网站

B. 随意单击不明网站中的链接

C. 在各种网站上输入自己的银行账号、密码等信息

D. 从熟悉的政府网站下载新闻

分析:

本题考查计算机信息安全的基础知识。浏览有病毒的网站会影响计算机使用或破坏计算机功能和数据;随意单击不明网站中的链接可能会包含病毒或木马,影响计算机安全或破坏计算机系统;在各种网站上输入自己的银行账号、密码等信息可能泄露个人信息,造成不必要的损失。从熟悉的政府网站中下载新闻并不会泄露个人信息。

答案:D。

5.7　同步训练

1. 在 Outlook Express 中,通常借助_____来传送一个文件。

A. 邮件正文 　　　　　B. Telnet 　　　　　C. WWW 　　　　　D. 附件功能

2. 下列关于计算机病毒的叙述中,正确的是_____。

A. 计算机病毒不能够实现自身复制 　　　　　B. 计算机病毒只会破坏系统软件

C. 计算机病毒不会通过光盘传播 　　　　　D. 宏病毒会影响对文档的操作

3. 随着 Office 软件的广泛使用,利用宏语言编制的宏病毒寄生于_____的宏中。

A. 应用程序 　　　　　B. 文档或模板 　　　　　C. 文件夹 　　　　　D. 隐藏文件

4. 防止计算机病毒的措施很多,但不包括_____。

A. 经常运行查杀病毒的软件

B. 重要的文件或数据应存放到计算机的系统盘中

C. 可利用系统的 Windows Update 修补操作系统漏洞

D. 不下载来历不明的电子邮件附件

5. 一台安装 Windows XP 系统的计算机与局域网的连接正常,但无法访问该局域网内其他计算机上的共享资源,可能的原因是_____。

A. Windows XP 系统自带的防火墙阻止 B. 网卡接口损坏

C. 安装了虚拟内存 D. 系统的存储空间不足

6. 在以下人为的恶意攻击行为中,属于主动攻击的是_____。

A. 身份假冒 B. 数据窃听 C. 数据流分析 D. 非法访问

7. 以下关于对称密钥加密说法正确的是_____。

A. 加密方和解密方可以使用不同的算法 B. 加密密钥和解密密钥可以是不同的

C. 加密密钥和解密密钥必须是相同的 D. 密钥的管理非常简单

8. 以下关于数字签名说法正确的是_____。

A. 数字签名是在所传输的数据后面附加上一段和传输数据毫无关系的数字信息

B. 数字签名能够解决数据的加密传输,即安全传输问题

C. 数字签名一般采用对称加密机制

D. 数字签名能够解决篡改、伪造等安全性问题

9. 关于网络安全,以下说法中正确的是_____。

A. 使用无线传输可以防御网络监听

B. 木马是一种蠕虫病毒

C. 使用防火墙可以有效地防御病毒

D. 冲击波病毒利用 Windows 的 RPC 漏洞进行传播

10. 抗病毒是一项经常性的工作,下列不属于关键因素的是_____。

A. 加强计算机系统的管理 B. 不使用计算机移动优盘

C. 注意病毒入侵的预防措施 D. 切断病毒传播的途径

第 6 章
知识产权与标准化知识

知识产权与标准化知识这部分不是程序员考试的重点,从历年的考试试题来看,其分值在 2~3 分左右,主要涉及著作权、商标权和专利权等。本章在考纲中涉及的考点如下:

(1)标准化的基础知识。理解标准化的基本概念、标准的层次以及相关标准的基本概念。

(2)相关的法律法规。理解并掌握软件著作权的概念、软件著作权的主体与客体、权利内容与权力归属的概念。理解专利法、商标法以及商业秘密权的概念。理解发表权、署名权、修改权、复制权、发行权以及翻译权的概念。理解专利法、商标法以及商业秘密权对软件的知识保护。

6.1 著作权法

我国现在采用的著作权法是于 1990 年 9 月 7 日通过,自 1991 年 6 月 1 日起实施,在 2001 年 10 月 27 日修订的《中华人民共和国著作权法》,其实施细则是于 2002 年 8 月 2 日通过,自 2002 年 9 月 15 日起实施的《中华人民共和国著作权法实施条例》。这两部法律详细、明确地规定了著作权保护及其具体实施。

6.1.1 著作权法客体

著作权法的客体是指受保护的作品,包括文学、艺术、自然科学、社会科学、工程技术等领域,具有独创性并能以某种有形的形式复制的智力成果。主要包括下列内容。

(1)文字作品。

(2)口述作品。

(3)音乐、戏剧、曲艺、舞蹈、杂技艺术作品。

(4)美术、建筑作品。

(5)摄影作品。

(6)电影作品和以类似摄制电影的方法创作的作品。

(7)工程设计图、产品设计图、地图、示意图等图形作品和模型作品。

(8)计算机软件。

(9)法律、行政法规规定的其他作品。

著作权要保障的是思想的表达形式,而不是保护思想本身,所以算法、数学方法、技术或机器的设计均不是著作权法的客体。

6.1.2 著作权法主体

著作权法的主体是指著作权关系人,按照作品创作形式的不同,其确定方法亦不同。

（1）一般意义上的著作权主体。一般地，如果没有相反证明，在作品上署名的公民、法人或者其他组织等都是该作品的著作权主体。当事人提供的涉及著作权的底稿、原件、合法出版物、著作权登记证书、认证机构出具的证明或取得权利的合同等，都可作为确定著作权的证据。当发生继承、赠与、遗赠或受让等法律事实时，继受人可以享有著作财产权，而不能享有著作人身权，因为著作人身权具有不可转让性。

（2）演绎作品的著作权主体。演绎作品，又称派生作品，是指在已有作品的基础上，经过改编、翻译、注释或整理等创造性劳动而产生的作品。它是演绎者的创造性劳动成果，其著作权由演绎者享有，但行使著作权时不能侵犯原作品的著作权。

（3）合作作品的著作权主体。合作作品指的是两人或两人以上，根据相互协商和约定，共同创作的作品，其著作权由合作作者共同享有。如果合作作品不可以分割，其著作权由全体作者协商一致行使，所得收益应当合理分配给所有合作作者。如果合作作品可以分割，作者对其创作部分单独享有著作权，但行使著作权时不得侵犯作品整体著作权。

（4）汇编作品的著作权主体。汇编作品指的是汇编若干作品、作品的片段或者不构成作品的数据或者其他材料，对其内容的选择或者编排体现独创性的作品，因为汇编人对汇编材料内容的选择或编排付出了创造性劳动，所以受著作权法保护。汇编作品的著作权由汇编人享有，但行使著作权时，不得侵犯原作品的著作权。

（5）影视作品的著作权主体。影视作品是比较复杂、系统的智力创作工程，需要各方面通力合作。影视作品的著作权由制片者享有，但编剧、导演、摄影、作词、作曲等作者享有署名权，并有权按照与制片者签订的合同获得报酬。影视作品中的剧本、音乐等可以单独使用的，其作者有权单独行使其著作权。

（6）职务作品的著作权主体。职务作品是指公民为完成法人或者其他组织的工作任务所创作的作品。其著作权主体分为下述三种。

① 由单位主持、代表单位意志创作并由单位承担责任的作品，称为单位作品，其著作权主体是单位。

② 公民为完成单位工作任务而又未主要利用单位物质技术条件创作的作品，称为一般职务作品。其著作权主体是作者，但单位有权在业务范围内优先使用，作品完成两年内，作者许可其他单位使用该作品须经作者原单位同意。

③ 公民利用单位物质技术条件制作，并由单位承担责任的工程设计图、产品设计图、地图及计算机软件等职务作品，或法律、行政法规规定或合同约定著作权由单位享有的职务作品，称为特殊职务作品。公民享有署名权，其他权利由单位享有。

（7）委托作品的著作权主体。委托作品，是指作者接受他人委托而创作的作品。其著作权归属由委托人和受托人通过合同约定。合同未作明确约定或者没有订立合同的，著作权属于受托人，但委托人在约定的使用范围内享有使用作品的权利。双方没有约定使用作品范围的，委托人可以在委托创作的特定目的范围内免费使用该作品。

此外，对于绘画、书法、雕塑等美术作品的原件所有权转移，并不表示作品著作权的转移，购买人可以对美术作品欣赏、展览或再出售，但不得从事修改、复制等侵犯作品版权的行为。对于作者身份不明的作品，由作品原件的所有人行使除署名权以外的著作权，作者身份确定后，由作者或者其继承人行使著作权。

6.1.3　著作权

著作权,又称为版权,是指自然人、法人或者其他组织对文学、艺术或科学作品依法享有的财产权利和人身权利的总称。财产权利是作品的使用权和获得报酬权,主要包括复制权、发行权、出租权、展览权、广播权、信息网络传播权、改编权、翻译权和汇编权等。人身权利用来维护作者名誉和作品完整,包括发表权、署名权、修改权和保护作品完整权等。

1. 著作权保护期限

署名权、修改权和保护作品完整权永远受到保护,其他权利保护期限如下。

(1) 公民作品。公民作品的发表权、使用权和获得报酬权的保护期为作者终生及其死亡后 50 年,截止于作者死亡后第五十年的 12 月 31 日。如果是合作作品,截止于最后死亡的作者死亡后第五十年的 12 月 31 日。作者死亡后,著作权依照继承法进行转移。

(2) 法人或其他组织的作品。该类作品的发表权、使用权和获得报酬权的保护期为 50 年,截止于作品首次发表后第 50 年的 12 月 31 日,但作品自创作完成后 50 年内未发表的,不再给予保护。单位变更、撤销后,其著作权由承受其权利义务的单位享有。

(3) 电影类作品。电影作品和以类似摄制电影的方法创作的作品、摄影作品,其发表权、使用权和获得报酬权的保护期为 50 年,截止于作品首次发表后第 50 年的 12 月 31 日,但作品自创作完成后 50 年内未发表的,不再给予保护。

2. 著作权许可使用和转让合同

著作权许可是指著作权人或权利合法受让者,通过合同方式许可他人使用其软件,并获得报酬的一种形式。许可使用合同包括下列主要内容:

(1) 许可使用的权利种类。

(2) 许可使用的权利是专有使用权或者非专有使用权。

(3) 许可使用的地域范围和期间。

(4) 付酬标准和办法。

(5) 违约责任。

(6) 双方认为需要约定的其他内容。

著作权转让是指著作权人将其享有著作权中的经济权利全部转移给他人,原始著作权人的主体地位随着转让活动的发生而丧失,著作权受让者将成为新的著作权主体。转让活动不能改变软件保护期,实施著作权转让时必须签订书面合同。转让合同包括下列主要内容。

(1) 作品的名称。

(2) 转让的权利种类、地域范围。

(3) 转让价金。

(4) 交付转让价金的日期和方式。

(5) 违约责任。

(6) 双方认为需要约定的其他内容。

许可使用合同和转让合同中著作权人未明确许可、转让的权利,未经著作权人同意,另一方当事人不得行使。使用作品的付酬标准可以由当事人约定,也可以按照国务院著作权行政管理部门会同有关部门制定的付酬标准支付报酬。当事人约定不明确的,按照国务院著作权行政管理部门会同有关部门制定的付酬标准支付报酬。

6.2 计算机软件保护条例

我国计算机软件保护的法律依据是《计算机软件保护条例》(以下简称《条例》),该条例的最新版本在 2001 年 12 月 20 日通过,自 2002 年 1 月 1 日起正式实施。

6.2.1 保护对象

计算机软件著作权的保护对象是计算机程序及其相关文档,《条例》对二者做了下述规定。

(1)计算机程序。是指为了得到某种结果而可以由计算机等具有信息处理能力的装置执行的代码化指令序列,或者可以被自动转换成代码化指令序列的符号化指令序列或者符号化语句序列。同一计算机程序的源程序和目标程序为同一作品。

(2)文档。是指用来描述程序的内容、组成、设计、功能规格、开发情况、测试结果及使用方法的文字资料和图表等,如程序设计说明书、流程图、用户手册等。

软件作品要想得到保护,需要满足下述条件:

(1)独立创作。受保护软件必须由开发者独立创作,任何复制或抄袭他人的软件都不能得到保护。

(2)可被感知。受保护软件必须固定在某种有形物上,如存储器、磁盘或磁带等,或者写在纸上。

(3)逻辑合理。受保护软件必须具有合理的逻辑思想,并能够以正确的逻辑步骤表现出来。

按照《条例》第六条规定,开发软件所用的思想、处理过程、操作方法或者数学概念等不受保护,这是因为上述内容数据属于计算机软件基本理论的范畴,是开发人员必备的公共知识,不能被个人所专有。

6.2.2 软件著作权

1. 软件著作权的权利

《中华人民共和国著作权法》规定,软件作品享有两类权利,一类是软件著作权的人身权利。另一类是软件著作权的财产权利。

(1)计算机软件的著作人身权。发表权,决定软件作品是否公布于众的权利。署名权,作者为表明身份在软件作品上署自己名字的权利。

(2)计算机软件的著作财产权。指的是能够给著作权人带来经济利益的权利,主要包括如下权利。

① 复制权。将软件制作一份或者多份的权利。

② 修改权。即对软件进行增补、删节,或者改变指令、语句顺序的权利。

③ 发行权。即以出售或者赠与方式向公众提供软件的原件或者复制件的权利。

④ 翻译权。即将原软件从一种自然语言文字转换成另一种自然语言文字的权利。

⑤ 出租权。即有偿许可他人临时使用软件的权利,但是软件不是出租的主要标的的除外。

⑥ 信息网络传播权。即以有线或者无线方式向公众提供软件,使公众可以在其个人选定的时间和地点获得软件的权利。

软件著作权人可以许可他人行使其软件著作权,并有权获得报酬。软件著作权人可以全部或者部分转让其软件著作权,并有权获得报酬。

2. 软件著作权保护期限

计算机软件著作权的权利自软件开发完成之日起产生,保护期为 50 年,保护期满后,除开发者身份权外,其他权利终止,软件进入公有领域。若著作权单位变更、终止后没有承受其权利的单位,或者公民死亡后没有继承人,软件同样也进入公有领域。软件进入公有领域后成为社会公共财富,公众可无偿使用。

3. 软件合法持有人的权利

得到软件著作权人的许可,获得了合法的软件复制品后,其持有人享有以下权利:

(1) 根据使用的需要把软件装入计算机等能存储信息的装置内。

(2) 根据需要进行复制,或者为了防止软件损坏而进行备份,但这些复制品不能通过任何方式转给其他人使用。

(3) 进行必要的修改,使软件适用于新的环境或者改进其功能、性能,但未经软件著作权人许可,修改后的软件不能提供给任何第三方。

6.2.3 著作权人确定

1. 著作权人确定的基本原则

《计算机软件保护条例》第九条规定:"软件著作权属于软件开发者,本条例另有规定的除外。如无相反证明,在软件上署名的自然人、法人或者其他组织为开发者。"这是我国计算机软件著作权归属的基本原则,即以软件开发的事实来确定著作权的归属,谁完成了计算机软件的创作开发工作,该软件的著作权就归谁。

2. 合作开发时著作权人确定

由两个以上的自然人或单位开发的软件,其著作权的归属根据合同来确定。若无合同或者合同未作明确说明时,可以分割的软件由开发者享有自己开发部分的著作权,但不能侵犯软件整个著作权,不可以分割软件的著作权由所有开发者共同享有,产生收益时按照约定合理分配给所有合作开发者。

3. 委托开发时著作权人确定

接受他人委托开发的软件,其著作权的归属由委托人与受托人签订书面合同约定。无书面合同或者合同未作明确约定的,其著作权由受托人享有。由国家机关下达任务开发的软件,著作权的归属与行使由项目任务书或者合同规定。项目任务书或者合同中未作明确规定的,软件著作权由接受任务的法人或者其他组织享有。

4. 职务开发著作权人确定

自然人在单位任职期间所开发的软件有下列情形之一的,该软件著作权由该单位享有,该单位可以对开发软件的自然人进行奖励:

(1) 针对本职工作中明确指定的开发目标所开发的软件。

(2) 开发的软件是从事本职工作活动所预见的结果或者自然的结果。

（3）主要使用了单位的资金、专用设备及未公开的专门信息等物质技术条件所开发并由单位承担责任的软件。

6.2.4　法律责任

侵犯软件著作权的法律责任包括民事责任、行政责任和刑事责任 3 种。

1. 民事责任

主要包括未经软件著作权人许可，发表或者登记其软件的。将他人软件作为自己的软件发表或者登记的。未经合作者许可，将与他人合作开发的软件作为自己单独完成的软件发表或者登记的。在他人软件上署名或者更改他人软件上的署名的。未经软件著作权人许可，修改、翻译其软件等侵权行为。通常应当根据情况，承担停止侵害、消除影响、赔礼道歉及赔偿损失等民事责任。

2. 行政责任

若在前面基础上，其侵权行为对社会公共利益造成损害，行政管理部分应当没收违法所得，没收、销毁侵权复制品，可以并处罚款。情节严重的，著作权行政管理部门并可以没收主要用于制作侵权复制品的材料、工具及设备等。

3. 刑事责任

当侵权行为触犯刑律时，侵权者应当承担刑事责任，我国《刑法》第二百一十七条、二百一十八条和第二百二十条规定，构成侵犯著作权罪、销售侵权复制品罪的，由司法机关追究刑事责任。

软件开发者开发的软件，由于可供选用的表达方式有限而与已经存在的软件相似的，不构成对已经存在的软件的著作权的侵犯。

6.3　专利法

我国对专利技术保护的法律基础是《中华人民共和国专利法》，它最早在 1998 年 3 月 12 日通过并颁布实施，后来在 1992 年 9 月 4 日、2000 年 8 月 25 日、2008 年 12 月 27 日经过 3 次修订。现行的是于 2008 年 12 月 27 日通过，自 2009 年 10 月 1 日起正式实施的版本。

6.3.1　专利法的保护对象

专利法的保护对象就是专利法的客体，指的是依法应授予专利的发明创造。根据我国专利法第 2 条的规定，其保护对象包括下述 3 种。

1. 发明

发明指对产品、方法或者其改进所提出的新的技术方案。包括产品发明、方法发明和改进发明三种。产品发明是关于新产品或新物质的发明，这种产品或物质是自然界从未有过的，是人利用自然规律作用于特定事物的结果。方法发明是指为解决某特定技术问题而采用的手段和步骤的发明，包括制造方法的发明、化学方法的发明、生物方法的发明以及其他方法的发明，这些发明也称为开拓性发明。改进发明是对已有的产品发明或方法发明所做出的实质性革新技术方案。

2. 实用新型

实用新型是指对产品的形状、构造或者其结合所提出的适于实用的新的技术方案。实用新型专利只保护有确定形状的产品，无确定形状的产品不受保护，该专利也不保护方法。

3. 外观设计

外观设计又称为工业产品外观设计，是指对产品的形状、图案或者色彩与形状、图案相结合所做出的富有美感并适于工业上应用的新设计。

外观设计的载体必须是用工业方法生产出来的物品，不能重复生产的手工艺品、农产品、畜产品、自然物不能作为外观设计的载体。可以构成外观设计的组合，有产品的形状，产品的图案，产品的形状和图案，产品的形状和色彩，产品的图案和色彩，产品的形状、图案和色彩。一般来说，色彩不能独立构成外观设计，除非色彩已经形成图案。

专利的发明创造是无形的智力成果，不像有形财产那样直观可见，所以必须经过专利主管机关依照法定程序审查来确定，在未经审批之前，任何一项发明创造都不得称为专利。

下述各项不属于专利法保护的对象，因此也不会授予专利权。

（1）违反法律、社会公德或妨害公共利益的发明创造。

（2）科学发现，指对自然界中客观存在的现象、变化过程及其特性和规律的揭示。

（3）智力活动的规则和方法，即人们进行推理、分析、判断、运算、处理及记忆等思维活动的规则和方法。

（4）疾病的诊断和治疗方法，即以有生命的人或者动物为直接实施对象，进行识别、确定或消除病因、病灶的过程，不将其视为专利进行保护。一方面是出于人道主义和社会伦理，这些方法不应为某个人所拥有。另一方面因为这种方法理论上认为不属于产业，不属于专利法意义的发明创造。但是附加在有形载体上的，例如药品、医疗器械等，可以申请专利。

（5）动物和植物品种，但是对于动物和植物品种的生产方法，可以授予专利权。

（6）用原子核变换方法获得的物质。

6.3.2 专利权

专利权主要包括下述内容。

1. 独占实施权

专利权人最基本的权利，主要包括专利权人自己实施其专利的权利和专利权人禁止他人实施其专利的权利两方面。

2. 转让权

专利权人将其获得的专利所有权转让给他人的权利。转让专利权时当事人应签订书面合同，并向国务院专利行政部门登记，由国务院专利行政部门予以公告。专利权的转让自登记之日起生效。中国的单位或者个人向外国人转让专利权的，必须经国务院有关主管部门批准。

3. 许可实施权

专利权人通过签订许可合同方式，许可他人实施其专利并收取专利使用费的权利。

4. 标记权

专利权人有权自行决定是否在其专利产品或者该产品的包装上标明专利标记和专利号。

5. 请求保护权

专利制度的核心,即当他人未经专利权人许可而实施其专利,侵犯专利权并引起纠纷时,专利权人有权向人民法院起诉或请求专利管理部门处理以保护其专利权的权利。

6. 放弃权

专利权人可以在专利权保护期限届满前的任何时候,以书面形式声明或以不缴纳年费的方式自动放弃其专利权。放弃专利权时需要注意以下几点。

(1)在专利权由两个以上单位或个人共有时,必须经全体专利权人同意才能放弃。

(2)专利权人在已经与他人签订了专利实施许可合同,许可他人实施其专利的情况下,放弃专利权时应当事先得到被许可人的同意,并且还要根据合同的约定,赔偿被许可人由此造成的损失,否则专利权人不得随意放弃专利权。

根据《中华人民共和国专利法》的规定,发明专利权的保护期限为自申请日起20年。实用新型专利权和外观设计专利权的保护期限为自申请日起10年。

6.3.3 确定专利权人

专利是由发明人或者设计人创造出来的,其中,发明人是指发明的完成人,设计人是指实用新型或外观设计的完成人,他们在完成发明创造过程中做出了突出性贡献,而那些只负责组织工作的人、为物质技术条件的利用提供方便的人或者从事其他辅助性工作的人,均不是发明人或设计人。发明人或设计人,只能是自然人,不能是单位、集体或课题组。

发明创造活动包括多种类型,如非职务型、职务型、合作型和委托型等,其所对应的专利权人亦不同。

1. 非职务发明创造

既不是执行本单位的任务,也没有主要利用单位提供的物质技术条件所完成的发明创造。对于非职务发明创造,专利权人是发明人或者设计人。发明人或者设计人对非职务发明创造申请专利,任何单位或者个人不得压制。

2. 职务发明创造

执行本单位的任务或者主要是利用本单位的物质技术条件所完成的发明创造,主要分两类。

(1)执行本单位任务所完成的发明创造。包括3种情况:① 在本职工作中做出的发明创造。② 履行本单位交付的本职工作之外的任务所做出的发明创造。③ 退职、退休或者调动工作后1年内做出的,与其在原单位承担的本职工作或者原单位分配的任务有关的发明创造。

(2)主要利用本单位的物质技术条件所完成的发明创造。本单位的物质技术条件是指本单位的资金、设备、零部件、原材料或者不对外公开的技术资料等。主要利用本单位物质技术条件指的是在发明创造过程中,全部或者大部分利用了本单位的物质技术条件。如果仅仅是少量利用了本单位的物质技术条件,且这种物质条件的利用,对发明创造的完成无关紧要,则不能因此认定是职务发明创造。

职务发明创造的专利权人是发明人或设计人所在的单位。发明人或设计人享有署名权和获得奖金、报酬的权利,发明人或设计人的署名权可以通过书面声明放弃。

3. 合作发明创造

由两个或两个以上个人或单位共同完成的发明创造称为合作发明创造,其专利权属于双方共同所有，或者由双方签订的合同来确定。

4. 委托发明创造

一个单位或者个人接受其他单位或者个人委托所完成的发明创造称为委托发明创造。如果双方签订了协议，由协议确定专利权的归属。如果双方没有签订协议，则申请专利权以及取得的专利权归受托人，但委托人可以免费实施该专利技术。

6.4　反不正当竞争法

为保障社会主义市场经济健康发展，鼓励和保护公平竞争，制止不正当竞争行为，保护经营者和消费者的合法权益，我国在 1992 年 9 月 2 日通过，自 1993 年 12 月 1 日起正式实施《中华人民共和国反不正当竞争法》。

6.4.1　什么是不正当竞争

不正当竞争，是指经营者违反不正当竞争法的规定，损害其他经营者的合法权益，扰乱社会经济秩序的行为，主要包括下述内容：

（1）采用不正当手段从事市场交易。主要有假冒他人的注册商标。擅自使用与知名商品相同或相似的名称、包装、装潢。擅自使用他人的企业名称或者姓名。在商品上伪造或者冒用认证标志、名优标志或产地等信息。

（2）经营者利用垄断地位，限定他人购买指定的商品。

（3）政府限定他人购买指定的商品，对商品实施地方保护主义。

（4）为了销售或者购买商品，采用财物或者其他手段进行贿赂。

（5）利用广告或者其他方法进行误导性的虚假宣传。

（6）采用不正当手段侵犯商业秘密。

（7）为了排挤竞争对手，以低于成本的价格销售商品。对于鲜活商品、有效期限将到或者积压的商品降价处理、季节性降价，因清偿债务、转产及歇业降价销售商品，不属于不正当竞争。

（8）违背购买者的意愿搭售商品或者附加其他不合理的条件。

（9）采用不正当的有奖销售。例如，谎称有奖或者故意让内定人员中奖，利用有奖销售的手段推销质次价高的商品，最高奖金超过 5 000 元的抽奖式有奖销售。

（10）捏造、散布虚伪事实，损害竞争对手的商业信誉、商品声誉。

（11）投标者串通投标，抬高或压低标价。投标者和招标者相互勾结，排挤竞争对手。

6.4.2　法律责任

经营者采用不正当竞争手段，给被侵害经营者造成损害，应当承担损害赔偿责任，被侵害经营者损失难以计算的，赔偿额为侵权所获得的利润。应当承担被侵害经营者因调查该经营者侵害其合法权益的不正当竞争行为所支付的合理费用。

（1）假冒他人注册商标，擅自使用他人企业名称或者姓名，伪造或者冒用质量标志，伪造产地，对商品质量作引人误解的虚假表示，将依照《商标法》、《质量法》的规定处罚。如果侵犯知名商品的权利,可以根据情节处以违法所得 1 ~ 3 倍罚款。情节严重的可以吊销营业执照。销售伪劣商品,构成犯罪的,依法追究刑事责任。

（2）采用贿赂手段进行销售或购买商品,构成犯罪的,依法追究刑事责任。不构成犯罪的,可以根据情节处以 1 万元至 20 万元罚款,并没收违法所得。

（3）利用垄断地位限定他人购买指定商品,排挤其他经营者,根据情节处以 5 万元至 20 万元罚款。指定商品销售商借此销售质次价高商品或者滥收费用的,没收违法所得,并根据情节处以违法所得 1 ~ 3 倍罚款。

（4）采用广告或其他方法进行虚假宣传,根据情节处以 1 万元至 20 万元罚款。如果广告商与经营者协同欺骗消费者,应当没收其违法所得,并依法处以罚款。

（5）侵犯商业秘密者,根据情节处以 1 万元至 20 万元罚款。

（6）进行不正当有奖销售,根据情节处以 1 万元至 10 万元罚款。

（7）投标中弄虚作假,其中标无效,根据情节处以 1 万元至 20 万元罚款。

（8）经营者违反处罚条例,转移、隐匿或销毁与不正当竞争行为有关的财物,根据情节处以财物价款 1 ~ 3 倍的罚款。

（9）政府及其所属部门限定他人购买指定商品,或者对商品实施地方保护主义,由上级机关责令其改正。情节严重的,由同级或者上级机关对直接责任人员给予行政处分。被指定的经营者借此销售质次价高商品或者滥收费用的,没收违法所得,并根据情节处以违法所得 1 ~ 3 倍罚款。

6.4.3 商业秘密

商业秘密,是指不为公众所知悉、能为权利人带来经济利益,具有实用性并经权利人采取保密措施的技术信息和经营信息。商业秘密关乎企业的竞争力,对企业的发展至关重要,有的甚至直接影响到企业的生存。

《反不正当竞争法》对商业秘密作了保护,如果存在下列行为,视为侵犯商业秘密:

（1）以盗窃、利诱、胁迫或其他不正当手段获取权利人的商业秘密。

（2）披露、使用或者允许他人使用不正当手段获取权利人的商业秘密。

（3）违反约定或者违反权利人保守商业秘密的要求,披露、使用或者允许他人使用其所掌握的商业秘密。

对侵犯商业秘密的不正当行为,根据情节处以 1 万元至 20 万元罚款,并可对侵权物品作如下处理:

（1）责令并监督侵权人将载有商业秘密的图纸、软件及其他有关资料返还权利人。

（2）监督侵犯人销毁使用权利人商业秘密生产的、流入市场将会造成商业秘密公开的产品。但权利人同意收购、销售等其他处理方式的除外。

6.5 商标法

《中华人民共和国商标法》最早于 1982 年 8 月 23 日制定,在 1993 年 2 月 22 日、2001 年 10

月 27 日分别经过两次较大的修改,从 2001 年 12 月 1 日起生效。

6.5.1　商标注册的申请

任何能够将自然人、法人及组织的商品与他人的商品区别开的可视性标志,就是可以用于注册的商标。商标可以是文字、图形、字母、数字、三维标志和颜色组合。商标通常包括商品商标、服务商标、证明商标和集体商标。

1. 申请注册商品商标或服务商标

指定使用在商品上的商标为商品商标,指定使用在服务上的商标为服务商标。申请这两类商标既可委托国家认可的商标代理机构办理,又可直接到商标局的商标注册大厅来办理。申请时应当按照公布的商品和服务分类表按类申请。每一件商标注册申请时应当向商标局提交《商标注册申请书》1 份、商标图样 5 张(图样清晰,长和宽不小于 5 cm 并不大于 10 cm)。若指定颜色,需要贴着色图样 1 张,交着色图样 5 张,附黑白图样 1 张。申请人在申请注册商标前最好进行查询,根据查询结果做出判断后再提交申请书,防止被驳回。如申请注册的商标是人物肖像,应附送经过公证的肖像权人同意将此肖像作为商标注册的声明文件。

商标注册申请有可能被驳回或被提出异议,如果对驳回决定或提出的异议不服,申请人可以自收到驳回通知或异议裁定书之日起 15 日内向国家工商行政管理总局商标评审委员会申请复审。

商标注册需要交纳规费,在一类 10 个商品名称或服务项目之内,每件商标注册申请规费为1 000 元,10 个以上(不含 10 个),每超过一项,另加收 100 元。注册商标有效期为 10 年,自核准注册之日起计算。有效期满需要继续使用的,注册人应当在期满前 6 个月内申请续展注册。注册人在此期间未能提出续展申请的,可以在期满后的 6 个月的宽限期内提出,但须缴纳续展注册迟延费。

2. 申请注册证明商标或集体商标

证明商标是用以证明商品或服务本身出自某原产地,或具有某种特定品质的标志。它应由某个具有监督能力的组织注册,由其以外的其他人使用,注册人不能使用。只要当事人提供的商品或服务符合这一特定品质并与注册人履行规定的手续,就可使用该证明商标,注册人不得拒绝。证明商标是由多人共同使用的商标,因此其注册、使用及管理需制订统一管理规则并将之公之于众,让社会各界共同监督,以保护商品或服务的特定品质,保障消费者的利益。

集体商标是指以团体、协会或者其他组织名义注册,供该组织成员在商业活动中使用,以表明使用者在该组织中的成员资格的标志。集体商标不是个别企业的商标,而是多个企业组成的某一组织的商标。集体商标可以使用于商品,也可以使用于服务。它的注册、使用及管理均应制订统一的规则,并将之公之于众,由全体成员在公众的监督下共同遵守。

申请注册这两类商标与申请注册商品商标或服务商标大致相似,不同之处在于申请时每件注册规费为 3 000 元。

6.5.2　注册商标的变更

商标核准注册之后,商标注册人的名义、地址或者其他注册事项发生变更的,应当向商标局申请办理相应的变更手续。商标局核准后,发给商标注册人相应证明,并予以公告。不予核准的,应当书面通知申请人并说明理由。变更商标注册人名义的,还应当提交有关登记机关出具的变更证明文件。未提交变更证明文件的,可以自提出申请之日起 30 日内补交。期满不提交的,视为放弃变更申请,商标局应当书面通知申请人。

自 2002 年 9 月 15 日《商标法实施条例》施行之日起,已经申请但尚未获准注册的商标,也可以向商标局申请变更其申请人名义、地址或代理人,或者删减注册申请中的指定商品。

因企业合并、兼并或改制而发生商标专用权移转的,应当办理转让手续。

6.5.3 注册商标专用权的保护

注册商标的专用权,是以核准注册的商标和核定使用的商品为限的。若存在下列行为,就属于侵犯注册商标专用权。

(1) 未经商标注册人许可,使用相同或相近的商标。

(2) 销售侵犯商标专用权的商品。

(3) 伪造他人注册商标,或销售这些伪造的注册商标。

(4) 未经商标注册人同意,更换其注册商标,并将更换商标的商品投放市场。

对侵犯注册商标专用权的行为,任何人都可以向工商行政管理部门投诉或者举报。对侵犯注册商标专用权的行为,罚款数额为非法经营额 3 倍以下。非法经营额无法计算的,罚款数额为 10 万元以下。

商标所有人认为他人将其驰名商标作为企业名称登记,可能欺骗公众或者对公众造成误解的,可以向企业名称登记主管机关申请撤销该企业名称登记。

6.6 标准化法

标准是对重复性事物和概念所做的统一规定。标准以科学、技术和实践经验的综合管理为基础,以获得最佳秩序和促进最佳社会效益为目的,经有关方面协商一致,由主管或公认机构批准,并以规则、指南或特性的文件形式发布,作为共同遵守的准则和依据。规范和规程都是标准的一种形式。

标准化是在经济、技术、科学及管理等社会实践中,以改进产品、过程和服务的适用性,防止贸易壁垒,促进技术合作,促进最大社会效益为目的,对重复性事物和概念通过制定、发布和实施标准,达到统一,获得最佳秩序和社会效益的过程。

我国现代标准化建设过程起步比较早,发展也比较迅速。1949 年中央人民政府政务院财政经济委员会成立,设有标准规格处。1962 年国务院发布了我国第一个标准化管理法规——《工农业产品和工程建设技术标准管理办法》。1963 年召开了第一次全国标准化工作会议,编制了《1963—1972 年标准化发展规划》。1978 年加入了国际标准化组织 ISO。1979 年 7 月,国务院发布了我国第一个有关标准化的综合性法规——《中华人民共和国标准化管理条例》。1988 年 12 月 29 日通过了《中华人民共和国标准化法》,自 1989 年 4 月 1 日起实施,这标志着我国标准化工作已经进入法制管理的新阶段。近年来,我国制定了数以万计的国家标准、地方标准、行业标准和企业标准,为促进国民经济的发展起到了十分关键的技术保障作用。

6.6.1　标准的制定

标准化的范围包括生产、经济、技术、科学及管理等社会实践中具有重复性的事物和概念以及需要建立统一技术要求的各个领域。在这些领域中，凡具有多次重复使用和需要制定标准的具体产品，以及各种定额、规划、要求、方法、概念等，都可称为标准化的对象。

标准化对象一般可分为两类：一类是标准化的具体对象，即需要制定标准的具体事物；另一类是标准化总体对象，即各种具体对象全体所构成的整体，通过它可以研究各种具体对象的共同属性、本质和普遍规律。

1．制定标准的原则

根据《中华人民共和国标准化法》，制定标准应遵循的原则如下：

（1）应当有利于保障安全和人民的身体健康，保护消费者的利益，保护环境。

（2）应当有利于合理利用国家资源，推广科学技术成果，提高经济效益，并符合使用要求，有利于产品的通用互换，做到技术上先进，经济上合理。

（3）应当保证有关标准的协调配套。

（4）应当有利于促进对外经济技术合作和对外贸易。

（5）应当发挥行业协会、科学研究机构和学术团体的作用。

2．标准的制定过程

标准化是一组相互关联的活动集合，一般可以分为几个相关的子过程（活动），各子过程之间存在相互关系，通过总结前一个过程的经验和教训，提出标准修订的新目标，从而形成新的标准，是一个循环往复、螺旋式上升的过程。

一般来说，标准化活动过程包含标准产生子过程、标准实施子过程和标准更新子过程。

（1）标准产生子过程。标准产生的起点，按顺序包括标准产生阶段和标准后继阶段，前者包含制定计划（立项）阶段、起草阶段、征求意见阶段、审查阶段和批准发布阶段，后者包含出版（发行）阶段、复审阶段和废止阶段。由于标准对象的不同，该过程所包含的活动内容也会有所差别。

（2）标准实施子过程。推广和普及已被规范化的实践经验的过程，通常情况下包含标准的宣传、贯彻执行和监督检查等。《中华人民共和国标准化法》、《中华人民共和国标准化管理条例》、《国家标准管理办法》等是我国推行标准化、实施标准化管理和监督的重要依据。

（3）标准更新子过程。本次标准化过程的终结，也是下一次标准化产生子过程的前续。制定标准的部门对标准适时进行复审，如果有效，就继续执行，否则根据情况予以修订或废止。

6.6.2　标准的表示

1．国际标准 ISO 的表示

格式为：ISO+标准号+［杠+分标准号］+冒号+发布年号（方括号中的内容可有可无），例如，ISO 7498-2，ISO 9000：1987。

2．国家标准的表示

代号由大写汉语拼音字母构成，强制性国家标准代号为 GB，推荐性国家标准代号为 GB/T。编号由国家标准的代号、标准发布顺序号和标准发布年代号（4 位数）组成。

（1）强制性国家标准：GB××××—××××。

（2）推荐性国家标准：GB/T××××—××××。

3. 地方标准的表示

代号由大写汉语拼音 DB 加上省、自治区、直辖市行政区划代码的前两位数字（如北京市 11、天津市 12 等），再加上"/T"组成推荐性地方标准，不加"/T"的为强制性地方标准。

（1）强制性地方标准：DB××。

（2）推荐性地方标准：DB××/T。

4. 行业标准的表示

国务院各有关行政主管部门提出行业标准代号申请，国务院标准化行政主管部门审查确定并公布该行业标准代号，已正式公布的行业代号，有 QJ（航天）、SJ（电子）等。

编号由行业标准代号、标准发布顺序及标准发布年代号（4 位数）组成。

（1）强制性行业标准编号：×× ××××—××××。

（2）推荐性行业标准编号：××/T ××××—××××。

5. 企业标准的表示

代号由大写拼音字母 Q 加斜线再加企业代号组成，企业代号可用大写拼音字母或阿拉伯数字或两者兼用所组成，它由国务院有关行政主管部门或省、自治区、直辖市政府标准化行政主管部门会同同级有关行政主管部门加以规定，企业标准没有强制性和推荐性之分。

编号由企业标准代号、标准发布顺序号和标准发布年代号（4 位数）组成，即 Q/××× ××××—××××。

6.7　ISO 9000 标准簇

ISO 9000 标准是一系列标准的统称，由 ISO/TC176 制定。TC176 是 ISO 的第 176 个技术委员会（质量管理和质量保证技术委员会），成立于 1979 年，主要负责制定质量管理和质量保证技术的标准。它于 1986 年 6 月 15 日正式颁布了 ISO 8402《质量——术语》标准，随后于 1987 年 3 月发布了 ISO 9000～9004 五个标准，也就是通常所说的"ISO 9000 系列标准"。

技术壁垒是阻碍国际贸易进一步发展的主要原因，而构成技术壁垒的主要因素之一是质量标准不统一，所以各国都迫切需要在全世界范围内统一质量标准，能够为它们在国际贸易中提供共同的语言。而 ISO 9000 簇标准的产生满足了这种要求，在全世界范围内得到了广泛应用，在世界范围内产生了一种"ISO 9000 现象"。

ISO 9000 有 87 版标准、94 版标准、2000 版标准，87 版主要适用于制造业，94 版是有限修订版，2000 版是彻底修订版。2000 年 12 月 15 日，ISO 9000：2000 系列标准正式发布实施。ISO 9000：2000 簇标准反映了当代质量管理思想、质量经营观念、质量改进方法的变革和发展。国际著名的管理大师（如朱兰、戴明和费根堡姆等）的质量思想和质量研究的成就都体现在其中。

ISO 9000：2000 簇标准的主要特点如下：

（1）能适用于各种组织的管理和运作。

（2）能够满足各个行业对标准的需求和利益。

（3）易于使用、语言明确、易于翻译和容易理解。

（4）减少了强制性的"形成文件的程序"的要求。

（5）将质量管理体系与组织的管理过程联系起来。

（6）强调了对质量业绩的持续改进。

（7）强调了持续的顾客满意是质量管理体系的动力。

（8）考虑了所有相关方利益的需求。

ISO 9000:2000 簇标准结构如表 6-1 所示。

表 6-1　ISO 9000:2000 簇标准结构

核心标准	支持标准	技术报告	其他
ISO 9000:2000 ISO 9001:2000 ISO 9004:2000 ISO 19001:2000	ISO 10012	ISO 10006《项目管理指南》 ISO 10007《技术状态管理指南》 ISO 10013《质量管理体系文件指南》 ISO 10014《质量经济性指南》 ISO 10015《教育和培训指南》 ISO 10017《统计技术在 ISO 9000 中的应用指南》	三个小册子： 《质量管理原理》 《选择和使用指南》 《小型企业的应用指南》 一本技术规范

它包含如下 4 个核心标准：

（1）ISO 9000:2000《质量管理体系基础和术语》。描述质量管理体系的基础，并规定质量管理体系的术语和基本原理，明确了一个组织在实施质量管理中必须遵循的 8 个质量管理原则，这是 ISO 9000:2000 系列标准制定的指导思想和理论基础，也是我国国家标准 GB/T 19000 族质量管理体系标准的基础。

（2）ISO 9001:2000《质量管理体系要求》。描述了质量管理体系的要求，是用于第三方认证的唯一质量管理体系要求标准，通常用于企业建立质量管理体系以及申请认证，它主要通过提出各项要求来规范申请认证组织的质量管理体系。该标准主要分为 5 大模块要求，即质量管理体系、管理职责、资源管理、产品实现、测量分析和改进，一同构成一种过程方法模式的结构，符合PDCA 循环规则，其中每个模块又分为许多份条款。

（3）ISO 9004:2000《质量管理体系业绩改进指南》。描述了质量管理体系应包括持续改进的过程，强调通过改进过程提高组织的业绩，使组织的顾客及其他相关方满意。该标准和ISO 9001 采用相同的原则，可以一起使用，但是适用范围不同。通常情况下，当组织的管理者希望超越 ISO 9001 标准的最低要求，追求增长的业绩改进时，一般以 ISO 9004 标准作为指南。

（4）ISO 19001:2000《质量管理体系和环境管理体系审核指南》。该标准由 ISO/TC176 与ISO/TC207（环境管理技术委员会）联合制定，提供了质量管理体系审核的基本原则、审核方案的管理、环境和质量管理体系的实施，以及对环境和质量管理体系评审员资格要求提供了指南。按照"不同管理体系，可以共同管理和审核"的原则，在术语和内容方面兼容了质量管理体系和环境管理体系两方面特点。

6.8 相关知识

客体的无形性是知识产权的本质特征,是知识产权与有形财产权的根本区别所在。软件产品也具有无形性的特征,围绕该特性产生的侵权案件层出不穷,所以掌握知识产权相关知识,可以使开发人员在不侵犯他人著作权的同时,也使自己的权利不受到侵犯。

6.8.1 共享软件与免费软件

从软件著作权的角度,常用软件可以分为以下几种。

1. 收费软件

必须付费才可以使用的软件,否则就会造成法律上的侵权。这种软件一般有用户数量的限制,也不允许自由传播。

2. 共享软件

共享软件是以先使用后付费的方式销售的享有版权的软件。根据共享软件作者的授权,用户可以从各种渠道免费得到它的复制品,也可以自由传播它。用户总是可以先使用或试用共享软件,认为满意后再向作者付费。如果你认为它不值得你花钱买,可以停止使用。共享版软件一般有次数、时间和用户数量的限制。

3. 免费软件

用户可以免费使用的软件,使用中不会受到任何限制。

4. 自由软件

自由度最大的软件,用户不仅具有使用、复制、传播的权利,还拥有该软件的代码,可以对该软件进行研究和改写,形成新软件的权利。

6.8.2 用户许可证

软件是开发者智慧的结晶,应当从法律上给予保护,从这个意义上讲,并不是所有人都有权使用某一软件。对于真正的用户,由权力机构授予相关的权利证明,允许该用户使用这个软件,这个权利证明就称为软件许可证。拥有软件许可证的用户可以使用该软件,没有的则不可使用该软件。

在实际使用中,软件许可证是一种格式合同,由软件作者与用户签订,用以规定和限制软件用户使用软件(或其源代码)的权利,以及作者应尽的义务。常用的软件许可证如下。

1. BSD

全称为 Berkeley Software Distribution license,来源于伯克利大学加州分校。BSD 许可证比较宽松,使用者可以自由的使用、修改源代码,也可以将修改后的代码作为开源或者专有软件再发布,只需要满足下述 3 个条件即可:

(1) 如果再发布的产品中包含源代码,则在源代码中必须带有原来代码中的 BSD 协议。

(2) 如果再发布的只是二进制类库/软件,则需要在类库/软件的文档和版权声明中包含原来代码中的 BSD 协议。

（3）不可以用开源代码的作者/机构名字和原来产品的名字做市场推广。

2. Apache Licence

是非盈利开源组织 Apache 采用的协议。和 BSD 类似，鼓励代码共享和尊重原作者著作权，允许代码修改、再发布（作为开源或商业软件）。需要满足的条件也和 BSD 类似。

（1）需要给代码的用户一份 Apache Licence。

（2）如果修改代码，要在被修改的文件中说明。

（3）在延伸的代码中需要带有原来代码中的协议、商标、专利声明和其他原来作者规定需要包含的说明。

（4）如果再发布的产品中包含一个 Notice 文件，则在 Notice 文件中需要带有 Apache Licence。可以在 Notice 中增加自己的许可，但不可以表现为对 Apache Licence 构成更改。

3. GPL

全称为 General Public License，与 BSD 和 Apache Licence 许可证不同，它的主要内容是只要在一个软件中使用（"使用"指类库引用、修改后的代码或者衍生代码）GPL 协议的产品，则该软件产品必须也采用 GPL 协议，即必须也是开源和免费的，这就是所谓的"传染性"。GPL 协议的产品作为一个单独的产品使用没有任何问题，还可以享受免费的优势。Linux 采用的就是 GPL。

4. LGPL

全称为 Lesser General Public License，与 GPL 不同，LGPL 允许商业软件通过类库引用方式使用 LGPL 类库而不需要开源商业软件的代码，但是如果修改了 LGPL 协议的代码或者衍生了新的代码，则修改的代码、衍生的代码都必须采用 LGPL 协议。因此 LGPL 协议的开源代码很适合作为第三方类库被商业软件引用，但不适合希望以 LGPL 协议代码为基础，通过修改和衍生的方式做二次开发的商业软件采用。

5. MIT

来源于麻省理工学院（MIT），又称"X 条款"（X License）或"11 条款"（X11 License）。其内容与 BSD 相似，但权利更大、限制更少，使用者可以修改授权条款中适当的内容，只需要在软件中包含原许可协议的声明即可。

6.8.3 个人信息保护

个人信息是指与存在个体相关的，并且可用于识别特定个体的信息。例如，姓名、生日、个人证件的号码、标志或其他记号、图像或录音及其他相关信息（包括某些单独使用时无法识别，但能够方便地与其他数据进行对照参考，并由此识别特定的个人信息）。个人信息不仅包括个体识别信息，还包括显示事实、判断或评价等的所有情报，如个人身体状况、财务状况、工作类型或职务等。在信息化、网络化越来越发达的今天，这些信息逐渐成为用户的标识，储存在网络数据库中，随着上网用户的逐渐增加，这个数据库的规模也越来越大。同样，用户数据库的安全性也逐渐凸显。首先，黑客入侵数据库，获取用户信息，伪造成合法用户进行相关活动，损害用户的合法权益。其次，在现代商业活动中，对企业而言，能否争取到足够多的有效客户是决定其经济效益好坏的关键。所以，获取海量网络数据库里的用户信息，就成为某些企业公关的重点，于是产生了专门获取、倒卖用户信息的非法行业，从而对用户的生活造成了很多不必要的麻烦。

个人信息泄露有多种因素，如个人缺乏信息保护意识、信息监管部门存在漏洞、黑客攻击等，所以需要各方面通力合作。首先,用户要增强信息保护意识,不要随意登记、注册个人关键信息,不要登录不知名、安全未知的网站,遇到由于信息泄露而导致的未知电话和短信,要及时向监管部门反映。其次,切实加强对掌握私人信息的行业和部门的管理,建立起严格的监管机制,对于恶意泄露个人信息特别是网上倒卖个人信息的不法活动,应该进行有效制止和打击。再次,网络监管部门应定期对网络进行净化活动,屏蔽、取消存在套取个人信息的非法网站。

6.9 例题分析

1. 下列选项中不属于我国著作权法所保护的作品是____。

A. 计算机程序   B. 计算机保护条例

C. 软件开发文档   D. Flash 软件制作的动画

分析:

我国著作权法第五条规定,本法不适用于:

(一)法律、法规,国家机关的决议、决定、命令和其他具有立法、行政、司法性质的文件,以及官方正式译文。

(二)时事新闻。

(三)历法、通用数表、通用表格和公式。

计算机保护条例属于行政、司法性质文件,不受我国著作权法所保护。

答案:B。

2. 软件著作权受法律保护的期限是____,一旦保护期满,权利将自行终止,成为社会公众可以自由使用的知识。

A. 10 年   B. 25 年   C. 50 年   D. 不确定的

分析:

知识产权具有法定的保护期限,一旦保护期限届满,权利将自行终止,成为社会公众可以自由使用的知识。至于期限的长短,依各国的法律确定。计算机软件著作权的权利自软件开发完成之日起产生,保护期为 50 年,保护期满后,除开发者身份权外,其他权利终止,软件进入公有领域。若著作权单位变更、终止后没有承受其权利的单位,或者公民死亡后没有继承人,软件同样也进入公有领域。软件进入公有领域后成为社会公共财富,公众可无偿使用。

答案:C。

3. 小张在 M 公司担任程序员,他执行本公司工作任务,独立完成了某应用程序的开发和设计,那么该应用程序的软件著作权应当归属____享有。

A. 小张   B. M 公司

C. M 公司和小张共同   D. 购买此应用程序的用户

分析:

小张在 M 公司任职期间为执行本单位工作任务所开发的计算机软件作品属于职务软件作品。根据《计算机软件保护条例》的规定,当公民作为某单位的雇员时,如其开发的软件属于执行本职工作的结果,该软件著作权应当归单位享有;所开发的软件如不是执行本职工作的结果,其著作权就不属单位享有;如果该雇员主要使用了单位的设备,那么其著作权就不能属于该雇员个人享有。所以本题的正确答案是 B。

答案:B。

4. 某人利用某种算法编写了程序,并写出了相应的技术文档,在申请软件著作权保护时,根据计算机保护条例,不受保护的是____。

A. 源程序   B. 目标程序   C. 算法   D. 技术文档

分析:

计算机软件保护条例的核心就是保护软件产品(包括程序和文档)的著作权。算法是不受保护的,否则会影响科学技术的发展。

答案:C。

5. 下列标准代号中,____是国家标准的代号。

A. IEEE   B. ISO   C. GB   D. GJB

分析:

根据标准制定时的机构和标准适用的范围有所不同,标准可分为国际标准、国家标准、行业标准、企业(机构)标准及项目(课题)标准。标准代号可以反映标准的级别(层次),本题中,GB 表示我国国家标准;GJB 表示由我国国防科工委批准,适合于国防部门和军队使用的标准(行业标准);IEEE 表示美国电气和电子工程师学会标准(行业标准);ISO 表示由国际标准化组织 ISO 制定或批准的国际标准。

答案:C。

6. ____具有法律属性,不需经各方接受或各方商定同意纳入经济合同中,各方必须执行。

A. 推荐性标准   B. 非强制性标准   C. 自愿性标准   D. 强制性标准

分析:

根据标准的法律约束性,标准可分为强制性标准和推荐性标准。强制性标准是为保障人体健康,人身、财产安全的标准;以及法律、行政法规规定强制执行的标准。根据《标准化法》的规定,企业和有关部门对涉及其经营、生产、服务、管理有关的强制性标准都必须严格执行,任何单位和个人不得擅自更改或降低标准。对违反强制性标准而造成不良后果以至重大事故者由法律、行政法规规定的行政主管部门依法根据情节轻重给予行政处罚,直至由司法机关追究刑事责任。

而推荐性标准是生产、交换和使用等方面,通过经济手段或市场调节而自愿采用的一类标准。这类标准不具有强制性,任何单位均有权决定是否采用,违反这类标准不会构成经济或法律方面的责任。

答案:D。

7. ISO 9000:2000 标准是____系列标准。

A. 产品生产和产品管理   B. 技术管理和生产管理
C. 质量管理和质量保证   D. 产品评估和质量保证

分析:

ISO 9000 标准是国际标准化组织质量管理和质量保证委员会于 1987 年颁布的质量管理与质量保证标准。ISO 9000 不是指一个标准,而是一系列标准的统称。目前,ISO 9000:2000 系列

标准包括以下 5 项具体标准:

   ① ISO 9000:品质管理系统——基本原理与词汇。

   ② ISO 9001:品质管理系统——要求。

   ③ ISO 9004:品质管理系统——业绩改进指南。

   ④ ISO 19011:品质和环境稽核指南。

   ⑤ ISO 10012:测量设备的品质保证要求。

   答案:C。

6.10 同步训练

1. 下列标准化组织中,____制定的标准是国际标准。

A. IEEE/GJB   B. ISO/IEEE   C. SO/ANSI   D. ISO/IEC

2. 若某标准含有"DB31/T"字样,则表明该标准为____。

A. 推荐性国家标准   B. 推荐性地方标准

C. 强制性国家标准   D. 强制性地方标准

3. 以下关于标准化的说法中不正确的是____。

A. 标注能实现商品生产的合理化、高效率和低成本

B. 标准化目的之一是建立稳定和最佳的生产、技术、安全、管理等秩序

C. 标准化目的之一是获得最佳效益

D. 标准化的目的之一是确保主体在某行业、领域的垄断地位

4. 中勤物流公司提供资金,委托天心软件公司开发了"物流管理分析系统",但在双方签订的合同中并未涉及软件的著作权归属,则此软件的著作权属于____。

A. 天心软件公司

B. 中勤物流公司

C. 双方共有

D. 软件作品著作权作为合同重要条款没有出现,则此合同失效,需重新签订合同确定软件的著作权归属

5. 关于专利的说法中,不正确的是____。

A. 专利人有义务缴纳专利维持费

B. 专利必须具有新颖性、创造性和实用性

C. 专利的保护期限是 20 年

D. 教师在学校教学和科研工作中做出的专利属于学校所有

6. 经营秘密和技术秘密是商业秘密的基本内容,我国的____涉及商业秘密的保护问题。

A.《中华人民共和国专利法》   B.《中华人民共和国反不正当竞争法》

C.《中华人民共和国商标法》   D.《中华人民共和国著作权法》

7. "违法国家规定,侵入国家事务、国防建设、尖端科学领域的计算机信息系统的,处 3 年以下有期徒刑或拘役。"这条法规出自____。

A.《中国公用计算机互联网国际联网管理办法》

B.《计算机软件保护条例》

C.《中华人民共和国著作权法》

D.《中华人民共和国刑法》

第7章
信息处理基础知识

信息处理基础知识是信息处理技术员考试的重点。

从近几年的考试试题来看,本章在考试中所占的分值越来越大。根据考试大纲,本章要求考生掌握 3 个知识点:

(1) 了解信息技术的基本概念。

(2) 熟悉计算机信息处理的基础知识。

(3) 熟悉数据的简单统计、常用统计函数和常用统计图表。

7.1 信息技术基础

计算机科学技术是到目前为止人类历史上最伟大、最杰出的技术之一。随着计算机的诞生,人们利用它采集、存储、分类和处理各种信息。今天,计算机已成为人们使用最广泛的现代化工具之一,它把现代社会推入了信息化时代。学习和掌握信息技术知识,是当代人类知识结构的一个重要组成部分。

7.1.1 信息、信息科学和信息论

信息(Information)的意思为消息或通知。"信息"这个词的广泛使用使得我们难以给信息下一个准确的定义。通常来说,信息是由信息源(如自然界、人类社会等)发出的被使用者接受和理解的各种信号。信息是客观世界各种事物变化和特征的反映,是物质系统中事物的存在方式或运动状态,以及对这种方式或状态的直接或间接表述。信息不是事物本身,是表示事物之间联系的消息、情报、指令、数据或信号。我们每个人每时每刻都在接收信息。在人类社会中,信息通常以文字、图形、图像、语音等形式出现。

信息的特征主要表现在以下几个方面:

(1) 信息的可识别性。人们可以通过感观直接识别信息,也可通过各种探测手段间接识别信息。

(2) 信息的可传载性。信息本身只是一些抽象的符号,必须借助于媒体进行传递。如人之间的信息传递用语言、表情、动作来实现。计算机科学的发展,可使信息资源在同一网络内充分共享。

(3) 信息的可再生性。信息可以被广泛、重复地使用。人们收集到的信息通过处理可以用语言、文字、图形和图像等形式再生。而信息经计算机处理后则以显示、打印和绘图等形式再生。

(4) 信息的时效性。信息是对事物存在方式和运动状态的反映,如果不能反映事物的最新变化,它的效用就会降低。只有在一定时间里,抓住信息,利用信息,才可以让信息为经济增长

服务。

（5）信息的滞后性。有些信息目前用不上，但它的价值仍然存在，可能在以后的某个时期会有用。

（6）信息的共享性。信息作为一种资源，不同个体或群体在同一时间或不同时期可以共同享用。信息的交流不会因为一方拥有而使另一方失去拥有的可能。这一特性可以让信息资源发挥最大效益。

（7）信息的可存储性。人的大脑可以存储信息，称为记忆。计算机也可存储信息，并借助于内、外存储器来实现。

信息在现代社会中具有认知、管理、控制、交流和娱乐的作用。能否正确有效地利用信息，是社会发展水平的重要标志。

信息科学是以信息为研究对象，以信息的存在方式和运动状态为研究内容，以计算机等技术为研究工具，以扩展人类的信息功能为目标的一门新兴的综合性学科。信息科学由信息论、计算机科学、控制论、决策学、仿生学、系统工程与人工智能等学科互相渗透、相互融合而形成。

信息技术是指利用计算机和现代通信手段实现产生、获取、检索、识别、变换、处理、控制、传输、分析、显示及利用信息等的相关技术。它是提高和扩展人类信息处理能力的方法和手段。

信息技术主要包括以下 4 个方面的内容：

（1）感测与识别技术。它的作用是扩展人类获取信息的感觉器官功能。主要包括信息识别、提取检测等技术，这类技术的总称是传感技术将传感、测量与通信技术相结合而产生的遥感技术，使人类感知信息的能力得到进一步的加强。信息识别主要有文字识别、图像识别和语音识别。

（2）信息传递技术。它的作用是实现信息快速、可靠和安全的转移。广播技术也是一种传递信息的技术。

（3）信息处理与再生技术。信息处理技术包括对信息的编码、压缩和加密等。在对信息进行处理时，还可形成一些新的更深层次的决策信息，这就是信息的再生。

（4）信息施用技术。它是信息处理过程的最后环节，主要包括控制技术和显示技术。

信息技术的特点如下：

（1）数字化。二进制数字信号作为计算机处理信息的基本的信号，被广泛地用于计算机和网络技术信息处理中，它能方便计算机处理信息和大规模生产。

（2）高速、大容量化。速度越来越快，容量越来越大，无论通信还是计算机的发展都是如此。

（3）智能化。信息技术的迅猛发展主要体现在人工智能理论方法的深化和应用。这也是信息技术的发展趋势。

（4）综合化、网络化。信息社会的最大特征就是业务综合和网络综合。

（5）个人化。信息技术以实现个人为目标的通信方式，体现为可移动性和全球性。

信息论是研究信息的产生、获取、检索、识别、变换、处理、控制、传输、分析、显示及利用的学科。1948 年香农发表的《通信的数学理论》标志着信息论的诞生。信息论有狭义信息论和广义信息论之分。狭义信息论是香农早期的研究成果，它主要以编码理论为中心，研究信息系统模型、信息容量、信息的度量、噪声理论及编码理论等。广义信息论又称信息科学，主要是研究以计算机处理为中心的信息存在方式和运动状态的基本理论。

7.1.2 信源、信道和鉴别信息

信源是通信过程中产生和发送信息的计算机或设备。信息发布网站将网站部分或全部信息整合到一个聚合内容文件中,这个文件就是信源。信源中包含的数据都是标准的 XML 格式,不仅能直接被其他站点调用,而且能在其他的终端和服务中使用。信源一般分为文献型信息源、实物型信息源、网络信息源和电子型信息源。

信道(Information Channels)是信号的传输媒质或渠道。在电信或光通信场合,可分为有线信道和无线信道两类。有线信道是具有各种传输能力的导引体,包括电缆、波导及光缆信道等。无线信道是具有各种传播特性的自由空间,包括地波传播、短波电离层反射、超短波或微波视距中继、人造卫星中继、光波信道以及各种散射信道等。如果把信道的概念扩大,它还包括有关的变换装置,如发送设备、接收设备、调制解调器、馈线与天线等,这种信道称为广义信道,而前者可称为狭义信道。

信道还可分为物理信道和逻辑信道。物理信道指用来传递数据信号的物理通路,由传输介质及有关通信设备组成,网络中两个结点之间的物理通路称为通信链路。逻辑信道也称为连接,是在物理信道基础上,发送与接收数据信号的双方通过中间结点所实现的逻辑通路,由结点内部或结点之间建立的连接来实现的。逻辑信道可以是有连接的,也可以是无连接的。

信道的作用是把携带有信息的信号从它的发送设备传递到接收设备,它的最重要特征参数是信息传递能力。在所谓的高斯信道下,信道的信息传递能力与信道的传递频带宽度、信道的工作时间、信道的信号功率与噪声功率之比有关。频带越宽,工作时间越长,信号与噪声功率比越大,则信道的传递能力就越强。

信息鉴别是信息接收者从一定的目的出发,运用已有的知识经验,对信息的真假性、有用性进行辨认与识别。要实现信息的价值必须与服务目标相联系,分析信息的有用性。信息鉴别主要有三个相关因素,一是对服务目标的正确认识及深刻程度。二是信息识别者实事求是的科学态度。三是已有的知识经验和判断、推理能力。

7.1.3 信息社会

信息社会也称为信息化社会。信息化是建立在计算机、微电子、通信技术和生物工程技术等先进技术基础上产生的。信息化使人类以更便捷的方式获得并传递人类创造的一切文明成果。它提供给人类非常有效的交往手段,促进世界各国人们之间的密切交往,增进相互理解,有利于人类的共同繁荣。信息化是从有形的物质产品创造价值的社会向无形的信息创造价值的社会的转化,也就是以物质生产和消费为主,向以精神生产和消费为主的社会转变。信息化是人类社会从工业化阶段发展到以信息为标志的一个新阶段。信息化与工业化不同。工业化是关于物质和能量的转换过程,信息化是关于时间和空间的转换过程。在信息化社会,人类生存的一切领域,包括政治、商业,甚至个人生活,都是以信息的获取、加工、识别、传递和分配为基础。

信息技术广泛应用在物质生产、科研教育、医疗保健、政府和企业管理以及家庭中,对经济和社会发展产生了巨大的影响,从根本上改变了人们的生活习惯、行为方式和价值观念。

信息社会具有如下 4 个特点。

(1)信息化。信息是社会经济的驱动,信息和知识在经济增长中起着关键的作用。社会经

济的主体由制造业转向以高新科技为核心的第三产业,信息和知识产业占据社会经济的主导地位。劳动力主体是信息的生产者和传播者。

（2）智能化。"知识工业"、"智力工业"是信息社会的核心工业,也是信息社会的最重要的特点。产业革命时代现代化的主要特征是以机器代替了人的体力,信息社会现代化的主要特征则是以计算机代替了人的部分脑力,社会生产趋于智能化。

（3）国际化。经济贸易不再主要局限于国内,跨国公司和全球贸易成为主流。

（4）未来化。人们的时间和生活观念总是倾向未来,交易结算不再依靠现金,而是依靠信用。

7.1.4　信息技术的应用

随着计算机和互联网的普及,人们普遍使用计算机来生产、处理和传播各种形式的信息,包括书籍、文件、唱片、影视节目、语音、图形及影像等。

信息技术的应用主要有两个方面。一是信息技术在计算机硬件和软件,网络和通讯技术,应用软件开发工具方面的应用。二是信息技术在工业、农业、教育和国防等各个领域的应用。

7.2　数据相关知识

计算机最主要的功能是进行信息处理。计算机不仅能处理数值信息,还能处理如字符、文字、图形和声音等非数值信息。由于在计算机内部只能处理二进制数,所以必须对各种信息进行编码,并以二进制编码的形式存入计算机。

7.2.1　数据收集

数据(Data)是对客观事物的符号表示,主要用于表示未经加工的原始素材,如图形、符号、数字和声音等。经过收集、处理的数据构成了可供人们使用的信息。也可以说,数据是通过物理观察得来的事实和概念,是人们能感知的事实。

在计算机学科中,数据是指所有能输入到计算机并被计算机程序处理的符号的总称,是用于输入计算机进行处理,并具有一定意义的字母、数字、符号和模拟量等的总称。

数据收集,又称数据获取,是利用某种装置,从系统外部收集数据并输入到系统内部的一个接口。如摄像头、扫描仪、麦克风和光电阅读器等都是数据收集的工具。

根据数据获得途径的不同,数据收集方式可分为如下两类。

（1）来源性收集,指从已建立的资料中获取数据。

（2）根源性收集,指用仪器直接从实际系统中收集数据。

为了得到准确的数据,数据收集必须注意以下几个方面。

（1）数据本身的正确性。管理信息系统的主要任务是对大量的数据进行处理,为决策层提供所需的信息。如果收集的数据不正确,决策层也很难据此做出正确决策。因此,在收集数据时,必须辨别真假,保证数据的正确性和可靠性。

（2）数据收集的时间性。在管理信息系统中,计算机处理数据的时间很快,大多以毫秒、微秒计算,而数据收集的时间却比较长,大多以分或小时计算,这样计算机在毫秒间进行上万次运算的高速度被埋没了,严重地延误了决策的时机。

7.2.2 数据分类

数据分类(Data Clasification)是指按照数据项的属性、特征,把它们分门别类并系统地组织起来用以描述事物。

数据分类根据信息处理的实际需要进行分类,目的是为了便于信息管理与信息处理。它将信息按某种属性进行逻辑分类,并把具有某种共同属性的信息放在同一类,同时按一定次序将这些信息排列成一个有机的体系。数据分类能够帮助人们了解信息的需求、结构、处理的顺序、数据编码和数据存储等。在数据分类的基础上进行数据编码,以实现便于计算机的信息处理和数据库管理的目标。

数据按表现形式可分为两类。一类是数字数据,如各种统计和测量数据。一类是模拟数据,由连续函数组成,模拟数据又分为图形数据、符号数据、文字数据和图像数据等。

数据分类过程一般包括两个步骤。步骤一是建立一个模型,描述给定的数据集或概念集,通过分析由属性描述的数据库元组来构造数据模型。步骤二是使用数据模型对数据进行分类,包括评估模型的分类准确性以及对类标号未知的元组按模型进行分类。

数据分类技术应用在很多领域,例如通过客户分类构造一个分类模型,从而对银行贷款风险进行评估。

常用的分类规则挖掘方法,包括决策树方法、支持向量机法、向量空间模型法、贝叶斯方法、神经网络方法和遗传算法。

(1)决策树方法。决策树方法是经典的分类算法,它采用自顶向下递归的各个击破方式构造决策树。树的每一个结点使用信息增益度量选择测试属性。这样可以从生成的决策树中提取规则。

(2)支持向量机法。支持向量机法是建立在统计学习理论基础上的机器学习方法。通过学习算法,它可以自动寻找出对分类有较好区分能力的支持向量,从而构造出的分类器可以最大化类和类的间隔,因此有较好的适应能力和较高的分准率。支持向量机法只需要由各类域的边界样本类别来决定最后的分类结果。

(3)向量空间模型法。向量空间模型法是将文档映射成为一个特征向量,然后通过计算文本相似度的方法来确定待分类样本的类别。当文本表示为空间向量模型的时候,文本的相似度就可以借助特征向量之间的内积来表示。

向量空间模型可以实现文档的自动分类和对查询结果的相似度排序,并能有效提高检索效率,但由于相似度的计算量大,当有新文档加入时,则必须重新计算词的权值。

(4)贝叶斯方法。贝叶斯方法是在已知类条件概率与先验概率的情况下的模式分类方法,待分样本的分类结果取决于各类域中样本的全体。各类样本的概率分布函数和类别总体的概率分布一般是不知道的。为了获得它们,贝叶斯方法要求样本足够大。贝叶斯方法还要求表达文本的主题词相互独立,这在实际文本中很难满足,因此该方法在效果上难以达到理论上的最大值。

(5)神经网络方法。神经网络分类算法的重点是构造阈值逻辑单元,一个阈值逻辑单元是一个对象,它可以输入一组加权系数的量,对它们进行求和,如果这个和达到或者超过了某个阈值,就输出一个量。

(6)遗传算法。遗传算法是由 Michigan 大学的 Holland 教授于 1975 年首次提出的。它模拟达尔文的遗传选择和自然淘汰的生物进化过程,使优良品种被保留并加以组合,以产生更优的个体,从而不断接近最优解。因此,它是建立在自然选择和遗传变异基础上的迭代性全局优化概率搜索算法。

7.2.3　数据编码方法

信息编码论认为,若信源的实际熵小于信源编码的熵,则信源中一定存在冗余度。去掉冗余不会减少信息量,仍可原样恢复数据。但如果减少了熵,数据就不能完全恢复。若在允许的范围内损失一定的熵,数据能近似地恢复。根据压缩过程中是否减少了熵,压缩编码方法可以分为两大类。一类是无损压缩编码法(Lossless compression coding),也称为熵编码法或冗余压缩法,如霍夫曼编码、行程编码和算术编码等。另一类是有损压缩编码法(Loss compression coding),也称为熵压缩法,如预测编码、变换编码和基于模型编码等。

1. 无损压缩法

无损压缩法指使用压缩、进行重构后的数据与原来的数据完全相同,仅减少或去掉了数据中的冗余值,但这些冗余值可以重新插入到数据中的,所以,这类压缩方法是可逆的,也称无失真压缩。这类方法一般以统计原理或者以概率为基础。

(1)霍夫曼(Huffman)编码。Huffman 编码是一种常用的压缩编码方法,是 Huffman 于 1952年为压缩文本文件建立的。它是以概率为基础建立的,基本原理是把出现概率大的数据用较短的代码代替,较少使用的数据用较长的代码代替,每个数据的代码各不相同。这些代码都是二进制码,且代码的长度是可变的。这样,全部信息的总码长一定小于实际信息的长度。

编码步骤如下:

① 首先统计出每个信号源的符号出现的概率,并按照符号出现概率递减的顺序排列。

② 每一次选出概率最小的两个值,作为二叉树的两个叶子结点,将其概率进行合并相加,得到的结果作为它们的根结点,这两个叶子结点不再参与比较,新的根结点将参与比较。

③ 重复进行步骤 1 和 2,直到得出概率相加的结果等于 1 的最后一个根结点为止。

④ 在合并运算时,将形成的二叉树的左结点标 0,右结点标 1,即概率大的符号用编码 0 表示,概率小的符号用编码 1 表示。

⑤ 按最上面的根结点到最下面的叶子结点的顺序把途中遇到的 0,1 序列串起来,从而得到每个符号的编码。

Huffman 编码有一个缺点,它的编码结果必须是正整数长度,这样不利于进一步提高编码效率。

(2)行程编码(Run-Length Encoding,RLE)。行程编码,仅存储一个像素值以及具有相同颜色的像素数目的图像数据编码方式,也称为游程编码。例如 aaaabbcccccddde 可以表示为 4a2b4c3d1e。

行程编码技术相当经济、直观,运算也非常简单,因此解压缩速度很快。它尤其适用于计算机生成的图形图像,对减少存储容量非常有效。如果一幅图像是由很多块颜色相同的大面积区域组成,那么采用行程编码的压缩效率是非常惊人的。但如果图像中每两个相邻点的颜色都不同,用这种算法不仅不能压缩,反而会增加一倍的数据量。

(3)算术编码。算术编码的基本原理是将整个输入的消息表示成实数 0 和 1 之间的一个间隔,消息越长或越复杂,这个实数也需要更多位数,编码表示它的间隔就越小。

算术编码主要用到符号的概率和它的编码间隔两个参数。信号源符号的概率决定压缩编码的效率,也决定编码过程中信源符号的间隔。而编码过程中的间隔决定了符号压缩后的输出。

算术编码是以一个 0 到 1 之间的浮点数来表示待编码数据,并且这个数可以足够解码恢复原始序列。这种方法同样也是将原始数据读一遍,从而统计得到各个字符的概率。按照从 0 到 1 把各个字符的概率分成若干区间,形成编码区间表,然后开始编码。每读入一个字符,都将最初的编码区间按照编码区间表细分割一次,直到读完所有的字符为止,我们可以从得到的最终编码区间中选择一浮点数作为编码结果输出。

给定事件序列的算术编码步骤如下。

① 将原始数据读一遍,统计各个字符的概率。

② 编码器将"当前间隔"[L,H)设置成[0,1)。

③ 对每一个事件,编码器按步骤(a)和(b)进行处理。

(a)编码器根据各个字符的概率将"当前间隔"分为多个子间隔,形成编码区间表。

(b)一个子间隔的大小与下一个将出现的事件的概率成比例,编码器选择子间隔对应于下一个确切发生的事件,并使它成为新的"当前间隔"。

(4)最后,输出的"当前间隔"的右边界就是给定事件序列的算术编码。

上述无损压缩法不会产生失真,一般用于文本数据、程序和特殊应用场合的图像数据的压缩,它能完全地恢复原始数据。但这类方法压缩比较低,压缩比一般在 2∶1 ~ 5∶1。

2. 有损压缩法

有损压缩法指压缩、重构后的数据与原来的数据有所不同,压缩了熵,会减少了信息量,但不影响人对原始资料表达的信息的理解,这类压缩方法损失的信息是不能再恢复的,因此这种压缩法是不可逆的。

图像和声音的压缩就可以采用有损压缩,因为其中包含的数据往往多于我们的视觉系统和听觉系统所能接受的信息,丢掉一些数据而不至于对声音或图像所表达的意思产生误解,但可大大提高压缩比。

有损压缩法主要有两大类:量化和特征抽取。特征抽取的编码方法有分形编码和基于模型的编码等。对于实际应用而言,量化是更为通用的熵压缩技术,包括预测编码、变换编码和零记忆量化等。熵压缩法允许一定程度的失真,广泛应用于语音、图像和动态视频等数据的压缩。

(1)预测编码。预测编码是根据离散信号之间存在着一定关联性的特点,利用前面一个或多个信号预测下一个信号的方式进行,然后对实际值与预测值的差进行编码。如果预测比较准确,误差就会很小。在同等精度要求的条件下,可以用比较少的比特进行编码,以达到压缩数据的目的。预测编码方法经济简单,且编码效率较高。

根据前一个与后一个信号是否属于同一帧,可将预测编码分为两类。只用到帧内像素的处理称为帧编码(Intraframe Coding),用到前后帧像素的处理称为帧间编码(Interframe Coding)。要得到较大的压缩码率必须使用帧间编码。压缩率的高低与预测值的准确程度和差值的幅度有关,预测值越准,差值幅度越小,压缩率越高。

预测编码中典型的压缩方法有脉冲代码调制(Pulse Code Modulation,PCM)、差分脉冲代码调制(Differential Pulse Code Modulation,DPCM)、自适应差分脉冲代码调制(Adaptive Differential Pulse Code Modulation,ADPCM)等,这些方法适合于声音、图像数据的压缩。因为这些数据由采样得到,相邻样值之间的差相差不会很大,可用较少位来表示。

PCM 是目前应用最广泛的一种语音编码方式,属于波形编码。PCM 的概念是 1937 年由法国工程师 Alee Reeres 最早提出的,1946 年美国贝尔实验室产生了第一台 PCM 数字电话终端机。20 世纪 70 年代以来,随着超大规模集成电路的 PCM 编码和解码器的出现,使 PCM 在光纤通信、卫星通信和数字微波通信中得到了广泛的应用。PCM 系统的实现过程如图 7-1 所示。首先,在发送端进行波形编码,包括抽样、量化和编码三个过程,把模拟信号变换为二进制编码。从通信中的调制角度来看,PCM 编码过程相当于使用模拟信号调制成由二进制序列组成的载波,调制改变脉冲序列的"1"、"0"或有无,这个过程称为脉冲代码调制。可以采用直接的基带传输,也可以采用对光波、微波等载波调制后的调制传输对编码后的 PCM 码的数字进行传输。在接收端,二进制编码经解码后还原为量化后的样值脉冲序列,然后经低通滤波器滤去除高频分量,即得到重建信号。

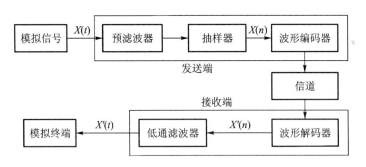

图 7-1　PCM 系统原理图

差分脉冲代码调制(DPCM)主要用于图像数据的压缩。它的编码方法是比较相邻两个像素,如果两个像素之间存在差异,则将差异之处的差值传送出去。如果比较的像素之间没有差异,则不传送差值。

自适应差分编码 ADPCM 是在 PCM 基础上改进的编码方法,对实际信号与按其前一些信号而得的预测值间的差值信号进行编码,具有自适应特性。ADPCM 有自适应量化和自适应预测两种形式,主要用于对中等质量的音频信号进行高效率压缩,如语音信号的压缩。语音信号样值的相关性,使差值信号的动态范围较语音样值本身的动态范围大大缩小,用较低码速就能得到足够精确的编码效果,在 ADPCM 中所用的量化间隔的大小还可按差值信号的统计结果自动适配,达到最佳量化,这样因量化造成的失真也最小。ADPCM 方式已广泛应用于数字通信、卫星通信和变速率编码器中。

(2)变换编码。变换编码指先对信号进行某种函数变换,即从一种信号变换到另一种,然后再对信号进行编码。如将时域信号变换到频域,因为声音、图像大部分信号都是低频信号,低频信号在频域中信号的能量比较集中,这样进行采样、量化和编码,肯定能够压缩数据。它的基本思想是由于数字图像像素间存在高度相关性,因此可以进行某种变换来消除这种相关性。

变换编码系统中主要包括变换、变换域采样和量化三个步骤。变换本身并不进行数据压缩,只把信号映射到另一个域,使信号在变换域里容易进行压缩,变换后的样值更有序、独立。这时,量化操作通过比特分配可以有效地压缩数据。

变换编码是一种间接编码方法。它将原始信号经过数学上的正交变换后,得到一系列的变换系数,再对这些系数进行量化、编码和传输。目前,国际上已经制订了基于离散余弦变换的静止图像压缩标准(JPEG)和运动图像压缩标准(MPEG)等一系列标准。

(3)基于模型的编码。基于模型的编码由瑞典的 Forchheimer 等人于 1983 年提出,基本思想是在发送端通过各种分析手段,提取所建模型的特征与状态参数。在接收端依据这些参数,通过模型及相关知识生成所建模型的信源。这类方法把计算机视觉和计算机图形学中的方法应用到视频(图像)编码。

与预测编码类似,基于模型的编码在发送端既有分析用的编码器,又有综合用的解码器。这样,在发送端能获得与接收端相同的综合后的重建图像,并将后者与原始图像进行比较,以确定图像失真是否低于"某个阈值",以便修正模型参数。

7.3 信息处理基础知识

随着科学的发展和计算机的普及,现代社会的信息化程度越来越高,信息化普及范围也越来越广,人们对信息的需求也越来越强烈。在全球网络发达的今天,各行各业管理工作的成败,主要取决于能否及时获取需要的、正确的信息,能否根据信息有效决策。

7.3.1 信息处理及其过程

一个人、一个企业要在现代社会中生存、发展,就必须及时、准确地了解当前的问题与机遇,掌握社会需求状况与市场竞争形势。也就是说,必须具备足够的信息和强有力的信息收集与处理手段。在现代社会中,人类赖以生存与发展的战略资源,除了物质资源——包括再生资源(如动植物)和非再生资源(如矿产)之外,还有信息,人们称之为信息资源。一个企业的实力,不仅要看拥有多少物质资源,还要看是否拥有足够的信息资源。

信息处理是人们对已有信息进行分类、加工、提取、分析和思考的过程,主要包括信息收集、分类、加工、传递和存储等处理技术。信息处理过程是一个去粗取精、去伪存真的过程。

1. 信息收集

信息收集指通过各种方式获取所需要的信息。它是信息得以利用的第一步,也是关键的一步。信息收集工作的好坏,直接关系到整个信息管理工作的质量。

为了保证信息收集的质量,应坚持下列 3 个原则。

(1)全面性原则。即要求所收集到的信息要广泛、完整和全面。只有全面、广泛地收集信息,才能完整地反映管理活动和决策对象发展的全貌,为决策的科学性提供保障。但实际上所收集到的信息不可能做到绝对的全面完整。因此,如何在不完整的信息下做出科学的决策是一个非常值得探讨的问题。

（2）准确性原则。即要求所收集到的信息要真实、可靠。这个原则是信息收集工作的最基本的要求。为达到这样的要求,信息收集者必须对收集到的信息反复核实,辨别真假,不断检验,力求把误差减少到最低限度。

（3）时效性原则。信息的利用价值取决于该信息是否能及时地提供,即它的时效性。信息只有及时、迅速地提供给它的使用者才能有效地发挥作用。特别是决策对信息的要求是"事前"的消息和情报,而不是"马后炮"的信息。所以,只有当信息是"事前"时,对决策才是有效的。

信息收集的方法有下列几种方式。

（1）从文献中获取信息。文献是前人留下的宝贵财富,是知识的集合体,在数量庞大、高度分散的文献中找到所需要的有价值的信息是情报检索所研究的内容。

（2）社会调查。社会调查是获得真实可靠信息的重要手段。它是指运用观察、询问等方法直接从现实社会了解情况,收集资料和数据的活动。利用社会调查收集到的信息是第一手资料,因而比较接近社会,接近生活,容易做到真实、可靠。

（3）建立情报网。管理活动要求信息全面、准确、及时。为了达到这样的要求靠单一渠道收集信息是远远不够的。因此必须通过多种途径收集信息,即建立信息收集的情报网。严格来讲情报网络是指负责信息收集、筛选、加工、传递和反馈的整个工作体系,不仅仅指收集本身。

信息收集一般步骤如下。

（1）制定周密、切实可行收集计划。

（2）设计出合理的收集提纲和表格。

（3）明确信息收集的方式和方法。

（4）把获得的信息进行整理,并与收集计划进行对比分析,提供信息收集的成果。

2. 信息分类

信息可以从不同的角度来分类。按照重要性可分为战术信息、战略信息和作业信息;按照反映形式可分为数字信息、语音信息和图像信息;按照信息的准确性程度可分为确定性信息和不确定性信息;按照信息的加工顺序可分为一次信息、二次信息和三次信息;按照其用途可以分为决策信息、行政信息、控制信息、销售信息、市场信息、商品信息、管理信息、经济信息、科技信息、预测信息、统计信息和军事信息。

3. 信息加工

信息加工指将收集到的信息按照一定的顺序和方法进行分类、编码、存储、处理和传送的加工过程。信息加工是信息得以利用的关键。它是对收集来的信息进行去伪存真、去粗取精、由表及里、由此及彼的加工过程。它是在原始信息的基础上,生产出价值含量高、方便用户利用的二次信息的活动过程。

由于信息量和信息处理人员的能力不同,信息加工也就没有共同的模式,所以加工内容也不同。信息加工的主要内容如下。

（1）信息的筛选和判别。在收集到的大量原始信息中,不可避免地存在一些假信息,只有通过认真地筛选和判别,才能防止鱼目混珠、真假混杂的情形出现。

（2）信息的分类和排序。收集来的信息是一种初始的、孤立和零乱的信息,只有把这些信息进行分类和排序,使其有条不紊,才能存储、检索、传递和使用。

（3）信息的分析。对分类排序后的信息进行分析、比较、综合,从而鉴别和判断出信息的价值,达到去粗取精,使原始信息升华、增值,成为有用的信息。

（4）信息的研究。对信息进行分析、概括及研究计算,从而使信息更具有使用价值,为决策提供依据。

（5）信息的编制。将加工过的信息整理成易于理解和阅读的新材料,并对这些材料进行编目和索引,以供信息利用者提取和利用。

针对不同的处理目标,支持信息加工的方法很多,总体起来可分为 5 大类:统计学习方法、机器学习方法、不确定性理论、可视化技术和数据库技术。

4. 信息传递

信息传递是指将信息从信息源传递给用户的过程。由于信息的提供者和用户可能不同,信息的提供地和用户所在地也可能不同。因此,信息只有通过传递才能体现其价值,发挥其作用。

信息传递的 3 个基本环节,是信源、信道和信宿。信息的发送者称为信源,信息的接收者称为信宿,信源和信宿之间信息交换的途径与设备称为信道。

在信息传递过程中,按照流向的不同,传递可分为单向传递、反馈传递、双向传递 3 种类型。单向传递是提供者到用户的单方向传递,如组织内部下达各种通知、上报各种数据等。反馈传递是先由用户向提供者提出要求,再由提供者将信息传递给用户的方式,如下级行政部门根据上级行政部门要求上报各种数据表格、汇报工作等。双向传递是指提供者和用户互相传递信息,他们都是双重身份,既是传递者又是用户,如上下级之间的请示和批复、讨论会等。按信息传递范围的不同,信息传递又可分为内部传递和外部传递两种类型。按信息传递时信息量的集中程度不同,信息传递又可分为集中传递和连续传递两种类型。

信息传递依赖于一定的物质形式,如声波、光波、电磁波等,并通常伴随着能量的转化。因此,它需要有特定的工具和手段,并形成一个完整的系统。多个信息过程相连就使系统形成信息网,当信息在信息网中不断被转换和传递时,就形成了信息流。

5. 信息存储

信息存储是信息在时间上的传递。经过收集、加工和整理的信息,有些需要存储起来,形成信息资料积累,便于以后使用。信息存储包括信息资料的登记、分类和剔除等。信息资料的登记是信息存储首先要进行的工作,以建立信息资料的完整记录。登记的作用是保护信息资料财产的完整,反映入藏信息资料的确实数量和价值,可作为清点、注销和移交的凭证。同时对全面掌握入藏情况,提供了各种统计数字,以便于管理和编制工作计划和发展规划。信息资料的分类是将大量的信息资料,按照它们的内容、组成、性质和用户需要的异同等加以区分,并将它们分门别类地归结到相同的一组信息资料中去,形成一个信息资料体系,它的作用是有针对性地为不同的用户提供所需要的信息资料,并有利于信息搜集、检索、咨询服务等信息工作的开展,提高其质量。信息资料的剔除就是经过一定的时期后,对存储的信息资料进行替换。何时剔除所存储、分类和保管的信息资料,是信息管理中的重要问题。

在信息存储时要注意以下问题。

（1）存储的资料要安全可靠。利用计算机存储资料时,要提防计算机内数据文件被各种内部或外部的因素所毁坏,因此要有相应的处理和防范措施。

（2）对于大量资料的存储要节约空间。如采用科学的编码体系,缩短相同信息所需的代码,以节约存储空间。

（3）信息存储必须满足存取方便、迅速获取需求。利用计算机存储时要对数据进行科学、合理的组织，要按照信息本身和它们之间的逻辑关系进行存储。

7.3.2　信息处理的要求

现代企业对信息处理的要求可归结为及时、准确、适用和经济 4 个方面。

及时有两方面的意义。一方面是及时获取、及时产生。另一方面加工、检索、传输信息要迅速。尽可能缩短信息从信息源到用户的时间，及时控制，及时反馈。

准确是信息的生命。为了实现信息处理的准确性，必须做到以下 3 点。

（1）原始信息的收集要准确，要使获得的信息能准确反映决策者需要了解的情况。收集者不能按自己或其他人的旨意随意变动信息的内容或收集信息的范围。

（2）信息的存储、加工和传输必须可靠，尽可能排除各种外界干扰，以免信息内容失真，特别是在信息加工过程中应防止因处理方法和手段的原因丢失或歪曲被加工信息中包含的与决策有关的内容。

（3）信息处理力求规范化、标准化。这不仅是信息准确性的重要保证，而且是高效加工、传输与有效利用信息的重要条件。

信息处理部门必须给各类管理者提供适用的信息，以支持各级管理决策。如果管理者得到的信息不适用或过于简化，或过于繁琐，就会影响决策过程的效率和决策的质量。

在满足管理决策所必需的信息处理内容与要求的前提下，应尽可能采用经济的方法和手段，以提高信息的利用率和管理者识别、利用信息的水平。

7.3.3　信息处理系统

系统是为了达到某些目的而对一组信息做出有规律地安排，使之成为一个相关联的整体。系统是由若干要素组成的，这些要素可能是一些个体、元件，也可能其本身就是一个系统。如存储器、运算器、控制器、输入/输出设备组成了计算机的硬件系统，而计算机的硬件系统又是计算机系统的一个子系统。系统有一定的功能，系统的功能是指系统与外部环境相互联系和相互作用中表现出来的性质、能力和功能。如信息系统的功能是进行信息的收集、加工、传递、储存、维护和使用，辅助决策者进行决策，帮助企业实现目标。

1. 信息系统

信息系统是由计算机硬件、网络和通信设备、计算机软件、信息资源、信息用户和规章制度组成的，对信息进行采集、加工、存储和传递，并提供决策所需的信息，以实现组织中各项活动的管理、调节和控制的人机一体化系统。信息系统包括信息处理和信息传输系统两个方面。

信息系统 5 个基本功能：输入、存储、处理、控制和输出。

（1）输入功能取决于系统所要达到的目的、系统的能力和信息环境的许可。

（2）存储功能是指系统存储各种数据和信息资料的能力。

（3）数据处理工具包括基于数据仓库技术的联机分析处理（OLAP）和数据挖掘（DM）技术等。

（4）控制功能是对构成系统的各种信息处理设备进行控制和管理，对整个信息处理过程的各环节通过各种程序进行控制。

（5）信息系统的各种功能都是为了保证实现最佳的输出功能。

根据诺兰模型,将信息系统的发展道路划分为 6 个阶段,即初始阶段、扩展阶段、控制阶段、统一阶段、数据管理阶段和成熟阶段,实现从数据处理到智能处理。从管理过程和功能角度,信息系统可分为战略计划、管理控制、操作控制和事务数据处理 4 个层次。从信息系统的发展和系统特点来看,信息系统可分为数据处理系统(Data Processing System,DPS)、管理信息系统(Management Information System,MIS)、决策支持系统(Decision Sustainment System,DSS)、专家系统和虚拟办公室(Office Automation,OA)5 种类型。

2. 信息处理系统

信息处理系统(Information Processing Systems,IPS)指以计算机为基础,进行信息采集、存储、检索、变换、加工及传输的系统,又称为数据处理系统。由输入、处理和输出三部分组成,或者说由硬件(包括存储器、中央处理机和输入/输出设备等)、系统软件(包括操作系统、数据库管理系统和实用程序等)、数据库和应用程序所组成。一个信息处理系统是一个信息转换机构,有一组转换规则。系统根据输入信息和数据库信息决定输出信息,或根据输入信息修改数据库信息。以计算机为核心的信息处理系统,如果输入信息是数值数据,则系统直接接收,不需要转换。如果输入信息是非数值信息(包括语音、文字、图像、文献和消息等),则必须转换为数值数据后才能处理。同样,系统输出有一个相应的逆过程。

信息处理系统有多种不同的分类方法。按信息处理系统的应用领域可分为管理信息系统、机票预订系统和医院信息系统等。按系统的结构和处理方式可分为批处理系统、随机处理系统、交互式处理系统和实时处理系统等。

信息处理系统一般按功能来分,主要包括下列几类。

(1)计算服务系统。对众多的用户提供公共的计算服务,服务方式为批处理或联机处理。

(2)信息存储和检索系统。系统存储大量的数据,并能根据用户的查询要求检索出有关的数据。数据库由系统设计者设计并建立;输出是对用户查询的回答。

(3)监督控制信息系统。监督某些过程的进行,在给定的情况发生时发出信号,提醒用户采取处置措施,如城市交通管理系统。这种系统的输入信息往往是通过传感器传进来的,系统周期地处理输入数据,同数据库中保存的数据进行比较和分析,并决定是否输出信号。

(4)业务信息处理系统。系统能完成某几类具体业务的信息处理。处理过程和输出形式都是事先规定好的。数据库中事先存放好完成这些任务所需的各种数据。如机票预订系统。

(5)过程控制系统。系统通过各种传感设备实时地收集被控对象的各种现场数据,加以适当处理和转换,送入计算机,再根据数学模型对数据进行综合分析判断,给出控制信息,以控制物理过程。如化工过程控制系统。

(6)信息传输系统。在传输线上将消息从发源地传送到目的地,以达到在地理上分散的机构之间正确、迅速地交换信息的目的。如全国银行数据通信系统。

(7)计算机辅助系统。通过人机对话的方式,计算机辅助人们从事设计、加工、计算和学习,如计算机辅助设计、计算机辅助教学等。

信息处理系统是个复杂的系统,系统的设计、操作和维护都需要很大费用,因此需要从系统工程的观点加以分析和研究。一个好的信息处理系统必须有一个良好的人机通信接口。

3. 管理信息系统

进入 20 世纪 60 年代,由于计算机已普遍地应用于各种业务管理,这时开始出现管理信息系统(Management Information System,MIS),它是为实现企业整体目标,以人为主导,利用计算机硬件、软件、网络通信设备以及其他办公设备,对信息进行收集、加工、传输、储存、更新和维护,为各级管理人员提供业务信息和辅助决策的集成化的人机系统。管理信息系统依次经历了电子数据处理系统(EDP)阶段、管理信息系统(MIS)阶段、决策支持系统(DSS)阶段、管理信息系统的进一步发展——知识库系统等发展阶段。

MIS 有以下特点:

(1) 数学模型的应用。

(2) 应用数据库技术和计算机网络。

(3) 采用决策模型解决结构化的决策问题。即可以利用一定的规则和公式来解决例行的、反复进行的、可以委托给计算机处理的问题,如用线性规划求解生产资源最优配置问题。这种决策主要面向企业中、低层管理人员。

(4) 有预测和控制能力。根据管理信息系统的硬件、软件和数据等信息资源在空间上的分布情况,管理信息系统的结构可分为集中式和分布式两大类型。

集中式系统是指信息资源在空间上集中配置的系统。它主要有以下 4 个优点。

① 信息资源集中,规范统一、管理方便。

② 信息资源利用率高。

③ 专业人员集中使用,便于组织人员培训和提高工作效率,有利于发挥他们的作用。

④ 方便实施系统安全措施。

集中式系统的不足之处:

① 随着系统功能的复杂和规模的扩大,系统的复杂性迅速增长,增加了管理和维护的困难。

② 系统比较脆弱,主机出现故障时可能使整个系统停止工作。

③ 应变能力弱,难以适应组织变革和技术发展。

④ 不利于发挥用户在系统开发、维护、管理方面的积极性和主动性。

管理信息系统的分布式结构,是利用计算机网络把分布在不同地理位置的计算机硬件、软件和数据等信息资源,联合在一起服务于一个共同的目标而实现相互通信和资源共享。具有分布式结构的系统称为分布式系统。

分布式系统的主要特征是,一是实现不同地理位置的硬、软件和数据等信息资源共享。二是各计算机系统既可以在计算机网络系统的统一管理下工作,又可脱离网络环境利用本地信息资源独立开展工作。分布式系统具有以下优点。

① 可以根据应用需要和存取方便来配置各计算机信息资源。

② 系统的健壮性好,网络上一个结点出现故障通常不会导致全系统瘫痪。

③ 系统扩展方便,增加一个网络结点通常不会影响其他结点的工作。系统建设可以采取逐步扩展网络结点的渐进方式,以便合理使用系统开发所需资源。

④ 有利于发挥用户在系统开发、维护和信息资源管理方面的积极性和主动性,提高了系统对用户需求变更的适应性和对环境的应变能力。

分布式系统的不足之处:

① 由于信息资源分散,系统开发、维护和管理的标准、规范难以统一。

② 配置在不同地点的信息资源一般分属管理信息系统的各子系统。不同子系统之间往往

存在利益上的冲突,协调管理有一定难度。

③ 各地的计算机系统工作条件与环境不同,不利于安全保密措施的统一实施。

7.3.4　信息处理有关的规章制度

随着计算机网络的发展和计算机在各行各业的应用,计算机信息系统的安全问题已成为关系国家安全和社会经济的重要课题。国际上对计算机信息系统的安全性也日益重视。因此,国家从计算机信息安全保护和互联网信息管理等方面,制定了有关这方面的规章制度。

1. 中华人民共和国计算机信息系统安全保护条例

1994 年 2 月 18 日,国务院令第 147 号颁布了《中华人民共和国计算机信息系统安全保护条例》(以下简称《条例》),这是我国计算机安全领域第一个全国性的行政法规。《条例》的内容包括总则、安全保护制度、安全监督、法律责任和附则 5 个部分,主要内容如下。

计算机信息系统的安全保护,应当保障计算机及其相关的和配套的设备、设施(含网络)的安全,运行环境的安全,保障信息的安全,保障计算机功能的正常发挥,以维护计算机信息系统的安全运行。计算机信息系统的安全保护工作,重点维护国家事务、经济建设、国防建设、尖端科学技术等重要领域的计算机信息系统的安全。计算机信息系统的建设和应用,应当遵守法律、行政法规和国家其他有关规定。计算机信息系统实行安全等级保护。计算机机房应当符合国家标准和国家有关规定。在计算机机房附近施工,不得危害计算机信息系统的安全。进行国际联网的计算机信息系统,由计算机信息系统的使用单位报省级以上人民政府公安机关备案。运输、携带、邮寄计算机信息媒体进出境的,应当如实向海关申报。计算机信息系统的使用单位应当建立健全的安全管理制度,负责本单位计算机信息系统的安全保护工作。对计算机信息系统中发生的案件,有关使用单位应当在 24 小时内向当地县级以上人民政府公安机关报告。对计算机病毒和危害社会公共安全的其他有害数据的防治研究工作,由公安部归口管理。国家对计算机信息系统安全专用产品的销售实行许可证制度。具体办法由公安部会同有关部门制定。

2. 中华人民共和国国家标准电子计算机机房设计规范

1993 年 2 月 17 日,为了使电子计算机机房设计确保电子计算机系统稳定可靠运行及保障机房工作人员有良好的工作环境,做到技术先进、经济合理、安全适用、确保质量,国家技术监督局、中华人民共和国建设部联合发布《中华人民共和国国家标准电子计算机机房设计规范》(GB50174—93)。该规范主要包括总则、机房位置及设备布置、环境条件、建筑、空气调节、电气技术、给水排水、消防与安全。现摘录机房位置及设备布置和环境条件内容如下。

电子计算机机房在多层建筑或高层建筑物内宜设于第二、三层。电子计算机机房位置选择应符合下列要求:① 水源充足、电子比较稳定可靠,交通通讯方便,自然环境清洁;② 远离产生粉尘、油烟、有害气体以及生产或贮存具有腐蚀性、易燃、易爆物品的工厂、仓库和堆场等;③ 远离强振源和强噪声源;④ 避开强电磁场干扰;当无法避开强电磁场干扰或为保障计算机系统信息安全,可采取有效的电磁屏蔽措施。电子计算机机房组成应按计算机运行特点及设备具体要求确定,一般宜由主机房、基本工作间、第一类辅助房间、第二类辅助房间和第三类辅助房间等组成。环境条件内容如下。

① 开机时电子计算机机房内的温度、湿度,应符合表 7-1 的规定。

表 7-1 开机时电子计算机机房的温度、湿度

项目＼级别	A 级		B 级
	夏季	冬季	全年
温度	(23±2) ℃	(20±2) ℃	18 ~ 28 ℃
相对湿度	45% ~ 65%		40% ~ 70%
温度变化率	<5 ℃/h 并不得结露		<10 ℃/h 并不得结露

② 停机时电子计算机机房内的温度、湿度,应符合表 7-2 的规定。

表 7-2 停机时电子计算机机房的温度、湿度

项目＼级别	A 级	B 级
温度	5 ~ 35 ℃	5 ~ 35 ℃
相对湿度	40% ~ 70%	20% ~ 80%
温度变化率	<5 ℃/h 并不得结露	<10 ℃/h 并不得结露

开机时主机房的温度、湿度应执行 A 级,基本工作间可根据设备要求按 A、B 两级执行,其他辅助房间应按工艺要求确定。

记录介质库的温度、湿度应符合下列要求:① 常用记录介质库的温度、湿度应与主机房相同;② 其他记录介质库的要求应按表 7-3 采用。

表 7-3 记录介质库的温度、湿度

项目＼品种	卡片	纸带	磁带		磁盘	
			长期保存已记录的	未记录的	已记录的	未记录的
温度	5 ~ 40 ℃		18 ~ 28 ℃	0 ~ 40 ℃	18 ~ 28 ℃	0 ~ 40 ℃
相对湿度	30% ~ 70%	40% ~ 70%	20% ~ 80%		20% ~ 80%	
磁场强度			<3 200 A/m	<4 000 A/m	<3 200 A/m	<4 000 A/m

计算机设备宜采用分区布置,一般可分为主机区、存储器区、数据输入区、数据输出区、通信区和监控制调度区等。具体划分可根据系统配置及管理而定。需要经常监视或操作的设备布置应便利操作。

3. 互联网信息服务管理办法

2000 年 9 月 20 日,中华人民共和国国务院令第 292 号颁布了《互联网信息服务管理办法》,主要内容如下。

国家对经营性互联网信息服务实行许可制度。对非经营性互联网信息服务实行备案制度。未取得许可或者未履行备案手续的,不得从事互联网信息服务。从事新闻、出版、教育、医疗保

健、药品和医疗器械等互联网信息服务,依照法律、行政法规以及国家有关规定须经有关主管部门审核同意的,在申请经营许可或者履行备案手续前,应当依法经有关主管部门审核同意。从事互联网信息服务,拟开办电子公告服务的,应当在申请经营性互联网信息服务许可或者办理非经营性互联网信息服务备案时,按照国家有关规定提出专项申请或者专项备案。省、自治区、直辖市电信管理机构和国务院信息产业主管部门应当公布取得经营许可证或者已履行备案手续的互联网信息服务提供者名单。互联网信息服务提供者应当按照经许可或者备案的项目提供服务,不得超出经许可或者备案的项目提供服务。非经营性互联网信息服务提供者不得从事有偿服务。互联网信息服务提供者变更服务项目、网站网址等事项的,应当提前 30 日向原审核、发证或者备案机关办理变更手续。互联网信息服务提供者应当在其网站主页的显著位置标明其经营许可证编号或者备案编号。互联网信息服务提供者应当向上网用户提供良好的服务,并保证所提供的信息内容合法。从事新闻、出版以及电子公告等服务项目的互联网信息服务提供者,应当记录提供的信息内容及其发布时间、互联网地址或者域名。互联网接入服务提供者应当记录上网用户的上网时间、用户账号、互联网地址或者域名、主叫电话号码等信息。互联网信息服务提供者和互联网接入服务提供者的记录备份应当保存 60 日,并在国家有关机关依法查询时,予以提供。经营性互联网信息服务提供者申请在境内境外上市或者同外商合资、合作,应当事先经国务院信息产业主管部门审查同意;其中,外商投资的比例应当符合有关法律、行政法规的规定。国务院信息产业主管部门和省、自治区、直辖市电信管理机构,依法对互联网信息服务实施监督管理。新闻、出版、教育、卫生、药品监督管理、工商行政管理和公安、国家安全等有关主管部门,在各自职责范围内依法对互联网信息内容实施监督管理。

4. 计算机信息网络国际联网安全保护管理办法

2005 年 12 月 13 日,公安部发布了《计算机信息网络国际联网安全保护管理办法》,主要内容如下。

互联网服务提供者、联网使用单位负责落实互联网安全保护技术措施,并保障互联网安全保护技术措施功能的正常发挥。互联网服务提供者、联网使用单位应当建立相应的管理制度。未经用户同意不得公开、泄露用户注册信息,但法律、法规另有规定的除外。互联网服务提供者、联网使用单位应当依法使用互联网安全保护技术措施,不得利用互联网安全保护技术措施侵犯用户的通信自由和通信秘密。公安机关公共信息网络安全监察部门负责对互联网安全保护技术措施的落实情况依法实施监督管理。互联网安全保护技术措施应当符合国家标准。没有国家标准的,应当符合公共安全行业技术标准。互联网服务提供者和联网使用单位应当落实以下互联网安全保护技术措施:① 防范计算机病毒、网络入侵和攻击破坏等危害网络安全事项或者行为的技术措施;② 重要数据库和系统主要设备的冗灾备份措施;③ 记录并留存用户登录和退出时间、主叫号码、账号、互联网地址或域名、系统维护日志的技术措施;④ 法律、法规和规章规定应当落实的其他安全保护技术措施。

提供互联网上网服务的单位,除落实上述安全保护技术措施外,还应当安装并运行互联网公共上网服务场所安全管理系统。

互联网服务提供者和联网使用单位不得实施下列破坏互联网安全保护技术措施的行为:① 擅自停止或者部分停止安全保护技术设施、技术手段运行;② 故意破坏安全保护技术设施;③ 擅自删除、篡改安全保护技术设施、技术手段运行程序和记录;④ 擅自改变安全保护技术措施的用途和范围;⑤ 其他故意破坏安全保护技术措施或者妨碍其功能正常发挥的行为。

7.4 信息处理实务

自中国加入 WTO 以后,企业更直接地面对国际竞争的挑战,在全球知识经济和信息化高速发展的今天,信息化是决定企业成败的关键因素,也是企业实现跨行业、跨地区,特别是跨国经营的重要前提。企业的发展会产生各种新的信息,也不断有新的需求而深化出新的产品,要求信息处理系统改进和功能的提升。信息的收集、分析、整理和存储都给企业的生存创造着价值。因此,企业应当运用信息技术加强内部控制,建立与经营管理相适应的信息系统,促进内部控制流程与信息系统的有机结合,实现对业务和事项的自动控制,减少或消除人为操纵因素。

7.4.1 企业信息范畴

对信息资源进行挖掘和规划,首先应从企业的内部管理和企业外部竞争环境两方面来分析信息资源。也可以从采购周期、生产周期和销售周期分析企业信息资源状况,还可以从厂房设备等硬件要素上分析其资源状况,另一些则涉及人员和资源等方面。

信息规划的基础是企业内部的信息资源分析和确认各部分的信息特征。分析企业需要建立哪些信息管理系统来处理信息资源,及各系统怎样共享信息,这就要求把各方面信息资源都挖掘出来。

1. 企业内部信息

企业内部信息是非常复杂的并具有个性特点,指企业的各种业务报表和分析报告,有关生产方面、技术方面的资料以及经营管理部门制定的计划及人力资源等方面的情况。

(1) 企业产品信息。包括产品的市场占有率、销售网点、流通渠道、产品供求平衡、价格动力与政策、竞争力要素、竞争产品的动向、新技术和新产品开发动向等。它们能帮助企业了解产品的市场需求和行情变化,提供产品更新换代的规律。

(2) 企业管理信息。包括企业体制、经营者素质、销售战略、经营战略、经营者素质、经营能力分析和技术开发能力分析等。它们为企业生产经营活动的安排、营销策略的拟定和开发战略的研制提供了经验和手段的支持。

采购、生产和销售信息,是企业重要的 3 个信息资源。采购指市场方面的信息、产品方面的信息和供应商方面的信息等。生产指生产计划方面的信息、生产周期方面的信息、劳动生产率方面的信息和产品质量方面的信息。销售指产品信息、客户信息和产品流通信息。这些方面都涉及原材料、零部件、半成品及成品方面,所处理的实际物质具有很高的流动性,是企业首先要关心的方面,也是信息首先能够发挥价值的方面。

(3) 设备、厂房和运力信息。它们给企业在这些方面的调度管理提供了依据,在给企业进行复杂地分析的基础上提出了决策的建议,是信息化系统得到提升的表现。对这些信息进行收集和处理时,需要把它们与物料和产品方面加以连接,复杂的系统已经能够进行多维度地处理生产计划问题,对生产计划给予优化。

(4) 人员、知识和资产信息。信息化社会,企业信息最突出的特点是体现在人员、知识和资产这些资源方面,企业的竞争也正逐步地发生在这个层面上。在处理这些信息资源时,更多地需要考虑的是多因素的动态平衡、交叉影响的部分。对这些信息资源的处理手段,可以从人为资源管理中得到更多的启发,如绩效管理和平衡记分等方法,这些都是进行人员、知识、资产方面的信息管理所值得借鉴的方法。

2. 企业外部信息

信息及信息技术对未来社会的影响,尤其对企业的影响无论怎样估计都不过分。企业外部信息在涉及企业战略发展和决策方面的重要程度绝对不低于企业的内部信息,从资本运作的效果上看,企业获得跨越式发展的机会几乎都来自对外部信息的把握上。

与企业内部信息相比,外部信息资源更加丰富,信息的种类及信息获取的渠道更为多样化,在处理信息时,企业外部信息也同样重要。

(1)市场环境信息。它是与企业所处的市场的各种经济活动和相关环境有关的数据、资料和情报的统称。它反映了市场活动和环境的变化、特征及趋势等情况。市场环境信息主要包括与企业营销活动有关的经济、政治、法律、社会文化、人口、技术和自然等方面的信息。

(2)技术经济信息。它包括技术水平、技术潜力、新技术应用前景预测、替代技术前景预测、新技术影响的预测和专利动向等。

(3)企业合作信息。包括采购、委托加工、销售、外包及仓存调度等方面可以借助信息化平台来实现。

7.4.2 企业信息处理的缺陷

当前,企业信息处理上存在的主要问题,主要有企业信息平台的现有功能不能满足需求、信息处理不符合规范及信息系统的安全性不够高等。

1. 企业信息平台

企业信息化的发展步伐永远赶不上技术发展的速度,一些企业在信息化过程中一味地追求新技术,认为新技术是最好的。还有些企业甚至在原系统还未完全使用熟练的情况下就将其荒废并花重金去更换新的系统,这种做法实际上反映出企业对自己的信息化需求不明确。所以,企业信息化一定要从需求分析入手,各企业在建设信息平台时必须先弄清楚,企业需要这个信息平台来做什么? 需要实现什么功能?

那么一个企业如何做好需求分析呢? 站在企业角度来看,就是一定要突出自己企业内部的特点。例如远程培训行业重点在培训质量和市场销售,那么如何提高培训质量和扩大市场销售是这类企业首先要考虑的问题。所以企业做需求,一定要从日常工作,以及管理中的重点和难点入手,把企业的发展点定位准确,只有多在这方面考虑问题,才能做好需求,才能建设合适的信息平台。需求分析阶段一定要有开发人员参与,只有这样才能保证开发者充分理解业务功能,使软件功能在最大程度上与需求分析的结果一致,而不出现大的功能偏差。

2. 企业信息输入

信息输入是信息处理的首要环节。常用的输入方式有键盘输入、数/模输入和模/数输入、网络数据传送及磁/光盘读入等几种形式。

键盘输入主要包括联机键盘输入和脱机键盘输入两种方式。主要适用于常规、少量的数据和控制信息的输入以及原始数据的录入。键盘输入不适合大批中间处理性质的数据输入,因为键盘输入不但工作量大、速度慢,而且出错率较高。

数/模输入和模/数输入是目前比较流行的数据输入方式。它是直接通过光电设备对实际数据进行采集并将其转换成数字信息的方法。是一种既安全又方便的数据输入方式。数/模输入和模/数输入方法最常见的有以下几种。

① 语音输入。语音输入是计算机将操作者的讲话识别成汉字的输入方法(又称声控输入),用与主机相连的话筒读出汉字的语音。

② 条码输入。利用标准的商品分类和统一规范化的条码贴于商品的包装上,然后通过光学符号阅读器来采集和统计商品的流通信息。这种数据采集和输入方式已普遍应用于超市、工商、质检和海关等信息系统中。

③ 扫描仪输入。扫描仪输入实际上与条码输入是同一类型。扫描仪是一种高精度的光电一体化的高科技产品,它是将各种形式的图像信息输入计算机的重要工具,是继键盘和鼠标之后的第三代计算机输入设备,它主要用于计算机图像的输入,从最直接的图片、照片、胶片到各类图纸图形以及各类文稿资料等都可以用扫描仪输入到计算机中,进而实现对这些图像形式的信息的处理。

④ 传感器输入。传感器是一种能把物理量或化学量转变成便于利用的电信号的器件,是测量系统中的一种前置部件,它将输入变量转换成可供测量的信号。主要分为有源的传感器和无源的传感器。传感器输入也是一种用来采集和输入生产过程数据的方法。

⑤ 网络传送数据。它既是一种信息输入方式,又是一种信息输出方式。对下级子系统而言,它是输出。对上级子系统而言,它是输入。使用网络传送数据安全、可靠、快捷。网络传送数据主要有两种方式,即利用数字网络直接传送数据和利用电话网络传送数据。

⑥ 磁/光盘读入。数据输出和接收双方事先约定好传送数据文件的标准格式,然后再通过磁盘或光盘传送数据文件。这种方式不需要增加任何设备和投入,是一种非常方便的数据输入方式。

上述各种信息输入方式,都无法保证信息被绝对正确地输入。特别是当信息处理员在实际操作大批量的数据统计报表输入时,常常遇到统计报表或文件结构与数据库文件结构不一致的情况。如有可能,应尽量改变它们之一的结构并使它们一致。现在还可以采用智能输入方式,由计算机自动将数据输入并送至不同的表格。

3. 企业信息校验

由于很难保证数据输入的正确性,因此在信息输入完成后,必须对信息进行校验。特别是数字和金额类数据字段。常用的校对方式如下。

(1) 对校法。依据原数据对照校样进行校对的方法称为对校法,主要由人来进行校对,这种方法对于少量的信息还可以,但对于大批量的数据输入就显得麻烦,效率很低。这种方式在实际系统中很少使用。

(2) 二次输入校对。是指将同一批数据两次输入系统的方法,输入后系统内部再比较这两批数据,如果完全一致则认为输入正确。反之,则将不同部分显示出来由人有针对性地来进行校对。它是目前数据录入中心、信息录入中心录入数据时常用的方法。尽管这种方法中的二次输入在同一个地方出错,并且错误一致的可能性是存在的,但是这种可能性出现的概率是非常小的。

（3）数据平衡校对。它是在原始报表的每行每列中增加一位数字小计字段（如果报表中有,就不需要再增加）,然后在设计新系统的输入时再另设一个累加值,先让计算机将输入的数据累加起来,然后再将累加的结果与原始报表中的小计自动比较。如果一致,则认为输入是正确的,反之,则拒绝接受该数据记录。这是一种非常有效的方法,但并不是十全十美的,当同一记录中几个数据同时出错,而累加后结果仍是正确时,就无法检测出错之处,当然这种情况在实际中出现的可能性很小。

7.4.3　企业信息工作管理

信息工作管理是企业实现信息化的必要工作。只有进行有效的管理,企业信息化才能落到实处。它主要包括企业信息资料管理、信息用户管理和信息工作管理。

1. 企业信息资料管理

企业信息资料管理包括管理信息资料的收集、加工、存储和反馈等环节,是企业信息处理基础工作的主体。信息处理技术员在工作时应注意下列问题。

（1）扩大信息收集的范围和种类。企业要不断提高生产技术水平和经营管理水平,大力发展生产,不但需要有关的科学技术信息,而且还需要经济、经营和管理等方面的信息。不仅要收集各种数字资料,也要收集企业十分需要的其他方面的信息资料,如标准、样本、声像资料、研究报告、实物样品、市场信息以及其他种类繁多的非公开出版物,并将收集的信息资料建成资料室或数据库等可供查找的形式。

（2）加强信息资料的加工和报道。对信息进行各种加工,是企业信息部门的工作重心和发展趋势。加工处理后的信息资料应通过各种形式给予报道,以便于正确使用。

（3）做好信息资料的研究与决策支持工作。信息资料的研究工作是信息管理人员针对某一特定课题,系统地进行信息资料的收集、筛选、分析、综合和输出等各项工作的总称,其中包括对科技信息、客观经济信息和企业内部管理、生产信息的研究和分析。

2. 企业信息用户管理

企业信息管理的服务对象主要指的是企业产品的需求部门。企业信息用户管理主要包括两方面的内容。第一,了解用户的信息需求。第二,提高信息服务的效率。只有那些适合用户需求,特别是能使用户最大限度地发挥优势的信息,才能为用户所欢迎和采用,也才能使企业的信息管理产生最好的服务效果。

从信息用户的角度出发,企业信息管理部门应积极参加企业的各项经营管理活动,了解各级领导的意图,了解技术人员、生产工人当前和未来的任务、存在的问题和困难,认真分析和掌握他们的信息需求,同时认真做好信息知识技术的普及工作,使各种有用的信息能更迅速地被企业的各个管理层、生产层采用,从而充分利用信息提高整个企业的生产技术和经营管理水平。

3. 企业信息工作管理

企业信息管理部门应首先确定设置信息机构的宗旨和服务方向。即采取信息资料、信息交流和信息研究三者并重的发展方向,以为企业领导人和科研人员提供决策和技术攻关资料为重点,并以企业的生产经营管理提供有关信息为日常工作,遵循因事设置的原则,力求精简,建立起讲求实效的信息管理系统。企业信息工作管理的主要内容如下。

（1）建立完备的信息管理规章制度来规范企业信息处理工作。

（2）信息人员的配备和管理。企业信息管理人员不仅要具有一定的专业知识,还应具备相关的业务知识。企业要为他们开展工作创造良好的工作环境。

（3）信息装备的配置。企业应购置一些先进的信息管理硬件设备和最新的信息管理软件,这样有利于企业信息工作的开展和顺利进行。

（4）工作计划的制定。凡事都要先有计划,才能顺利开展工作。主要包括图书文字资料的收集采购计划、设备添置计划、人员配备计划、交流报道计划、信息研究计划和培训计划等。

（5）加强对企业信息人员的培训与教育,包括法律法规、职业道德教育以及技术培训。

7.4.4 信息安全

随着信息技术的发展,信息作为一种资源,它的普遍性、增值性、共享性和可处理性,使其对人类具有特别重要的意义。信息安全是一个关系国家主权和安全、社会稳定的重要问题。它的重要性,正随着全球信息化步伐的加快而越来越明显。信息安全是一门涉及计算机科学、密码技术、通信技术、网络技术、应用数学、信息安全技术及信息论等多种学科的综合性学科。

1. 信息安全及含义

信息安全主要是指信息系统的硬件、软件及其系统中的数据受到保护,不受恶意的或偶然的因素所破坏、更改和泄露,系统能可靠、正常、连续地运行,网络服务不中断。信息安全的实质就是要保护信息系统或信息网络中的信息资源免受各种类型的威胁、更改、干扰和破坏,即保证信息的安全性。根据国际标准化组织的定义,信息安全性的含义是指信息的完整性、可用性、保密性、可控制性和可审计性。

信息的保密性是指保证机密信息不被窃听,或窃听者不能了解信息的真实含义。因此针对信息被允许访问对象的不同,信息可分为公开信息和秘密。所有人员都可以访问的信息称为公开信息。只有特定人员可以访问的信息称为秘密。秘密根据信息的重要性及保密要求不同分为不同的密级。国家根据秘密泄露对国家经济和安全产生的影响不同,将国家秘密分为秘密、机密和绝密三个级别,对于具体的信息的保密性还设置时效性,如秘密到期解密,某日期前为绝密等。

信息的完整性一方面指信息在传输、利用和存储过程中保证数据的一致性,防止数据被非法用户篡改。另一方面指信息处理方法的正确性,如误删文件等,这是最基本的安全特征。

信息的可用性指保证合法用户对信息及相关信息资源的使用不会被不正当地拒绝。在系统运行时能正确存取所需信息,当系统遭受攻击或破坏时,能迅速恢复并能投入使用。如由于雷电原因,通信线路中断造成信息在某段时间内不可用,甚至影响正常的商业动作,这是对信息可用性的破坏。

信息的可控制性指对授权范围内的信息的传播及内容具有控制能力。网络系统中的任何信息要在一定的存放空间和传输范围内可控。除了采用常规的传播站点和传播内容监控这些形式外,最典型的有密码的托管政策,当加密算法交由第三方管理时,必须严格按规定可控执行。

信息的可审查性指对出现的网络安全问题提供调查的依据和手段。如建立网络日志,保存用户的上网记录和 IP 地址等。

2. 安全威胁与防范

信息社会的发展带来了各方面信息量的急剧增加,并要求大容量、高效率地传输这些信息。为了适应这一形势,通信技术发生了前所未有的爆炸性发展。目前,除有线通信外,短波、微波和卫星等无线电通信应用也越来越广泛。与此同时,国内外敌对势力为了窃取我国的军事、政治、经济、科学技术等方面的秘密信息,运用侦察船、侦察台和卫星等手段,形成固定与移动、远距离与近距离、空中与地面相结合的立体侦察网,截取我通信传输中的信息。

信息安全本身包括的范围很大,大到国家政治军事机密安全,小到企业机密泄露、防范青少年对不良信息的浏览及个人信息的泄露等。网络环境下的信息安全体系是保证信息安全的关键,包括计算机安全操作系统、安全协议、安全机制及安全系统,其中任何一个漏洞便可以威胁全局安全。

安全威胁指人类和自然对信息资源的保密性、完整性、可用性、可控性和可审查性造成的危害。根据安全威胁是出于人为的还是自然的,可将安全威胁分为人为威胁和自然威胁。人为威胁又可分为故意的人为威胁和意外的人为威胁。故意的人为威胁包括偷窃、欺诈、内部员工的有意破坏、恶意代码及侵犯他人隐私等。意外的人为威胁是由各种不确定因素综合在一起时偶然发生的,并不是有人故意造成的。自然威胁是指不以人的意志为转移的不可抗拒的自然事件,如火灾、海啸和地震等。这类威胁发生的概率比较低。

信息安全的主要威胁如下。

(1)信息泄露。信息被透露或泄露给某个非授权的实体。

(2)信息的完整性破坏。通过对数据进行非授权地修改、增删或破坏,使数据的一致性受到破坏。

(3)拒绝服务。对信息或其他资源的合法访问被无条件地阻止或推迟与时间密切相关的操作。

(4)非授权访问。资源被某个非授权的人或以超越授权范围的方式使用。

(5)窃听。用各种可能的合法或非法的手段窃取系统中的信息资源和秘密。例如利用通信设备在工作过程中产生的电磁泄露截取有用信息或对通信线路中传输的信号搭线监听等。

(6)假冒。通过欺骗通信系统达到非法用户冒充成为合法用户,或特权小的用户冒充成为特权大的用户的目的。黑客通常采用假冒方式攻击。

(7)业务流分析。通过对系统进行长期监听,利用统计分析方法对诸如通信频度、通信的信息流向及通信总量的变化等参数进行研究,从中发现有价值的信息和规律。

(8)旁路控制。攻击者利用系统的安全缺陷获得非授权的权利或特权。如攻击者通过各种攻击手段发现原本应保密,但是却又暴露出来的一些系统"特性",利用这些"特性",攻击者可以绕过防线守卫者侵入系统的内部。

(9)授权侵犯。为某一特权使用某一系统或资源的某个人,却将此权限用于其他非授权的目的,也称为"内部攻击"。

(10)特洛伊木马。软件中含有一个无害的或觉察不出的程序段,当它被执行时,会破坏用户的安全。这类应用程序称为特洛伊木马。

(11)抵赖。参与者抵赖本人的真实身份,这是一种来自用户的攻击,如否认自己曾经发布过的某条消息或伪造一份对方来信等。

(12)重放。出于非法目的,将所截获的某些合法的通信数据进行复制,并重新发送。

(13)计算机病毒。一类在计算机系统运行过程中能够实行传染和侵害功能的程序。

(14)人员不慎。被授权的人为了某种利益或由于粗心,将信息泄露给非授权的人。

（15）介质废弃。信息被从废弃的打印过的或磁的存储介质中获得。

（16）物理侵入。入侵者绕过物理控制而获得对系统的访问。

（17）业务欺骗。某一伪系统或系统部件欺骗合法的用户或系统自愿地放弃敏感信息等。

面对各方面的安全威胁，只有从防范入侵系统崩溃两个方面着手，掌握信息的安全防范技术，才能保证信息的安全。在信息处理过程中，保证信息在收集、加工、存储或传输等过程中不被篡改、丢失或损坏等，同时保证信息被授权人获取，而不被非授权者非法使用。常见的安装防火墙和安装杀毒软件都是防范的技术手段。同时，在机器的外部也应采取一些办法防止信息失窃，包括制定严格的处理手续和规章制度，不让闲杂人员随意出入机房，对系统管理人员加强保密教育，慎重选择机房人员等。

7.5 初等数学基础知识

掌握一定的数学基础知识是学好计算机的前提，在信息处理技术员这个级别中，主要掌握数据的简单统计、常用的统计图表和统计函数。

7.5.1 数据的简单统计

1. 统计学的定义和发展

统计学的英文 statistics 最早是源于现代拉丁文 statisticum collegium（国会）以及意大利文 statista（国民或政治家）。统计学是应用数学的一个分支，主要通过利用概率论建立数学模型，采用抽样调查的方法收集所观察系统的数据，进行量化的分析和总结，并进而进行推断和预测得出反映事物总体信息的数字资料，并以此为依据，对总体特征进行推断的原理和方法。

统计学是一门很古老的科学，始于古希腊的亚里士多德时代，迄今已有两千三百多年的历史。它在研究社会经济问题方面，有两千多年的发展过程，至少经历了"城邦政情"、"政治算数"和"统计分析科学"3个发展阶段。

（1）第一阶段"城邦政情"阶段。这一阶段始于古希腊的亚里士多德撰写"城邦政情"或"城邦纪要"。他共撰写了一百五十余种纪要，内容包括各城邦的科学，艺术，行政，人口，历史，资源和财富等社会和经济情况的分析、比较，具有社会科学特点。

（2）第二阶段"政治算数"阶段。1690年英国威廉·配弟出版《政治算数》一书，该书是这个阶段的起始标志。它的特点是数学计算与统计方法和推理方法相结合，注重运用定量分析方法分析社会经济问题。

（3）第三阶段"统计分析科学"阶段。在"政治算数"阶段出现的数学与统计的结合趋势逐渐发展形成了"统计分析科学"。"统计分析科学"课程的出现是现代统计发展阶段的开端。1908年，"学生"氏发表了关于小样本的t分布论文，它创立了小样本代替大样本的方法，开创了统计学的新纪元。现代统计学的代表人物是比利时统计学家奎特莱，他将统计分析科学广泛应用于自然科学、工程技术科学和社会科学领域，因为他认为统计学是可以用于研究任何科学的一般研究方法。

所谓"数理统计"不是独立于统计学的新学科，而是统计学在第三个发展阶段所形成的所有收集和分析数据的新方法的一个综合性名词。17 世纪法国数学家帕斯卡和费马创立了古典概率论,从而发展了概率论理论,它是数理统计方法的理论基础,但是它不属于统计学的范畴,而属于数学的范畴。十九世纪初,在概率论的发展基础上,数学家们逐渐建立了观察误差理论、正态分布理论、极大自然估计、方差分析和最小平方法则。理论界认为,在 1920 年前,统计研究属于"整理资料"时期,而后进入了"分析统计"时期,即推断统计学时间,此时,现代统计方法便有了比较坚实的理论基础。

今天,统计学广泛吸收和融合相关学科的新理论,应用新技术和新方法,丰富和深化了统计学传统领域的理论与方法,并拓展了新的领域。在我国,社会主义市场经济体制的逐步建立,为适应加入 WTO 的实践发展的需要而对统计学提出了更多、更高的新要求。随着我国社会主义市场经济的成长和不断完善,统计学的潜在功能将得到更充分的挖掘。主要有:第一,定性与定量相结合的综合分析方法为统计分析方法的发展提供新的思想;第二,对系统性及系统复杂性的认识为统计学的未来发展增加了新的思路;第三,统计科学与其他科学渗透为统计学的应用开辟了新的领域。

从学科分类上看,统计学可以分为理论统计学和应用统计学。理论统计学是统计学的基本原理,主要研究统计学的一般理论问题,尤其是各种统计方法的数学理论问题。应用统计学是研究如何应用统计方法去解决实际问题,应用统计学一般都与特定的领域相联系,如统计学在教育领域的应用称为教育统计学,在经济领域的应用称为经济统计学。

应用统计学又分为描述统计学和推断统计学。描述统计学是指给定一组数据,统计学可以摘要并且描述这份数据。推断统计学是指观察者以数据的形态建立出一个用以解释随机性和不确定性的数学模型,并由此来推论研究中的步骤及母体的方法。

统计学的作用在于它能帮助人们有目的、有计划地进行调查研究、合理地分析和解释试验数据、科学地揭示数据之间隐含的内在规律性。但是统计学只能帮助人们发现规律,而不能创造规律。

2. 统计方法

统计学一共有 4 种测量方式。这 4 种测量方式(包括名目、顺序、等比和等距)在统计过程中具有不同的实用性。名目测量是指测量值不具量的意义的测量。顺序测量是指测量的意义不是表现在其值而是在其顺序之上。等比测量是指测量拥有零值及资料间的距离是相等被定义的。等距测量是指资料间的距离是相等被定义的,但是它的零值并非绝对的没有,而是自行定义的(如智力、温度的测量)。

3. 简单的数据统计

在现实生活中,统计知识广泛应用于各个角落,例如学校的学生成绩、商店的销售数量或职工的工资等。用统计知识来解决实际问题,可以帮助我们更好地管理数据。根据信息处理技术员考试要求,要了解下列统计知识。

(1) 总体、个体、样本和样本容量。所要研究对象的全体叫总体或称为母体,组成总体的每个基本单位就是个体。总体具有同质性,每个个体具有共同的观察特征,而个体表现为某个数值是随机的,但它们取得某个数值的机会是不同的,也就是说它们按一定的规律取值,取值与确定的概率相对应。总体往往是设想的或抽象的,它所包含的个体数目是无穷多的。

人们通常研究的对象是总体,并要求得到参数。但是总体包含的个体太多,个体的数据往往不能逐一测定。因而,一般只能从总体中抽取若干个个体来研究。这些从总体中所抽取的部分个体所组成的集合称为样本。测定样本中的各个个体而得的特征数,如样本平均数等,称为统计数。统计数是总体的相应参数的估计值。从样本估计总体,则要考虑样本的代表性,只有随机地从总体中抽取的样本,才能无偏地估计总体,这样的样本越能近似地代表总体。从总体中随机抽取的样本称为随机样本。样本中包含个体的数目称为样本容量,又称为样本大小。

为了了解某工厂 6 月份生产的灯泡的寿命,从中测试了 100 个灯泡。则总体是六月份生产的灯泡的寿命的全体,个体是每只灯泡的寿命,样本是所抽取的 100 只灯泡的寿命。样本容量是 100。

注意:样本容量是对于你研究的总体而言的,是在抽样调查中总体的一些抽样。不能说样本的数量就是样本容量,因为总体中的若干个个体只组成一个样本。样本容量不需要带单位。在假设检验里样本容量越大越好,但实际上不可能无穷大,就像研究中国人的体重时不可能把所有中国人的体重都称一遍一样。

(2) 平均数、中位数和众数。平均数是指在一组数据中用所有数据的总和除以数据的个数。平均数的大小与一组数据里的每个数据都有关系,任何一个数据的变动都会引起平均数的变动,即平均数受较大数和较小数的影响。它主要包括算术平均数、调和平均数和几何平均数。

算术平均数主要用来反映统计对象的一般情况,也可用它进行不同组数据的比较,从而看出组与组之间的差别。

$$算术平均数 = \frac{总体标志总量}{总体单位总量}$$

调和平均数是标志值倒数的平均数的倒数。它是用来解决在无法掌握总体单位数的情况下,只有每组的变量值和相应的标志总量,而需要求得平均数的情况下使用的一种数据方法。

$$调和平均数 = \frac{n}{\sum \frac{1}{X}}$$

几何平均数是 n 个观察值连乘积的 n 次方根。主要用于对比率、指数等求平均和计算平均发展速度。

$$几何平均数 = \sqrt[n]{X_1 \cdot X_2 \cdot \cdots \cdot X_n}$$

中位数是指将一组数据按大小顺序依次排列,处在最中间位置的一个数(偶数个数据的最中间位置的两个数的平均数)。中位数的大小仅与数据的排列位置有关,不受偏大和偏小数的影响,当一组数据中的个别数据变动较大时,可用它来描述这组数据的"集中趋势"。

众数是指在一组数据中出现次数最多的那个数据。求一组数据的众数既不需要计算,也不需要排序,而只要着眼于对各数据出现次数的频率就行了。众数与概率有密切的关系。众数的大小只与这组数据中的部分数据有关。当一组数据中有不少数据多次重复出现时,其众数往往是人们关心的一种统计量。

(3) 方差、标准差。样本中各数据与样本平均数的差的平方和的平均数称为样本方差;

$$样本方差 = \frac{1}{n} \left[(X_1 - \overline{X})^2 + (X_2 - \overline{X})^2 + \cdots + (X_n - \overline{X})^2 \right]$$

样本方差的算术平方根称为样本标准差。

$$样本标准差 = \sqrt{\frac{1}{n}\left[(\overline{X}_1 - \overline{X})^2 + (X_2 - \overline{X})^2 + \cdots + (X_n - \overline{X})^2\right]}$$

样本方差和样本标准差都是衡量一个样本波动大小的量,样本方差或样本标准差越大,样本数据的波动就越大。

方差是各变量值与其均值离差平方的平均数,它是测算数值型数据离散程度的重要方法。

$$方差 = \frac{1}{n}\left[(X_1^2 + X_2^2 + \cdots + X_n^2) - nX^{-2}\right]$$

7.5.2 常用的统计图表

Microsoft Excel 支持各种各样的图表,当用户使用图表向导创建图表或者使用图表类型命令更改现有图表时,可以很方便地从标准图表类型或自定义图表类型列表中选择自己所需的类型。

1. 统计图

常用的统计图主要有柱型图、横柱型图、曲线图、饼图、散点图、面积图、圆环图和曲面图等。

(1)柱型图。柱型图显示一段时间内数据的变化或显示不同项目之间的对比。主要有簇状柱型图、堆积柱型图和三维柱型图。

簇状柱型图用来比较相交于类别轴上的数值大小。

堆积柱型图用来比较相交于类别轴上的某一数值所占总数值的大小。如图 7-2 所示,水平方向表示类别,垂直方向表示各类别的值,强调值随时间的变化。

三维柱型图用来比较相交于类别轴和相交于系列轴的数值,如图 7-3 所示。

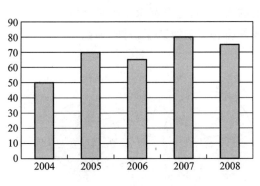

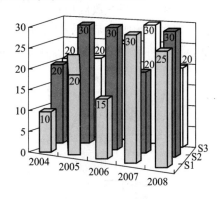

图 7-2 堆积柱型图(某公司的
年生产量(单位:吨))

图 7-3 三维柱型图(某公司的生产的产品
在各地的销售量(单位:吨))

(2)条形图用来显示各个项目之间的对比。主要包括簇状条形图和堆积条形图。

簇状条形图用来比较相交于类别轴上的数值的大小。如图 7-4 所示,垂直方向表示类别,水平方向表示各类别的值,关注值的对比情况。

堆积条形图用来比较相交于类别轴上每一数值所占总数值的大小。

(3)折线图按照相同间隔显示数据的趋势。它主要包括折线图、堆积折线图、百分比堆积折线图和三维折线图。

折线图用来显示随时间或类别而变化的趋势线,在每个数据值处还可以显示标记,如图 7-5 所示。

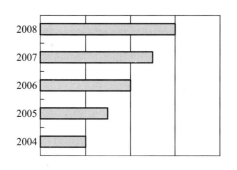

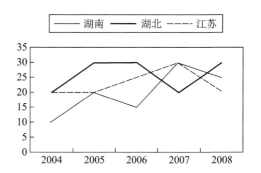

图 7-4　簇状条形图(某公司的年生产量 (单位:吨))

图 7-5　折线图(某公司生产的产品在各地的 销售量(单位:吨))

堆积折线图用来显示每一数值所占大小随时间或类别而变化的趋势线。

百分比堆积折线图用来显示每一数值所占百分比随时间或类别而变化的趋势线。

三维折线图是带有三维效果的折线图。

(4)饼图用来显示组成数据系列的项目在项目总和中所占的比例。饼图通常只显示一个数据系列,当希望强调数据中的某个重要元素时可以采用饼图。饼图主要包括饼图、分离型饼图、复合饼图和复合条饼图等子类型。

饼图用来显示每一数值相对于总数值的大小,如图 7-6 所示。

分离型饼图用来显示每一数值相对于总数值的大小,同时强调每一个单独的值。

复合饼图将用户定义的数值从主饼图中提取并组合成为第二个饼图,如图 7-7 所示。

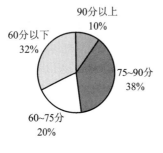

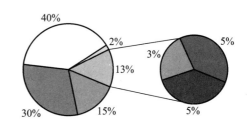

图 7-6　饼图

图 7-7　复合饼图

复合条饼图将用户定义的数值从主饼图中提取并组合成为另一堆积条形图的饼图。

(5)XY 散点图用来显示若干数据系列中各数值之间的关系或者将两组数绘制为 xy 坐标的一个系列。它主要包括散点图和折线散点图。

散点图是主要用来比较成对的数值,如图 7-8 所示。

折线散点图主要用来显示随时间而变化的系列数据,非常适用于显示在相等时间间隔下数据的趋势,如图 7-9 所示。

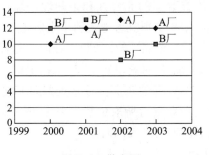

图 7-8 散点图

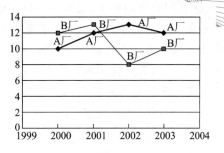

图 7-9 折线散点图

（6）面积图强调数量随时间而变化的程度，也可用于引起人们对总值趋势的注意。它主要包括面积图和三维面积图。

面积图用来显示数值随时间或类别而变化的趋势，如图 7-10 所示。

三维面积图与面积图显示相同的内容，但三维面积图以三维格式显示数据。

（7）圆环图主要用来显示各个部分与整体之间的关系，且可以包含多个数据系列。它包括圆环图和分离型圆环图两个子类型。

圆环图在圆环中显示数据，其中每个圆环代表一个数据系列，如图 7-11 所示。

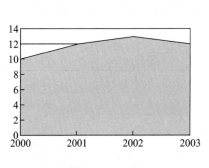

图 7-10 面积图

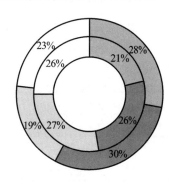

图 7-11 圆环图

分离型圆环图主要用来显示每一数值相对于总数值的大小，同时强调每个单独的数值。它与分离型饼图很相似，但是分离型圆环图可以包含多个数据系列。

（8）曲面图主要显示找到两组数据之间的最佳组合。就像在地形图中一样，颜色和图案表示具有相同数值范围的区域。它主要包括三维曲面图和三维曲面图（框架图）。

三维曲面图是用来在连续曲面上跨两维显示数值的趋势。曲面图中的颜色并不代表数据系列，而是代表数值间的差别。如图 7-12 所示。

三维曲面图（框架图）是不带颜色的三维曲面图。

2. 统计表

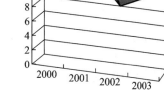

图 7-12 三维曲面图

统计表是将原始数据用纵横交叉线条所绘制成的表格来表现统计资料的一种形式。它将统计资料按照一定的要求进行整理、归类，并按照一定的顺序把数据排列起来，使之系统化、条理化,让人感觉到数据的紧凑、简明与一目了然,也易于检查数据的完整性和正确性。统计表主要用数量来说明研究对象之间的相互关系,并将其变化规律和差别显著地表示出来。

统计表的内容一般都包括总标题、横标题、纵标题、数字资料、单位与制表日期。总标题是指表的名称,要求能简明扼要地表达出表的中心内容。横标题是研究事物的对象,标识每一横行内数据的意义。纵标题是研究事物的指标,标识每一纵栏内数据的意义。数字资料是指各空格内按要求填写的数字,表内数字要求位置上下对齐、准确、小数点后所取位数也要上下一致。单位是指表格里数据的计量单位。制表日期放在表的右上角,表明制表的时间。

按项目的多少,统计表可分为简单表、分组表和复合表3种。只对某一个项目的数据进行统计的表格称为简单表,它常用来比较互相独立的统计指标,如表7-4所示。

表7-4 简单表(2007年各车辆销售量)

车型	销售量/辆
桑塔纳	222 224
捷达	95 073
别克	30 543
奥迪	16 030

分组表是指横标题按一个标志分组,结构形式与简单表基本相似,但通常设有合计栏,用以说明综合水平,如表7-5所示。

表7-5 分组表(频率分布表)

分组	频数	频率
145 ~ 155	8	0.16
155 ~ 160	10	0.20
160 ~ 165	12	0.24
165 ~ 180	20	0.40
合计	50	1.00

复合表是指统计项目在两个或两个以上的统计表格,如表7-6所示。

表7-6 复合表(全国近几年废气中主要污染物排放量(单位:万吨))

年度	二氧化硫排放量			烟尘排放量		
	总量	其中		总量	其中	
		工业	生活		工业	生活
2000	1 857	1 460	397	1 159	953	205
2001	1 995	1 612	382	1 165	953	212
2002	1 947	1 566	381	1 069	851	217
2003	1 926	1 562	364	1 012	804	208

7.5.3 常用的统计函数

统计函数是指统计工作表函数,用于对数据区域进行统计分析。常用的统计函数如下。

1. AVERAGE 函数

该函数用于返回所有参数的算术平均值。

语法:AVERAGE(number1,number2,…)。

参数:number1、number2、…为所需要计算平均值的 1~30 个参数。

在 Microsoft Excel 中,该函数的参数可以是数字或者是包含数字的名称、数组或引用。如果数组或引用参数包含文本、逻辑值或空白单元格,则这些值将被忽略,但包含零值的单元格将计算在内。

例:如果 A1:A5的数值分别为 100、70、0、40 和 80,则公式" = AVERAGE(A1:A5)"返回值为 58。

2. AVERAGEA 函数

该函数用于计算参数清单中数值的平均值。它与 AVERAGE 函数的区别在于不仅数字,而且文本和逻辑值(如 TRUE、FALSE)也参与计算。

语法:AVERAGEA(value1,value2,…)。

参数:value1、value2、…为需要计算平均值的 1~30 个单元格、单元格区域或数值。

例:如果 A1 = 56、A2 = 84、A3 = TRUE,则公式" = AVERAGEA(A1:A3)" = (56+84+1)/3 = 47,返回值为 47。

3. COUNT 函数

该函数用于返回数字参数的个数。它可以统计数组或单元格区域中含有数字的单元格个数。

语法:COUNT(value1,value2,…)。

参数:value1、value2、…是包含或引用各种类型数据的参数(1~30 个),其中只有数字类型的数据才能被统计。

例:如果 A1 = 40、A2 = 人数、A3 = #"、A4 = 4、A5 = 16,则公式" = COUNT(A1:A5)"返回值为 3。

4. VAR 函数

该函数用来计算给定样本的方差。

语法:VAR(number1,number2,…)。

参数:number1、number2、…为对应于总体样本的 1~30 个参数,当参数为逻辑值或文本时将被忽略。如果考虑参数为逻辑值或文本的情况,则使用 VARA 工作表函数计算方差。

该函数的计算公式为:$\dfrac{\sum\limits_{i=1}^{n}(x_i - \bar{x})^2}{n-1}$,其中,$\bar{x}$ 为样本平均值 AVERAGE(number1,number2,…),n 为样本大小。

5. MAX 函数

该函数用于返回一组值中的最大值。

语法:MAX(number1,number2,…)。

参数:number1、number2、…是要从中找出最大值的 1 ~ 30 个参数。如果参数为错误值或不能转换成数字的文本,将产生错误。如果参数为数组或引用,则只有数组或引用中的数字将被计算。数组或引用中的空白单元格、逻辑值或文本将被忽略,如果逻辑值或文本不能被忽略,则需要使用函数 MAXA 来代替。

6. MIN 函数

该函数用于返回一组值中的最小值。

语法:MIN(number1,number2,…)。

参数:number1、number2、…是要从中找出最小值的 1 ~ 30 个参数。如果参数为错误值或不能转换成数字的文本,将产生错误。如果参数为数组或引用,则只有数组或引用中的数字将被计算。数组或引用中的空白单元格、逻辑值或文本将被忽略,如果逻辑值或文本不能被忽略,则需要使用函数 MINA 来代替。

7. 数字求和

Microsoft Excel 中,在单元格中输入" = "和算式时,可进行直接计算。例如,在单元格中输入" = 10-4",将显示结果 6。

(1) 对位于连续的行或列中的所有数字求和。可以使用"自动求和"来计算。具体步骤:单击数字所在列下面的某个单元格或单击数字所在行右侧的某个单元格,再单击"常用"工具栏上的"自动求和"按钮,然后按回车键。

(2) 对不在连续的行或列中的数字进行求和,可以使用 SUM 函数来计算。

语法:SUM(number1,number2,…)。

参数:number1、number2、…是 1 ~ 30 个需要求和的参数。参数可以是逻辑值、数字、数字的文本形式或单元格的引用。

例:SUM(10,20) 等于 30,SUM(A1:E1)是计算从 A1 到 E1 共 5 个单元格中数值的和。

(3) 基于条件对数字求和,可以使用 SUMIF 函数。

语法:SUMIF(range,criteria,sum range)。

参数:range 用于条件判断的单元格区域。criteria 确定哪些单元格符合相加的条件,其形式可以是数字、表达式或文本。sum range 是需要求和的实际单元格区域,只有当 range 中的相应单元格满足 criteria 中的条件时,才能对 sum range 中相应的单元格求和。

例:设 A1:A3中的数据是 10、20、30,B1:B3 中的数据是 50、60、70,则 SUM(A1:A3,">15",B1:B3)等于 130,因为 A2、A3 中数据满足条件大于 15,所以对相应的 B2、B3 进行求和。

7.6　例题分析

1. 下列关于信息的叙述中,正确的是____。

A. 信息可以不依附任何载体直接进行传输

B. 信息需要由专业人员进行处理

C. 信息可以被反复利用

D. 信息是一种摸不着的资源,因此不可能估算其价值

分析：

信息是客观世界各种事物变化和特征的反映,是物质系统中事物的存在方式或运动状态,以及对这种方式或状态的直接或间接表述。信息不是事物本身,是表示事物之间联系的消息、情报、指令、数据或信号。我们每个人每时每刻都在接收信息。在人类社会中,信息通常以文字、图形、图像、语音等形式出现。信息的特征有信息的可识别性、信息的可传载性、信息的可再生性、信息的时效性、信息的滞后性、信息的共享性和信息的可存储性。因此正确的是 C。

答案:C。

2. 信息处理工作前期,首先需要收集所需的数据,常常要做原始统计记录。做原始统计记录需要注意的事项中一般不包括____。

A. 要及时记录,事后回忆就可能不准确

B. 记录要真实、全面,不能片面、造假

C. 记录要清晰,要便于别人理解与处理

D. 要严格按统一规定编码格式进行记录

分析：

原始信息的收集要准确,要使获得的信息能准确反映决策者需要了解的情况。收集者不能按自己或其他人的旨意随意变动信息的内容或收集信息的范围。做原始统计记录没必要按统一规定编码格式进行记录,对记录进行统一规定编码格式应在信息处理的信息收集后的信息编码阶段做。

答案:D。

3. 企业中的信息处理过程包括多个阶段,对每个阶段都应有目标要求,有规范的制度,有需要特别注意的事项。以下叙述中正确的是____。

A. 要根据企业对输出报表的需求,选择所需收集的数据项

B. 数据排序的目的是节省存储空间

C. 选择合适的数据存储方式将使检索操作更简单

D. 数据代码化将使用户识别数据更直观

分析：

选择所需收集的数据项,主要是为了企业中各阶层人员了解信息、作为决策的需要,而不是根据企业对输出报表的需求。数据排序主要是为了节省查找时间,它不能节省存储空间。选择合适的数据存储方式能使检索操作更简单,所以 C 是正确的。数据代码化主要是减少信息操作员的工作量,相反用户识别数据会不直观。

答案:C。

4. 下列选项中,不属于信息处理基本要求的是____。

A. 正确　　　　　B. 及时　　　　　C. 持久　　　　　D. 经济

分析：

现代企业对信息处理的要求可归结为及时、准确、适用与经济 4 个方面。

答案:C。

5. 信息安全特性中的____是指信息在使用、传输、存储等过程中不被篡改、丢失、缺损等。

A. 保密性　　　　B. 可用性　　　　C. 完整性　　　　D. 不可否认性

分析：

信息的完整性一方面指信息在传输、利用、存储过程中保证数据的一致性,防止数据被非法用户篡改,另一方面指信息处理方法的正确性。

答案：C。

6. 某地区对数千名高三学生进行了一次数学统考,信息处理技术员按分数值为 X 轴,人数为 Y 轴,绘制了考试成绩曲线。通常,该曲线大致为＿＿。

A．中间低两边高的凹型曲线　　　　　　B．中间高两边低的凸型曲线

C．没有规律的随机曲线　　　　　　　　D．近似直线段

分析：

学生的考试成绩通常符合正态分布,符合正态分布的数据曲线是中间高两边低的凸型曲线。

答案：B。

7. 4 个铜厂前年和去年的产值如下表。

	一厂	二厂	三厂	四厂
前年产值/万元	1 150	360	550	632
去年产值/万元	1 400	600	780	980

根据上表,在这几个厂中,＿＿发展最快。

A．一厂　　　　　　B．二厂　　　　　　C．三厂　　　　　　D．四厂

分析：

发展的快慢是通过比较增长率来实现的。

一厂的增长率 = (1 400 - 1 150)/1 150 = 21.7%

二厂的增长率 = (600 - 360)/360 = 66.7%

三厂的增长率 = (780 - 550)/550 = 41.8%

四厂的增长率 = (980 - 632)/632 = 55.1%

二厂的增长率最大,所以二厂的发展最快。

答案：B。

8. 甲、乙两队同时开凿一条 640 m 长的隧道,甲队从一端起,每天掘进 7 m。乙队从另一端起,每天比甲队多掘进 2 m,两队在距离隧道中点＿＿ m 的地方会合。

A．40 m　　　　　　B．60 m　　　　　　C．80 m　　　　　　D．180 m

分析：

这是一道典型的工程计算问题。甲、乙两队同时开始,凿完这条隧道需要 640/(7+2+7) = 40 天,相会时,甲队凿了 7×40 = 280 m,则两队在距中点 640/2 - 280 = 40 m 处会合。

答案：A。

9. 在数据图表中,＿＿展示了整体与部分之间的关系。

A．圆饼图　　　　　　B．折线图　　　　　　C．散点图　　　　　　D．柱形图

分析：

圆饼图主要用来显示各个部分与整体之间的关系,且可以包含多个数据系列。

答案:A。

10. 信息处理技术员录入大批数据后常需要检查是否录入错误。检查的方法很多,但下列____不是好方法。

A. 将计算机求出的总计与人工计算的总计进行比较

B. 一个人读已输入的数据,另一个人核对原始数据

C. 领导再安排一个人录入同样的数据,并将两种录入结果进行比较

D. 自己再录入一遍同样的数据,并将两种录入结果进行比较

分析:

常用的校对方式有对校法、二次输入校对、数据平衡校对。

答案:A。

7.7 同步训练

1. 下列关于有损压缩的叙述中,正确的是____。

A. 有损压缩可以将原文件中的信息完全保留,解压后数据可以完全恢复

B. 有损压缩可以将原文件中的信息完全保留,解压后数据不可以完全恢复

C. 有损压缩不能将原文件中的信息完全保留,解压后数据可以完全恢复

D. 有损压缩不能将原文件中的信息完全保留,解压后数据不可以完全恢复

2. 下列关于信息处理的说法,错误的是____。

A. 对收集来的信息,要进行筛选和判别

B. 收集、存储、加工、传输都是信息处理所涉及的环节

C. 信息收集要坚持全面性原则

D. 在信息传递过程中,信息提供者和用户不能兼有双重身份

3. 信息的____是指保证机密信息不被窃听,或窃听者不能了解信息的真实含义

A. 保密性　　　　　B. 可用性　　　　　C. 完整性　　　　　D. 可控制性

4. 信息加工的主要内容不包括____。

A. 筛选　　　　　B. 编制　　　　　C. 采集　　　　　D. 分析

5. 信息系统设计方案的操作界面部分,当输入界面设计方案需要征求信息处理技术员的意见时,在如下设计理念中,____是正确的。

A. 为了美观大方,文本框中的数据应要求用户用楷体居中输入

B. 年龄、工龄等信息的输入可采用下拉列表框的形式

C. 用户在文本框中输入信息并按回车键后,系统应立即对用户输入的信息进行有效性校验

D. 用户输入界面的颜色应鲜明,操作区域可不一致,各字体也可不一致

6. 无损压缩编码法也称熵编码法或冗余压缩法,____不是无损压缩编码。

A. 霍夫曼编码　　　　　B. 预测编码　　　　　C. 行程编码　　　　　D. 算术编码

7. 在信息存储时,____是错误的。

A. 企业中的任何人都可以随时向资料库存入信息资料

B. 利用计算机存储资料时,存储的资料要安全可靠

C. 当存储大量时,应采用科学的编码体系,缩短相同信息所需的代码,以节约存储空间

D. 信息存储必须满足存取方便、迅速的需要

8. 频数分布直方图中长方形的高是该组数据的____。

A. 频率　　　　　　　　　　　　　　B. 个数

C. 所占总体的百分比　　　　　　　　D. 与该组数据无关

9. 甲、乙、丙三人生产零件,甲乙 2 小时生产 36 个,乙丙 4 小时生产 96 个,甲丙 1.5 小时生产 48 个,问甲、乙、丙每小时共生产零件____个。

A. 39　　　　　　B. 37　　　　　　C. 44　　　　　　D. 45

10. 某员工的工资 5 月比 4 月增加了 50%,而 6 月比 5 月减少了 50%。那么,与 4 月相比,该员工 6 月的工资____。

A. 减少了 25%　　　　　　　　　　　B. 减少了 75%

C. 增加了 25%　　　　　　　　　　　D. 没有变化

第8章
Windows 操作系统

根据信息处理技术员考试大纲的要求,Windows 操作系统主要包括操作系统类型和功能、桌面环境的认识、窗口的基础知识、Windows 的基本操作、文件管理、上网通信等。其中桌面环境的认识、图标、窗口及其组成部分的基本概念和操作方法、文件、文件夹、目录结构的基本概念、文件管理操作方法等属于考试科目一"信息处理基础知识"的内容,在 Windows 环境下进行计算机基本操作和文件管理属于考试科目二"信息处理应用技术"的内容。本章出题的形式包括上午的选择题和下午的操作题,但是根据对历年试题的分析,该部分内容在操作题出现的几率很小,主要以选择题为主。本章的知识需要熟练掌握并能熟练操作。下面将紧扣大纲,并在理论知识讲解与案例相结合、分析历年信息处理技术员考试试题的基础上,进行同步强化训练。

8.1 操作系统的类型和功能

8.1.1 操作系统的类型

操作系统按照使用环境及处理方式的不同,分为批处理操作系统、分时操作系统、实时操作系统、个人计算机操作系统、网络操作系统和分布式操作系统。根据所支持的用户数目,可分为单用户系统(MS-DOS、OS/2)和多用户系统(UNIX、MVS、Windows)。根据硬件结构,可分为网络操作系统(NetWare、Windows NT、OS/2 Warp)、分布式系统(Amoeba)和多媒体系统(Amiga)等。

① 批处理操作系统。是指将用户作业按照一定的顺序排列,统一交给计算机系统,由计算机自动地、顺序地完成作业的系统。批处理采用尽量避免人机交互的方式来提高 CPU 的运行效率。常用的批处理系统有 MVX 等。

② 分时操作系统。是指对一台 CPU 连接多个终端,CPU 按照优先级给各个终端分配时间片,轮流为各个终端服务。由于计算机高速的运行,使每个用户感觉到自己独占这台计算机。常用的分时操作系统有 UNIX、XENIX、Linux 等。

③ 实时操作系统。是指对来自外界的作用和信息在规定的时间内及时响应并进行处理的系统。常用的实时操作系统有 RDOS、VRTX 等。

④ 个人计算机操作系统。是一种联机交互的单用户操作系统。当支持单任务运行时,称为单任务操作系统,如 DOS 系统等。当支持多任务并行运行时,称为多任务操作系统,如 Windows 系统等。

⑤ 网络操作系统。对计算机网络中的软件、硬件资源进行管理和控制的操作系统,适合多用户、多任务环境,支持网间通信和网络计算,具有很强的文件管理、数据保护、系统容错和系统安全保护功能。常用的网络操作系统有 NetWare 和 Windows NT。

⑥ 分布式操作系统。是将地理上分散的独立的计算机系统通过通信设备和线路互相连接起来,

但各台计算机均分负载,或每台计算机各提供一种特定功能,互相协作完成一个共同的任务。在分布式系统中,计算机无主次之分,各计算机之间可交换信息,共享系统资源。分布式操作系统是一种在物理上分散而逻辑上集中的操作系统,它更强调分布式计算和处理,如 Amoeba 系统等。

目前比较典型的操作系统有 Windows、UNIX、Linux、Palm OS 等。

(1) Windows 是一个为个人计算机和服务器用户设计的操作系统。现在的版本有 Windows 95/Windows 98/Windows Me/Windows 2000/Windows XP/Windows 2003/Windows 7 等。

(2) UNIX 是一种分时计算机操作系统,1969 年在 AT&T 的 Bell 实验室诞生。从此以其优越性不可阻挡的占领网络。大部分重要网络环节都是由 UNIX 构造。主要有 IBM AIX、SUN Solaris、HP UNIX。

(3) Linux 是由 UNIX 克隆的操作系统,在源代码上兼容绝大部分 UNIX 标准,是一个支持多用户、多进程、多线程、实时性较好的且稳定的操作系统。主要有 RedHat、SlackWare、SUSE、TurboLinux、Debian、XteamLinux、BluePoint、红旗 Linux Ubuntu 等。

(4) Palm OS 是 Palm source 公司的产品 Palm 的操作系统,Palm 是利用一个内建、很简单的程序总管(application launcher)来呈现你 Palm 上的所有东西。

8.1.2　操作系统的功能

操作系统的主要功能是资源管理、程序控制和人机交互等。计算机系统的资源可分为设备资源和信息资源两大类。设备资源指的是组成计算机的硬件设备,如中央处理器、主存储器、磁盘存储器、打印机、磁带存储器、显示器、键盘输入设备和鼠标等。信息资源指的是存放于计算机内的各种数据,如文件、程序库、知识库、系统软件和应用软件等。

(1) 资源管理。系统的设备资源和信息资源都是操作系统根据用户需求,按一定的策略来进行分配和调度的。操作系统的存储管理负责把内存单元,分配给需要内存的程序,以便让它执行,在程序执行结束后,将它占用的内存单元收回以便再使用。对于提供虚拟存储的计算机系统,操作系统还要与硬件配合做好页面调度工作,根据执行程序的要求分配页面,在执行中将页面调入和调出内存以及回收页面等。

处理器管理或称为处理器调度,是操作系统资源管理功能的另一个重要内容。在一个允许多道程序同时执行的系统里,操作系统会根据一定的策略将处理器交替地分配给系统内等待运行的程序。一道等待运行的程序只有在获得了处理器后才能运行。一道程序在运行中若遇到某个事件,例如启动外部设备而暂时不能继续运行下去或一个外部事件的发生等,操作系统就要来处理相应的事件,然后将处理器重新分配。

操作系统的设备管理功能,主要是分配和回收外部设备以及控制外部设备按用户程序的要求进行操作等。对于非存储型外部设备,如打印机、显示器等,它们可以直接作为一个设备分配给一个用户程序,在使用完毕后回收以便给另一个需求的用户使用。对于存储型的外部设备,如磁盘、磁带等,则是提供存储空间给用户,用来存放文件和数据。存储型外部设备的管理与信息管理是密切结合的。

信息管理是操作系统的一个重要的功能,主要是向用户提供一个文件系统。一般来说,一个文件系统应向用户提供创建文件、撤销文件、读写文件、打开和关闭文件等功能。有了文件系统后,用户可按文件名存取数据而无需知道这些数据存放在哪里。这种做法不仅便于用户使用而且还有利于用户共享公共数据。此外,由于文件建立时允许创建者规定使用权限,这就可以保证数据的安全性。

（2）程序控制。一个用户程序的执行自始至终是在操作系统控制下进行的。一个用户将他要解决的问题,用某一种程序设计语言编写了一个程序后,就将该程序连同对它执行的要求输入到计算机内,操作系统就根据要求控制这个用户程序的执行直到结束。操作系统控制用户的执行主要有以下一些内容:调入相应的编译程序,将用某种程序设计语言编写的源程序编译成计算机可执行的目标程序,分配内存等资源将程序调入内存并启动,按用户指定的要求处理执行中出现的各种事件以及与操作员联系请示有关意外事件的处理等。

（3）人机交互。操作系统的人机交互功能是决定计算机系统"友善性"的一个重要因素。人机交互功能主要靠可输入输出的外部设备和相应的软件来完成。可供人机交互使用的设备主要有键盘显示器、鼠标及各种模式识别设备等。与这些设备相应的软件就是操作系统提供人机交互功能的部分。人机交互部分的主要作用是控制有关设备的运行和理解并执行通过人机交互设备传来的有关的各种命令和要求。早期的人机交互设备是键盘显示器。操作员通过键盘输入命令,操作系统接到命令后立即执行并将结果通过显示器显示。输入的命令可以有不同方式,但每一条命令的解释是清楚的、唯一的。随着计算机技术的发展,操作命令也越来越多,功能也越来越强。例如语音识别、汉字识别等输入设备的发展,操作员和计算机在类似于自然语言或受限制的自然语言这一级上进行交互成为可能。此外,通过图形进行人机交互也吸引着人们去进行研究。这些人机交互可称为智能化的人机交互。

8.2 桌面环境的认识

本节以 Windows XP 为例来介绍桌面环境。桌面环境由桌面图标、任务栏和语言栏 3 部分组成。下面分别进行介绍,同时简单说明桌面的基本操作。

8.2.1 桌面的组成

Windows XP 的桌面由桌面图标、任务栏和语言栏 3 部分组成。

（1）桌面图标。桌面图标像图书馆的书签一样,每一个图标都代表着一个常用的程序、文件或文件夹。如"我的电脑"、"我的文档"、"网上邻居"、"回收站"、文件、文件夹和一些应用程序的快捷启动图标。如果是安装系统后第一次登录系统,桌面的右下角只有一个"回收站"的图标。

（2）任务栏和语言栏。桌面任务栏如图 8-1 所示。

桌面任务栏包括开始菜单、快速启动栏、任务按钮及提示区等。语言栏是一个浮动的工具条,单击语言栏上的"键盘"小图标,可以选择相应的输入法。

图 8-1 桌面任务栏

8.2.2　桌面的基本操作

桌面的基本操作,包括在桌面空白处右击进行操作和桌面任务栏操作等。

(1) 在桌面空白处右击,出现如图 8-2 所示的菜单。

移动鼠标到菜单上,相应的命令颜色就会发生变化。命令后面有黑色小三角代表该命令后面还有子命令。灰色命令代表当前不可用。主要命令介绍如下:

① 排列图标。当鼠标移动到该命令上的时候,它的子命令就会自动展开,单击不同的命令选项就会使桌面上的图标按不同的方式进行排列。

② 刷新。刷新的本质含义是将电容器充电的一个过程,在这里我们可以将这个过程理解为让系统处于一个"清醒"的状态。

图 8-2　右击鼠标图

③ 新建。用来新建文件夹、文件及文件夹快捷方式。这里的文件指安装到计算机上的应用程序,如图 8-3 所示。

④ 属性。选择"属性"命令后就会出现如图 8-4 所示的对话框。然后可以进行"主题"、"桌面"、"屏幕保护程序"、"外观"、"设置"等操作,在此不予详细讲解。

图 8-3　新建

图 8-4　属性对话框

(2) 桌面任务栏操作。

① 开始。位于桌面左下角,单击该按钮就会弹出"开始"菜单,所有应用程序、系统程序、关机、注销等均可从这里进行操作。

② 快速启动栏。一般用于放置应用程序的快捷图标,单击某个图标即可启动相应的程序,用户可以自行添加或删除快捷图标。

③ 任务按钮。在 Windows XP 中可以打开多个窗口,每打开一个窗口,在任务栏中就会出现相应的按钮,单击某个按钮代表将其窗口显示在其他窗口的最前面,再次单击该按钮可将窗口最小化。单击任意几个任务按钮,可以相互切换窗口。

④ 提示区。其中显示了系统当前的时间、声音图标，还包括某些正在后台运行程序的快捷图标，如防火墙、QQ、杀毒软件等。双击就可以将其打开。系统将自动隐藏近期没有使用的程序图标，单击箭头按钮将其展开。

⑤ 语言栏。语言栏是一个浮动的工具条，单击语言栏上的"键盘"小图标，可以选择相应的输入法。也可以按快捷键切换输入法，按住 Ctrl 键再多次按 Shift 键可以在输入法之间切换。

8.3 窗口的基础知识

Windows 在英语中是"窗口"的意思，窗口是 Windows 中最重要的组成部分，它是 Windows 操作系统的基础和特征。窗口是指显示在桌面上的一个矩行工作区域。在 Windows 中，每一个应用程序都有一个属于自己的窗口，当一个应用程序运行时，它就在桌面上属于自己的窗口中运行。

8.3.1 窗口的分类

Windows 的操作主要是在系统提供的不同窗口中进行的，各种窗口会有所差别，但大多数窗口都会有一些共同的组成元素。

Windows 采用了多窗口技术，在使用 Windows 操作系统时，桌面上可能会出现多种类型的窗口，其中包括应用程序窗口、文档窗口、文件夹窗口和对话窗口等。

（1）应用程序窗口。包含一个正在运行的应用程序，在应用程序窗口的顶部会出现应用程序的名称和应用程序菜单栏。

（2）文档窗口。在应用程序窗口中出现的其他窗口称为文档窗口，它常常包含用户的文档或数据文件。文档窗口和应用程序窗口最大的区别是，文档窗口没有菜单栏，应用程序窗口配有菜单栏。文档窗口共享应用程序窗口的菜单栏，但打开一个文档窗口后，所选择的应用程序菜单命令，将影响文档窗口及其中的信息。如图 8-5 所示。

图 8-5 应用程序窗口和文档窗口

（3）文件夹窗口。文件夹是用来存放文件和子文件夹的,双击文件夹图标即可打开一个文件夹窗口,用于显示该文件夹中的文件和子文件夹图标。如图 8-6 所示。

图 8-6　文件夹窗口

（4）对话窗口。也称为对话框。Windows 系统为了完成某项任务而需要从用户那里得到更多的信息时,它就显示一个"对话框"。顾名思义,对话框是系统与用户对话、交互的场所,是窗口界面的重要组成部分。如图 8-7 所示。

图 8-7　对话窗口

8.3.2　窗口的组成

Windows 窗口主要由标题栏、菜单栏、控制按钮、最小化按钮、最大化按钮(恢复按钮)和关闭按钮等组成,如图8-8所示。

图 8-8 Windows 窗口

（1）标题栏。窗口上方的蓝条区域,标题栏左边有控制菜单图表和窗口中程序的名称。

（2）菜单栏。位于标题栏的下方,包含很多菜单。

（3）工具栏。位于菜单栏下方,它以按钮的形式给出了用户最经常使用的一些命令,例如复制、粘贴等。

（4）工作区域。窗口中间的区域,窗口的输入输出都在它里面进行。

（5）状态栏。位于窗口底部,显示运行程序的当前状态,通过它用户可以了解到程序运行的情况。

（6）滚动条。如果窗口中显示的内容过多,当前可见的部分不够显示时,窗口就会出现滚动条,分为水平与垂直两种。

（7）窗口缩放按钮。包括最小化、最大化或关闭按钮。

8.4 Windows 的基本操作

Windows 的基本操作包括查看计算机基本信息、对显示属性的设置、查看并更改控制面板的设置、设置汉字输入方法、驱动程序及常用软件的设置、常用 I/O 设备的使用与维护、使用帮助功能、窗口操作、图标操作和命令行操作、创建快捷方式、整理磁盘碎片等。本节将以 Windows XP

为例对这些内容进行介绍。

8.4.1   查看计算机基本信息

在 Windows 桌面上右击"我的电脑",选择"属性"命令,在弹出的对话框中包含如下几个选项卡。

(1)"常规"选项卡。

(2)"计算机名"选项卡。

(3)"硬件"选项卡。

(4)"高级"选项卡。

(5)"系统还原"选项卡。

(6)"自动更新"选项卡。

(7)"远程"选项卡。

在这几个选项卡中,包括计算机的操作系统、芯片类型和时钟频率、内存、计算机名称、所属工作组、硬件配置、性能和用户配置等基本信息,可以进行系统还原、自动更新或远程协助的设置等。

如果要查看计算机的硬件配置,在 Windows 桌面上右击"我的电脑",选择"管理"命令,在对话框中选择"设备管理器"命令,可以查看到绝大部分已安装的硬件信息,如光驱、硬盘、CPU、声卡、网卡、显卡和主板芯片等信息。

我们也可以采用其他方式如命令行方式来查看计算机的基本信息。

(1)通过在 Windows 中的"DirectX 诊断工具"查看电脑的基本硬件信息,具体方法为单击"开始"→"运行",在下拉列表框中输入"DxDiag"(不包括引号),然后回车,可以打开"DirectX 诊断工具"窗口,这里就可以查看到包括 CPU 的型号和频率、内存大小等硬件信息。在"显示"选项卡中可以查看到计算机显存大小。

(2)单击"开始"→"运行",在下拉列表框中输入 winver 后回车,就可以查看 Windows 版本号。

8.4.2   显示属性的设置

显示属性设置包括壁纸、屏幕保护程序、屏幕分辨率、颜色质量及屏幕刷新频率和其他设置等。有两种方法可以进入显示属性的设置:一种方法是在桌面空白处右击,然后选择"属性"命令,就会弹出如图 8-9 所示的界面;另一种方法是,单击"开始"→"设置"→"控制面板",双击"显示"命令,也能进入同样的界面。

(1)壁纸设置。在"显示 属性"中,单击"桌面"选项卡,可以在这儿设置桌面背景,也就是壁纸,在"背景"列表框中选中某一个。如果有已经准备好的图片,也可以单击"浏览"按钮,打开文件目录,选择一张后单击"确定"按钮即可,如图 8-10 所示。

在"位置"下拉列表框中可以选择平铺、拉伸和居中的一种。平铺是指图片保持原样显示,如果图片大于当前的分辨率,就只能显示出一部分。拉伸是指自动把图片满屏显示在桌面上,但若不是在标准分辨率的情况下,图形有时会出现变形。而居中则是先保证图片中央部分显示在屏幕,其余部分如果大了会超出屏幕以外。此时应根据自己的需要来选择。

图 8-9   右击弹出窗口

图 8-10 壁纸设置对话框

（2）屏幕保护程序设置。单击"屏幕保护程序"选项卡,单击"屏幕保护程序"下拉列表框,可以选择某一种屏保程序。选定后,可以单击"设置"按钮对该程序进行必要的设置,然后单击"预览"按钮就可以看到实际运行的效果,如图 8-11 所示。在"等待"数值框中可以填入数字,控

图 8-11 屏幕保护程序设置对话框

制屏幕保护程序在键盘、鼠标无动作后多少分钟自动运行,例如填入 10,即 10 分钟不动鼠标或键盘就会启动指定的屏幕保护程序。工作时,只要随便动一下鼠标和键盘,屏幕就恢复显示离开前的内容。

如果选择“在恢复时使用密码保护”复选框,即在停止屏保运行重新工作前就会提示输入原来设置的密码,这样可以保证自己的计算机在离开后不被外人使用。

单击“电源”按钮,可以选择不同的电源使用方案,如图 8-12 所示。在“高级”选项卡中可以设置键盘右上方 Power 键(对应电源按钮选项)和 Sleep 键(对应睡眠按钮选项)的控制功能。在“休眠”选项卡中选择“启用休眠”复选框,就能实现 STD(挂起到磁盘)功能,也就是说重新加电后,系统会恢复到我们关机时的工作状态,包括已经打开的程序。这个是 Windows 2000 及以上 Windows 版本特有的功能,它同时会报告这项操作需要占用的磁盘空间,一般与计算机内存的大小相当。

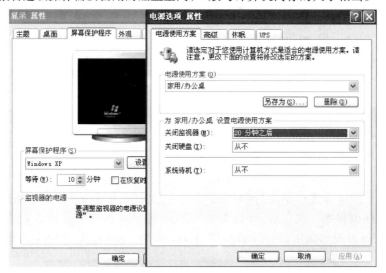

图 8-12　电源设置对话框

（3）显示属性的设置。包括屏幕分辨率和色深、刷新频率和速度选项等。

分辨率和色深。在“显示 属性”→“设置”中可以看到“颜色质量”和“屏幕分辨率”选项区域。颜色方面,可单击“颜色质量”下拉列表框查看计算机所提供的色彩模式,一般会提供“256 色”、“增强色(16 位)”、“真彩色(24 位)”、“真彩色(32 位)”几种,选用一个色彩表现丰富的模式即可,一般设为 32 位真彩色。对于“屏幕分辨率”选项区域,一般 15 英寸的显示器可以设为 640×480 像素或 800×600 像素的分辨率,而 17 英寸的显示器则是 800×600 像素或 1 024×768 像素的分辨率,19 英寸的显示器则适合在 1 024×768 像素以上的分辨率使用。分辨率越高,图片画面就越精细,同时字体就会越小,对显卡的速度要求也相应越高。如图 8-13 所示。

刷新率和速度选项等。刷新率就是显示器的电子束每秒能扫描整个屏幕多少次,达到限定的数值,才能让人眼形成一个连续稳定的视觉效果。如果刷新率少于某个数值,人眼就会觉得画面抖动。调节刷新率的操作方法是,单击“显示属性”→“设置”→“高级”→“监视器”,就可在“屏幕刷新频率”下拉列表中选择适当的刷新率。一般在 75 ~ 85 Hz,屏幕就已经没有闪烁的感觉了。除非是很高档的显示器,建议不要超过 100 Hz,否则显示器负载会太大。如图 8-14 所示。

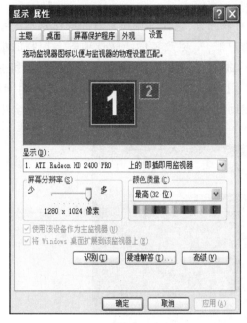

图 8-13 分辨率和色深设置对话框

图 8-14 屏幕刷新频率设置对话框

(4) 显示属性的其他设置。包括外观等设置。

在桌面的空白处右击,在弹出的快捷菜单中选择"属性"命令,打开"显示 属性"对话框。单击"外观"选项卡,来设置桌面对象的外观,如对象的颜色、大小和字体等。单击各下拉列表框选取需要的方案。再单击"确定"按钮。完成外观的设置。如图 8-15 所示。

图 8-15 外观设置对话框

8.4.3　查看并更改控制面板的设置

控制面板(Control Panel)是 Windows 图形用户界面一部分,它允许用户查看并操作基本的系统设置和控制,例如添加硬件、添加/删除软件、控制用户账户、更改辅助功能选项等。控制面板可以通过开始菜单直接访问,也可以通过运行"control"命令直接访问。控制面板包括"外观和主题"、"打印机和其他硬件"、"网络和 Internet 连接"、"用户账户"、"添加/删除程序"、"日期、时间、语言和区域设置"、"声音、语音和音频设备"、"辅助功能选项"、"性能和维护"及"安全中心"。如图 8-16 所示。

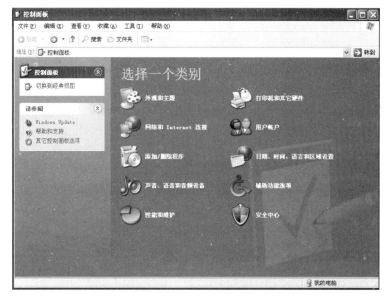

图 8-16　"控制面板"窗口

一般人们都喜欢对鼠标、声音和音频设备等进行设置,那么如何设置?

对于鼠标设置,可以单击"打印机和其他硬件"→"鼠标",然后单击"鼠标键"选项卡,在"鼠标键配置"选项区域中选择"切换主要和次要的按钮"复选框可以将鼠标左键和右键的功能互换。在"双击速度"选项区域中按住鼠标左键不放并左右移动小滑块就可以调节双击的反应速度。

对于声音和音频设备,可以根据具体情况来设置,如果在桌面的右下角找不到控制音量的喇叭图标,可以单击"声音、语音和音频设备",然后单击"音量"选项卡,选择"将音量图标放入任务栏"复选框,单击"应用"或"确定"按钮即可。

添加/删除程序也是经常使用的,有时有人不知道如何删除一个程序,以为只要将程序的安装目录删除就可以了,结果发现这个程序还存在。那么应如何正确删除一个程序? 有些软件自带有卸载程序就不用在控制面板里边删除,可以在"开始"菜单的"所有程序"中找到相应的软件卸载程序即可进行删除操作。除此之外,可以在"控制面板"里,选择"添加/删除程序",弹出如图 8-17 所示的界面,如要卸载"Microsoft Visual Basic 6.0 中文企业版(简体中文)",可以将鼠标指针移动到"Microsoft Visual Basic 6.0 中文企业版(简体中文)"上并单击将其选中(如图 8-17 所示状态),然后单击"更改/删除"按钮,之后根据提示完成即可。

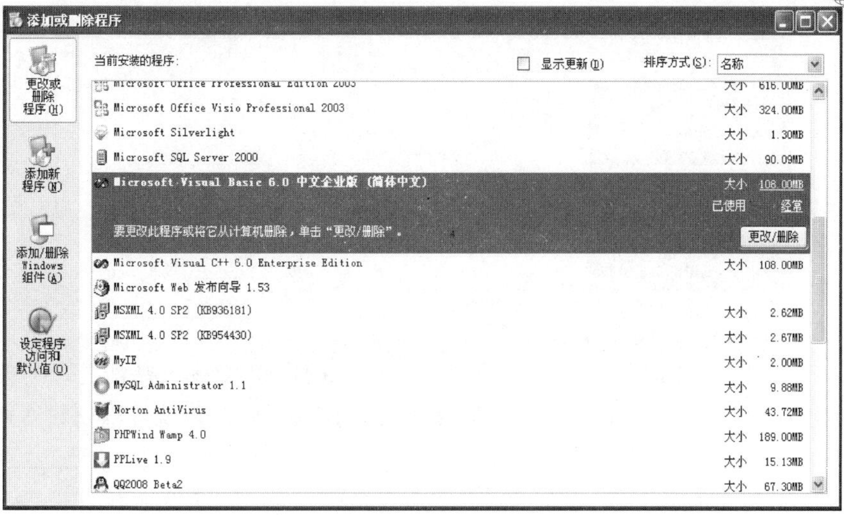

图 8-17　添加或删除程序

通过用户账户可以更改账户、创建账户、修改登录密码或更改图片等。单击控制面板里的"用户账户"就可以打开"用户账户"窗口，如图 8-18 所示。

图 8-18　用户账户

如果要更改账户，可以单击"更改账户"就会出现如图 8-19 所示的窗口。该窗口中列出了系统所有的用户。如图中有"计算机管理员"和"来宾账户"，"来宾账户"是给其他人使用计算机的账户，图中"来宾账户"没有启用，如想启用这个账户，可以单击"来宾账户"图标，在弹出的窗口中单击"启用来宾账户"按钮即可。然后返回到"用户账户"窗口就可以看到来宾账户已经启用。此时单击管理员账户就可以对它进行创建密码和更换图片的操作。

图 8-19 更改账户

创建一个新账户。单击"创建一个新账户",在弹出的窗口中输入要创建账户的名称,单击"下一步"按钮即可完成新账户的创建。同理返回到"用户账户"窗口就可以创建密码、修改图片等操作。

有时要使用到服务管理功能,可以单击"性能和维护",将弹出"性能和维护"窗口,如图 8-20 所示。单击"管理工具",弹出"管理工具"窗口,如图 8-21 所示。再双击"服务",进入如图 8-22 所示的窗口。然后选择相应的服务,可以启动或停止相应的服务。例如要停止 IIS Admin 服务,选择"IIS Admin"服务双击,将弹出如图 8-23 所示的对话框。单击"停止"按钮,就可以停止 IIS Admin 服务。

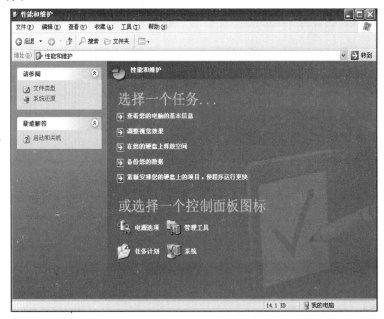

图 8-20 "性能和维护"窗口

8.4.4 设置汉字输入方法

Windows XP 提供了许多中文输入法,如微软拼音输入法、智能 ABC 输入法等,这里以微软拼音输入法为例来说明汉字输入方法的设置,包括安装或删除、切换输入法等。

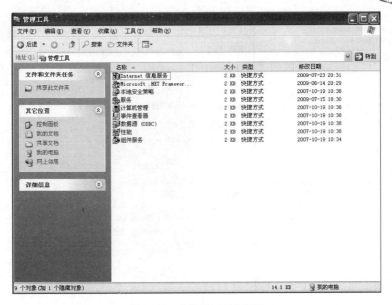

图8-21　"管理工具"窗口

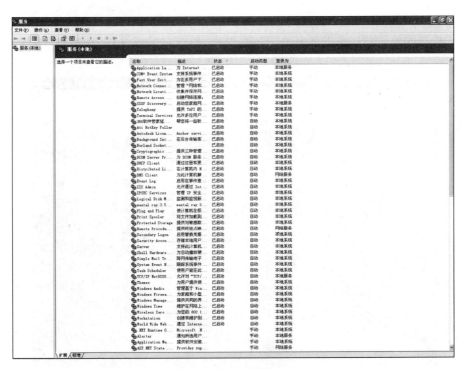

图8-22　服务管理窗口

1. 安装输入法

Windows XP在安装时预装了微软拼音、智能ABC和五笔字型等输入法。用户可以根据自己的需要安装或删除其他输入法。如要安装新的输入法,可以选择"开始"菜单中的"控制面板"

图 8-23　停止服务窗口

命令,打开"控制面板"窗口,单击其中的"日期、时间、语言和区域设置"图标,打开"日期、时间、语言和区域设置"窗口,如图 8-24 所示。

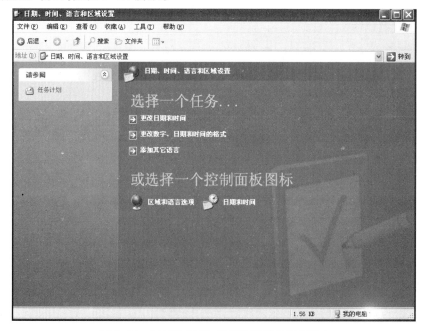

图 8-24　"日期、时间、语言和区域设置"窗口

单击"区域和语言选项",打开"区域和语言选项"对话框,然后单击"语言"选项卡,如图 8-25 所示。单击"详细信息"按钮,打开"文字服务和输入语言"对话框,如图 8-26 所示。再单击

"已安装的服务"选项区域中的"添加"按钮,打开"添加输入语言"对话框,如图8-27所示。

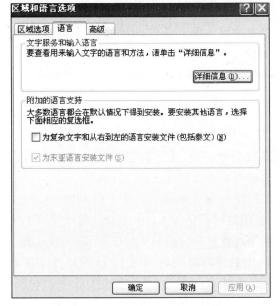

图8-25　"区域和语言选项"对话框

图8-26　"文字服务和输入语言"对话框

图8-27　"添加输入语言"对话框

在"输入语言"下拉列表框中选择需要添加的输入语言,然后选择"键盘布局/输入法"下拉列表框中的输入方法,接着单击"确定"按钮就能够添加这个输入法。

2. 删除输入法

如果用户要删除某个输入法,只需在图 8-26 所示的"文字服务和输入语言"对话框中选择已经安装的输入法,再单击"删除"按钮,就可以删除这个输入法。在 Windows XP 中,对应不同的窗口可以使用不同的输入法,其默认的输入法是英文。要切换输入法,按 Ctrl+Space 组合键,可以在英文和中文输入法之间切换。按 Ctrl+Shift 组合键,可以依次在各种输入法之间切换。

8.4.5　驱动程序及常用软件的设置

1. 驱动程序

驱动程序是使计算机能识别 BIOS 不能支持的各种硬件设备,从而保证它们的正常运行,以便充分发挥硬件设备性能的特殊程序。简单地说,就是用来驱动硬件工作的特殊程序。

从理论上讲,所有的硬件设备都需要安装相应的驱动程序才能正常工作。但 CPU、内存、主板、软驱、键盘及显示器等设备却并不需要安装驱动程序也可以正常工作,而显卡、声卡和网卡等却一定要安装驱动程序,因为早期的硬盘存储设备和物理内存的价格都极其昂贵,因此当时的设计者在设计时只是将 CPU、主板、内存、显示器、软驱、键盘等标准硬件列为 BIOS 能直接支持的硬件。换言之,上述硬件安装后就可以被 BIOS 和操作系统直接支持,不再需要安装驱动程序。但随着计算机技术的发展和进步,各种新硬件越来越多,如何让 BIOS 和操作系统支持它们就成为一个必须解决的问题。于是硬件厂商为了让操作系统能正确识别 BIOS 无法直接支持的硬件,开发了相应的驱动程序,不安装驱动程序就无法让这些硬件正常工作

可以通过如下几种途径取得相关硬件设备的驱动程序。

(1) 使用操作系统提供的通用驱动程序。

(2) 使用附带的驱动程序盘中提供的驱动程序。一般来说,各种硬件设备的生产厂商都会针对自己硬件设备的特点开发专门的驱动程序,并采用软盘或光盘的形式在销售硬件设备的同时免费提供给用户。这些由设备厂商直接开发的驱动程序都有较强的针对性,它们的性能无疑比 Windows 附带的驱动程序要高一些。

(3) 通过 Internet 下载。除了驱动程序盘之外,许多硬件厂商还会将相关驱动程序放到 Internet 上供用户下载。由于这些驱动程序大多是硬件厂商最新推出的升级版本,它们的性能及稳定性无疑比用户驱动程序盘中的驱动程序更好,有上网条件的用户应经常下载这些最新硬件驱动程序,以便对系统进行升级。

① 安装的顺序。首先安装板载设备,然后是内置板卡,最后才是外部设备。关于驱动程序版本,最值得推荐的方式是依据下列优先顺序来安装:新版本优先,然后是厂商提供的驱动优先于公版的驱动。

② 安装方法。有厂商提供的安装程序时,就用厂商提供的安装程序安装,在设备管理器中若有"?"符号的设备应先删除再安装。安装外部设备前,先确定设备所用的端口是否可用。在这里需要提醒的是,不需要的设备就把它屏蔽,这样可以减少设备资源冲突的发生。然而在安装驱动时,有时会发生设备资源冲突的事情,这时要手动为发生冲突的设备分配可用的资源。

③ 驱动查询。假如已将各个设备的驱动程序安装好,那么它们存在于系统的什么地方呢?又是以什么文件格式进行存储的?

● 驱动的存储格式

在 Windows 操作系统中,驱动程序一般以 . DLL、. DRV、. VXD、. SYS、. EXE、. INI、. INF、. CPL、. DAT、. CAT 等为扩展名的文件组成,大部分文件都存放在"/WINDOWS \system"目录中。还有的驱动程序文件存放在"\WINDOWS"和"\WINDOWS \system32"目录中。其中,以 . INF 为扩展名的文件被称为描述性文件。它是从 Windows 95 时代开始引入的专门记录和描述硬件设备安装信息的文件,包括设备的名称、型号、厂商以及驱动程序的版本、日期等。它是以纯文本的方式并用特定的语法格式来记载。通过读取这些文件信息,操作系统就知道安装的是什么设备、应当如何安装驱动程序以及要复制哪些文件等。目前几乎所有硬件厂商提供的用于 Windows 9x 下的驱动程序都带有 INF 文件(可右击该文件,选择"安装"命令进行安装)。该描述性文件主要存放在"\WINDOWS \inf"目录中(因为系统默认状态下的 INF 文件夹属性是隐藏的,所以查看该文件夹时,需对文件和文件夹属性进行设置)。其余扩展名的文件被称为实体文件,这些文件是直接跟硬件设备打交道的。要注意 CAT 文件是微软数字签名文件,存放在"\WINDOWS \System 32 \CatRoot"目录中。

- 查看设备信息和驱动程序信息

要想了解驱动程序的信息,必须首先知道计算机中都装有哪些硬件设备,并且对这些设备的型号、厂商等要做进一步的了解。通常情况下,可以通过计算机中的"设备管理器"来对它们进行详细的查看。由于操作系统的版本不同,查看各个硬件信息和驱动程序文件的方法也略有不同。这里以在 Windows XP 下查看为例。

右击"我的电脑",选择"属性"命令,打开"系统属性"对话框。单击"硬件"选项卡,然后单击"设备管理器"按钮,以打开相应窗口,如图 8-28 所示。

图 8-28 "设备管理器"窗口

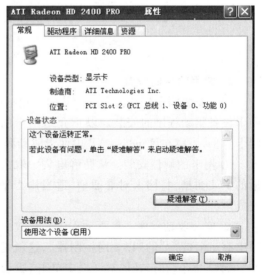

图 8-29 显卡属性对话框

这时看到的都是当前系统安装的所有硬件设备。在此可以对其中某一设备信息做相应的了解。这里以查看显卡的设备信息和驱动程序为例,具体的操作如下,在"设备管理器"窗口中找到"显示卡"设备,然后单击该硬件设备前的"+"号,这时看到的是该显卡的名称,然后在该设备名称上右击,选择"属性"命令。打开相应的属性对话框,如图 8-29 所示,可以根据计算机硬件的配置获取相关硬件的驱动程序信息以及对该设备的运行状态(如更新、禁用、停用或启用)进行相关的操作。

单击"驱动程序"选项卡,可以对当前驱动程序的提供商、驱动程序日期、驱动程序的版本、数字签名程序等信息做进一步地了解。单击"驱动程序详细信息"按钮,打开"驱动程序文件详细信息"对话框,在"驱动程序文件"列表框中可以对驱动程序的配置文件进行了解,如图8-30所示。并且在该列表框的下面还为各个配置文件提供了更为详细的文件信息,如提供商、文件版本、版权所有、数字签名程序。查看后单击"确定"按钮返回上一界面。

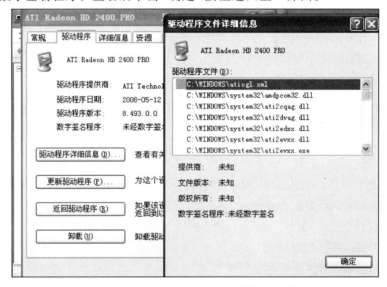

图 8-30   "驱动程序文件详细信息"对话框

2. 常用软件的设置

(1)安装网卡驱动程序。安装网卡包括网卡的硬件安装、连接网络线、网卡工作状态设置和网卡设备驱动程序的安装。以下介绍网卡的安装。这里以市面上比较流行的联想 DFE-530TX 网卡为例,讲解在 Windows XP 中网卡驱动程序的安装。

① 网卡的硬件安装。从防静电袋中取出网卡,根据网卡底部的金手指长度为网卡寻找一合适的 PCI 插槽,将网卡对准插槽,适当用力平稳地将卡向下压入槽中,旋上固定螺钉,即可安装完成。

② 安装驱动程序。将驱动程序光盘放入光驱中。打开"设备管理器"窗口。在"其他设备"项中有一个带"?"的"以太网控制器",这就是没安装驱动程序的网卡设备。右击此网卡设备,选择"属性"命令,在打开的对话框中单击"驱动程序"选项卡,然后单击"更新驱动程序"按钮。此时将打开"硬件更新向导"对话框,选择"从列表或指定位置安装"单选按钮,单击"下一步"按钮。在"请选择您的搜索和安装选项"对话框中,选择"不要搜索,我要自己选择要安装的驱动程序"单选按钮,单击"下一步"按钮。在"硬件类型"对话框中,选择"网卡"单选按钮,单击"下一步"按钮。在"选择要为此硬件安装的设备驱动程序"对话框中,单击"从磁盘安装"按钮,在打开的对话框中定位驱动程序文件所在的路径,然后单击"确定"按钮,再单击"下一步"按钮,系统将备份原来的驱动程序并安装新的驱动程序。安装完成,单击"完成"按钮即可。

（2）打印机的安装。Windows 系统的打印机安装可以分为本地打印机和网络打印机的安装。本地打印机就是连接在自己计算机上的打印机,网络打印机就是指通过局域网共享其他计算机上安装的打印机。

① 安装本地打印机。首先打开计算机和打印机,将打印机和计算机通过数据线连接起来,并将打印机的驱动光盘放入计算机的光驱中。单击"开始"→"设置"→"打印机和传真",会弹出如图 8-31 所示的窗口,单击"添加打印机",就会出现如图 8-32 所示的对话框,然后单击"下一步"按钮,如图 8-33 所示。

图 8-31　"打印机任务"对话框

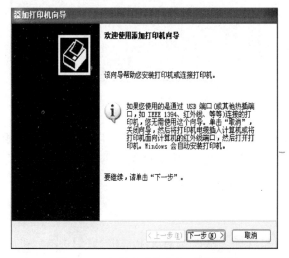

图 8-32　安装本地打印机对话框①

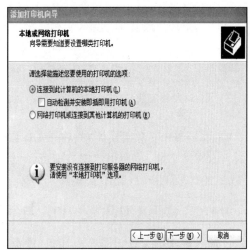

图 8-33　安装本地打印机对话框②

在图 8-33 的对话框中选择"连接到此计算机的本地打印机"单选按钮和"自动检测并安装即插即用打印机"复选框并单击"下一步"按钮,计算机就会自动检测连接到计算机上的打印机并从光盘上安装驱动程序,安装完后系统会提示"新硬件安装完成并可以使用"对话框,单击"完成"按钮就安装好本地打印机。用户也可以先将打印机的驱动程序安装到要连接的计算机上,然后关闭计算机将打印机和计算机连接好后再打开计算机和打印机,进入系统后计算机就会自动搜索到新硬件并安装好打印机。

② 安装网络打印机。假设"A"为其中一台计算机,"B"为局域网上另外一台连接有打印机的计算机,"C"为局域网的互连设备(集线器或交换机等),"D"为打印机。主要的目的就是计算机 A 通过局域网可以使用计算机 B 上连接的打印机。首先在计算机 B 上将打印机设置为共享打印机。具体的方法就是单击"开始"→"设置"→"打印机和传真"。右击"打印机"图标,选择"属性"命令,在弹出的对话框单击"共享"选项卡,将打印机设为共享打印机,最后单击"确定"按钮。在计算机 A 上添加网络打印机,单击"开始"→"设置"→"打印机和传真"。在弹出的窗口中单击"添加打印机",然后单击"下一步"按钮就会出现如图 8-33 所示的对话框,现在要添加的是网络打印机所以要选择"网络打印机或连接到其他计算机的打印机"单选按钮并单击"下一步"按钮,如图 8-34 所示。选择"浏览打印机"单选按钮并单击"下一步"按钮。只要是网络和

前面的操作没有问题就可以在图 8-35 中看到网络中的打印机,双击你所要添加的打印机(知道要添加的打印机的网络名称),然后单击"下一步"按钮,系统就会自动为计算机添加上网络打印机,最后单击"完成"按钮即可。

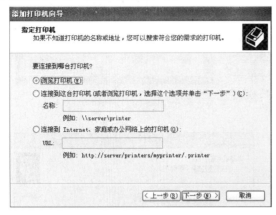

图 8-34　安装网络打印机对话框①　　　　图 8-35　安装网络打印机对话框②

Windows XP 下常用软件有 WinRAR、FlashGet、迅雷、QQ、MSN 等,这些都是免费软件,从相应的官方网站下载,按照提示安装即可,一般均采用默认设置,当然也可以根据自己的需要进行设置,一般比较简单,在此不赘述。

8.4.6　常用 I/O 设备的使用与维护

计算机常用的 I/O 设备有打印机、硬盘、键盘和鼠标。从严格意义上来讲,它们中有一些只能算是输入设备(如键盘和鼠标)。有一些只是输出设备(如打印机)。另一些兼具输入和输出数据信息的功能(如硬盘、软盘、可读写的光盘)。I/O 设备一般包括设备控制器和设备本身两个部分。控制器是插在电路板上的一块芯片或一组芯片,这块电路板物理的控制设备,它从操作系统接收命令,例如,从设备读数据,并且完成数据的处理。

1. 打印机的使用和维护

打印机分激光打印机和喷墨打印机等,在使用打印机之前,应先安装打印机的驱动程序,打印机应该带有相应的驱动程序光盘,在关机的状态下连接打印机,启动计算机后应该可以自动识别打印机就可以使用。第一次使用时,先进行打印测试和校准,一般打印机的帮助系统中都有使用说明。

无论是激光打印机还是喷墨打印机,在操作过程中,如果稍微不注意,就可能出现这样或者那样的故障问题,这为高效使用打印机带来不小的麻烦,所以需要在使用中注意一些细节,同时要加强对打印机的维护工作。一般来说,打印机要在计算机启动之后再打开电源,如先开打印机的话,计算机开机会再启动一次打印机,造成额外损耗。卡纸时,应首先切断电源,再开机箱,以避免烧毁机器。对喷墨打印机而言,要定期加油润滑,要是打印喷头或者是喷孔的故障,通过随机的清洁程序也无法让其正常工作,建议大家最好不要自己动手,随意对其拆卸维修,否则打印机的喷打效果将会受到严重影响,正确的做法就是及时将喷墨打印机送到当地的技术维修中心请专业技术人员修理。换墨盒时要开机。尽量用质量好的打印纸,设置好的打印纸张会提高打印效果,因为打印机在输出不同规格尺寸的打印纸时,速度会不一样。用激光打印机时,建议70 g以下的打印纸要少用,千万不要用带毛面的纸打印,因为会由高热、静电而在打印机内产生大量灰尘,直至烧坏。打印机要定期除尘。

2. 硬盘的使用与维护

硬盘在工作的时候,不要关掉电源,否则可能会导致硬盘的物理损坏,而且也会丢失数据。在硬盘中有高速运转的部件,一旦强行关机,高速运转的碟片就会突然停止,而在关机后又马上开机,就更有可能造成硬盘的损坏。所以关机后不要马上再次打开计算机。至少在半分钟以后再打开。在硬盘工作的时候要尽量避免对它的震荡。因为,磁头与磁片的距离非常近,如果遭到剧烈的震荡会导致磁头敲打磁片,有可能磁头会划伤磁片,也可能会导致磁头的彻底损坏,使整个硬盘无法使用。在使用硬盘的过程中,经常有很多用户会在"磁盘空间管理"当中进行压缩硬盘。把硬盘用此程序进行压缩,这样会导致压缩卷文件不断增大。速度也随之减慢,读写次数增多,就会对硬盘的发热量和稳定性产生影响,也会导致硬盘使用寿命的减少。所以,如果硬盘够用的话就没有必要使用这个程序。

对硬盘而言,如果灰尘落到电路板上,就会导致硬盘工作不稳定,或者会损坏内部零件。硬盘的工作状态与使用寿命和温度有很大的关系,温度过高或是过低都会导致晶体振荡器的时钟主频发生改变,还会造成电路元件失灵。而如果温度过低时,会导致空气中水分凝结在元件上,出现短路现象。要定期整理硬盘,这样会提高硬盘速度。如果硬盘上的垃圾文件过多,速度会减慢,还有可能损坏磁道。但是也不要频繁清理,这样也会减少硬盘使用寿命的。病毒在硬盘的存储文件上是一个最大的威胁。所以当我们发现病毒时应该及时采取办法清除,但尽量不要格式化硬盘。

3. 鼠标的使用与维护

鼠标的使用。鼠标,在英语里面它的名字叫Mouse,意思就是老鼠,是因为它的外形很像一只老鼠。计算机的基本操作主要通过它的左右两个按键来实现,也有三个键的鼠标,但中间那个键有特殊功能,在基本操作中几乎用不上。握鼠标的基本姿势:手握鼠标,不要太紧,就像把手放在自己的膝盖上一样,使鼠标的后半部分恰好在掌下,食指和中指分别轻放在左右按键上,拇指和无名指轻夹两侧。用鼠标移动光标,在鼠标垫上移动鼠标,会看到,显示屏上的光标也在移动,光标移动的距离取决于鼠标移动的距离,这样就可以通过鼠标来控制显示屏上光标的位置。如果光标滑出显示屏外,没有关系,移回来就行了。如果鼠标已经移到鼠标垫的边缘,而光标仍没有达到预定的位置,这时只要拿起鼠标放回鼠标垫中心,再向预定位置的方向移动鼠标,这样反复移动即可到达目标。鼠标单击动作:用食指快速地按一下鼠标左键,马上松开。还有一种单击是用中指单击鼠标右键,今后会用单击右键来表示这种动作。鼠标双击动作不要移动鼠标,用食指快速地按两下鼠标左键,马上松开。初次使用鼠标时要多练习双击动作,注意掌握好节奏。鼠标拖动动作:先移动光标到选定对象,按下左键不要松开,通过移动鼠标将对象移到预定位置,然后松开左键,这样就可以将一个对象由一处移动到另一处。

鼠标维护。鼠标如果被强光(如太阳光)照射时,会影响鼠标的移动,这是因为外界的光线影响了鼠标内部的光线变化。滚轴式鼠标用久了,灰尘容易附到橡皮球和转轮上,而且转轴上很容易积垢,使鼠标灵活性降低。所以最好经常清理鼠标,可以将鼠标后部的螺丝拧开,取下上面的塑料壳,这样可以很容易的清理灰尘,清理完毕后再组装好就可以使用了。

4. 键盘的使用与维护

键盘按功能划分可分为 4 个大区,即功能键区、打字键区、编辑控制键区和副键盘区。打字键区是平时最为常用的键区,通过它可实现各种文字和控制信息的录入。打字键区的正中央有 8 个基本键,即左边的 A、S、D、F 键,右边的 J、K、L、;键,其中 F、J 两个键上都有一个凸起的小棱杠,以便盲打时手指能通过触觉定位。编辑控制键区是起编辑控制作用的,如文字的插入删除,上下左右移动、翻页等。其中 Ctrl、Alt 和 Shift 键往往又与别的键结合,用以完成特定的功能。功能键区:一般键盘上都有 F1 ~ F12 共 12 个功能键。副键盘区方便集中输入数据。

更换键盘必须在关闭计算机电源的情况下进行。在操作键盘时,按键动作要适当,不可用力过大。键盘内过多的尘土会妨碍电路正常工作,有时甚至会造成误操作。键盘的维护主要就是定期清洁表面的污垢,一般清洁可以用柔软干净的湿布擦拭键盘,对于顽固的污渍可以用中性的清洁剂擦除,最后还要用湿布再擦洗一遍。大多数键盘没有防水装置,当大量液体进入键盘时,应当尽快关机,将键盘接口拔下,打开键盘用干净吸水的软布擦干内部的积水,最后在通风处自然晾干即可。

8.4.7 使用帮助功能

Windows XP 的帮助功能包括帮助和支持中心、搜索功能等。

(1)帮助和支持中心。在中文版 Windows XP 中引入了全新的帮助系统,当打开"帮助和支持中心"窗口时可以看到一系列常用主题和多种任务的选项,其中的内容以超链接的形式显示,结构更加合理,用户使用起来更加方便。用户可以使用"搜索"、"索引"功能在帮助系统中查找所需要的内容,如果用户是连入 Internet 的,可以通过列表中的内容获得 Microsoft 公司的在线支持。用户也可以和其他的中文版 Windows XP 使用者进行信息交流,或者向微软新闻组中的专家求助,也可以启动远程协助向在线的朋友或者专业人士寻求解决问题的方法。

(2)搜索功能。使用系统中的搜索功能,用户可以查找各种类型的对象,例如文件、图片、音乐以及打印机等等。如果用户是处于网络中,还可以查找到自己的计算机和网络中其他的计算机。在"搜索结果"窗口中,系统对用户可能要查找的内容进行了分类,如图片、音乐或录像、文档、所有文件和文件夹等类别,这样用户在进行查找时能尽快地找到相应的内容,进而提高工作效率。而且用户还可以选择不同的动画屏幕角色,这样会使工作界面看起来更加生动活泼。

当网络出现故障,首先想到的是不是在命令提示符里输入一些相关命令,例如 ping 来诊断呢?其实,在 Windows XP 中可以用"帮助和支持"轻松、快捷地完成所有的网络诊断。

步骤 1:单击"开始"→"帮助和支持",打开"帮助和支持中心"窗口,单击"使用工具查看您的计算机信息并分析问题"。

步骤 2:在新打开的窗口中选择"网络诊断",可以看到右侧窗口有"扫描您的系统"、"设置扫描选项"两个选项。为了得到完整全面的网络诊断信息,我们选择"设置扫描选项",并将所有的复选框都选中,再单击"保存选项"按钮,然后单击"扫描您的系统"。

步骤 3:经过十几秒钟的等待,一份进行了多种测试,收集了详尽信息的诊断报告就完成了。其中包括系统中是否有网络连接,与网络有关的程序和服务是否在运行以及关于用户计算机的基本信息。

8.4.8 窗口操作、图标操作和命令行操作

1. 窗口操作

Windows 的窗口操作,包括窗口的移动、窗口大小的改变等。

(1) 窗口的移动。在窗口的标题栏上按下鼠标左键不放并拖曳,这时窗口的边框上会出现一个虚线框,将窗口移动到合适的位置后释放鼠标左键,就可以把窗口移到所需的位置。

(2) 窗口大小的改变。根据窗口在桌面上位置不同,可分为最大化、最小化和向下还原 3 种状态。对于程序窗口最大化是指窗口扩展至整个屏幕。最小化是指窗口缩小至任务栏,在任务栏只显示窗口的名称。大小介于最大化、最小化之间的状态为向下还原,这时窗口可在桌面上移动或改变尺寸。

在窗口的标题栏上有两个尺寸按钮,左边的为最小化按钮,右边的按钮根据窗口当前的状态确定其功能。当窗口当前为向下还原状态时,为"最大化"按钮,当窗口当前为最小化时,为"向下还原"按钮。如图 8-36 和图 8-37 所示。

图 8-36　最小化、最大化、关闭按钮　　　图 8-37　最小化、向下还原、关闭按钮

双击标题栏可以使窗口在最大化和还原之间切换。双击控制按钮可关闭窗口。

2. 图标操作

Windows 桌面的图标分为两类,即快捷图标和默认图标。

快捷图标主要由应用程序安装时自动创建或计算机使用者人为创建,用一个从左下向右上斜指的小箭头来标记。删除快捷图标,只是删除了从桌面访问应用程序的引导信息,而没有删除应用文件或文档本身,所以,不用担心应用程序的丢失。一般来说,快捷图标都是可以删除掉的。

默认图标由 Windows 操作系统在安装时自动创建,用没有小箭头的实图标来标记,以示与Windows 操作平台下的快捷桌面图标相区别。应用程序一般不能创建默认图标。因此,默认桌面图标的删除,从严格意义上讲,是系统对这些图标的隐藏或不显示保护,而不是像删除快捷图标那般,从回收站里彻底清除。这也是默认图标与快捷图标的主要区别。

还原被删除了的快捷图标的方式主要有两种。

(1) 从桌面的开始菜单恢复。操作步骤如下:单击"开始"→"所有程序",调出应用程序菜单,在这里找到并选中所删除的文件,右击弹出快捷菜单,在快捷菜单中单击"发送到"→"桌面快捷方式"即可。

(2) 从我的电脑的具体文件位置恢复。操作步骤如下:双击"我的电脑"图标,打开"我的电脑"窗口,按 Ctrl+F 组合键,打开文件搜索窗格(位于"我的电脑"窗口左侧),在文件搜索窗格的第一个文本框中填入被删除的文件名(其他的文本框不填,使用默认值),然后单击"搜索"按钮,系统会自动寻找所输入的文件,并在同一窗口的右侧显示找到的全部结果。在这些结果中,找到所删除的文件,右击弹出快捷菜单,在快捷菜单中单击"发送到"→"桌面快捷方式"即可。

这两种方式可以解决所有的快捷图标恢复问题。但需要说明两点:① 快捷图标的恢复以

真实文件存在和有效为前提。如果快捷图标所映射的真实文件被删除则无效,则无法恢复。
② 在"开始"菜单中找得到的快捷文件在"我的电脑"里一般都有对应的真实文件,但反之不成立,在"我的电脑"里找得到的真实文件在"开始"菜单中不一定找得到快捷文件。因此,有些直接从盘符或文件夹映射到桌面的非开始菜单所包含的快捷图标,就只能用"从我的电脑的具体文件位置恢复"的方法进行恢复,而不能用"从桌面的开始菜单恢复"的方法进行恢复。

恢复被删除了的默认图标的方式也主要有两种:控制面板法和组策略法。具体过程因 Windows 版本的不同而有所差异。控制面板法对 Windows 2000 以前的操作系统适用,而组策略法则对 Windows 2000 以后的操作系统适用。

用控制面板法恢复"我的文档"图标操作程序如下。单击"开始"→"控制面板"→"文件夹选项"然后单击"查看"选项卡,在"高级设置"中找到"在桌面上显示我的文档"一项,用鼠标左键选择它前面的复选框,直到框内出现"√"为止,然后单击"确认"按钮。

用控制面板法恢复"Internet Explorer"图标操作程序如下。打开"Internet 选项"对话框,单击"高级"选项卡,在"设置"中找到"在桌面上显示 Internet Explorer"一项,用鼠标左键选择它前面的复选框,直到框内出现"√"为止,然后单击"确认"按钮。

在"我的文档"中有"我的音乐"、"我的视频"、"图片收藏"等文件夹,它们的图标与其他文件夹是不同的,因为在这些文件夹下都有一个名为 Desktop.ini 的隐藏文件,也正是因为这些 desktop.ini 文件的存在才使得这些文件夹图标能呈现出不同效果,它的一般格式如下:

[.ShellClassInfo]

InfoTip = 图标文件注释

IconFile = 图标文件的路径

IconIndex = 选择要使用文件中的第几个图标

可以自己编辑一个 Desktop.ini 文件,使它所在的文件夹图标变成用户想要的形式。

在 Windows XP 中,另有一种方法可以更为简单地实现这一功能。右击目标文件夹,打开"属性"对话框,单击"自定义"选项卡,在"文件夹图标"中单击"更改图标"按钮,会弹出"为文件夹类型'目标文件夹名'更改图标"对话框,在这里,用户可以为文件夹选择各种各样的图标,系统默认的文件图标是% SystemRoot% system32SHELL32.dll,如果对这些图标不满意,可以单击"浏览"按钮,自定义文件图标,其扩展名可以是.exe、.dll、.ico 等。

从本质上说,这两种方法是相同的。在第二种方法中,系统同样会在目标文件夹中生成一个 desktop.ini 文件,它们都是通过这个 desktop.ini 文件控制文件夹的图标变化的。

3. 命令行操作

单击"开始"→"运行",在文本框中输入 cmd 并单击"确定"按钮,会弹出如图 8-38 所示窗口。

也可以按 Windows 键出现"开始"菜单,移动光标到"运行"上,回车后,在空白处根据需要输入下面命令。

① 计算机管理器 compmgmt.msc 。

② 设备管理器 devmgmt.msc。

③ 磁盘整理 dfrg.msc。

④ 事件浏览器 eventvwr.msc。

⑤ 本地用户和组 lusrmgr.msc。

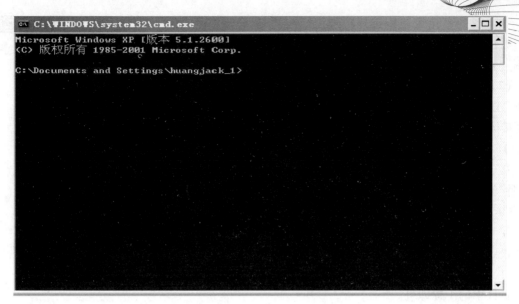

图 8-38 命令行窗口

⑥ 本地安全设置 secpol. msc。

8.4.9 创建快捷方式

设置快捷方式包括设置桌面快捷方式和设置快捷键两种方式。设置桌面快捷方式就是在桌面上建立各种应用程序、文件、文件夹、打印机或网络中的计算机等快捷方式图标,通过双击该快捷方式图标,即可快速打开该项目。设置快捷键就是设置各种应用程序、文件、文件夹或打印机等的快捷键,通过按该快捷键,即可快速打开该项目。

(1)创建桌面快捷方式。可以为一些经常使用的应用程序、文件、文件夹、打印机或网络中的计算机等创建桌面快捷方式,这样在需要打开这些项目时,就可以通过双击桌面快捷方式快速打开。设置桌面快捷方式的具体操作如下。

① 单击"开始"→"所有程序"→"附件"→"Windows 资源管理器",打开"Windows 资源管理器"窗口。

② 选定要创建快捷方式的应用程序、文件、文件夹、打印机或计算机等。

③ 单击"文件"→"创建快捷方式",或右击,在打开的快捷菜单中选择"创建快捷方式"命令,即可创建该项目的快捷方式。

④ 将该项目的快捷方式拖到桌面上即可,如 Word 的快捷方式图标为 。

若单击"开始"按钮,在"所有程序"子菜单中,有用户要创建桌面快捷方式的应用程序。也可以右击该应用程序,在弹出的快捷菜单中选择"创建快捷方式"命令,系统会将创建的快捷方式添加到"所有程序"子菜单中,再将该快捷方式拖到桌面上即可创建该应用程序的桌面快捷方式。

另外一种方法是,右击"开始"按钮,选择"资源管理器"命令。在"文件夹"目录中找到要设置的文件夹、文件或程序,然后单击打开它。单击表示该目录的图标,然后单击菜单栏上的"文件"，在出现的下拉菜单中选择"创建快捷方式"命令。右击所创建的快捷图标，从快捷菜单中单击"发送到"→"桌面快捷方式"。

（2）设置快捷键。在创建了桌面快捷方式后，用户还可以为其设置快捷键。用户在打开这些项目时只需直接按快捷键就可以快速打开。具体操作如下。

① 右击要设置快捷键的项目。

② 在弹出的快捷菜单中选择"属性"命令，打开"属性"对话框。

③ 单击"快捷方式"选项卡，如图 8-39 所示。

④ 在该选项卡中的"快捷键"文本框中直接按所要设定的快捷键即可。例如，要设定快捷键为 Alt +Num1，可先单击该文本框，然后直接按 Alt 键和数字键盘区中的 1 键即可。

⑤ 设置完毕后，单击"应用"或"确定"按钮即可。

图 8-39　设置快捷键对话框

8.4.10　整理磁盘碎片

用户存储在计算机上的文件，计算机并不是按照一定的顺序存放的，而是随机杂乱无章的，因此时间一长存储的文件越来越多，用户会感到计算机的"速度"变慢了，这是因为硬盘读/写头寻道的时间变长了。磁盘碎片整理程序可以把零散文件进行整理，从而提高计算机的读/写速度。如图 8-40 所示，单击要整理的盘符然后，单击"碎片整理"按钮即可进行。

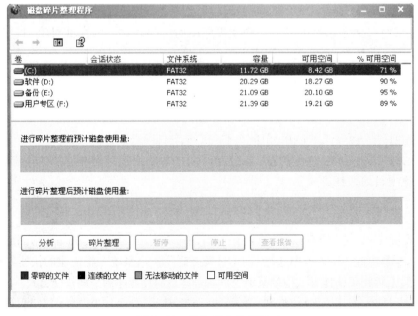

图 8-40　磁盘碎片整理窗口

8.5 文件管理

文件管理包括文件、文件夹和目录结构、文件的组织与存取方法、文件存储格式、文件压缩与解压等。本节的内容是考试的一个重点,应予以重视。

8.5.1 文件、文件夹和目录结构

文件就是用户赋予了名字并存储在磁盘上的信息集合,它可以是用户创建的文档,也可以是可执行的应用程序或一张图片、一段声音等。

文件夹是系统组织和管理文件的一种形式,是为方便用户查找、维护和存储而设置的,用户可以将文件分门别类地存放在不同的文件夹中。在文件夹中可存放所有类型的文件和下一级文件夹、磁盘驱动器及打印队列等内容。

Windows 系统中文件组织的目录结构采用的是树状结构,根目录是一个盘的最上层,如 c:\、d:\就是根目录。如果是 c:\windows \就不是根目录了。目录区以树状结构清晰地显示整个计算机中的磁盘、文件和文件夹的存放结构。在目录区最上边的是"桌面",称之为根目录,根目录下可以设子目录,子目录下还可以设子目录,依次称为一级子目录、二级子目录、三级子目录等。如果目录前面有"+"标记,表示其下还有子目录。单击"+"就可以展开该目录。同时"+"变为"-"标记,表示这一层内容已经打开,单击"-"可以将该目录又折叠起来。如果目录前面没有任何标记代表该目录下面没有任何子目录。在"资源管理器"中要查看某个目录包含的内容时,只需在左侧的目录区中单击要查看的磁盘、文件或文件夹,窗口右边内容区中就会显示该目录下所有的内容。在"资源管理器"中可以对文件或文件夹进行多种操作,如打开、选择、移动、复制、创建、重命名或删除等。如图 8-41 所示。

8.5.2 文件的组织与存取方法

文件的结构和组织包括文件的逻辑结构和文件的物理结构等,文件的存取方法是指读/写文件存储器上的一个物理块的方法,下面简单进行介绍。

1. 文件的逻辑结构

文件的逻辑结构是指文件的外部组织形式,即从用户角度看到的文件组织形式,用户以这种形式存取、检索和加工有关信息。文件的逻辑结构可分为有结构文件和无结构文件两类。其中有结构文件是指由若干个相关的记录构成的文件,又称为记录式文件。无结构文件又称流式文件,组成流式文件的基本信息单位是字节或字,其长度是文件中所含字节的数目。

2. 文件的物理结构

文件的物理结构又称文件的存储结构,是指文件在外存上的存储组织形式,是与存储介质的存储性能有关,包括连续结构、链接结构、索引结构和 Hash 文件等。

Windows 可以采用的文件系统有 NTFS、FAT 16 和 FAT32。其中,NTFS 是强力推荐使用的文件系统,与 FAT 16 或 FAT32 相比,它具有更为强大的功能,并且包含 Active Directory 及其他重要安全特性所需的各项功能。只有选择 NTFS 作为文件系统,才可以使用诸如 Active Directory 和

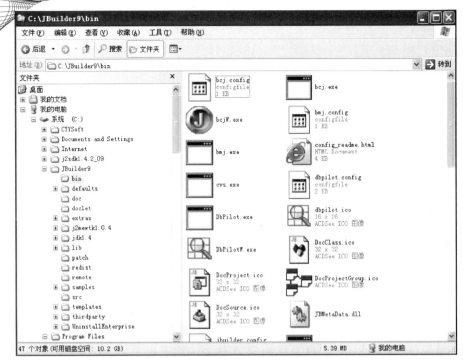

图 8-41 文件、文件夹和目录结构窗口

基于域的安全性之类的特性。

文件分配表(FAT)是一种供 MS-DOS 及其他 Windows 操作系统对文件进行组织与管理的文件系统。文件分配表是当使用 FAT16 或 FAT32 文件系统对特定卷进行格式化时,由 Windows 所创建的一种数据结构。Windows 将与文件相关的信息存储在 FAT 中,以供日后获取文件时使用。

FAT32 是一种从文件分配表文件系统派生而来的文件系统。与 FAT 16 相比,FAT32 能够支持更小的簇以及更大的容量,从而能够在 FAT32 卷上更为高效的分配磁盘空间。

NTFS 文件系统是一种能够提供各种 FAT 版本所不具备的性能、安全性、可靠性与先进特性的高级文件系统。例如,NTFS 通过标准事务日志功能与恢复技术确保卷的一致性。如果系统出现故障,NTFS 能够使用日志文件与检查点信息来恢复文件系统的一致性。在 Windows 2000 和 Windows XP 中,NTFS 还能提供诸如文件与文件夹权限、加密、磁盘配额以及压缩之类的高级特性。

3. 文件的存取方法

文件的存取是指读写文件存储器上的一个物理块的方法,主要有顺序存取和随机存取两类。顺序存取是指严格按照文件信息单位排列的顺序依次存取,后一次存取总是在前一次存取的基础上进行,所以不必给出具体的存取位置。随机存取又称直接存取,在存取时必须先确定进行存取时的起始位置(如记录号、字符序号等)。在对实际的设备上的文件进行存取时采取不同的方式。如磁带一般只采用顺序存取方式,磁盘、磁鼓既可采用顺序存取也可采用随机存取方式。

8.5.3 文件的存储格式

文件格式(或文件类型)是指计算机为了存储信息而使用的对信息的特殊编码方式,是用于识别内部储存的资料。例如有的储存图片,有的储存程序,有的储存文字信息。每一类信息,都可以用一种或多种文件格式保存在计算机中。每一种文件格式通常会有一种或多种扩展名可以用来识别,但也可能没有扩展名。扩展名可以帮助应用程序识别文件格式。

对于硬盘或任何计算机存储来说,有效的信息只有 0 和 1 两种。所以计算机必须设计有相应的方式进行信息-位元的转换。对于不同的信息有不同的存储格式。

有些文件格式被设计用于存储特殊的数据,例如,图像文件中的 JPEG 文件格式仅用于存储静态的图像,而 GIF 既可以存储静态图像,也可以存储简单动画。Quicktime 格式则可以存储多种不同的媒体类型。文本类的文件有,TXT 文件一般仅存储简单没有格式的 ASCII 或 Unicode 的文本。HTML 文件则可以存储带有格式的文本。PDF 格式则可以存储内容丰富、图文并茂的文本。

同一个文件格式,用不同的程序处理可能产生截然不同的结果。例如 Word 文件,用 Microsoft Word 观看的时候,可以看到文本的内容,而以无格式方式在音乐播放软件中播放,产生的则是噪声。一种文件格式对某些软件会产生有意义的结果,对另一些软件来看,就像是毫无用途的数字垃圾。

用扩展名识别文件格式的方式最先在数字设备公司的 CP/M 操作系统被采用。而后又被 DOS 和 Windows 操作系统采用。扩展名是指文件名中,最后一个点(.)号后的字母序列。例如,HTML 文件通过.htm 或.html 扩展名识别。GIF 图形文件用.gif 扩展名识别。在早期的 FAT 文件系统中,扩展名限制只能是三个字符,因此尽管现在绝大多数的操作系统已不再有此限制,许多文件格式至今仍然采用三个字符作扩展名。因为没有一个正式的扩展名命名标准,所以,有些文件格式可能会采用相同的扩展名,出现这样的情况就会使操作系统错误地识别文件格式,同时也给用户造成困惑。

扩展名方式的一个特点是,更改文件扩展名会导致系统误判文件格式。例如,将 filename.html 简单改名为 filename.txt 会使系统误将 HTML 文件识别为纯文本格式。尽管一些熟练的用户可以利用这个特点,但普通用户很容易在改名时发生错误,而使得文件变得无法使用。因此,现代的有些操作系统管理程序,例如 Windows Explorer 加入了限制向用户显示文件扩展名的功能。

8.5.4 文件的压缩与解压

文件的压缩和解压一般是通过压缩软件来实现的,目前使用比较多的压缩软件有 WinRAR、WinZip 等. 这里以 WinRAR 为例,来说明解压缩 RAR 格式文件的最经典做法。双击压缩文件,再单击调出的 WinRAR 程序的"解压到"按钮,然后单击"确定"按钮就可以解压至当前一个同名文件夹中。如果这个待解压的 RAR 格式文件比较大的话,就只能等待一会了。虽然可以选择"后台"的运行方式,但终归它在工作。WinRAR 支持在右键快捷菜单中快速压缩和解压文件,操作十分简单。

(1)压缩。在文件上右击,将弹出如图 8-42 所示的快捷菜单,图中标注的部分就是 WinRAR 在右键中创建的快捷方式。

需要压缩文件的时候,在文件上右击选择"添加到档案文件"命令,会出现如图 8-43 所示对话框,在图的最上方有 6 个选项卡,这里是选择"常规"时出现的界面。

图 8-42　压缩右键快捷菜单　　　　　　　　　　　图 8-43　压缩对话框

(2)解压。当在压缩文件上右击后,会有图 8-44 中画圈的选项出现,选择"解压文件"命令。

选择"解压文件"后会出现如图 8-45 所示的对话框,在图中的"目标路径"处选择解压缩后的文件将被安排至的路径和名称。单击"确定"按钮即可以解压。

图 8-44　解压右键快捷菜单　　　　　　　　　　　图 8-45　解压对话框

8.6 上网通信

8.6.1 设置网络连接

设置网络连接方法如下：

① 打开"控制面板"窗口，如图 8-16 所示，单击"网络和 Internet 连接"，弹出如图 8-46 所示窗口。

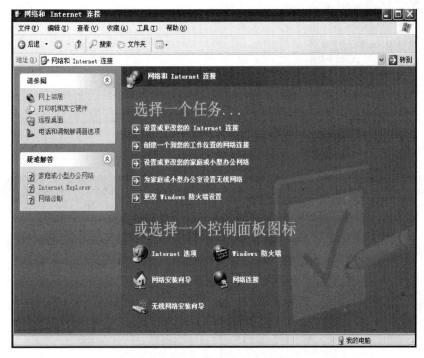

图 8-46 网络和 Internet 连接

② 单击"网络连接"图标，弹出如图 8-47 所示窗口。

③ 在"网络连接"中，双击"本地连接"图标，弹出如图 8-48 所示对话框。

④ 单击"属性"按钮，弹出如图 8-49 所示对话框。

⑤ 双击"Internet 协议（TCP/IP）"，弹出如图 8-50 所示对话框。对于有固定 IP 地址的计算机，依次添加 IP 地址、子网掩码、默认网关和 DNS，如图 8-50(a) 所示。对于自动获得 IP 地址的计算机，选择"自动获得 IP 地址"单选按钮，如图 8-50(b) 所示。

⑥ 单击"确定"按钮，保存设置。

图 8-47　网络连接

图 8-48　本地连接

图 8-49　本地连接属性

8.6.2　浏览网页

浏览网页一般通过浏览器进行,目前浏览器种类比较多,有 MozillaFirefox 、Netscape Naviga-

tor 、Opera 、傲游(Maxthon)、Internet Explorer 浏览器等,本节以 Microsoft 公司的 Internet Explorer
6.0 为例来说明浏览网页。

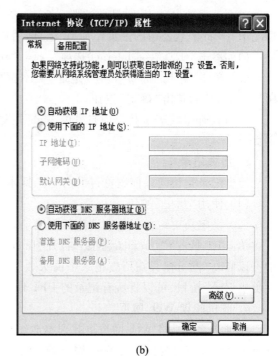

(a)   (b)

图 8-50   IP 地址配置

在 Windows XP 操作系统中内置了 IE(Internet Explorer)浏览器,在浏览网页之前,应先将计算机连接到 Internet 上,从 Web 服务器上搜索需要的信息、浏览 Web 网页、查看源文件、收发电子邮件、上传网页等。具体说明如下。

1. IE 的启动

在 IE 启动前应先进行网络配置,确认已经通过局域网或拨号连入 Internet。IE 启动的方法有 3 种,具体如下。

方法一:单击“开始”→“所有程序”→“Internet Explorer”。

方法二:双击桌面上的“Internet Explorer”图标。

方法三:在“开始”按钮旁边的快速启动栏中,单击“Internet Explorer”图标。

2. 输入网址

IE 启动后在 IE 的地址栏中输入 Web 站点的地址,可以省略“http://”而直接输入。例如输入“www.163.com”,然后按回车键。还可以用地址栏的下拉列表框中选择曾经访问过的 Web 站点。如果要在新窗口中打开链接,可以将鼠标移到链接的位置右击,然后在弹出的快捷菜单中选择“在新的窗口中打开链接”命令。

3. 工具栏使用

IE 工具栏上包括“后退”、“前进”、“停止”、“刷新”等按钮,用鼠标单击相应的按钮,就可以实现按钮上文字所显示的功能。

4. IE 中主页的设置

主页是每次启动 IE 时显示的那一页,只要单击工具栏上的"主页"按钮就会返回该页,默认情况下,IE 将微软公司的主页作为 IE 主页,用户可以进行修改,操作方法如下:

(1)单击"工具"→"Internet 选项",打开"Internet 选项"对话框。

(2)单击"常规"选项卡,在"地址"文本框中输入更改的主页地址,例如输入"http://www.163.com",然后单击"确定"按钮。

"使用当前页"表示将目前打开的 Web 页设为主页。"使用空白页"表示将空的 Web 页设为主页。

5. 历史记录

历史纪录是访问以前浏览过的内容。具体使用如下:

(1)使用"历史"按钮。

(2)设定历史记录天数和清除历史记录。

单击"工具"→"Internet 选项",打开"Internet 选项"对话框,在"常规"选项卡的"历史记录"中可以修改"网页保存在历史记录中的天数"数值框中的数,设定历史记录的天数。而单击"清除历史记录"按钮,可以将所有记录的 URL 地址删除,从而空出磁盘空间。

6. 脱机阅读 Web 网页

脱机阅读就是将 Web 网页下载到本地硬盘上,然后断开与 Internet 的链接,直接通过硬盘阅读 Web 网页,使用脱机阅读 Web 网页前,先打开要脱机阅读的 Web 网页,单击"文件"→"另存为",打开"保存网页"对话框,在该对话框中,用户可设置要保存的位置、名称、类型及编码方式。设置完毕后,单击"保存"按钮即可将该 Web 网页保存到指定位置。双击该 Web 网页,即可启动 IE 浏览器,进行脱机阅读。

8.6.3　收发电子邮件

收发电子邮件可以采用多种方法,通过 IE 直接进入,也可以通过其他客户端软件如 Outlook、FoxMail 等进入,这里以 Outlook 为例来说明收发电子邮件。

1. 启动 Outlook

选择 Outlook 应用程序即可进入 Outlook,如图 8-51 所示。

2. 设置邮件账户

作为邮件管理的第一步,是设置邮件账户。单击"工具"→"账户",在"Internet 账户"对话框中单击"添加"按钮,选择"邮件"命令,如图 8-52 所示。

进入"Internet 连接向导",在"Internet 电子邮件地址"对话框中,一般情况下,选择"我想使用一个已有的电子邮件地址"单选按钮,然后在电子邮件地址栏中填入已经申请过的电子邮件地址如 jack@163.com。然后需要填入电子邮件服务器名,一般所用的邮箱大多采用 POP3 与 SMTP 服务器。常见 E-mail 信箱的服务器,见表 8-1 所示。

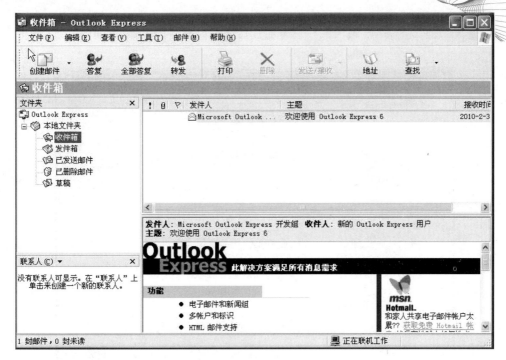

图 8-51 Outlook 主界面

图 8-52 设置邮件账户

表 8-1 常见 E-mail 邮箱服务器

提供商	POP3	SMTP
163	163.net	Smtp.163.net
263	263.net	Smtp.262.net
21cn	Pop.21cn.com	Smtp.21cn.com

最后输入"账户名"和"密码",账户设置完成后就可以开始接收邮件,如图 8-53 所示。

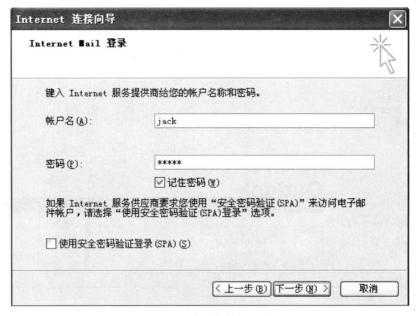

图 8-53　输入账户名和密码

3. 管理邮件

利用 Outlook 管理邮件设置接收邮件规则,单击"工具"→"邮件规则"→"邮件",如图 8-54 所示,就可以配置邮件规则,配置过程在此省略。

图 8-54　设置邮件规则

4. 发送邮件

邮件规则制定好之后,可以单击 Outlook 的主菜单工具栏中的"新邮件"按钮,如图 8-55 所示。

图 8-55 选择新邮件

　　出现如图 8-56 所示的"新邮件"窗口。窗口分菜单栏、发送选项栏和内容编辑框 3 部分。这就类似于写信，中间那一栏就是信封，要写明收件人地址，即收件人电子邮件地址。主题，则是给收件人一个提示，说明邮件的主题。抄送一栏，则充分体现了电子邮件的优势，可以写一封邮件，同时发送给若干个人，大大提高了工作效率。内容框就相当于信纸，可以写内容。

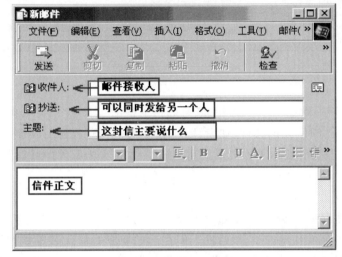

图 8-56 "新邮件"窗口

5. 通讯簿

　　通讯簿是 Outlook 的一个重要功能，单击 Outlook 主菜单中的"工具"→"通讯簿"或者工具栏的"通讯簿"按钮，然后单击"新建"→"新建联系人"，按照要求输入相关信息，如图 8-57 所示。

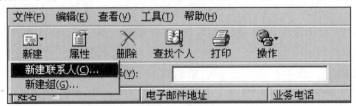

图 8-57 新建联系人

　　确定后退出通讯簿窗口，这时在主界面窗口可以看到在文件夹窗口下方多了一个联系人窗口，并可以看到刚加入的联系人。如果要给此联系人写信，只要双击新建的联系人，就会弹出"新邮件"窗口，新建的联系人的名字出现在"收件人"一栏，这样不用再去记住邮件地址，只要双击名字，就可以发邮件了。

6. 查找邮件

如果邮件数量很多,查找起来会非常麻烦,而使用 Outlook 的"查找邮件"工具可以帮助我们快速准确地找到所需邮件,单击主菜单中的"编辑"→"查找"→"邮件"或工具栏中的"查找"按钮,出现"查找邮件"窗口,如图 8-58 所示。

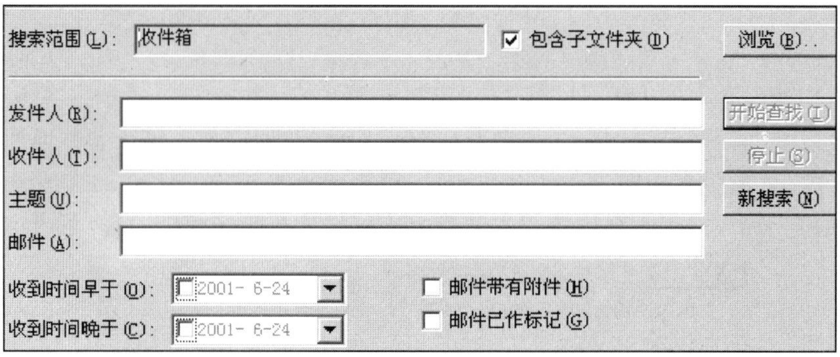

图 8-58　查找邮件

可以确定搜索范围,单击"浏览"按钮,既可以指定整个"本地文件夹",也可以指定具体的某个文件夹,然后输入用户所知的条件,如发件人、收件人、主题、收到时间等,进一步缩小查找范围。单击"开始查找"按钮,窗口下方出现找到的邮件,直接单击邮件即可查看,十分方便。

8.6.4　使用搜索引擎

搜索引擎其实也是一个网站,只不过该网站专门为用户提供信息"检索"服务,它使用特有的程序把因特网上的所有信息归类,以帮助人们在浩如烟海的信息海洋中搜寻到自己所需要的信息。搜索引擎按其工作的方式分为两类:一类是分类目录型的检索,把因特网中的资源收集起来,由其提供的资源类型不同而分成不同的目录,再一层层地进行分类,人们要找到自己想要的信息可按分类一层层进入,最后到达目的地,找到自己想要的信息。另一类是基于关键字的检索,这种方式用户可以用逻辑组合方式输入各种关键字(Keyword),搜索引擎计算机根据这些关键字寻找用户所需资源的地址,然后根据一定的规则反馈给用户包含此关键字信息的所有网址和指向这些网址的超链接。随着因特网信息按几何式增长,这些搜索引擎利用其内部的一个叫 SPIDE(蜘蛛)的程序,自动搜索网站每一页的开始,并把每一页上代表超链接的所有词汇放入一个数据库,供用户来查询。

选择合适的关键字。新手在使用搜索引擎的时候,往往出现搜索到的内容与目标相差甚远的情况。其实出现这种情况在很大程度上是由于关键字选择不当而引起的。《关键字选取之 6 大注意事项》讲述了 6 种典型的关键字选取错误,推荐新手阅读。

适时使用高级搜索。所谓的高级搜索指的是关键字组合、限定搜索范围等。由此可以大大提高搜索的针对性,免去无效内容的干扰。《浅谈搜索引擎》使用探讨了关键字组合的方法,推荐新手阅读。在搜索页面上,选择"高级搜索"就可以以直观的方式进行高级搜索。

由于搜索引擎比较多,如 Google、Baidu,下面就以"中文 Google"为例,说明如何具体使用搜索引擎。

在浏览器的地址栏中输入 http://www.google.com，回车即可进入 Google，第一次进入 Google，它会根据用户的操作系统，确定语言界面。Google 是通过 cookie 来存储页面设定的，所以，如果系统禁用 cookie，就无法对 Google 界面进行个人设定。Google 的首页很简单，如图 8-59 所示，默认是网站搜索。

图 8-59　Google 首页

在文本框中输入关键字，如希赛，单击"Google 搜索"或"手气不错"按钮，即可完成搜索。这是最简单的方式，当然还可以使用更复杂的方式，只需单击右边的"高级搜索"、"使用偏好"、"语音工具"即可。

8.6.5　文件传输

在 Windows XP 中进行文件传输的方法比较多，一般比较常用的有 FTP、远程桌面、QQ 等。下面以 FTP 方式为例进行介绍，该方式可以直接用 FTP 命令，也可以采用第三方工具，本例中介绍利用 IIS 建立 FTP 服务器的方法。同 WWW 服务一样，IIS 有一个默认的 FTP 站点，因此可以通过修改默认 FTP 站点来满足需要。不过一般系统安装时都没有安装此组件，所以在"控制面板"中，在"添加/删除程序"窗口中单击"添加/删除 Windows 组件"，接着在弹出的窗口中选择"Internet 信息服务(IIS)"复选框；然后单击"详细信息"按钮，选择"文件传输协议(FTP)服务"复选框，最后单击"确定"按钮即可。

在"描述"文本框中输入"我爱计算机"，设置 IP 地址为"192.168.1.3"，TCP 端口默认为"21"，如图 8-60 所示，后两项一般不需要更改。设置连接要注意同 Web 服务器一样启用日志纪录。然后单击"主目录"选项卡，如图 8-61 所示。

指定目录的访问权限，一般选择读取，也可以日后再指定访问权限，由管理员具体写入权限，让一般文件只有读取的权限。在"安全账户"选项卡中根据自己的需要修改账户信息，如图 8-62 所示。

注意，一定要选择"只允许匿名连接"复选框，否则用户访问此站点时需要用户名和密码。默认状态下是可以允许匿名访问的，用户名为 anonymous，密码为空。定义用户访问 FTP 站点和退出站点时的信息以及最大连接数的设置如图 8-63 所示。

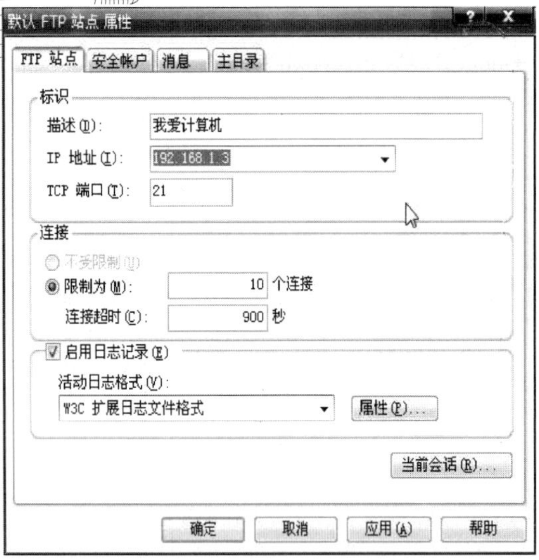

图 8-60　默认的 FTP 站点属性

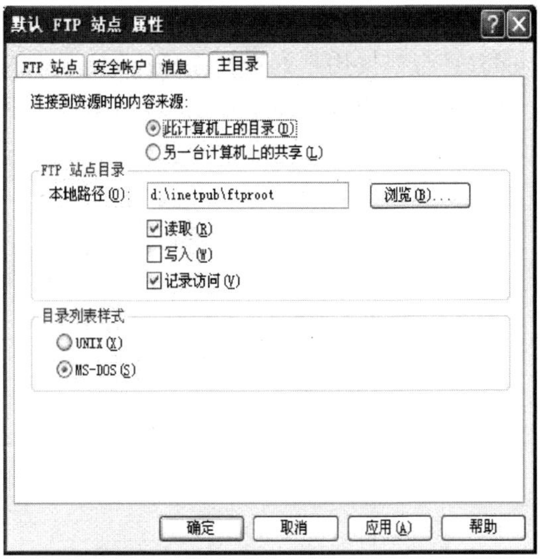

图 8-61　默认的 FTP 站点主目录设置

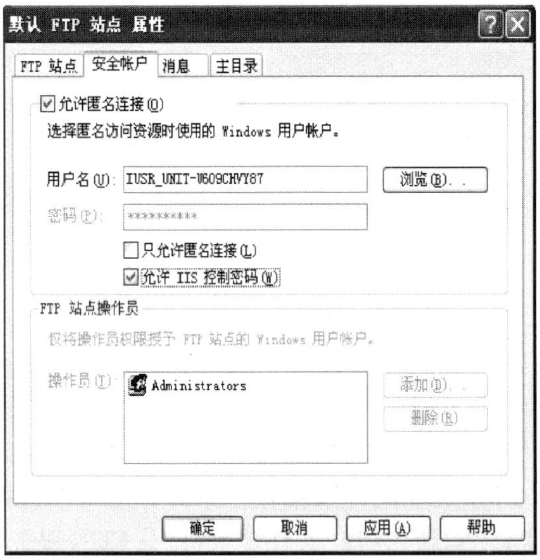

图 8-62　默认的 FTP 站点安全账户设置

图 8-63　默认的 FTP 站点消息设置

　　单击"开始"→"运行",输入 cmd,在命令窗口中输入 ftp 192.168.1.3(刚才设置的 IP 地址)回车,输入用户名 anonymous 和密码并回车。get 命令表示下载某一文件到本地文件夹,在 cmd中 ftp 命令很多,常用的有如下。

　　① ftp 192.168.1.3。登录 ftp。

　　② dir。显示远程主机目录。

　　③ cd remote-dir。进入远程主机目录。

　　④ help[cmd]。显示 ftp 内部命令 cmd 的帮助信息,如:help get。

　　⑤ getremote-file[local-file]。将远程主机的文件 remote-file 传至本地硬盘的 local-file(本地

文件夹）。

　⑥ put local-file［remote-file］。将本地文件 local-file 传送至远程主机的 remote-file 上。

　⑦ quit。同 bye，表示退出 ftp 会话。

8.7 例题分析

1. 下列选项中，属于网络操作系统的是＿＿＿。

A. DOS　　　　　　B. Windows 98　　　　C. Windows XP　　　　D. Windows Server 2003

分析：

本题主要考查网络操作系统，网络操作系统是指对计算机网络中的软件、硬件资源进行管理和控制的操作系统，适合多用户、多任务环境，支持网间通信和网络计算，具有很强的文件管理、数据保护、系统容错和系统安全保护功能。常用的网络操作系统有 NetWare 和 Windows NT。虽然 Windows XP 也是基于 NT 技术，但是微软并没有将其定位为网络操作系统，因此本题的答案为 D。

答案：D。

2. 在 Windows 系统中，下列关于任务管理器的叙述中错误的是＿＿＿。

A. 在任务管理器中可以实现应用程序的切换

B. 在任务管理器中可以查看 CPU 和内存的使用情况

C. 在任务管理器中可以结束某个应用程序的运行

D. 在任务管理器中可以查看系统的安全日志

分析：

本题主要考查任务管理器的知识，任务管理器的用户界面提供了文件、选项、查看、窗口、关机、帮助等 6 个菜单项，例如"关机"菜单下可以完成待机、休眠、关闭、重新启动、注销、切换操作，其下还有应用程序、进程、性能、联网、用户等 5 个选项卡，窗口底部则是状态栏，从这里可以查看到当前系统的进程数、CPU 使用比率、更改的内存容量等数据，同时可以结束某个应用程序的运行，但没法查看系统的安全日志，因此本题的答案为 D。

答案：D。

3. 通常情况下，通过 Windows 任务栏不能直接完成的操作是＿＿＿。

A. 切换已打开的窗口　　　　　　　　B. 显示桌面

C. 切换输入法　　　　　　　　　　　D. 创建文件夹

分析：

本题主要考查任务栏的知识，桌面任务栏包括开始菜单、快速启动栏、任务按钮、提示区等，语言栏是一个浮动的工具条，单击语言栏上的"键盘"小图标，可以选择相应的输入法，因此本题的答案为 D。

答案：D。

4. 在 Windows 系统中，关于资源管理器工具栏上的"后退"按钮的叙述，正确的是＿＿＿。

A. 单击"后退"按钮返回"我的电脑"

B. 单击"后退"按钮返回磁盘

C. 单击"后退"按钮返回桌面

D. 单击"后退"按钮返回上一次访问的资源

分析:

本题主要考查资源管理器的知识,单击资源管理器工具栏上的"后退"按钮,资源管理器将返回上一次访问的资源,因此本题的答案为 D。

答案:D。

5. 在 Windows 系统的资源管理器中,文件和文件夹可以采用多种形式显示,但不能以____形式显示。

A. 制表   B. 大图标   C. 列表   D. 详细资料

分析:

本题主要考查资源管理器、文件和文件夹的知识,在资源管理器中单击查看按钮弹出如图8-64所示的窗口。从图中可以看出文件和文件夹可以采用缩略图、平铺、图标、列表、详细信息等,因此本题的答案为 A。

图 8-64   查看文件和文件夹信息

答案:A。

6. 在 Windows 中,下列叙述中正确的是____。

A. "开始"菜单只能用鼠标单击"开始"按钮才能打开

B. 任务栏的大小是不能改变的

C. "开始"菜单是系统生成的,用户也可以再设置它

D. 任务栏中的内容不能根据用户操作而增减

分析:

在 Windows 中,"开始"菜单不仅可以用鼠标单击"开始"按钮打开,还可以通过键盘来打开。例如,可以按 Ctrl+Esc 键来打开,也可以按 Windows 键来打开(如果键盘上有 Windows 键的话)。而且,还可以根据用户的需要自己设置"开始"菜单的内容(例如,可以利用任务栏和"开始"菜单"属性"设置"开始"菜单)。任务栏的大小可以自己调整,任务栏中的内容反映了用户当前的处理情况。

答案:C。

7. 在 Windows 中,能弹出对话框的操作是____。

A. 选择带省略号的菜单项

B. 选择带向右黑色三角形箭头的菜单项

C. 选择文字颜色变灰的菜单项

D. 选择左边带对号(√)的菜单项

分析：

在 Windows 中,各类菜单中有很多具有不同含义的符号。如果菜单右边带有省略号,表示单击该项会弹出一个对话框,需要用户指定另一些参数。如果菜单右边带有黑色三角形,表示该项具有子菜单,鼠标指向该选项会弹出子菜单。如果菜单中文字颜色变灰,表示此时该选项无效,单击它不会有任何反应。如果菜单左边带对号,表示复选项的选中标记。该菜单是一组复选项中的一项,当前正处于选中状态。因此,只有选择带省略号的菜单项才能弹出对话框。

答案:A。

8. 关于 Windows 的"回收站",下列说法正确的是____。

A. 只能存储并还原硬盘上被删除的文件或文件夹

B. 只能存储并还原软盘上被删除的文件或文件夹

C. 可以存储并还原硬盘或软盘上被删除的文件或文件夹

D. 可以存储并还原所有外存储器中被删除的文件或文件夹

分析：

Windows 的"回收站"中没有存储且不能被还原的有:从网络位置删除的项目、从可移动媒体(例如软盘)删除的项目、超过"回收站"存储容量的项目,因此,软盘上删除的文件或文件夹不能存储并还原,也不是所有外存中被删除的文件和文件夹都能够存储并还原。

答案:A。

9. 下面有关 Windows 系统下应用程序窗口的叙述中,正确的一项是____。

A. 屏幕上只能有一个应用程序窗口

B. 屏幕上能有多个应用程序窗口,但只有一个是活动窗口

C. 屏幕上能有多个应用程序窗口,也可以都是活动窗口

D. 应用程序的用户界面不以窗口形式出现

分析：

本题主要考查 Windows 系统的应用程序窗口,应用程序窗口包含一个正在运行的应用程序,在应用程序窗口的顶部会出现应用程序的名称和应用程序菜单栏,在这些窗口中只有一个是活动窗口,因此本题的答案为 B。

答案:B。

10. 下列关于回收站的叙述中,正确的是____。

A. 回收站只能存放本地硬盘上被删除的文件或文件夹

B. 回收站只能存放从移动硬盘上被删除的文件或文件夹

C. 回收站只能存放从内存储器中被删除的文件或文件夹

D. 回收站只能存放从软盘上被删除的文件或文件夹

分析：

本题主要考查回收站的知识,在 Windows 系统中,回收站主要用来存放用户临时删除的文档

资料,删除并不是真正的删除,只是把文件图标删除,其实文件还是在硬盘上,回收站存放的是硬盘上被删除的文件。本题的答案 A。

答案:A。

11. 在 Windows XP 中,使用窗口中的控制按钮不能将窗口____。

A. 最大化   B. 最小化   C. 移动   D. 关闭

分析:

本题主要考查 Windows 的窗口,窗口控制按钮有最小化按钮、最大化按钮(恢复按钮)、关闭按钮,分别用来对窗口进行最小化、最大化、恢复、关闭的操作,没有移动的功能,因此本题的答案为 C。

答案:C。

12. 下列关于快捷方式的叙述中,正确的是____。

A. 快捷方式是文件夹

B. 快捷方式是文本文件

C. 快捷方式是对某种系统资源的链接

D. 快捷方式是可执行文件

分析:

本题主要考查快捷方式,快捷方式是 Windows 提供的一种快速启动程序、打开文件或文件夹的方法,是应用程序的快速链接,扩展名为.lnk,快捷方式对经常使用的程序、文件和文件夹非常有用,因此本题的答案为 C。

答案:C。

13. 删除 Windows 中某个应用程序的快捷方式,意味着____。

A. 该应用程序连同其快捷方式一起被删除

B. 该应用程序连同其快捷方式一起被隐藏

C. 只删除了快捷方式,对应的应用程序被保留

D. 只删除了该应用程序,对应的快捷方式被隐藏

分析:

Windows 的快捷方式是一种对系统各种资源的链接,常常用某种图标放在桌面上来表示,使用户可以很快、很方便地访问有关的资源。但快捷方式和应用程序是两个独立的文件,删除某个应用程序的快捷方式,对相应的应用程序没有影响。因此,当删除某个应用程序的快捷方式时,其对应的应用程序仍保留着。

答案:C。

14. 在 Windows XP 中,文件存取控制属性中的"只读"含义是指该文件只能读而不能 ____。

A. 修改   B. 删除   C. 复制   D. 移动

分析:

本题主要考查文件的权限知识,一般而言只读权限拒绝用户修改文件,而只能读取该文件,因此本题的答案为 A。

答案:A。

15. Windows XP 的许多应用程序的"文件"菜单中,都有"保存"和"另存为"两个命令。以

下对这两个命令的叙述,正确的是____。

A. "保存"命令只能用原文件名存盘,"另存为"命令不能用原文件名存盘

B. "保存"命令不能用原文件名存盘,"另存为"命令只能用原文件名存盘

C. "保存"命令只能用原文件名存盘,"另存为"命令也能用原文件名存盘

D. "保存"和"另存为"命令都能用任意文件名存盘

分析:

本题主要考查应用程序的知识,Windows XP 中应用程序的"文件"菜单中的"保存"命令是指只能用原文件名存盘,"另存为"命令则既能用原文件名也能用其他文件名存盘,因此本题的答案为 C。

答案:C。

16. 在 Windows XP 资源管理器中的"文件夹"窗格中,文件夹图标前标有"+"的,表示该文件夹中____。

A. 有文件　　　　　B. 没有文件　　　　　C. 有子文件夹　　　D. 没有子文件夹

分析:

本题主要考查文件夹的知识,文件夹图标前标有"+"的表示该文件夹中有子文件夹,如果有文件而没有文件夹,文件夹图标前是没"+",因此本题的答案为 C。

答案:C。

17. 在 Windows XP 中,查找以 a 开头且扩展名为 .txt 的所有文件,应在查找对话框内的名称框中输入____。

A. A. txt　　　　　B. a?. txt　　　　　C. a/. txt　　　　　D. a * . txt

分析:

本题主要考查资源管理器中查找的知识, * 是通配符,a * 表示含有以 a 开头的文件,而 a? 表示以 a 开头并且是两个字符的文件,因此要查找以 a 开头且扩展名为 txt 的所有文件,应在查找对话框内的"名称"文本框中输入 a *.txt,本题的答案为 D。

答案:D。

18. 下列关于 Windows XP 使用的叙述中,正确的是____。

A. 置入回收站的内容,不占用硬盘的存储空间

B. 从硬盘上删除文件或文件夹一般还需要在对话框中确认

C. 软盘上被删除的文件或文件夹,一般可以利用回收站将其恢复

D. 用鼠标将某硬盘中的文件拖动到某 U 盘上,则原文件消失

分析:

本题主要考查 Windows XP 删除的知识,Windows 系统的回收站文件和文件夹临时保存在硬盘里,是占用硬盘存储空间的,从硬盘上删除文件或文件夹会弹出一个确认是否删除的对话框,软盘上被删除的文件或文件夹不会保存在回收站,用鼠标将某硬盘中的文件拖动到某 U 盘上,原文件不会消失。因此本题的答案为 B。

答案:B。

19. 在 Windows XP 中,如果一个文件夹中有一些文件和子文件夹,在删除该文件夹后,____。

A. 该文件夹中的文件和子文件夹不被删除

B. 该文件夹中的文件和子文件夹全被删除

C. 该文件夹中的文件被删除,子文件夹不被删除

D. 该文件夹中的子文件夹被删除,文件不被删除

分析:

本题主要考查文件夹的相关知识,文件夹删除后,该文件夹下的文件和子文件夹全被删除,因此本题的答案为 B。

答案:B。

20. 根据文件的扩展名判断,下列文件中属于静态网页文件的是____。

A. a. txt   B. a. mp3   C. a. bmp   D. a. htm

分析:

本题主要考查文件存储格式,. txt 是文本文件格式,. mp3 是声音文件格式,. bmp 是位图文件格式,. htm 是静态网页文件格式,因此本题的答案为 D。

答案:D。

21. 在 Windows XP 中,不能用作文件名的是____。

A. 123 $4. % A#?   B. 123&4. exe

C. gz;shzh;zhh@ gd   D. df/Program File. Doc

分析:

本题主要考查 Windows 系统中的文件名的知识,在 Windows 中,文件名中可以使用数字字符 0~9,英文字符 A~Z 和 a~z,还可以使用空格字符和加号、逗号、分号、左右方括号、等号。但不允许使用尖括号、正斜杠、反斜杠、竖杠、冒号、双引号、星号和问号,因为这些符号另有含义。因此本题的答案为 D。

答案:D。

22. 下列关于文件夹的叙述中,正确的是____。

A. 不能自定义文件夹的图标   B. 文件夹中不能建新的文件夹

C. 可以在网络上共享文件夹   D. 不能对文件夹设置只读属性

分析:

本题主要考查文件夹的知识,文件夹可以自定义自己的图标,文件夹中可以新建文件夹,可以在网络上共享文件夹,可以对文件夹设置只读属性,因此本题的答案为 C。

答案:C。

23. Windows 文件系统中,___(1)___是不合法的文件名,一个完整的文件名由 ___(2)___组成。

(1) A. My temp-books   B. Waves. bmp * . arj

    C. BlueRivets. bmp. rar   D. JAUTOEXP. Pr07.0

(2) A. 路径、文件名和文件的属性

    B. 驱动器号、文件名和文件的属性

    C. 驱动器号、路径、文件名和文件的扩展名

    D. 文件名、文件的属性和文件的扩展名

分析:

本题主要考查文件名的知识,根据分析可知 Waves.bmp * .arj 中含有星号,因此该文件名是不合法的,一个完整的文件名包括文件名和扩展名两个部分所组成,而且如果拥有扩展名时,文件名与扩展名之间须以小数点"."隔开。文件名一般用来表示文件的内容,扩展名用来表示文件的类型,同时还应有驱动器号、路径等,因此本题的答案为(1)B,(2)C。

答案:(1) B, (2) C。

24. 关于文件的说法,正确的是____。

A. 不同文件夹下的文件可以同名

B. 每个磁盘文件占用一个连续的存储区域

C. 用户不能修改文件的属性

D. 应用程序文件的扩展名可由用户修改,不影响其运行

分析:

可执行程序文件需要占用连续的磁盘空间,一般的文本文件则往往占用若干个连续区域,各区域之间依次通过区域末尾的指针相连接。文件的属性包括只读、隐藏、存档等。在资源管理器中右击文件名,再选择"属性"命令,查看文件现有的属性,并进行修改。只读属性常用于保护文件不被修改。操作系统中的重要文件常采用隐藏属性,使其文件名并不显示出来,以免用户不小心破坏它。存档文件则是一般用户使用的文件(可读、可修改、可删除)。应用程序文件的扩展名不仅表示文件的格式类型,而且它与相应的应用程序相关联。双击文件名,就会自动调出该应用程序来运行处理。若用户修改了这种扩展名,就可能使其关联出错,从而产生运行错误。用户修改扩展名时系统会警告用户。操作系统调用文件时会按照文件名全称"设备名:文件路径\文件名"在系统中进行检索。不同路径下相同的文件名,其文件名的全称是不同的,代表不同的文件。

答案:A。

25. 扩展名____不是 Windows 系统下可执行文件的扩展名。

A. . COM   B. . EXE   C. . DLL   D. . INI

分析:

按照文件的内容可将文件分为多种类型。通过文件的扩展名说明文件类型。在 Windows 系统下,. COM、EXE、DLL 都属于可执行文件的扩展名类型,而扩展名为.INI 类型的文件一般用于存储一些初始化信息。

答案:D。

26. 下列关于文件类型的叙述中,正确的是____。

A. BMP 类型的图片文件转换成 JPG 类型的文件后,文件会变大

B. 字处理软件可生成文本文件

C. WAV 类型的文件属于视频文件

D. 可执行文件的扩展名只能是 EXE

分析:

本题主要考查文件的类型,由于 JPG 文件进行了压缩,因此 BMP 文件的图片转换成 JPG 文件后,文件会变小。WAV 类型的文件是音频文件,而不是视频文件。可执行文件的扩展名可以为 EXE,也可以为 COM、DLL 等。字处理软件是可以生成文本文件的,因此本题的答案为 B。

答案:B。

27. 在 Windows XP 中,磁盘碎片整理程序的主要作用是____。

A. 修复损坏的磁盘　　　　　　　　B. 压缩磁盘中的文件

C. 提高文件访问速度　　　　　　　D. 释放磁盘空间

分析:

本题主要考查磁盘碎片整理程序的知识,用户存储在计算机上的文件,计算机并不是按照一定的顺序存放的,而是随机杂乱无章的,因此时间一长存储的文件越来越多,用户会感到计算机的"速度"慢了,这是因为硬盘读/写头寻道的时间变长了。如果我们定期的运行磁盘碎片整理程序把零散文件进行整理就可以提高计算机的读/写"速度"了。因此本题的答案是 C。

答案:C。

28. 在 IE 浏览器中查看近期访问过的各个站点,应该单击浏览器工作窗口上工具栏中的_____按钮。

A. 主页　　　　　B. 搜索　　　　　C. 收藏　　　　　D. 历史

分析:

本题主要考查 IE 浏览器的知识,近期访问过的各个站点都保存在历史记录里,因此可以单击"历史"按钮,主页主要用来访问 IE 默认的站点,搜索主要用来搜索网页,不是已经访问的站点,收藏则用来保存自己感兴趣的站点,而不是近期访问的各个站点,本题的答案为 D。

答案:D。

29. 在浏览网页时,当鼠标指针移至某些文字或某些图片时,会出现手形状,通常是由于网页在这个地方做了____。

A. 动画　　　　　B. 快捷方式　　　　　C. 超链接　　　　　D. 多媒体文件

分析:

本题主要考查浏览网页和鼠标的关系,当鼠标指针移至某些文字或某些图片时,会出现手形状,通常是由于网页在这个地方做了超链接,因此本题的答案为 C。

答案:C。

8.8　同步训练

1. 在 Windows XP 中____。

A. 选择开始菜单下的注销命令可以关闭计算机

B. 选择开始菜单下的重新启动命令就是退出并重启 Windows XP 系统

C. 选择开始菜单下的待机命令等同于关机

D. 选择开始菜单下的切换用户命令可以关闭当前登录用户

2. 在 Windows XP 中,可用来改变窗口大小的光标是____。

A. ⃠　　　　　B. ↗　　　　　C. ＋　　　　　D. ▯

3. 下列关于 Windows XP 桌面图标的叙述中,不正确的是____。

A. 桌面上的所有图标都可以重命名

B. 桌面上的所有图标都可以重新排列

C. 桌面上的所有图标都可以创建快捷方式

D. 桌面上的所有图标都可以移动

4. 下列关于快捷方式的叙述中,不正确的是____。

A. 快捷方式是一种指向某一资源的指针文件

B. 快捷方式是系统为用户快速启动程序的方法

C. 快捷方式是系统为用户快速打开文件和文件夹的方法

D. 快捷方式只能存放在桌面上

5. 在 Windows XP 系统中,不能在文件名中使用的字符是"____"。

A. ,　　　　　　　B. #　　　　　　　C. /　　　　　　　D. +

6. 根据文件的扩展名判断,下列文件中属于声音文件的是____。

A. A. txt　　　　　B. A. mp3　　　　　C. A. doc　　　　　D. A. bmp

7. 下列关于写字板的叙述中,不正确的是____。

A. 写字板是附件中的一个应用程序

B. 在写字板中可以插入音效对象

C. 写字板不能调整字体和字号

D. 写字板可以调整文本的换行方式

8. 在 Windows 中,如果使用键盘操作,默认情况下按____组合键进行输入法切换。

A. Ctrl+Space　　　　　　　　B. Ctrl+Alt

C. Ctrl+Shift　　　　　　　　D. Ctrl+Alt+Delete

9. Windows 系统中,文件组织的目录结构采用的是按____

A. 顺序结构　　　　B. 分支结构　　　　C. 循环结构　　　　D. 树状结构

10. 在"我的电脑"或"资源管理器"窗口中,使用____可以按名称、类型、大小、日期排列右区的内容。

A. "编辑"菜单　　　　　　　　B. "查看"菜单

C. "文件"菜单　　　　　　　　D. 快捷菜单

11. 下面关于 Windows 窗口组成元素的描述中,____是不正确的。

A. 单击并拖动标题栏可以移动窗口的位置,双击标题栏可以使窗口在最大化和还原两种状态间切换

B. 不同应用程序窗口的菜单内容是不同的,但多数有"文件"、"编辑"和"帮助"菜单

C. 每一个窗口都有工具栏,位于菜单栏下面

D. 双击窗口控制菜单图标,可以关闭窗口

12. 要完整删除安装在 Windows XP 中的应用程序,下列方法中,正确的是____。

A. 直接删除应用程序所在的文件夹

B. 使用控制面板中的"添加/删除程序"卸载

C. 将应用程序的快捷方式放入"回收站"中

D. 将"开始"菜单下的应用程序直接删除

13. Internet 上,访问 Web 网站时用的工具是浏览器。下列____是目前常用的 Web 浏览器

之一。

A. Internet Explorer   B. Outlook Express

C. Yahoo   D. FrontPage

14. 下列选项中,用于接收和发送电子邮件的专业软件是____。

A. Microsoft FrontPage   B. Adobe Reader

C. Microsoft Outlook   D. Windows Movie Maker

15. URL:ftp://my:abc@214.13.2.45 中,ftp 是____。

A. 超文本链接   B. 超文本标记语言

C. 文件传输协议   D. 超文本传输协议

16. 下列选项中,不属于搜索引擎的是____。

A. http://www.google.com   B. http://www.ciif-expo.com

C. http://www.baidu.com   D. http://www.sohu.com

17. 在转发电子邮件时,下列叙述中正确的是____。

A. 只能转发给一个收件人   B. 转发时不需要填写收信人的地址

C. 转发邮件就是回复邮件   D. 邮件及其附件一起被转发

18. 为查看 Windows 系统当前正在运行哪些应用程序或进程,可用____组合键实现。

A. Ctrl+Shift+Delete   B. Ctrl+Shift+Enter

C. Ctrl+Alt+Delete   D. Ctrl+Shift+Alt

19. 网址 http://book.educity.cn 中,http 的含义是____。

A. 超文本链接   B. 超文本标记语言

C. 文件传输协议   D. 超文本传输协议

第9章
Linux 操作系统

　　根据大纲要求,考生需要熟练掌握操作系统和文件管理的基本概念和基本操作。

　　本章的学习要点,包括 Linux 操作系统简介、Linux 的安装、Linux 的基本操作、文件管理和上网通信等。

　　通过本章的学习,读者可以对 Linux 操作系统有一个整体性的认识,再结合动手实践,有助于掌握 Linux 的基本概念和基本操作。

9.1　Linux 操作系统简介

　　UNIX、Linux、Windows 是目前用户最多、影响最大的 3 类操作系统,UNIX 和 Linux 在服务器操作系统领域占据主导地位,Windows 在 PC 桌面操作系统市场用户最多,相比 UNIX 和 Linux,Windows 只能称为后起之秀。

　　Linux 是开源软件典型的成功范例,是操作系统界里的耀眼明星,本节主要介绍 Linux 的相关基础知识、主要特点和各个流行的发行版本。

9.1.1　Linux 简介

　　Linux 是一个源代码完全公开的类 UNIX 操作系统,Linux 核心最早由 Linus Torvalds 于 1991 年在芬兰赫尔辛基大学上学时开发的,后来经过来自世界各地众多顶尖的软件工程师的不断修改和完善,Linux 得以在全球普及,它的标志是一个名为 Tux 的小企鹅,如图 9-1 所示。

图 9-1　Linux 的小企鹅标志

　　Linux 自诞生以来,凭借优秀的设计、不凡的性能、稳定安全和高扩展性等优点,得到广大用户的欢迎。加上 IBM、Intel、AMD、Dell、Oracle、Sybase 等国际知名企业的大力支持,市场份额逐步扩大,在服务器领域及个人桌面市场得到越来越多的应用,在嵌入式开发方面更是具有其他操作系统无可比拟的优势,并以每年 100% 的用户递增,成为目前最为流行的操作系统之一。

9.1.2　Linux 的主要特点

　　Linux 作为一个类 UNIX 操作系统,具有 UNIX 操作系统的基本特征,与其他操作系统相比,Linux 还具有自己的特点。

　　(1) 免费、开放源代码。Linux 遵循通用公共许可证 GPL(General Public License),从而保证任何人都可以自由获取、使用和修改 Linux 源代码,开放源代码赋予 Linux 强大的生命力。

　　(2) 兼容 UNIX。Linux 遵循世界标准规范 POSIX(Portable Operating System Interface),即可

移植操作系统环境,兼容 UNIX System V 以及 BSD UNIX 的操作系统。UNIX System V 和 BSD UNIX 是 UNIX 操作系统的两大主流,目前的 UNIX 系统都是这两种系统的衍生产品。对于 System V 系统上运行的应用程序,把软件程序源代码拿到 Linux 底下重新编译之后就可以在 Linux 上运行了,对于 BSD UNIX 系统,它的可执行文件可以直接在 Linux 环境下运行。

(3)高效安全稳定。UNIX 操作系统的稳定性是众所周知的,Linux 继承了 UNIX 核心的设计思想,具有执行效率高、安全性高和稳定性好的特点。Linux 系统的连续运行时间通常以年作单位,能连续运行 1 年以上的 Linux 服务器并不少见。

(4)支持多种硬件平台。Linux 能在笔记本电脑、PC、工作站,甚至大型机上运行,并能在 x86、MIPS、PowerPC、SPARC 和 Alpha 等主流的体系结构上运行,可以说 Linux 是目前支持的硬件平台最多的操作系统。

(5)支持多种文件系统。Linux 目前支持的文件系统,有 EXT2、EXT、XIAFS、ISOFS、HPFS、MSDOS、UMSDOS、PROC、NFS、SYSV、MINIX、SMB、UFS、NCP、VFAT、AFFS,以及 Windows 的文件系统 FAT16、FAT32、NTFS 等。Linux 最常用的文件系统是 EXT2。

(6)友好的用户界面。Linux 提供了命令界面和图形用户界面(Graphical User Interface,GUI)两种界面。图形用户界面 X-Windows 系统类似 Windows 的图形用户界面,用户可以使用鼠标很方便、直观地操作。经过多年的发展,Linux 的图形用户界面技术已经非常成熟,其强大的功能和灵活的配置界面让一向以用户界面友好著称的 Windows 也黯然失色。

(7)强大的网络功能。网络就是 Linux 的生命,Linux 支持 TCP/IP、SLIP 和 PPP 等网络协议,在 Linux 中,用户可以方便地使用所有的网络服务,如访问互联网、网络文件系统或远程登录等。由于 Linux 内核内置了完善的网络支持,所以 Linux 在通信和网络功能方面表现优异。

(8)支持多任务、多用户。Linux 是多任务、多用户的操作系统,Linux 可以同时独立运行多个程序,Linux 的保护机制使每个应用程序互不干扰,一个任务崩溃,其他任务仍然照常运行。Linux 支持多个用户同时使用并共享系统的磁盘、外设和处理器等系统资源,Linux 还支持真正的多用户编程,一个用户可以创建多个进程,各个进程协同工作完成用户的需求。

(9)适合嵌入式系统。Linux 用很少的程序代码就可以实现一个完整的操作系统,因此适合作为需要小核心程序的嵌入式系统的操作系统,如手机、数码相机、PDA、家电用品和医疗器械等。

(10)可移植性。可移植性是指将操作系统从一个平台转移到另一个平台使它仍然能够按其自身方式运行。Linux 核心只有小于 10% 的源代码采用汇编语言编写,其余均采用 C 语言编写,因此具备高度移植性,Linux 可以在 x86 架构的 PC 上运行,也可以移植到其他大型机上。

9.1.3 Linux 的主要版本

Linux 内核(Kernel)是 Linux 操作系统的核心,主要负责存储管理、进程管理、文件管理和进程间通信等。

Linux 内核的开发和规范一直由 Linus 领导的开发小组管理和控制,版本也是唯一的。开发小组每隔一段时间公布新的版本,从 1991 年 10 月 Linus 向世界公开发布的内核 0.0.2 版本到目前最新的内核 2.6.30 版本,Linux 的功能越来越强大。

Linux 内核并不负责提供各种应用软件,如编译器、系统管理工具、网络工具、Office 套件、多媒体和绘图软件等,这样的操作系统是不实用的。因此许多公司将 Linux 内核与应用软件和文档包装起来,并提供一些安装界面和系统设定管理工具,组成一套完整的操作系统,让一般的用户可以简便地安装和使用 Linux,这就是 Linux 发行版本。

我们一般谈论的 Linux 系统便是针对这些发行版本的,目前已经有 300 余种发行版本,而且还在不断的增加,下面介绍目前比较著名的几个发行版本。

(1) Red Hat Linux。Red Hat,又称为"红帽",是最成功的 Linux 发行版本之一,它的特点是安装简单、使用方便。Red Hat 让用户接触到的是图形用户界面,因此用户可以很快享受到 Linux 的强大功能而免去繁琐的安装与设置工作。Red Hat 是全球最流行的 Linux,并且已经成为 Linux 的代名词。Red Hat 自行开发了 RPM 套件管理程序及 X 桌面环境 Gnome 等众多应用软件,并将其源代码回馈给开源社区。

Red Hat Linux 官方网站:http://www.redhat.com。

(2) SuSE Linux。SuSE 是德国最著名的 Linux 发行版,也是软件国际化的先驱,让软件支持各国语系,贡献颇丰,在全世界范围中享有较高的声誉。它的特点是使用了自主开发的软件包管理系统 YaST。2003 年 11 月,Novell 收购了 SuSE,使 SuSE 成为 Red Hat 的一个强大的竞争对手。

SuSE Linux 官方网站:http://www.novell.com/Linux/suse。

(3) Debian Linux。Debian 可以算是迄今为止最遵循 GNU 规范的 Linux 系统,它的特点是使用了 Debian 系列特有的软件包管理工具 dpkg,使得安装、升级、删除和管理软件变得非常简单。Debian 是完全由网络上的 Linux 爱好者负责维护的发行套件,这些志愿者的目的是制作一个可以同商业操作系统相媲美的免费操作系统,并且其所有的组成部分都是自由软件。

Debian Linux 官方网站:http://www.debian.org。

(4) TurboLinux。TurboLinux 是日本制作的 Linux 发行版,其最大特色便是以日文版、中文简/繁体版、英文版 3 种形式发行,对软件国际化的推动经验丰富,安装的简易性和系统设置的难度与 Red Hat 差不多,且安装界面是汉化的,系统本身支持中文简体,在中国国内有广大的用户群。

TurboLinux 官方网站:http://www.TurboLinux.com。

(5) 红旗 Linux。国内 Linux 发行版做得相对比较成功的是红旗 Linux,界面美观,安装也比较容易,新版本逐渐屏蔽了一些底层的操作,适合于新手使用。红旗 Linux 源于中国科学院软件研究所承担的国家 863 计划的 Linux 项目,是中国第一个土生土长的 Linux 发行版,对中文支持的最好,而且界面和操作的设计都符合中国人的习惯。

红旗 Linux 官方网站:http://www.redflag-Linux.com。

9.2 Linux 的安装

本节介绍安装红旗 Linux 桌面版 7.0 的硬件需求、安装方式与安装类型以及安装过程中的重要步骤等内容。

目前红旗 Linux 最新的个人桌面版 7.0,加入了许多新特性,如全新的 KDE 4、Live CD、Live USB 技术,Windows 集成工具,另外还集成了丰富的应用软件,如大智慧、支付宝、腾讯 QQ、MSN、

OpenOffice 等。

9.2.1 硬件需求

在安装 Linux 系统之前,了解计算机的硬件信息非常重要,如果要安装的操作系统与计算机硬件不兼容,将导致用户无法成功的安装该系统。

红旗 Linux 与最近几年内硬件厂商提供的多数硬件兼容,然而由于硬件的技术规范变化很快,因此也可能导致与用户计算机硬件不兼容的问题,红旗 Linux 支持的硬件列表可以在以下网址中查到:http://support. redflag-linux. com/ppd/product_user/hardware_table. php。

总体来说,安装 Linux 系统对计算机硬件的要求很低,目前主流的计算机硬件配置都满足安装 Linux 的要求。Linux 对硬件的要求如下。

CPU:奔腾以上处理器。

主板:Linux 对主板没有特殊要求,目前的主板基本上都能与 Linux 兼容。

内存:至少 128 MB,推荐使用 512 MB 以上内存。

硬盘:至少需要 1 GB 以上,完全安装需 5 GB 的磁盘空间。

显卡:VGA 兼容显卡。

网卡:一般的网卡都能被 Linux 识别,如 3COM、D-Link 和 Realtek 等,对于不直接支持的网卡,可以尝试采用与 NE 2000 网卡兼容的模式来使用。

其他设备如显示器、键盘、鼠标、CD-ROM/DVD-ROM 等,一般来说,Linux 都可以自动检测。

9.2.2 安装方式与安装类型

Linux 系统的安装方式有光盘安装、硬盘安装、通过网络安装及在虚拟机上安装等,其中光盘安装是最简单的方式,用户可以通过红旗 Linux 的第一张光盘来启动安装系统,这也是将要介绍的安装方式。

红旗 Linux 有 3 种不同类型的版本,分别是个人桌面版、工作站版和服务器版。

(1) 个人桌面。目前的最新版本是红旗 Linux 桌面版 7.0,适合初学者学习和使用,桌面版会为个人桌面计算机创建图形化的环境,操作简单、直观。

(2) 工作站。目前的最新版本是红旗 Asianux Workstation 3,除了图形化桌面环境外,如果用户还需要软件开发工具,那么工作站版本是最佳选择。

(3) 服务器。目前的最新版本是红旗 Asianux Server 3,如果需要系统具备 Linux 服务器功能,而且不需要对系统配置做过多的定制工作,则服务器版本是最佳选择。

9.2.3 安装红旗 Linux 桌面版 7.0

在计算机的 BIOS 中将系统设置为从 CD-ROM 启动,把红旗 Linux 桌面版 7.0 的第一张安装光盘放入光驱,重启计算机,引导成功后将会进入红旗 Linux 桌面版 7.0 的安装程序,需要其他安装光盘时,安装程序向导会提示。

安装红旗 Linux 桌面版 7.0 的具体步骤如下。

1. 系统初始化配置

语言选择简体中文,键盘布局和时区按默认即可,如图 9-2 所示。

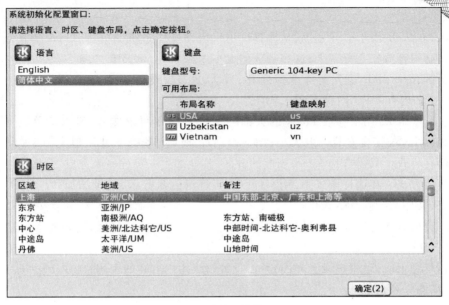

图9-2 系统初始化配置

2. 分区方式

安装界面上有3种分区方式供用户选择,分别是自动方式、简易方式和高级方式,如图9-3所示。

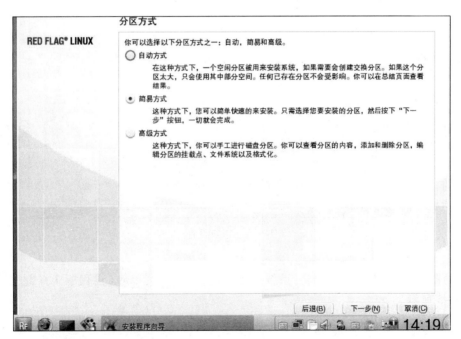

图9-3 分区方式

(1) 自动方式。在这种方式下,安装程序会在磁盘上创建3个分区,分别是/dev/sda、/dev/

sda1 和/dev/sda2。

主分区/dev/sda 用于引导系统,是计算机用来启动操作系统的分区,Linux 操作系统的内核和引导程序必须存放在主分区上,这个分区的大小约在 50 ~ 100 MB 之间。

交换分区/dev/sda1 用于支持虚拟内存,其大小一般设置为内存的两倍大小(内存少于256 MB时)或和内存一样(内存为 256 MB 及以上时)。

根分区/dev/sda2 用来存放 Linux 的大部分系统文件和用户文件,所以该分区一定要足够大。例如红旗 Linux 完全安装一般大小在 5 GB 左右,所以该分区大小一般大于 5 GB。

(2) 简易方式。只需选择 Linux 安装的分区,其他都由安装程序来完成,简单快速。

(3) 高级方式。在这种方式下,用户可以手工进行磁盘分区,可以添加和删除分区,编辑分区的挂载点、文件系统以及格式化等。

选择完分区方式之后安装程序启动,复制系统文件,显示安装进度,需要等待一段时间。

3. 用户设置

安装过程结束后,是用户设置界面,可以设置超级用户 root 的密码、创建新用户、设置计算机的主机名,如图 9-4 所示。

图 9-4　用户设置

之后是配置系统,提示安装成功,系统重启,就会看到红旗 Linux 桌面版 7.0 漂亮的欢迎界面,如图 9-5 所示。

至此红旗 Linux 桌面版 7.0 安装成功,其他的系统设置、网络设置可以用 root 用户登录系统后设置。

图9-5　红旗Linux欢迎界面

9.3　Linux的基本操作

Linux提供了两种界面,图形用户界面和命令界面。图形用户界面X-Windows系统类似Windows的图形用户界面,用户可以使用鼠标很方便、直观地操作。命令界面允许用户输入命令来设置和操作计算机,Linux提供了丰富而完善的命令。

本节介绍红旗Linux桌面版7.0的图形桌面环境、计算机基本信息的查看、显示属性的设置、日期和时间的设置、控制面板的设置、挂载光盘、命令行操作等基本操作。

9.3.1　红旗Linux图形桌面环境

红旗Linux桌面版7.0启动后,用root用户登录,会看到用户图形的桌面环境,在这里可以方便的访问应用程序、文件和系统资源,如图9-6所示。

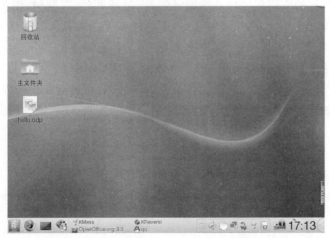

图9-6　红旗Linux图形桌面环境

图形桌面环境功能强大,它提供了3种主要方式来使用系统上的应用程序,即桌面图标、面板图标及菜单系统。

(1)桌面图标。桌面左上方的图标是指向文件系统、应用程序等资源设备的快捷图标。双击相应的图标,就可以打开一个文件夹或启动一个应用程序。

(2)面板图标。横贯桌面底部的长条是面板(Panel)。面板的左侧是常用应用程序的快捷图标,中间是当前系统正在运行的程序图标,右侧是常用的小工具图标、通知区域和系统时间。通过面板可以启动应用程序、切换工作区以及设置输入法、控制音量、设置网络、设置系统时间等。

(3)菜单系统。桌面左下角的"RF"图标是系统的"主菜单"按钮,相当于 Windows 的"开始"按钮,通过单击进入菜单系统,如图 9-7 和图 9-8 所示。

图 9-7　菜单系统−应用程序

图 9-8　菜单系统−计算机

这里包含几乎所有的应用程序和系统配置工具,包括办公、互联网、图像影音、系统工具、游戏等类别的应用软件以及系统设置、网络设置、主文件夹等系统工具和文件系统选项。附件中还有很多实用的小工具,如个人日程提醒、加密工具、科学计算器等。

图形桌面环境是一种"所见即所得"的工作方式,用户使用鼠标可以很方便、直观地进行操作。用户可以把文件或程序的图标拖放到容易存取的地方,可以为文件和程序在桌面、面板和文件管理器中添加新图标,可以改变多数工具和应用程序的外观,还可以使用配置工具来改变系统设置。

9.3.2　查看计算机基本信息

单击"RF"→"计算机"→"System Infomation",打开"我的电脑−konqueror"窗口,如图 9-9 和图 9-10 所示。

图9-9 计算机基本信息-1

图9-10 计算机基本信息-2

在"我的电脑-konqueror"窗口中,可以看到计算机的硬盘信息、操作系统信息、显示信息、网络状态、CPU信息、内存信息等主要设备的详细信息。

9.3.3 系统设置

单击"RF"→"计算机"→"系统设置",打开"系统设置"窗口,如图9-11和图9-12所示。"系统设置"窗口几乎包含了系统所有的常用配置选项,包括观感、高级用户设置、个人、系

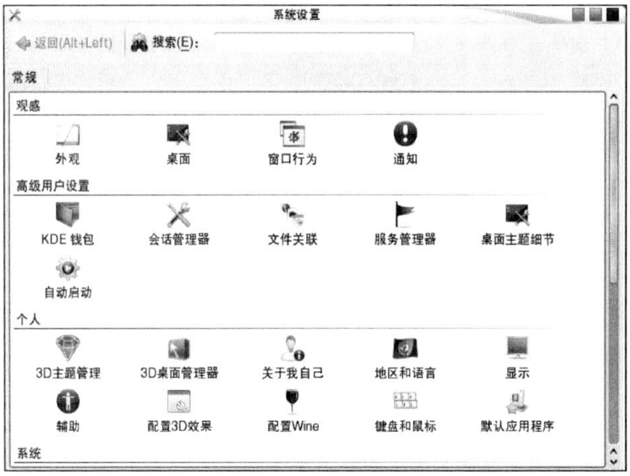

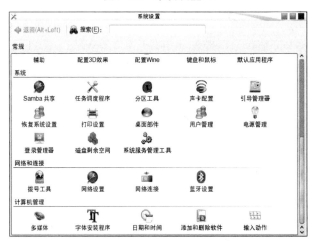

图 9-11　系统设置-1

图 9-12　系统设置-2

统、网络和连接、计算机管理几个类别。常用的外观、桌面、主题、语言、显示、键盘和鼠标设置以及分区工具、声卡配置、打印设置、用户管理、电源管理、网络设置、日期和时间、多媒体、添加和删除软件等都包含在里面,用户可以双击任何一项打开进行配置。系统设置是 Linux 的控制中心,等同于 Windows 的控制面板。

9.3.4　显示属性的设置

单击"RF"→"计算机"→"系统设置"→"个人"→"显示",打开"显示-系统设置"窗口,如图 9-13 所示。

在"大小和方向"中,可以改变分辨率和刷新频率。一次显示的像素点称为分辨率,分辨率越高,显示器在一次显示中所显示的图像就越多。例如分辨率越高,桌面图标就显得越小,填满整个桌面所需的图标就越多。

在"电源控制"中,可以启动显示器电源管理。在"Gamma"中,可以调整显示器的色彩对比

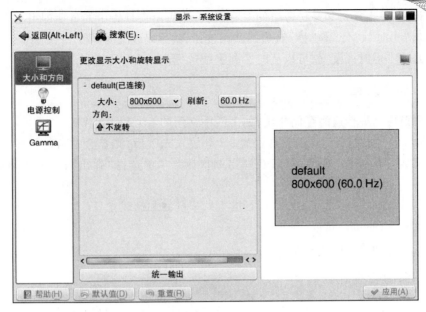

图 9-13　显示属性的设置

度。设置完成后,单击"应用"按钮,所做设置立即生效。

9.3.5　日期和时间设置

单击"RF"→"计算机"→"系统设置"→"计算机管理"→"日期和时间",打开"日期和时间-系统设置"窗口,如图 9-14 所示。

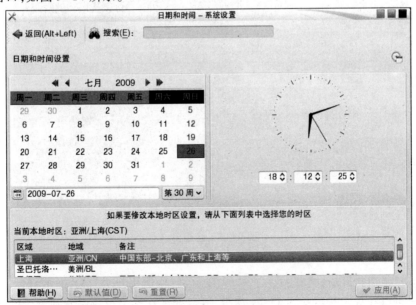

图 9-14　日期和时间设置

要改变日期,单击年份和月份旁边的左右箭头,然后单击日历中的日期即可。在右侧的"时钟"部分,单击"小时"、"分"和"秒"右边的微调按钮,就可以改变时间。

如果要修改本地时区设置,可以从时区列表中选择。

9.3.6 挂载光盘

光盘是目前应用最普遍的存储介质,如生活中常用的 CD、VCD、DVD。

按照红旗 Linux 桌面版 7.0 的默认设置,光盘放入光驱后,光盘会被自动挂载,桌面上会出现一个光盘图标。右击这个光盘图标,在弹出的快捷菜单中选择"弹出"命令,可以弹出光驱中的光盘。

另外,也可以在命令界面下使用命令行的方式来挂载和卸载光盘。

挂载光盘命令:mount /dev/cdrom。

卸载光盘命令:umount /dev/cdrom。

9.3.7 命令行操作

命令界面允许用户用输入命令的方式来设置和操作计算机,用户在图形界面下的任何操作都一样可以用命令行的方式完成。红旗 Linux 桌面版 7.0 的终端窗口为用户提供了一个标准的命令行接口。

单击"RF"→"应用程序"→"系统工具"→"终端",打开"root:bash"窗口,如图 9-15 所示。

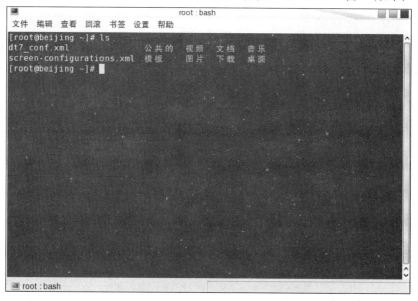

图 9-15　终端窗口

"root:bash"窗口打开后,将显示一个 shell 提示符,普通用户为" $ "提示符,root 用户为"#"提示符。用户可以在提示符后输入 Linux 命令,并且能够在终端窗口中看到命令的运行结果。

Linux 提供了丰富而完善的命令,有些 Linux 命令与 DOS 命令相似,有些命令则完全相同。如表 9-1 所示,提供了 Linux 常用命令与 DOS 中等同功能命令的对比。值得注意的是,这些

Linux 命令通常有很多选项和参数,如要进一步学习每一个命令,请阅读相关书籍。

表 9-1　DOS 与 Linux 常用命令对比

命令类型	MS-DOS	Linux
复制文件	copy	cp
转移文件	move	mv
列举文件	dir	ls
清除屏幕	cls	clear
关闭 shell 提示	exit	exit
显示或设置日期	date	date
删除文件	del	rm
编辑文件	edit	gedit
在文件中找字串	find	grep
创建目录	mkdir	mkdir
重命名文件	ren	mv
显示在文件系统中的位置	chdir	pwd

9.4　文件管理

本节介绍红旗 Linux 桌面版 7.0 的文件管理器 Dolphin 的使用和配置,Linux 文件系统的文件、文件夹和目录结构,以及常用的文件目录操作命令。

9.4.1　文件管理器

红旗 Linux 桌面版 7.0 使用 Dolphin 作为文件管理器,应用 Dolphin 可以方便地浏览文件资源、访问网络资源,Dolphin 相当于 Windows 的资源管理器。

1. Dolphin 文件管理器

双击桌面上的"主文件夹"图标,启动 Dolphin 文件管理器,如图 9-16 所示。

Dolphin 作为一个文件管理器,它支持对文件的复制、移动和删除等操作,还支持设置权限和显示项的操作。

在文件管理器窗口中双击文件夹图标进入它的子文件夹,双击文件图标就可以启动相应的应用程序打开该文件。

2. 视图模式和排序方式

在文件管理器窗口中单击"查看"→"视图模式",可以选择文件在文件管理器中的显示风格,如按图标、细节、多列等显示,如图 9-17 所示。

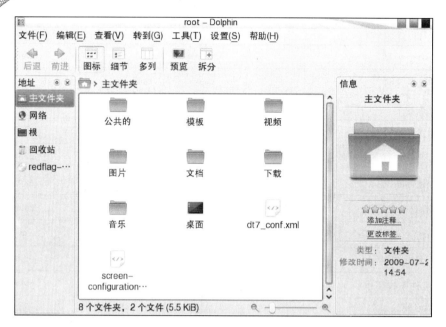

图 9-16　Dolphin 文件管理器

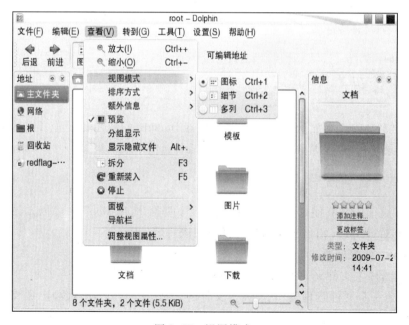

图 9-17　视图模式

单击"查看"→"排序方式",可以选择文件在文件管理器中的排序方式,如按名称、大小、日期等方式排序,如图 9-18 所示。

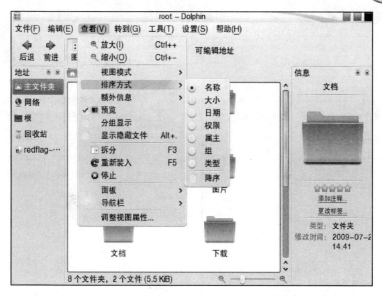

图 9-18 排序方式

3. 配置工具栏

单击"设置"→"配置工具栏",打开"配置工具栏-Dolphin"对话框,可以选择显示在 Dolphin 文件管理器中工具栏上的工具按钮,如图 9-19 和图 9-20 所示。

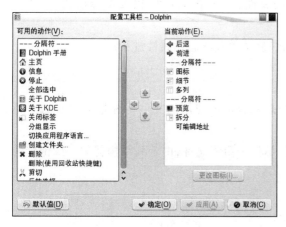

图 9-19 配置工具栏①

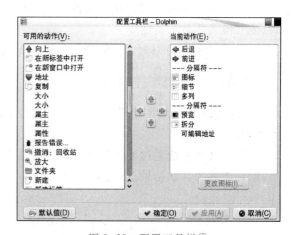

图 9-20 配置工具栏②

在左侧的"可用的动作"列表框中选择一个动作,通过双击鼠标或单击"配置工具栏-Dolphin"对话框中部的右箭头,把该动作添加到右侧的"当前动作"中,单击"确定"按钮后将显示在 Dolphin 文件管理器的工具栏上。

4. 配置 Dolphin

单击"设置"→"配置 Dolphin",打开"Dolphin 首选项-Dolphin"对话框,可以对 Dolphin 的属性进行配置,如图 9-21 和图 9-22 所示。

图 9-21　配置 Dolphin①

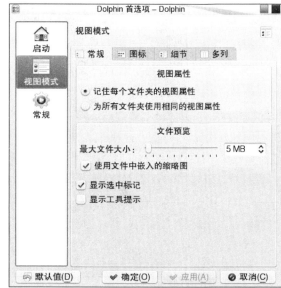

图 9-22　配置 Dolphin②

在"Dolphin 首选项-Dolphin"对话框中,单击左侧的"启动",可以配置文件管理器的主文件夹目录、是否拆分视图模式、是否可编辑地址栏等。

单击"视图模式",可以配置文件管理器的视图属性、文件预览属性,以及图标模式、细节模式、多列模式的显示属性等。

单击"常规",可以对文件管理器的删除确认、快捷菜单和状态栏属性进行配置。

9.4.2　Linux 文件系统

文件系统是存储在计算机上的文件和目录的总和,Linux 使用的文件系统是 EXT2FS,常称为 EXT2。

Linux 文件系统通过上下连接的分层目录文件结构来组织文件,由于其结构就像一棵倒置的树,所以被称为树状结构,如图 9-23 所示。

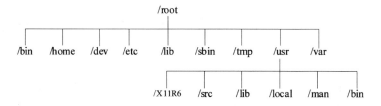

图 9-23　Linux 树状目录结构

Linux 文件系统中,一个目录可以包含任意个子目录或文件,而一个目录或文件只有一个父目录,这棵树的最上方是根(root)目录"/root",根目录没有父目录。

对于文件而言,目录就好比一个文件柜,每个文件柜中可以放很多文件,用户要取文件就必须先打开文件柜,在 Linux 图形用户界面中,目录就是文件夹。

Linux 文件系统包括以下文件类型。

(1)普通文件。包括文档文件、数据文件、程序、shell 脚本等常用文件。

(2)目录文件。目录文件是一种特殊的文件,目录文件包含着一个该目录下的文件、目录本身以及上一级目录的链表。

(3)设备文件。和所有 UNIX 一样,Linux 把所有设备都作为一个文件来处理,包括 IO 设备。

(4)进程通信文件。常被称为先进先出文件,主要是为进程间通信用的。

9.4.3 文件目录操作命令

Linux 文件目录操作的基本命令,有 ls、pwd、cd、chmod、chown、cp、mv、rm、mkdir 与 rmdir、file、find 和 vi 等。这些命令是在命令模式下最常用的操作命令。

(1)ls。ls(list)命令,用于显示当前目录中的文件和子目录列表。

例如:

[root@ beijing ~]# ls

dt7_conf. xml　公共的　视频　文档　音乐

screen-configurations. xml　模板　图片　下载　桌面

(2)pwd。pwd(print working directory)命令,用于显示当前的工作目录。

(3)cd。用于改变当前目录。基本用法为"cd 目录名",表示进入指定的目录,使该目录成为当前目录。

(4)chmod。用于改变文件或目录所属的访问权限。

(5)chown。用于将指定用户或组设置为特定文件的所有者。

(6)cp。cp(copy)复制命令,用于复制文件或目录。在使用 cp 命令时,只需指定源文件名与目标文件名,或目标目录即可。

例如:

[root@ beijing ~]# cp /root/temp/hello /root/temp/helloTemp

(7)mv。mv(move)命令,用于移动文件或目录,也可以更改文件名或目录名。Linux 系统没有重命名命令,因此可利用该命令来间接实现。

(8)rm。rm(remove)命令,用于删除指定文件或目录。如果删除目录,则必须带-r 参数,该命令将删除指定目录及其目录下的所有文件和子目录。

例如:用 rm-r 删除 world 目录,在 world 目录下有文本文件 helloTemp。

[root@ beijing temp]# rm-r world

rm:是否进入目录"world"? y

rm:是否删除普通文件"world/helloTemp"? y

rm:是否删除目录"world"? y

如果不需要提示,则使用-rf 参数,此时将直接删除文件或目录,而不显示任何警告消息,使用时应倍加小心。

例如:

[root@ beijing temp]# rm-rf world

（9）mkdir 与 rmdir。mkdir 命令，用于新建目录。rmdir 命令，用于删除目录。用 rmdir 删除目录时，该目录必须为空，不能包含任何子目录或文件，且必须在它的上级目录进行删除操作。

例如：

［root@ beijing temp］# mkdir world

［root@ beijing temp］# rmdir world

（10）file。用于显示文件的类型。

（11）find。用于在目录结构中搜索文件并执行指定的操作。find 命令提供了很多查找条件，功能很强大。

（12）vi。vi 命令用于启动 vi 文本编辑器。

9.5　上网通信

本节介绍红旗 Linux 桌面版 7.0 的网络连接设置，使用 Firefox 浏览器浏览网页，使用 Kmail 邮件客户程序收发电子邮件，使用搜索引擎 Google 搜索信息以及使用 KFTPGrabber 文件传输客户端程序上传和下载文件。

9.5.1　设置网络连接

单击"RF"→"计算机"→"系统设置"→"网络和连接"→"网络连接"，打开"网络连接"窗口，如图 9-24 所示。

图 9-24　网络连接

选择默认网卡"Auto eth0"，编辑该网卡的属性设置，单击"Edit"按钮，打开"正在编辑本地连接"窗口，如图 9-25 所示。

一般只需要设置 IP 地址、子网掩码、网关和 DNS 服务器信息。单击"IPv4 设置"选项卡，在上面的"方法"下拉列表框中选择"手动"，单击"添加"按钮，填写计算机的 IP 地址、子网掩码和网关信息，然后在下面"DNS 服务器"文本框中填写 DSN 服务器地址，单击"应用"按钮，完成网络连接设置。

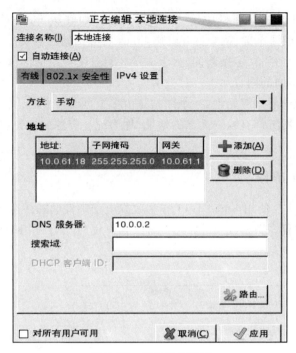

图 9-25　编辑网络连接

9.5.2　浏览网页

红旗 Linux 桌面版 7.0 使用 Mozilla Firefox 3.0 和 Konqueror 4.2 作为浏览网页的 Web 浏览器,我们以 Firefox 3.0 为例来学习如何浏览网页。

单击面板图标上的 Firefox 图标,打开 Firefox 网页浏览器,如图 9-26 所示。

图 9-26　浏览网页

在 Firefox 网页浏览器的地址栏中输入网站的地址,如红旗 Linux 官方网站:http://www.redflag-linux.com,然后按回车键,就会打开红旗 Linux 官方网站的首页。

打开的页面中有多个栏目,多条新闻,最上方的栏目是文字超链接,用鼠标单击超链接,就能打开相应的页面,浏览不同的网页。

超链接是网页页面中的重要元素,一个网站是由多个页面组成的,页面之间依靠链接确定相互的导航关系。每一个网页都有独一无二的地址,称为统一资源定位符(Uniform Resource Locator,URL)。

9.5.3　收发电子邮件

红旗 Linux 桌面版 7.0 使用 Kmail 1.11 作为收发电子邮件的邮件客户程序。

单击"RF"→"应用程序"→"互联网"→"邮件客户程序",打开"Kmail"主窗口,如图 9-27 所示。

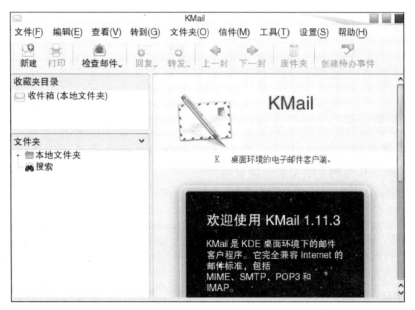

图 9-27　"Kmail"主窗口

(1) 收邮件。单击"Kmail"主窗口工具栏上的"检查邮件"按钮,即可收取新邮件。

(2) 发邮件。单击"Kmail"主窗口工具栏上的"新建"按钮,打开新邮件撰写器窗口,如图 9-28所示。

填写收件人、主题、内容等各项,如果需要带附件,只需单击工具栏上的"附件"按钮,选择附件,然后单击工具栏上的"发送"按钮,即可发送邮件。

(3) 新建邮件账户。单击"工具"→"账户向导",打开"账户向导"窗口,单击"下一步"按钮,"账户类型"选择"POP3",如图 9-29 和图 9-30 所示。

图 9-28 发邮件

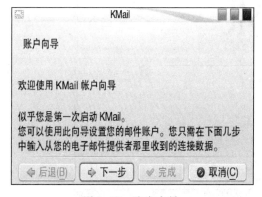

图 9-29 账户向导

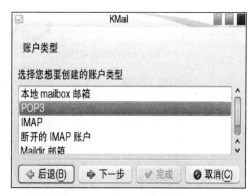

图 9-30 账户类型

单击"下一步"按钮,填写账户信息和登录信息,如姓名、邮件地址、登录名和密码等。单击"下一步"按钮,填写邮件服务器信息,如收信服务器和寄信服务器地址,单击"完成"按钮,新建邮件账户成功,如图 9-31 和图 9-32 所示。

图 9-31 账户信息

图 9-32 邮件服务器信息

9.5.4　使用搜索引擎

搜索引擎(Search Engines)其实也是一个网站,它对互联网上的信息资源进行搜集和整理,帮助人们在浩如烟海的信息海洋中搜寻到自己所需要的信息。目前人们常用的搜索引擎有Google、Yahoo、百度等。

打开 Firefox 浏览器,在地址栏中输入 http://www. google. cn,按回车键,打开 Google 网站的首页,如图 9-33 所示。

在页面中间的文本框中输入需要搜索的关键字,如红旗 Linux 桌面版 7.0,单击"Google 搜索"按钮,或按回车键,就会打开搜索结果页面,单击搜索结果中的超链接,即可浏览相应的网页,如图 9-33 和图 9-34 所示。

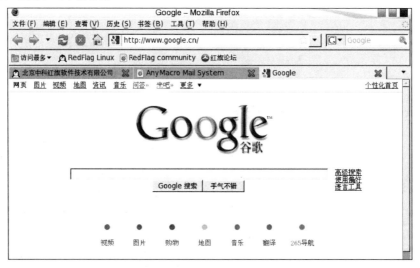

图 9-33　Google 搜索引擎首页

图 9-34　Google 搜索引擎搜索结果

9.5.5 文件传输

文件传输是互联网上常用的一种应用,文件传输协议简称为 FTP。文件传输的主要作用是让用户连接上一台远程计算机(这些计算机上运行着 FTP 服务器程序),察看远程计算机有哪些文件,把文件从远程计算机上下载到本地计算机,或把本地计算机的文件上传到远程计算机。

1. 文件上传和下载

红旗 Linux 桌面版 7.0 使用 KFTPGrabber 0.8 作为文件传输的客户程序。

单击"RF"→"应用程序"→"互联网"→"FTP 客户端",打开"KFTPGrabber"主窗口,如图 9-35 所示。

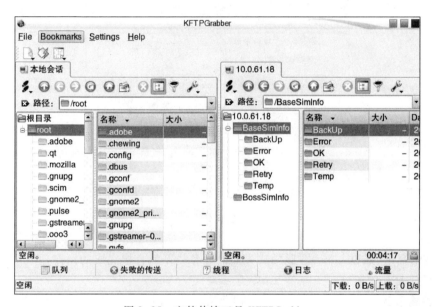

图 9-35 文件传输工具 KFTPGrabber

"KFTPGrabber"主窗口的左侧是本地的文件目录,右侧是远程 FTP 服务器的文件目录,KFTPGrabber 支持上传下载文件和目录。

用鼠标选择左侧本地文件目录中的文件或目录,并拖到右侧远程 FTP 服务器的文件目录中,即可完成文件上传。同样,用鼠标选择右侧远程 FTP 服务器文件目录中的文件或目录,再拖到左侧本地文件目录中,即可完成文件下载。

2. 配置 FTP 连接

在"KFTPGrabber"主窗口中单击"File"→"快速连接",或直接单击工具栏上的"快速连接"按钮,打开"KFTPGrabber<2>"对话框,如图 9-36 所示。

在"快速连接"中填写 FTP 服务器的主机 IP 地址为 10.0.61.18,端口号为 21,协议选择 FTP。清除"匿名登录"复选框,填写 FTP 服务器的用户名和密码,单击 OK 按钮,完成 FTP 连接配置。

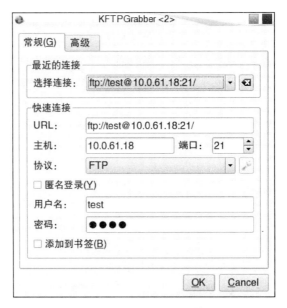

图 9-36　配置 FTP 连接

9.6　例题分析

1. 通常情况下,通过 Linux 图形用户界面的任务栏不能直接完成的操作是_____。

A. 切换已打开的窗口　　　　B. 显示桌面

C. 切换输入法　　　　　　　D. 创建文件夹

分析:

本题考查 Linux 图形用户界面任务栏的基础知识,通过任务栏不能创建文件夹。

答案:D。

2. 下列关于 Linux 图形用户界面下快捷方式的叙述中,正确的是_____。

A. 快捷方式是文件夹

B. 快捷方式是文本文件

C. 快捷方式是对某种系统资源的链接

D. 快捷方式是可执行文件

分析:

本题考查 Linux 图形用户界面下快捷方式的基础知识,快捷方式是对某种系统资源的链接。

答案:C。

3. 在 Linux 系统的图形用户界面下,关于文件管理器工具栏上的"后退"按钮的叙述,正确的是_____。

A. 单击"后退"按钮返回 root 目录

B. 单击"后退"按钮返回磁盘

C. 单击"后退"按钮返回桌面

D. 单击"后退"按钮返回上一次访问的资源

分析:

本题考查 Linux 图形用户界面下文件管理器的基础知识,单击"后退"按钮返回上一次访问的资源。

答案:D。

4. 在 Linux 系统图形用户界面的文件管理器中,文件和文件夹可以采用多种形式显示,但不能以_____形式显示。

A. 制表　　　　　B. 大图标　　　　　C. 列表　　　　　D. 详细资料

分析:

本题考查 Linux 图形用户界面下文件管理器的基础知识,在文件管理器中,文件和文件夹不能以制表的形式显示。

答案:A。

5. 下面有关 Linux 系统图形用户界面下应用程序窗口的叙述中,正确的一项是_____。

A. 屏幕上只能有一个应用程序窗口

B. 屏幕上能有多个应用程序窗口,但只有一个是活动窗口

C. 屏幕上能有多个应用程序窗口,也可以都是活动窗口

D. 应用程序的用户界面不以窗口形式出现

分析:

本题考查 Linux 图形用户界面下应用程序窗口的基础知识,屏幕上能有多个应用程序窗口,但只有一个是活动窗口。

答案:B。

6. 在 Linux 系统中,剪贴板是_____。

A. 硬盘上的一块区域　　　　　B. 内存中的一块区域

C. 软盘上的一块区域　　　　　D. Cache 中的一块区域

分析:

本题考查 Linux 系统剪贴板的基础知识,Linux 系统的剪贴板是内存中的一块区域。

答案:B。

7. 下列关于 Linux 系统图形用户界面下回收站的叙述中,正确的是_____。

A. 回收站只能存放本地硬盘上被删除的文件或文件夹

B. 回收站只能存放从移动硬盘上被删除的文件或文件夹

C. 回收站只能存放从内存储器中被删除的文件或文件夹

D. 回收站只能存放从软盘上被删除的文件或文件夹

分析:

本题考查 Linux 系统图形用户界面下回收站的基础知识,Linux 系统的回收站只能存放本地硬盘上被删除的文件或文件夹。

答案:A。

8. 在 Linux 系统的图形用户界面下,删除某个应用程序在桌面上的快捷方式,则_____。

A. 快捷方式和对应的应用程序一起被删除

B. 只删除了桌面上的快捷方式,对应的应用程序仍保存在计算机中

C. 只删除了应用程序,桌面上的快捷方式另存在计算机中

D. 快捷方式和对应的应用程序都没被删除,另存到计算机的其他硬盘中

分析:

本题考查 Linux 系统图形用户界面下快捷方式的基础知识,删除某个应用程序的快捷方式,对应的应用程序仍保存在计算机中。

答案:B。

9. 一台安装 Linux 系统的计算机与局域网的连接正常,但无法访问该局域网内其他计算机上的共享资源,可能的原因是_____。

A. Linux 系统安装的防火墙阻止　　　　B. 网卡接口损坏

C. 安装了虚拟内存　　　　D. 系统的存储空间不足

分析:

本题考查 Linux 系统网络通信的基础知识,计算机与局域网的连接正常,说明网卡接口没有损坏,网络通信与虚拟内存、存储空间无关,所以可能的原因是 Linux 系统安装的防火墙阻止计算机访问局域网内其他计算机上的共享资源。

答案:A。

9.7 同步训练

1. 下列选项中,不属于网络操作系统的是_____。

A. DOS　　　　B. Linux　　　　C. Windows XP　　　　D. UNIX

2. 下列关于 Linux 系统图形用户界面下桌面图标的叙述中,不正确的是_____。

A. 桌面上的所有图标都可以重命名

B. 桌面上的所有图标都可以删除

C. 桌面上的图标与应用程序一样,占大量存储空间

D. 桌面上的所有图标都可以复制

3. 在 Linux 系统图形用户界面下,下面哪个叙述正确的是_____。

A. 选择菜单系统下的注销命令可以关闭计算机

B. 选择菜单系统下的重新启动命令就是退出并重启 Linux 系统

C. 选择菜单系统下的锁定命令等同于关机

D. 选择菜单系统下的切换用户命令等同于锁定

4. 要完整删除安装在 Linux 系统中的应用程序,下列方法中正确的是_____。

A. 直接删除应用程序所在的文件夹

B. 使用系统设置中的"添加/删除软件"卸载

C. 将应用程序的快捷方式放入回收站中

D. 将菜单系统下的应用程序直接删除

5. 在 Linux 系统图形用户界面下，用于接收和发送电子邮件的应用软件是_____。

A. Mozilla Firefox   B. KFTPGrabber

C. Microsoft Outlook   D. Kmail

第 10 章
文字信息处理

　　根据考试大纲,本章主要考查两个知识模块,分别是文字处理基础知识和文字处理软件操作基础。其中每一个模块又分成若干个知识点来讲解。从历年的考试试题来看,本章在上午试题中占总分值的 5 ~ 7 分,且相对比较固定。但出题的范围比较广,重复率不高,一般对文字处理软件的应用操作题比较多。在下午的上机操作试题中,这部分占了总分值中的 30 分,是所有知识点中分值最高的,也是需要重点掌握的。

10.1　文字处理基础知识

　　本部分的内容主要包括文字信息的处理和文字排版基本知识。从历年命题的趋势来看,本节所涉及的考题题量有所下降,但基本能稳定在 1 ~ 2 道题的范围内。

10.1.1　文字信息的处理

　　计算机处理文字的基本步骤包括文字输入、文字编辑和文字输出。
　　计算机的键盘原本就是为英文输入设计的,只要按照字母击键,就可以输入英文。键盘的译码电路按照所击的键产生英文字符的 ASCII 码,再输入计算机的内存中。为了对输入的文字进行编辑加工,必须使用相关的应用软件,如 Word、WPS,或其他一些文字处理软件。经过编辑的文本仍然以 ASCII 码表示。输出时,这些代码必须转换成字符字形的点阵,以便显示或打印。因此,计算机必须存储每个英文字符、数码以及标点符号的点阵信息。这些点阵信息构成了所谓的"字模库"。"字模库"的点阵以有点或无点来表示文字和符号。文字、符号的点阵信息由显示器或打印机输出时,必须通过相应的驱动程序,将点阵信息转换为显示器、打印机的电子或机械的操作。计算机处理文字信息的过程如图 10-1 所示。

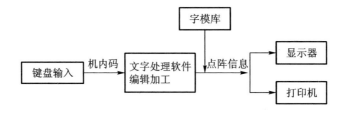

图 10-1　计算机处理文字信息的过程

1. 文字信息的输入

　　要用计算机来处理文字,必须解决如何把文字输入到计算机并在计算机中存储起来的问题,即信息的输入问题。首先需要解决文字信息的编码问题,其次需要解决如何按照编码标准将文字信息转换为计算机的机内码,将文字信息交给计算机处理的问题,即输入设备问题。

（1）键盘输入

计算机的键盘中,一个键对应于一个字符或标点符号。只要按照字母击键,键盘的译码电路就会按照所击的键产生相应英文字符的 ASCII 码,并输入到计算机的内存中。其他字母文字如果其字符和英文对应,只要改变译码电路,也可以用英文键盘输入。汉字的字符数目远远多于英文键盘按键的数目,因此要用几个键的组合来表示一个汉字。这种键的组合称为"汉字输入编码"。目前国内外提出的汉字输入编码方案有 500 多种。编码长度、规则的复杂程度、重码率等因素决定了不同编码方案的优劣。实际上流行的汉字编码输入方案只有十几种,它们对应于不同的输入法。

以汉字字型特征来编码的方案称为"形码"。形码编码规则往往较复杂,与阅读文稿时大脑的思维习惯（读出声音）不甚符合。要求用户熟悉汉字笔画、偏旁部首,且要经过较长时间的记忆和训练才能熟练使用。形码比较适合于以"看打"（边看文稿边输入）为主的专业录入人员。比较成功的形码有郑码、五笔字型码等。

以语音特征来编码的方案称为"音码"。音码多数以汉语拼音为基础,编码规则相对简单,符合阅读的思维习惯。只要懂得汉语拼音,经过简单培训就可以使用,学习时间短。音码比较适合于边想边打的普通用户。值得一提的是,音码首先实现了以词为单位,甚至以句子为单位的输入,也实现了高频词优先、在线造词和词组等功能,使基于拼音的输入法做到得心应手、运用自如。比较成功的音码有微软拼音、智能 ABC、全拼输入法和搜狗拼音输入法等。

不论哪一种输入方案,在具体实现时都要有软件的支持。汉字输入法软件按照汉字编码标准（国标码）将键盘输入的编码转换为机内码,就可在计算机内存储和处理汉字。汉字编码输入的研究目前还在继续。不过研究的重点已经从编码方案本身转向了通过更好的软件技术和设计来做到重码少、适应面广、学习负担轻。在汉字编码输入方面,目前我国走在世界的前列。

（2）其他输入设备

除了常用的键盘输入外,还有一些其他的输入方法,如语音输入、手写输入和扫描输入等。语音输入是先给计算机安装一个语音识别装置,然后让用户说输入的内容,而计算机记录用户所说内容。目前这种语音转换成文字输入到计算机的技术还不成熟,而且成本高,一般很少使用。通过光学字符阅读器（Optical Character Reader,OCR）可以将印刷体汉字作为图形点阵输入,然后进行字符识别,把汉字点阵转换成对应的机内码。目前这种方法已经达到实用阶段,但是设备较昂贵。手写板输入是基于计算机模式识别技术专用的软件,能够识别手写输入的文字和符号,将其转换为机内码。这种输入设备已经商品化,应用于微型机,适合不会使用键盘输入的用户。

2. 文字信息的加工

为了对输入的文字进行编辑加工,需要使用相关的文字处理软件,如 Word 和 WPS 等。文字处理主要有文本的插入、删除和修改,字体、字号和版面布局设计等。文字信息的处理是由人与机器共同完成的。文字信息加工的结果是编辑完整的文本,它是由输入的原始文本经过加工（变换）得到的。经过编辑的文本仍然以汉字机内码或者 ASCII 码表示。

3. 文字信息的输出

编辑过的文本输出时,汉字机内码或者英文的 ASCII 码必须转换成字符字形的点阵,以便显示或打印。因此,计算机必须存储每个字符、数码以及标点符号的点阵信息。这些点阵信息构成了所谓的"字模库"。文字、符号的点阵信息由显示器或打印机输出时,还必须通过相应的驱动程序,将点阵信息转换为显示器、打印机的电子或机械的操作。

（1）文字字模库。文字输出时,不论显示或打印,都是把一个字符看成一个二维图形,并把笔画离散化,用点阵来表示。点阵的每个点位只有两种状态:有笔画上的点或无笔画上的点。这就可以用 0、1 代码来表示。取值为 1 表示"有点",取值为 0 表示"无点"。那么,一个 0、1 代码串就可以表示点阵的一行。若干个代码串就表示整个字符的点阵信息。在具体实现时,点阵上取值为 1 就显示或打印一个"点",否则不显示或不打印。例如,汉字"梅"就可用图 10-2 所示的点阵图来表示。

图 10-2　汉字的
点阵表示

描述一个字符点阵信息的 0、1 代码串集合称为字符的"字模",其作用跟铅字印刷所用的字模相当。所有汉字和各种符号的点阵信息组成汉字的"字模库"（简称字库）。显然,要实现近 8 000 个常用汉字和符号的显示和打印,字库要占很庞大的存储空间。例如,16×16 点阵的汉字库（包括一级和二级汉字）就需要约 240 KB 的存储空间。而 24×24 点阵的汉字库则需要 580 KB 的存储空间,精密字库所需的存储空间更大。如表 10-1 所示的是各种点阵类型的参数与空间占用情况。

表 10-1　汉字点阵类型和参数

点阵类型	点阵参数（行×列）	每个汉字占用的字节数
简易型	16×16	32 B
普及型	24×24	72 B
提高型	32×32	128 B
精密型	48×48	288 B

字库存放在磁盘（软盘或硬盘）上,称为软字库。每次开机时,计算机将字库从磁盘调入到内存中,供显示用。这样查找速度快,但要占用机器的内存空间。由于微型机的内存容量已经达到 1 GB 以上,装入软字库不成问题,因此软字库得到了普遍使用。

（2）文字的显示输出。从键盘输入的字符经过键盘管理模块,变换成机内码。然后经字模检索程序,查到机内码对应的点阵信息在字模库的地址,从字库中检索出该字符点阵信息。利用显示驱动程序将这些信息送到显示卡的显示缓冲存储器中。显示器的控制器把点阵信息整屏顺次读出,并使每一位与屏幕的一个点位相对应,就可以将字符字形在屏幕上显示出来。如果显示彩色,则还要附加色彩信息。以上工作过程可用图 10-3 表示。

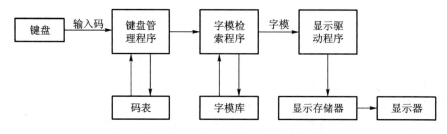

图 10-3　字符显示原理

一般在 PC 的图形模式下用 16×16 点阵显示一个汉字,满屏能显示多少个汉字取决于显示器的分辨率。例如,在 1024×768 像素的分辨率下,可显示 48 行,每行 48 个汉字。

（3）文字的打印输出。PC 利用打印机接口,配置具有图形打印功能的打印机,安装相应的打印驱动程序(软件),就可以实现文字打印输出操作。无论是针式打印机、喷墨打印机或激光打印机,都是将字符分解为点阵,在输出时将字符字模点阵作一定转换后用不同的方法打印到纸上。汉字打印时,先将需打印的汉字机内码送到内存的打印缓冲区,然后从中逐个取出机内码,通过字模检索程序从字模库中检索出该汉字的点阵信息,存入内存的字模缓冲区中。通过字模变换程序转换点阵信息,使之适合打印机输出。然后由接口卡送到打印机的打印数据缓冲区。等一行汉字的打印信息全部到齐(激光打印机则等待一页打印信息到齐),打印头就开始打印。打印数据不断送往打印数据缓冲区,直到全部数据送完为止。如图 10-4 所示。

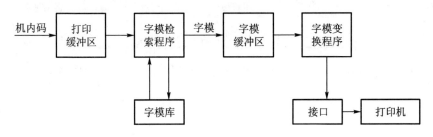

图 10-4　汉字打印的工作过程

10.1.2　文字排版基本知识

下面以 Word 2003 作为排版工具来讲解文字排版基本知识。

1. 格式工具栏的使用

字符格式设置经常使用格式工具栏上的工具按钮有如下几种。

格式窗格:设置样式和格式。

样式:记录文档中所使用过的格式和显示现在所选择的格式。

字体:设置中英文字体。

字号:设置字体的大小。

加粗:对字体加粗。

倾斜:设置字体倾斜。

下画线:给字体加下画线。

字符边框:设置字体的边框。

字符底纹:设置字体的底纹。

居中:对选取的文本居中。

两端对齐:对选取的文本左右对齐。

右对齐:对选取的文本右对齐。

分散对齐:对选取的文本分散对齐。

行距:设置行与行之间的距离。

编号:设置段落的行编号。

项目符号:设置段落的项目符号。

减少缩进量:使光标所在段落向左移动。

增加缩进量:使光标所在段落向右移动。

突出显示:使选中的内容根据你选择的颜色来区别于其他内容。

字体颜色:设置字体的颜色。

拼音指南:单击其可以显示所选择内容的拼音组成。

带圈的字符:单击其可以使选择内容带圈。

以上按钮见图10-5所示的 Word 2003 的格式工具栏。

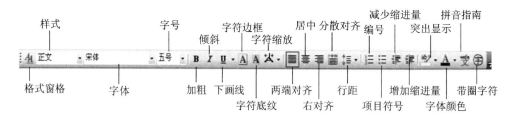

图 10-5   Word 2003 的常用格式工具栏

2. 字体复杂格式设置

（1）对于复杂的字体格式的设置,需要单击“格式”→“字体”,并在打开的“字体”对话框下进行设置。

（2）在“字体”选项卡下可以进行字体、字形、字号、下画线、着重号及特殊文字效果的设置。

（3）在“字符间距”选项卡下可以对字符进行缩放、间距调整及字符位置的调整。

（4）在“文字效果”选项卡下可以设置文本的动态效果。

3. 标尺的使用

水平标尺上有几个按钮,可以对段落格式进行简单的设置。

（1）首行缩进:使光标所在段落的第一行向右缩进。

（2）左缩进:使光标所在段落的整体从左边界向右缩进。

（3）右缩进:使光标所在段落的整体从右边界向左缩进。

（4）悬挂缩进:使光标所在段落除第一行外,其他行按向左或向右的拖动方向缩进。

4. 边框和底纹的添加

段落跟页面有时需要有诸如边框与底纹的美化,设置的方式为单击“格式”→“边框与底纹”,在打开的对话框中可以对段落边框、段落底纹和页面边框进行设置。

5. 段落格式的设置

文本组成了段落,段落以回车符作为标志,复杂的段落格式设置方式为单击“格式”→“段落”,在打开的对话框中可以进行段落的缩进、段前/后间距、特殊格式（首行缩进/悬挂缩进）、行间距及段落对齐方式的设置。

6. 设置段落的项目符号和编号

段落在特殊的使用环境下需要给其添加“项目符号与编号”以加强其可读性,方法为:单击

"格式"→"项目符号与编号",打开"项目符号与编号"对话框,在该对话框可以进行项目符号、编号与多级符号的设置,并根据自己的需要自定义以设置个性化的项目符号与编号。

10.2 文字处理软件操作基础

文字处理软件是以 Office Word 2003 来进行讲解。这部分内容在历次的考试试题中占 5 分左右,是考生需要重点掌握的一个重点内容。另外也是下午上机操作题的重点,75 分占 30 分,常考题型如文字的录入、格式设置、插入表格、页面设置和排版等。

10.2.1 文件操作

下面以 Word 2003 工具为例来讲解文件操作基础知识。

1. 新建文件

新建文件的方法有 5 种,分别如下:

(1)通过"开始"菜单的"新建"命令来建立。

单击"开始"按钮,选择"新建 Office 文档"命令。打开"新建 Office 文档"对话框,如图 10-6 所示。

单击"确定"按钮,出现了 Word 的启动界面,我们就建立了一个新的 Word 文档。

(2)使用快捷键来建立:在 Word 中按 Ctrl+N 键,可以建立一个新的空白文档。

(3)在 Word 中使用"文件"菜单的"新建"命令来建立。

(4)在"我的电脑"和"资源管理器"中使用"新建"命令来建立。

(5)使用右键快捷菜单来建立:在桌面上空白处右击,在快捷菜单中单击"新建"→"Microsoft Word 文档",给这个文档命名,这个文档就建立成了。

2. 打开已有文件

(1)通过"开始"菜单的"打开 Office 文档"子菜单来打开。

图 10-6 新建文档

(2)在 Word 中按 Ctrl+O 键或在 Word 中使用"文件"菜单的"打开"命令。

(3)使用"文件"菜单中的历史记录来打开文档:打开"文件"菜单,在下面有一栏显示了最近打开过的文档,单击其中的一条,就可以打开相应的文档。还可以设置文档显示的数目:打开"工具"菜单,选择"选项"命令,打开"选项"对话框,单击"常规"选项卡,选择"列出最近使用文件"复选框,在文本框中可以输入文件的数目。而清除这个复选框则可以让 Word 不再保存曾经打开的文件。如图 10-7 所示。

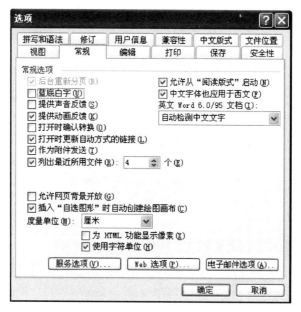

图 10-7　设置这个文档显示的数目

3. 保存文件

除了可以单击工具栏中的"保存"按钮之外,还可以选择"文件"菜单中的"保存"命令或者按 Ctrl+S 快捷键来保存文件。

第一次保存文件时,会出现"另存为"对话框,输入文件名称,单击"保存"按钮就可以把文档保存起来。当对文件进行后续保存时,只要单击"保存"按钮 ,或者选择"文件"下的"保存"命令就可以。

使用"文件"菜单中的"另存为"命令,打开"文件"菜单,选择"另存为"命令。可以打开"另存为"对话框,输入新的文件名称,单击"保存"按钮就可以把文档保存起来。也可以把 Word 的 .doc 文档保存成其他格式的文档,在"保存"对话框或者"另存为"对话框中选择其他类型的文档格式进行保存就可以了。

4. 另存为文件

使用"文件"菜单中的"另存为"命令,打开"另存为"对话框。在这个对话框中有一个"新建文件夹"按钮 ,可以用来新建一个文件夹。单击这个"新建文件夹"按钮,在打开的对话框中输入文件夹的名称,如图 10-8 所示,如新建的文件夹名称为"文件"。单击"确定"按钮,回到"另存为"对话框。输入文档的名称,单击"保存"按钮,我们就可以把文档保存在新建的文件夹中了。

图 10-8　新建文件

如果要保存在当前文件夹中,只要在"名称"文本框中直接输入文件名,再单击"保存"按钮即可。如果要保存在指定的文件夹中,可以在"保存位置"下拉列表框中选择指定的文件夹,再做保存处理。

5. 关闭文件

关闭正在打开的文档可以使用"文件"菜单中的"关闭"命令。

当打开了多个文件,却只需要关闭其中的某个文件时,可以单击菜单栏右边的"关闭"按钮⊠就可以,或者使用 Alt+F4 快捷键和选择"文件"菜单中的"关闭"命令也可以。

当想关闭打开的全部文件时,打开"文件"菜单,选择"退出"命令,就可以直接退出 Word。选择这个命令后,出现一个对话框,这是提示用户要关闭的文档没有存盘,是否需要保存,如图 10-9 所示。另一种方法是按住 Shift 键,单击"文件"→"全部关闭"。还有一种方法就是单击标题栏上的"关闭"按钮(菜单栏关闭按钮上面)也能实现关闭打开的 Word 文件,如图 10-10 所示。在后面两种方法中,关闭 Word 文档前同样将提示用户保存所做的改动,如图 10-9 所示。

图 10-9 提示保存文件

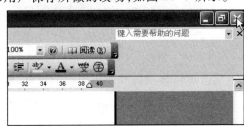

图 10-10 关闭文件

这是 Word 的一项功能。如果在上次保存之后用户又对文档做了改动,Word 就会提醒你是否保存。文档编写者要养成经常保存文件的习惯,以防停电或机器死机等突然事件发生而没有保存文件丢失数据。

10.2.2 使用帮助功能

现在的 Word 2003 提供了帮助助手,在帮助里有很详细的指导资料,它可以根据我们当前做的操作给出我们想要的帮助:单击工具栏上的小问号,也就是"帮助"按钮,就可以把助手调出来。

在文本框中输入想要知道的内容主题,单击"搜索"按钮,它就会把有关这个主题的条目显示出来。如果这一屏上没有,单击"请看下一页"可以看更多的东西,然后在要看的条目上单击,就可以找到相关帮助。

还可以选择使用其他的不同助手,单击"选项"按钮,打开"Office 助手"对话框,单击"助手之家"选项卡,使用"上一位"、"下一位"按钮就可以选择助手。

我们还可以选择不使用助手,单击"选项"选项卡,清除"使用 Office 助手"复选框,单击"确定"按钮就可以不使用助手。使用目录,就像我们查阅文档一样在文题中找。使用索引就用关键字来找。关闭或打开 Office 助手的选项如图 10-11 所示。

打开"帮助",可以选择"帮助"菜单中的"Microsoft Office Word 帮助"命令或按 F1 键来进行。选择"帮助"菜单中的"这是什么"命令或按快捷键 Shift+F1,可以使鼠标变成一个带有问号的箭

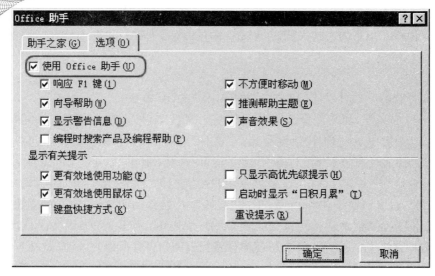

图 10-11　关闭或打开"Office 助手"的选项

头,此时用鼠标单击界面中相应的位置,就可以获得相应的帮助。

10.2.3　文字编辑

在 Word 中进行文字编辑是最基础、最常用的一种处理技术,每次考试都会涉及这个内容。

1. 选中文件块

(1) 用鼠标选取。在要选定文字的开始位置,按住鼠标左键移动到要选定文字的结束位置松开。或者按住 Shift 键,在要选定文字的结束位置单击,就选中了这些文字。这个方法对连续的字、句、行和段的选取都适用。

(2) 行的选取。把鼠标移动到行的左边,鼠标变成了一个斜向右上方的箭头后单击,就可以选中这一行或者把光标定位在要选定文字的开始位置,按住 Shift 键之后再按 End 键(或 Home 键),可以选中光标所在位置到行尾(首)的文字。

在文档中按住左键上下进行拖动可以选定多行文字。配合 Shift 键,在开始行的左边单击选中该行,按住 Shift 键,在结束行的左边单击,同样可以选中多行。

(3) 句的选取。按住 Ctrl 键,单击文档中的一个地方,鼠标单击处的整个句子被选取。选中多句:按住 Ctrl 键,在第一个要选中句子的任意位置按住左键,松开 Ctrl 键,拖动鼠标到最后一个句子的任意位置松开左键,就可以选中多句。配合 Shift 键的用法就是按住 Ctrl 键,在第一个要选中句子的任意位置单击,松开 Ctrl 键,按下 Shift 键,单击最后一个句子的任意位置。

(4) 段的选取。在第一段中的任意位置双击鼠标左键,选定整个一段。选中多段:在左边的选定区双击选中第一个段落,然后按住 Shift 键,在最后一个段落中任意位置单击,可以选中多个段落。

(5) 矩形选取。按住 Alt 键,在要选取的开始位置按住左键,拖动鼠标可以拉出一个矩形的选择区域。配合 Shift 键:先把光标定位在要选定区域的开始位置,同时按住 Shift 键和 Alt 键,鼠标单击要选定区域的结束位置,同样可以选择一个矩形区域。

（6）全文选取。使用 Ctrl+A 键可以选中全文或先将光标定位到文档的开始位置,再按 Shift+Ctrl+End 键选取全文又或者按住 Ctrl 键在左边的选定区中单击,同样可以选取全文。

（7）扩展选取。Word 还有一种扩展的选取状态,按下 F8 键,状态栏上的"扩展"两个字由灰色变成了黑色,表明现在进入了扩展状态。再按一下 F8 键,则选择了光标所在处的一个词。再按一下,选区扩展到了整句。再按一下,就成一段了。再按一下,就成全文了。再按,没反应了。这时按一下 Esc 键,状态栏的"扩展"两字变成灰色,表明现在退出了扩展状态。这就是扩展状态的选取。用鼠标在"扩展"两个字上双击也可以切换扩展状态。扩展状态也可以同其他的选择方式结合起来使用,进入扩展状态,然后按住 Alt 键单击,可以选定一个矩形区域的范围。

选取文字的目的是为了对它进行复制、删除、拖动和格式化等操作。

2．复制和粘贴

对重复输入的文字,利用复制和粘贴功能比较方便。方法是:先选定要重复输入的文字,再选择"编辑"菜单或右键快捷菜单中的"复制"命令或按 Ctrl+C 键对文字进行复制。然后在要输入的地方插入光标,选择"编辑"菜单或右键快捷菜单中的"粘贴"命令或按 Ctrl+V 键可以实现粘贴,如图 10-12 和图 10-13 所示。

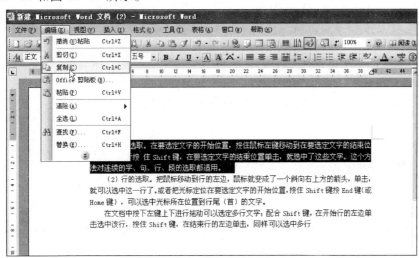

图 10-12 "编辑"菜单中的"复制"操作

3．移动和剪切

先选中要移动的文字,然后在选中的文字上按住鼠标左键拖动鼠标,一直拖动到要插入的地方松开,即可移动选中的文字,这常用于字句位置的调换。

移动文字也可以用键盘操作:先选定要移动的文字,按 F2 键,光标变成了虚短线,现在用键盘把光标定位到要插入文字的位置,按一下回车键,文字就移动过来了。

剪切跟复制有些类似,所不同的是复制只将选定的部分复制到剪贴板中,而剪切在复制到剪贴板的同时将原来的选中部分也从原位置删除了。

4．对文字块进行格式设置

在对文稿进行编辑时,经常要对一个文本行、一个段落、一个表格甚至整个文档进行某种处理,如进行复制、剪切、粘贴和删除等。在进行这些操作之前,首先必须定义这些一行、一段、一个

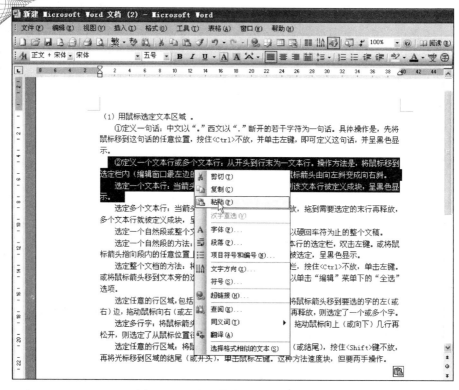

图 10-13　右键菜单中的"粘贴"操作

表格甚至整个文稿,被定义的这些部分就称为字块,简称"块"。块的定义以及进行的块移动、复制、粘贴和删除等操作,统称为"块处理"即文字块的格式设置。

（1）用鼠标选定文本区域,同上面"选中文件块"的操作。

（2）用键盘选定文本区域。

用键盘选定文本区域,区域的起始位置均从光标的当前位置开始。以表格的形式罗列选定行区域的各种方法,如表 10-2 所示。

表 10-2　Word 2003 中用键盘选定文本区域的操作方法

按键	功能
\<Shift>+→	向右选定一字
\<Shift>+←	向左选定一字
\<Ctrl>+\<Shift>+→	向右选定一字段
\<Ctrl>+\<Shift>+←	向左选定一字段
\<Shift>+\<Home>	向左选定到文本行首
\<Shift>+\<End>	向右选定到文本行尾
\<Shift>+↑	从当前列位置选定到上一行相同列位置
\<Shift>+↓	从当前列位置选定到下一行相同列位置

按键	功能
<Ctrl>+<Shift>+↑	向上到所在自然段开始
<Ctrl>+<Shift>+↓	向下到所在自然段结束
<Ctrl>+<Shift>+<Home>	向上到文档开始
<Ctrl>+<Shift>+<End>	向下到文档结束
<Shift>+<PageUp>	向上选若干行(或一屏幕)
<Shift>+<PageDown>	向下选若干行(或一屏幕)
<Ctrl>+A	选定全部文档(此操作等效于菜单"编辑"中的"全选"命令)

选定列区域的操作,两只手并用,很不方便,不做介绍。用键盘操作选定区域,比使用鼠标要麻烦,操作起来不方便。建议用鼠标选定。

（3）取消选定

取消用光标选定字块,很简单,将光标移到区域外单击即可。若取消用键盘选定的行区域,则按一下任意一个光标移动键。若取消用键盘选定的列区域,则按 Esc 键。

总之,定义字块的方法很多,要很快掌握较难,只需熟练掌握几种主要方法即可。

5. 对块区域的编辑操作

定义字块,目的在于对它进行编辑,Word 对选定的字块提供了剪切、复制、粘贴、清除、撤销和重复等6种操作。这6种操作均包含在"编辑"菜单中。而且6种编辑操作均有3种操作方法:菜单法、工具法和键盘命令法。剪切、复制、粘贴3种操作均通过"剪贴板"完成,这一点与在Windows 操作中介绍的相同。

（1）剪切。剪切是把字块内容剪切到"剪贴板"上。具体操作有3种方法。

方法1:选择"编辑"菜单下的"剪切"命令。

方法2:单击工具栏上的"剪切"图标按钮。

方法3:使用 Ctrl+X 键。

注意:

执行"剪切"操作后,文本中原来位置上的字块就消失了。

（2）粘贴。粘贴是将"剪切板"上的字块粘贴到文档的任一地方。具体操作是:先将光标定位在欲粘贴的地方,然后用下面3种方法之一进行粘贴。

方法1:选择"编辑"菜单下的"粘贴"命令。

方法2:单击工具栏上的"粘贴"图标按钮。

方法3:使用 Ctrl+V 键。

通过剪切和粘贴两步操作,就可以实现不同窗口的文档的移动。如果要实现字块的复制,则必须通过复制和粘贴两步来完成。

（3）复制。复制是将选定的字块复制到"剪贴板"上,但没有将原有的字块删除。复制的3种操作方法如下。

方法1:选择"编辑"菜单的"复制"命令。

方法2:单击工具栏上的"复制"图标按钮。

方法 3:用 Ctrl+C 键。

（4）清除。清除指字块的删除。通常用于大面积的删除,方便快捷。可采用下述两种方法中的一种。

方法 1:选择"编辑"菜单的"清除"命令。

方法 2:按键盘上的退格键或其他两个删除键。

注意:

清除操作和剪切操作不同,剪切是将字块移送到剪贴板上保存,而被清除的字块是不送剪贴板的,不能进行"粘贴"操作。因此,误用了"清除"操作删除了不该删除的字块应立即用下面的"撤销"操作来恢复。

（5）撤销。撤销即对原来操作的取消。它不仅用在字块操作中,在编辑中进行了误操作以后,都可以用"撤销"操作来恢复。具体操作有 3 种。

方法 1:选择"编辑"菜单的"撤销清除"命令。

方法 2:单击工具栏上的"撤销清除"图标按钮。

方法 3:按 Ctrl+Z 键。

（6）重复。重复是指对前面操作的重复,其作用与"撤销"操作正好相反。可用于在文档的不同位置进行同一修改。具体操作也有 3 种。

方法 1:选择"编辑"菜单的"重复"命令。

方法 2:单击工具栏上的"重复"图标按钮。

方法 3:按 Ctrl+Y 键。

6. 超文本链接

选中你想要设置的文字或图片的超链接右击,在弹出的快捷菜单中选择"超链接"命令,然后在弹出的对话框里面设置用户想要链接的文件或是直接输入想链接的网址,单击"确定"按钮后就完成链接。

（1）使用屏幕提示。方法如下:

在要添加屏幕提示的文字或图片超链接上面右击,选择"超链接"命令,然后单击"屏幕提示"按钮,在"屏幕提示文字"中输入要显示的文字,然后单击"确定"按钮即可,如图 10-14 所示。

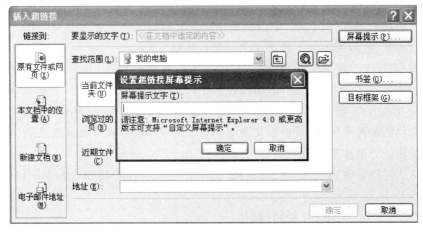

图 10-14 插入超链接

（2）单击鼠标左键跟踪超链接。

Word 安装完成后，软件默认跟踪超链接的方式是在按住 Ctrl 键的同时按下鼠标左键，对于想快速访问超链接的用户来说这就有点儿慢了，如何单击鼠标左键就可以跟踪超链接呢？单击主菜单中的"工具"→"选项"，然后单击"编辑"选项卡，清除用"Ctrl+单击跟踪超链接"复选框即可。

（3）关闭自动设置超链接功能选项。

关闭自动设置超链接功能，单击菜单栏中的"工具"→"自动更正"选项，然后单击"键入时自动套用格式"选项卡，清除"Internet 及网络路径替换为超链接"复选框，如图 10-15 所示。

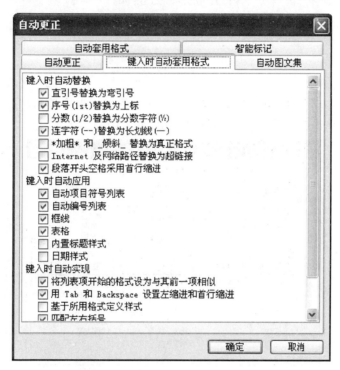

图 10-15　自动更正

7. 文字基本修饰

（1）字体与字号。汉字与英文的字体都很多。英文字体分比例字体与非比例字体两种。常用的汉字字体有宋体、仿宋、楷体、黑体和隶书等，默认是宋体。常用字号由小到大为七号到一号，往上还有小初和初号，默认为五号字体。描述字号还有一种单位：磅。1 磅 = 0.353 mm，字号与磅有相应的对应关系，如图 10-16 所示。

字体与字号的设置，可在录入前也可在录入后进行。在录入前设置则后面的文稿按此设置显示。在录入后设置则为改变字体和字号，这种设置必须先选定文本块，随后的设置只对设定的文本块起作用。设置字体与字号的方法有工具栏法和菜单法两种。

工具栏法：操作最简单。单击格式工具栏上的字体或字号长方框右侧的黑色小三角形，拉出选项列表，选择所需要的字体或字号。

字号与磅的对应关系

字号	磅	范 例（宋体）
七号	5.5	计算机文化基础
六号	7.5	计算机文化基础
五号	10.5	计算机文化基础
四号	14	计算机文化基础
三号	16	计算机文化基础
二号	22	计算机文化基础
一号	26	计算机文化基础

图 10-16   字号与磅的关系

菜单法：选择"格式"菜单下的"字体"命令，在弹出的对话框中单击"字体"选项卡，分别选择字体和字号，然后单击"确定"按钮表示设置生效，如图 10-17 所示。

图 10-17   字体设置

（2）粗体字与斜体字。粗体字与斜体字属于字形设置的范畴。默认字形是"常规"。字形的设置是先设置后输入，改变设置是先选定文本块，再重新设置。设置的方法有如下两种。

工具栏法：单击格式工具栏的"加粗"或"倾斜"按钮，可将文字设置为粗体字或斜体字。也可既设置为粗体字又设置为斜体字。注意：针对同一字块首次单击一次是设置，再单击一次是取消设置。

菜单法：选择"格式"菜单下的"字体"命令，在弹出的对话框中单击"字体"选项卡，在"字形"列表框中选择"加粗"或"斜体",然后单击"确定"按钮表示设置生效。

（3）下画线与字符边框。给汉字加上下画线与字符边框,属于汉字的修饰设置,通常都是先输入,后加以修饰,因此先要选定文本块。同样有如下两种设置方法。

工具栏法:单击格式工具栏的"下画线"或"字符边框"按钮,可将选定的文字设置下画线或字符边框。

菜单法:设置下画线,选择"格式"菜单下的"字体"命令,在弹出的对话框中单击"字体"选项卡,在"下画线线型"的下拉列表框中根据需要选择相应的下画线。设置字符边框,选择"格式"菜单下的"边框和底纹"命令,在弹出的对话框中单击"边框"选项卡,选择所需要的边框,如图 10-18 所示。

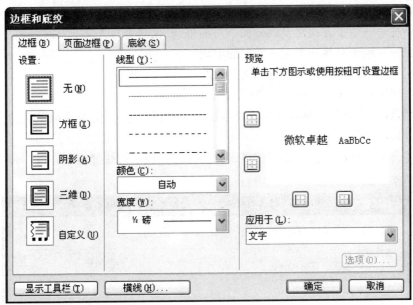

图 10-18 边框和底纹

（4）颜色与效果。颜色与效果属于版面效果编辑范畴,除了供显示外,还可以用彩色打印机打印出来,显得绚丽多彩。通常是局部多,需先确定文本块,再进行如下操作。

选择"格式"菜单下的"字体"命令,随即弹出一个对话框,在对话框中单击"字体"选项卡,再单击"字体颜色"下拉列表框,然后选择所需要的颜色,最后选择"效果"中的复选框,即可使字体表现出不同的效果,如"阴影"、"阴文"、"上标"、"下标"等。

8. 字符串查找替换

在编辑文档或审定文档时,常常需要对文档内容进行有针对性的修改。例如在一篇文稿中多处出现"山水旅游节",要在其前面加上"桂林"两字,若用人工方法对整篇文稿从头到尾逐字逐句地查找修改,不仅费时而且容易遗漏。Word 提供的查找与替换操作,可以减轻许多重复而烦琐的操作,大大提高编辑效率。

（1）字符串查找。

① 查找的基本方法。把光标移到开始查找的地方,选择"编辑"菜单下的"查找"命令（或按

Ctrl+F 键),即出现"查找和替换"对话框。在对话框中选择查找方式并输入查找内容,然后单击"查找下一处"按钮,系统开始查找,并停留在第一次出现查找内容的位置上,等待修改。修改后单击"查找下一处"按钮,继续往下查找。

② 功能选项。在对话框中单击"高级"按钮,弹出更详细的"查找和替换"对话框,单击"常规"按钮,返回上一对话框。在此对话框输入要查找的内容后,通过选择搜索范围和其他功能项目,可以提高查找效率。其中搜索范围有:

全部——从当前光标位置开始搜索整个文档,这是系统默认范围。

向下——从当前光标位置向文档末尾方向搜索。

向上——从当前光标位置向文档开始方向搜索。

其他功能有:

区分大小写——用于查找需要区分大小写的单词,仅对查找外文有效。

全字匹配——用于查找一个完全匹配的单词。

使用通配符——在查找内容中允许使用通配符。

同音——用于查找同音不同字的单词。

区分全/半角——对英文字符及标点符号区分全角还是半角,这是系统默认的方式。

(2)字符串的查找与替换。

查找仅适合手工修改。而查找与替换适合多次相同内容的快速修改,查找与修改一次完成,如图 10-19 所示。

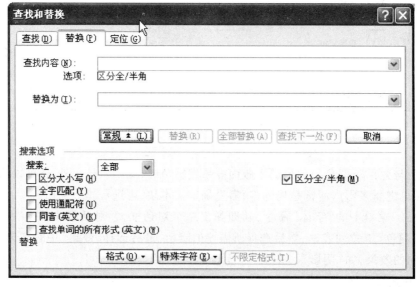

图 10-19　查找和替换

选择"编辑"菜单下的"替换"命令或按 Ctrl+H 键,屏幕即出现"查找和替换"对话框,单击"高级"按钮,又拉出更详细的功能选择,然后依次进行如下操作。

① 在"查找内容"组合框中输入要查找的内容。

② 在"替换为"组合框中输入要替换的内容,或按 Ctrl+V 键,从剪切板粘贴要替换的内容。

③ 单击"全部替换"按钮,即将查找到的内容全部用"替换内容"代替。

如单击"替换"按钮,并不立即替换,而是等待用户回答后再替换。若单击"全部替换"按钮,系统在找到后随即完成替换。若希望更快更准确地查找替换,可以像字符串查找那样,对搜索范围和某些高级功能进行选择。

（3）光标的快速定位。

在查找和替换操作中,如果是对文档的某节、页、行或某一指定对象,如图形、表格和书签等对象的内容进行查找与替换,可以在"查找与替换"对话框中单击"定位"选项卡,根据需要确定定位内容,如图 10-20 所示。其中,"定位目标"用于指定光标要移动的对象类型,如页、节、行、脚注、尾注等。"输入页号"用于输入要移到的页码,如在数字前带"+",表示从当前光标位置往前计数,带"-",表示从当前光标位置往后计数。

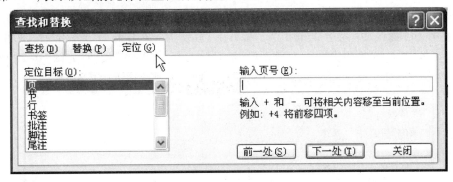

图 10-20　光标定位

（4）常用通配符。

① 任意字符串"﹡",例如,"s﹡d"可查找"sad"和"started"。

② 任意单个字符"?",例如,"s? t"可查找"sat"和"set"。

③ 词的开头"<",例如,"<(inter)"查找"interesting"和"intercept",但不查找"splintered"。

④ 词的结尾">",例如,"(in)>"查找"in"和"within",但不查找"interesting"。

⑤ 定字符之"[ ]",例如,"w[io]n"查找"win"和"won"。

⑥ 定范围内的任意单个字符"[-]",例如,"[r-t]ight"（必须用升序表示范围）可查找"right"和"sight"。

⑦ 定范围外的任意单个字符"[! -]",例如,"t[! a-m]ck"查找"tock"和"tuck",但不查找"tack"和"tick"。

⑧ n 个重复的前一字符或表达式"{n}",例如,"fe{2}d"查找"feed",但不查找"fed"。

⑨ 少 n 个前一字符或表达式"{n,}",例如,"fe{1,}d"查找"fed"。

⑩ n 到 m 个前一字符或表达式"{n,m}",例如,"10{1,3}"查找"10"、"100"和"1000"。

⑪ n 个以上的前一字符或表达式"@",例如,"lo@t"查找"lot"和"loot"。

Word 的查找和替换功能非常强大,在文档的编辑中,熟练使用这一功能可以解决很多问题。下面举例说明。

实例一：批量设置字体格式

任务要求:一篇很长的 Word 文档,其中多个地方含有"希赛"一词,现在要求把该词全部设置为带下画线的蓝色粗体字。

操作方法如下。

第一步,打开文档,先在一个地方选中"希赛"一词,然后按 Ctrl+F 键,打开 Word 的"查找和替换"对话框。

第二步,在"查找和替换"对话框的"替换"选项卡,"希赛"一词已自动输入"查找内容"组合框中,在"替换为"组合框中也输入"希赛"。

第三步,为"替换为"组合框中输入的文本内容设置格式。把光标定位在"替换为"组合框中,单击"高级"按钮,单击"格式"按钮,在弹出的菜单中选择"字体"命令,打开"替换字体"对话框。在该对话框上,"字形"选择"加粗","字体颜色"选择"蓝色","下画线线型"选择"细下画线",最后单击"确定"按钮,回到"查找和替换"对话框。

第四步,在"查找和替换"对话框的"替换"选项卡上,上一步设置的查找和替换选项会显示在"查找内容"和"替换为"组合框的下方,如果在"替换为"文本框的下方显示"加粗"、"下画线"、"字体颜色:蓝色",说明上面的设置正确,最后单击"全部替换"按钮,如图 10-21 所示。

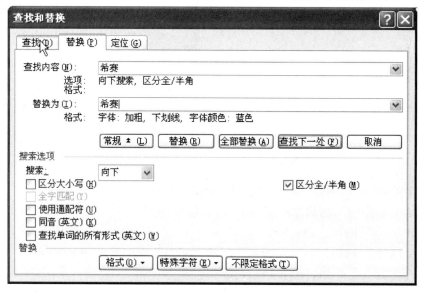

图 10-21　替换

这里我们为什么不用格式刷呢?因为格式刷在设置个别少数文字或段落的格式上很有用,但如果需要设置的文字或段落较多或者文档很长,那么使用格式刷一个一个地改,浪费时间和精力。

实例二:使用通配符查找

任务要求:文档中含有多个书名,要求将书名(即包含在书名号"《》"之间的文本)统一设置为黑体、红色。

操作方法如下,如图 10-22 所示。

第一步,按 Ctrl+F 键打开 Word 的"查找和替换"对话框,单击"高级"按钮打开隐藏的查找和替换选项,选择"使用通配符"复选框,然后在"查找内容"组合框中输入"《 * 》"。

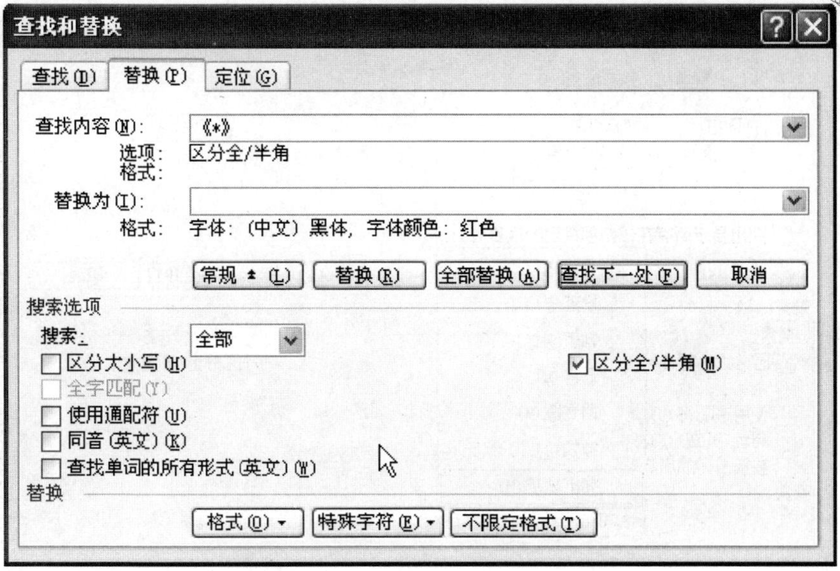

图 10-22　查找书名

第二步,将光标定位在"替换为"组合框中,不要输入任何内容,单击"高级"按钮,再单击"格式"按钮,在弹出的菜单中选择"字体"命令,打开"字体"对话框,在该对话框上,"字体"选择"黑体","字体颜色"选择"红色",最后单击"确定"按钮,关闭"字体"对话框。

第三步,在"替换"选项卡上检查上面设置的查找和替换选项,确定无误后单击"全部替换"按钮。

实例三:快速选定特定的文本

任务要求:一篇很长的 Word 文档,在多个地方含有词组"搜索引擎",现在要求突出显示全文中的所有这一词组。

操作方法如下。

第一步,按 Ctrl+F 键打开"查找和替换"对话框。

第二步,在"查找"选项卡,"查找内容"组合框中输入"搜索引擎",然后选择"突出显示所有在该范围找到的项目"复选框,如图 10-23 所示。

第三步,在查找范围下拉列表框中选择查找范围(当前选定的范围是主文档),最后单击"查找全部"按钮就可选定并高亮查找范围内的全部"搜索引擎"词组。

实例四:批量转换大小写

任务要求:在输入这篇稿件时,为了避免来回地在大小写和中文输入法之间切换,把文档中所有的"Word"一词全部输入成"word",现在要求把它们全部改回为"Word"。

操作方法如下。

第一步,按 Ctrl+F 键打开 Word 的"查找和替换"对话框,在"替换"选项卡,"查找内容"组合框中输入"word"。

第二步,单击"高级"按钮打开查找和替换选项,选择"区分大小写"复选框,然后在"替换为"组合框中输入"Word",最后单击"全部替换"按钮。

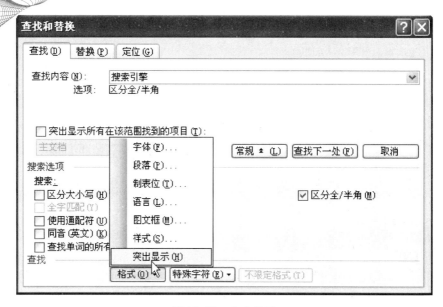

图 10-23　突出显示

实例五：将不同的段落进行合并或分割

任务要求：将不同的段落进行合并或分割处理。

操作方法如下。

① 将段落合并。

第一步，在 Word 中选中需要进行合并的段落，然后在菜单中选择"编辑"→"替换"命令，在弹出的"查找和替换"对话框中单击"替换"按钮，接着再单击"高级"按钮。

第二步，"替换"选项卡中的"高级"选项打开后，单击下方的"特殊字符"按钮，在弹出的菜单中选择"段落标记"命令。

第三步，以上设置完成后，再将光标定位到"替换为"组合框中，单击"全部替换"按钮，这时系统会弹出已完成替换的提示窗口，单击"是"按钮退出，完成合并段落。

② 将段落分割。

如果想快速地分割段落，方法也很简单。首先在 Word 中选中需要进行分割的段落，然后依照上面所讲的步骤进入"查找和替换"对话框下的"替换"选项卡中，接着在"查找内容"组合框中输入一个"。"，再在下方的"替换为"组合框中同样输入一个"。"，外加上段落标记"^p^p"，最后单击"全部替换"按钮即可。

9. 宏操作

宏是一系列 Word 命令和指令组合在一起的命令集合，可以组合来完成某一特定的任务，在该"宏"定义完成后，只要执行该"宏"即可以很快完成特定的操作。

宏的录制：选择"工具"→"宏"→"录制新宏"命令，出现录制新宏对话框，给该"宏"命名。如果希望该"宏"以按钮形式出现在某个工具栏上，单击"工具栏"按钮，在出现的对话框将该"宏"拖动到工具栏上即可。如果希望给该"宏"指定快捷键，单击"键盘"按钮，输入准备使用的快捷键并单击"指定"按钮，单击"关闭"按钮出现录制工具条，单击"录制"按钮，开始执行设计任务,任务结束,单击"停止"按钮。

宏的应用:对录制的宏设定了快捷键,在需要插入的地方只要按该快捷键,那么"宏"的内容就会复制一份在当前位置。

10.2.4 在文档中插入其他常用的元素

在文档中插入其他一些元素可以增强文档的处理能力,方便用户的使用。常用的有插入表格和插入图片等。

1. 插入表格

单击"表格"→"插入"→"表格",打开"插入表格"对话框,设置要插入表格的列数和行数,单击"确定"按钮,所需表格就插入到文档中,如图 10-24 所示。

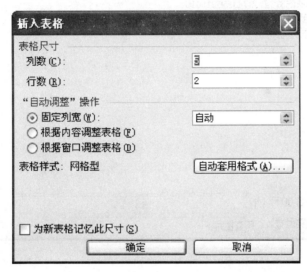

图 10-24 插入表格设置

插入表格还可以使用工具栏中的"插入表格"按钮,单击"插入表格"按钮拖动光标就可以插入表格,如图 10-25 所示。

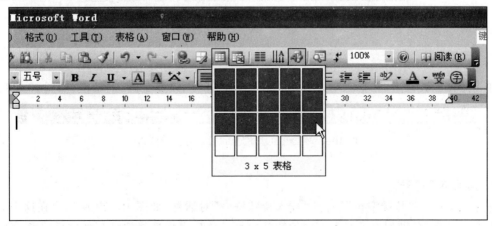

图 10-25 插入表格

Word 2003 允许在表格中插入另外的一个表格,把光标定位在表格的单元格中,插入的表格就显示在单元格中。

在单元格中右击,选择"插入表格"命令,也可以在单元格中插入一个表格。

2. 插入图片

单击"插入"→"图片"→"来自文件",选择要插入的图片,如图 10-26 所示。单击"插入"按钮,图片就会插入到文档中。选中该图片,界面中还会出现一个"图片"工具栏。

图 10-26 "插入图片"对话框

单击"图片"工具栏上的"插入图片"按钮,可以打开"插入图片"对话框,如图 10-27 所示。

图 10-27 工具栏上的插入图片按钮

单击绘图工具栏上的"插入剪贴画"按钮,可以打开"插入剪贴画"对话框,如图 10-28 所示。

图 10-28 绘图工具栏上的插入剪贴画按钮

3. 插入特殊符号

单击"插入"→"特殊字符",打开"插入特殊符号"对话框,如图 10-29 所示。在这个对话框中有 6 个选项卡,分别列出了 6 类不同的特殊符号。从列表中选择要插入的特殊字符,单击"确定"按钮,选中的字符就插入到文档中。

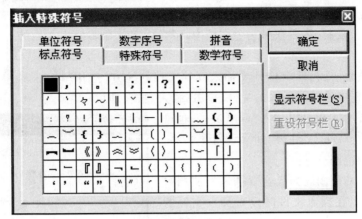

图 10-29　插入特殊符号

　　单击"插入"→"符号",打开"符号"对话框,单击"特殊字符"选项卡,双击"商标符",如图
10-30 所示。单击对话框标题栏上的"关闭"按钮,关闭这个对话框,可以看到文档中已经插入
了一个商标符。

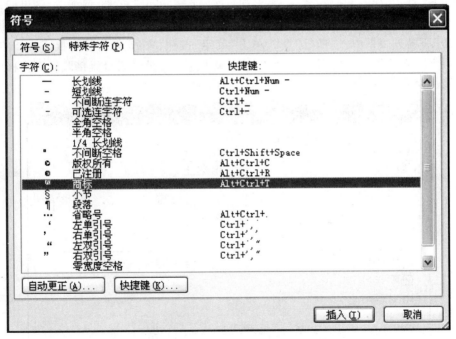

图 10-30　"符号"对话框

　　在 Word 中还为插入符号专门设计了一个符号栏。在工具栏上右击,选择快捷菜单中的"符
号栏"命令,在文档中就显示出了"符号栏"工具栏,单击该工具栏上的按钮,就可以将相应的符
号插入到文档中。

4. 插入文件

在 Word 中把某个文档的全部内容可以插入到另外一个文档中。将两个文档都打开,全选要插入的文档,进行复制,然后在另一个文档中,将光标定位在要插入文档的地方,进行粘贴,就完成了。

更简单的办法是,把光标定位到要插入其他文档的地方,打开"插入"菜单,选择"文件"命令,从打开的对话框中选择要插入的文件,单击"插入"按钮即可。

其实在 Word 中,不但可以插入 Word 文件,也可以插入文本文件和 Excel 文件等,如果设置了书签,还可以设置插入的范围。

图 10-31   插入文件的范围

选择插入文件的范围。如果在要插入的文档中设置了书签,就可以在插入文件时设置插入文档的开始位置。在"插入文件"对话框中单击"范围"按钮,输入开始位置的标签名称,单击"确定"按钮,然后单击"插入"按钮,在文档中插入的就是标签以后的内容,如图 10-31 所示。

5. 建立目录和索引

(1) 建立目录。在 Word 中可以对一个编辑和排版完成的稿件自动生成目录。把光标定位到文档的最后,打开"插入"菜单,选择"索引和目录"命令,单击"目录"选项卡,这里的目录设置是按照样式来进行的。在"格式"下拉列表框中选择"简单",选择"页码右对齐"复选框,在"制表符前导符"下拉列表框中,选择"圆点",单击"确定"按钮,Word 就自动生成了文档的目录,如图 10-32 所示。就像文档结构图一样,可以通过单击这些目录的条目直接跳转到文档中相应的位置。

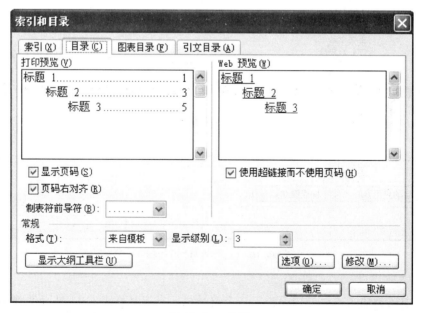

图 10-32   目录

　　所有的图形或表格也可以列一个目录,首先要给每一个图形对象加上一个题注。选择要在索引中出现的图形对象,打开"插入"菜单,选择"题注"命令,打开"题注"对话框。如图10-33所示,在"题注"文本框中对象编号的右边输入题注的内容,单击"确定"按钮。然后同样在其他的对象上都加上题注,将光标定位要插入索引的地方,打开"插入"菜单,选择"索引和目录"命令,单击"图表目录"选项卡,这里的设置和前面文档目录很相似,不做什么改变,设置好后单击"确定"按钮,就在文档中加入了一个图形的目录,单击相应的目录可以到达相应的图形处。

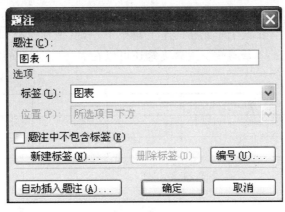

图10-33　"题注"对话框

　　(2)建立索引。索引是文档中按字母顺序排列的术语表,它可以方便阅读文档。

　　① 先选定要标记为索引的术语,然后打开"插入"菜单,选择"索引和目录"命令,在"索引"选项卡中单击"标记索引项"按钮,如图10-34所示。打开"标记索引项"对话框,单击对话框中的"标记"按钮,就可以将所选择的术语标记为索引项。

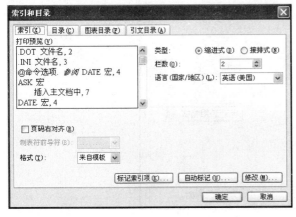

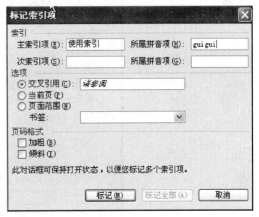

图10-34　标记索引　　　　　　　　　　　　图10-35　标记索引项

　　② 标记索引项后,不用关闭对话框,直接继续滚动文档来查找要标记为索引项的术语,在文档中选中它们,再回到对话框中将其标记为索引项,在标记完所有的索引项后单击"关闭"按钮关闭对话框,如图10-35所示。

　　③ 在标记完所有的索引项后,将插入点放在要生成索引的位置,然后选择"插入"菜单的

"索引和目录"命令,打开"索引和目录"对话框,在"索引"选项卡中选择索引的类型和格式,这里的"打印预览"列表框可以显示所选择的索引的外观。然后单击"确定"按钮就可以生成索引,同时会显示索引项所在的页码。

10.2.5 表格基本操作

1. 绘制表格

① 插入表格方法 1。插入一个 3×5 的表格,单击"常用"工具栏上的"表格和边框"按钮,这时鼠标的形状好像一支笔,在这个单元格的左上角按下左键,拖动鼠标到单元格的右下角,松开左键,就在单元格中加上了一条斜线。用这支笔还可以在表格中添加横线和竖线来拆分单元格。如图 10-36 所示。

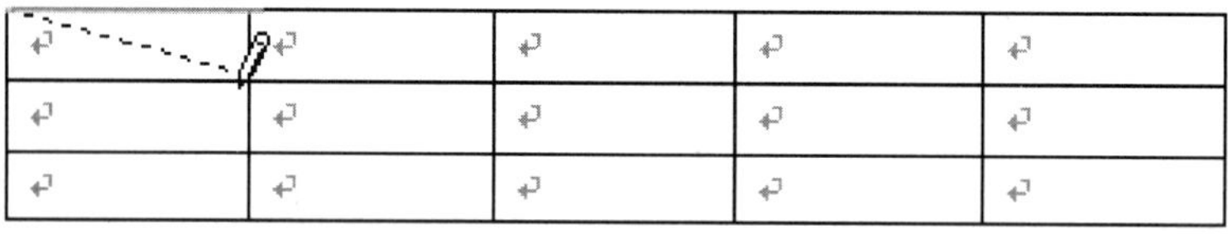

图 10-36　插入一个表格

② 插入表格方法 2。打开"表格"菜单,单击"插入"→"表格",打开"插入表格"对话框,在上边的"列数"和"行数"中分别选择"5"和"2",下方的"'自动调整'操作"中选择"固定列宽"单选按钮,并选择其中的"自动"选项。再单击"确定"按钮,就可以创建一个 5 列 2 行,并且可以根据输入文字自动调整表格宽度的表格,如图 10-37 所示。

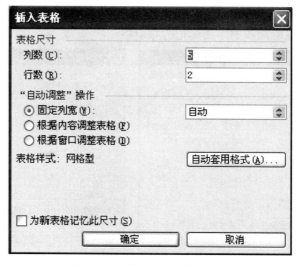

图 10-37　依据方法 2 插入表格

2. 插入行、列或单元格

把光标定位在一个单元格里,在"表格"菜单里的"插入"子菜单中选择"行"、"列"或者"单元格"命令,就会相应的插入行、列或单元格。或者选取一个单元格,单击常用工具栏上的"插入单元格"按钮,也可以选择插入一行或一列单元格。

把光标定位到表格最后一行最右边的回车符前面,然后按一下回车键,就可以在最后一行下插入一行单元格。

把光标定位在表格下面的段落标记前,单击工具栏上的"插入行"按钮,Word 会弹出一个对话框,选择要插入的行数,单击"确定"按钮,行单元格即可插入。

3. 调整表格的大小

把鼠标放在表格右下角的小正方形上,鼠标就变成了一个拖动标记,按住左键,拖动鼠标,就可以改变整个表格的大小,拖动的同时表格中的单元格的大小也在自动地调整。

把鼠标放到表格的框线上,鼠标会变成一个两边有箭头的双线标记,这时按住左键拖动鼠标,就可以改变当前框线的位置,同时也就改变了单元格的大小,按住 Alt 键,还可以平滑地拖动框线。

选中要改变大小的单元格,用鼠标拖动它的框线,改变的只是拖动的框线的位置。

只改变一个单元格大小的操作是,所有的框线在标尺上都有一个对应的标记,拖动这个标记,改变的就只是选中单元格的大小。

Word 还提供了几个表格自动调整的方式。在表格中右击,单击"自动调整"→"根据内容调整表格",可以看到表格的单元格的大小都发生了变化,仅仅能容纳单元格中的内容。选择表格的自动调整为"固定列宽",选中整个表格,按 Delete 键,可以看到表格框线的位置没有发生变化。选择"根据窗口调整表格",表格自动充满了 Word 的整个窗口。

通常希望输入相同性质的文字的单元格宽度和高度一致,先选中这些列,单击"表格和边框"工具栏上的"平均分布各列"按钮,选中的列就自动调整到了相同的宽度。行也可以这样来操作。

4. 表格的复制和删除

表格可以全部或者部分的复制,与文字的复制一样,先选中要复制的单元格,单击"复制"按钮,把光标定位到要复制表格的地方,单击"粘贴"按钮,刚才复制的单元格形成了一个独立的表。

选中要删除的表格或者单元格,按一下 Backspace 键,弹出一个"删除单元格"对话框,其中的几个选项与插入单元格时是对应的,单击"确定"按钮。

注意:

按 Delete 键是删除文字,而按 Backspace 键是删除表格的单元格。

5. 表格的格式设置

表格的格式与段落的设置很相似,有对齐、底纹和边框修饰等。

选中整个表格,单击"格式"工具栏上的"居中"、"左对齐"等按钮即可调整表格的位置。

表格边框修饰。把表格周围的框线变粗可单击"表格和边框"工具栏上的"粗细"下拉列表框,选择合适的线条,单击"外侧框线"按钮,这样可以在表格的周围放上一条所选线条的边框。

表格添加底纹。选中第一行右击,选择"边框和底纹"命令,单击"底纹"选项卡,选择颜色,即可见效果,如图 10-38 所示。

Word 为我们提供了表格自动套用格式的功能。单击"表格"→"表格自动套用格式",打开"表格自动套用格式"对话框,选择格式,单击"应用"按钮,表格的格式设置好了。基本上常用的格式从这里都可以找到。如图 10-39 所示。

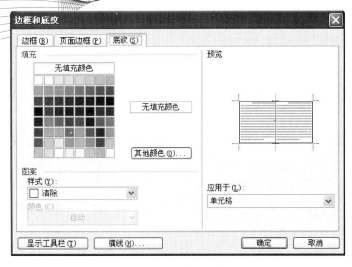

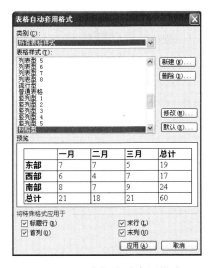

图 10-38　边框和底纹　　　　　　　　　　　　图 10-39　表格自动套用格式

　　单元格之间加一些间隙。在表格中右击,选择"表格属性"命令,打开"表格属性"对话框,如图 10-40 所示。

　　单击"选项"按钮,选择"允许调整单元格间距"复选框,如图 10-41 所示,在后面的数值框中输入"0.1 cm",单击"确定"按钮,回到"表格属性"对话框,再单击"确定"按钮。

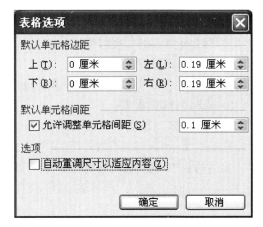

图 10-40　表格属性　　　　　　　　　　　　图 10-41　表格选项

6. 排序和数字计算

（1）排序。选中需要排序的一列,单击"表格和边框"工具栏中的"降序"或者"升序"按钮即可。

（2）求和。把光标定位到需要求和的"列"的下面的单元格中，单击"自动求和"按钮。若要求"行"的和，先把光标定位到需要求和的"行"的右面的单元格中，单击"自动求和"按钮，然后选中这个数字，把它复制到下面的单元格中，选中这一列，按一下 F9 键，其余行的和就都出来了。

刚才单击"自动求和"按钮是在单元格中插入了一个求和公式，然后把求和公式复制到其他的单元格中。按 F9 键则是更新域，因为这些是公式域，我们对域进行更新就可以看到正确的结果。

7．标题行重复

如果表格分在两页显示，而第二页中的表格没有表头，这样在单看第二页的表格时就会不知所云。在 Word 中可以使用标题行重复来解决这个问题。选中第一行表格，右击选择"表格属性"命令，单击"行"选项卡，选择"在各页顶端以标题行形式重复出现"复选框，如图 10-42 所示，在第二页的表格中标题行就出现了。

图 10-42　标题行重复设置

8．表格和文字相互转换

使用 Word 可以把文字转换成表格。选中这些文字，打开"表格"菜单，单击"转换"→"文字转换成表格"，如图 10-43 所示。在"文字分隔位置"中选择"制表符"单选按钮，单击"确定"按钮，文字就转换成表格了，如图 10-44 所示。

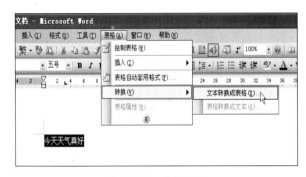

图 10-43　转换设置　　　　　　　　　　　图 10-44　文字转换成表格

　　同样可以把表格转换成文字。把光标定位在表格中,打开"表格"菜单中的"转换"子菜单,选择"表格转换成文字"命令,打开"将表格转换成文本"对话框,在"文字分隔位置"区域选择"制表符",单击"确定"按钮,就把这个表格转换成文字。

9. 表格的图文绕排

　　我们经常会希望文字能环绕在表格的周围,在表格中右击,选择快捷菜单中的"表格属性"命令,打开"表格属性"对话框,如图 10-45 所示,在当前的"表格"选项卡中有一个"文字环绕"选项区域,选择"环绕",单击"确定"按钮,回到编辑状态,拖动表格到文字的中间,文字就在表格的周围形成了环绕。

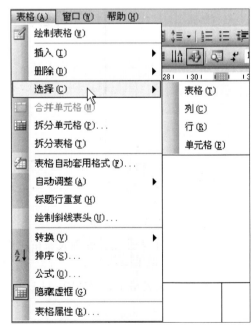

图 10-45　表格属性　　　　　　　　　　图 10-46　表格菜单里的选择选项

10.　单元格的选取

表格是由一个或多个单元格组成的。所以单元格就像文档中的文字一样,要对它操作,需要先选取它。

把光标定位到单元格里,在"表格"菜单里的"选择"子菜单中可选取整个表格、列、行或者单元格,如图 10-46 所示。

还可以把光标放到单元格的左下角,鼠标变成一个黑色的箭头,按下左键可选定一个单元格,拖动可选定多个单元格。像选中一行文字一样,在左边文档的选定区中单击,可选中表格的一行单元格。把光标移到这一列的上边框,等光标变成向下的箭头时单击鼠标即可选取一列。把光标移到表格的左上方,等表格的左上方出现了一个移到标记时,在这个标记上单击鼠标即可选取整个表格。

11.　单元格的合并和拆分

合并一行单元格。先选中一行单元格,打开"表格"菜单,选择"合并单元格"命令,把选中的单元格合并成一个,如图 10-47 所示。

拆分单元格。在单元格中右击,在打开的快捷菜单中选择"拆分单元格"命令,如图 10-48

图 10-47　合并单元格

图 10-48　拆分单元格

所示,可以打开"拆分单元格"对话框,输入拆分行和列的数目,单击"确定"按钮,如图 10-49 所示。通过单击"表格和边框"工具栏上的"拆分单元格"按钮,同样可以打开"拆分单元格"对话框。

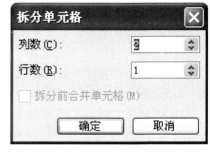

图 10-49 "拆分单元格"对话框

12. 单元格里文字的格式

选取单元格里的文字右击,选择快捷菜单中的"单元格对齐方式"命令,会弹出几个按钮供选择,单击需要的格式。

让所有单元格里的文字格式都一样。把鼠标移动到表格上,在表格的左上角的移动标记上右击,从快捷菜单的"单元格对齐方式"中选择需要的格式,整个表格中的所有单元格格式变成一样。将单元格中的文字竖排。把光标定位到单元格中,单击工具栏上的"更改文字方向"按钮。事实上可以把表格中的每个单元格看做是一篇独立的文档,里面同样可以有段落的设置,如"两端对齐"、"居中"按钮都可用。

10.2.6 多种文档格式转换

现今网络的信息多种多样,需要处理各种不同格式的文档。利用多种文档格式的转换非常方便。下面分别介绍几种常见的文档格式转换。

1. DOC 格式文件转换为 PDF 文件

DOC 文件向 PDF 格式转换比较容易,主要通过 Adobe 公司提供的 Adobe Distiller 虚拟服务器来实现,在安装了 Adobe Acrobat 完全版后,在 Windows 系统的打印机任务中就会添加一个 Acrobat Distiller 打印机。现在比较流行的 DoctoPDF 类软件如 PDFprint 等的机理都是调用 Adobe Distiller 打印机实现的,如果想把一个 DOC 文件转换为 PDF 文件,只要用 Office Word 打开该 DOC 文件,然后在"文件"→"打印"中选择 Acrobat Distiller 打印机即可。

2. PDF 格式文件转换为 DOC 文件

PDF 格式文件向 DOC 文件转换相对比较难,因为 PDF 格式与 DOC 格式解码格式不同,在 PDF 下的回车符、换行符以及相关的图片格式无法直接转换为 DOC 文件,一般用复制文本,然后粘贴到 Word 中实现 PDF 向 DOC 格式的转换。

3. DOC 文件与纯文本文件之间的转换

在转换 DOC 文件与纯文本文件格式方面,Word 2003 自带的"转换向导"无疑是最方便的。

(1)启用"转换向导"(还适用于 HTML 文件、RTF 文件等多种文件格式与 Word 文件之间的转换)。依次单击"文件"→"新建"→"其他文档",双击执行"转换向导"选项,弹出"转换向导"对话框后,单击"下一步"按钮。

(2)选择转换方式。"转换向导"提供了两种转换方式。其他文件格式转换成 Word 文档和 Word 文档转换成其他文件格式,我们这里选择第二种方式。在这种转换方式的下拉菜单中,有多种可供转换的文件格式。其中"Text"就是我们要转换成的纯文本文件格式,选中该项并单击"下一步"按钮。

(3)选择文件夹。在弹出的新对话框中,分别单击每个"浏览"按钮选择"源文件夹"(存放 Word 文件)和"目标文件夹"(存放纯文本文件),然后单击"下一步"按钮。

小提示:为了操作上的方便,建议事先将 Word 文件放进一个专门的文件夹,转换后的纯文本文件放进另一个文件夹。

(4) 转换文件。接下来需要选择待转换的文件,在"可用文件"框中列出了该文件夹中的所有 Word 文件,双击需要转换的文件名称,该文件即被添加到"转换文件"框。因为 Word 支持一次转换多个文件,因此应该将需要转换的所有 Word 文件都选中。最后单击"完成"按钮开始转换文件。在转换的过程中有转换进度、已转换的文件个数等提示,转换完成后还会询问是否转换其他文件,根据提示操作即可。

10.2.7 设置页眉、页脚和页码

页眉和页脚的设置是一种常用的 Word 文档处理技术,下面以 Word 2003 软件为例来讲解页眉和页脚的设置。

1. 设置页眉和页脚

打开"视图"菜单,选择"页眉和页脚"命令,Word 自动弹出"页眉和页脚"工具栏,并进入页眉和页脚的编辑状态。默认的是编辑页眉,输入内容,单击页眉和页脚工具栏上的"在页眉和页脚间切换"按钮,切换到页脚的编辑状态,编辑完毕后,选择"页眉和页脚"工具栏上的"关闭"按钮回到文档的编辑状态,设置好页眉和页脚后,单击"打印预览"按钮,可以看到设置的页眉和页脚就出现在文档中。

这只是最简单的页眉和页脚的设置,平常看到的书籍中大多是各个章节的页眉和页脚都不相同,而且奇偶页的页眉和页脚也是不同的,这个就需要使用分节来设置。

首先在要设置不同的页眉和页脚的两部分之间插入分节符,然后打开"视图"菜单,选择"页眉和页脚"命令,单击"页眉和页脚"工具栏上的"页面设置"按钮,打开"页面设置"对话框,选择对话框中的"奇偶页不同"复选框,单击"确定"按钮,注意现在页眉虚线框上的提示,现在的显示表示我们正在设置的是第一节的奇数页页眉,输入内容,单击"显示下一项"按钮。设置第一节偶数页的页眉,输入内容后,再单击"显示下一项"按钮,再设置第二节的奇数页页眉。这里若不做什么改变的话,单击"显示下一项"按钮,来设置第二节的偶数页页眉,单击工具栏上的"链接到前一个"按钮,设置好这个页眉,用同样的方法设置好后面的页眉和页脚。

2. 设置页码

我们通常在装订打印的文件或材料时,要求封面不显示页码,而页码"1"要从第二页开始显示,也就是正文开始页。步骤如下。

第一步,将光标移到封面中最后一行的末尾处(切记必须如此执行,不然封面和正文会连续显示页码),单击"插入"→"分隔符",弹出"分隔符"对话框,选择"分节符类型"中的"连续"单选按钮,单击"确定"按钮,如图 10-50 所示。

第二步,删除第二页产生的空行,然后可以把光标移到第二页任意位置,单击"插入"→"页码",在随后出现的"页码"对话框(如图 10-51 所示)中,单击"格式"按钮,在"页码格式"对话框中选择"起始页码"单选按钮,如图 10-52 所示。

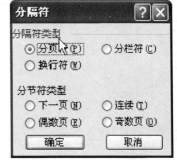

图 10-50 "分隔符"对话框

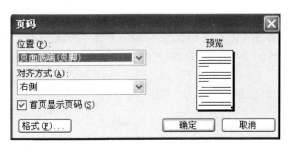

图 10-51 "页码"对话框

图 10-52 设置起始页码

第三步,依次单击两次"确定"按钮后,退出"页码"对话框,这时会看到封面和第二页的页码均为"1",把光标返回到首页,再次进入到"页码"对话框中,清除"首页显示页码"复选框即可。

10.2.8 页面设置与打印相关操作

打印是一种常用的文本输出技术。为了方便用户阅读,在打印前一般需要进行页面设置。

1. 页面设置

打开"文件"菜单,选择"页面设置"命令,打开"页面设置"对话框,单击"纸张"选项卡,从"纸张大小"下拉列表框中选择纸张的大小,如图 10-53 所示。单击"页面设置"对话框中的"页边距"选项卡,输入上、下、左、右 4 个方向的页边距,在"方向"选项区域中选择纸张打印方向。单击"确定"按钮就可以完成对页边距的设置,如图 10-54 所示。

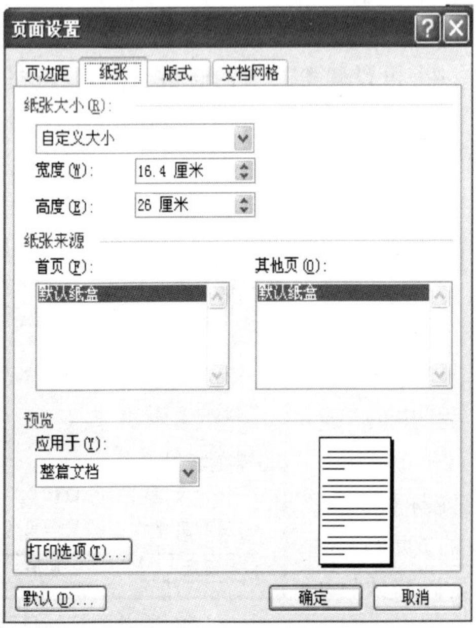

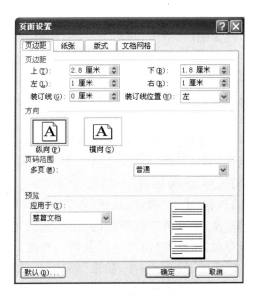

图 10-53 纸张的设置

图 10-54 页边距的设置

双击标尺上的灰色区域,也可以打开"页面设置"对话框。如果文稿需要装订,就要设置装订线的位置。在"页面设置"对话框中的"页边距"选项卡里选择装订线的位置,"装订线"的数值框中的数值表示的是装订线到页边的距离,而现在的页边距表示的就是装订线到正文边框的距离。

打开"页面设置"对话框,单击"版式"选项卡,从"垂直对齐方式"下拉列表框中选择"居中"对齐方式,单击"确定"按钮,也可单击"格式"工具栏上的"居中"按钮,把文档放到整个页面的中间,如图10-55所示。

Word是自动换行的,所以段落的设置不用操心,只是图形对象要使用相对对齐方式。

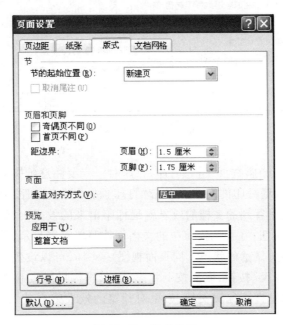

图10-55 版式设置

2.打印预览

打开"文件"菜单,选择"打印"命令,打开"打印"对话框,在"缩放"选项区域中有一个"按纸型缩放"下拉列表框,从中选择要缩放成的纸型就可以。

打印几份同样的稿件,可以在打印对话框中设置。打开"打印"对话框,在"副本"选项区域的"份数"数值框中输入要打印的稿件数量,单击"确定"按钮。

打印一部分页码。打开"打印"对话框,在"页面范围"选项区域中选择"页码范围"单选按钮,输入要打印的页码,每两个页码之间加一个半角的逗号,连续的页码之间加一个半角的连字符。也可以选择打印当前页或者打印选定的内容,如图10-56所示。

把一个文档像一般的书籍那样打印出来。打开"页面设置"对话框,在"页边距"选项卡的"页码范围"中选择"对称页边距"复选框,页边距的"左"和"右"就变成了"内侧"和"外侧",在装订线后面的数值框中输入1,单击"确定"按钮,然后打开"打印"对话框,从"打印"下拉列表框中选择"奇数页",单击"确定"按钮进行打印,打印完毕后再将打印出来的纸翻过来,放回打印机

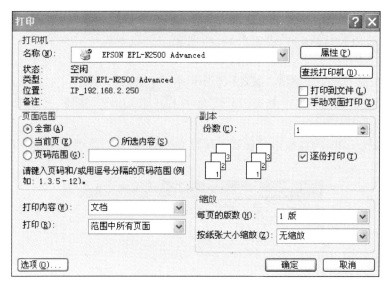

图 10-56 打印设置

中,在刚才的对话框中选择"偶数页"进行打印,打印时一定要注意纸张的放置顺序。

　　一般在打印之前先预览打印的内容。单击"打印预览"按钮,如图 10-57 所示,将窗口转换到打印预览窗口中,在这里看到的文档的效果就是打印出来的效果,预览有多页同时显示,也有单页显示。单击"单页"按钮,在预览窗口中的文档就按照单页来显示,单击"多页"按钮,选择一种多页的方式,回到了多页显示的状态。同页面视图中一样,可以设置显示的比例,还可以设置标尺的显隐,单击"查看标尺"按钮,取消按下状态,可以将标尺隐藏起来。单击"放大镜"按钮,使它不再按下,可以在这里直接编辑文档,如果对预览的效果感到满意,直接单击"打印"按钮,就可以把文档打印出来。

图 10-57 打印预览

　　使用 Ctrl+P 快捷键也可以打开"打印"对话框,在"副本"选项区域中可以设置文档是否按份打印,如果选择了按份打印,则文档在打印时将从第一页打印到最后一页后再开始打印第二份,否则在打印时 Word 会把一页的份数打印完以后再打印后面的页。

　　除了使用"常用"工具栏上的"打印预览"按钮可以进入打印预览状态外,使用"文件"菜单中的"打印预览"命令也可以进入打印预览状态。

3. 按多种指定方式打印

（1）缩放打印。Word 2003 针对逻辑与物理页面大小不同的情况,增加了打印缩放功能。只需打开"打印"对话框、从"缩放"中的"按纸张大小缩放"下拉列表框中选择打印所使用的纸

张。如果当前页面设置为 A4,而用户想使用 B5 纸进行打印。就可以在下拉列表中选择 B5,
Word 2003 通过缩小字体和图形的尺寸,将文档打印到 B5 纸上。反之它会自动放大字体和图形
的尺寸,将较小页面的文档打印到较大的纸张,完全不用重新排版,具有类似复印机那样的放大
或缩小功能。但是缩放打印设置仅对当次打印有效。如果每次打印都要进行缩放,应单击对话
框中的"选项"按钮,选择"打印"选项卡中的"允许重调 A4/Letter 纸张"。

(2)多版打印。机关单位使用的"红头文件"需要在一张 8 开纸上打印两页 16 开文档,
Word 2003 提供了一个完善的解决方案。它的操作方法是:录入文档前,使用"文件"菜单下的
"页面设置"命令将逻辑页面大小设为 16 开,页面方向设为纵向,并按常规方法插入页码等内
容。录入结束后,使用"文件"菜单下的"打印"命令打开"打印"对话框,在"每页的版数"下拉列
表框中选择"2 版"。最后单击"打印"对话框中的"属性"按钮,打开"打印机设置"对话框。将打
印机纸张尺寸(物理页面)设为 8 开,打印方向设为"横向"。确定后回到"打印"对话框,单击
"确定"按钮即可开始打印。

按照类似的方法最多可以在一张纸上打印 16 版,用于小册子、通知之类的文档打印非常
方便。

(3)部分打印。选择"打印"对话框中的"页码范围"单选按钮,在"页码范围"文本框内输
入指令,可以打印部分文档。

① 如果打印不连续的几页,可输入逗号分隔不连续的页码。例如打印第 1、3 和 6 页,可在
"页码范围"文本框内输入"1,3,6"。

② 若打印某一范围的连续几页,可按"起始页码-终止页码"的格式输入。例如要打印第
2~6 页,可输入"2-6"。如果连续页中间有间断,也可用逗号进行分隔。如打印第 6~9 页和第
12~16 页,可输入"6-9,12-16"。

③ 如果需要打印某节,可按"s 节号"的格式输入指令,例如"s6"表示打印第 6 节。对于不
连续的节,仍可在节号之间以逗号分隔,如" s2,s6 "表示打印第 2 节和第 6 节。

④ 若打印一节内的某页,可输入"p 页码 s 节号",例如"p5s3"表示打印第 3 节的第 5 页,
"p3s2-p4s5"表示打印第 2 节的第 3 页~第 5 节的第 4 页。

⑤如果仅仅打印文档的某一部分,可以将其选中。然后选择"所选内容"单选按钮,按通常
方法打印即可。

10.2.9 绘制简单的图形

在 Word 2003 中提供了绘制各种图形的功能,下面介绍具体的绘图过程。

1. 绘制网格

我们知道在拖动图形时如果不按住 Alt 键是不能平滑拖动的,此时每次移动的距离是可以
设置的。单击"绘图"按钮,在打开的菜单中选择"绘图网格"命令,打开"绘图网格"对话框,如
图 10-58 所示,这里的"对齐"就控制着拖动的最小距离。清除"对象与网格对齐"复选框,单击
"确定"按钮,这样在文档中绘制和拖动图形时就可以平滑进行了,按住 Alt 键再试一下,变成不
是平滑进行了。

打开"绘图网格"对话框,选择"在屏幕上显示网格线"复选框,注意水平和垂直网格线的间
距,单击"确定"按钮,就可以在屏幕上显示出绘图网格线,可以用它们作为绘制图形的参考

坐标。

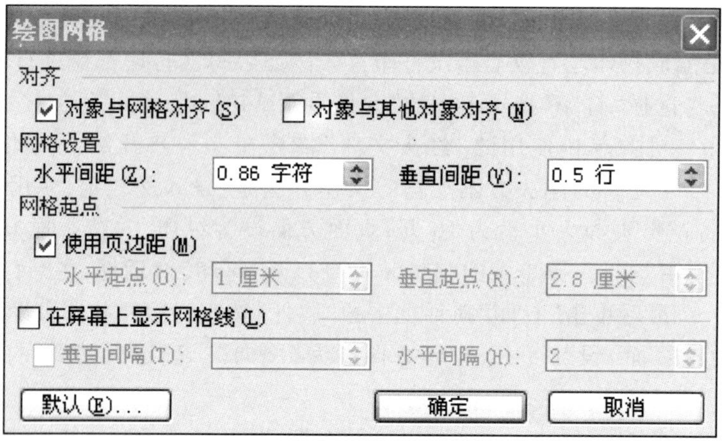

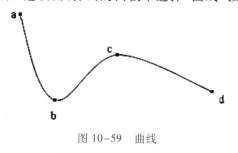

图 10-58 绘制网格

图形的移动。图形除了使用鼠标拖动以外,还可以使用"绘图"按钮菜单中的"微移"子菜单来调整图形的位置。

组合图形。选中要组合的图形,在选中的图形上右击,在打开的快捷菜单中有一个组合子菜单,从这个子菜单中可以对选中的图形进行组合、取消组合和重新组合的操作。

2. 曲线的绘制和修改

单击"绘图"工具栏上的"自选图形"按钮,单击"线条"选项,从弹出的面板中选择"曲线"按钮。在文档中单击确定曲线开始的位置,在预计的曲线第二个顶点处单击,拖动鼠标到预计的第三个顶点处单击,一直到最后一个顶点处双击鼠标,如图 10-59所示。Word 默认绘制的是曲线而不是直线,单击"绘图"工具栏上的"线型"按钮,可以给曲线设置线型,单击"虚线线型"按钮,可以给曲线设置虚线线型,而使用"箭头样式"按钮,则可以给非封闭曲线设置各种样式的箭头。

图 10-59 曲线

在曲线上右击,在弹出的快捷菜单中选择"编辑顶点"命令,就可以进入曲线的顶点编辑状态。此时在曲线上右击,在快捷菜单中可以选择添加顶点、退出顶点编辑等,如图 10-60(a)、(b)所示。在编辑顶点状态下在线条上按住左键并拖动鼠标可以直接在鼠标所在处添加一个顶点,同时改变了曲线的形状如图 10-60(c)、(d)所示。

在某段曲线上右击,在弹出的快捷菜单中选择"抻直弓形"命令,可以把该段曲线变为直线,在直线上右击,从快捷菜单中选择"曲线段"命令,可以把该线段变为曲线。曲线的顶点有几种,在编辑顶点状态下,在曲线的顶点上右击,可以把顶点设置为自动顶点、平滑顶点、直线点、角部顶点 4 种类型,如图 10-61 所示。

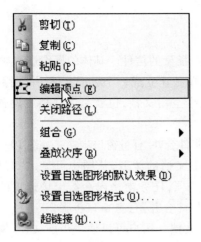

(a) 编辑顶点

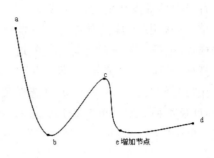

(b) 曲线增加结点

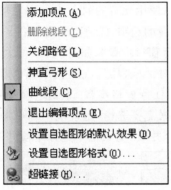

(c) 改变曲线形状

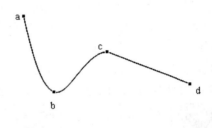

(d) 曲线 cd 曲线段/抻直弓形

图 10-60　曲线设置变化

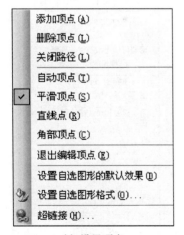

(a) 设置顶点

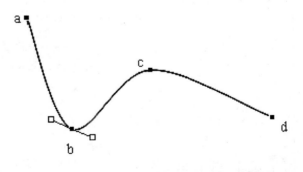

(b) b 顶点为平滑顶点

图 10-61　顶点设置

10.2.10　合并邮件

利用"邮件合并"功能,可以用同样格式的文档发送批量的信件。具体的操作过程如下。

(1) 首先把信件发送的地址或其他一些有用信息单独建立成一个数据文件,并保存。

(2) 单击"常用"工具栏中的"新建"按钮,创建一个空白文档,也就是主文档。设置好要发送信件的样式,把开始的称呼等有变化的地方空出来。

(3) 打开"工具"菜单,单击"邮件合并"命令,打开"邮件合并"任务窗口步骤 1,如图 10-62 所示。

(4) 在"选择文档类型"栏中可以选择要创建的主文档的类型,从图中可见,共有信函、信封、标签和目录 4 种类型。单击单选钮选中相对应的选项,任务窗格内会给出该选项的提示信息。选定后单击"下一步:正在启动文档"链接,调出"邮件合并"任务窗口步骤 2。

(5) 在"选择开始文档"栏中可以选择要使用的主文档。用户可以使用当前文档、模板或者其他 Word 文档作为主文档。单击单选钮选中相对应的选项,任务窗口内会给出该选项的提示信息。单击"下一步:选取收件人"链接,调出"邮件合并"任务窗口步骤 3。

(6) 在"选择收件人"栏中选择收件人信息的来源,可以使用现有的列表、Outlook 中的地址簿或者单击"创建"链接创建新的列表。单击单选按钮选中相对应的选项,任务窗口内会给出该选项的提示信息。单击"下一步:撰写信函"链接,调出"邮件合并"任务窗口步骤 4,如图 10-63 所示。

(7) 在"撰写信函"栏中可以单击链接,调出相应的对话框,然后在文档中插入相应内容的合并域。单击"下一步:预览信函"链接,调出"邮件合并"任务窗格步骤 5,如图 10-64 所示。在这一步中需要注意,选中主文档中将要被插入的地方,根据需要选择"地址块"、"问候语"、"电子邮政"和"其他项目"4 个选项中的一个,在弹出的"插入合并域"对话框中选择字段并插入。

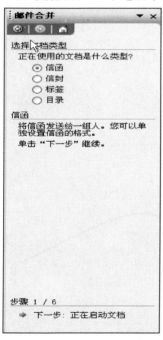

图 10-62　邮件合并步骤 1

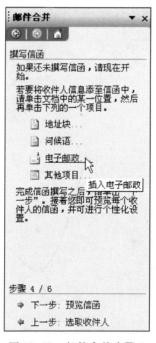

图 10-63　邮件合并步骤 4

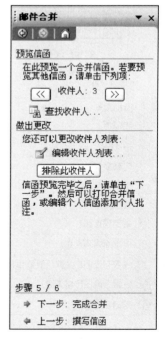

图 10-64　邮件合并步骤 5

(8) 单击"预览信函"栏中的" << "和" >> "按钮,Word 会自动用收件人列表中相应的信息代替合并域,在给每一个收件人的信函中进行切换。单击"下一步:完成合并"链接,调出"邮件合并"任务窗口步骤 6。

(9) 在"合并"栏中可以选择打印正在编辑的文档,也可以结束邮件合并,继续对文档进行编辑。

上述的操作也可以通过邮件合并工具栏来完成。邮件合并工具如图 10-65 所示。

图 10-65 邮件合并工具栏

使用邮件合并功能不仅可以建立信函,还可以直接建立信封、邮件标签、目录和普通 Word 文档等。

10.2.11 模板

Word 模板的使用在很大程度上方便了用户。

1. 应用模板

模板常用在制作某种具有特殊格式并重复使用的文档中,Word 提供的模板有很多种,单击"文件"→"新建",出现"新建文档"窗格,根据需要在某种类型下选择合适的模板,单击即可在已有模板的基础上进行修改并得到自己需要的文档。

2. 创建模板

用户可以根据自己的需要创建适合自己的模板,先根据需要创建一个合适自己使用的普通文档,在保存时选择文件保存的类型为"文档模板",下次需要时就可以调用自己创建的模板。

10.2.12 排版和版式设计

排版是文字信息处理的必须过程,具体的排版方式和版式设计将在下面详细介绍。

1. 格式刷

格式刷就是"刷"格式用的,也就是复制格式。在 Word 中格式同文字一样是可以复制的。选中这些文字,单击"格式刷"按钮,鼠标就变成了一个小刷子的形状,用这把刷子"刷"过的文字格式就变得和选中的文字一样,如图 10-66 所示。

图 10-66 格式刷

我们可以直接复制整个段落和文字的所有格式。把光标定位在段落中,单击"格式刷"按钮,鼠标变成了一个小刷子的样子,然后选中另一段,该段的格式就和前一段的格式一样。

如果有很多段,先设置好一个段落的格式,然后双击"格式刷"按钮,这样在复制格式时就可以连续给其他段落复制格式。再单击"格式刷"按钮即可恢复正常的编辑状态。

另外还可使用 Ctrl+Shift+C 和 Ctrl+Shift+V 组合键。

把光标定位在第一段中,按 Ctrl+Shift+C 键,把格式复制下来,再把光标定位到第二段中,按 Ctrl+Shift+V 键,上个段落的格式就粘贴了过来。再把光标定位到第三段中,按 Ctrl+Shift+V 键,格式也粘贴到第三段。

2. 样式

如果想把文档中所有小字的字体变成"幼圆",若用格式复制要浪费很多时间,如果用样式来设置就很简单。文档中这些字体都使用了"正文"的样式,将光标定位在该段落中,打开"格式"菜单中"样式和格式"对话框,如图10-67 所示。

选中需要应用的格式,然后段落会被修改成相应的格式。如果还需要修改这个样式的格式,可以将鼠标移至选中样式的右端,这时会出现一个下拉列表图标,单击并选中修改样式命令,弹出"修改样式"对话框,如图 10-68(a)所示,在此对话框中可以对样式的名称、类型、格式等属性进行设置。单击"格式"按钮,从弹出的菜单中选择"字体",打开"字体"对话框,如图 10-68(b)所示。

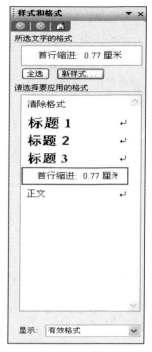

图 10-67 样式

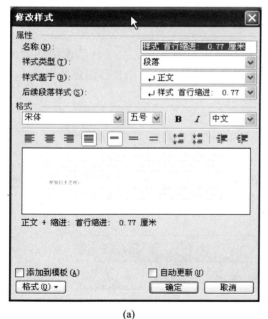

(a)

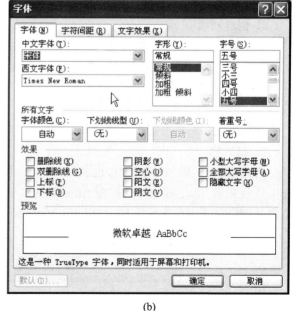

(b)

图 10-68 修改样式、字体对话框

选择"中文字体"为"幼圆","西文字体"为"使用中文字体",单击"确定"按钮,回到"新建样式"对话框,单击"确定"按钮,回到"样式"对话框,单击"关闭"按钮,文档就按我们的要求完成了变化。如图 10-69 所示。

> 如果想把文档中所有小字的字体变成"幼圆",若用格式复制的话要费好多时间,如果
> 用样式来设置就很简单了。文档中这些字体都使用了"正文"的样式,将光标定位在该段落
> 中,打开"格式"菜单中"样式"对话框,如图 10-67 所示。---样式 宋体 黑色 1
>
> 如果想把文档中所有小字的字体变成"幼圆",若用格式复制的话要费好多时间,如果用
> 样式来设置就很简单了。文档中这些字体都使用了"正文"的样式,将光标定位在该段落中,
> 打开"格式"菜单中"样式"对话框,如图 10-67 所示。---样式　幼圆　黑色 1

图 10-69　修改样式

样式,可以说是一种格式的组合,格式刷在复制格式时是连同样式一起复制的。

下面来设置一个标题的样式。选择文档中的任意一个段落,然后把它们的格式设置为要求的样式:黑体、加粗、居中和一号字体。首先把光标定位在一个自然段中,打开"格式"菜单,单击样式和格式命令,打开"样式和格式"对话框,单击"新样式"按钮,弹出"新建样式"对话框,在"名称"文本框中输入"黑体标题",确认"样式类型"为"段落",单击"后续段落样式"下拉列表框,选择"黑体标题",单击"确定"按钮,这个样式就建立好了。单击"关闭"按钮返回编辑状态,如图 10-70 所示。

图 10-70　新建样式

刚才是把格式都设置好了再新建样式的,所以不用在对话框中设置样式包含的各种格式,不过再更改样式时就需要在对话框中进行。把光标定位到下面的一个段落中,单击"样式"下拉列表框的下拉箭头,这里就出现了刚才建立的"黑体标题"样式,单击它,就把刚才设置的样式应用过来。

3. 格式和样式的查找替换

与查找和替换文字的差别不大。打开"编辑"菜单,选择"查找"命令,打开"查找和替换"对话框,单击"高级"按钮,然后单击"格式"按钮,从弹出的菜单中单击"字体"命令,如图 10-71 所示。

图 10-71　查找

打开"字体"对话框,选择"字形"、"字体颜色",单击"确定"按钮,然后单击"查找下一处"按钮,就可以从文档中找到使用这种格式的文字,如图 10-72 所示。

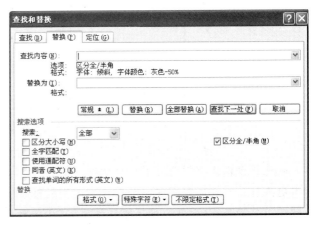

图 10-72　查找字体　　　　　　　　　　　　图 10-73　替换

如果希望把这些文字都删除,单击"替换"选项卡,在"替换为"组合框中不进行设置,单击"全部替换"按钮,Word 给出提示可替换多少地方,单击"确定"按钮,回到"查找和替换"对话框,单击"关闭"按钮,Word 已经把这种格式的字符都删除。

样式也可以这样操作。打开"查找和替换"对话框,单击"格式"按钮,选择菜单中的"样式"命令,打开"查找样式"对话框,从"查找样式"列表中选择"标题 1",单击"确定"按钮,单击"查找下一处"按钮,单击"取消"按钮,Word 就自动把光标定位到文档中使用下一处"标题 1"样式的地方。

以后可以用查找样式和格式来找内容。还可以直接把一种样式替换为另外一种,也不用更改样式的设置。

4. 分栏

打开"格式"菜单,选择"分栏"命令,打开"分栏"对话框,选择"两栏",单击"确定"按钮,文档就会按两栏来排版,如图 10-74 所示。

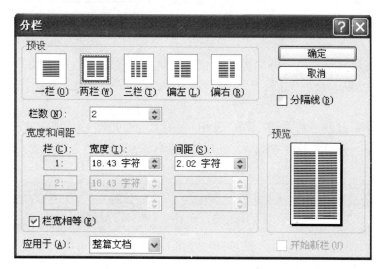

图 10-74　分栏

若让一段文字分四栏显示,先选中整个段落,然后打开"格式"菜单,选择"分栏"命令,打开"分栏"对话框,在"栏数"数值框中输入"4",在"应用于"选择"整篇文档",单击"确定"按钮,文档就设置好了。

调整宽度。打开"分栏"对话框,这里有"宽度"和"间距"两个数值框,单击"宽度"数值框中的上箭头来增大宽度的数值,"间距"中的数字也同时变化。单击"确定"按钮即可。

在分栏中间加分隔线。打开"分栏"对话框,选择"分隔线"复选框,单击"确定"按钮,在各个分栏之间就出现分隔线,如图 10-75 所示。

设置宽度不等。打开"分栏"对话框,选择"偏左",然后单击"确定"按钮,这样就设置了一个偏左的分栏格式。如果想设置多栏的不等宽分栏,先打开"分栏"对话框,在"栏数"数值框中输入"3",确认清除"栏宽相等"复选框,对各个宽度分别进行设置,单击"确定"按钮,一个不等宽的三分栏就设置成了。

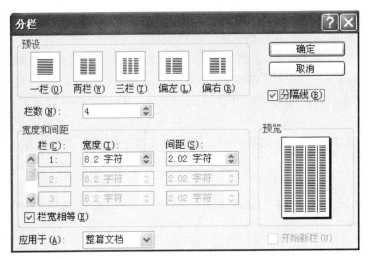

图 10-75　分栏中间加分隔线

使用分栏符在段落结束位置开始分栏。把光标定位到这个段落的后面,打开"插入"菜单,选择"分隔符"命令,从弹出的"分隔符"对话框中选择"分栏符",单击"确定"按钮。

5. 特殊排版

(1)竖排文字。打开一篇文档,单击"常用"工具栏上"更改文字方向"按钮,整篇文档的文字就变成竖排的了。再单击这个按钮,文字方向又变回来了。如图 10-76 所示。

图 10-76　竖排文字图标

在文档的任意位置右击,选择快捷菜单中的"文字方向"命令,可以打开"文字方向—主文档"对话框,选择任一格式。或打开"格式"菜单,选择"文字方向"命令,打开的对话框同使用右键快捷菜单打开的是相同的。

上面讲的都是对整篇文档的文字方向进行更改,也可以选定一部分内容进行竖排。选中一段文字,在标尺的灰色部分双击,打开"页面设置"对话框,如图 10-77 所示,单击"文档网格"选项卡,在"文字排列"一栏中选择"垂直",在"应用于"选择"所选文字",单击"确定"按钮,我们所选择的文字就变成了竖排的格式,而且同其他的文字也分了页。

(2)拼音指南。若给"新"字注上拼音,先选中"新"字,单击"格式"→"中文版式"→"拼音指南",打开"拼音指南"的对话框,如图 10-78 所示,Word 就自动给这个字添加一个拼音,其中拼音后面的数字表示的是声调。单击"确定"按钮,文档中的"新"字就有了拼音。

如果想要删除拼音,选中"新",打开"拼音指南"对话框,单击"全部删除"按钮,单击"确定"按钮,文档中"新"字的拼音就消失了。

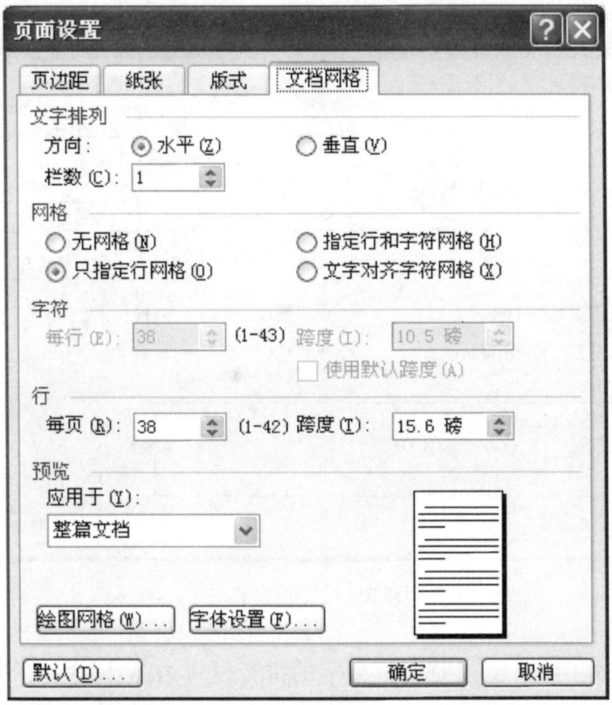

图 10-77 页面设置

图 10-78 拼音指南

选中文档中要设置拼音的文字,单击"格式"工具栏上的"拼音指南"按钮打开"拼音指南"对话框,单击"组合"按钮,文字和拼音都分别合并到一个输入框中,单击"单字"按钮,各个字和它们的拼音都分开放置,如图 10-79 所示。

图 10-79　设置拼音

使用"默认拼音"按钮可以把当前所选文字的拼音设置为 Word 默认的格式。默认的拼音形式并不是人们所习惯的,可以使用输入法把它们调整成通常使用的形式。

（3）带圈字符。单击"格式"→"中文版式"→"带圈字符",或者单击"格式"工具栏上的"带圈字符"按钮,打开"带圈字符"对话框,如图 10-80 所示。在"文字"文本框中输入"注",然后单击"确定"按钮,文档中就插入了一个带圈的"注"字。如果要去掉这个圈可以选中这个"注"字,打开"带圈字符"对话框,在"样式"中选择"无",单击"确定"按钮,圈就取消了。

（4）纵横混排。在文档中选中要混排的文字,单击"格式"→"中文版式"→"纵横混排",打开"纵横混排"对话框,如图 10-81 所示,单击"确定"按钮,文档中的数字就是横排的。可以发现由于选择的字数较多,在文档中根本看不清设置的效果,打开"纵横混排"对话框,清除"适应行宽"复选框,单击"确定"按钮,设置的效果就可以看出来。

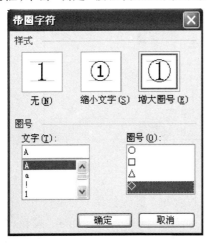

图 10-80　带圈字符

图 10-81　纵横混排

　　如果要恢复原来的样子,就将光标定位在混排的文字中,打开"纵横混排"对话框,单击"删除"按钮,单击"确定"按钮,文档中的文字就变回原来的样子。

　　(5)合并字符。合并字符功能可以把几个字符集中到一个字符的位置上。单击"格式"→"中文版式"→"合并字符",打开"合并字符"对话框,在"文字"文本框中输入"天天向上",单击"确定"按钮,在文档中就可以看到我们设置的效果,如图 10-82 所示。同样如果想撤销合并,先把光标定位在"天天向上",打开"合并字符"对话框,单击"删除"按钮,文档中的合并字符效果就消失。

图 10-82　合并字符

　　(6)双行合一。选中要合并的文字,打开"格式"菜单中的"中文版式"子菜单,选择"双行合一"命令,选定的文字已经出现在"文字"文本框中,从"预览"中可以看到效果,单击"确定"按钮,文档中的这些文字就变成在一行的高度中显示两行的样式。如果想撤销,把光标定位到这个双行合一处,打开"双行合一"对话框,如图 10-83 所示,单击"删除"按钮即可。"双行合一"的作用同"合并字符"有些相似,但不同的是,合并字符有 6 个字符的限制,而双行合一没有,合并字符时可以设置合并的字符的字体的大小,而双行合一则没有。如果想要"双行合一"后的文字带上括号,可以选择"带括号"复选框。

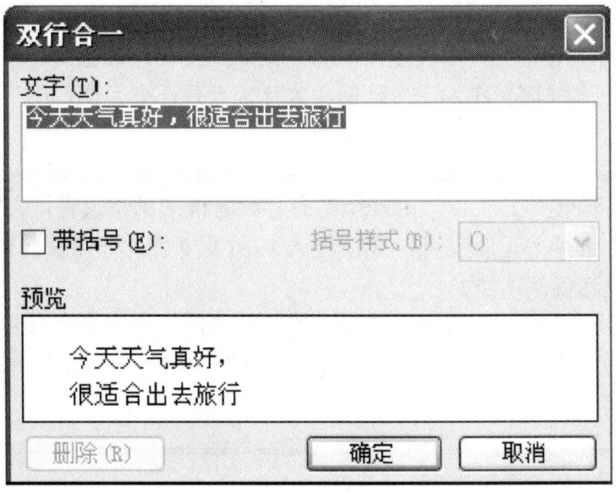

图 10-83　双行合一

　　(7)断字。一般为了美观都把段落的对齐设置为两端对齐,而且默认不断字,这样如果在一行的末尾有一个词特别长,在这一行中放不下时,Word 就会把它移动到下一行中,这时就会出现文档中有些行的单词的间距太大,一行的长度越小这种情况就越严重。这种问题可以通过设置断字来解决。打开"工具"菜单,在"语言"子菜单上选择"断字"命令,打开"断字"对话框,选择

"自动断字"复选框,单击"确定"按钮即可,如图 10-84 所示。

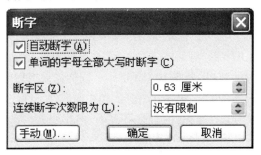

图 10-84 断字

手动断字。打开"断字"对话框,单击"手动"按钮,就会出现"人工断字"对话框,Word 会自动在可以设置断字的地方预先加上连字符,光标闪烁的地方是 Word 默认的断字位置,单击"是"按钮接受 Word 默认的断字设置,单击"否"按钮表示不接受 Word 对这一行的断字设置,对于有多个可以断字位置的单词,将光标移动到任意连字符的位置单击"是"按钮都可以在该连字符处设置断字。单击"取消"按钮则会保留先前设置的断字,而后面的断字不再设置。

取消断字。如果有哪一部分不想设置断字,可以在段落的格式中设置不断字。将光标定位在段落中,打开"段落"对话框,单击"换行和分页"选项卡,选择"取消断字"复选框,单击"确定"按钮。

10.3 例题分析

1. 用 Word 软件录入如图 10-85 所示的文字,按照题目要求排版后,用 Word 的保存功能直接存盘。

> 安全策略经常会与用户方便性相矛盾,从而产生相反的压力,使安全措施与安全策略相脱节。这种情况称为安全缺口。为什么会存在安全缺口呢? 主要有下面两个因素:
>
> 1. 网络设备种类繁多——当前使用的有各种各样的网络设备,从 Windows NT 和 UNIX 服务器到防火墙、路由器和 Web 服务器,每种设备均有其独特的安全状况和保密功能。
> 2. 网络的不断变化——网络不是静态的,一直都处于发展变化中。启用新的硬件设备和操作系统,实施新的应用程序和 Web 服务器时,安全配置也有不尽相同。

图 10-85 需要录入的文字

【要求】

(1) 将本文第一段"安全策略"的字符间距设置为加宽 2.11 磅。

(2) 将文本框设置为红色、3 磅(保持文本框线型与题目中的一致)。

（3）将文本框中的项目编号改为红色、实心正方形的项目符号。

（4）将文本框中的段落标题字体设置为小三、红色、隶书，并加上"七彩霓虹"的动态效果。

（5）为文档添加红色"请勿带出"文字水印，宋体、半透明、水平方向。

分析：

本题主要考查文字录入、编排和格式菜单的使用。求解此题的要点是文档格式（包括字体、字号和文字效果）操作、文本框的设置、项目符号设置和文字水印。

根据题目的每个要求来分析此题的关键解题步骤。

（1）对文档格式进行操作。选定文档对象，通过"格式"菜单中"字体"下的"字符间距"选项卡来将"安全策略"字符间的间距设置为 2.11 磅。通过"格式"菜单中"字体"下的"文字效果"选项卡来将段落标题设置为"七彩霓虹"的动态效果。

（2）对文本框进行设置。通过"格式"菜单下的"边框和底纹"命令，进行文本框的相关设置，如通过"边框和底纹"对话框中的"边框"选项卡来将文本框设置为红色、3 磅。

（3）项目符号设置。通过"格式"菜单下的"项目符号和编号"命令进行项目符号设置。

（4）文字水印。通过"格式"菜单下的"背景"命令，进行文字水印的设置。

答案：

如图 10-86 所示。

图 10-86 例题 1 答案

2. 在 Word 软件中按照要求绘制如图 10-87 所示的表格，用 Word 的保存功能直接存盘。

时间 地点	1、2 节	3、4 节	
304 教室	英语	计算机	
305 教室	经济学	电子商务	
108 教室	高数	C 语言	备注：教学楼图片

图 10-87 要求编制的表格

【要求】

（1）表格外框线为红色线条,内部均为蓝色线条,表格底纹设置为灰色-30% 。

（2）表格中的内容设置为宋体、五号、居中。

（3）为"304 教室"、"205 教室"、"108 教室"添加"礼花绽放"动态效果。

（4）"备注:教学楼图片"上的单元格中插入一张合适的剪贴画。

分析:

本题主要考查的内容有在 Word 文档中插入表格、绘制简单线条、斜线头和简单的文字编排等。要求解此题的关键点在于对表格插入、线条绘制和斜线头绘制的掌握。根据题目的要求,下面具体分析此题的关键解题步骤。

（1）插入表格。使用"表格"菜单下的"插入"命令,在其子菜单中选择"表格"命令,弹出一个"插入表格"对话框,然后输入我们想要插入表格的行数和列数,就可以得到一个相应的表格。

（2）设置表格的底纹与边框。使用"格式"菜单下的"边框和底纹"命令,来将表格外框线设置为红色线条,内部均为蓝色线条,且底纹为灰色-30% 。

（3）线条的绘制。使用"视图"菜单下的"工具栏"命令,在其子菜单中选择"绘图"命令,弹出一个相应的绘图工具栏,在其中选择要绘制线条的类型,可以绘制简单的线条和斜线头。

（4）文字编排。使用"格式"菜单下的"字体"命令,进行字号、字体和文字效果的设置。

（5）插入剪贴画。使用"插入"菜单下的"图片"命令,选择一张合适的剪贴画插入到指定的位置。

答案:

如图 10-88 所示。

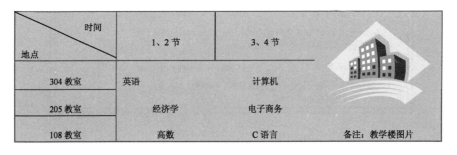

地点 \ 时间	1、2 节	3、4 节	
304 教室	英语	计算机	
205 教室	经济学	电子商务	
108 教室	高数	C 语言	备注：教学楼图片

图 10-88　例题 2 答案

3. 用 Word 软件录入以下内容,按题目要求完成后,用 Word 的保存功能直接存盘。

　　1949 年 12 月 2 日,中央人民政府委员会第四次会议接受全国政协的建议,通过了《关于中华人民共和国国庆日的决议》,决定每年 10 月 1 日,即中华人民共和国宣告成立的伟大日子,为中华人民共和国国庆日。

　　国庆纪念日是近代民族国家的一种特征,是伴随着近代民族国家的出现而出现的,并且变得尤为重要。它成为一个独立国家的标志,反映这个国家的国体和政体。

　　国庆这种特殊纪念方式一旦成为新的、全民性的节日形式,便承载了反映这个国家、民族的凝聚力的功能。同时国庆日上的大规模庆典活动,也是政府动员与号召力的具体体现。显示力量、增强国民信心,体现凝聚力,发挥号召力,即为国庆庆典的 3 个基本特征。

【要求】

（1）录入文字内容，并将文字字体设置为宋体，字号设置为五号。

（2）设置每行为 37 个字符，段后间距为 0.5 行，字符间距加宽为 0.1 磅。

（3）将录入的内容分为 3 栏，栏间设置分隔线。

（4）为 10 月 1 日添加灰色-20% 底纹、红色双下画线和乌龙绞柱动画效果。

（5）为文档添加水印，水印文本为"国庆纪念日"并将文本设置为宋体、红色（半透明）、水平输出。

分析：

本题主要考查的内容有文本的输入、格式的编排、内容的分栏和文字水印等。要求解此题的关键点在于对设置每行字符数、内容分栏和添加水印的掌握。根据题目的要求，下面具体分析一下此题的关键解题步骤。

（1）文字内容的输入。使用键盘将题目中给出的文字输入到 Word 文档中，然后选中输入的全部内容，使用"视图"菜单下的"工具栏"命令，在其子菜单中选择"格式"命令，弹出一个相应的工具条，在其中可以设置文本字体为宋体并将字号设置为五号。

（2）设置每行字符数、段后间距和字符间距。使用"文件"菜单下的"页面设置"命令，弹出"页面设置"对话框，选择文档网格页，默认情况下"网格"选项区域选择的是"只指定行网格"，这时不能设置每行的字符数，但我们可以在"网格"中选择"指定行和字符网格"单选按钮，这时我们就可以设置每行的字符数为 37。使用"格式"菜单下的"段落"命令，在弹出的对话框中将间距栏中的段后设置为 0.5 行。字符间距通过使用"格式"菜单下的"字体"命令来完成。

（3）将内容分栏。选定对象，使用"格式"菜单下的"分栏"命令，弹出一个相应的"分栏"对话框后，在其中选择要分栏的数目 3，再选择"分隔线"复选框即可完成分栏任务。文字编排，使用"格式"菜单下的"字体"命令，进行字号、字体和文字效果的设置。

（4）对文本"10 月 1 日"进行设置。使用"格式"菜单下的"边框和底纹"命令来添加灰色-20% 底纹。使用"格式"菜单下的"字体"命令来完成红色双下画线的设置。通过"格式"菜单下的"字体"下的"文字效果"选项卡来完成"乌龙绞柱"的动态效果。

（5）添加文字水印。使用"格式"菜单下的"背景"子菜单中的"水印"命令来进行文字水印的设置。

答案：

如图 10-89 所示。

4. 在 Word 软件中按照要求制作如图 10-90 所示"请柬"，用 Word 的保存功能直接存盘。

【要求】

（1）录入试题中的文字，并将"请柬"设置为楷体、三号、加粗，其他文字内容设置为宋体、五号、加粗。

（2）任意插入一幅图片，适当调整插入图片的大小与位置，使其美观。

（3）参考上图对文字和图片进行排版（要求图片衬于文字下方）。

（4）制作完成的请柬高度不超过 5 cm（垂直滚动条标尺），宽度不超过 9 cm（水平滚动条标尺），样式与图示的基本一致。

1949 年 12 月 2 日,中央人民政府委员会第四次会议接受全国政协的建议,通过了《关于中华人民共和国国庆日的决议》,决定每年 10 月 1 日,即中华人民共和国宣告成立的伟大日子,为中华人民共和国国庆日。

国庆纪念日是近代民族国家的一种特征,是伴随着近代民族国家的出现而出现的,并且变得尤为重要。它成为一个独立国家的标志,反映这个国家的国体和政体。

国庆这种特殊纪念方式一旦成为新的、全民性的节日形式,便承载了反映这个国家、民族的凝聚力的功能。同时国庆日上的大规模庆典活动,也是政府动员与号召力的具体体现。显示力量、增强国民信心,体现凝聚力,发挥号召力,即为国庆庆典的三个基本特征。

国庆纪念日

图 10-89　例题 3 答案

请　柬

张英老师:

兹定于 2008 年 2 月 1 日下午 3 时,在校礼堂举行全校教职员工迎新联欢会,敬请光临。

实验学校工会
2008 年 1 月 28 日

图 10-90　请柬

分析:

本题主要考查的内容有文本的输入与编排、图片的插入、格式排版等。要求解此题的关键点在于对文字排版、图片插入及文字与排版等的掌握。根据题目的要求,下面具体分析一下此题的关键解题步骤。

(1) 文字内容的输入与编排。使用键盘将题目中给出的文字按其格式输入到 Word 文档中,然后选中输入的全部内容,使用"视图"菜单下的"工具栏"命令,在其子菜单中选择"格式"命令,弹出一个相应的工具条,在其中可以设置文本字体为楷体并将字体设置成三号、加粗。

(2) 对背景图片进行插入。选择"插入"菜单下的"图片"命令,在其子菜单中选择"来自文件",通过浏览文件,选择适合的图片,单击"确认"按钮,图片即可导入到 Word 文档中。选中图片右击,选择"设置图片格式"命令,单击"版式"选项卡,选择其中的"衬于文字下方"。此时图片即成为一个衬于文字下面的背景图片。并按照题目要求设置图片的大小即可。

答案:略。

5. 用 Word 软件录入以下文字,按照题目要求排版后,用 Word 的保存功能直接存盘。

第1章 数据、信息技术和信息系统

1.1 数据、信息和信息技术的基本概念

    1.1.1 数据和信息

    1.1.2 信息处理

        信息处理(Information Proceeing)是指获取原始信息、处理信息。

    1.1.3 信息技术

1.2 信息系统

    1.2.1 信息系统的概念

    1.2.2 信息系统的发展

1.3 网络信息

    网络信息具有以下的特点。

    1. 内容上的特点

    2. 形式上的特点

1.4 信息安全及法规

    1.4.1 信息安全

    1. 信息安全概念

    2. 信息安全的重要性

    1.4.2 信息安全法规

【要求】

（1）设定纸张大小为自定义格式:16 cm(W)×14 cm(E),上、左、右的页边距均为2 cm,下页边距为1.2 cm。

（2）把录入的内容以"节"(如1.1、1.2、…)为单位,分为4节。

（3）使用内置标题样式,对录入的内容编制目录,其中"章"使用标题3,"节"使用标题4,"小节"使用标题5,正文首行缩进两字。

分析:

本题主要考查的内容有文字的录入、分页和使用内置标题样式编制目录的方法等。要求解此题的关键点在于对分页、页面、页码设置、格式工具栏中内置标题样式的使用、文档目录的编制等的掌握。根据题目的要求,下面具体分析此题的关键解题步骤。

（1）分页。光标置于文档要分页位置处,通过"插入"菜单下的"分隔符"命令,进行文档分页设置。

（2）页面设置。通过"文件"菜单下的"页面设置"命令,进行页面设置。

（3）内置标题样式的使用。选定文档中的标题对象,单击格式工具栏中的"样式"工具栏的下三角按钮,在下拉列表中选取对应的内置标题样式(如标题3、标题5、……),对文档的"章"、"节"标题和"正文"进行设置。

（4）页码设置。通过"插入"菜单下的"页码"命令进行设置。

（5）文档目录的编制。① 光标置于插入目录的位置(通常是文档的开头或末尾),插入一个分节符。② 选择"插入"菜单下的"索引和目录"命令,再打开"目录"选项卡,根据需要,设置与目录有关的选项。

注意：

若目录与文稿各自编排页码,在插入分节符后,则需对文档进行页码编排。

答案：

如图 10-91 所示。

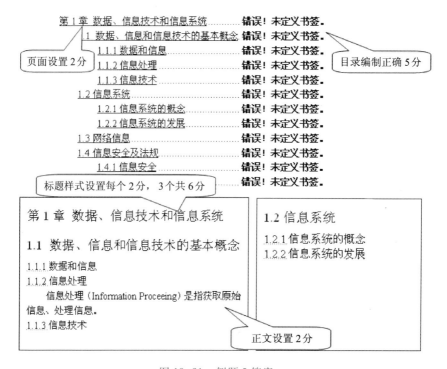

图 10-91　例题 5 答案

10.4　同步训练

1. 用 Word 软件制作如图 10-92 所示的文档,按照题目要求排版后,用 Word 的保存功能直接存盘。

文稿创意设计的准则

> 进行文稿的创意设计,必须遵循以下几条准则：
> 📖 文稿必须符合相应的规范要求。
> 📖 内容与形式必须统一,形式服从于内容要求。
> 📖 要注意保持文稿在视觉上的均衡感。
> 📖 突出主题要素。

图 10-92　需要制作的文档

【要求】

（1）标题为黑体、蓝色、加着重号、小三号字、居中，正文为楷体、小四号字。

（2）正文边框为黑色、粗细为 6 磅。

2. 用 Word 软件录入以下文字，按照题目要求排版后，用 Word 的保存功能直接存盘。

格式工具栏内容的增减

用格式工具栏可以很方便地对选定的内容进行快速设置。例如，如果不是一次性对字体进行很多方面的设置，利用格式工具栏选用字体就显得更加方便【参见第 5 章 5.2.1 节"常见文稿的设计与制作"】。

根据需要，格式工具栏中的内容可随时添加和删减，这给编排文档带来很大的便利。"格式工具栏内容"的增减方法操作步骤如下。

【要求】

（1）设定纸张大小为 B5 纸，上、下、左、右的页边距分为 4、14、4、4 cm。

（2）标题为华为行楷、三号字、居中、加粗、加底纹。

（3）正文为小四号字宋体、1.5 倍行距，两端对齐。第一段首行缩进 2 字符，第二段首字下沉。

（4）将正文段落中有【】中内的文本设置斜体、缩放 150%。

（5）设置页眉距边界 3 cm、页脚距边界 13 cm。页眉、页脚内容分别为"第 2 章工具栏的使用"和"信息处理技术员教程"，字体为"方正舒体"四号字、右对齐。页码居中，格式自定。

3. 在 Word 软件中按照题目要求创意制作"庆祝教师节"贺卡。用 Word 的保存功能直接存盘。

【要求】

（1）贺卡标题"庆祝教师节"为艺术字。

（2）贺卡内容：

世界因为有了你，显得分外美丽！

一个小小的问候

一份浓浓的真意

祝教师节快乐！

（3）贺卡中插入一幅水印画。

参考图 10-93，水印图、字体、编排可以自己创意。

图 10-93 练习 3 图

4. 用 Word 软件录入以下文字,按照题目要求排版后,用 Word 的保存功能直接存盘

版面编排方法

一篇高质量的文档,应做到层次、重点突出、布局合理、美观大方。当完成文档的输入、编辑后,应对其进行版面编排,以体现文档的特点和风格。

版面编排通常涉及【字体】选用、【字符间距】调整、设置【文字效果】及【字符格式】等方法。

【要求】

(1) 设定纸张大小为 21 cm(宽度)×12 cm(高度),上、下、左、右的页边距别为 1、3、6、6 cm。

(2) 标题为黑体、三号字、居中,正文为楷体、小四号字。

(3) 将正文段落中所有括号【】内的文本设置斜体、下画线。

(4) 把正文所在段落分为等宽的 3 栏,栏间距为 0 cm,并添加分隔线。

(5) 设置页眉内容为"版面编排方法",字体为"方正舒体"四号字、居中对齐。

第 11 章
电子表格处理

电子表格处理是人们在日常工作中最常用的工具之一。其方便、快捷的建表功能和操作的简易性、完善的数据编辑和统计功能深受广大用户的喜爱。根据考试大纲,本章主要考查三个知识模块。电子表格的基本概念、电子表格处理软件操作基础、常用数据输入和常用函数,其中每一个模块又分成若干个知识点。从历年的考试试题来看,本章占上午试题中总分值的 6 ~ 10 分。电子表格处理的试题形式多样,尤其是针对单元格、常用的几个函数的题较多,重复率不高。电子表格处理在下午的上机操作试题中也占有很重要的位置,这部分占 15 分,是考生比较难应付的题型,建议考生平时多练习建表、图表分析、表格数据筛选、分类汇总、数据透视表制作和常用函数使用等。

本知识点的 3 个模块各占比例及重要程度大致如图 11-1 所示。

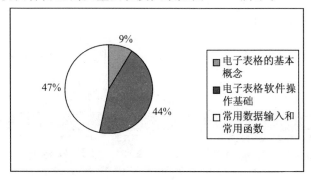

图 11-1　分值比重图

11.1　*电子表格的基础知识*

本部分的内容主要包括电子表格的基本概念和电子表格的组成等知识点。从图 11-1 中可以看出这部分的内容并不是本章中考试的重点,但由于它是最基本的概念,是为了方便掌握后面的重点知识服务的,因此这部分内容也是必须要了解的内容。

11.1.1　电子表格的基本概念

电子表格用于创建和维护电子表格文档,可以输入、输出和显示数据,可以帮助用户制作各种复杂的电子表格文档,进行繁琐的数据计算,并能对输入的数据进行各种复杂统计运算后显示为可视性极佳的表格,同时它还能形象地将大量枯燥无味的数据变为多种漂亮的彩色商业图表显示出来,极大地增强了数据的可视性。另外,电子表格还能将各种统计报告和统计图打印出来。

电子表格提供的商业绘图工具、自动绘图工具和特有的分配应用、时间序列应用等功能,使电子表格的数据处理功能更加完善。电子表格还提供多种模板,使初学者可以更快地熟悉和使用。高级用户或专业用户,也可以按照自己的工作需要自定义排版格式并保存为模板,在以后需要类似的电子表格时,只要调出已保存的模板,便可进行进一步操作,极大地提高工作效率。

Excel 是 Microsoft Office 办公自动化软件包中的重要成员之一。集表格计算、图表、图形和数据等处理功能于一体,既可以单独运行,也可以与 Office 2003 的其他组件乃至网络之间相互调用数据,进行数据交换。目前,在办公领域广泛使用 Excel 软件处理表格和图表。读者需要明白 Excel 中的以下几个基本概念。

(1) 工作簿就是一个 Excel 文件,一个工作簿中最多可以有 255 个工作表。

(2) 工作表是工作簿中的一张表格,系统默认有三个工作表,表名为 Sheet1、Sheet2、Sheet3,一张工作表可由 65 536 个行、256 个列组成。

(3) 单元格是 Excel 的基本操作单位,数据都保存在单元格中,每个单元格都有唯一的地址。地址格式为:表名!列号 行号,例如,Sheet2!A3 表示工作表 Sheet2 的第 A 列第 3 行的那个单元格。

11.1.2　电子表格的组成

在 Excel 启动后,所看到的屏幕如图 11-2 所示。图中标出了 Excel 窗口的主要组件,下面简单介绍。

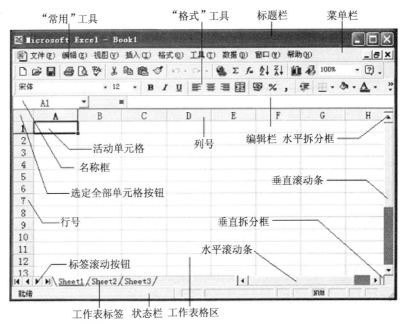

图 11-2　电子表格说明图

标题栏——所有的 Windows 程序都有一个标题栏,用来标出程序名,同时还有用来改变窗口的一些控制按钮。

　　窗口控制菜单按钮——这个按钮实际上是 Excel 的图标,当用鼠标单击该按钮时,就会出现控制 Excel 窗口的菜单。

　　最小化按钮——单击这个按钮将最小化 Excel 窗口,并将其显示在 Windows XP/Vista/7 的任务栏中。

　　恢复按钮——单击此按钮将使 Excel 窗口"非最大化",即 Excel 窗口不是最大化,此按钮将由"最大化"按钮代替。

　　关闭按钮——单击这个按钮将会关闭 Excel,即不再占据整个屏幕。

　　菜单栏——即 Excel 的主菜单。单击栏中的一个词就会出现下拉菜单,这是向 Excel 发出命令的一种方法。

　　工具栏——工具栏中有许多按钮,单击它们时将使 Excel 执行不同的操作。

　　编辑栏——向 Excel 输入信息或公式时,将在该栏中显示它们。

　　名称框——这个框显示当前工作簿中活动单元格的名字。编辑栏的左边,当点某一个单元格的时候这里就会出现一个"A1"这样的名称,用来表示当前的活动单元格,这个框就是名称框。

　　状态栏——这个栏用来显示键盘上的 NumLook、CapsLook 以及 F11 键的各种信息和状态。

11.2　电子表格处理软件操作基础

　　电子表格软件是以 Microsoft Office Excel 2003 来进行讲解的。这部分内容在历年的上午考试试题中占 4 分左右,是考试的一个重点章节。另外也是下午上机操作题的重点,75 分中占到 15 分。通常考查电子表格的建立、数据录入、格式设置和页面设置等。

11.2.1　电子表格的建立

　　要熟悉使用电子表格软件,首先需要了解电子表格的建立,建立一个 Excel 2003 的保存在 D 盘以自己姓名命名的文件夹下的,名为学生信息表的电子表格过程并不复杂,其具体步骤如下。

　　(1) 首先检测计算机是否安装了安装 Office 2003 中的 Excel,如果安装了则直接使用,如果还未安装,则需要先下载安装。

　　(2) 安装好以后,从"开始"菜单的"所有程序"选项中可以找到 Office 2003 并打开 Excel 程序。

　　(3) 打开程序后,新建一个空白工作簿(利用 Excel 启动后默认工作簿也可以)。

　　(4) 单击"文件"→"保存",在"另存为"对话框的"保存位置"下拉列表框中选择 D 盘,单击"新建文件夹"按钮新建一个文件夹并给此文件夹命名为自己的姓名,单击"确定"按钮,再在"文件名"列表框中输入"学生信息表",单击"保存"按钮即可完成对电子表的建立。

　　在建立电子表后,其他的操作都是在此基础上进行的,下面具体来分析电子表格的功能和一些常用的操作。

11.2.2　电子表格软件的基本功能

　　电子表格主要有如下的一些基本功能。

（1）电子表格主要用于处理数字以及数字之间的计算，如编制预算、数值比较及分析等。

（2）每个电子表格文档可容纳 255 个工作表，每个工作表至多可有 65 536 行和 256 列。

（3）电子表格提供了各种各样的函数，如数学与三角函数、日期与时间函数、文本函数、逻辑函数、信息函数和统计函数等。

（4）整个电子表格的计算结果的精确度达到 15 位有效数字。

（5）提供多种格式化单元格的方式。例如设置字形、字号、颜色等、提供数字格式化功能、可以设置日期/时间、科学计数法、货币符号（包括人民币 RMB）等的显示格式、提供单元格边框和背景设置功能等。

（6）可以插入/删除行、列和单元格，并自动调整计算公式，确保计算正确。

（7）具有自动填充功能。可以自动识别单元格的数据类型，填充相应的数据，如填充数字、日期和自定义的填充序列等，并可填充随机数。

（8）具有对数据进行排序功能。可按照行或列字段的升序或降序进行排序。

（9）具有数据筛选功能。可自动从选择的区域中提取相关的元素，并根据用户的选择，显示所需数据。

（10）能根据工作表中的已有数据绘制成商业图表。图表的显示与数据源的数据保持一致，即如果数据源的数据发生了变化，图表的显示同步更新。同样，更新了图表的显示，数据源的数据也同步更新。

（11）提供单元格保护功能。针对电子表格应用的特殊性，提供保护单元格等功能。

（12）自带各种模版，可以让用户更方便地创建和编辑专业表格，包括预算表、收支平衡表等。

（13）具有汉化特征。提供将数字转换为汉字大/小写数字功能。

11.2.3 电子表格软件的基本操作方法

电子表格软件的基本操作方法有很多种，其中主要包括电子表格的启动和退出、工作表的编辑、工作表的格式化和调制电子表格的基本设置等。

1. 启动和退出 Excel

启动 Excel 的方法有两种。

方法一：双击桌面的"Microsoft Excel 2003"图标。

方法二：单击"开始"按钮，再单击"所有程序"→"Microsoft Excel 2003"。

退出 Excel 的方法有两种。

方法一：单击 Excel 2003 窗口右上角的"关闭"按钮。

方法二：单击"文件"菜单，再选择"退出"命令。

2. 工作表的编辑

（1）单元格的选取。选取连续单元格主要有选取多个相邻单元格，选取整行（列），选取多行（列）这 3 种，操作方法如下。

① 选取多个相邻单元格：鼠标单击后拖放；或单击第一个单元格，按住 Shift 键，鼠标再单击最后一个单元格。

② 选取整行（列）：鼠标点按行（列）标号。

③ 选取连续的多行（列）：鼠标点按行（列）标号拖放；或单击第一行（列），按住 Shift 键鼠标

再单击最后一列。

　　④ 选取不相邻的单元格区域：单击并拖动鼠标选取第一个单元格区域，按住 Ctrl 键，再选取另一个单元格区域。

　　⑤ 选取不相邻的整行整列区域：单击行（列）标号，按住 Ctrl 键，再选取另一个行（列）标号。

　　（2）复制和移动单元格数据。

　　复制单元格数据：选定源单元格→单击"复制"按钮→选定目标单元格→单击"粘贴"按钮。

　　移动单元格数据：选定源单元格→单击"剪切"按钮→选定目标单元格→单击"粘贴"按钮。

　　选择性粘贴：选定源单元格→单击"复制"按钮→选定目标单元格→右击→"选择性粘贴"。

　　（3）填充单元格区域。

　　填充数据：在起始位置输入基数→选定该单元格（或一个区域）→将鼠标移到单元格边框右下角的黑点上→拖动鼠标到其他区域。

　　自动产生一个序列：在起始位置输入基数→选定单元格区域→选择"编辑"菜单的"填充"子菜单下的"序列"命令→在"序列"对话框中选择再单击"确定"按钮。

　　（4）删除与清除。删除指删除整行、删除整列、右侧单元格左移、下方单元格上移操作。清除指清除选定单元格区域的数据。操作方法是选定要删除或清除的单元格或区域→打开"编辑"菜单→选择"删除"或"清除"命令。

　　（5）查找与替换。指的是在工作表中快速定位要查找的信息，并可用指定值来替换。操作方法：打开"编缉"菜单→选择"查找"或"替换"命令。

　　（6）工作表操作。

　　工作表选定：单击左下部的工作表名即选定该工作表。

　　工作表重命名：双击左下部的工作表名再重新输入新工作表名。

　　移动或复制工作表：用鼠标拖动工作表标签可移动工作表。若拖动时按住 Ctrl 键，则可复制工作表。

　　删除工作表：选定工作表→打开"编辑"菜单→选择"删除"命令。

　　插入工作表：打开"插入"菜单→选择"工作表"命令。

3. 工作表的格式化

　　列宽和行高的调整有两种方法：一种是用鼠标拖动行标或列标的分隔线进行调整；另一种是选定整行或整列→打开"格式"菜单→选择"行"子菜单中的"行高"进行调整。

　　设置单元格的字体：选定要设置字体的单元格区域→打开"格式"菜单→选择"字体"选项卡进行设置。

　　设置单元格的对齐方式：选定要设置对齐方式的单元格区域→打开"格式"菜单→选择"单元格"命令→在"单元格格式"对话框中选择"对齐"选项卡进行设置。

　　设置单元格边框线：选定要设置对齐方式的单元格区域→打开"格式"菜单→选择"单元格"命令→在"单元格格式"对话框中选择"边框"选项卡进行设置。

　　设置单元格底纹颜色：选定要设置对齐方式的单元格区域→打开"格式"菜单→选择"单元格"命令→在"单元格格式"对话框中选择"图案"选项卡进行设置。

　　设置单元格数字格式：选定要设置对齐方式的单元格区域→打开"格式"菜单→选择"单元格"命令→在"单元格格式"对话框中选择"数字"选项卡进行设置。

4. 使用帮助功能

打开"帮助"菜单,选择"Microsoft Excel 帮助"命令或直接按 F1 键可弹出帮助窗格如图 11-3 所示,获取相应的帮助。

5. 调整电子表格的基本设置

(1)更改查看模式。Excel 中有两种查看模式,普通模式和分页预览。单击"视图"→"普通"或"视图"→"分页预览"。

(2)缩放工具。在常用工具栏中单击 100% 选择所要缩放的比例或单击"视图"→"显示比例"弹出显示比例对话框,如图 11-4 所示,选择所要缩放的比例单击"确定"按钮即可。

(3)修改工具栏。单击"视图"→"工具",弹出工具栏级联菜单,如图 11-5 所示,单击进行选取或取消相应的工具栏。

图 11-3　帮助对话框

图 11-4　"显示比例"对话框

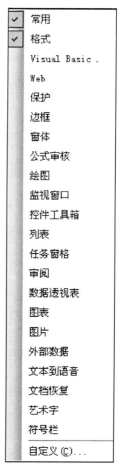

图 11-5　工具栏级联菜单

（4）调整行列。调整行则单击"格式"→"行"，在级联菜单中选择"行高"命令，弹出"行高"对话框，如图 11-6 所示，输入合适的行高值单击"确定"按钮。

调整列则单击"格式"→"列"，在级联菜单中选择"列宽"命令，弹出"列宽"对话框，如图 11-7 所示，输入合适的列宽值单击"确定"按钮。

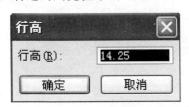

图 11-6 "行高"对话框

图 11-7 "列宽"对话框

11.2.4 图表制作

使用图表可以形象、直观地表达工作表中的数据，揭示工作表数据的内部规律。在 Excel 中建立的图表是与工作表数据紧密连接的，即图表中的数据随着工作表中数据的变化而变化，而工作表中的数据也随着图表中数据的变化而变化。

要显示图表工具栏可按下列步骤操作。单击菜单栏上的"视图"菜单，将鼠标指针移到"工具栏"子菜单上，选择"图表"命令，显示出"图表"工具栏。

建立数据图表可按下列步骤操作。在工作表中，选择要创建图表的单元格区域。在"图表"工具栏上，单击"图表类型"按钮，Excel 就按默认的柱形图，在工作表中创建了一个柱形统计图表。

当创建一个图表后，创建的图表很可能会遮挡住工作表数据，这时，可将图表移到合适的位置，然后释放鼠标按键即可。

在创建的图表中，如果坐标轴上未能全部显示出统计部门和数据或图形比例不合适等，可以调整图表的大小。单击要调整的图表，将鼠标指针移到选定图表 4 个角中的任何一个控制柄上，当鼠标指针变为双向箭头时，按住鼠标左键，拖动图表到任何一个新的位置，然后释放鼠标按键，即可调整图表的大小。

创建图表后，如果使用默认柱形图不能满足工作要求，可利用"图表"工具栏对图表进行修改及重新设置。单击要操作的图表，在"图表"工具栏上，单击"图表类型"按钮右边向下的箭头，弹出"图表类型"下拉列表。在列表中，可以选择其他的统计图类型，如单击"三维柱行图"按钮，在工作表中选择的图表就更改为三维柱行统计图表了。

11.2.5 数据筛选

数据筛选，是指按照设定的某些条件，从数据库中选取满足条件的数据记录供用户使用。筛选的方法有两种——自动筛选和高级筛选。自动筛选用于简单条件的筛选，高级筛选用于复杂条件的筛选。

（1）自动筛选。在 Excel 表中，单击任一单元格，选取要筛选的数据清单。单击菜单栏上的"数据"菜单，弹出"数据"下拉菜单。在下拉菜单中，将鼠标指针移到"筛选"子菜单，弹出"筛选"级联菜单。在"筛选"级联菜单中，选择"自动筛选"命令，在选定的数据库中，每个字段名称右边都增加了一个向下的箭头,称为"筛选"箭头。单击某个字段的"筛选"箭头,会弹出一个下拉列表,用于选择筛选条件。确定筛选条件后,数据表就会筛选并显示出满足条件的记录。

如果按单一选项不能满足筛选的要求,可以选择"自定义"选项进行筛选。在设置了"自动筛选"的数据表中,单击要筛选字段的"筛选"箭头。在"筛选"下拉列表框中,单击"自定义"选项,在屏幕上弹出"自定义自动筛选方式"对话框,如图 11-8 所示。

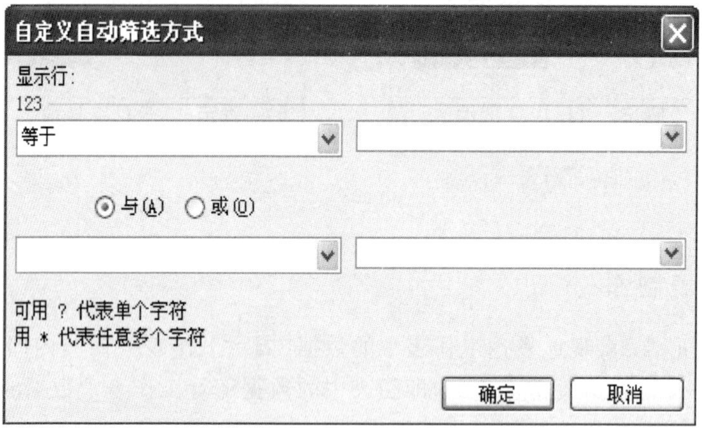

图 11-8 "自定义自动筛选方式"对话框

在"自定义自动筛选方式"对话框中可以设置筛选条件。既可以通过选择方式设置,也可以直接输入。既可以设置一个,也可以设置两个。设置两个条件时,如果两个条件均要满足,请选择"与"单选按钮。如果仅满足两个条件中的一个,可选择"或"单选按钮。

完成"自动筛选"操作并使用了筛选的数据后,可以取消"自动筛选"操作,并将数据表恢复为筛选前的状态。单击菜单栏上的"数据"菜单,选择"筛选"子菜单,然后选择"自动筛选"命令,则数据表中每个字段名称右边向下的"筛选"箭头消失,即取消了"自动筛选"操作。

自动筛选只能对一个字段设置筛选条件,因此仅能进行简单的筛选操作。如果要在多个字段中设置筛选条件,进行复杂的筛选操作,就必须使用高级筛选才能实现。

（2）高级筛选。在 Excel 表中选定一个空白区域,并在空白区域中输入设置筛选条件的字段名称及设置筛选条件的内容。单击菜单栏上的"数据"菜单,弹出"数据"下拉菜单。在"数据"下拉菜单中,将鼠标指针移到"筛选"子菜单,弹出"筛选"级联菜单。在"筛选"级联菜单中,选择"高级筛选"命令,屏幕上弹出"高级筛选"对话框,如图 11-9 所示。

在"高级筛选"对话框中显示筛选数据的方式有两种:第一种是在数据表的原有区域显示筛选结果,选择"在原有区域显示筛选结果"单选按钮,则筛选后满足条件的数据记录显示在原数据表位置,原数据表不显示。第二种是

图 11-9 "高级筛选"对话框

将筛选结果复制到其他位置,选择"将筛选结果复制到其他位置"单选按钮,则筛选后满足条件

的数据记录显示在选定的其他区域,与原数据表并存。选择显示方式后,再输入数据区域、条件区域和筛选结果的显示区域。

"数据区域"框用于指定要筛选的数据区,一般为包含字段名称行的整个数据表,可以直接输入数据区域地址,也可单击"数据区域"框右边的"折叠对话框"按钮,将对话框折叠缩小后,拖动鼠标选择数据区域地址。"条件区域"框用于指定设置的筛选条件区域,可直接输入条件区域地址,也可单击"条件区域"框右边的"折叠对话框"按钮,将对话框折叠缩小后,拖动鼠标选择条件区域地址。"复制到"框在选择第二种显示时才会被激活,激活后可向该框内直接输入显示区域左上角单元格的地址。

11.2.6 分类汇总

一般情况下,建立工作表的目的就是为了对其进行分析、加工处理并获得有用的信息,然后将信息提供有关人员使用。提供信息最常用的形式就是汇总报表。通过报表,可得到完整、清晰、有条理的信息资料报告。

在数据表中,建立分类汇总报表,首先要对分类字段的内容进行排序,然后才能按类别汇总,生成汇总报表。

分类汇总的操作方法如下。在数据表中,单击要进行分类汇总的字段,如单击"姓名"字段名"A1"单元格。单击工具栏上的"升序"按钮,就将数据表中的数据记录按分类字段完成排序操作。单击菜单栏上的"数据"菜单,弹出"数据"下拉菜单。在"数据"下拉菜单中,选择"分类汇总"命令,屏幕上弹出"分类汇总"对话框,如图 11-10 所示。

图 11-10 "分类汇总"对话框

在"分类汇总"对话框中的"分类字段"下拉列表框中选择分类字段"姓名"选项。从"汇总方式"下拉列表框中选择"求和"选项。选择"选定汇总项"列表框的"数学"复选框和"英语"复选框,选定要进行汇总的项目,单击"确定"按钮,即按分类及汇总计算,并显示出汇总结果,产生汇总报表。

11.2.7 数据透视表的制作

在 Excel 中,可以把表格数据做成数据透视表形式。通过数据透视表可以获得各种统计结果,还可以对数据进行筛选等。图 11-11 是根据图 11-12 的表格生成的数据透视表,它分别给出数学按行和按列的统计结果。其具体的制作步骤如下。

	A	B	C	D	E
1	姓名	语文	数学	英语	总计
2	张三	78	87	93	258
3	李四	89	91	77	257

图 11-11 Excel 的数据透视表示例

第一步产生数据透视表框架。将活动单元格定位于图 11-12 所示表格的任意位置。选择"数据"菜单中的"数据透视表和数据透视图"命令，出现一个对话框，单击对话框的"完成"按钮，则出现如图 11-13 所示的数据透视表框架，图中包括"数据透视表"工具栏以及如何制作数据透视表的提示文字。

	A	B	C	D
1	姓名	语文	数学	英语
2	张三	78	87	93
3	李四	89	91	77

图 11-12　Excel 表格数据

图 11-13　数据透视表框架

第二步为数据透视表添加字段。可从"数据透视表字段列表"中将所需的字段拖动到透视表框架中，以形成数据透视表。即可以将"数学"字段拖动到"请将数据项拖至此处"位置，将"语文"字段拖动到"请将列字段拖至此处"位置，将"姓名"字段拖动到"请将数据项拖至此处"位置。如果拖错了字段，可将其拖回"数据透视表字段列表"中，然后再重新拖动字段。

数据透视表做好以后，可以从中获得一些统计数据。如果要修改数据透视表的布局，以便从不同的角度观察数据，只需将字段拖动到新的位置。

另一种更改数据透视表布局的方法，是从数据透视表中将不需要的字段拖回"数据透视表字段列表"中，再将需要的字段拖动到数据透视表中。

通过"数据透视表"工具栏可以为透视表做格式设计，将透视表制成图表等。

11.2.8　单元格的引用

单元格的引用可以分为相对引用、绝对引用和混合引用 3 种。

（1）相对引用。Excel 中默认的单元格引用为相对引用，如 A1、A2 等。相对引用是当公式在复制时会根据移动的位置自动调节公式中引用单元格的地址。

（2）绝对引用。在行号和列号前均加上"$"符号，则代表绝对引用。公式复制时，绝对引用单元格将不随着公式位置变化而改变。

（3）混合引用。混合引用是指单元格地址的行号或列号前加上"$"符号，如 $A1 或 A$1。

当公式单元因为复制或插入而引起行列变化时,公式的相对地址部分会随位置变化,而绝对地址部分仍保持不变。

3 种引用输入时可以互相转换。在公式中用鼠标或键盘选定引用单元格部分,反复按 F4 键可进行引用间的转换,转换规律如下:A1→\$A\$1→A\$1→\$A1→A1。

如果需要引用同一工作簿的其他工作表中单元格,例如将 Sheet2 的 B1 单元格内容与 Sheet1 的 A2 单元格内容相加,其结果放入 Sheet1 的 A5 单元格,则在 A5 单元格中应输入公式"Sheet2! B1+Sheet1! A4",即在工作表名与单元格引用之间用感叹号分开。

11.2.9 页面的设置与打印

页面的设置和打印在文字信息处理这一章已经介绍过,不过那里介绍的是 Word 相关的操作,而本章介绍的是 Excel 相关的操作。其主要内容包括页面的设置、打印预览和打印等知识点。

1. 页面设置

Excel 具有默认页面设置,用户因此可直接打印工作表。如有特殊需要,使用页面设置可以设置工作表的打印方向、缩放比例、纸张大小、页边距、页眉和页脚等。单击"文件"→"页面设置",出现"页面设置"对话框。

单击"页面设置"对话框的"页面"选项卡,出现"页面"对话框,其中"方向"和"纸张大小"同 Word 的页面设置。"缩放"用于放大或缩小打印工作表,其中"缩放比例"允许在 10%～400% 之间,100% 为正常大小,小于为缩小,大于为放大。"调整为"表示把工作表拆分为几部分打印。"打印质量"表示每英寸打印多少点,打印质量越好,数字越大。"起始页码"可用于输入打印首页页码,默认"自动"从第一页或接上一页开始打印。

单击"页面设置"对话框的"页边距"选项卡,出现"页边距"对话框。该对话框用于设置打印数据在所选纸张的上、下、左、右留出的空白尺寸。设置页眉和页脚距上下两边的距离,注意该距离应小于上下空白尺寸,否则将与正文重合。设置打印数据在纸张上水平居中或垂直居中,默认为靠上靠左对齐。

单击"页面设置"对话框的"页眉/页脚"选项卡,出现"页眉页脚"对话框。Excel 中在页眉/页脚列表框提供了许多预定义的页眉和页脚格式。还可以单击"自定义页眉/页脚"按钮自行定义。

单击"页面设置"的"工作表"选项卡,出现"页面设置"对话框,其中"打印区域"允许用户单击右侧对话框折叠按钮,选择打印区域。"打印标题",用于当工作表较大要分成多页打印,出现除第一页外其余页要么看不见列标题,要么看不见行标题的情况下,"顶端标题行"和"左端标题列"用于指出在各页上端和左端打印的行标题与列标题,便于对照数据。

选择"网格线"复选框时用于指定工作表带表格线输出,否则只输出工作表数据,不输出表格线。"行号列标"复选框允许用户打印输出行号和列标,默认为不输出。"单色打印"复选框,用于当设置了彩色格式而打印机为黑白色时选择,另外彩色打印机选此项可减少打印时间。"批注"复选框用于选择是否打印批注及打印的位置。"按草稿方式"复选框可加快打印速度但会降低打印质量。如果工作表较大,超出一页宽和一页高时,"先列后行"规定水平方向先分页打印。

页眉和页脚是指在每一页顶部和底部加入的信息。这些信息可以是文字或图形形式,内容可以是文件名、标题名、日期、页码或单位名等。

在 Excel 中,页眉和页脚的内容还可以是用来生成各种文本的"域代码"。域代码与普通文本不同的是,它在打印时将被当前的新内容所替换。例如,生成日期的域代码是根据打印时机内的时钟生成当前的日期。同样页码也是根据文档的实际页数打印其页码。

创建页眉和页脚的方法,单击"视图"→"页眉和页脚",进入页眉和页脚编辑界面。这时,正文以暗淡色显示,表示不可操作,虚线框表示页眉的输入区域,并且显示"页眉/页脚"工具栏。要创建页脚,只要单击"页眉和页脚切换"按钮进行页眉和页脚区域的切换。

2. 打印预览

单击"文件"→"打印预览",或单击"常用"工具栏的"打印预览"按钮,屏幕显示"打印预览"界面。界面下方状态栏将显示打印总页数和当前页码。上方有一排按钮,部分功能如下。

缩放。此按钮可使工作表在总体预览和放大状态间来回切换,放大时能看到具体内容,但一般须移动滚动条来查看,注意这只是查看,并不影响实际打印大小。

页边距。单击此按钮使预览视图出现虚线表示页边距和页眉、页脚位置,鼠标拖曳可直接改变它们的位置,比页面设置改变页边距直观得多。

3. 打印

经设置打印区域、页面设置和打印预览后,工作表可正式打印。单击"文件"→"打印",或在"页面设置"对话框、"打印预览"视图中单击"打印"按钮,出现"打印"对话框。其中的"打印"选定"整个工作簿",将工作簿中各工作表顺序打印出来。"选定工作表"将只打印当前活动工作表。如果执行"打印"命令之前事先选定了一个区域,再选择"选定区域",可只打印该选定区域,这种选定区域是一次性的,不像前述"设置打印区域"可以重复使用。

如果采取默认打印配置,也可单击"常用"工具栏的"打印"按钮直接打印当前工作表,不出现"打印"对话框。

11.3 常用数据输入和常用函数

本部分的内容主要包括,数据的输入、单元格的基本操作、单元格的引用、常用公式与函数等知识点。从历年命题走势图来看,本节所涉及的考题题量有所增加。

11.3.1 数据的输入

数据的输入操作是最常用的操作之一。由于数据类型的多种化,与之相对应的输入方式也应多样化。下面来具体分析一下各种类型数据的输入。

1. 文本型数据的输入

文本指的是汉字、英文字母等组合起来的字符串(包括字符串与数字的组合)。文本型数据会自动左对齐。如果要将数字当作文本输入,应在其前加上单撇号,如'123.45。

2. 数值型数据的输入

数值指的是由阿拉伯数字及小数点等符号组成的数据,数值型数据自动右对齐。当数值超过单元格宽度时,数值自动以科学记数法表示,如 1.34E+08 表示 134 000 000。

在 Excel 中,数字只可以为下列字符:0 1 2 3 4 5 6 7 8 9 + - ( ) , / $ % . E e。

分数的分子、分母之间用/号分隔,为避免将分数视作日期,应在分数前加"="号,如输入"=1/2"表示二分之一,而输入 1/2 系统将视作 1 月 2 日。

输入负数时要在负数前输入减号"-",或将其置于括号( )中。

如果单元格使用默认的"常规"数字格式,Excel 会将数字显示为整数(123)、小数(1.23),或者当数字长度超出单元格宽度时以科学记数法(1.23E+13)表示。采用"常规"格式的数字长度为 11 位,其中包括小数点和类似"E"和"+"这样的字符。如果要输入并显示多于 11 位的数字,可以使用内置的科学记数格式(指数格式)或自定义的数字格式。

3. 输入特殊字符

单击"开始"→"所有程序"→"附件"→"系统工具"→"字符映射表"(如果不存在,安装 Windows 组件)。在"字体"下拉列表框中选定所需字符的字体,单击所需字体的字符。单击"选择"按钮,再单击"复制"按钮(也可以选定并复制多个字符)。切换到工作簿,选择将要粘贴字符的位置,进行粘贴。

4. 日期和时间型数据的输入

日期可以用汉字年月日分隔也可以用"-"号来分隔,如 2010-3-31、2010 年 3 月 31 日都表示同一个日期。时间用":"号来分隔时分秒,采用 12 小时制时上午后面加 AM,下午后面加 PM 以示区别,如 13:20:03 与 1:20:03PM 表示同一个时间。

5. 公式的输入

公式指的是由加(+)、减(-)、乘(*)、除(/)等运算符表示的式子,输入公式应以"="号开始,系统将自动计算结果。公式中可以引用单元格的地址来计算。

6. 插入批注

单击"插入"→"批注",输入批注的内容,会在单元格的右上角显示一个红色的三角形,鼠标经过时会有提示。如果要修改批注的内容可以单击"插入"→"编辑批注",对其进行修改。

7. 插入图像

单击"插入"→"图片",弹出插入图片的级联菜单,如图 11-14 所示。可以插入剪贴画,从文件里面插入图片,插入自选图形,插入组织结构图,艺术字或者从扫描仪或相机中插入图片。

图 11-14　插入图片级联菜单

8. 宏操作

（1）录制宏的操作。单击"工具"→"宏"→"录制新宏"，弹出"录制新宏"对话框，如图11-15所示。在"宏名"文本框中输入宏的名字，从"保存在"的下拉列表中选择宏的保存位置，一般可使用默认值。选择快捷键，完成所需录制停止录制。

（2）执行宏操作步骤。单击"工具"→"宏"→"宏"弹出"宏"对话框，如图11-16所示。选择要执行的宏，单击"执行"按钮。使用自定义的快捷键。如果已有的宏中包含有要在其他宏中使用的命令，可将该宏的全部或部分复制到另一个宏模块中。可以共享某个宏或者将其复制到其他宏模块来运行，也可以制作宏模块的副本以便复制其中所有的宏。

图11-15　"录制新宏"对话框

（3）复制宏的一部分以创建另一个宏。打开待复制的宏所在的工作簿。用鼠标指向"工具"菜单中的"宏"，然后选择"宏"命令。在"宏名"文本框中，输入需要复制的宏的名称。然后单击"编辑"按钮。选定宏中待复制的程序行。如果要复制整个宏，请确认在选定区域中包括"Sub"行和"End Sub"行。单击"复制"按钮🗐。切换到需要放置代码的模块。然后单击"粘贴"按钮🗐。

图11-16　"宏"对话框

（4）将宏模块复制到其他工作簿中。打开包含相应模块的工作簿和需要向其中复制模块的工作簿。再用鼠标指向"工具"菜单中的"宏"，然后选择"Visual Basic 编辑器"命令。单击"视图"菜单中的"工程资源管理器"按钮🗗。

9. 数据自动输入

（1）自动填充。对于输入有规律的数据，可以使用 Excel 的数据自动输入功能，可以输入等差、等比以及预定义的数据填充序列。

自动填充是根据初始值决定以后的填充项，用鼠标点住初始值所在单元的右下角，鼠标指针变为实心十字形拖曳至填充的最后一个单元格，即可完成自动填充。填充可实现以下几种功能。

单元格内容为纯字符、纯数字或是公式，填充相当于数据复制。单元格内容为文字数字混合体,填充时文字不变,最右边的数字递增。如初始值为 A1,填充为 A2,…。单元格内容为 Excel 预设的自动填充序列中一员,按预设序列填充。如初始值为一月,填充为二月、三月、…。用户可以单击"工具"→"选项"→"自定义序列"来添加新序列并储存起来供以后填充时使用。

如果有连续单元格存在等差关系,如 1,3,5,…或 A1,A3,A5,…则先选中该区域,再运用自动填充可自动输入其余的等差值,拖曳可以由上往下或由左往右拖动,也可以反方向进行。

如果只想实施数据的简单复制,可以按住 Ctrl 键,则不论事先选中的是单个单元格还是一个区域,也不论相邻单元格是否存在特殊关系,自动填充都将实施数据的复制。

如果自动填充时还考虑是否在格式或区域中是等差还是等比序列,则自动填充时按住鼠标右键,拖曳到填充的最后一个单元格释放,将出现"自动填充选项"按钮如图 11-17 所示。单击其中的"+"字符将出现一个快捷菜单,在这个快捷菜单中可以选择复制单元格、以序列方式填充、仅填充格式及不带格式填充等几种填充方式中的一种。复制单元格实施数据的复制,相当于按下 Ctrl 键。以序列方式填充相当于前面的自动填充。仅填充格式表示只填充格式,而不填充内容。不带格式填充则与仅带格式填充恰好相反,它是一种只填充内容而忽略格式的填充。

图 11-17　自动填充选项

(2)产生一个序列的步骤。在单元格中输入初值并回车。用鼠标单击选中第 1 个单元格或要填充的区域,单击"编辑"→"填充"→"序列",出现如图 11-18 所示"序列"对话框。"序列产生在"指按行或列方向填充。"类型"选择序列类型,如果选"日期",还需选择"日期单位"。"步长值"可输入等差、等比序列增减、相乘的数值,"终止值"可输入一个序列终值不能超过的数值。如果在产生序列前没有选定序列产生的区域,则终值必须输入。

图 11-18　"序列"对话框

11.3.2　单元格的数据类型和基本操作

单元格中的数据可以是文本、数据和日期时间等多种数据类型之一。单元格的基本操作有单元格的合并、拆分和引用等。

1. 设定单元格的格式

单元格的格式,包括数字、对齐、字体、边框、图案和保护。

单元格中的数据类型包括常规、数值、货币、会计专用、日期、时间、百分比、分数、科学记数、文本、特殊和自定义,对话框如图 11-19 所示。

其中可以在"小数位数"中设置单元格中小数显示的位数。货币格式用于表示一般货币数值。会计格式可对一列数值进行货币符号和小数点对齐。日期格式把日期时间序列数显示为日期值,使用日期格式将只显示日期部分,在"类型"列表框中选择要显示日期的类型。时间格式把时间序列数显示为时间值。使用时间格式将只显示时间部分。在"类型"列表框中选择要显示时间的类型。

百分比格式将单元格中数值乘以 100,并以百分数形式显示,在"小数位数"数值框中可以设置小数的位数。在文本单元格格式中,数字作为文本处理。特殊格式可用于跟踪数据清单及数据库的值,其中包括邮政编码、中文小写数字和中文大写数字。自定义可以以现有格式为基础,生成自定义的数字格式。单元格格式"对齐"对话框如图 11-20 所示。

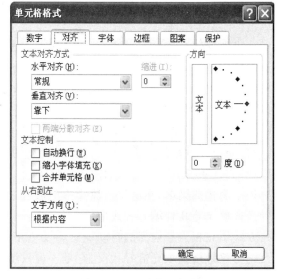

图 11-19　单元格格式"数值"对话框　　　　图 11-20　"对齐"对话框

文本对齐方式包括水平对齐和垂直对齐。水平对齐可以设置文本水平方向的位置,在"水平对齐"下拉列表框中选择文本的对齐格式。在"垂直对齐"下拉列表框中可以选择文本是垂直居中还是靠下等。"方向"用于调整文本的方向,可移动文本方向指针或输入数值。

"文本控制"包括"自动换行"、"缩小字体填充"和"合并单元格"。自动换行的作用是输入文本超过单元格长度时,自动换行。缩小字体填充,当输入文本超过单元格长度时,将自动缩小文本字体大小,在单元格内全部显示出来。合并单元格的作用是将连续选中的单元格进行合并。

"单元格格式"对话框的"字体"选项卡如图 11-21 所示,用于设置文本的字体样式。

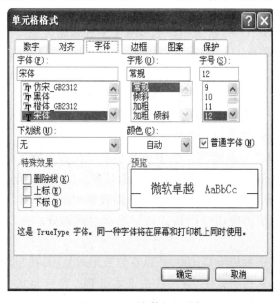

图 11-21　"字体"选项卡

在"字体"列表中选择所需字体的样式。"字形"可以设置文本的类型,其中包括加粗和倾斜等。"字号"列表中设置字体的大小。"下画线"可以设置或取消下划线。单击"颜色"下拉列表框在弹出的颜色设置列表中可以设置或改变字体的颜色。在"特殊效果"中可以设置是否加删除线、上标或下标。

"单元格格式"对话框中的"边框"选项卡如图 11-22 所示,可以设置边框的样式、边框线条的样式以及边框的颜色。

打开"单元格格式"对话框中的"图案"选项卡,在"颜色"中可以设置单元格底纹的颜色,单击"图案"下拉列表框,可以打开图案样式列表,设置单元格底纹图案。

打开"单元格格式"对话框中的"保护"选项卡,如图 11-23 所示。当单元格被保护时,可以锁定或隐藏单元格。

图 11-22　"边框"选项卡

图 11-23　"保护"选项卡

2. 单元格的合并与拆分

在 Excel 2003 中,合并与拆分单元格的操作非常简单。选中需要合并或拆分的单元格单击鼠标右键,在弹出的快捷菜单中选择"设置单元格格式"命令,弹出如图 11-20 所示的对话框,选择或取消"文本控制"中的"合并单元格"复选框即可。或者利用"格式"工具栏的按钮来完成对单元格的合并与拆分操作。

11.3.3　公式的编写

Excel 强大功能主要体现在计算上,通过在单元格中输入公式和函数,可以对表中数据进行总计、平均、汇总以及其他更为复杂的运算。从而避免用户手工计算的繁杂和易错,数据修改后公式的计算结果也可以自动更新。

Excel 中的公式最常用的是数学公式,此外它也可以进行一些比较运算、文字连接运算。它的特征是以"="开头,由常量、单元格引用、函数和运算符等元素组成。

1. 公式运算符

公式中可使用的运算符,包括数学运算符、比较运算符和文字运算符。

数学运算符有加号(+)、减号(-)、乘(*)、除(/)、百分号(%)和乘方(^)等。

比较运算符有 = 、> 、< 、>=(大于等于)、<=(小于等于)、<>(不等于),比较运算符公式返回的计算机结果为 TRUE 或 FALSE。

文字运算符 &(连接)可以将两个文本连接起来,其操作数可以是带引号的文字,也可是单元格地址。

当多个运算符同时出现在公式中时,Excel 对运算符的优先级作了严格规定,数学运算符中从高到低分三个级别,百分号和乘方、乘除、加减。比较运算符优先级相同。三类运算符又以数学运算符最高,文字运算符次之,最后是比较运算符。优先级相同时,按从左到右的顺序计算。

2. 公式的编写

公式主要是由常量、单元格引用、函数和运算符等元素组成,在了解了单元格引用、常用的运算符后,编写一个公式并不困难。公式的编写一般是在编辑栏中进行的,这里需要提醒大家注意的是特征符号"=",它表示公式的开始。在公式中可以插入函数。

11.3.4   常用函数的引用

Excel 中提供了许多内置函数,其中包括财务、日期与时间、数学与三角函数、统计、查找与引用、数据库、文本、逻辑和信息等。函数引用的语法形式如下。

函数名称(参数 1,参数 2,…)。其中参数可以是常量、单元格、区域、区域名、公式及其他函数。

函数输入有两种方法:一是粘贴函数法;二是直接输入法。粘贴函数的步骤,选择要输入函数的单元格如 C3。单击"常用"工具栏的"f_x"(插入函数)按钮,或单击"插入"→"函数",出现"插入函数"对话框如图 11-24 所示。在"选择函数"列表中选择函数名称(如 AVERAGE),单击

图 11-24   "插入函数"对话框

"确定"按钮,出现"函数参数"对话框如图 11-25 所示。在参数中输入常量、单元格引用或区域。对单元格引用或区域无把握时,可单击参数框右侧"折叠"按钮,以暂时折叠起对话框,显露出工作表,用户可选择单元格区域(如 A1 到 C2 的 6 个单元格),最后单击折叠后的文本框右侧按钮,恢复参数输入对话框,可以看到 A1:C2 出现在参数文本框中。完成函数所需所有对数输入后,单击"确定"按钮。在单元格中显示计算结果,编辑栏中显示公式"=AVERAGE(A1:C2)"。

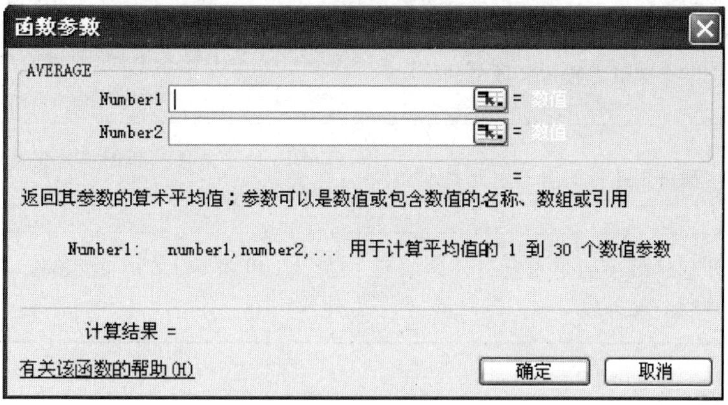

图 11-25   "函数参数"对话框

插入函数还有一种方法,即在编辑栏中输入一个"="号按钮,随即会在"名称"文本框中出现隐藏的"公式选项板",再单击编辑栏左侧函数下拉列表框的向下箭头,出现函数列表如图 11-26 所示。单击选定的函数名出现"函数参数"对话框,以后操作与前述方法相同。

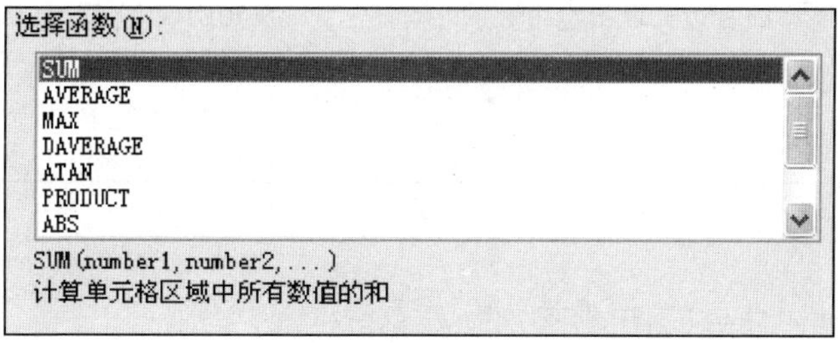

图 11-26   函数列表中选择常用函数

如果对函数名称和参数意义十分清楚,可以在编辑栏中直接修改,也可用插入函数按钮或编辑栏的"="按钮进入参数输入框进行修改。如果要换成其他函数,应先选中要换的函数,再去选择其他函数,否则会将原函数嵌套在新函数中。

1. 数值型函数

常用数值型函数参见表 11-1。

表 11-1   常用数值型函数

函　数　名	函　数　功　能	使　用　格　式
SUM( )	求指定区域中数值的和	=SUM(需要进行求和的区域名)
AVERAGE( )	求指定区域的平均值	=AVERAGE(需要求平均值的区域名)

续表

函　数　名	函　数　功　能	使　用　格　式
MAX( )	求指定区域中最大的数值	=MAX(需要求最大值的区域名)
MIN( )	求指定区域中最小的数值	=MIN(需要求最小值的区域名)
COUNT( )	求指定区域中数值型数据的个数	=COUNT(需要求数值个数的区域名)
RANK( )	求某个数值在指定区域中的名次	=RANK(某个单元格,参加排名的区域[,升序还是降序])
SUMIF( )	根据指定条件对若干单元格求和。	SUMIF(用于条件判断的单元格区域，被相加求和的条件[,求和的实际单元格])
COUNTIF( )	计算区域中满足给定条件的单元格的个数	COUNTIF(需要计算的单元格区域，被计算在内的条件)

2. 文本型函数

常用文本型函数参见表 11-2。

表 11-2　常用文本型函数

函　数　名	函　数　功　能	使　用　格　式
LEFT( )	从字符串的左边提取指定个数的字符串	=LEFT(字符串,要取出的个数)
RIGHT( )	从字符串的右边提取指定个数的字符串	=RIGHT(字符串,要取出的个数)
MID( )	从字符串的中间某个位置开始取提定个数的字符串	=MID(字符串,开始位置,要取出的个数)

函数应用举例。

输入"=LEFT("abcde",2)",结果为"ab"。

输入"=LEFT("中国湖南",2)",结果为"中"。请考生注意,在计算机中一个汉字占两个字符空间。

输入"=RIGHT("abcde",2)",结果为"de"。

输入"=MID("abcde",2,2)",结果为"bc"。

3. 逻辑条件函数

条件函数 IF( )的功能是根据条件判断的结果进行不同的计算,使用格式为"=IF(条件,结果1,结果2)"。

11.4　例题分析

1. 创建名为"利润清单"的工作表(内容如图 11-27 所示),按照题目要求完成后,用 Excel

的保存功能直接存盘。

【要求】

（1）全部单元格的行高、列宽设为最合适的高度和宽度，表格要有可视的外边框和内部边框（格式任意），表格内容水平居中。

（2）表中利润需要用公式计算。然后按利润从低到高排列，若利润相等，再按单价从低到高排列，若单价也相等，再按成本价从低到高排列。

（3）为成本价、单价、利润三列添加人民币符号并设置千位分隔符，将表格中"名称"一列改

编号	厂家	名称	单价	台数	成本价	利润
1	A	冰箱	2800	20	46000	
2	B	彩电	3200	10	22000	
3	C	彩电	3400	12	23800	
4	D	冰箱	3200	23	42600	
5	E	空调	3400	11	20400	

图 11-27 利润清单工作表

为红色字体，并为整个表格添加合适的灰色底纹。

（4）以"厂家"为横坐标，"成本价"和"利润"为数据区域插入图表，类型为堆积柱形图，图例位于底部。

分析：

【考查目的】

用 Excel 创建工作表。表格标题、尺寸、边框及其内容的设置。公式的使用：数字位数的设置及排序。图形的插入。

【操作的关键步骤】

（1）表格尺寸设置。选取表格，通过"格式"菜单下的"行"、"列"子菜单进行"最合适的行高"和"最合适的列宽"尺寸设置。

（2）表格边框、单元格内容的设置。选取表格，使用"格式"菜单下的"单元格"命令，弹出一个"单元格格式"对话框，在"边框"选项卡中设置表格的边框，在"对齐"选项卡中的"水平对齐方式"中将表格内容设置为水平居中，在"图案"选项卡中设置表格的底纹颜色。选中"名称"列，使用"格式"菜单下的"单元格"命令，在弹出的"单元格格式"对话框中选择"字体"选项卡设置字体颜色。

（3）利用公式计算利润。利用工具栏中的"自动求和"进行"利润"的计算或者编写公式计算利润。

（4）排序。首先选中"成本价"列，利用工具栏中的↑↓进行相应的排列，然后再选中"单价"列，同样利用工具栏中的↑↓进行相应的排列，最后选中"利润"列，利用工具栏中的↑↓进行相应的排列后得到题目要求的结果。

（5）图形的插入。在"插入"菜单下选择"图表"命令，按照题目的要求进行相应的设置。

答案：

如图 11-28 所示。

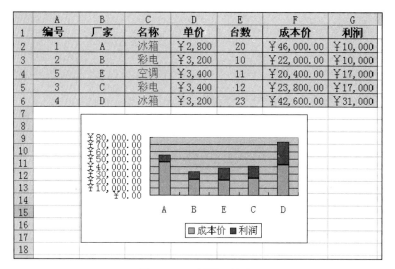

	A	B	C	D	E	F	G
1	编号	厂家	名称	单价	台数	成本价	利润
2	1	A	冰箱	￥2,800	20	￥46,000.00	￥10,000
3	2	B	彩电	￥3,200	10	￥22,000.00	￥10,000
4	5	E	空调	￥3,400	11	￥20,400.00	￥17,000
5	3	C	彩电	￥3,400	12	￥23,800.00	￥17,000
6	4	D	冰箱	￥3,200	23	￥42,600.00	￥31,000

图 11-28　例题 1 答案

2. 创建"家庭理财"工作表(内容如图 11-29 所示),按照题目要求完成后,用 Excel 的保存功能直接存盘。

家　庭　理　财						
项目	一月	二月	三月	四月	五月	六月
水费						
电费						
燃气费						
交通费	200	180	200	150	170	300
餐费	348	200	300	350	420	280
管理费	20	20	20	20	20	20
电话费	179	190	65	180	150	210
购物	1340	2000	1800	2100	1500	1210
其他	300	200	210	180	150	280
支出小计						
工资收入	3500	3500	3500	3500	3500	3500
奖金收入	1200	1200	1800	2000	2000	2000
其它收入	1000	1000	1200	2000	1100	1500
收入小计						
当月节余						
平均每月节余						

图 11-29　家庭理财工作表

【要求】

(1) 将"家庭理财"文字字体设置为华文彩云、14 号、居中。

(2) 创建"数据"工作表(内容如表 11-3 所示),将"使用量记录表"设置为"古典 2"格式、文字居中,单价表(如表 11-4 所示)设置为"会计 2"格式、内容居中。

表 11-3 数据工作表

使用量记录表						
项目	一月	二月	三月	四月	五月	六月
水/吨	8	10	12	10	11	9
电/度	70	80	120	70	80	120
燃气/m³	10	15	12	10	11	13

表 11-4 单价表

单 价 表	
项目	单价
水	2.2(元/吨)
电	0.4(元/度)
燃气	2.4(元/m³)

（3）用"数据"工作表中的相关数据计算"家庭理财"工作表中的相关费用,计算时必须使用绝对引用。

（4）用公式计算"家庭理财"工作表中的"支出小计"、"收入小计"和"当月节余"。

（5）用函数计算"家庭理财"工作表中的"平均每月节余"（平均每月节余＝当月节余的总和/6,计算时必须使用函数,直接用公式计算不得分）。

分析:

【考查目的】

单元格内容、表格格式的设置。引用表格中的数据。公式和函数的使用。

【操作的关键步骤】

（1）单元格内容、表格格式的设置。选取"家庭理财"文字,右击选择"设置单元格格式",弹出一个"单元格格式"对话框,在"字体"选项卡中选择字体,分别设置其字体为华文彩云、字号为14 号。再在对话框中单击"对齐"选项卡,在"水平对齐"中选择居中。表格格式的设置,选取"使用量记录表",使用"格式"菜单下的"自动套用格式"命令,弹出一个"自动套用格式"对话框,将"使用量记录表"设置为"古典 2"格式,在"对齐"选项卡中的"水平对齐方式"中将表格内容设置为水平居中,设置文字居中的操作同上。设置单价表的操作同设置使用量记录表的操作一样。

（2）引用表格中的数据来计算"家庭理财"工作表中的相关费用,如引用公式"Sheet2！$B3＊Sheet3！$B3"来计算"家庭理财"工作表中一月份的水费。后面的电费和燃气费则可以用拖动填充来实现。

（3）利用公式计算"家庭理财"工作表中的"收入小计"、"收入小计"和"当月节余"。运用求和公式计算可以计算出"支出小计"、"收入小计",例如运用公式 B12＝B3+B4+B5+…+B11 即可计算出一月份的"支出小计"。同理可计算出一月份的"收入小计"。最后,运用公式 B17＝B16-B12 即可计算出一月份的"当月节余"。

（4）利用函数计算"家庭理财"工作表中的"平均每月节余"。合并 18 行，选中菜单栏中的插入函数，弹出一个"插入函数"对话框。选择 AVERAGE 函数，在 B18 中输入 B18 = AVERAGE（B17∶G17,6）即可计算出"家庭理财"工作表中的"平均每月节余"。

答案：如图 11-30 所示。

家庭理财						
项目	一月	二月	三月	四月	五月	六月
水费	17.60	22.00	26.40	22.00	24.20	19.80
电费	28.00	32.00	48.00	28.00	32.00	48.00
燃气费	24.00	36.00	28.80	24.00	26.40	31.20
交通费	200	180	200	150	170	300
餐费	348	200	300	350	420	280
管理费	20	20	20	20	20	20
电话费	179	190	65	180	150	210
购物	1340	2000	1800	2100	1500	1210
其它	300	210	210	180	150	280
支出小计	2456.6	2880	2698.2	3054	2492.6	2399
工资收入	3500	3500	3500	3500	3500	3500
奖金收入	1200	1200	1800	2000	2000	2000
其它收入	1000	1000	1200	2000	1100	1500
收入小计	5700	5700	6500	7500	6600	7000
当月节余	3243.4	2820	3801.8	4446	4107.4	4601
平均每月节余			3289.371429			

图 11-30   例题 2 答案

3. 用 Excel 创建"教师工资表"（内容如表 11-5 所示），按照题目要求完成后，用 Excel 的保存功能直接存盘。

表 11-5   教师工资表

教师工资表								日期	
								2008-3	
序号	姓名	任教年限系数	任职年限系数	学科节数系数	科目系数	职称系数	教龄系数	系数合计	津贴	工资
1	张扬扬	3	2	15	4	3.65	1		420	
2	钱蔚文	18	7	16	5	5.15	6		620	
3	贺枝俏	9	1	15	5	4.05	3		500	
4	张长勇	15	6	12	5	4.15	5		540	
5	程 宇	5	4	14	4	3.85	1.6		460	
6	刘 博	3	2	15	3.6	3.65	1		380	
7	青春妍	4	3	11	3.6	3.85	1.2		340	
8	廖宇媚	16	1	14	5	4.21	5.2		580	
平均工资						最高工资				

【要求】

（1）表格要有可视的边框，并将表中的内容设置为宋体、10.5磅、居中。

（2）为表中的列标题行设置"灰色底纹"图案格式。

（3）用公式计算表格中每人的系数合计和工资，其中"工资＝系数合计＊12＊4+津贴"。

（4）在相应的单元格中用函数计算平均工资。

（5）在相应的单元格中用函数计算最高工资。

分析：

【考查目的】

对表格边框及文字内容的设置。了解公式和函数的使用。

【操作的关键步骤】

（1）表格边框及文字内容的设置。选取表格，使用"格式"菜单下的"单元格"命令，在弹出的"单元格格式"对话框中选择"字体"选项卡将文字内容设置为宋体、10.5磅。在"对齐"选项卡中将文字内容设置为居中。在"边框"选项卡中设置表格的内外边框。在"图纹"选项卡中将列标题行设置为"灰色底纹"的图案格式。

（2）利用公式进行计算。要利用公式进行相关计算，首先需要在编辑栏中编写公式，在计算表格中每人的系数合计时，可以用公式"＝C4+D4+E4+F4+G4+H4"来计算，在计算出一行后，其他行可以用拖放来实现。在计算工资时，在编辑栏中编写题目给出的计算公式来完成。

（3）利用函数计算平均工资和最高工资。在上一步我们已经计算出来每个人的工资，要求平均工资可以用函数AVERAGE来完成，要求最高工资可以用函数MAX来完成

答案：如图11-31所示。

序号	姓 名	任教年限系数	任职年限系数	学科节数系数	科目系数	职称系数	教龄系数	系数合计	津贴	工资
教师工资表									日期	
									Mar-08	
1	张扬扬	3	2	15	4	3.65	1	28.65	420	1795.2
2	钱蔚文	18	7	16	5	5.15	6	57.15	620	3363.2
3	贺枝俏	9	1	15	5	4.05	3	37.05	500	2278.4
4	张长勇	15	6	12	5	4.15	5	47.15	540	2803.2
5	程 宇	5	4	14	4	3.85	1.6	32.45	460	2017.6
6	刘 博	3	2	15	3.6	3.65	1	28.25	380	1736
7	青春妍	4	3	11	3.6	3.85	1.2	26.65	340	1619.2
8	廖宇媚	16	1	14	5	4.21	5.2	45.41	580	2759.68
平均工资			2042.275556			最高工资			3363.2	

图11-31 例题3答案

4. 创建名字为"计算机产品销售表"的工作表（内容如表11-6所示），按照要求用Excel的保存功能直接存盘。

表11-6 计算机产品销售表

计算机产品销售表						
销售员	时间	销售地区	型号	单价/元	台数	销售额/元
李力	一季度	0	W1	5 000	8	

续表

计算机产品销售表

销售员	时间	销售地区	型号	单价/元	台数	销售额/元
李力	二季度	1	W1	4 850	10	
李力	三季度	3	E1	5 600	5	
陈晨	一季度	0	E1	5 600	8	
陈晨	二季度	1	W1	4 900	12	

【要求】

（1）全部单元格的行高，列宽设为最合适的高度和宽度，表格要有可视的外边框和内部边框（格式任意）。

（2）表格内容水平居中。销售额＝单价×台数，有公式计算产生。

（3）创建名字为"计算机产品销售透视表"。透视表结构行字段为型号，列字段为销售员、数据项台数和销售额。

分析：

【考查目的】

用 Excel 创建工作表。表格标题、尺寸、边框及其内容的设置。公式的使用。创建数据透视表等。

【操作的关键步骤】

（1）表格尺寸设置。选取表格，通过"格式"菜单下的"行"和"列"子菜单进行"最合适的行高"和"最合适的列宽"尺寸设置。

（2）表格边框、单元格内容设置。选定表格（单元格），选取"格式"菜单下的"单元格"命令，在"单元格"对话框中分别选取"对齐"、"边框"等选项卡并设置相应的内容。

（3）表格标题。选定相应单元格，利用工具栏"居中"、"合并"及"居中"等按钮制作设置标题。

（4）公式使用。利用公式（或粘贴函数）和"填充柄"工具进行"销售额"计算。

（5）创建数据透视表。

① 通过"数据"菜单下的"数据透视表和数据透视图"命令，打开"数据透视表和数据透视图向导——3 步骤之 1"对话框。

② 按向导步骤完成相应选择至完成，出现"设置数据透视表表格"。

③ 根据题目要求设置透视表结构，将"数据透视表字段列表"表格菜单中的"型号"拖动至行字段区域，"销售员"拖动至列字段区域，"台数"和"销售额"拖动至数据项区域，完成数据透视表的创建。

（6）表的重命名。使用重命名功能制作相应工作表名。

答案：如图 11-32 所示。

	A	B	C	D	E	F	G
1				计算机产品销售表			
2	销售员	时间	销售地区	型号	单价/元	台数	销售额/元
3	李力	一季度	0	W1	5000	8	40000
4	李力	二季度	1	W1	4850	10	48500
5	李力	三季度	3	E1	5600	5	28000
6	陈晨	一季度	0	E1	5600	8	44800
7	陈晨	二季度	1	W1	4900	12	58800

	A	B	C	D	E	F
1						
2			销售员 ▼			
3	型号 ▼	数据 ▼	陈晨	李力	总计	
4	E1	求和项:台数	8	5	13	
5		求和项:销售额(元)	44800	28000	72800	
6	W1	求和项:台数	12	18	30	
7		求和项:销售额(元)	58800	88500	147300	
8	求和项:台数汇总		20	23	43	
9	求和项:销售额(元)汇总		103600	116500	220100	

计算机产品销售表 ╲ 计算机产品销售透视表 ╱ Sheet2 ╱

图 11-32 例题 4 答案

11.5 同步训练

1. 新建 Excel 电子表格"库存表.xls"文件,其中入库一栏中的负值表示的是出库的数量。如图 11-33 所示的效果。

	A	B	C	D	E	F
1						
2			1-3月出入库记录			
3		商品名称	入库	日期	经手人	
4		课桌	60	2004年1月12日	李明	
5		椅子	60	2004年1月12日	李明	
6		扫帚	50	2004年1月12日	方红	
7		粉笔	200	2004年1月15日	王小林	
8		课桌	-5	2004年1月20日	陈晓东	
9		椅子	-8	2004年1月20日	陈晓东	
10		粉笔	-12	2004年2月1日	李东	
11		粉笔	-25	2004年2月15日	张江芳	
12		扫帚	-16	2004年2月20日	李东	
13		课桌	-3	2004年3月6日	王小林	
14		椅子	-18	2004年3月8日	陈晓东	
15		粉笔	-50	2004年3月21日	陈晓东	
16						

图 11-33 效果表格

【要求】

(1) 开始建表是从 A1 开始的,建好后,将表格移动至 B3:E15 单元格区域。

(2) 将 Sheet1 工作表的标签修改为“1-3 月出入库记录”。并复制表格内容至 Sheet2 工作表。

(3) 将 B2:E2 单元格区域合并居中。并输入“1-3 月出入库记录”,修改字符字体为黑体、字号为 18、颜色为绿色。

(4) 在表格中设置标题的底纹为浅绿色。设置边框如图 11-33 所示。

(5) 在表格中设置对齐方式如图 11-33 所示。

(6) 将日期的格式设为图 11-33 所示的中文格式。

(7) 在 Sheet2 中利用自动筛选功能,选择出桌子的出入库记录和粉笔的出库记录。

(8) 利用分类汇总功能计算各类物品的库存量。效果如图 11-34 所示。

	A	B	C	D	E	F
1						
2		1-3月出入库记录				
3		商品名称	入库	日期	经手人	
8		粉笔 汇总	113			
12		课桌 汇总	52			
15		扫帚 汇总	34			
19		椅子 汇总	34			
20		总计	233			
21						

图 11-34 分类汇总的效果

2. 用 Excel 制作如图 11-35 所示的表,并保存为“业绩表. xls”。

	A	B	C	D	E	F	G
1							
2		2001-2003年度业绩表					
3			2000年	2001年	2002年	2003年	
4		一季度	￥ 560,500	￥ 725,600	￥ 987,200	￥ 1,350,400	
5		二季度	￥ 458,100	￥ 687,000	￥ 1,023,600	￥ 998,500	
6		三季度	￥ 556,200	￥ 921,500	￥ 1,002,000	￥ 1,259,600	
7		四季度	￥ 678,500	￥ 876,600	￥ 965,000	￥ 1,125,600	
8		合计					
9		最高					
10							

图 11-35 业绩表

【要求】

(1) 将 Shee1 工作表的名称修改为“2001-2003 年度业绩表”。

(2) 将 B2:F2 单元格区域合并居中。

(3) 将表头字体设置为黑体、字号为 16、颜色为深红。标题设置为水平居中。将数据区域内的内容设置为会计专用格式。将 B2:F7 单元格区域的对齐方式设置为垂直居中。

(4) 设置表格的边框和底纹。

(5) 将表头的第 2 行的行高设置为 28,第 3 ~ 7 行的行高设置为 25。将 B 列 ~ F 列的列宽设置为 15。

（6）利用自动求和功能求出每年的合计业绩。利用函数求得每年业绩的最高值。

3. 创建名字为"职工工资表"的工作表（内容如表 11-7 所示），然后按照要求在同一个 Excel 工作簿中创建名字为"职工工资排序表"的工作表，用 Excel 的保存功能直接存盘。

表 11-7　职工工资表

职工工资表						
姓名	性别	部门代码	基本工资/元	奖金/元	扣税/元	实发金额/元
李力	男	0	980	300		
张扬	女	2	650	450		
郝明	男	5	1 500	600		
陈晨	女	3	500	260		

【要求】

（1）全部单元格的行高、列宽设为最合适的高度和宽度，表格要有可视的外边框和内部边框（格式任意）。

（2）表格中文字部分（标题、行名称、列名称）设非红色底纹，部门代码字符型，实发金额中低于 800 元的设红色底纹。

（3）表格内容水平居中。

（4）表中"扣税=（基本工资+奖金）×5%"，"实发金额=（基本工资+奖金−扣税）"，要用公式计算，如仅填充人工计算的"扣税"、"实发金额"则本项内容不得分。

（5）在"职工工资排序表"工作表中，按"实发金额"进行递增排序。

第 12 章
演示文稿处理

根据考试大纲,本章主要考查两个知识模块。演示文稿的基本知识和演示文稿处理软件操作基础。演示文稿处理软件操作基础包括演示文稿的制作方法、演示文稿的浏览与放映和演示文稿的输出等。从历年的考试试题来看,本章占上午考试总分值的 2~5 分,比例不大,而且题型比较单一,但重复率不高。在下午的上机操作试题当中,这部分占总分值的 15 分,是最让考生对时间疏忽的题。由于是人工评卷,得分还参有评卷老师的主观评判。所以做这类题目时首先就是将基本要求的东西做完,然后再进行细致的修饰,注意色彩的搭配、动静结合、整体感觉和创意等,切忌不能耗费太多的时间。

12.1 演示文稿的基础知识

对演示文稿基础知识的了解就是对演示文稿基本概念、功能及组成的了解。这部分内容并不是考试时出题的重点,但它是演示文稿处理的基础。

12.1.1 演示文稿的基本概念与功能

PowerPoint 是 Microsoft 公司推出的图形展示软件包,是一款能够制作集文字、图形、图表、声音和视频于一体的多媒体演示软件。它广泛应用于新产品演示、公司介绍、现场报告及学校的多媒体课堂等场合,可以很方便地制作出一幅色彩艳丽、造型优美的画面来形象地表达演讲者的观点,演讲的内容。这些画面即为组成"演示文稿"的"幻灯片",它不仅可以在电脑上播放,还可以在 Internet 上发布和展示。

利用 PowerPoint 可以创建联机演示文稿、网上使用的 Web 页、彩色和黑白投影机幻灯片、35 mm幻灯片、观众讲义和演讲者备注等,同时还可以实现彩色和黑白纸张打印输出。因为它和Word、Excel 等应用软件一样,都属于 Microsoft 公司推出的 Office 系列产品之一,所以它们之间具有良好的信息交互性和相似的操作方法。网络、多媒体和幻灯片的有机结合是 PowerPoint 的突出体现。

PowerPoint 的基本功能,包括自动处理功能、图文编辑功能、插入对象、动画演播、网络功能和帮助功能等。

12.1.2 演示文稿的组成

演示文稿主要由多页幻灯片组成。在 PowerPoint 2003 启动后,所看到的屏幕如图 12-1 所示。图中标出了 PowerPoint 2003 窗口的主要组件。

标题栏——所有的 Windows 程序都有一个标题栏,用来标出程序名,同时还有用来改变窗口的一些控制按钮。

菜单栏——即 PowerPoint 的主菜单。单击栏中的一个词就会出现下拉菜单,这是向 Power-Point 发出命令的一种方法。

工具栏——工具栏中有许多按钮,单击它们时将使 PowerPoint 执行不同的操作。

状态栏——这个栏用来显示键盘上的 NumLock、CapsLook 以及 F11 键的各种信息和状态。

幻灯片浏览视图——单击这个按钮会进入一个显示所有幻灯片的页面。

从当前幻灯片开始放映幻灯片——单击这个按钮将从当前幻灯片开始放映所有的幻灯片。

在演示文稿的工作区没有滚动条那是因为工作区域默认情况下的区域不够大,如果需要将工作区域增大到大于显示区域时,会出现相应的滚动条。

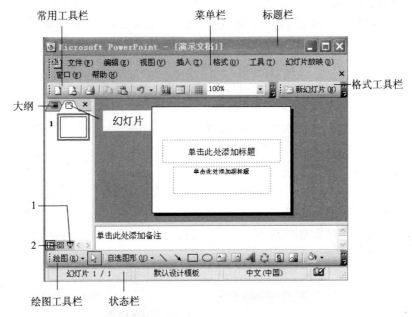

图 12-1　演示文稿说明图

12.2　演示文稿处理软件操作基础

演示文稿的制作是以 Microsoft PowerPoint 2003 来进行讲解。这部分内容在历次的考试试题中都会出现,一般占 3 分左右。另外也是下午上机操作题的重点。这部分重点内容有演示文稿的建立、动作设置、母版修改、插入艺术字和页面设置等,下面来分别介绍这些内容。

12.2.1　创建演示文稿

创建演示文稿是必须经历的一步最基础的操作,其中的主要内容有启动 PowerPoint、退出

PowerPoint 和创建各种演示文稿等。

1. 启动 PowerPoint

启动 PowerPoint 2003 常用的有以下 3 种方法：

① 鼠标单击"开始"→"所有程序"→"Microsoft Office 2003"→"Microsoft office PowerPoint 2003"。

② 直接用鼠标双击桌面快捷方式图标。

③ 在"Windows 资源管理器"或者"我的文档"中用鼠标双击后缀为.ppt 的文件，便会在启动 PowerPoint 的同时打开该文件。

2. 退出 PowerPoint

退出 PowerPoint 常用的有两种方法：单击"文件"→"退出"或单击窗口右上角"关闭"按钮。

3. 利用内容提示向导创建演示文稿

单击"文件"→"新建"，弹出"新建演示文稿"窗格，如图 12-2 所示。

在"新建演示文稿"窗格中选择"根据内容提示向导"命令，会弹出"内容提示向导"对话框，单击"内容提示向导"对话框中"下一步"按钮，弹出"演示文稿类型"对话框，如图 12-3 所示。

单击"演示文稿类型"对话框中"全部"按钮，在右侧的分类信息选择所需的分类，如选择"培训"，单击"下一步"按钮，弹出"演示文稿样式"对话框，在"演示文稿样式"对话框选择所使用的输出类型，单击"下一步"按钮弹出"演示文稿选项"对话框，如图 12-4 所示，输入演示文稿的标题等。

在"演示文稿选项"对话框中单击"下一步"按钮，单击"完成"按钮，然后进行修改。

图 12-2 "新建演示文稿"窗格

图 12-3 通用对话框

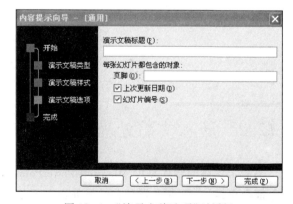

图 12-4 "演示文稿选项"对话框

4. 利用设计模板创建演示文稿

单击"文件"→"新建"，弹出"新建演示文稿"窗格，如图 12-2 所示，单击"根据设计模板"，在预设的模板里选择合适的模板即可创建一个演示文稿。

5. 创建空演示文稿

单击工具栏上的"新建"按钮,弹出"幻灯片版式"任务窗格,在其中选择文字与内容版式后,即可创建一个相应的空演示文稿。

6. 通过导入大纲创建演示文稿

在 Word 中创建一个大纲文件,打开所创建的文件,单击"文件"→"发送",弹出级联菜单选择"Microsoft Office PowerPoint"命令,如图 12-5 所示,即可在 PowerPoint 创建一个大纲演示文稿。

图 12-5 发送级联菜单

7. 插入幻灯片

(1)插入一张新幻灯片。单击"▦"按钮进入"幻灯片浏览"视图,将鼠标移到某张幻灯片的左边单击,使之出现一条垂直的直线。单击"插入"→"新幻灯片",在"幻灯片版式"窗格中选择一种版式,便会在当前该幻灯片的左边插入一张新幻灯片。

(2)从其他演示文稿文件中插入幻灯片。单击"插入"→"幻灯片(从文件)",打开"幻灯片搜索器"对话框。在"文件"处输入待插入其中幻灯片的文件名,或单击"浏览"按钮去搜寻演示文稿。

单击"选定幻灯片"右边的"▦"按钮,将以"略图"形式显示待插文稿中的"幻灯片"的略图及大纲文字。单击"▤"按钮以大纲形式显示,这种方式便于查看幻灯片中的内容。单击"插入"按钮,则插入选中的幻灯片。单击"全部插入"按钮则插入所有幻灯片。(新插入的幻灯片会应用当前演示文稿的"模板"。)

8. 幻灯片的移动、复制和删除

单击"▦"按钮,打开"幻灯片浏览"视图,选定待移动(复制、删除)的幻灯片,然后进行相应的操作。

(1)选定幻灯片。在某一幻灯片上单击,可选定该幻灯片。按住 Ctrl 键,单击鼠标,可选定不连续区域中的幻灯片。按住 Shift 键,单击鼠标,可选定连续区域中的幻灯片。

(2)移动幻灯片。利用幻灯片的移动可以实现演示文稿中幻灯片的重新排列,先单击"✄"按钮将选定的对象移到"剪贴板",确定目标位置后单击"📋"按钮,将"剪贴板"中的对象复制到当前的位置。

(3)复制幻灯片。单击"📄"按钮将选定的幻灯片复制到"剪贴板",在目标位置单击"📋"按钮(可粘贴多次)即可。如果要复制的幻灯片位置紧跟在原幻灯片后面,则在选定的情况下,单击"插入"→"插入幻灯片副本"即可。

(4)删除幻灯片。选中需要删除的幻灯片,按 Del 键,或单击"✄"按钮,或单击"编辑"→"删除幻灯片"。

12.2.2 使用和操作母版

母版可以理解为一个系列的标准,在对母版进行一次设置后,以后的每一页全部都与母版的版式一样,这使整个演示文稿看起来统一、美观。

1. 幻灯片母版

插入母版时单击"视图"→"母版"→"幻灯片母版",如图 12-6 所示,在虚线框内单击,即可根据需要编辑母版。

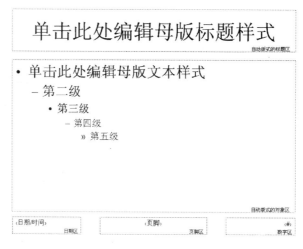

图 12-6　幻灯片母版

在幻灯片母版中选择对应的占位符,可以更改文本的格式。在幻灯片母版状态单击"视图"→"页眉和页脚",弹出"页眉和页脚"对话框,如图 12-7 所示,可以设置幻灯片页眉、页脚和幻灯片编号。另外要使每一张幻灯片都出现某个对象,可以向母版中插入该对象。

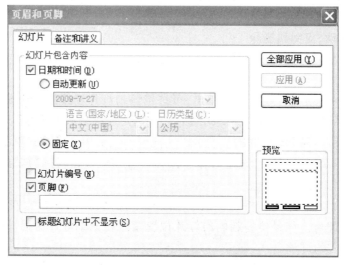

图 12-7　"页眉和页脚"对话框

需要注意的是:通过幻灯片母版插入的对象,只能在幻灯片母版状态下编辑,其他状态无法对其编辑。

2. 标题幻灯片母版

标题幻灯片母版控制的是演示文稿的第一张幻灯片,必须是"幻灯片版式"窗格中的第一种"标题幻灯片"版式建立的。由于标题幻灯片相当于幻灯片的封面,所以要把它单独列出来设计。

3. 讲义母版

"讲义母版"的操作与"幻灯片母版"相似,只是进行格式化的是讲义,而不是幻灯片。讲义可以使观众更容易理解演示文稿中的内容,讲义一般包括幻灯片图像和演讲者提供的其他额外信息等。在打印讲义时,单击"文件"→"打印",然后从"打印"对话框的"打印内容"列表框中选择"讲义"即可。在"讲义母版"中可增加页码(并非幻灯片编号)、页眉和页脚等,可在"讲义母版"工具栏选择在一页中打印第 1、2、3、4、6、9 张幻灯片。

4. 备注母版

"备注母版"的操作与其他母版基本相似,对输入备注中的文本可以设定默认格式,也可以重新定位,并可以根据自己的意愿添加图形、填充色或背景等。备注要比讲义更有用。备注实际上可以当做讲义,尤其在对某个幻灯片需要提供补充信息时使用。备注页由单个幻灯片的图像及相关的附属文本区域组成,可以从"普通视图"中的"幻灯片视图"窗口下面的"备注"栏直接输入备注信息。

12.2.3 输入幻灯片中的元素

输入是演示文稿必需的步骤,其中输入的内容可以是文字、表格、剪贴画、图片、艺术字和音、视频等。

1. 输入文字

单击"插入"→"文本框",如图 12-8 所示,选择"水平"或"垂直"命令,在编辑区中按住鼠标左键,拖动鼠标,划出一个文本输入域用于输入文本。输入后,设置文字格式,并根据需要调整文本框。

2. 插入表格

单击"插入"→"表格",如图 12-9 所示。

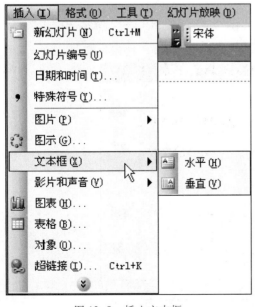

图 12-8 插入文本框

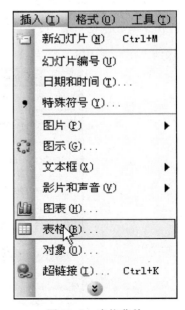

图 12-9 表格菜单

弹出"插入表格"对话框,如图12-10所示。

在"插入表格"对话框中输入要插入的表格的列数和行数,单击"确定"按钮,即可在空演示文稿的版面中插入所需的表格。

3．插入文件中的图片

除了插入"剪辑库"中的剪贴画外,还可以在幻灯片中插入来自文件中的图片。首先把鼠标定在需要插入图片的位置,单击"插入"→"图片"→"来自文件",打开"插入图片"对话框,如图12-11所示。

图 12-10 "插入表格"对话框

在"查找范围"中选择文件所在的文件夹,如不确定,可以通过"**工具**(L)**▾**"中的"**🔍 查找**(F)**⋯**"命令查找图片。找到图片后,首先在对话框的"预览"窗口中查看图片形状,确定后,单击"插入"按钮,即可将选中的图片插入到幻灯片中。

图 12-11 "插入图片"对话框

4．插入艺术字

艺术字的插入和修饰方法与 Word 一样。其方法为:单击"插入"→"图片"→"艺术字",或单击"绘图"工具栏中的""按钮,选择一种艺术字式样,如图12-12所示。单击"确定"按钮,然后在"文字"文本框中输入文字,设置好字体、字号,单击"确定"按钮。

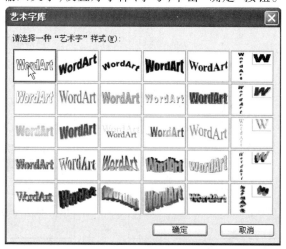

图 12-12 "'艺术字'库"对话框

双击幻灯片中的艺术字,可再次进入艺术字编辑状态,艺术字的编辑与修改,与 Word 一样。

5. 插入公式

选中要添加公式的幻灯片,选择"插入"菜单中的"对象"命令,再单击"对象类型"列表框中的"Microsoft 公式 3.0"。使用"公式编辑器"的工具和菜单来创建公式。

要返回 PowerPoint,单击"公式编辑器"中"文件"菜单上的"退出并返回到演示文稿"按钮。

如果要编辑公式,则双击要编辑的公式,使用"公式编辑器"的工具和菜单来更新您的公式。

6. 插入音频

选择要插入音频的幻灯片,单击"插入"→"影片和声音"。选择"剪辑管理器中的声音",打开"插入声音"窗格,选择适合的声音文件,然后单击"确定"按钮。

接着将提示声音的播放时机,如图 12-13 所示,单击"自动"或"在单击时"按钮,声音将插入幻灯片中。

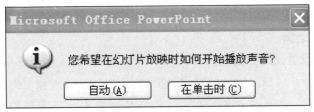

图 12-13　声音播放时机安排

7. 插入 CD 音乐

选择要插入 CD 音乐的幻灯片,并将 CD 放入光驱中。单击"插入"→"影片和声音"→"播放 CD 音乐",打开"插入 CD 乐曲"对话框,设置好乐曲之后单击"确定"按钮,即可将 CD 碟中的音乐插入到幻灯片中。

8. 插入 MP3 音乐

单击"插入"→"对象",打开"插入对象"对话框,选择"由文件创建"单选按钮,单击"浏览"按钮,寻找所需的 MP3 文件,再单击"确定"按钮。

需要注意的是系统内必须有对 MP3 文件进行解压缩的播放软件。

9. 录制旁白

将"麦克风"接到电脑上后,选择幻灯片,单击"插入"→"影片和声音"→"录制声音",打开"录音"对话框,在"名称"中输入名称。单击右边的"录音"按钮●,可开始录音,单击中间的"停止"按钮■,即可停止录制,单击左边的"播放"按钮▶,可以听录音效果。录音完毕后,单击"确定"按钮,即将录制的声音插入到幻灯片中。

10. 插入视频文件

在 PowerPoint 中,可以在幻灯片中插入 GIF 动画和 AVI 视频(影片)或直接插入剪辑库中提供的影片等。操作方法是,选择幻灯片,单击"插入"→"影片和声音"→"文件中的影片",打开"插入影片"对话框,然后选择适合的影片文件,单击"确定"按钮。

11. 插入批注

用户在审阅演示文稿时,可以直接在幻灯片上插入自己的批注。将演示文稿传送给其他人,其他人审阅时也能添加上批注。通过批注可以得到关于演示文稿的反馈信息。在查阅完批注内容后,如果批注内容无使用价值,可以将批注删除。

单击"插入"→"批注",会在幻灯片中插入一个文本框,并在文本框中自动插入 PowerPoint 合法用户的名称,用户可以输入批注的文本内容。也可以对批注的文本框及其文本内容执行移动、调整大小以及重置格式等操作。

如果希望幻灯片放映时不显示批注,或者幻灯片显得太杂乱时,可以将批注隐藏。打开要隐藏批注的幻灯片,单击"视图"→"批注",即可将幻灯片中的批注隐藏。隐藏后,再次单击"视图"→"批注",则批注会重新显示出来。

12.2.4　演示文稿的编辑

在 PowerPoint 中,所有的对象都可以设置动画,使制作出来的演示文稿更生动、更具吸引力,以增加演示效果。动画效果分为幻灯片内和幻灯片间两种。每一种又分为动画方案和自定义动画两类。

1. 幻灯片内预设动画

幻灯片内的动画设置仅对当前幻灯片进行动画设置,在幻灯片视图中设置较为方便。其设置方法为,单击"▭"进入"幻灯片视图"模式,选定需设置动画的对象,如标题、正文、图形等。

单击"幻灯片放映"→"动画方案",在右边的任务窗格中选择需要的动画效果,即可观看所设置的动画效果。

2. 幻灯片间预设动画

幻灯片之间的动画设置主要是设置幻灯片之间的切换方式,一般在幻灯片浏览视图中进行。其设置方法为,单击"▦"进入"幻灯片浏览"视图,选定需要设置的幻灯片。

单击格式工具栏下的"▭"按钮,或单击"幻灯片放映"→"幻灯片切换",或直接在幻灯片上右击,选择快捷菜单中"幻灯片切换"命令,打开"幻灯片切换"窗格,如图 12-14 所示。

选择一种效果,如"垂直百叶窗",再根据需要设置其切换速度、换页方式和声音等效果,单击"应用于所有幻灯片"按钮。单击"播放"或者"幻灯片放映"按钮,可观看所设置的动画效果。

3. 自定义动画

有时需要对幻灯片中的某些对象进行特殊的设置,这就需要"自定义动画"的设置。其具体的操作步骤如下。

选择某幻灯片中待设置动画的对象(如文本框和图片等),单击"幻灯片放映"→"自定义动画",或右击待设置动画的对象,在快捷菜单中选择"自定义动画"命令,打开"自定义动画"任务窗格,如图 12-15 所示。

若"自定义动画"为灰色,则表示未选择幻灯片中的对象。首先在"检查动画幻灯片对象"中,选择需进行动画设置的对象。单击"添加效果"按钮,然后选择需要添加的效果进行相应的设置。

(1)"进入"效果设置。在"添加效果"菜单的"进入"子菜单中选择"其他效果"命令,在弹出的"添加进入效果"对话框(如图 12-16 所示)中选择对象进入幻灯片时的动画效果即可完成"进入"动画效果的设置。

图 12-14　幻灯片切换　　　　　　图 12-15　"自定义动画"任务窗格

（2）"强调"效果设置。在"添加效果"菜单的"强调"子菜单中选择"其他效果"命令，在弹出的"添加强调效果"对话框（如图 12-17 所示）中选择强调对象时的动画效果即可完成"强调"动画效果的设置。

图 12-16　"添加进入效果"对话框　　　　　图 12-17　"添加强调效果"对话框

（3）"退出"效果设置。在"添加效果"菜单的"退出"子菜单中选择"其他效果"命令，在弹出的"添加退出效果"对话框（如图 12-18 所示）中选择对象退出幻灯片时的动画效果即可完成"退出"动画效果的设置。

（4）"动作路径"设置。动作路径是指选定对象或文本沿行的路径，它是幻灯片动画序列的一部分。在"添加效果"菜单的"动作路径"子菜单中选择"其他动作路径"命令，在弹出的"添加动作路径"对话框（如图 12-19 所示）中选择对象动画的动作路径即可完成相关的"动作路径"设置。

4. 幻灯片背景的设置

为了使制作的幻灯片更符合设计需求，在许多情况下，需要对幻灯片背景进行设置，其过程如下。

图 12-18 "添加退出效果"对话框

图 12-19 "添加动作路径"对话框

单击"格式"→"背景"，或右击某一幻灯片的空白区域，选择快捷菜单中的"背景"命令，打开"背景"对话框，如图 12-20 所示。

从"背景填充"下拉列表中选择满意的背景，可供选择的有，可从预设颜色"白、黑、灰……"选择一种作为背景。或选择"其他颜色"命令，打开"颜色"对话框，再选定所需颜色。或者选择"填充效果"命令，打开"填充效果"对话框，选择满意的填充效果。

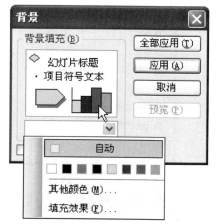

若当前演示文稿中，全部幻灯片都应用这种背景，则单击"全部应用"按钮，若只在当前幻灯片中的应用这种背景，则单击"应用"按钮。

5. 设置幻灯片的切换方式

在 PowerPoint 窗口中，单击菜单栏的"幻灯片放映"菜单，弹出"幻灯片放映"下拉菜单。在下拉菜单中，选择

图 12-20 "背景"对话框

"幻灯片切换"命令,屏幕上弹出"幻灯片切换"窗格如图 12-14 所示。

在"幻灯片切换"窗格中,用户可以设置幻灯片的切换效果和换片方式。单击"修改切换效果"中的各种效果,用户可以选择喜欢的切换效果,同时还可以通过下面的速度和声音来设置幻灯片的切换速度和切换时的声音。选择"换片方式"中的"每隔"复选框,可以设置幻灯片换片的时间。然后,单击"应用于所有幻灯片"按钮,就将设置的切换方式应用到当前演示文稿所有幻灯片中。

6. 创建超链接

用户可以在演示文稿中添加超链接,利用它跳转到不同的位置。可以在任何文本或对象上创建超链接,激活超链接最好用鼠标单击的方法。设置超链接,代表超链接的文本会添加下画线,并显示成系统配色方案指定的颜色。创建超链接的方法有两种,使用"超链接"命令或"动作按钮"。

(1)"使用超链接"命令。超链接跳转到当前演示文稿的某幻灯片的方法,保存要进行超链接的演示文稿,在幻灯片视图中选择代表超链接起点的文本对象,单击"插入"→"超链接",弹出"插入超链接"对话框,单击"链接到"中"本文档中的位置"按钮,在"请选择文档中的位置"框中显示出当前幻灯片位置结构示意,可单击"幻灯片标题"前"+"号标志,打开演示文稿的所有幻灯片的标题,选择要超链接到的幻灯片的名称(标题),超链接设置完毕。

超链接跳转的操作方法,在"链接到"对话框中单击"原有文件或网页"按钮,可以跳转到已有的文档、应用程序等。

跳转到 Internet 地址和跳转到已有的文档相似,只要在"链接到"对话框中单击"原有文本或网页",在"地址"下拉列表框中输入网站地址,或在下拉列表框中选取最近访问过的网站名,如输入网站地址:http://www.csai.cn。

(2)使用动作按钮。利用动作按钮,也可以创建同样效果的超链接。方法如下。

单击"幻灯片放映"→"动作按钮",在其级联菜单中选择一个动作按钮,系统自动弹出"动作设置"对话框,如图 12-21 所示。其中,"单击鼠标"选项卡——单击鼠标启动跳转。"鼠标移过"选项卡——移过鼠标启动跳转。"超链接到"单选按钮——在下拉列表框中选择跳转的位置。

图 12-21　"动作设置"对话框

（3）编辑和删除超链接。编辑超链接的方法，指向欲编辑超链接的对象，在快捷菜单中选择"编辑超链接"命令，打开"编辑超链接"对话框或"动作设置"对话框，进行超链接的位置改变即可。

删除超链接操作方法同上，只要在"编辑超链接"对话框中单击"删除链接"按钮或在"动作设置"对话框选择"无动作"单选按钮即可。

12.2.5　演示文稿的浏览

可以单击"视图"→"幻灯片浏览"，即可切换到幻灯片浏览视图窗口。此时，用户可以在幻灯片浏览视图下查看当前演示文稿中的所有幻灯片，并浏览幻灯片的总体显示效果。

如果要查看幻灯片的黑白灰度显示效果，单击"视图"→"颜色/灰度"→"纯黑白"或工具栏上的"颜色/灰度"按钮，可将当前窗口中所有的幻灯片显示为黑白效果。再次选择菜单中的"纯黑白"命令或工具栏上的"颜色/灰度"按钮，可取消黑白显示，恢复原来的显示效果。

12.2.6　演示文稿的放映

1. 设置放映方式

单击"幻灯片放映"→"设置放映方式"，打开"设置放映方式"对话框，如图 12-22 所示。

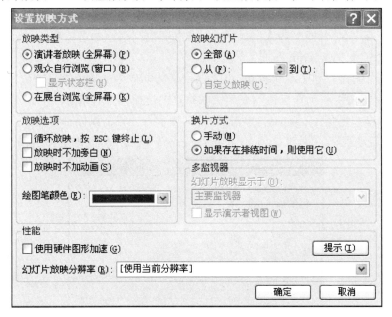

图 12-22　"设置放映方式"对话框

放映类型有如下的几种。

（1）演讲者放映（全屏幕）。这是常规的全屏幻灯片放映方式。可以用人工控制幻灯片和动画，或使用"幻灯片放映"菜单上的"排练计时"命令设置时间。

（2）观众自行浏览（窗口）。在标准窗口中观看放映，包含自定义菜单和命令，便于观众自己浏览演示文稿。

（3）在展台浏览（全屏幕）。自动全屏放映，而且5分钟没有用户指令后会重新开始。观众可以更换幻灯片，或单击超级链接和动作按钮，但不能更改演示文稿。如果单击此选项，Power-Point会自动选定"循环放映，按Esc键终止"复选框。

（4）循环放映。按Esc键终止，循环放映幻灯片，直到按下Esc键终止幻灯片放映。如果选中上面的"在展台浏览（全屏幕）"，此复选框会自动选中，不能再改动。

（5）放映时不加旁白。观看放映时，不播放任何声音旁白。

（6）放映时不加动画。显示每张幻灯片，不带动画。

幻灯片播放范围有以下的选项。

（1）全部。从当前幻灯片开始放映，直到最后一张。

（2）指定范围。在"从"和"到"数值框中输入起止幻灯片，则可以依次播放该范围内所有幻灯片。

（3）自定义放映。运行在列表中选定的自定义放映（演示文稿中的子演示文稿），如果演示文稿中没有自定义放映，不能使用此选项。创建自定义放映的方法参见后续内容。

换片方式有以下两种：

（1）手动。放映时换片的条件是单击鼠标，或每隔一定时间自动播放，或者右击，再选择快捷菜单上的"前一张"、"下一张"或"定位"命令。此时PowerPoint会忽略默认的排练时间，但不会删除。

（2）使用预设的排练时间自动放映。如果存在排练计时，则使用它。如果幻灯片没有预设排练时间，则仍需要人工换片。

2. 自定义放映

在实际应用中，常常需要针对不同用途选择播放某些幻灯片或调整播放顺序，如想将重要的或相关的幻灯片重新组合起来以加深印象。可以新建一个文稿，然后将这些重要幻灯片插入到新文稿中，也可以仅临时将其组合起来，这就是所谓"自定义放映"。

单击"幻灯片放映"→"自定义放映"，然后单击"新建"按钮，如图12-23所示。

在"定义自定义放映"中，选择"演示文稿中的幻灯片"列表中满意的幻灯片，如图12-24所示，单击"添加"按钮，将其选到"自定义放映中的幻灯片"列表中，单击其右边的"⬆"、"⬇"按钮，调整其播放顺序。在"幻灯片放映名称"文本框中输入此新放映版本的名称，单击"确定"按钮。

图12-23 自定义放映

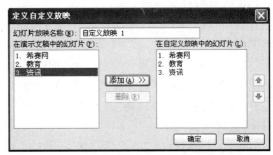

图12-24 "定义自定义放映"对话框

3. 排练计时

PowerPoint 提供了"排练计时"命令,在正式放映幻灯片之前。对播放进行彩排,记录每张幻灯片的放映时间和整个演示文稿的播放时间,并在正式播放时,使用已经设定好的幻灯片播放时间来放映幻灯片。方法如下。

单击"幻灯片放映"→"排练计时",PowerPoint 将自动播放演示文稿,并显示"预演"对话框,如图 12-25 所示,让用户控制幻灯片的播放时间。

图 12-25 "预演"对话框

若当前幻灯片播放时间已设置好,单击"➡"按钮进行下一张幻灯片的排练计时,如果对当前幻灯片的排列时间不满意,可单击"↻"按钮,重新计时,按钮的最右边显示的是整个演示文稿的放映时间。

放映结束后,将弹出是否保存已设定好的排练计时的对话框,单击"是"按钮即可保存排练计时,在幻灯片放映时会按照排练好的时间放映每张幻灯片和整个演示文稿。需要注意的是,排练计时的时间可在"幻灯片切换"窗口中编辑。

4. 暂停幻灯片的放映

在幻灯片放映过程中,有时可能需要暂停播放,可通过这些方法实现。按 B 键可实现黑屏暂停,再按 B(或回车)键继续。按 W 键可实现白屏暂停,再按 W(回车)键继续。单击鼠标右键,屏幕就会处于暂停状态,同时弹出快捷菜单。

12.2.7 演示文稿的输出

1. 将演示文稿存为 Web 页

将演示文稿以 Web 页的形式保存,就可以在浏览器中进行查看。操作方法,打开要保存为 Web 页的演示文稿。单击"文件"→"另存为网页",打开"另存为"对话框。选择"保存类型"为"网页",在"文件名"中输入文件名,单击"保存"按钮。即可将当前的演示文稿以.htm 为扩展名保存在磁盘上。启动浏览器,在地址栏中输入 Web 页所在的位置和文件名即可浏览。

2. 打包演示文稿

如果需要在另一台计算机上观看幻灯片放映,或在没有安装 PowerPoint 的计算机上观看放映,可以使用"打包成 CD"命令,将演示文稿所需的所有文件和字体打包在一起,然后在另一台计算机上观看幻灯片放映。

打包的过程如下。打开要打包的演示文稿,单击"文件"→"打包成 CD",弹出"打包成 CD"对话框如图 12-26 所示。在对话框中通过"添加文件"可以从文件夹中选择需要打包的文件。单击"选项"按钮可以弹出一个对话框,如图 12-27 所示,在这个对话框中确定包文件是否包含 PowerPoint 播放器、链接的文件及嵌入 TrueType 字体,还可为打包文件设置密码,在设定这些内容后,单击"确定"按钮,回到"打包成 CD"对话框,单击"复制到文件夹"或"复制到 CD"按钮完成打包,最后生成.exe 文件。

说明:以上提到的"包"文件是指最后生成的.exe 文件。如果播放机中没有安装 PowerPoint 则.exe 文件中需包含"播放器"。一般来说,若播放机上安装了 PowerPoint,直接将文稿拷过去即可,不必打包。

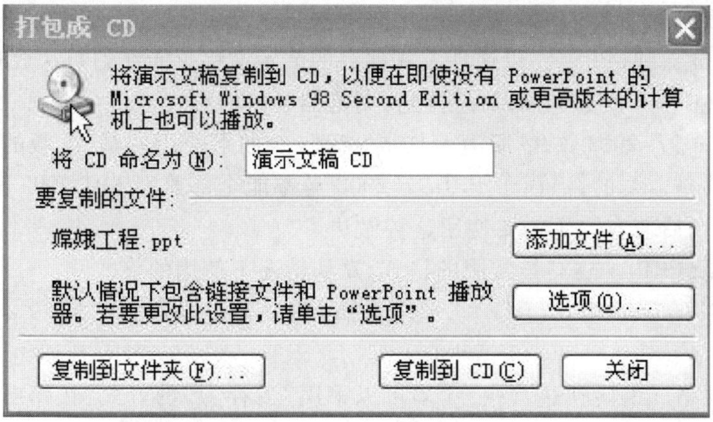

图 12-26 "打包成 CD"对话框

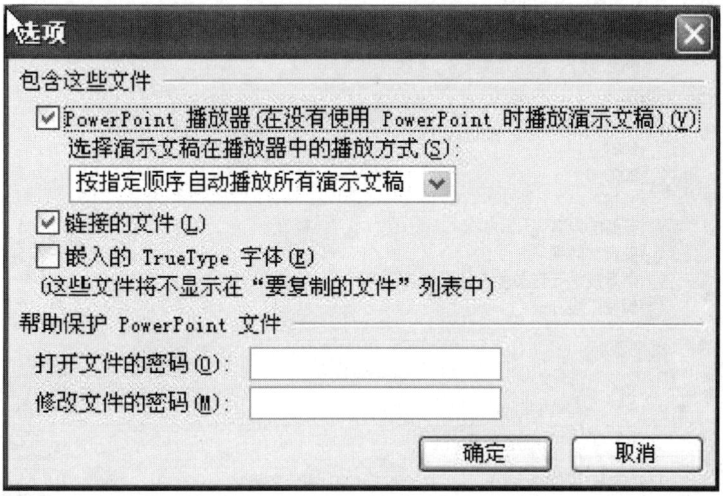

图 12-27 "选项"对话框

3. 连接投影仪

当需要使计算机上的演示文稿出现在外部显示器或放映系统中,操作方法是,将计算机的外部显示端口连接到显示器或放映系统上。在 Microsoft PowerPoint 中,打开要运行的演示文稿。选择"幻灯片放映"菜单上的"设置放映方式"命令。单击"投影仪向导",根据向导中的说明设置演示文稿,使其符合所使用的显示器或放映系统的类型。

12.2.8 多种文件格式转换

PowerPoint 的文件格式有多种,常见的演示文稿保存格式有如下几种。

(1) Windows 图元文件(WMF)。幻灯片被保存为图形格式。

(2) 可交换的图像文件格式 GIF、JPEG 和可移植的网络图像文件格式 PNG。这些格式都是将幻灯片保存为网页浏览器可浏览的图形。

（3）设计模版（POT）。将演示文稿保存为一种模版，它可以作为创建其他演示文稿的向导。

（4）PowerPoint 放映（PPS）。以这种方式保存的演示文稿总能在幻灯片放映时自动打开。

（5）网页（HTML）。演示文稿保存为网页浏览器可读的形式。

（6）PowerPoint 97–2003 & 95 版演示文稿（PPT）。如果使用的是 95 版的 PowerPoint，设置这个可兼容的格式是需要的，但由于 PPT 97、2000 等都能全部兼容 PPT 2003 格式，因此在这些版本中并不需要"向后兼容"，不需要使用这种做法。

（7）演示文稿（PPT）。这是最常用的格式，默认情况下使用的格式。

（8）草图/（Rich-Text）格式（RTF）。演示文稿大纲另存为草图，保存为文本格式。不能保存任何图形。

在这多种文件格式的转换过程中，大多可以采用"另存为"的方式，在弹出的如图 12–28 所示对话框中选择合适的文件类型进行文件保存即可。

图 12-28　"另存为"对话框

12.3　例题分析

1. 利用系统提供的资料和图片素材，按照题目要求用 PowerPoint 创意制作"2009 中国软件工程大会"演示文稿，直接用 PowerPoint 的保存功能存盘。

资料一：2009 中国软件工程大会

资料二：中国软件工程大会理念：创新、分享、交流中国软件工程大会(CCSE)是在软件产业不断发展和规范的背景下应运而生,软件工程是一门具有指导意义的理论科学,大会将作为把理论知识应用于实践的交流与合作平台,从中立、客观的角度围绕软件产业发展、信息化建设、软件工程实践、软件人才培养、未来软件技术发展等方面进行深入广泛的交流。大会将为来自国内外科研院所、高等院校、企事业单位的专家、教授、学者、工程师提供一个代表国内软件产业产学研最高水平的高层平台,交流有关软件工程领域的最新成果与经验,探讨相关领域所面临的关键问题和研究动态,引领软件人对中国软件产业作更多、更深入的思辨,积极推进国家信息化建设和软件产业化发展。

参考图如图12-29所示。

图 12-29 参考图

【要求】

(1)第一页演示文稿:用资料一内容。

(2)第二页演示文稿:用资料二内容。

(3)演示文稿的模板等可自行选择。

(4)第一页演示文稿:文字设置为新宋体、红色,插入的图片设置为"百叶窗"动画效果。

(5)第二页演示文稿:插入的图片超链接到上一张幻灯片,设置为"飞入"动画效果,标题文字设置为宋体、红色,正文文字设置为宋体、蓝色。

分析:

【考查目的】

PowerPoint 模板制作演示文稿并对文稿进行"文字格式"、"插入图片"和"动画"设置等。

【操作的关键步骤】

(1)熟悉 PowerPoint 的基本操作。

(2)应用"格式"菜单下的"字体"命令,对第一页演示文稿和第二页演示文稿的字体、颜色进行相应的设置。

(3)应用"幻灯片放映"菜单下的"自定义动画"命令,对第一页演示文稿和第二页演示文稿的图片进行相应的动画设置。

(4)应用"插入"菜单下的"超链接"命令,将第二页演示文稿链接到第一页演示文稿之后。

答案:略。

2. 利用系统提供的资料和图片素材,按照题目要求用 PowerPoint 创意制作演示文稿,直接用 PowerPoint 的保存功能存盘。

资料一:嫦娥工程

资料二:绕月探测工程五大系统

2007 年,中国将以一种前所未有的激情派使者出访月亮,使者是与一位与月宫仙女同名的新星——嫦娥一号,出发点是有"月亮女儿"美誉的西昌发射场。托举她的是中国航天人精心挑选的大力士长征三号甲运载火箭,护驾的还有为中国载人航天工程立下赫赫战功的航天测控网和国家天文台的观天"巨眼"。在北京一座布满计算机的宫殿里,人们将会查到嫦娥一号送回的探测数据。所有这些共同组成了嫦娥一号出访月亮的团队——绕月探测工程五大系统。

【要求】

(1)第一页演示文稿:用资料一内容。

(2)第二页演示文稿:用资料二内容。

(3)演示文稿的模板、动画等自行选择。

(4)自行设置每页演示文稿的动画效果。

(5)制作完成的演示文稿整体美观,符合所给环境。

分析:

【考查目的】

PowerPoint 模板制作演示文稿并对文稿进行"动画"设置和整体美观把握等。

【操作的关键步骤】

(1)为演示文稿选定模板。分别根据第一页和第二页内容来确定其模板,确定模板时,使用"格式"菜单下的"幻灯片版式"命令,在弹出的窗格中选择合适的版式。然后还可以通过"格式"菜单下的"幻灯片设计"命令,在弹出的窗格中选择合适的设置模板。

(2)对演示文稿的文字内容进行设置。应用"格式"菜单下的"字体"命令,对第一页演示文稿和第二页演示文稿中文字的字体、颜色及大小等属性进行相应的设置。

(3)对每页演示文稿的动画效果进行设置。使用"幻灯片放映"菜单下的"自定义动画"命令,在弹出的窗格中对第一页演示文稿和第二页演示文稿中的图片或文字进行动画设置。

(4)根据题目给出的要求(5),我们可以看出完成的演示文稿不仅要美观,而且还要符合所给的环境,因此在制作演示文稿时可以根据所给的环境来确定各个元素的大小、颜色、背景及动画效果等。

答案:略。

3. 利用系统提供的资料,按照题目要求用 PowerPoint 创意制作演示文稿,用 PowerPoint 的保存功能直接存盘。

资料一:中国语言文字

资料二:汉语

汉语是我国使用人数最多的语言,也是世界上使用人数最多的语言,是联合国 6 种正式工作语言之一。汉语是我国汉民族的共同语,我国除占总人口 91.59% 的汉族使用汉语外,有些少数民族也转用或兼用汉语。现代汉语有标准语(普通话)和方言之分。普通话以北京语音为标准音、以北方话为基础方言、以典范的现代白话文著作为语法规范。2000 年 10 月 31 日颁布的《中华人民共和国国家通用语言文字法》确定普通话为国家通用语言。

【要求】

（1）演示文稿第一页：用资料一内容，字体、字号和颜色自行选择。

（2）演示文稿第二页：用资料二内容，字体、字号和颜色自行选择。

（3）自行选择幻灯片设计模板，并在幻灯片放映时有自定义动画的效果（例如添加效果使文字以"飞入"方式进入）。

（4）在幻灯片放映时幻灯片切换有美观的效果（例如"水平百叶窗"的效果）。

（5）制作完成的演示文稿整体美观。

分析：

【考查目的】

利用幻灯片设计模板来制作演示文稿并对文稿进行"文字格式"、"动画效果"、"幻灯片切换效果"设置和整体美观把握等。

【操作的关键步骤】

（1）选择合适的幻灯片设计模板。使用"格式"菜单下的"幻灯片设计"命令，在弹出的任务窗格中选择演示文稿一和演示文稿二的设计模板。

（2）对演示文稿的文字内容进行设置。使用"格式"菜单下的"字体"命令，对第一页演示文稿和第二页演示文稿中文字的字体、字号及颜色等属性进行相应的设置。

（3）设置幻灯片放映时的动画效果。使用"幻灯片放映"菜单下的"自定义动画"命令，在弹出的任务窗格对第一页演示文稿和第二页演示文稿的图片和文字进行相应的动画设置。

（4）设置幻灯片切换时的美观效果。使用"幻灯片放映"菜单下的"幻灯片切换"命令，在弹出的任务窗格中选择幻灯片切换时需要的美观效果（如"水平百叶窗"效果、"垂直百叶窗"效果等）。

（5）合理调节演示文稿中各元素的大小、颜色、背景、动画效果及幻灯片切换效果等，是整个演示文稿看起来美观、得体。

答案：略。

12.4 同步训练

1. 使用 PowePoint 制作图 12-30 所示的幻灯片，并保存为"计算机应用基础.ppt"。

【要求】

（1）修改母版，将图片"荷花"置于母版的最底层（若没有荷花的图片，则选用图形结构相近的来取代），背景采用"水滴"。

（2）将每张幻灯片的第一行标题字设为宋体，60 号字体。

（3）第二张幻灯片开始，在下面放置 4 个动作按钮，且分别设置动作，"到第一页"、"到上一页"、"到下一页"、"到最后一页"。

（4）第二张的项目符号设为方形。

（5）第三张的项目符号设为圆点，子项为"－"。

（6）在第四张幻灯片中插入表格，居中，"自定义动画"为从左往右"切入"的效果。

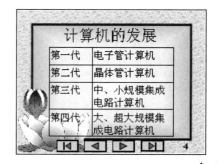

1　　　　2

3　　　　4

图 12-30　资料内容

2．用 PowerPoint 创意如图 12-31 所示的幻灯片，要求基本达到一致，并保存为"创意.ppt"。

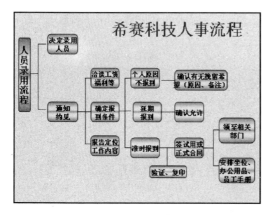
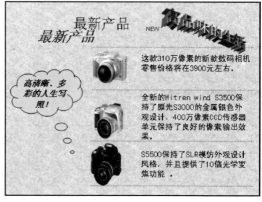

图 12-31　练习 2 参考图

【要求】

（1）模板、文字、图片均可自行选择，但版面应一致。

（2）对每张幻灯片要设置放映时间，设置动画。

（3）第二张幻灯片的图片中要有一张设置为"水印画"。

3．利用下面的资料，按要求用 PowerPoint 创意制作"中国大学生就业状况调查"演示文稿，直接用 PowerPoint 的保存功能存盘。

【资料】

一、
中国大学生就业状况调查
资料来源:团中央学校部和北京大学公共政策研究所
2006.7

二、
对全国 16 所大学 6 000 个应届毕业生调查显示,月薪期望值:
"零工资"占 1.58%。
500～1 000 元占 8.03%
1 000～1 500 元占 35.37%
1 500～2 000 元占 30.73%
2 000 元以上占 24.29%

【要求】

(1) 第一页演示文稿:用资料一内容。

(2) 第二页演示文稿:用资料二内容。

(3) 演示文稿的模板、文字格式、插入的图片等可自行选择。

(4) 为演示文稿中的对象设置动画。

第 13 章
数据库处理

　　数据库操作在日常生活中应用非常广泛,许多需要分类保存的资料都会用到它。数据库管理系统不仅提供了数据记录的存储管理,而且还提供了许多灵活的方式来操作数据,如快速查询信息,生成报表等。根据考试大纲,本章主要考查两个知识模块:数据库管理系统基础知识和数据库管理系统的操作,其中每一个模块又分成若干个知识点。从历年的考试试题来看,本章占上午考试总分值的 3～10 分。数据库操作部分的题目集中在数据库模型、关系、范式、键和查询等,出题相对固定,重复率也比较高。在下午的上机操作试题中也占有很重要的位置,这部分占总分值的 1/5,是考生相对难处理的题型,建议考生平时多练习建立表结构、主键设置、记录录入、查询功能生成关联表及表格约束功能的操作等。

13.1　数据库管理系统基础知识

　　本部分的内容主要包括数据与数据处理的基本概念、数据库管理系统的产生、数据库管理系统的组成、数据库的模式结构及关系型数据库中的基本概念等知识点。从历年命题走势图来看,本节所涉及的考题分值有所下降,但这部分内容是解数据库方面试题的基础,仍然需要我们好好掌握,特别是关系型数据库中的基本概念部分,切不可忽视。

13.1.1　数据与数据处理的基本概念

　　数据是对事物的客观描述,包括账务、物资、采购、销售、工资、人员等数据的集合,用于记录事物的状况,数据可以用类型和值表示。数据在人们的生活中无处不在,随着人类的进步,特别是互联网的出现带来了大量的信息,因此也就需要更强有力的信息管理及数据处理技术。

　　数据处理就是指对各种类型的数据进行收集、存储、分类、计算、加工、检索和传输的过程,数据处理也称为信息处理。

13.1.2　数据库管理系统的产生

　　数据库技术是应数据管理任务的需要而产生的。它是存储在计算机内的,有组织、有结构的数据的集合,使用者可方便地存取所需的数据。伴随数据处理量的增加,以及随着计算机的发展,数据库管理技术先后经历了人工管理(20 世纪 50 年代中期前)、文件系统管理阶段(20 世纪 50 年代后期到 60 年代末期)和数据库系统阶段。

1. 人工管理阶段

　　计算机出现初期主要应用在军事领域与科学计算。当时没有能直接存储的存储设备,没有操作系统及数据管理软件等,一般计算机的数据处理量较小,基本上不存在数据库管理问题,此时的数据文件主要靠人工进行组织管理。这种管理方式具有数据不易保存、数据不共享、数据不具独立性等特点。

2. 文件管理阶段

在文件管理阶段,处理的数据量相对增加了不少。这个阶段出现了可直接存取的磁盘、磁带及磁鼓等外部存储设备,同时也出现了操作系统和一些专门的数据管理软件。文件管理阶段主要有数据可长期保存、数据共享性差、冗余大和独立性差等特点。

3. 数据库管理阶段

伴随着计算机硬件技术与软件技术的继续发展,人们克服了文件管理阶段的不足,出现了一套新的数据库管理软件,数据库管理系统(DataBase Management System,DBMS)将数据库的管理技术带进数据库管理阶段。

数据库管理系统是一种专门负责数据库定义、建立、操作、管理和维护的软件系统。其目的是保证数据库安全可靠,提高数据库应用的简明性和方便性。数据库管理系统的实质是将用户对数据的操作转化成对系统存储文件的操作,从而有效地实现数据库三级之间的转化。

数据库管理系统的特点是数据库管理系统中的数据都是按同一结构存储的,不同的应用程序都可以直接调用和操作这些数据,数据的独立性相当高。数据库管理系统能保持数据的完整性,一致性和安全性,使数据能够被充分的共享使用。数据库管理系统具有一套强大的操作命令,用户能在其他应用程序中使用此命令实行数据的管理和操作。

数据库应用系统(DataBase System,DBS)是一个计算机应用系统,它由用户、数据库管理系统、储存在储存设备上的数据和计算机硬件组成。

数据库管理阶段具有数据处理量大、数据共享性好、冗余小及独立性好等特点。

13.1.3 数据库管理系统的组成

数据库管理系统(DBMS)是指对用户数据进行建立、使用、管理和维护数据库的一种计算机系统软件,数据库管理系统的作用类似于仓库系统的管理机构,它负责处理用户对数据库的各种请求,如检索、修改或存储数据等。

DBMS 的主要功能可以概括如下。

(1)可使用数据描述语言(DDL)描述数据库的结构及帮助用户建立数据库。

(2)可使用数据操作语言(DML)对数据库进行数据查询、统计、存储、维护或输出等操作。

(3)其他管理程序和控制程序,用于公用管理。

目前在微机和小型机上常用的数据库管理系统有以下几种:Access、Informix、Oracle 和 FoxPro。

数据库(DataBase,DB)是指将数据以一定组织方式组织在一起,存储在外部存储设备上的,可供多个用户共享使用且与应用程序相对独立的相关数据集合。数据库是以文件的形式存储在外部存储器上的,用户可通过数据库管理系统对数据库进行数据查询、统计、存储、维护、输出等操作。

13.1.4 数据库的模式结构

为了有效地组织数据、管理数据及提高数据库的逻辑独立性和物理独立性,人们为数据库设计了一个严谨的体系结构,数据库领域公认的标准结构是三级模式结构,分别为外模式、模式和内模式。

外模式即子模式,对应于用户级。它是某个或某几个用户所看到的数据库的数据视图,是与某一应用有关的数据的逻辑表示。外模式是从模式导出的一个子集,包含模式中允许特定用户使用的那部分数据。用户可以通过外模式描述语言来描述、定义对应于用户的数据记录(外模式),也可以利用数据操纵语言(Data Manipulation Language,DML)对这些数据进行筛选和变换得到。外模式反映了数据库的用户观。

模式即概念模式或逻辑模式,对应于概念级。它是由数据库设计者综合所有用户的数据,按照统一的观点构造的全局逻辑结构,是对数据库中全部数据的逻辑结构和特征的总体描述,是所有用户的公共数据视图。它是由数据库管理系统提供的数据模式描述语言(Data Description Language,DDL)来描述、定义的,体现、反映了数据库系统的整体观。

内模式即存储模式,对应于物理级,它是数据库中全体数据的内部表示或底层描述,是数据库最低一级的描述,它描述了数据在存储介质上的存储方式和物理结构,对应着实际存储在外存储介质上的数据库。内模式由内模式描述语言来描述、定义,它体现了数据库的存储观。

在一个数据库系统中,作为定义、描述数据库存储结构的内模式和定义、描述数据库逻辑结构的模式都是唯一的,但建立在数据库系统之上的应用则是非常广泛、多样的,所以对应的外模式不是唯一的,也不可能是唯一的。

13.1.5 关系型数据库中的基本概念

关系型数据库的存储结构是多个二维表格,在表结构中数据的每一行称为一条记录,它用来描述一个对象的信息,每一列称之为一个字段,它用来描述对象的一个属性。下面我们对关系数据库中各个组成元素做简单介绍。

实体,客观存在并可相互区别的事物称为实体。实体可以是具体的人、事或物,也可以是抽象的概念。

属性,实体所具有的某一特性称为属性.一个实体可以由若干个属性来刻画,也称为字段。

记录,关于一个个体的数据总和。记录由若干个字段组成,组成记录的全部字段长度的和称为记录的长度。

索引,与图书目录相似的一种索引,能加快数据的查询速度。

关键字,属性和属性组合,其值能够唯一地标识一个元组。元组也称记录,任意两条记录的关键字不能相同。

主键,是数据库中具有唯一性的字段,也就是说数据表中的任意两条记录都不可能拥有相同的主键字段。在设计数据库时可以靠设置主键来提高数据查询性能。

联系,在现实世界中,事物内部以及事物之间是有联系的,这些联系在信息世界中反映为实体内部的联系和实体之间的联系。实体内部的联系通常是组成实体的各属性之间的联系。

(1)一对一联系(1:1)。如果对于实体集 A 中的每一个实体,实体集 B 至多有一个实体与之联系,反之亦然,则称实体集 A 与实体集 B 具有一对一联系,记为 1:1。

(2)一对多联系(1:n)。如果对于实体集 A 中的每一个实体,实体集 B 中有 n 个实体与之联系(n>=0)。反之,对于实体集 B 中的每一个实体,实体集 A 中至多有一个实体与之联系,则称实体集 A 与实体集 B 具有一对多联系,记为 1:n。

(3)多对多联系(m:n)。如果对于实体集 A 中的每一个实体,实体集 B 中有 n 个实体与之联系(n>=0)。反之,对于实体集 B 中的每一个实体,实体集 A 中也有 m 个实体与之联系(m>=

0),则称实体集 A 与实体集 B 具有多对多联系,记为 m∶n。

13.2　数据库管理软件的操作

数据库管理系统的操作是以 Microsoft Access 2003 来进行讲解的。常考的知识点有数据库和数据表的建立、数据录入、主键设置、查询功能生成表、多表合成一个表等。这也是下午上机操作的难点,特别对于非计算机专业的人员,对查询功能生成数据表以及数据绑定不好理解,所以建议平时一定要多练习,以便熟能生巧。

启动 Access 常用的有 2 种方法。一是单击"开始"→"所有程序"→"Microsoft Office 2003"→"Microsoft office Access",启动 Microsoft Access。二是双击 Windows 桌面上的 Access 2003 快捷图标启动 Microsoft Access。

退出 Access 的方法比较简单,通常用以下的 3 种方法之一。

(1)单击"文件"→"退出",退出 Access。

(2)用鼠标单击 Access 窗口的右上角的"关闭"按钮,退出 Access。

(3)对文件进行保存后,采用 Alt+F4 组合键,退出 Access。

13.2.1　创建数据库

数据库中的元素包括数据表、查询、报表和窗体等,在 Access 中创建数据库可以有 3 种方法。① 按 Ctrl+N 组合键。② 选择"文件"→"新建"命令。③ 单击工具栏上的"新建"按钮。

通过上述 3 种方法都可弹出一个"新建文件"任务窗格,在这其中单击"空数据库"链接即可弹出一个"文件新建数据库"对话框,如图 13-1 所示,该对话框的主要作用是用来为数据库选择合适的存储位置和确定正在创建数据库的名称。一般 Access 为数据库提供了一个默认名,如 db1、db2 等,但是最好应该为数据库设置一个有意义的名字。然后单击"创建"按钮,接着 Access 会显示如图 13-2 所示的窗口。

图 13-1　"文件新建数据库"对话框

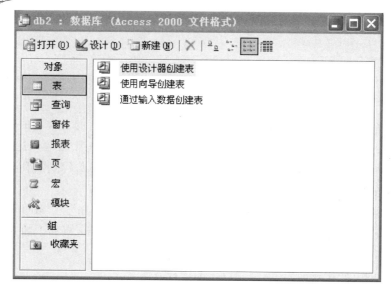

图 13-2 数据库窗口

在数据库窗口中的左侧可以看到数据库中包含的不同对象,有表、查询、窗体、报表、宏等。如果单击某个对象,在屏幕的右侧将显示该类型数据库的对象。下面我们来讲解数据库中"表"的创建。

13.2.2 创建数据表和视图

在数据库中创建表的方式有 3 种,分别为使用设计器创建表、使用向导创建表和通过输入数据创建表。

(1)使用向导创建表。在创建好数据库后,在弹出的数据库窗口(如图 13-2 所示)选择对象"表",在右边的屏幕中双击"使用向导创建表",弹出如图 13-3 所示的"表向导"对话框,在该对话框中选择创建表需要的字段。

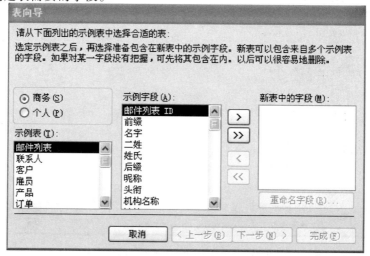

图 13-3 使用向导创建表

添加好字段后,单击"下一步"按钮,弹出如图 13-4 所示的对话框,在该向导对话框中会要求输入指定表的名称与是否设置主键。系统将以主键来创建索引,以加快表的查询速度。

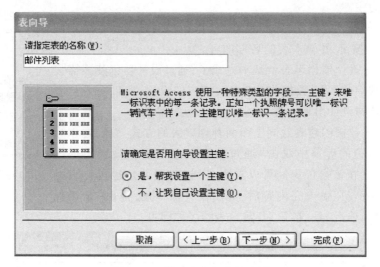

图 13-4 设置表名与主键向导

完成以上步骤后,单击"下一步"按钮将设置创建完表之后的动作。如图 13-5 所示,完成表创建后的动作有修改表的设计、直接向表中输入数据和利用向导创建的窗体向表中输入数据,选择其中的一项,最后单击"完成"按钮即可完成表的创建。

通过向导设计表,可方便的创建你所需要的表,其操作比较简单,对字段的修改比较灵活,适合于对表的设计掌握程度不高的人。

(2) 使用设计器创建表。在创建好数据库后,在弹出的数据库窗口(如图 13-2 所示)选择对象"表",在右边的屏幕中双击"使用设计器创建表",弹出如图 13-6 所示的窗口。在该窗口中设置表中字段名称、数据类型及相关说明等。

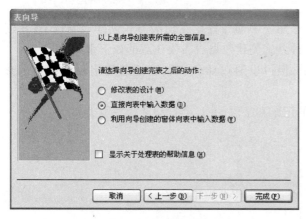

图 13-5 设置创建表后的动作

图 13-6 通过设计器创建表

现在应当能看到的已经设计好的表,字段的数据类型,设计者在进行设计时,都可以自行选择的。其中字段前有"🔑"标志的为主键。在字段上右击,如图13-7所示,设置该字段为主键。

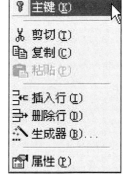

当所有字段都设置完成后,关闭设计器,将会弹出是否保存的询问对话框,单击"是"按钮,并输入表的名称即可。

这样下来通过设计器创建表就基本完成了,通过设计器创建表需设计者对表的"字段名称"及"数据类型"都做相应的设置,所以对设计者的要求较高,但这样设计出来的表,非常适合自身的需求。

(3)通过输入数据创建表。同上面两种创建表的方式一样,在创建好数据库后,在右边的屏幕中双击"通过输入数据创建表",弹出如图13-8所示的窗口。在该窗口我们可以重命名列(字段名),也可以直接输入数据表的内容。在输入完内容后,关闭设计器,将会弹出"是否保存"的询问对话框,单击"是"按钮,并输入表的名称即可。

图 13-7 主键的设置

图 13-8 通过输入数据创建表

使用这种方式创建数据表的基本特点是采用了手动与程序互动的方式创建表结构,并在创建表的时候输入了一定的记录数据。使用这种方式创建数据表需要注意的如下事项。

(1)表默认只有10个字段和21条记录,但可以通过插入和删除记录和字段的方式来修改表。

(2)在首次存盘时,系统会自动删除空的记录和字段,并且会自动选择字段类型。

(3)进入设计视图可以修改字段类型。

13.2.3 设立主键和创建索引

设立主键和创建索引都可以帮助 Access 快速地实现查找和排序。

1. 设立主键

主键是数据库中具有唯一性的字段,也就是说数据表中的任意两条记录都不可能拥有相同的主键字段。在设计数据库时可以靠设置主键来提高数据查询性能。对于主键的设置一般在创建表的过程中完成,也可以在完成表的创建后,选中表右击,在弹出的快捷菜单中选择"设计视图"命令,在弹出的对话框中可以设置表的主键。

2. 创建索引

索引的建立可以在单一字段或多个字段上进行。下面分别来讲解建立索引的步骤。

(1)确定当前表格进入"设计视图"(如图13-9所示)。

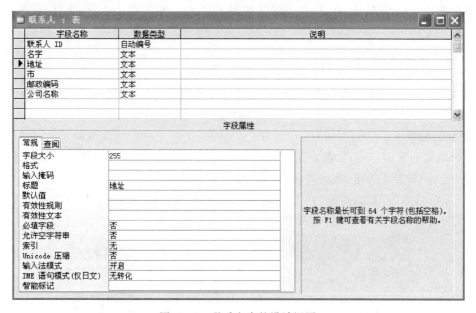

图13-9 联系人表的设计视图

(2)单击工具栏上的"索引"按钮,弹出如图13-10所示的索引对话框。

图13-10 索引对话框

(3)在弹出的索引对话框中,我们可以看到当前表的索引,如果需要增加一个新的索引,单击"索引名称"列下的空行,然后输入新索引的名称。

（4）在"字段名称"列中选择一个希望建立索引的字段即可完成索引的建立。

除了这种方法外,还有另一种方式是首先确定当前表格进入"设计视图",然后单击希望建立索引的字段,在"常规"选项卡中,查看"索引"属性,如果不是"无",表示在这个字段上已经存在索引,这时可以选择"有（有重复）"或"有（无重复）"选项,有重复表示普通字段,在同一字段中可以有两个或两个以上的项目拥有相同的值。如果是"无",表示字段还没有建立索引,如果我们希望给它建立一个索引,可以将"索引"属性的值改为相应的"有（有重复）"或"有（无重复）"。

13.2.4　复制数据表和建立备份

复制数据表是 Access 中常用的一种技术,常用来复制一个表的结构、一个表的副本或合并两个表。建立备份也是常用的一种技术,是保证数据安全的有效方式。

1. 复制数据表

对于数据表的复制,包括数据表结构的复制、数据的复制以及结构与数据的同时复制 3 种。以"工时与账单"数据库为例,来看如何复制"客户"表。

选中"工时与账单"数据库中的"客户"表右击,选择"复制"。然后在目标处再次右击,选择"粘贴",此时会弹出一个对话框,如图 13-11 所示。

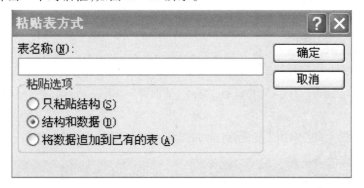

图 13-11　粘贴表方式

"只粘贴结构"方式只复制数据表中的字段名称与字段类型,不复制数据表中的数据内容。"结构和数据"方式可将"客户"表中的结构与数据内容一同拷贝,一般可视作保留一个表的副本。"将数据追加到已有的表"方式只复制数据,将表中的数据内容复制到已有的表中,已有的数据表的结构需与原表相同,即合并具有相同结构的数据表。

选择好一个粘贴表方式后,如选择的是"只粘贴结构"或"结构和数据",则需输入新表的表名称,如果为"将数据追加到已有的表"则需输入合并表的名称。

2. 建立备份

备份可以是备份表,也可是备份数据库。

在备份表时,可以使用数据导出的方式来进行,一般需要另一个数据库或其他一些工具（例如 Excel）的支持。如果要备份一个数据表到另外一个数据库,其具体步骤是,首先打开数据库,选择需要备份的表右击,在弹出的快捷菜单中选择"导出"命令,弹出一个将表"…"导出为…的对话框,然后在其中选择需要导入的数据库,再单击"导出"按钮即可完成。

如果要备份一个数据表到 Excel 中,其具体步骤是,首先打开数据库,选择需要备份的数据表右击,在弹出的快捷菜单中选择"导出"命令,弹出一个将表"…"导出为…的对话框,在对话框的"保存类型"下拉列表中选择一个 Excel 版本的类型,然后在磁盘中选择需要导入的 Excel 文件,再单击"导出"按钮即可完成。这里需要注意的是如果我们需要导出数据表的格式,请选择对话框中的"带格式保存"复选框。

备份数据库的过程非常简单,在 Access 2003 中自带了备份数据库的功能,其具体的过程如下。

(1)打开我们需要备份的数据库。

(2)使用"文件"菜单下的"备份数据库"命令或使用"工具"菜单下"数据库实用工具"子菜单中的"备份数据库"命令,弹出一个"备份数据库另存为"对话框,如图 13-12 所示。

图 13-12　"备份数据库另存为"图

(3)选择好数据库需要备份的位置和类型后,单击"保存"按钮即可完成数据库备份。

13.2.5　建立表间关系

在设计数据库时,最主要的一部分就是将数据元素怎样分配到各个数据表中。一旦完成了对这些数据元素的分类,对于数据的操作将依赖于这些数据表之间的关系,通过这些数据表之间的关系,就可以将这些数据通过某种有意义的方式联系在一起。

接下来看看如何为"工时与账单"数据库中的"项目"表与"客户"表建立关系。

(1)在创建两个数据表后,单击菜单栏中的"工具"→"关系",弹出"关系"窗口,如图 13-13 所示。

(2)由于要将"项目"表中"客户 ID"与"客户"表中的"客户 ID"关联,因此,可单击"项目"列表框中的"客户 ID"拖曳至"客户"列表框中,松开鼠标,此时将弹出"编辑关系"对话框,如图 13-14 所示。

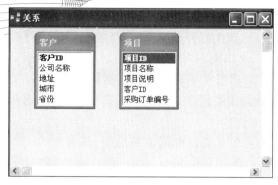

图 13-13　表关系的设置

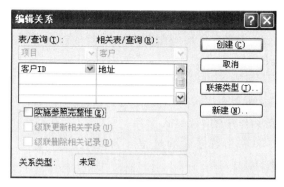

图 13-14　编辑数据表关系

（3）此时可以选择关联的字段与"联接类型"，单击"联接类型"按钮，弹出"联接属性"对话框，如图 13-15 所示，生成的效果如图 13-16 所示。

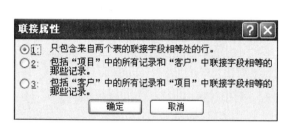

图 13-15　设置联接属性

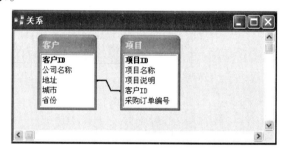

图 13-16　表关联效果

13.2.6　数据库的基本操作

对数据库的基本操作都是针对数据表上的操作，包括对数据表中数据的增加、修改、删除、复制或排序等。

1. 增加和修改数据

以前面介绍创建的"工时与账单"数据库中的"客户"表输入、修改数据为例，来看如何增加和修改数据。

打开"工时与账单"数据库，双击"客户"表，将打开数据库视图，如图 13-17 所示，在此可输入和修改数据。

图 13-17　数据库视图

按字段的名称，依次输入相应的数据，注意，字段"客户 ID"为自动编号，因此不用填写，能够自动生成。输入后如图 13-18 所示。

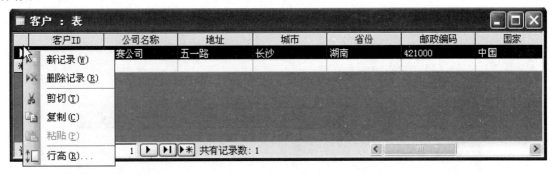

图 13-18　输入后的数据库视图

如需修改数据表中的数据内容,则修改相应的字段下的内容即可。在添加和修改完成后,关闭此视图表,系统将会自动保存你所修改的内容。

2. 删除数据表记录

Access 数据库中的数据是永久删除,不可恢复的,因此在删除记录时请谨慎操作。仍以"工时与账单"数据库为例,如果要删除"客户"表中的数据,操作的常用方法有两种。

(1)打开"客户"表,将光标移置需要删除的数据上,选中任意字段,单击工具栏中的""按钮,将弹出对话框提示是否删除此条记录,单击"是"按钮删除此条记录,单击"否"按钮撤销操作。

(2)将光标移置数据库前端选中整条记录,然后右击,如图 13-19 所示,选择"删除记录"命令,将会弹出对话框提示是否删除此条记录,单击"是"按钮删除此条记录,单击"否"按钮撤销操作。

图 13-19　删除数据记录

3. 数据表记录的排序

仍以"工时与账单"数据库为例,来看如何以"客户"表中的"客户 ID"进行排序。

将光标移置"客户 ID"字段上,单击该字段选择此列,然后单击工具栏中的按钮进行升序排列,单击工具栏中的"按钮进行降序排列。注意,此时排序是根据"客户 ID"的大小进行排序。如果字段为文件则是按照拼音顺序进行升序和降序的排列。

对字段进行排序,只需选择好需要排序的字段,然后单击工具栏中的"升序"或"降序"按钮即可。

4. 数据表的转存

Access 数据库可以将数据表导出为其他文件保存，如 Excel 表、HTML、TXT 文件等形式。还以"工时与账单"数据库为例，来看如何将"客户"表导出为 Excel 表。

在数据库中选中"客户"表，单击菜单栏的"文件"→"导出"，将弹出保存文件对话框，如图 13-20 所示。

图 13-20　将表导出为 Excel 表

在"保存类型"下拉列表中选择 Microsoft Excel 97-2003，并选择好保存的位置与文件名。完成后将打开导出的文件，如图 13-21 所示。

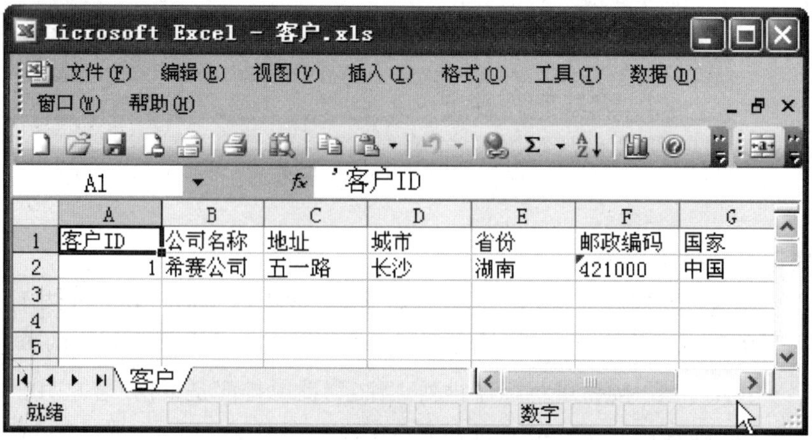

图 13-21　导出的 Excel 表

13.2.7　数据库查询操作

数据库的查询操作是数据库中最重要也是最常用的一种操作。下面分别介绍几种常见的查询方式。

1. 基本查询

对数据库中的数据进行查询,Access 提供比较强的查询功能,对于新手来说,可以使用查询向导创建查询任务。对于熟练的用户来说,也可以利用查询向导创建基本查询任务,然后再增加查询要素。

以"工时与账单"数据库为例,来看如何利用向导创建查询"客户"表中"城市"在长沙的数据,操作步骤如下。

选中"工时与账单"数据库中的"客户"表,单击窗口左侧的"查询",然后双击"使用向导创建查询",将弹出"简单查询向导"对话框,如图 13-22 所示。

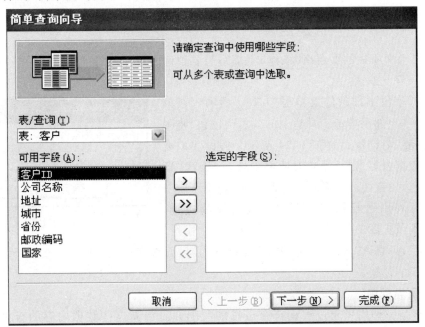

图 13-22　简单查询向导

在"表/查询"下拉列表框中选择"表:客户"表,并通过" > "或" >> "按钮将"可用字段"中的字段移至"选定的字段"中,单击"下一步"按钮。接下来需要设置查询的标题,选择"修改查询设计"单选按钮,然后单击"完成"按钮。

完成后将弹出查询设计器,如图 13-23 所示。现在只需根据查询条件选择相应的字段,在"条件"栏填写上所需的条件。据此,可选择"城市"字段,在"条件"栏填写"长沙"。

填写好条件后,单击工具栏上的" ！ "按钮,即可弹出查询结果窗口。完成所需的查询,并可保存查询结果。

通过向导创建查询,可以方便地查询一般的查询任务,倘若需要查询其他城市的数据内容怎

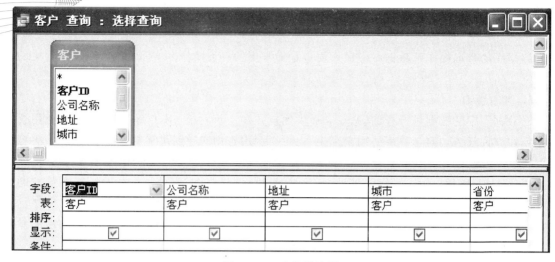

图 13-23   查询设计器

么办呢？除了上面所说的重新在"条件"上填写想要查询的条件外,还可以使用 Access 的带参数查询功能。

在"城市"字段下的条件上填写"Like［请输入查询条件：］& " * "",然后单击工具栏上的" ！ "按钮,将弹出"输入参数值"对话框,如图 13-24 所示。假设我们要查询"天津"数据内容,则只需在对话框中填写"天津"即可,单击"确定"按钮便可获得所需查询的数据。

参数还可利用通配符" * "或"?"进行模糊查询," * "可表示不限长度的任意字符,而"?"表示一个字符,

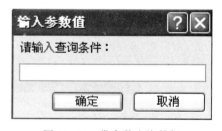

图 13-24   带参数查询数据

如查询"天 * ",可查询"天津"、"天津市"等数据内容;而查询"天?"则只可查询"天津",而查询不出"天津市"的数据。

2．使用更新查询

更新查询是一种用来通过查询符合条件的数据并且更新这些数据内容的查询,例如查询"客户"表中字段"城市"为"长沙"的客户,并更新"邮政编码"为"421001"。其中的查询条件就为"长沙",修改内容就为"421001"。

以"工时与账单"数据库为例,如果要更新"客户"表中长沙的邮政编码为"421001",操作步骤如下。

选中"工时与账单"数据库中的"客户"表,单击窗口左侧的"查询",双击"使用向导创建查询",将弹出"简单查询向导"对话框。在"表/查询"下拉列表框中选择"客户"表,并通过" ＞ "或" ≫ "按钮将"可用字段"中的字段移至"选定的字段"中,单击"下一步"按钮。接下来需要设置查询的标题,选择"修改查询设计"单选按钮,然后单击"完成"按钮。

单击菜单栏中"查询"→"更新查询"。弹出查询设计窗口后,在字段"条件"下填写你的查询条件,然后选择需更新的字段,在"更新到"一栏中填上需更新的数据,如图 13-25 所示。

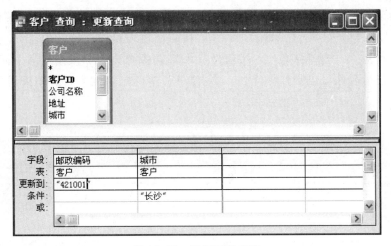

图 13-25 数据更新查询

设置好后,单击工具栏中的" 💡 "按钮,将弹出对话框,提示是否更新所有记录,单击"是"按钮更新数据,单击"否"按钮放弃更新。然后单击"保存"按钮,保存此次更新。

3. 使用交叉查询

交叉查询经常用作统计数据,在数据表中查询不同字段的数据,以做数据统计。仍以"工时与账单"数据库为例,如果要统计客户表中的"客户"的总数及各"省份"的数量,操作过程如下。

在查询状态下,单击数据库窗口中的" 新建(N) "按钮,选择"交叉表查询向导"后单击"确定"按钮,此时将会要求选择需查询的数据表。选择"客户"表单击"下一步"按钮,如图 13-26 所示。

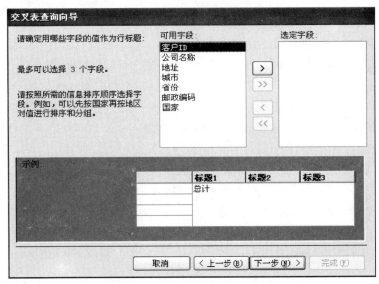

图 13-26 选择查询的数据表

选择需查询的数据字段,也就是行标题,如选择"省份"字段,单击"下一步"按钮。要求输入表的列标题,如选择"城市"字段,单击"下一步"按钮。要求设定查询的内容,也就是统计的数据,有两个选择列表,一个是"字段",一个是"函数",选择统计的字段按照某个函数进行统计。在这字段选择"公司名称",函数选择计数。单击"下一步"按钮,向导设置结束后单击"完成"按钮。最终将看到图 13-27 所示的统计结果。

图 13-27 交叉查询结果

在前文中还谈到过"项目"表与"客户"表关系的建立,通过关系的建立可以方便地完成两个表之间的相关查询,例如,可以查询哪些"项目"是为客户 1 做的以及其他情况。

13.2.8 多种文件格式转换

如果用户使用过以前版本的 Access 数据库,那么现在面临的问题就是在新版本的 Access 中能否继续使用以前开发的数据库系统。对于一般的应用系统来说,这个问题是不存在的,但在 Access 中,如果用户应用了 Access 的部分高级功能或使用了 VBA 开发的模块,那么可能会出现一些问题。这些问题的解决办法就是进行相应的文件格式转换。目前常见的 Access 数据库文件格式有 Access 97、Access 2000、Access 2002-2003 等。

如果要将 Access 文件保存为 Access 2002-2003 中的 MDE 或 ADE,则必须将文件转换为 Access 2002-2003 文件格式。在 Access 2003 中默认的文件格式是 Access 2000,将 Access 2000 转换成 Access 2002-2003 的具体过程是:首先打开 Access,打开需要转换格式的数据库。然后通过"工具"→"数据库实用工具"→"转换数据库"→"转换为 Access 2002-2003 文件格式"命令来实现文件格式的转换。

在 Access 2003 中转换其他文件格式的步骤也基本类似。但这里需要提醒大家的是,如果准备转换 Access 97 或更早版本的数据库,建议首先将其转换成 Access 2000 文件格式,因为 Access 2000 的用户可以打开这些 Access 文件,而在 Access 2003 中使用 Access 2000 格式文件时,还能使用 Access 2003 的新功能,但如果是将 Access 文件转换为 Access 2003 文件格式,将不能在 Access 2000 中打开,而是需要再将其转换成 Access 2000 文件格式后才能打开。

13.3 例题分析

1. 按照题目要求用 Access 制作包括图 13-28 所示内容的"联系人数据库",用 Access 的保存功能直接存盘。

姓名	省/市/自治区	市/县	公司名称	邮政编码	单位电话
大海	山西省	太原	异新	030085	0351-42343242
明天	河北省	石家庄	五环	050092	0311-34259973
古城	上海市	上海	启河	200030	021-74658285
周利	广东省	深圳	产业	510085	0755-65242327
罗启	北京市	北京	瑞鸿	100000	010-56987456
赵心	天津市	天津	兴科技术	300000	022-78963214

图 13-28 例题 1 图

【要求】

（1）创建姓名表、地址表和通信表，并通过查询功能生成"联系人汇总表"。

（2）姓名表包含"姓名"、"公司名称"信息；地址表包含"省/市/自治区"、"市/县"、"邮政编码"和"公司名称"信息；通信表包含"公司名称"和"单位电话"信息；"联系人汇总表"包含全部信息。

分析：

【考查目的】

用 Access 创建表、汇总表和用主键建立关系查询的方法。

【要点分析】

本题要点为：在"姓名表"、"地址表"和"通信表"的基础上生成"联系人汇总表"。

【操作的关键步骤】

（1）分别建立"姓名表"、"地址表"和"通信表"，并选择主键（ID 或公司名称）。

（2）选择"工具"菜单下的"关系"命令，在弹出的"显示表"对话框中，把"姓名表""地址表"和"通信表"等通过"添加"按钮加到"关系"表中。

（3）通过"公司名称"建立表间联系（也可以通过 ID，此时 ID 为主键），选择"姓名表"的"公司名称"并拖动鼠标到"地址表""通信表"的"公司名称"处，在弹出的"编辑关系"对话框中，单击"创建"按钮，建立表间联系。

（4）单击"查询"，选择"在设计视图中创建查询"，建立"姓名表"和"地址表"、"通信表"间的关系。

（5）通过"查询"菜单下的"运行"命令，生成"联系人汇总表"。

答案：如图 13-29 所示。

图 13-29 例题 1 答案

2. 按照题目要求完成后,用 Access 的保存功能直接存盘。

【要求】

(1) 用 Access 创建"联系人"表(内容如表 13-1 所示)。

表 13-1 联系人表

联系人 ID	姓名	地址	市	邮政编码	公司名称
1	刘勤	朝阳区	北京市	100034	五环公司
2	张东	西城区	北京市	100026	产业公司
3	任辉	和平区	天津市	300025	启河公司
4	罗晓	南开区	天津市	300010	越丰公司

(2) 用 Access 创建"通话记录"表(内容如表 13-2 所示)。

表 13-2 通话记录表

联系人 ID	通话 ID	通话日期	通话时间	通话主题

（3）为"联系人"表和"通话记录"表建立关系。

（4）向"通话记录"表中输入记录有关通话信息的数据（通话信息的数据内容如表 13-3 和 13-4 所示，表中的"姓名"对应联系人表中的"姓名"）。

表 13-3　刘勤通话信息表

姓名	通话 ID	通话日期	通话时间	通话主题
刘勤	1	2007-8-13	9：00	商定会谈时间
	2	2007-8-13	15：00	确定会谈时间和地点

表 13-4　任辉通话信息表

姓名	通话 ID	通话日期	通话时间	通话主题
任辉	1	2007-9-2	早上 8：20	祝贺生日快乐

（5）通过 Access 的查询功能，生成"联系人通话记录查询"表，并在表中显示有过电话交流的联系人的详细情况及通话记录。

分析：

【考查目的】

用 Access 创建表、建立表间联系及用查询功能生成表。

【要点分析】

本题要点是在"联系人"、"通话记录"表的基础上利用它们之间的关系生成"联系人通话记录查询"表。

【操作的关键步骤】

（1）建立"联系人"、"通话记录"表，并设置主键。双击"使用向导创建表"（当然，也可以使用其他两种方式来创建表），在弹出的对话框中选择适当的示例表，然后选择需要的字段，再设置其主键，然后完成表的创建，在表中输入相应的内容即可。

（2）选择"工具"菜单下的"关系"命令，在弹出的"显示表"对话框中，把"联系人"表和"通话记录"表通过"添加"按钮加到"关系"表中。

（3）为表建立关系。单击"查询"，选择"在设计视图中创建查询"，建立"联系人"表和"通话记录"表间的关系。

（4）通过"查询"菜单下的"运行"命令，生成"联系人汇总表"。

答案：略。

3．按照如下要求完成后，用 Access 保存功能直接存盘。

【要求】

（1）用 Access 创建"姓名表"（内容如表 13-5 所示）。

表 13-5　姓名表

号码	姓名
11	张明
13	李强

续表

号码	姓名
13	韩东
14	李立
15	王建
16	刘度

（2）用 Access 创建"基本情况表"（内容如表 13-6 所示）。

表 13-6　基本情况表

号码	年龄	身高/m	摸高成绩/m
11	19	1.86	2.78
13	20	1.88	3.13
13	20	1.81	2.95
14	21	1.85	2.44
15	20	1.88	2.90
16	19	1.82	2.35

（3）用 Access 创建"入选情况表"（内容如表 13-7 所示）。

表 13-7　入选情况表

号码	是否入选
11	入选
13	入选
13	入选
14	落选
15	入选
16	落选

（4）通过 Access 的查询功能，自动生成"男子篮球队汇总表"（内容如表 13-8 所示）。

表 13-8　男子篮球队汇总表

号码	年龄	身高/m	摸高成绩/m	是否入选
11	19	1.86	2.78	入选
13	20	1.88	3.13	入选
13	20	1.81	2.95	入选
14	21	1.85	2.44	落选
15	20	1.88	2.90	入选
16	19	1.82	2.35	落选

分析：

【考查目的】

用 Access 创建表、建立表间联系及用查询功能生成表。

【要点分析】

本题要点是在"基本情况表"、"入选情况表"的基础上利用它们之间的关系生成"男子篮球队汇总表"。

【操作的关键步骤】

（1）建立"基本情况表"、"姓名表"和"入选情况表"，并设置其主键。双击"使用设计器创建表"，在弹出的对话框中输入字段名称和数据类型，设置其主键，然后完成表的创建，在表中输入相应的内容即可。

（2）选择"工具"菜单下的"关系"命令，在弹出的"显示表"对话框中，把"基本情况表"和"入选情况表"通过"添加"按钮加到"关系"表中。

（3）单击"查询"，选择"在设计视图中创建查询"，建立"基本情况表"和"入选情况表"之间的关系。

（4）通过"运行"命令，可以自动生成"男子篮球队汇总表"。

答案：略。

13.4 同步训练

1. 按照题目要求用 Access 制作如表 13-9 所示内容的"联系人数据库"，用 Access 的保存功能直接存盘。

表 13-9 飞机已订座位表

座位编号	乘客姓名	飞行常客	等级	行李	票价
14A	罗克俭	0	经济舱	20	￥200.00
14B	高海飞	0	经济舱	20	￥200.00
14C	苏振威	0	经济舱	20	￥200.00
14D	霍君骄	0	经济舱	20	￥200.00
14E	高伟光	0	商务舱	20	￥200.00
1A	郭翰伟	−1	头等舱	20	￥1,000.00

【要求】

（1）创建乘客姓名表、座位表和价格表，通过查询功能生成"飞机-已订座位"表（如表 13-9 所示）。

（2）乘客姓名表包括"座位编号"、"乘客姓名"、"飞行常客"、"行李"；座位表包括"座位编号"、"等级"；价格表包括"等级"、"票价"。

2. 在数据库应用软件 Access 中，建立数据库"销售.mdb"，在数据库中添加数据表"2007 年销售表.dbf",内容如图 13-30 所示。

	编号	厂家	名称	单价	台数	金额
	1	海尔	冰箱	¥2,800.00	20	¥56,000.00
	2	长虹	彩电	¥3,200.00	10	¥32,000.00
	3	创维	彩电	¥3,400.00	12	¥40,800.00
	4	容声	冰箱	¥2,300.00	23	¥52,900.00
	5	格兰仕	微波炉	¥650.00	20	¥13,000.00
	6	L G	微波炉	¥580.00	23	¥13,340.00

图 13-30 练习 2 图

【要求】

(1)快速的用 Access 建立数据库且输入记录。

(2)在窗体设计中,将数据表的内容与一个列表框进行绑定,如图 13-31 所示。

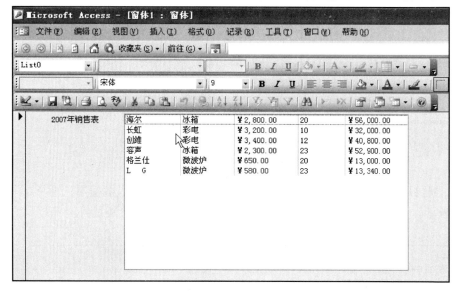

图 13-31 窗体与数据绑定图

3. 按照题目要求用 Access 制作如表 13-10 所示内容的"影视数据库表",用 Access 的保存功能直接存盘。

表 13-10 影视数据库的内容

影视数据库表					
编号	片名	类型	发行时间	编剧	制作厂
8002	长江九号	喜剧片	2003.3.1	王一鸣	中新
7801	明天更美好	科幻片	2002.5.10	李齐凤	天视
5524	古城奇案	侦探片	2007.13.20	张里根	南风
9313	希赛辉煌之路	动画片	2009.5.1	孙晓晓	天视

【要求】

（1）创建片名表、发行时间表、编剧制作表和按"发行时间"降序排列的影视数据汇总表。

（2）片名表包含"编号"、"片名"、"类型"信息；发行时间表包含"编号"、"发行时间"信息；编剧制作表包含"编剧"、"制作厂"信息；"影视数据汇总排序表"包含全部信息。

4．按照要求用 Access 制作如表 13-11 所示内容的"校友录"数据库表，用 Access 的保存功能直接存盘。

表 13-11 校友录数据库的内容

校友录

姓名	年龄	职务（职称）	所在城市	E-mail	Tel
张凤鸣	34	教授	北京	zfengming@csai.cn	010-65432222
侯炳辉	37	局长	天津	hbhui@sina.com	022-89788777
颜小兵	33	处长	南京	yancc@163.com	025-48632745
李力生	32	副研究员	北京	li_ls@yahoo.com	010-88801334

【要求】

（1）创建姓名表、职务（职称）表、通信表和按"年龄"降序排列的校友汇总表。

（2）姓名表包含"姓名"、"年龄"；职务（职称）表包含"姓名"、"职务（职称）"信息；通信表包含"姓名"、"城市"、"E-mail"和"Tel"信息；"校友汇总表"包含全部信息。

附录 A 同步练习参考答案

第 1 章

1	2	3	4	5	6	7	8	9	10
B	B	C	A	A	D	C	C	D	C

11	12	13	14	15	16	17	18	19	
D	D	C	C	D	A	B	C	D	

第 2 章

1	2	3	4	5
C	B	A	D	D

第 3 章

1	2	3	4	5	6	7	8	9	10
C	B	A	C	B	D	B	A	C	A

11	12	13	14	15	16	17	18	19	
A	D	D	B	C	B	C	D	B	

第 4 章

1	2	3	4	5	6	7	8	9	10
B	C	C	B	B	A	D	D	D	C

11	12	13	14	15
B	A	B	D	C

第 5 章

1	2	3	4	5	6	7	8	9	10
D	D	B	B	A	A	C	D	B	B

第 6 章

1	2	3	4	5	6	7
D	B	D	A	C	B	D

第 7 章

1	2	3	4	5	6	7	8	9	10
D	D	A	C	C	B	A	A	B	A

第 8 章

1	2	3	4	5	6	7	8	9	10
B	B	C	D	C	B	C	C	D	B

11	12	13	14	15	16	17	18	19
D	B	A	C	C	B	D	C	D

第 9 章

1	2	3	4	5
A	C	B	B	D

第 10 章

1.

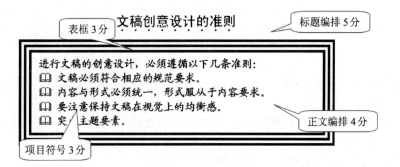

2.

3.

庆祝教师节

世界因为有你，显得分外美丽！

一个小小的问候

一份浓浓的真意

祝教师节日快乐！

4.

版面编排方法

　　一篇高质量后，应对其进行用、【字符问题】的文档，应做到版面编排，以体调整、设置【文层次、重点突出、现文档的特点和字效果】及【字布局合理、美观风格。符格式】等方法。大方。当完成文版面编排通常涉档的输入、编辑及【字体】选

第 11 章

1.（1）第（1）问题建好表后，在工作表内移动是使用剪切、粘贴。第（2）问题是全选中后，再复制到 Sheet2。

（2）第（3）～（5）问题是字体格式设置和单元格设置。

（3）第（6）问题修改日期格式，选中单元格右击，选择"单元格格式"→"分类"→"日期"命令，类型选择××××年××月××日。

（4）第（7）问题采用高级筛选功能，选择出课桌的出入库记录和粉笔的出库记录。操作如下：单击"数据"→"筛选"→"高级筛选"。

（5）分类汇总。首先按照"商品名称"自动排序，然后单击"数据"→"分类汇总"，分类字段为商品名称，汇总方式为求和，选定汇总项为入库。

2.（1）将 Shee1 工作表的名称修改为"2001–2003 年度业绩表"。

（2）将数据区域内的内容设置为会计专用格式。将 B2：F7 单元格区域的对齐方式设置为垂直居中。用鼠标选中 C4：F9 右击，选择"设置单元格格式"命令，①"数字"→"会计专用"，②"对齐"→垂直对齐→居中

（3）设置某行的行高，先选中该行右击，选择"行高"命令。

（4）用自动求和功能求出每年的合计业绩：第一步，选中 C4：C7，再单击工具栏中的"自动求和"按钮，则会在 C8 当中得到 C4：C7 的和。第二步，选中 C8，横向拖动其拉柄到 F8，则会生成各列的和。

（5）利用函数求得每年业绩的最高值：第一步，选中 C9，工具栏下面的编辑栏里输入：＝Max（C4：C7），回车。第二步，选中 C9，横向拖动其拉柄到 F9，则会生成各列的最大值。

3.（1）表格尺寸设置。选定表格,通过"格式"菜单下的"行"、"列"命令进行"行高"和"列宽"尺寸的设置。

（2）表格边框、单元格内容设置。选定表格(单元格),选择"格式"菜单下的"单元格"命令,在"单元格格式"对话框中分别选取"数字"、"对齐"、"边框"和"图案"选项卡,设置相应的内容。

（3）表格标题。选定相应单元格,利用工具栏中的工具按钮合并单元格并制作标题。

（4）公式使用。利用公式(或粘贴函数)和"填充柄"工具进行"扣税"、"实发金额"计算。

（5）表的复制、重命名和排序。使用复制、重命名功能制作"职工工资排序"工作表,再利用"数据"菜单对该表进行排序。

第 12 章

1.（1）在幻灯片的母版里插入图片,将图片置于底层,修改其大小。

（2）对项目符号进行设定。使用"格式"菜单下的"项目符号和编号"命令,在弹出的"项目符号和编号"对话框中的"项目符号"选项卡,选择所需的项目符号即可。

（3）对跳转动作按钮进行设置有两种方法。方法一是首先使用"视图"菜单下"工具栏"子菜单中的"绘图"命令,然后在"绘图"工具栏中的"自选图形"选择动作按钮;方法二是直接从"幻灯片放映"菜单下"动作按钮"子菜单中选择动作按钮。选择动作按钮后,将所需的动作按钮拖出来后右击,在弹出的"动作设置"对话框中设置它超链接的幻灯片。

2.（1）选择合适的模板及完成对文字的输入及设置等一些基本操作。

（2）绘制"人事流程图"中的图形。使用"绘图"工具栏中"自选图形"菜单的基本形状下拉菜单中的矩形,画出长方形来,然后选中右击,选择"设置自选图形格式"命令,进行设置。注意要将矩形设置为是圆角型。接着单击"填充颜色"的下拉菜单,选择"填充效果"命令,进行相关设置。

（3）为幻灯片设置放映时间及动画。可以使用"幻灯片放映"菜单下的"排练计时"命令,在开始放映幻灯片后为每张幻灯片设定放映时间;使用"幻灯片放映"菜单下的"自定义动画"命令来完成动画的设置。

（4）第二张"最新产品"的制作较为复杂,有艺术字,有虚线,插入图形等。但是不难,需细致完成。对"水印"效果要认真制作。

3.（1）选择合适的模板及完成对文字的输入及格式设置工作。

（2）插入图片。使用"插入"菜单下"图片"子菜单来完成图片的插入工作。

（3）为演示文稿中的一些对象设置动画。选中对象,使用"幻灯片放映"菜单下的"自定义动画"命令来完成动画设置。

第 13 章

1.（1）首先建立数据表。

乘客姓名表:座位编号 zwbh(字符型)、乘客姓名 ckxm(字符型)、飞行常客 fxck(数值型)、行李 xl(数值型)。主键是 zwbh。

座位表:座位编号 zwbh(字符型)、等级 dj(字符型)。主键是 zwbh。

价格表:等级 dj(字符型)、票价 pj(货币型)。主键是 dj。

（2）向各数据表中输入题目中给出的记录。

（3）打开查询设计器。关掉所有数据表,退到打开窗口时,单击"查询",开始进行查询功能生成"飞机–已订座位"表。

（4）选择"在设计视图中创建查询",手动操作。

（5）将三个表都添加进查询 1。

（6）关闭"显示表",然后将题目要生成的字段分别拖到下面窗口中。放好,选 zwbh 排序(升序),再单击"运行"按钮,就会生成如题目要求的表。

2.（1）创建数据表要求先创建表结构,对单价、金额的数据类型设置为"货币",对各字段的标题填写,其他采用默认。主键是"编号"。

（2）录入记录时，先保存表结构。一般是单击编辑框左上角的"保存"按钮即可，然后就可以录入记录了。

（3）进行窗体设计。

① 首先退回到销售数据库下，单击"窗体"，双击"在设计视图中创建窗体"，弹出窗体对话框。

② 拖动边界可以扩大窗体编辑区，选取工具箱的"列表框"，在编辑区拉框选择足够大小的区域，然后弹出列表框向导对话框，选择默认值后，单击"下一步"按钮，之后选择表 2007 年销售，再单击"下一步"按钮。

③ 出现"可用字段"和"选定字段"，将所有的字段选定，单击"下一步"按钮。

④ 接下来选"编号"为升序，单击"下一步"按钮，然后指定列表框中列的宽度后，再单击"下一步"按钮。

⑤ 为列表框指定标签，单击"完成"按钮，再单击编辑区左上角的"视图"标记（如图 13-31 所示），进行查看。

3．（1）分别建立"片名表"、"发行时间表"、"编剧制作表"，并选择主键（编号或 ID）。

（2）选择"工具"菜单下的"关系"命令，在弹出"显示表"对话框中，把"片名表"、"发行时间表"、"编剧制作表"通过"添加"按钮添加到"关系"表中。

（3）通过"编号"建立表间联系（也可通过 ID，此时 ID 为主键），选择"片名表"的"编号"分别拖动鼠标到"发行时间表"、"编剧制作表"的"编号"处，在弹出的"编辑关系"对话框中，单击"创建"按钮，建立起表间联系。

（4）单击"查询"，选择"在设计视图中创建查询"，在"显示表"对话框中利用"添加"按钮把"片名表"、"发行时间表"、"编剧制作表"添加到"查询"对话框中，并单击"关闭"按钮。

（5）在"选择查询"对话框下部"字段、表…"等表格中按需要确定"影视数据汇总排序表"中的"字段、表、排序、显示…"等对象。

（6）通过"查询"菜单下的"运行"命令，生成"影视数据汇总排序表"。

4．（1）建表：分别建立"姓名表"、"职务（职称）表"、"通信表"，并选择主键（姓名或 ID）。

（2）建立表间联系。

① 选择"工具"菜单下的"关系"命令，在弹出的"显示表"对话框中，把"姓名表"、"职务（职称）表"和"通信表"通过"添加"按钮添加到"关系"表中。

② 选择"姓名表"的"姓名"分别拖动到"职务（职称）表"、"通信表"的"姓名"处（也可通过 ID，此时 ID 为主键），在弹出的"编辑关系"对话框中，单击"创建"按钮建立起表间联系。

（3）创建查询生成"校友汇总表"。

① 单击"查询"，选择"在设计视图中创建查询"，在"显示表"对话框中利用"添加"按钮把"姓名表"、"职务（职称）表"和"通信表"添加到"查询"对话框中，并单击"关闭"按钮。

② 在"选择查询"对话框下部"字段、表、…"等表格中按需要确定"校友汇总表"中的"字段、表、排序、显示、…"等对象。

③ 通过"查询"菜单下的"运行"命令，生成"校友汇总表"。

附录 B 全真模拟试题及答案

上午试题

1. 一般将计算机的发展分为 4 个阶段,其中大规模集成电路计算机阶段出现了_____。

A. 汇编语言　　　　　　　　　B. 高级程序设计语言

C. 操作系统　　　　　　　　　D. 数据库系统

2. 二进制数 0.1010B 的十进制数表示为_____。

A. 0.75D　　　　B. 0.625D　　　　C. 0.5D　　　　D. 0.25D

3. 将十进制数据 34 表示成 6 位二进制数,则是_____。

A. 110100B　　　　B. 011100B　　　　C. 100010B　　　　D. 010001B

4. 以下叙述中错误的是_____。

A. 浮点数中,阶码反映了小数点的位置

B. 浮点数中,阶码的位数越长,能表达的精度越高

C. 计算机中,整数一般用定点数表示

D. 汉字的机内码中,一个汉字用 2 个字节表示

5. 以下同属于磁表面存储器的是_____。

A. 磁盘和 MOS　　　B. 磁带和 MOS　　　C. 磁盘和磁带　　　D. 磁卡和 IC 卡

6. 并行性的 3 种实际含义是_____。

A. 时间共享、资源共享和资源管理　　　B. 时间重叠、资源重复和资源管理

C. 时间重叠、资源重复和资源共享　　　D. 时间重叠、时间共享和资源共享

7. 虚拟存储器的存储结构组成是_____。

A. Cache 和主存　　　　　　　　B. Cache 和辅存

C. 主存和部分辅存　　　　　　　D. 通用寄存器和部分辅存

8. 与水平网站相比,垂直网站的主要特点是_____。

A. 行业全　　　B. 服务全　　　C. 专业性强　　　D. 内容丰富

9. WWW 服务器通常被称为_____。

A. Web 服务器　　　B. E-mail 服务器　　　C. 数据库服务器　　　D. 安全服务器

10. 网络病毒与一般病毒相比,更具_____。

A. 隐蔽性　　　B. 潜伏性　　　C. 破坏性　　　D. 传播性

11. 计算机之所以能按人们的意志自动进行工作,主要是因为采用了_____。

A. 二进制数制　　　　　　　　B. 高速电子元件

C. 存储程序控制　　　　　　　D. 程序设计语言

12. 按应用程序的优先级别分配 CPU 资源,使得应用程序运行时间得到满足的操作系统称为_____。

A. 批处理操作系统　　　　　　　　B. 分时操作系统

C. 实时操作系统　　　　　　　　　D. 网络操作系统

13. 对声音进行采样的过程是_____。

A. 把声音信号变成频率、幅度连续变化的电流信号

B. 每隔固定的时间间隔对声音的模拟信号截取一个幅值

C. 将离散的幅值转换成一个二进制的数字量

D. 将二进制的数字量写入计算机的文件中

14. WPS 和 Word 等字处理软件属于_____。

A. 管理软件　　　B. 网络软件　　　C. 应用软件　　　D. 系统软件

15. 为解决某一特定问题而设计的指令序列称为_____。

A. 文档　　　　　B. 语言　　　　　C. 程序　　　　　D. 系统

16. 在电子商务时代,新的营销模式的要求是_____。

A. 多环节、小批量　　　　　　　　B. 少层次、大批量

C. 多品种、小批量　　　　　　　　D. 少品种、大批量

17. 宏病毒可以感染_____。

A. 可执行文件　　　　　　　　　　B. 引导扇区/分区表

C. Word/Excel 文档　　　　　　　　D. 数据库文件

18. 下述不正确的说法是_____。

A. TCP 协议工作在网络层

B. TCP 协议负责数据的可靠性

C. TCP/IP 协议是一组支持互联网的基础协议

D. IP 协议负责完成数据从一个主机传到另一个主机

19. CRT 显示器的技术指标之一是像素的点距,通常有 0.28、0.24 等,它以_____为单位来度量。

A. CM　　　　　　B. mm　　　　　　C. 磅　　　　　　D. 微米

20. 通常所说的声卡、网卡适配器称为微型计算机的_____。

A. 外部设备　　　B. I/O 接口电路　　C. 控制电　　　　D. 系统总线

21. 计算机最早的应用领域是_____。

A. 人工智能　　　B. 过程控制　　　C. 信息处理　　　D. 数值计算

22. 声音是一种波,它必须经过数字化之后才能由计算机进行存储和处理,声音信号数字化的主要步骤是_____。

A. 取样,编码,量化　　　　　　　B. 量化,取样,编码

C. 取样,量化,编码　　　　　　　D. 编码,量化,取样

23. Excel 中,_____不是创建图表的途径。

A. 按 F11 快捷键　　　　　　　　B. 利用"图表"工具栏

C. "工具"菜单下的"图表"命令　　D. 利用图表向导

24. HTML 代码<tr></tr>表示_____。

A. 创建一个表格　　　　　　　　　　B. 开始表格中的每一行

C. 开始一行中的每一个格子　　　　　D. 设置表格头

25. 电子邮件是 Internet 应用最广泛的服务项目,通常采用的传输协议是_____。

A. SMTP　　　　　　B. TCP/IP　　　　　　C. CSMA/CD　　　　　D. IPX/SPX

26. EPROM 的意义是_____。

A. 只读存储器　　　　　　　　　　　B. 可编程的只读存储器

C. 可擦可编程的只读存储器　　　　　D. 电可擦可编程只读存储器

27. 在 Windows 2003 中,下列不是窗口排列方式的是_____。

A. 层叠　　　　　　B. 横向平铺　　　　　C. 纵向平铺　　　　　D. 平铺

28. 在 Windows 2003 中,文件和文件夹在磁盘中的存在方式有 3 种属性,不是其属性的是_____。

A. 系统　　　　　　B. 只读　　　　　　　C. 隐藏　　　　　　　D. 存档

29. 在 Word 2003 中字号的大小有两种表示方法,用阿拉伯数字表示和用汉字的字号表示,_____。

A. 选择阿拉伯数字和使用汉字的字号时,都是数值越大,字符越大

B. 选择阿拉伯数字和使用汉字的字号时,都是数值越大,字符越小

C. 选择阿拉伯数字时,数值越小,字符越小。使用汉字的字号时,数值越大,字符越小

D. 选择阿拉伯数字时,数值越大,字符越大。使用汉字的字号时,数值越小,字符越小

30. 在 Word 中,能将光标移动到下一页顶端的快捷键为_____。

A. PageDown　　　　　　　　　　　　B. Ctrl+PageDown

C. Ctrl+Alt+ PageDown　　　　　　　　D. Alt+ PageDown

31. 在 Excel 工作窗口中,位于编辑栏左侧用来显示单元格或区域的名字是_____。

A. 编辑框　　　　　　B. 区域框　　　　　C. 公式框　　　　　　D. 名称框

32. 在 Excel 工作表中,已知在单元 A1 到 C1 中分别存放着数值 2、4、6,在单元 A2 到 C2 中分别存放着数值 1、3、5,在单元 A3 到 C3 中分别存放着数值 3、6、9,单元 E1 中存放着公式 =SUM(A $1,$A2),此时将单元 E1 的内容分别复制到 E2、F1、F2,则这三个单元的结果分别是_____。

A. 5、5、7　　　　　　B. 3、3、3　　　　　C. 4、7、9　　　　　　D. 2、5、4

33. 关系数据库设计理论主要包括 3 个方面,其中起核心作用的是_____。

A. 范式　　　　　　B. 数据模式　　　　　C. 数据依赖　　　　　D. 范式和数据依赖

34. Windows 2003 中,切换窗口的组合键是_____。

A. Alt>+Tab　　　　　　　　　　　　B. Ctrl+Tab

C. Alt>+F4　　　　　　　　　　　　　D. Ctrl+<F4

35. 在 Windows 2003 中打开"任务栏和开始菜单属性"对话框的正确操作是_____。

A. 鼠标右击"开始"按钮,选择"属性"

B. 鼠标右击任务栏上的空白区域,选择"属性"

C. 鼠标右击桌面空白区域,选择"属性"

D. 鼠标右击"我的电脑",选择"属性"

36. 根据表格建立了图表后,删除图表中的数据系列,表格中的数据_____。删除表格数据,图表中的分类_____。

A. 不变,也被删除   B. 也被删除,不变

C. 不变,不变   D. 也被删除,也被删除

37. 利用资源管理器,不能进行_____操作。

A. 文件操作   B. 文件夹操作

C. 关闭 Windows   D. 连接 Internet

38. 在 Excel 工作表中,默认情况下,单元格内输入的数值是_____。

A. 左对齐   B. 右对齐   C. 居中   D. 分散对齐

39. 下列关于计算机病毒的叙述中,正确的一条是_____。

A. 反病毒软件可以查、杀任何种类的病毒

B. 计算机病毒是一种被破坏了的程序

C. 反病毒软件必须随着新病毒的出现而升级,提高查、杀病毒的功能

D. 感染过计算机病毒的计算机具有对该病毒的免疫性

40. 信息的价值取决于信息的_____。

A. 普遍性   B. 客观性   C. 时效性   D. 共享性

41. Office 家族为用户提供了各种不同类型的模板。扩展名为 .mdz 的模板是_____中的模板。

A. Word   B. Excel   C. PowerPoint   D. Access

42. 获得事实性业务信息的方法:主要是通过数据库、_____及信息网等各种渠道了解与自己企业业务相关的国内外企业的基本情况。

A. 市场调查   B. 实地考察   C. 出版物   D. 召开会议

43. 信息决策支持功能其核心内容是要具有_____和模型处理功能,使决策人可以用它来寻找解决问题的方法和模型。

A. 数据通信   B. 数据处理   C. 数据检索   D. 数据传输

44. 防止软盘感染病毒的有效方法是_____。

A. 不要把软盘与有毒软盘放在一起   B. 使软盘写保护

C. 保持机房清洁   D. 定期对软盘进行格式化

45. 在下列四项中,不属于 OSI(开放系统互连)参考模型 7 个层次的是_____。

A. 会话层   B. 数据链路层   C. 用户层   D. 应用层

46. 在 Windows 的"回收站"中,存放的_____。

A. 只能是硬盘上被删除的文件或文件夹

B. 只能是软盘上被删除的文件或文件夹

C. 可以是硬盘或软盘上被删除的文件或文件夹

D. 可以是所有外存储器中被删除的文件或文件夹

47. 下面是关于快捷方式的描述,不正确的是_____。

A. 快捷方式是到计算机或网络上的任何可访问的项目的链接

B．可为文件创建快捷方式

C．当删除程序的快捷方式时，会将其源程序一同删除

D．快捷方式可放置在各个位置

48．PowerPoint 中，下列创建议程幻灯片的步骤中错误的是_____。

A．打开演示文稿，为议程幻灯处下每一个所需的主题创建自定义放映

B．在幻灯片视图中选择每个自定义放映的第一张幻灯片

C．单击"幻灯片浏览"工具栏中的"摘要幻灯片"按钮

D．在幻灯片视图中为摘要幻灯片中的带项目符号的项设置超级链接

49．_____是办公自动化与管理信息系统的集合，它辅助决策而不是取代决策。

A．数据处理功能　　　　　　　　B．网络通信功能

C．文字处理功能　　　　　　　　D．决策支持功能

50．_____是重复性事物或概念所做的统一规定，它以科学，技术和实践经验的综合成果为基础，经有关方面协商一致，由主管部门批准，以特定形式发布，作为共同遵守的准则和依据。

A．标准化　　　　B．标准　　　　C．规范　　　　D．规程

51．围绕信息技术开发、信息产品的研制和信息系统建设、运行与管理而开展的一系列标准化工作称为_____。

A．标准的实施　　　　　　　　　B．信息技术标准化

C．软件工程标准化　　　　　　　D．国家标准

52．依法受到保护的计算机软件作品必须符合下述条件_____。

A．独立创作　　　B．可被感知　　　C．逻辑合理　　　D．A、B 和 C

53．下面是有关 Word 2003 中段落的描述，错误的是_____

A．选定段落时，一定要将段落标记一同选取

B．若将第二段的段落标记删除，则第二段与第三段合并为一段，新段格式为第二段的格式

C．若将第二段的段落标记删除，则第二段与第三段合并为一段，新段格式为第三段的格式

D．可将一个段落分成多个段落，只有在需要分段处按 Enter 键即可

54．信息高速公路的提出，引起各国政府和科技教育界的普遍关注。我国准备在 2020 年之前，基本建成覆盖全国的_____。

A．国家信息空间　　　　　　　　B．国家高速信息网

C．全国学习网　　　　　　　　　D．通信技术网

55．PowerPoint 提供_____种新幻灯片版式供用户创建演示文件时选用。

A．12　　　　　　B．22　　　　　　C．28　　　　　　D．32

56．Excel 2003 中的默认日期格式为_____。

A．yyyy-mm-dd　　　　　　　　B．yyyy 年 mm 月 dd 日

C．mm/dd/yy　　　　　　　　　D．yy/mm/dd

57．用户在 ISP 注册拨号入网后，其电子邮箱建在_____。

A．用户的计算机上　　　　　　　B．发信人的计算机上

C．ISP 的主机上　　　　　　　　D．收信人的计算机上

58. 在 Word 2003 中,下面输入对象不属于图形对象的是_____。

    A. 日期和时间   B. 艺术字

    C. 文本框   D. 数学公式

59. PowerPoint 中,有关设计模板下列说法错误的是_____。

    A. 它是控制演示文稿统一外观的最有力、最快捷的一种方法

    B. 它是通用于各种演示文稿的模型,可直接应用于用户的演示文稿

    C. 用户不可以修改

    D. 模板有两种:设计模板和内容模板

60. 在计算机应用中,"计算机辅助工程"的英文缩写为_____。

    A. CAD   B. CAM   C. CAE   D. CAT

61. 在关系模型的完整性约束中,实体完整性规则是指关系中_____。

    A. 不允许有主行   B. 属性值不允许为空

    C. 主键值不允许为空   D. 外键值不允许为空

62. 在 Word 2003 中,可以根据需要同时打开或新建多个文档,最多为_____。

    A. 2 个   B. 4 个   C. 8 个   D. 16 个

63. 在 Excel 2003 的 A4 单元格中输入"=4*2",则 A4 单元格内显示_____。

    A. 2   B. 4   C. 4*2   D. 8

64. 在 Windows 2003 中,选择汉字输入法之后,可以使用鼠标单击输入法工具栏中的"全角/半角"按钮进行全角/半角的切换,也可以按_____进行全角/半角的切换。

    A. Ctrl +空格键   B. Shift +空格键   C. Alt+空格键   D. Esc

65. 在 Word 中,添加在图形对象中的文字,_____。

    A. 会随着图形的缩放而缩放   B. 会随着图形的旋转而旋转

    C. 会随着图形的移动而移动   D. 以上三项都正确

66. 就信息技术的主体来说,它的最重要、最典型的代表是通信技术、计算机技术和_____。

    A. 多媒体技术   B. 传感技术   C. 网络技术   D. 控制技术

67. 在 Excel 中,将 Sheet2 的 B6 单元内容与 Sheet1 的 A4 单元格内容相加,其结果放入 Sheet3 的 A5 单元格中,则在 Sheet3 的 A5 单元格中应输入公式_____。

    A. =Sheet2 $B6+Sheet1 $A4   B. Sheet2!B6+Sheet1!A4

    C. Sheet2 $B6+Sheet1 $A4   D. =Sheet2!B6+Sheet1!A4

68. 在 Windows 中,当程序因某种原因陷入死循环,下列哪一个方法能较好地结束该程序_____。

    A. 按 Ctrl+Alt+Del 键,然后选择"结束任务"结束该程序的运行

    B. 按 Ctrl+Del 键,然后选择"结束任务"结束该程序的运行

    C. 按 Alt+Del 键,然后选择"结束任务"结束该程序的运行

    D. 直接 Reset 计算机结束该程序的运行

69. 办公自动化的目标是使全部_____都实现自动化。

    A. 联络工作   B. 公文处理   C. 信息处理   D. 接待工作

70. 近五年来,中国的软件出口规模发展很快。1999 年的出口额为 2.5 亿美元,2004 年的出口额为 26 亿美元,比 1999 年增长了约 10 倍,估计年平均增长率为_____。

　　A. 40%　　　　　　B. 50%　　　　　　C. 60%　　　　　　D. 100%

71. In internet,_____ used as a barrier to prevent the spread of viruses.

　　A. firewall　　　　B. firewire　　　　C. modem　　　　D. netcard

72. In a computer, if a logical left shift of the operand occurs, its lowest bit is _____.

　　A. 1　　　　　　　B. unchanged　　　　C. 0　　　　　　D. random

73. The CPU is composed of two components, which are _____.

　　A. arithmatics logic unit and controller　　B. memory and controller

　　C. arithmetic logic unit and memory　　　D. controller and storage

74. The prototyping method is a dynamic design process, which requires people who use prototyping method to have the following capability of _____.

　　A. Proficient program expertise　　　　　B. immediately acquire requirement

　　C. coordinate & organize eloquently　　　D. handle tools smartly

75. For relation where primary key contains multiple attributes, no non-key attribute should be functionally dependent on a part of primary key. This relation R is at least in _____.

　　A. 1NF　　　　　　B. 2NF　　　　　　C. 3NF　　　　　　D. BCNF

下午试题

试题一(15 分)

用 Word 软件录入以下文字,按照题目要求排版后,用 Word 的“保存”功能保存为“项目经理人. doc”。

【要求】

(1) 按照原样录入文字,且设置页面框线,页眉为“一个成功经理人的自述”,页脚为“全国最大的 IT 资源库”。

(2) 标题采用黑体、三号字,且文字效果为“礼花绽放”。

(3) 正文采用首字下沉 3 行,正文的字体为宋体、四号字,行距为 1.5 倍行距。

(4) 将〖　〗内的内容设为“阳文”,【　】内的内容设为“阴文”且带“着重号”。

（5）将 | | 内的内容链接到 www.csai.cn。

试题二（15 分）

用 Word 的"中文信封向导"制作如下信封，完成后保存为"信封.doc"。

410002

湖南长沙五一路 384 号星空大楼

张三　总经理

江苏省运海市八一路 378 号 flycity

500003

试题二图

【要求】

（1）采用"中文信封向导"来制作，否则不给分。

（2）所有文字的字体为黑体、四号字，加粗。

（3）置后插图文件可自选，但要求做成近似于"水印画"。

试题三（15 分）

在 Excel 中，按照要求创建"产品成本预算"的工作表，内容如下图所示，保存为"产品成本预算.xls"。

产品成本预算

工程造价：
工程建设预资：

序号	产品名称	规格型号	预计数量	单位	增减范围 增量	增减范围 减量	当前市场价	市场价增幅	预算小计 原始预算值	预算小计 最底预算值	预算小计 最高预算值
1	16路数字硬盘主机	三立ST-HD316	1	台	0	0	16 790.00	(20.00)	16 790.00	16 770.00	16 790.00
2	硬盘	80G	2	块	0	0	700.00	(40.00)	1 400.00	1 320.00	1 400.00
3	室内解码器	AB40-41MI-LX	4	台	1	0	598.00	20.00	2 392.00	2 392.00	3 090.00
4	总线收发器		4	台	1	1	120.00	5.00	480.00	360.00	625.00

试题三"产品成本预算"图

【要求】

（1）在图 1 中的全部单元格的行高、列宽设为最合适的高度和宽度，表格要有可视的外边框和内部边框（格式可任意）。

（2）表格内的数值精度采用两位小数表示。预算小计内的结果应该由算式得到，如：原始预算值＝预计数量 * 当前市场价；最低预算值＝（预计数量－减量）*（当前市场价＋市场价增幅）。例如，K7＝（D7－G7）* IF（I7＞＝0，H7，（H7＋I7））；最高预算值＝（预计数量＋增量）*（当前市场价＋市场价增幅）。例如，L7＝（D7＋F7）* IF（I7＞＝0，（H7＋I7），H7）。

（3）制作如图 2 的数据表，而且将数据表生成预算分析表。

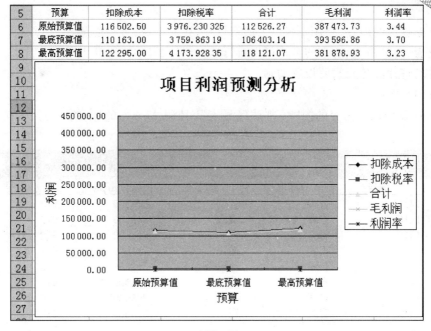

5	预算	扣除成本	扣除税率	合计	毛利润	利润率
6	原始预算值	116 502.50	3 976.230 325	112 526.27	387 473.73	3.44
7	最底预算值	110 163.00	3 759.863 19	106 403.14	393 596.86	3.70
8	最高预算值	122 295.00	4 173.928 35	118 121.07	381 878.93	3.23

试题三图

试题四(15 分)

对下列所提供的文字资料做成幻灯片,要富有创意,而且要符合下列要求,用 PowerPoint 的保存功能将其保存为"决策.ppt"。

研究与发展
　研究与发展部门作用与效率如何?
　　● 发现和解决技术问题
　　　　● 问题是否能及早发现?
　　　　● 问题是否完善解决?
　　　　● 哪些措施行之有效? 哪些措施无效? 是否还有可改进之处?
　　● 预测和执行
　　　　● 预测是否与事实相符?
　　　　● 预测正确的原因?
　　　　● 预测错误的原因?
项目管理
　项目管理情况如何?
　　● 会议:人员/时间/频率
　　　　● 该模式的效果如何?
　　● 交流:人员/时间/频率
　　　　● 该模式的效果如何?
　　● 变化:跟踪和交流的方法
　　　　● 该模式的效果如何?
　　● 其他方式:电子邮件、计划、数据库、报告等。

试题四图

【要求】

（1）根据提供的内容,制作 4 张以上的幻灯片,界面美观,富有创意。

（2）模板、文字格式、插入的图片可以自行选择,但内容不能变动太多。

（3）对幻灯片的各元素要设置动画。

试题五(15 分)

用 Access 制作以下内容的"中国邮政区号表",且用 Access 的"保存"功能直接存盘为"邮政. mdb"。

中国邮政区号 ：表				
编号	省洲名称	地区	邮编	区号
1417	青海	互助	810500	972
1418	青海	湟源	812100	972
1419	青海	民和	810800	972
1420	青海	循化	811100	972
1421	青海	化隆	810900	972
1422	青海	同仁	811300	973
1423	青海	共和	813000	974
1424	青海	玛沁	814000	975

试题五图

【要求】

（1）数据表的"编号"为自动编号,但主键是"地区",按升序排列。

（2）对数据表进行筛选,高级筛选/排序,只选择字段:编号、地区、邮编。按查询方式保存为"查找邮码"。

上午试题参考答案

1 D	2 B	3 C	4 B	5 C
6 C	7 C	8 C	9 A	10 D
11 D	12 C	13 C	14 C	15 C
16 C	17 C	18 A	19 B	20 B
21 D	22 C	23 C	24 B	25 A
26 C	27 D	28 A	29 C	30 A
31 D	32 A	33 C	34 A	35 B
36 A	37 C	38 B	39 C	40 C
41 D	42 C	43 B	44 B	45 C
46 A	47 C	48 B	49 B	50 B
51 B	52 D	53 C	54 B	55 C
56 A	57 C	58 A	59 C	60 C
61 C	62 D	63 D	64 B	65 C
66 C	67 D	68 A	69 B	70 C
71 A	72 A	73 A	74 C	75 C

下午试题参考答案

试题一

（1）页眉、页脚的操作：菜单栏里"视图"→"页眉和页脚"。

（2）字体效果：选中标题字→菜单栏里"格式"→"字体"；"文字效果"→"礼花绽放"。

（3）首字下沉：菜单栏里"格式"→"字体"；行距：菜单栏里"格式"→"段落"→"行距"。

（4）阳文、阴文、着重号：菜单栏里"格式"→"字体"。

（5）链接：选中内容→右击鼠标→"超链接"→地址。

试题二

（1）信封的操作：菜单栏里"工具"→"信函与邮件"→"中文信封向导"，选用［普通信封5：（220 cm×110 cm）］、打印邮政编码边框、输入内容。

（2）背景图片的制作：菜单栏里"插入"→"图片"→"来自文件"；再选中图片，右击鼠标→"设置图片格式"→"版式"→"衬于文字下方"；最后选中图片，右击鼠标→"设置图片格式"→"图片"→颜色"自动"→亮度"80%"→对比度"50%"。

试题三

（1）在建立"产品成本预算"表时，数据量较多，要求细致，精度也要求为小数点后两位（要能保留两位小数或多位，就选中单元格，选择"设置单元格格式"→"数值"命令），如下图所示。

试题三答案（1）图

"预算小计"内的三项都要采用公式得到：原始预算值＝预计数量＊当前市场价；最低预算值＝（预计数量−减量）＊（当前市场价＋市场价增幅）。例如，K7＝（D7−G7）＊ IF（I7＞＝0，H7，

（H7+I7））；最高预算值＝（预计数量+增量）*（当前市场价+市场价增幅）。例如，L7=（D7+F7）*IF（I7>=0,（H7+I7），H7），在操作时只要求一个单元格的值，拖动复制杆就可得。

（2）要生成预算分析表，先要选中 B5 至 F8，再选择"插入"→"图表"→"折线图"→"数据点折线图"命令。

注意：按列来生成图表；"标题"→"图表标题"，写"项目利润预测分析"；数值（Y）轴写"利润"。如下图所示。

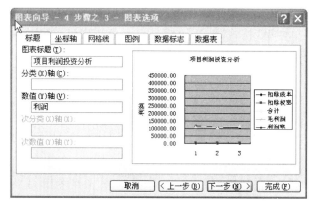

试题三答案（2）图

试题四

从题目"决策.ppt"可以看出，这是一个比较理性的介绍，且提出许多的设问来要说服别人，达到合理、可行，最终让别人赞成这种方案。所以，颜色上采用冷色调为主（淡蓝），辅以橙色，图文并茂，气氛轻松，内容简洁，图片之间转接自如。

试题五

（1）建立表结构：启动 Microsoft Access，选择"新建"→"空数据库"命令，选择保存路径，取名"邮政.mdb"，接下来选择"使用设计器创建表"，如下图所示。

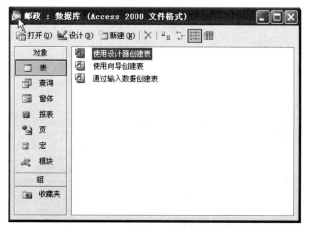

试题五答案（1）图

（2）使用设计器创建表时,字段名称用英文,在"标题"处输入中文,编号采用升序,主键是"地区",如下图所示。

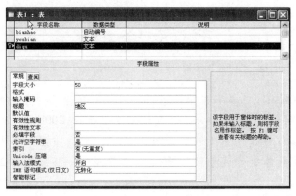

试题五答案(2)图

当所有的字段都输入完以后,按 Ctrl+W 键保存,输入文件名,单击"确定"按钮。

（3）当表结构建好以后,往表中添加记录。

（4）数据表进行筛选,只选择字段编号、地区、邮编。按查询方式保存为"查找邮码"。如下图所示。

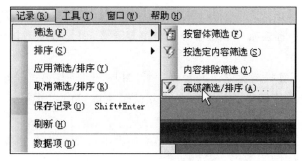

试题五答案(4)图

（5）选择好三个字段后,在筛选窗口内右击,选择"另存为查询"命令,再输入"查询邮码",如下图所示。

试题五答案(5)图

参 考 文 献

[1] 刘荫铭,李金海,刘国丽. 计算机安全技术[M]. 北京:清华大学出版社,2003.

[2] 张敏波. 网络安全实战详解[M]. 北京:电子工业出版社,2008.

[3] 张敏波,陈畅,吴细花,等. 网络工程实战详解[M]. 北京:中国水利水电出版社,2009.

[4] 朱云翔,胡平. 计算机等级考试考点分析、题解与模拟——四级网络工程师[M]. 北京:电子工业出版社,2009.

[5] 唐多强. 信息处理技术员教程[M]. 北京:清华大学出版社,2007.

[6] 王勇,唐强. 程序员考试考点分析与真题详解[M]. 最新版. 北京:电子工业出版社,2009.

[7] 全国计算机技术资格考试办公室. 程序员历年试题分析与解答[M]. 北京:清华大学出版社,2008.

[8] 林福宗. 多媒体技术基础[M]. 2版. 北京:清华大学出版社,2002.

[9] 蒋本珊. 电子计算机组成原理[M]. 修订版. 北京:北京理工大学出版社,1999.

[10] 胡钊源,施游. 网络管理员考试考点分析与真题详解[M]. 最新版. 北京:电子工业出版社,2009.

[11] 张友生,米安然. 计算机病毒与木马程序剖析[M]. 北京:科海电子出版社,2003.

[12] 唐强,邓子云. 信息技术处理员考点分析与试题精讲[M]. 西安:西安电子科技大学出版社,2008.

[13] 全国计算机技术资格考试办公室. 网络管理员历年试题分析与解答[M]. 北京:清华大学出版社,2008.

[14] 李辉. 信息处理技术与工具:信息处理技术员[M]. 北京:清华大学出版社,2005.

[15] 胡嘉玺. Office 2000现学现用系列丛书[M]. 北京:煤炭工业出版社,2002.

[16] 梁钜钒. 计算机文化基础[M]. 北京:科学出版社,2002.

[17] 全国计算机技术资格考试办公室. 2005—2009年信息处理技术员考试试题.

郑 重 声 明